复旦中华文明研究专刊

中国文学与文化研究范式新探索

陈建华 主编

復旦大學出版社

致敬
李欧梵先生

总序

复旦大学中华文明国际研究中心(The International Center for Studies of Chinese Civilization, ICSCC)成立于2012年3月。中心以复旦大学人文学科为平台,旨在依托本校深厚的人文学术资源,积极推进国际学术界对中华文明的研究,促进不同文明间的交流与对话。我们知道,自明末利玛窦(Matteo Ricci)来华以后,欧洲和北美,即所谓"西方"的学者对中华文明展开了持久而深入的研究,历来称为"汉学"(Sinology)。近年来,中国学者为了与清代"汉学"相区分,又称其为"海外汉学"。在欧美,学者为了区别传统的"Sinology",又主张把现代研究称为"China Studies"(中国学)。ICSCC旨在促进中国学者与海外汉学家在中华文明研究领域内的国际交流,推动双方之间的对话与融通。

历史上,欧美汉学家有自己的旨趣和领域,他们的方法和结论,常常别开生面,新论迭出。在当今全球化时代,中国以外的国际学者早已跨越障碍,深入到中国文化内部;中国大陆的新一代学者也已经接续百年传统,回到国际学术界,与海外同行们频繁交流。但即便如此,海外汉学家和中国本土学者在很多方面,诸如文献整理、田野调查、新领域开拓以及方法论、世界观上仍然存在很大差异。海外学者所长,即为本土学者之短,反之亦然。有一种观点认为,本民族的文化,很难为另一种文化内的学者所理解。甚或是说:外国人必不能以正确的方式看待"他者"的文明。这种观点的不合理之处,在于用某种原教旨主义的方式堵塞了不同文明之间的交流与合作。事实上,无论在历史上,还是在当下现实中,人们都不只是生活在单一的文化中。东海西海,圆颅方趾,文化的特殊性是相对的,人性的共通性才是绝对的。为了达成对中华文明的正确理解,显然还需要中外学者坐下来,用对话、讨论的方式做沟通与融合。无论如何,海外汉学家早已成为与中国大陆和港、澳、台地区华人学者同样重要的研究群体,他们对于中华文明也有着独到的理解。"海外汉学"的研究成果,值得我们本土学者加以重视,全单照收和简单排斥都是要不得的极端态度。

四百年前,明末"西学"翻译运动先驱徐光启说:"欲求超胜,必须会通;会通之前,先须翻译。"我们把明末的这句格言引申出来,作为中外学术交流中的"金科玉律"。中西方学者之间相互借鉴,即了解对方工作的真实意义和真正主张。立场不同,可阐发双方优长之学;视角各异,可兼收领域互补之效;观点针芒,实可在讨论之后达成更加充分的会通和融合。四百年来,明、清、民国的经学家、国学家,一直和欧美的传教士、外交官和"中国通"切磋学问,现代中国的儒学、佛学和道学,无一不是在与利玛窦、艾儒略、林乐知、李提摩太、李佳白、费正清、李约瑟等欧美学者的对话交流中,经过复杂的交互影响而形成的。离开了"西学"(Western Learning)和"汉学"(Sinology)的大背景,从徐光启、阮元的"新学",到康有为、章太炎的"国学",都不可理解。我们相信,学术领域此疆彼界的畛域之分,既不合理,也无可能。海外汉学(中国学)与中国本土学术并不冲突,所谓的主客之争,那种有你没我的势不两立,完全没有必要。

有鉴于此,ICSCC设立专项资金,面向海外,每年邀请国外优秀中青年学者访问复旦大学,与本校、上海地区以及全国各地的同行学者们充分交流。通过学术报告、小型工作坊、论文集和学术专著的编译出版等,构建访问学者与国内学者的全方位、多层次交流体系,促进海外汉学家与中国本土学者之间的互动。中心邀请来访的海外学者与中国学者合作,将他们主持的工作坊论文,经过作者本人的修改、增订,或由编者整理、翻译,结集出版,即为"复旦中华文明研究专刊"系列。我们希望借此工作,展现中外学者精诚合作的成果,以飨学界。

目录

1 陈建华 序言

访谈

3 李欧梵 文学与文化跨界研究
　张历君

思想与文化

19 王　斑 审美、道德与政治共同体：王国维、蔡元培与鲁迅

36 李振声 外来思想与本土资源是如何转化为中国现代语境的？
　　　　　——以刘师培所撰《中国民约精义》为例

70 彭小妍 唯情与理性的辩证："五四"的反启蒙

79 李海燕 市井幸福的历史沉浮

传媒与文学、文化

99 黄　旦 在"书"与"刊"之间：媒介变革视野中的近代中国知识转型
　　　　　——对早期几份传教士中文刊物的考察

127 王宏超 "海国新奇妇有髭"：晚清使西文献中有关妇人生须的"观察"与异文化想象

| 148 | 陈建华 | 周瘦鹃与《半月》杂志 |
| | | ——"消闲"文学与摩登海派文化,1921—1925 |

江南文化与文学

175	阎小妹	试论《剪灯新话》的对偶结构
199	郑利华	祝允明诸士与明代中叶吴中诗学之导向
221	罗　靓	19与20世纪之交白蛇的跨界之旅
		——从苏杭到上海

图像与电影

253	顾　铮	身体作为政治与情感动员的手段
		——在新闻与宣传之间的宋教仁肖像(遗体)照片，以《民立报》为例
270	李公明	左翼文学研究中的"图史互证"新探
		——以黄新波的木刻版画艺术与左翼文学的关系为中心
291	孙绍谊	魔幻、"凡派亚"文化与类型/性别之争:《盘丝洞》与中国"喧嚣的20世纪20年代"
306	罗　萌	电通公司:革新观与"从悲到喜"的银幕实践

翻译与旅行

323	黄运特	高罗佩与公案小说的再创
346	罗　鹏 (Carlos Rojas)	翻译作为方法:有声与无声的辩证法
358	徐德明 易　华	考掘知识与托辞增义 ——鲁迅《野草·希望》中文本的东方行旅

| 373 | 李思逸 | 旅途中的陌生人:施蛰存笔下的欲望试炼 |

当代文化与实践

391	包亚明	街道的力量:公共空间、数字化与步行街的思考
406	王伟强	我国乡村建设的历史文化与制度路径思考
421	孙　玮 褚传弘	移动阅读:新媒体时代的城市公共文化实践

| 437 | | 作者简介 |

序言

陈建华

2018年12月8—9日由复旦大学中华文明国际研究中心与复旦大学古籍整理研究所主办,美国斯坦福大学、上海大学中国当代文化研究中心与上海世纪出版集团思南书局协办的"中国文学与文化研究范式新探索——致敬李欧梵先生"国际学术研讨会在复旦大学召开,这本论文集在此基础上编辑而成。

与会学者观看了李欧梵先生与张历君教授的访谈视频。自20世纪70年代起,李先生在美国执教三十余年,发表《中国现代作家中浪漫的一代》《铁屋中的呐喊》《上海摩登——一种新都市文化在中国 1930—1945》等,对中国文学"现代性"研究、鲁迅研究及上海都市文化研究皆具开创性,已奠定他在国际学界的声誉。1990年李先生在芝加哥大学与语言学家、人类学家、文学批评者一起提倡文学与文化的跨学科研究,在哈佛大学主持亚洲文化研究工作坊,对美国的中国研究具开风气的意义。李先生自2004年从哈佛大学荣休之后在香港中文大学执教,坚持从"跨文化"方向开设课程、培养学生,且著述不断,涵盖文学与文化各个领域。如一名本雅明式的"游逛者",他对人文学科在全球化时代所面临的挑战保持敏感、好奇与怀疑,对中国人文传统的过去与未来不断反思与求索,其边缘与多元的批评立场体现了一种"世界主义"的襟怀,在华文世界产生了广泛而持续的影响。这次会议上来自海内外的三十余位学者共聚一堂,从文学、艺术、媒介、电影、建筑与音乐等方面对跨文化的研究范式与方法论问题发表了各自的研究心得,互相间进行了交流与探讨,借此向李欧梵先生表示敬意。

20世纪初,中国学术传统在中西文化的交流冲突中发生激烈变革,"文学"在"三千年未有之变局"的背景中被重新定义,为重铸国民精神扮演至关重要的角色,其中外来的审美意识作为后来美学学科的雏形已含现代性印记。王斑指出,王国维、蔡元培与鲁迅试图通过"美学"培育感情而重振民族精神,在清末道德秩序崩颓的情势下具"复魅"特征,其实动力根植于中国文学传统。历史地看汉代"毛诗"对《诗经》"关关雎鸠"的政治性诠释与始自《楚辞》的"香草美人"的隐喻性解读,审美从来与道德密切关联。王斑针对以李泽厚《美的历程》为代表的去政治的"祛魅"倾向而提倡"复魅",试图"找回身体和身体政治之间的血肉联系,重建道德情感和权力参与之间的紧密联系"。这不啻为传统注入新鲜血液,对于全球化境遇中国人文精神的重建富于启迪,而对古代美学传统的发掘也具"传统与创造"的范式意义。近几十年来,概念史或关键词研究几为重写思想史的不二之选,而对20世纪初大量"新名词"的研究尤为瞩目。在1903年见世的刘师培《中国民约精义》一书中,"民约"也属新名词,其传播可见度不如"民主""自由"等词,而李振声的文章旨在回答"外来思想与本土资源是如何转化为中国现代语境的"。文章展示了刘与李对"民约"的双重解读,精彩在于解读过程的复杂细节。对刘师培来说,把卢梭的《契约论》作为其主张民权与反抗专制的依据,这并无疑问,但为什么要通过中国古代62位先哲的论著加以论证?李文首先对刘所能接触到的各种中日《民约论》版本一一考索,并以后来的通行译本为参照,从刘的碎片记忆的诠释中读出其误解与增删之处,从而指出他这么做既是为了向世人证明本土古籍中已有民权的思想库藏,在此过程中他也获得了文化自信。这一关键词研究向我们展露的不光是刘师培的思想深井的复杂内蕴,也是一个极其精致甚至难以为继的思想断层。正如李振声指出的,刘师培的这种诠释实践得到章太炎的首肯,因此可说是一种"国粹派"的现代思想转型的范式:以文明的普适立场唤醒中国历史文化遗产,并在民族自信基础上引进西方的知识体系。这跟后来胡适等人将传统文化当作博物馆展品而加以科学研究的"国故整理"的范式全然不同。

彭小妍的文章以反思1923年"科学与人生观"论战为出发点,追溯了代表人生观派的梁启超、张东荪、梁漱溟、蔡元培、张君劢与方东美的"唯情论"

论述,由是翻垦出向来被压抑的"五四"新文化内部的"反启蒙"思潮。这与科学派的"理性"论述互为表里,还原了一个完整的"五四故事"。不唯如此,彭文将此"唯情论"做跨文化串联,上承欧洲启蒙时期及倭依铿、伯格森等人的情感论述,下接20世纪60年代以来德勒兹的情动概念以及李泽厚的"情本体"论,波澜迭起地展现了"有情"的文明系谱,与近时"中国抒情传统"的研究相呼应,蔚为国际学坛的炫目景观。对于这些,她在《唯情与理性的辩证》一书中做了详细的阐述,对于中国研究者不啻为一本指南手册。李海燕的《市井幸福的历史沉浮》一文也纵深开合,从中国人日常生活与感情的角度描述古代"福禄寿"的世俗观念直至现代的"幸福"理想,尤其关注女性命运的历史变迁。一如她的《心之革命》一书的论述风格,集社会史、思想史、心态史于一炉,在广征博引各类文学与影视文本时交织时代与作者的具体背景,且时时嵌入西方社会学、历史学、人类学及哲学等专家的论述,更增中西比较的理论色彩。自法国年鉴学派注重日常生活与物质文化的历史书写以来,至今关于日常现代性、感情史方面的著作层出不穷,我想这篇文章在中文世界是很有开拓性的。

近些年来,在文学与文化研究中,"媒介"不可或缺,常见的是关于报刊、杂志的资本运作、传播与作家或作品的关系的研究,黄旦的论文以"媒介学"切入晚清知识转型的历史过程,富于理论的爆破力。19世纪60年代之前《察世俗每月统记传》《东西洋考每月统记传》《遐迩贯珍》和《六合丛谈》这几种传教士刊物先后出现,在传播西洋新知方面起了先驱作用。黄旦所着眼的并非"知识转型"中的知识内容,而在于"书"与"刊"的不同媒介形式,它们"代表着两种不同知识和文化"。前者代表知识系统,其表意是训诫的、静止的,传统士人视之为仕途进阶或立言立德之具;后者则随时间流动,碎片化信息如蒙太奇拼贴,诉诸大众消费与多样选择。或如安德森所言,报纸使读者共享"空洞"的时间而建构了民族的"想象共同体"。黄文分析了这几份传教士刊物借助传统书籍的形制而逐渐走向报刊这一现代新媒体的过程,也是传教士反客为主的过程。这一媒介视角深入至晚清"知识转型"的内在机制的层面,为思想史与感知史研究别开生面,也给今天的"媒介制度化"的网络文化研究带来方法论的启示。19世纪后半叶清朝旅外使者的日记大量出现,是一种突发性媒介现象。田晓菲在《神游——早期中古时代与十九世纪的行旅写作》一书中列举张祖翼《伦敦竹枝词》中咏叹"泰晤士河""自来水""机器厂"等诗,指出"作者对异域充满矛盾与暧昧的态度",其实是对新奇事物既赞叹又加以妖魔化的做派。《伦敦竹枝词》中有一首对"泰西妇女多有生须者"大发议论,引起王宏超的兴趣。与田晓菲专注于文类与修辞方面不同,他在张德彝《三述奇》、袁祖志《瀛海采问纪实》与王以宣《法京纪事诗》等旅外日记中发现更多有关长胡须的西方妇女的记载,从新近出版的"走向世界"丛书来看,这类日记数量甚夥,作为国人初看世界的见证,是晚清"知识转型"的重要部分。王文涉猎广博,奇奇怪怪的材料都逃不过他的追捕。他又从中西典籍中找出大量同类的材料,做比较文化的研究,涉及各类文本、图像乃至明信片等,指出如性变态、猎奇、畸恋、偷窥等集体想象的表现,其种族与性别的偏见含有时代与地缘特征。陈建华以周瘦鹃在20世纪20年代主编的《半月》杂志为例,突出其"报人"身份。与其他"消闲"杂志相比,《半月》的装帧、制版质量和价格皆拔高一筹,所刊小说主要表现中产阶层的"小家庭"愿景及其在现代都市压力下挣扎向上的日常生态。在编辑上周瘦鹃富于文创意识,把清末以来"名花美人"的审美意趣渗透到作品风格、封面仕女画、内页照片与广告之中,又开辟"趣问趣答""半月谈话会"等专栏为读者提供参与空间,把杂志打造为传递现代价值的时尚偶像——"半月娘",并使之成为读者大众的梦中情人。值得一提的是这本杂志在语言上兼容文言与白话,与"五四"新文学若即若离,正体现了"海派"文化的在地特征,而周瘦鹃与"国粹派"更有渊源。据陈建华自言,当初他在李欧梵先生的研讨班上写了关于《半月》的学期论文,这次加以修改而作为会议论文发表,别有一番感念在。

"江南文化与文学"的专场讨论是结合古今演变与地域文学的研究方向而设置的,近年来这一话题成为热点。元明之交苏杭一带人杰地灵,艺文荟萃,杨维祯、顾瑛、高启、瞿佑等人启拓了文学的个性表现与世俗精神。瞿佑的短篇小说集《剪灯新话》在明初广为传诵,其中《联芳楼记》《翠翠传》等描写平民女子对爱情的勇敢追求,在文学史上已有评断。这本小说集因触犯道德教条而遭到官府的禁止,却在韩国和日本不胫而走。阎小妹带来了关于瞿佑在韩、日的影响、接受和研讨的信息。她对《剪灯新话》的"对偶结构"做深入分析,不啻为一次解读的盛宴,也令人信服地揭示了此书何以被禁的精神内涵。从这一地缘人文传统中来读郑利华的《祝允明诸士与明代中叶吴中诗学之导向》，令人倍感契合。明初朱元璋实行高压政治而大肆摧残文学，江南地区受灾最深，直至弘治年间方获得重振勃发之机。祝允明、文徵明等以崇扬诗文相尚，尊崇古典传统，取法各异，皆旨在抒发个人性情，这种多元互动的活跃态势反映了吴中地区积累厚实的传统人文底蕴。作者对各人的主张在经术与文学、诗与文的异同方面条分缕析，至精至微，语无虚发，体现了严谨求实的学风。罗靓的论文讲的是家喻户晓的"白蛇"传奇在"19、20世纪之交的跨界之旅"——从美国的传教士和外交官对"天堂之城"的神魔交替的"他者"想象到上海洋场千姿百态的舞台镜像，涉及纸媒、声音等多种形式，尽声光化电、光怪陆离之能事，成为测试观念与技术之"新"的镇塔之宝。出彩也在于罗文的演绎：基于报纸广告资料还原无数场景，展示了白蛇传奇不断被重述的过程，其中"先锋与流行、传统与现代、雅与俗、新思想与旧文化始终错综复杂地缠绕交织在一起"——其实也可用来描画一幅"魔都"的肖像。

民初"刺宋案"在中国现代政治史上影响甚巨。顾铮对《民立报》上三十多张宋教仁遗照及文字加以剖析，探讨新闻与摄影的关系。《民立报》通过刊登遗照不断增强其捍卫"共和"、反对专制的宣传力度，这一点自不待言。作者对于宋教仁尸体照片中"伤痕"——如同罗兰·巴特式的"刺点"——的解读，富于洞见地凸显了在宣传过程中对政治与情感动员起了关键作用的身体政治，并在近代以来新闻专业与摄影技术的历史发展的脉络中揭示种种进行仪式化处理的技术手段，从而提出新闻报道的法制与伦理问题，令人深思。李公明以黄新波的木刻版画艺术为中心，不仅意在显现左翼文学研究中被遮蔽的图像，更提出研究的范式问题。近年来在出版物中图像的比重愈见增加，图像理论也层出不穷，而作者则主张一种"图像-文本-历史"的研究范式，即对图像、文学文本与历史脉络做三种向度的互证研究，由是撤除了三者之间的藩篱，而把黄新波的革命经历编织成有机立体的结构性叙事，其中图像占"主体"地位。

在20世纪30年代的国产片中，电通公司的《桃李劫》《风云儿女》《自由神》与《都市风光》这几部影片皆可圈可点。罗萌的论文以电通公司同人刊物《电通半月画报》为研究对象，勾画出它所代表的"摩登青年"的"主体"形象,而对其所体现的"理念"的发掘涉及团队工作方式、主体预设、技术革新、民族形式、戏剧类型、社会分析视角等层面,十分丰富。"但更重要的是,这些看似分属不同方面的问题,实际上相互关联、相辅相成;在电通的电影作品里,它们以一种结构化、有机性的模式运作着。"因此罗文似更偏重文字,目的是对电通公司的银幕实践提供一种有机整体性的理解,这对李公明的研究范式可说是一种呼应。孙绍谊的论文重访 20 世纪 20 年代的银幕世界,对影片《盘丝洞》与西方"凡派亚"(Vampire)文化的亲缘关系展开论述,令人惊艳。近些年来电影史上 20 年代"鸳鸯蝴蝶派"电影得到平反,但独尊"左翼"电影的主流话语余音不息。米莲姆·汉森(Miriam Hansen)在好莱坞"俗语现代主义"语境中细析上海 20 年代默片中的"新女性"再现艺术,推颂备至。张真在《银幕艳史》一书中指出当时"古装剧"的"超现实"特质,《盘丝洞》最具典范。孙绍谊则把它视为"'上海世界主义'潮流中的典型文本,更将其视为德国表现主义、法国印象派、苏联蒙太奇学派与好莱坞经典叙事成型时期,全球电影文化版图中不可或缺的中国贡献"。从《申报》上茂瑙《日出》的广告到田汉的《凡派亚的世纪》,"Vampire"观念已广为传播,因此有必要将"神怪剧"类型概念消融于世界现代主义潮流之中,让潘多拉之盒释放出新的想象空间。孙文对于现有思维定式极富颠覆性,另外多方征引古今典籍阐述《盘丝洞》时蜘蛛精形象的性别演变,并通过鲁迅的有关文章说明其现代的女性化身是"五四"式妇女解放的表征,这也给电影文化史书写带来新的活力。

"翻译与旅行"这一组论文以"翻译"牵头而追踪文本的"旅行"轨迹,皆探胜寻幽,各具精彩。高罗佩由翻译而衍生的"狄公案"创作,颇似民国初年流行的"伪翻译",如周瘦鹃杜撰的西洋故事适合本地读者的阅读习惯,同时却刻意渲染女性的冒险、复仇与自由恋爱的情节,意在对国民施以更为有效的感情启蒙。黄运特指出,这一点在高罗佩身上显得十分吊诡。他明知侦探小说的中西差异,却明知故犯,其个体狄公小说不惜背离西方价值而肆意加强超自然元素、酷刑与性等。这一现象颇有趣,或许与其说是高氏有意消费"东方主义",毋宁在展览他对于东方想象的自我迷恋,兼有博学的炫耀与审美的走火入魔。黄文首先聚焦于"一幅蓝图"来显示高的侦探小说的理念,从论文的叙事策略看好似"新历史主义"运用"轶事"(anecdote)的绝活,但有趣的是文章最后关于高的"叙事艺术"的关键部分,作者引用了王颖导演的 Chan Is Missing 中一个中国男子与美国警察之间离题万里的问答,然后说明狄公小说中种种偏离故事线的生活细节的描写,实际上承袭了中国人迂回曲折的叙事习惯。这一"轶事"的运用令人忍俊不禁,大有青出于蓝的意味。罗鹏的论文则是一个文本"裂隙"解读的范例。李欧梵的英文专著题为 Voices from the Iron House,中文译为《铁屋中的呐喊》。罗鹏发现"呐喊"与"voices"之间单数与复数的细微差异,并与鲁迅早期"豪杰译"与后期"直译"的不同翻译方式相联系,由此凝神聆听鲁迅作品中的"声音"世界,指出在鲁迅隐喻性的"呐喊"里藏着人们常说的"熟睡的人们"的声音,而在熟睡者的声音中则有一种"觉醒的"革命者的有被治愈痕迹的声音;在自己的声音和他人的声音之间,两种翻译方式的复杂互动中产生了丰富的意涵。这样的读法犹如在一线之隔别见洞天,风光无限。罗鹏悉心精解每一个文本细节,同样可用他对阎连科的文学计划的比喻来形容——盲人持一盏灯照亮周围的黑暗。

徐德明与易华也谈鲁迅研究,开掘极细,全由《鲁迅全集》中《野草》的一句注释而起。鲁迅 1925 年元旦所作《希望》中"绝望之为虚妄,正与希望相同"的句子译自裴多菲著作。这篇论文从最初曾华鹏、李关元寻找裴多菲原文出处未遂开始,历述戈宝权、高恩德、北冈正子的时空广袤的求索之旅,令人动容,显示了鲁迅在世界文学中的尊崇地位,也在于表彰曾、李两位师长的久被湮没的业绩。经过与裴氏原文的比勘,可确定"虚妄"一词为鲁迅"拿来"增添,因此须从他的思想脉络中揭示其深刻的精神内涵。众所周知,弗洛伊德所发明的心理分析理论对于 20 世纪初西方现代主义文艺产生了深刻影响,李思逸考察弗洛伊德理论的中西火车之旅,阐述新感觉派作家施蛰存在《魔道》《夜叉》等小说中运用弗洛伊德的理论来描写火车中都市男女色欲的狂想、诡异与幻灭,铁路经验成为他的创作源泉与文本不断"着魅"延伸的法宝。弗洛伊德也屡屡写到他在火车旅行中追溯与消释他的童年时代的惊人经验,因此火车对他是一种"祛魅"的工具。但是李文不止于此,中途放下弗洛伊德,继续推进他的理论与火车之旅。作者认为我们不必局限于施蛰存对弗洛伊德的迷恋,《魔道》与《夜叉》另有激发理论想象之处,由是就"凝视与对话"的话题与萨特、巴赫金的相关理论展开协商式诠释,使作品意义得到更为充分与深入的开掘,也显示了作者驾驭理论与文本的能力。

最后一组论文切入"当代文化与实践",作者来自媒介、建筑、文化批评与研究领域。自 20 世纪 90 年代以来,上海迅速崛起,在全球都市之林中尤具科幻魔都的色彩。包亚明集中讨论"高品位步行街"这一进行时中的都市规划的议题,从世界都市发展的脉络中阐述街道、步行与市民公共空间的意义,所凸显的是与城市环境的身心调适与文化品位。近几年来电商消费模式和数字化技术给街道、步行与城市活力直接带来冲击,这对于一向如"游逛者"般观察、反思与介入当下的作者来说,感受尤深。"数字化"和"城市化"的深度重叠和交织几乎造成城市"公共空间"的消失,文中对发生中现状的精细描述令人怵心,也反映了作者的敏锐观察与深思。面对数字时代的挑战坚持客观与理性,作者一方面对消费习惯与结构的变化等做基于数据与信息的经济学分析,对数字化前景抱审慎乐观的态度;另一方面以伦敦、香港和哥本哈根的发展经验为参照,找出优势与差距,提出要使城市的街道满足消费者需求,须加强新的内涵和参与方式的软件建制,在此基础上"高品位步行街"方能成为城市的精神灵魂的名片。王伟强提供了一个社会文化实践的实例。2008 年春,他的团队受华润集团委托完成在广西百色的希望小镇的建设项目。作者通过对 20 世纪从梁漱溟"乡村建设"到新时期"三农问题"的历史回顾,确定这一项目建设在现代化进程中的重要位置,其实施过程涉及种种具体环节,如制度安排、产业与市场、重构社会组织和生态环境等,皆具创新性、实验性和先锋性的特征,因此从思考到实践体现出一种知识分子的自觉以及对富于时代精神的乡村建设的范式的追求。

孙玮与褚传弘的文章阐述的"移动阅读"主题也关乎当下上海的文化建设。近年来上海的出版业与阅读文化十分发达,各类新书店与读书会纷至沓来,极其活跃,而作者在赞扬中显露其问题意识:"21 世纪移动终端的普及,更是引发了关于阅读危机的世界性议题。在移动网络、虚拟现实、人工智能的新媒体时代,我们如何阅读?"与包亚明同样具有数字时代的危机感,也同样在人类文明进程中回顾"阅读"与"公共空间"的关系,将全球人文话语百川纳海,并从中提取养料,这也是"海派"的"世界主义"在地特色。作者来自"媒介"专业,像黄旦一样,给人文领域带来耳目一新的概念、视角与跨学科叙事景观。"移动阅读"改变了传统的阅读意义,一是从私人向公共的移动,二是从虚拟文本向身体实践的移动。"这种城市公共阅读实践,实现了城市实体空间与虚拟空间的融合,交织了建筑、街道、空间、地理、信息、历史、文化、集体记忆等多重城市象征网络系统,创造了新型社会交往关系与公共价值。"的确,"媒介"无所不在,今天新媒体日新月异的发展,正如麦克罗汉在半个多世纪之前的断言:"媒介即人的延伸。"对于这篇论文所强调的"身体实践",我觉得尤其重要。广义上说,书本、城市、手机乃至人,皆可视为媒介,而他们更重视媒介之间的空间及相互沟通的媒介功能,如对2017年"上海文学地图朗读接龙"活动的描述所示,"身体实践"体现为每个个人的主动参与,而心灵与心灵的"接龙"是新型社会交往关系与公共价值的体现,也象征着人对虚拟世界与数字技术的主体超越,这也必定会在未来"延伸"下去。

借序文推介论文属于一种惯例,难免有所见有限言不及义之处,敬请作者与读者批评。须说明的是陈广宏、陈正宏、陈子善、符杰祥、林少阳、毛尖、邱伟云、王道还、王晓明、吴国坤、严锋、郑文惠、郑怡庭、周成荫等教授的论文因各种原因未能收入,请允许我在此对她/他们的热情参与与精湛发表表示衷心的感谢。在中华文明国际研究中心的金光耀教授、李天纲教授、陈引驰教授与古籍整理研究所陈广宏教授的大力支持下,这次会议能圆满召开,美国斯坦福大学的王斑教授、上海世纪集团的阚宁辉先生与上海大学中国当代文化研究中心的王晓明教授慨允协办,陈思和教授和陈引驰教授为会议担任主持,使会议大为增色,在这里谨向他们表达诚挚的感谢。在会议过程中,中华文明国际研究中心的钱宇老师给予及时而周到的帮助,古籍所的何凌霞老师和徐隆垚、贺勤、冯玉霜、韩小慧等研究生也为各种事务不辞辛劳。另外在论文集出版过程中,复旦大学出版社的史立丽、袁乐琼和赵楚月三位老师为编辑工作辛勤付出,并在体例等方面提出宝贵建议,也谨在此向以上各位表示由衷的感谢。最后须提及的是,这次会议与上海戏剧学院的孙绍谊教授的建议有关,他却因病未能参加会议,后来不幸离世。收入集中的论文由研究生董舒译出,并经石川教授审校,谨在此向他们致以诚恳的感谢,也为老友寄托一份怀思。

2021 年 4 月 19 日于沪上兴国大厦寓所

访谈

中国文学与文化研究范式新探索

文学与文化跨界研究

李欧梵　张历君

张历君(以下简称张)：老师,这次会议主要是谈中国现代文学和文化研究之间的关系。那可否请老师一开始讲一下：您一向是研究中国现代文学的,为什么中间会转到文化研究方向？您觉得,文化研究和现代文学研究最初是怎样产生互动关系的？这两个研究领域有哪些互相启发的方面？

李欧梵(以下简称李)：因为我这个人,对于什么问题都有兴趣,什么方法,什么理论也都有兴趣。所以,当文化研究最初被介绍到美国的时候——我记得我那个时候在芝加哥大学,应该是20世纪80年代末90年代初那段时期。我在芝加哥认得一个好朋友,叫作Benjamin Lee(李湛忞)。他是芝加哥大学人类学系的博士,非常懂理论,所以我从他那里学到很多西方的理论。这个时候,他就提到,有一些美国的理论家——语言学家、人类学家、文学批评者,开始把"文化研究"这个名词带进来了。这些学者在伊利诺伊州立大学开了一个会。后来大家认为,这是文化研究在美国学院里面第一次正式打响这个名堂。我当时听到以后,看了相关的文章。我就觉得,这个和地区研究——就是中国研究,可以互动。所以那个时候,刚好加州大学伯克利分校的叶文心教授召集了一个小型会议,就是讲中国研究的方法问题,认为是不是可以和文化研究互动,我第一个响应。当时我就觉得,地区研究不能闭关自守,应该开放,因为地区研究的好处就是：它虽以中国为主,但应该用多种方法,做到"跨学科"(interdisciplinary),应该涉及各个领域。而文化研究,也就是interdisciplinary,也是各种方法都可以用的。我当时还以为文化研究最重要的观点是文化,后来才发现文化研究的背后是理论,是关于文化的理论，而不是文化本身。所以，我当时非常热烈地响应，就觉得如果这样双方开放的话，我们可以打通在美国的汉学闭关自守的状况。因为，美国的地区研究逐渐被其他学科瞧不起。他们觉得地区研究没有方法。我说，地区研究有很多方法。可是在美国就是一个 field、一个领域、一个专业必须有一套方法。而地区研究没有这一套方法。如果有的话，就是汉学。可是，汉学后来是被传统中国研究拿去了，可以这么讲。所以，当代中国研究就和汉学分家了。现在中国内地还把中国研究和汉学混在一起——叫作"海外汉学"。其实，严格来讲，汉学这个名词(Sinology)，只能用在传统中国文化研究中，只是一部分的方法。这是题外话了。所以，我就响应了。可是当时从事地区研究的、中国研究的，特别是当代中国研究的人不知道我在干什么。那么我就一不做二不休，在哈佛大学的费正清中心主持了一个工作坊——没有经费的——叫作亚洲文化研究工作坊，也可能就叫作中国文化研究的工作坊，我记不清了。我的口号就是：什么都谈，不谈中国政治、不谈当代政治，只谈文化。当时很多人认为我是离经叛道。真没有想到，我竟然打出一条路出来了。现在年轻一代的同行，都在用文化研究的办法来研究中国的题目。

张：所以，老师您最初接触文化研究和文化理论的时候，比较多地留意哪些理论家，哪些当时的文化研究学者？

李：我当时对于文化研究还不太清楚。提高理论水平对于我来说其实是蛮迫切的。我记得，我第一年到芝加哥大学，应该是 1990 年，也是那个时候，我就感到一个很大的危机。就是芝加哥大学的同事个个都懂理论，包括刚过世的余国藩教授，他对 hermeneutics(诠释学)熟得不得了。我什么都不懂。怎么办？所以我就觉得，我需要重新研究理论。我的理论研究方法就是受到郑树森的影响。郑树森是 Jameson(詹明信)的大弟子。我就打电话向他求教。于是就从 Lukács(卢卡奇)开始看，看的是 Jameson 的那一套理论方式，包括 Jameson 自己的文章跟书。我为什么用马克思主义的方法，因为我是学历史出身，我觉得这和我当时研究的中国现代文学和社会，就是用历史社会学的方法来研究文学，非常切合。我觉得这个方法最有用、最相关。抽象的语言理论，与我的研究不相关，我也不大懂。抽象的哲学也不行，于是我就从这里开始了。

张：所以老师您也读过Jameson。之前听您说，他还评论过施蛰存。

李：因为那个时候我听说Jameson对于中国研究很有兴趣。他开始收中国内地的学生，唐小兵是第一个，因为唐小兵在北京大学当过他的翻译。后来我也见到了Jameson，是因为唐小兵的论文要答辩，他们要请一个校外委员，就请我去了。Jameson还请我演讲，我就讲施蛰存。当时我开始研究上海。他还特别说，他喜欢施蛰存的那种《魔道》式的魔幻作品，不喜欢写实的作品。我又听说，他正在学中文。他学中文，念的第一本书是老舍的《骆驼祥子》。听说他学了一两年还是两三年，觉得太难了，没有学下去。他懂得很多语言。所以我对Jameson非常尊敬，一直觉得这位理论大家，对学问其实是很下功夫的，不是乱吹牛的。在我看来，他对整个欧洲的文学、文化、艺术的修养远远超过一般研究理论的人。因为他以前是哈佛法文系出来的，他的英文、德文好得不得了。你可以看他的英文的写法就和德文一样的。所以，我和Jameson有这么一点因缘，当然不能说熟，我也不是他的学生，只是和他见过面而已。

张：除了Jameson之外，老师还跟安德森有比较多的来往。

李：Perry Anderson（佩里·安德森）是我到了UCLA（加州大学洛杉矶分校）之后，变成我的同事的。他在历史系，我在东亚语文学系。当时我听到他的大名，就看他的第一本书，叫作 *Considerations on Western Marxism*（《西方马克思主义探讨》）。然后，我就鼓励我的学生去选他的课，里面就包括王超华，后来变成了他的夫人。因为这个关系，我跟他反而有来往，而且后来蛮密切的，一直保持联络。我非常佩服他的学问。他是大家，所谓大家，就是整个欧洲他都可以写。他对于各种学科——几个专业——不止历史，社会学、文学都很懂。所以有时候我们见面，也聊过几次中国文学。我一直觉得，他可以说是和Jameson齐名的理论大家，而他自己也偏偏非常崇拜Jameson，他为Jameson的一本书写序，越写越长，竟然变成了一本书，*The Origins of Postmodernity*（《后现代性的起源》）就是这么出来的。

张：其实老师讲的这个时间点还是挺有趣的，80年代末90年代初，老师在这个时间点，刚好想起关于中国的地区研究，可以和文化研究联系起来。老师现在回想起来,在理论上,您觉得这个新的方向会不会跟当时的整个时代的转换有点关系?

李:我当时没有这种知觉,我当时迷迷糊糊的,只是感受到个人的几个危机感。第一个危机感从80年代中就开始了,就是我对于文学的分析方法也不太懂,书念得也不够,理论了解也不够。我受的是历史的训练,当时受的训练,基本上是 empirical history(实证史观),注重资料研究,不知道方法。方法是我自己摸索出来的。结果到了印第安纳大学要教文学,但我对中国传统文学懂得不多,于是只好恶补。因为当时我要讲授中国传统小说,全部要讲,从汉唐一直讲到明清和现代。另外就是,我那个时候开始接触到理论。因为我想研究鲁迅的时候,不知道怎么分析,但是觉得一定要用文学的方法。我对于"新批评"(New Criticism)也不懂,只知道有新批评,也知道我的老师夏济安是这方面的大家。可是新批评本身是什么呢?我要从头看起。所以很多事情都是从头来的。到了芝加哥大学我又吓了一跳,所有的人都有理论高招,都是大师级的人物,我算老几吗。我很幸运自己去了。所以这个危机感一直陪伴了我。到了90年代中,我到了 UCLA,又到哈佛。我到 UCLA 是1990年,可是我的危机感在80年代中、甚至在80年代初就开始了。理论我是慢慢、慢慢地积累。所以那个时候,个人的危机感跟我的学术生涯的转换,碰到一起了。

张:刚才讲到,从80年代中后期到90年代的这段时间,老师您刚好开始酝酿有关香港文化的讨论,乃至《上海摩登》的研究也是在这个时候开始的。所以,能不能请老师讲一下,究竟是什么因缘促使您将这两个研究联系在一起的?

李:现在回想起来,我对于香港文化产生兴趣应该是在芝加哥大学时代。那应该是80年代中,因为芝加哥大学的学生组织了一个电影俱乐部,要演香港电影,请我去当顾问、做评论。我当时还不知道徐克是谁,关锦鹏是谁都不知道,更不用说周润发了。我看了他们的几部片子,大为惊喜,于是就迷上了香港电影。现在回想起来,80年代是香港电影的黄金时代。我前几天晚上还又重温了一遍 The Killer(《喋血双雄》),浪漫得不得了。所以就在那个时候,90年代初,我请了也斯到芝加哥来。我记得他写了一篇论文,还写了一首诗,叫作《异乡的早晨》。他在芝加哥待了一个暑假,我们有个工作坊,也是 Benjamin Lee 和我主持的。他主持的那个研究中心叫作 Center for Transcultural Studies,跨文化研究中心。现在大家都在用"跨文化"这个名词,但早在 80 年代他已经开始用了。这样我们就顺理成章地搞了起来。90 年代以后,我记得刘再复、李陀他们来的时候,我们就演香港电影给他们看,他们也是那个时候第一次接触到香港电影。所以现在回想起来,我对于香港电影和香港文化的兴趣,和我对于上海文化的兴趣,几乎是并行的。我的脑子里面以为是研究上海都市文化为主,香港为辅,可是其实是并行的。所以很自然地——我就酝酿了一个"香港-上海"双城的观念。我也提过,写那本《上海摩登》的书的时候,我怕写完了没有人看,怕卖不出去,于是加上了一章张爱玲。写张爱玲的时候,我临时创了一个名词,就是 "a tale of two cities",就是上海-香港双城记,讲张爱玲在两个城市走动,在作品里互为镜像。后来没有想到,这个名词也不胫而走,不胫而红,大家都讲起来。所以很多事情对我来说,就是一个词——偶然,就是我们常常讨论的 serendipity。这个名词的意义是:我本来以为走的是这条路,探索的是这个问题,后来从中发现我走的是另一条,或许是跟我原来走的那条路混在一起了。因为我兴趣很广,我常常同时走好几条路。所以混在一起的时候,在一个关键时刻就爆发出来了。你说我有什么先见之明?没有。你说我有什么方法?也没有。可是我唯一的长处就是善于接受各种刺激的挑战。刺激越多,我越来劲,我就开始探索。而且我很诚实,我探索多少我就写多少。我没有一个预设的架构。对我来讲,我到现在还是这样。我觉得,我们做学问、探讨学问是无止境的。探讨得越久,我越觉自己的不足。可是已经时间不够了,我个人的生命的时间也所余无多了。所以很希望下一代、年轻一代的人,能够继续做下去,而且做得比我更好,这是我真正的由衷之言。

张:老师讲到这里的时候,我记得自己最初接触到老师跟也斯(刚才老师谈到也斯)谈香港文化"边缘混杂"的讲法,大概就是 90 年代初、中期,我还在念高中的时候。我当时就发现你们两位同步去发展"边缘混杂"这个说法。究竟当时是什么因缘让老师您想到这个讲法的?

李:也不大记得了,如果是很同步的话,也是偶然的。因为我们两个的个性有点像,都是世界主义者,对各种东西都很好奇。当然,他会写诗,我不会写。他对香港的承担,对这个城市的深厚感情,当然我比不上。可是,他真的是第一个把我带进香港文化的人,在象征意义和实质意义上都是。我每次来香港就找他,他带我去吃饭,逛西环、上环的小酒吧,都是他带我去的。后来他又介绍我到澳门观光,了解澳门文化。所以这样看起来,我和也斯的因缘是从偶合到同好。至于我用"混杂"这个名词,当时是不是用了这个名词,现在也记不清楚了,也斯也用,现在大家都用这个名词。"边缘"这个名词,倒的确和我有关,我写了一篇文章,讨论边缘问题,也是在那个时候,我一直以为大家都讲中心,我偏偏要讲边缘,我真的是想探讨什么才是边缘的问题。我记得很清楚,在 UCLA 任教的时候,我写了一篇英文文章,是杜维明办一个会议指定我写的,谈我个人的心路历程——一个在美国研究当代中国文学的人的感受。我就说我所处的是边缘(margin)。那篇文章现在已经翻译成中文了。史书美把它放在她所编的一个关于 Sinophone(华语语系)的论文集(*Sinophone Studies: A Critical Reader*)里面。我的文章叫作"On the Margins of Chinese Discourse",就是"处在中国论述的边缘",故意把英文词"margin"变成语义双关,既是"在",也是"论"。在文中我就讲到我和几位从中国大陆来到美国的学者,怎么在芝加哥讨论文学,讨论中国文化的"寻根"问题。于是从"寻根文学"的例子,才知道这个文化之根的来源可以是中国的边缘,例如一些边境地区。我受到启发,觉得应该从边缘的方式重新构思、了解中国的文化。所以我的"边缘论述"就是从那个时候开始的。这个边缘理论,其实不能算是理论,只是一种说法,一个 concept,一个观念。

张:这个关于"边缘"的说法,后来就成了老师关于香港文化讨论的重点所在。其实我很好奇,因为刚好想到一个问题,就是无论文化中国,还是中国文化的讨论,在冷战时期,很有趣,是在香港这样的边缘地区出来的。这个独特的历史背景有没有引发老师,去构想一个另类的中国文化图景?虽然老师常讲自己是一个世界主义者,但是您始终很关心中国知识分子,或者现代中国,或者"五四"文化等。那这个边缘的位置,对于您了解中国文化的这些议题,会不会有一些启发?又或者说提供了看问题的不同方法?

李:要回答这个很复杂的问题,你也可以说,我是从一个边缘的角度来审视中国这一百多年来的文化、文学的变迁的。我记得我在哈佛有一门大班课,普通学生的课,就讲这个问题。一开始我就放映徐克的《刀马旦》这部影片,我就讲,如果辛亥革命和民国早期的军阀割据,用香港边缘的电影角度来看,会是什么样子,就很好笑。这是一个边缘论调。你的中心理论是没有人敢说孙中山的革命或军阀这些东西很好笑的。你要不然大骂军阀,要不然就是歌颂革命。香港通俗文化的基调是插科打诨式的,是无厘头式的东西。其实,你从一个庞大的内陆,一个 hinterland,跳出来看的话,这种基调非但有客观性,也可以有一种反讽性。我觉得"反讽"这个名词,在中国文化里面原来没有,这是我从西方学来的。现代主义最重要的一个观念,就是反讽,就是 irony,什么都是 irony。这个反讽的意义,本身就是从反思过来的。你再思考一次,才会觉得有点好笑,这就是反讽的起点。所以,这就让我感觉到,我们在香港当今所处的也是边缘,历史的中心已经离开我们了。从历史的纵向来看,"大历史"是从明朝以来的北京和汉唐时代的西安扩展出来的,这是大陆的文化中心。那个时候,香港根本还不存在。可是,到了 20 世纪、21 世纪的时候,整个的世界变了。换言之,就是国家与国家之间的关系扩展到一个所谓全球化的关系的时候,这个"边缘"就很重要了。因为"边缘"所处的总是两种边界:一种是面对大陆的、内陆的、自己的国家的;一种是外向的,面向海洋的、外面的世界的。香港在历史上,就是一边面向外面的、西方的势力的影响,一边背靠中国大陆。那就要看你怎么设身处地来处置这个问题了。我突然想到本雅明(Walter Benjamin)的"天使"寓言。我们两个人都觉得有点像寓言中的天使一样,面对着这种现代性的滚滚潮流,它叫作"进步",而天使偏偏背向而行,背靠的是什么呢?我觉得无论内还是外,双方都是一种沉重。"边缘"这个想法,作为一种思想资源,对我有非常大的启发。我什么东西都可以从边缘来构思。甚至于现在,我即使在中心,我还是从边缘来构思。有人还笑说,你都是在学术中心教书的,哈佛不是中心吗,你还做什么边缘呢。我说我在哈佛也处于边缘。人家真正的以西方为中心的研究轮不到我,虽然我对西方文化也很有兴趣。大家不要以为我在哈佛是一个主流,不是那回事。我就是从边缘的位置评论他们的东西,如鱼得水,我一点都不觉得有什么吃亏的地方,你们研究的东西,我都懂一点,但我研究的东西,你们一点也不懂。所以从这个立场,再重新

remap，重新绘制新的全球化的地图的时候，我觉得如果你们要讨论所谓离散社群啦、移民啦、跨文化流动啦，或者是 Arjun Appadurai（阿尔君·阿帕杜莱）所讲的那五大"图景"啦，全部都是从"边缘"出来的。边缘接上边缘，就变成一个庞大而多元的文化景象。

张：老师，您刚才谈到本雅明，我们都知道老师您的《上海摩登》研究的方法论里，有一部分是从本雅明来的。可不可以请老师讲一下，您是从什么时候开始研读本雅明的著作的？

李：也是从那个时候开始，就是 1990 年前后，我感觉到我需要一点理论的照明。可是我一头栽进本雅明的文章里面就出不来了。我觉得这种文章正合我的口味，它不像抽象的理论，有点像文化评论。本雅明的语言好得不得了，非常耐读，虽然是从德文翻译过来的，可是我看的那个翻译文本，就是大家时常引用的那两本，*Illuminations*（《启迪》）跟 *Reflections*（《沉思》），有 Hannah Arendt（汉娜·阿伦特）写的序。那个翻译的人，Harry Zohn（哈里·佐恩），英文文笔相当好。虽然后来我才知道，有几篇经典文章，他翻译得不太正确——但不能说完全错误。特别是那篇讲"艺术品复制"的文章。后来这个缘分更有意思了，我到了哈佛之后，见到哈佛大学出版社的人文部主任 Lindsay Waters（林赛·沃特斯）。我一见到他，就说你的样子有点像本雅明。原来他正在筹备一个大项目，就是把本雅明的作品全部重新翻译成英文出版，后来果然出版了，他还送给我三册。所以，这个因缘对我来讲，其实已经超过我的上海研究。从此我就开始看他的所有重要著作，甚至于间接地受他的启发，重新开始读卡夫卡，用他的办法读，然后用他的办法来接触巴黎拱廊、欧洲历史和古代德国戏剧。我又参看后世学者对他的研究，对他的思想天分才略有所知。我对于他的个人的经历非常地同情，甚至于同情到对他的朋友 Adorno（阿多诺）有偏见，觉得他比 Adorno 厉害得多。后来到香港大学客座那一年（2001），碰到 Ackbar Abbas（阿克巴·阿巴斯），他也是个本雅明迷，到现在恐怕还是迷。所以有这么一个多重因缘。

张：刚才听老师说，最初您读本雅明的书，主要好像还是跟您的上海研究有关。听说您有一次演讲，里面有一个听众发问，才让您去读本雅明。

李：肇始是因为我要去UCLA任教，他们按章办理，要请我去做一个演讲，我就讲我的上海研究。当然那个时候我也听说过本雅明，也买了他的书，但没有细读，可是在场有一位年轻的女教授就问我：你有没有看过本雅明？我照实回答：家里书都有，可是还没看，我说我回去就看。她说你的东西非要用本雅明的办法不可。又是那个时候，就是80年代末90年代初。我在80年代到芝加哥大学任教的时候，就买了一大堆理论书，都是在那个书店——叫作Seminar Bookstore——买的，我就拼命地买，买了摆在家里没有时间看，真的是这样。所以理论对我来讲，跟练武功一样，要一步一步来，痛下苦功。可是那个时候我的功力太浅了，怎么办？于是我把那些理论书拿到芝大图书馆五楼我的一个小读书室，只有一扇小窗子，像监狱一样的，我就在那里苦读。除了授课之外，每天从早到晚，都泡在这间斗室里，哪里都不去，就这样一本接一本地看。所以你看得出来，《上海摩登》中谈到本雅明的部分不多，是最后几章才引了一点，我不敢在全书的序言中长篇大论。其实我只用了本雅明理论的一小部分，就是那个关于flâneur（都市漫游者）的说法，而且用得很浅薄。我就怕自己的上海那本书，被某个理论掐住了。我觉得上海文化本身也有它的主体性，和本雅明研究的19世纪巴黎一样。这是我一贯的方法。

张：老师其实也是80年代中期前后去上海的。这个时候老师有没有得到什么灵感，见了什么人？

李：80年代初中国开放以后，我才开始去一两次。后来陆续去的时候就跟上海结缘了。我第一次去，为了见巴金先生，就特地飞到上海去拜访他，在他的会客室。他住在原法租界，我最近又去看了一次，变成博物馆了，沙发椅子还是那个样子。我出来以后颇有感触，当时的上海跟以前相比没有大变，现在有的地方也没有变，原法租界那几条路还没有变，当年我就常在那里面散步。后来我就觉得要彻底研究一下在大都市散步的意义。也差不多在这个时候，中国文学界现代文学研究的几位专家，特别是北大的严家炎老师，他编了一个集子，叫作《新感觉派小说选》。就在这个时候，我在上海也收集了三位作家——刘呐鸥、穆时英和施蛰存——的小说，在台湾出了一本《新感觉派小说选》。两本选集几乎同时出版，但收集的文章不完全一样,严教授写了一篇序,我也写了一篇序,内容也不同,可谓相得益彰。可以说就在这个时候,我就有点兴趣想写一本研究新感觉派小说的书。可是慢慢就发现这个写法的不足,我一定要把上海的文化背景也放进去。于是我就把上海研究和"新感觉派"连在一起了。当时上海研究在美国已经开始了,有两个重镇,一个就是伯克利,就是魏斐德(Frederic Wakeman Jr.)和叶文心他们那几位。魏斐德是著名的历史学家。他早已到上海研究杜月笙、研究上海的警察,我就跟在他后面研究上海的文化。上海的好几位文化界和学界的朋友都说,他们先见到他,不久之后就见到我。还有一个傅葆石,研究上海的电影,也是那个时候去上海的。差不多也是那个时候,康奈尔有个教授研究上海的广告、香烟公司。所以在美国,上海学开始兴起,后来成了显学。我当时只是研究上海的文化,对于上海学本身没有什么大兴趣。他们也把我列为上海学的一个专家,其实我不是的。可是如果把我的书和他们上海学所出的书来比较的话,我的书是唯一一本以文学为主的书,或者说把上海的都市文化作为文本的脉络(context)。而他们研究的都是其他的东西,例如上海的经济、社会、政治等,把这些都做了出来,而且成绩很好,和上海社科院的都市研究计划刚好契合。因此我那本书显得很特别,好像只此一本而已。现在回想起来,那本书的第一章,我不自觉地用了一种本雅明式的手法,就是作为一个作者,我假想自己是一个 flâneur,漫游在资料和文本显示出来的"摩登"上海之中。也就是说,我的思绪在那个历史的情境里漫游,看到什么就写什么,然后加以分析和重组。这也是一种电影式的 panoramic view(全景式的轮镜头),一点一点地看,一开始就引用茅盾小说《子夜》开头的全景,然后就假想从码头上岸,经过大马路时,看到什么百货公司,又从百货公司,看到什么书店,于是就讲书店,然后是电影院、跑马场……一景又一景,就是这么出来的。这一招,只有一个人一下子就看出来了,就是我的那个朋友 Benjamin Lee。他说你这个写法很特别,是不是受本雅明的影响? 其他人都没有看出来。我花了好多功夫写第一章,至少改了不下十几二十次,我现在跟同学讲,也没有人相信。写初稿时,怎么写都不对劲,后来还跟叶文心商量。叶文心说,你的资料太多了,分成两章吧。于是我就分成两章,这一下子问题就解决了。所以很多人看我那本书,从前面看好像看小说一样的,我是故意这么写的。可是多年后,王德威跟他的研究生说——这我是听来的——你们千万不要学李欧梵,学他的话,将来论文不能通过,教书不能升等。有此一说,也许是他开我的玩笑,因为他觉得我的写法很特别,跟一般学术著作的格式不一样。

张:刚才老师说自己的研究文章好像小说一样,您大概也是80年代中期开始见到施蛰存先生。听说施先生那时候对您有很多启发,关于这位小说家,可以请老师重温一下您和他的交往吗?

李:我以前写过一篇纪念施先生的文章,谈到和他的交往。我早已读过施先生的小说,所以老早就想去拜访他,到了上海以后,幸亏有朋友介绍,得以到他在愚园路的住所畅谈,我觉得他非常直爽,有问必答。记得第一次去,寒暄没有几句,他就说你要有什么问题,先写在纸上,口头也可以。当时很少有人访问他,所以我可以从容发问。于是我就问他,什么是现代主义。他说没有这个名词,当时只用了 avant-garde(先锋派)这个名词。然后,我就问他:您在30年代接触到的是西方哪一类先锋作品?他就讲了一大堆人的名字,不只是诗人和小说家,还有画家。我现在记得最清楚的就是 Picasso(毕加索)。还有德国的 Schnitzler(显尼支勒),他翻译过 Schnitzler 的几篇小说。他还特别提到一个很怪的人,就是 Marquis de Sade(萨德侯爵),虐待狂(Sadism)的创始者。我当时没有看过相关作品,他就叫我去美国书店找。后来我终于找到了,寄给他。然后我们就开始谈他当年在上海看到的外国杂志,他最喜欢的是 Vanity Fair(《浮华世界》)——现在是一个商业杂志——以前是很重要的文化杂志。里面有很多汽车的广告,这些一手资料,我在我的书里面都引用了。后来几次跟施先生见面,我们熟了以后,他就开始发牢骚了。因为他受压很久,80年代才被"发现"——大家尊他为中国现代主义的师父,他自己却自嘲说他已经像是"出土文物"了。他在"文革"时期,因为鲁迅曾写过一篇批评他的文章,而遭批判,后来虽然得到平反,但他很不得意。我见到他的时候,他在研究古典文学了。因为我问到他的西方文学渊源,别人从来没有问过,因此他跟我很谈得来,甚至于在我面前还跟别人说他如何跟别人打官司,譬如在台湾我编的那本《新感觉派小说选》,没有给他稿费,他就很不满。他要去找人交涉,我说真对不起,这也是我的疏忽,下次来我把稿费亲自送给你。他说跟阁下无关,这是书店的事。他是公私分明的。我还记得,有一次我的一个学生去访问他,他禁不住也批评我,他说:你这个老师,看的当年的中国文学史上的左翼的著作太多了。他指的就是刘绶松、王瑶、李何林这些人写的中国现代文学史。他说我受这些文学史著作的影响,把左翼当作主流,其实真正有影响力的还是《现代》杂志。当年的左翼学者当然以革命挂帅,以社会主义、写实主义为圭臬,这当然和他的先锋艺术思想不太契合。后来他也告诉过我:其实先锋艺术本身也是革命性的。施先生自己当年的思想也很左,不过他从来不服膺任何教条式的论调。由于这段因缘,我一直到现在还很怀念施先生。最近我又想到他,也就想到一位他曾经向我提到的人物,就是 Stefan Zweig(茨威格)。所以最近我顺便把茨威格的几本小说拿来看了一下。我猜也是那个时候有人把茨威格介绍到中国。最近有一本奥地利学者 Arnhilt Hoefle 写的英文书,专门讨论茨威格对中国文学的影响。

张:刚才听老师讲的时候我便想起来,以往已经有这个感觉,老师做研究的时候,启发点往往都来自作家,或者作品里面的感觉结构。这个感觉结构让您往哪个方向走,您便往哪个方向走。理论是后来才找出来的。这个好像挺重要的。老师这种做研究的方法对我有很大的启发。老师在这个方面可以多讲一些吗?

李:对我来说,没有好的文学作品,我们这些研究文学的人就没有饭吃了吗,所以作家和文本是很重要的。文学作品是作家写的,所以作品和作家同等重要。我到现在还非常尊敬作家,而好的作品我也一读再读。所以作家跟作品永远是重要的。文学理论,是因为有了好的文学作品才有了好的文学理论。这个说法是捷克结构主义的布拉格学派的那位大师,叫作 Lubomir Doležel(道勒齐尔)提出来的,他就是研究晚清的那位 Doleželová(米列娜,Milena Doleželová-Velingerová)的前任丈夫。他说布拉格学派的理论,都是因为先有伟大的捷克作家的诗和散文,然后理论才从那里演变出来。所以他再三告诫说:文本最重要,文本在先,理论在后。我永远记得他给我的这个教训。我当时跟他辩论,我觉得历史背景也很重要,我觉得作家的背景——不只是作家的身世——也要考虑。他说文本世界自成一体,语言分析第一,作家的背景根本不重要。他要把我这个历史训练出身的"外行"带进文本之中,我说我要把他从文本之内带出来。可是他是一位理论大家,我算老几?我至今还是坚持一种方法:必须先读文本,再从分析的过程中引出"外在"的元素,然后两者互动,或辩证,绝不能主题先行。这个关键的立场对我来讲是不能放弃的。

张:最后,听说1999年复旦大学请老师去做了一个演讲。

李:对,复旦大学。我跟上海两家大学的因缘,其实是华东师范大学比较多,也比较早。我一到上海就认得了几位年轻的学者,有的人当年还是研究生,现在都是学界名人,如陈子善、王晓明、许子东就是那个时候认得的,他们都是华东师大的人。后来我申请一笔研究经费到上海做研究的时候,双方的文化机构搞错了,以为我还是研究生,其实我已经在教书了。就分配我一个指导老师,就是贾植芳老师。于是我就将错就错,认贾先生做我的老师,他就请我到复旦大学。所以就因为贾先生的关系,认得了像复旦的陈思和等学者。可是在这个时候,因为我去过上海好几次了,陈建华(原来他就是复旦的博士)觉得过意不去,就在美国打长途电话给他的老师——章培恒老师,请我到复旦演讲。章先生马上打电话请我到古籍所做演讲。我觉得有点不好意思,因为我是研究现代文学的。我还记得我讲的就是晚清,题目是什么我忘记了。当时就那么几个学者坐在那里,章先生对我非常客气,还请我吃饭,所以我到现在一直念念不忘。现在我非常高兴,就是陈建华回到他原来的老师办公的那个研究所了,就是古籍所。他的任务是打通古今中外,我非常赞成。

思想与文化

中国文学与文化研究范式新探索

审美、道德与政治共同体：王国维、蔡元培与鲁迅①

王 斑

过去一些年,中国美学论者偏向探讨诗学的纯粹性而撇开美学的社会和历史语境。李泽厚作为一位马克思主义美学家,从未远离政治,却也在20世纪80年代倡导一种去政治的自由人文主义(liberal humanist)美学。李泽厚认为,魏晋时期(公元220—266,265—420)的诗歌和生活方式唤起了"人的主题"。魏晋诗学脱离两汉时期主导的国家意识形态,崇尚超凡脱俗的言行。一种"纯粹"的哲学思辨和抒情的、感性的纯文学形式应运而生。② 这种审美重视"表现和情感"(expressive and affective),反对国家(statist)的政治文化规范。这种"魏晋风度"通过李泽厚的《美的历程》,在20世纪80年代获得新生,广为流传。不少论者用美学的人文性、普适性来反对此前高度政治化的文学模式和"文革"时期的艺术形式。事实上,"表现和情感"在西方学界也一直被视为中国传统诗学的精髓。③ 许多汉学家认为,中国美学不同于西方美学"模仿说"之处,在于关注内心情感和意图的表现,而不看重戏剧性行为。然而,根据苏源熙(Haun Saussy)对荀子的解读,表现情感并不只有"在心为志、发言为诗",还包含深刻的外延。中国诗论其

---

① 本文由华媛媛、王斑译自英文稿:Ban Wang, "Aesthetics, Morality, and the Modern Community: Wang Guowei, Cai Yuanpei, and Lu Xun", *Critical Inquiry*, 46, Spring 2020: 496-541.
② 李泽厚:《美的历程》,北京:文物出版社,1981年,第87页。
③ Haun Saussy, "Music and Evil: A Basis of Aesthetics in China", *Critical Inquiry*, 46, Spring 2020: 285.

实很注重模仿性——不是模仿自然,而是对一种礼乐、仪式氛围和社会伦理生态的模仿。中国儒家美学关注的不仅仅是艺术本身,美学研究的也不是什么是纯美的形式和真谛。它更关心音乐演奏通过集体仪式来模仿巨大的政治生态,传播宏大庄严的乐曲,移风易俗,教化修明,摒除人性邪恶,摆脱无政府主义倾向。音乐不仅是声音和节奏,赏心悦事;演奏包含政治美学,提供了一种意识形态教化功能。听众沉浸其中,受其引导。欣赏操演礼乐引领听众懂得何种社会行为和思维方式更符合国家要求。因此,一味地谈"表现和情感",实际上是用主体情感内在性遮蔽了审美经验的社会外延和政治意义。艺术形式变得抽象、狭隘、苍白;美感沦为符号和装饰。

中国传统美学实际上具有"政治魅力"(political enchantment)。这个现代的命名,似乎表达了一种政治的焦虑,如果没有感情和感官魅力的日日维新,政治秩序、社会伦理便无法维持和延续。中国传统美学提出,政治治理需要源源不断的文化和道德补给来维持魅力的光晕(aura)。反过来说,"祛魅"(disenchantment)则意味着将美感、感官体验从政治秩序的美德中祛除。

马克斯·韦伯(Max Weber)于1917年发表了"学术作为一种志业"(*Wissenschaft als Beruf*)的演讲,其中关键词是"祛魅",表述现代科技和理性压抑、排除了前现代的宗教景慕和崇高的情感结构。韦伯在新教伦理的著作中生动地表述"祛魅"在现代性世俗化过程中如何消弭意义充盈的经验,排除人们对社群的情感依恋和神圣光晕。政治上,祛魅指涉的是技术官僚机构和行政程序,这些国家机器由"没有灵魂的专家"(specialists without spirit)操作得以运转;道德上,它描述了"没心没肺的享乐者"(sensualists without heart),这种人可以随心所欲地做审美判断和个人选择,无须理性基础或共享情感的交流。① 对沃尔特·本雅明(Walter Benjamin)来说,"祛魅"标志着在城市化、工业化和商品化的眩目冲击中,光晕被解体,身体被阉割。城市化将个人从血缘、地缘的乡土文化土壤(blood and soil)中剔除,机械复制割断了艺术作品与仪式和传统的血肉联系。②

---

① Max Weber, *The Protestant Ethic and the Spirit of Capitalism and Other Writings* (New York and London: Routledge, 2002), p.123.
② Walter Benjamin, "On Some Motifs in Baudelaire", *Illuminations* (New York: Schocken Books, 1968), pp.155-194.

所谓重振儒家传统,重返古代仪式,可看作在振兴文化魅力。但本人认为,复古的礼仪活动虽然有推陈出新的、越来越精致的仪式,愈来愈震撼的景观,但流于表面,缺乏真正凝聚一个政治群体的魅力。重振审美的魅力,需要一种连贯的文化,需要更强的、能落实于日常生活道德观和身体力行的人际关系。复古的礼仪盛行,恰恰是美学与伦理政治脱节的症候。大张旗鼓的礼仪庆典意味着政治上沉醉皇权,消费者沉迷过往的荣耀,历代皇朝的辉煌成为中产消费者认同的幻想。对皇权和荣耀的景观趋之若鹜,使人想起民国时代尊孔读经,对重构现代社会的道德于事无补。回顾世纪之交中国美学思想,我们可能会发现一些与政治和美学更紧密联系的有价值的东西,即"政治魅力"。美学联系政治,代表了一种"复魅"(reenchantment)的努力,一种面对祛魅、世俗颓势而力挽狂澜的努力,一种重建一个充满意义与灵性的精神世界的追求。为了克服"先验的无家可归感"(transcendental homelessness),重返社区家园,"复魅"旨在找回身体和政治之间的血肉联系,重建道德情感和权力参与之间的紧密联系。在这一过程中,美学理论和实践起着至关重要的作用。

  清末民初,为了应对迫在眉睫的社会和政治危机,抵制列强侵略和世界市场侵入,拯救危在旦夕的清王朝,中国有识之士开始向西方学习。专业的美学词汇和论述也由此从西方引进,纳入忧国忧民的思考。一个世纪后,美学却变得更"专业"。理论家们宣称告别20世纪革命和改革历史,重新发现美学的超验、普世和"内在"的人性价值。他们厌倦了集体历史、民族和政治运动的宏大叙事,一头扎入现代主义美学中,把感知和审美形式从道德、政治和社会转型中剥离、独立开来。这看似在恢复审美地位,其实是为审美话语祛魅。审美话语的政治含义由此被剥夺。在纯美的理论中,纯粹"审美"特性受到关注,如"情感"(affect)、感官的强度(sensuous intensity)、文本的欢愉(textual jouissance)、身体的快感(bodily pleasure),等等。雷蒙德·威廉斯(Raymond Williams)认为,这种审美主观主义"将内在感知与外部世界隔离,并将内在感知作为艺术和美的基础",独立于社会和文化关切。他称之为"分裂的现代意识"(the divided modern consciousness)。这个意识将美学从社会政治关系整体中割裂,"因为现在普遍流行的短语'审美思考'(aesthetic considerations)内涵非常狭隘,审美范围正不可抗拒地被隔离和边缘化"①。

20世纪初,中国思想家为建立一个现代民族国家,寻求各种方式将道德问题与美学思想相连。本文对此进行探讨,试图展现一种政治化美学。这些早期思想家所探讨的美学不是超验美学,而是政治美学。这种美学虽然强调审美范畴,同时又忧国忧民。它关注审美与文化危机、道德改革和国家建设政治的广泛议题。

政治美学分析角度,可分为两个相互关联的取向。一方面,政治美学作为一种文化和知识资源,为新兴国家改革提供了合法性。这种文化-社会-政治逻辑意味着社会秩序的提升。但纯美学论者避谈政治,因为美学依附政治,可能成为附庸。民国时期,审美文化对政治秩序的支撑被视为替威权统治服务的审美意识形态。另一个取向的意义是,审美思维为革命文化和社会变革提供了动力,追求个人和社会的自由,渴望身体、思想和社会的解放。两种取向,无论正面负面,都肯定了美学理论和实践与政治不可分割。如弗里德里希·席勒(Friedrich Schiller)所言,"如果人类要在实践中解决政治问题,就必须先解决美学问题,因为只有通过美,人才能获得自由"②。现代中国的政治美学认为,现代人的境况是一个审美存在,同时也是挟裹审美经验的政治行动者。现代人不断致力于建设和重建一个感官生活世界,并把它作为政治自由的条件。

特里·伊格尔顿(Terry Eagleton)通过追溯审美与政治的互动交织,指出审美探问的是如何将人的身体纳入新的社会秩序。在西方启蒙时代,随着市场和公民社会的兴起,脱离了宗教体制的平民更注重世俗化的身体和感官体验,开明的君主们和资产阶级需要迎合平民阶层的审美趣味。于是政治开始关注生物的身体以及劳动身体。新的审美科学强调身体与实践的理性和感官体验、活动,但审美问题意识是社会的、道德的和政治的。古典美学不满概念、思想和工具理性的一统天下,指涉"人类感知和感觉的整个区域"。它关注的不是远离生活的艺术,而是与人类生活休戚相关的类似艺术的情感结构、体验和生活,探寻审美体验如何成为生命本身不可分割的部

---

① Raymond Williams, *Keywords* (Oxford: Oxford University Press, 1976), p.28.
② Friedrich Schiller, *On the Aesthetic Education of Man* (New York: Dover, 2004), p.27.

分。它关乎"喜欢或厌恶,关乎外部世界如何刺激身体的感官表层",关乎人们的视觉习惯,跟着感觉走,关心源于人类"最日常的生物性如何沉浸、活跃于大千世界中"。① 于18世纪在德国出现的审美话语,探讨如何培养身体经验和感受,以求实现公民主体性,适应资产阶级社会新秩序。政治霸权不能容忍无政府主义个体和集体宣泄不满情绪;要维持社会秩序,政权必须通过训导、教育、锻造、驯服国民,通过了解和控制其情绪,培育品味和感性,支配头脑和身体。因此,美学成为应对、解决道德和政治问题的途径。如席勒所说:"我们通过美而获得自由。"②

一方面,统治秩序可借助美学,对身体施以道德规范和权威,赢得民心,笼络、补偿其感性需求,满足情感和欲望。另一方面,这会引起反抗和解放欲求。审美思考给感官以满足感,身心自由,赋予个人和群体审美自由和权利。这是脱离正统秩序、迈向政治自由的一小步。雅克·朗西埃(Jacques Rancière)认为,借助审美对理智进行重新绘制和重新分配,显然是一种政治行为,是对理智控制和规范的试探和挑战。审美经验把个体从狭隘分裂的意识和异化的劳动中解放出来,实现身体和内心双重自由,远离生产规则和管理规则所施加的外部影响。③ 一个新的、富有情感的主体出现,行使自治,踏上现代性轨道,通过自我教育(Bildung)走向一个自由人格的共和国。在这个国度中,个人和群体可以书写他们的集体规则,"无须服从法律,只需遵从约定"④。这表明美学功能包含了一种创造的活跃的政治的潜力,一种支撑身体政治的文化创意。审美重振社会政治前景,就是忧国忧民的近代中国思想家被西方美学所吸引的主要原因。⑤

中国美学思想家在接受西方美学的过程中,从"文以载道"的儒家观念中汲取了灵感。"道"超越感知世界、吁求宇宙大道,但超验领域必须渗透在感性的日常生活中才能得以充实,它植根于社会、道德、政治实践、仪式和家

---

① Terry Eagleton, *The Ideology of the Aesthetic* (Oxford: Blackwell, 1990), p.13.
② Fredrich Schiller, *On the Aesthetic Education of Man*, p.27.
③ Jacques Rancière, "The Politics of Literature", *Substance*, 33, 2004: 10-24.
④ Terry Eagleton, *The Ideology of the Aesthetic*, p.19.
⑤ 有关详细探讨中国思想家接受西方美学的历史条件,请参阅 Ban Wang, *The Sublime Figure of History: Aesthetics and Politics in Twentieth Century China* (Redwood City: Standford University Press, 1997),中文版请参阅王斑:《历史的崇高形象:二十世纪中国的美学与政治》,孟祥春译,上海:上海三联书店,2008年。

庭关系。① 这种传统思维方式使思想家能够在西方美学中发现灵犀相通的因素,用以促进政治改革。他们将美学想象作为一种手段,用以培养对社会和政治秩序至关重要的情感纽带。

例如,梁启超认识到美学对于改革中国民众的心理、情感和道德的重要性,认为小说可以对读者施以道德审美教育,是实现道德改革的有效审美经验。面对现代政治思想中的政治与道德脱节,梁启超返回古典政治思想,认为道德并不局限于行为、礼仪和日常生活领域,道德其实是政治社会的本质。梁启超的术语是"群治",字面意思是"人民治理","群治"想象一个由公民自治的现代政治社群。传统帝制缺乏民众自治,政治秩序建立在"私德"的狭隘原则之上,目的是维持统治君主及其家族和氏族的利益和统治。② 在社会层面,人们追求自身利益,在分散的亲族网络中维持一个紧密的社区。帝王虽有心怀天下之责③,但地缘、亲缘关系使得社会秩序相对狭隘,有群众而无"群治",一盘散沙。梁启超诉诸小说,希望改变这种狭隘、涣散的心态,将其视为改变读者个性和意识的关键。④ 小说并非灌输传统道德教义,而是将读者带入一个远离自身利益和日常生活的奇幻之境,令其扩展视野,放飞想象,进入一个兴奋的冒险世界。小说的审美力量能够有效提升新公民的道德品质。相比之下,传统旧小说粗陋低俗,最终将导致国民的道德败坏,应予以抵制。新小说传递公共道德,承诺共同利益,带领读者进行情感冒险,目的是塑造健康的道德品质。小说阅读不是自上而下的训导、治理,而是思想和感情的联合,目的和趣味的统一,这正是走向现代国家的公民所需要的。⑤

---

① Pauline Yu and Theodor Huters, "The Imaginative Universe of Chinese Literature", in ed. Corinne Dale, *Chinese Aesthetics and Literature* (Albany: State University of New York Press, 2004), p.3.
② 梁启超:《论小说与群治之关系》,载《梁启超全集》第五册,北京:北京出版社,1999年,第611页。
③ "天下"是一种道德和政治的治理模式,范围涵盖帝国内的所有人和地区。对于天下治理和中国世界主义的当代讨论,请参阅 Ban Wang, ed., *Chinese Visions of World Order: Tianxia, Culture, and World Politics* (Durham: Duke University Press, 2017)。
④ 梁启超:《梁启超全集》第五册,第 611 页。"群治"大多被译为"治理民众"(governance of the people)或"社会导向"(guidance of society)。"群"字面意思是"群众",这个词随后与共产党动员人民革命联系在一起。梁启超的重点是作为公民的人民。梁启超是记者和活动家,曾流亡海外,他期望文学能够改变人们的思想,使他们能够具备合乎道德的民族意识。群众构成社区、国家和政府。因此,"群治"是现代意义的政治自治,是自下而上的道德形成过程。该词与梁启超喜欢的"自治"概念相呼应。
⑤ 梁启超:《梁启超全集》第四册,北京:北京出版社,1999年,第885页。

梁启超提倡小说审美重建群治，引起夏志清（C. T. Hsia）的反驳。在夏志清看来，道德和政治表达了长久以来的感时忧国的"中国执念"（obsession with China），梁启超所崇尚的政治小说削弱了文学的价值和自主性。① 他认为，梁启超是一个政治宣传者，把小说视为政治的工具。② 夏志清根据一种狭隘的祛魅的政治观来解读梁启超，无法理解后者的政治伦理审美浑然一体的思想。梁启超珍视公民道德和品格理想，这一点来自传统儒家思想和政治哲学。儒家政治是为政以德，即道德和文化融为一体，政治改革要靠道德改革。政治改革通过培养公共精神和公民道德，使人们融入并参与到社会和国家的政治过程中。③ 一种由阅读仪式和道德修养驱动的政治，肯定小说的审美-政治作用。道德作为一种心灵的内在品质和外在的善意行为，需要通过不断地接触音乐、歌曲和艺术，不断学习而逐步建立。《诗经》开篇总序《诗大序》阐述了这种审美-道德关系。古代帝王通过诗歌"经夫妇，成孝敬，厚人伦，美教化，移风俗"。

儒家注重道德政治，主张通过深入感觉、感性和情感结构以及增强互惠同情，构成有德行的社会与国家。梁启超不赞同把文学变成一个独立的私人享受领域，他承袭儒家文人传统，视政治领域为由道德、情感、感性和社会等构成的整体，而文学是其中有机的组成部分。小说因其教育使命，超越了现代文学的个人主义美学和概念，持续为道德改革注入活力。审美活动需要维持并改造道德，新的道德反过来又会促进政治和社会秩序的和谐。

著名美学思想家王国维（1877—1927）阐述了政治美学的双重使命。他把诗歌的判断标准与中国古代两种道德-政治思想联系起来：致力于维护王朝秩序的道德政治思想和平民的、个人主义的、超然的自由思想。北方诗派以政治为导向，实践"诗之为道"④；与此相反，以道家精神为主导的隐逸

---

① C. T. Hsia, *C. T. Hsia on Chinese Literature* (New York: Columbia University Press, 2004), pp.223-246.
② Ibid., p.237.
③ 迈克尔·桑德尔写道，亚里士多德的道德政治在于"形成性的任务……在一小群共同生活和自然倾向于公民身份的人中培养美德"。在现代，共和制度的美德似乎更具强制性。卢梭认为，任务是"改变人性，改变每个人……成为更大整体的一部分，在这个整体中，个人才能获得生命和存在"。请参阅 Michael Sandel, *Democracy's Discontent* (Cambridge, MA: Harvard University Press, 1996), p.319。
④ 王国维：《王国维文学美学论著集》，太原：北岳文艺出版社，1987年，第31页。

的南方诗派更富想象力,更自发即兴。南方诗人似乎脱离政治,不受社会习俗和道德规范的约束,作品更具诗意,使人感到愉悦。战国时期楚国诗人屈原(公元前340—278)的生涯象征着政治职责和审美修养的融合。屈原是一位南方诗人,但吸收了北方的思想和诗学,并将内圣外王尊为儒家传统中的道德政治典范。屈原在得志之时不仅是一位有建树的诗人,在政治上也拥有话语权,备受楚王信任。下野落难时,屈原的诗歌不仅表达出南方诗人独特的诗情画意和想象力,而且创造了新的诗歌体裁,展现出超高的美学价值。

鉴于屈原在政治体制中的官方地位,其诗作可以被解读为体现统治阶级意志,宣扬忠诚、义务等对维护统治阶级权力至关重要的价值观。但与此同时,屈原的南方诗意近似于"为了诗歌而诗歌"的风格——兼备完美的诗歌模式和审美素质。屈原诗作既体现了纯粹的诗歌表达方式,又兼顾视诗歌推动道德改良和讥讽时政的儒家诗学传统。《诗大序》用"风"(影响)界定诗歌指导和传播道德规范的功能,作为联结夫妻、父子、君臣、大国小家的道德纽带。在苏源熙的分析中,虽然"风"可能指向"诗歌的表现-情感方面",但其审美是社会政治性的。"在这里,审美判断遵循政治判断:评判一部诗的好坏,要先评判产生诗作的社会的好坏,但身陷坏社会,且不愿与之为伍的诗人,可以在其作品中追忆美好社会。"①一部表达对美好社会追忆的作品,可能会开启对当代社会的批判,这便是批判针砭之"讽",即"下层批判上层"。这和"风"自上而下的影响相对应。批判的思想在社会政治体制内享有劝诫的权利:言者无罪,闻者足戒。"讽"是在政治体制内表达批判、训诫和反对的主导的道德政治话语。

站在两种"风"向中,很难明确区分一个诗人是体制外的批判诗人,还是体制内的御用文人。王国维提出一种双赢愿景,来恢复屈原政治化美学的要素,即把美学与政治相结合。虽然来自下方的"讽"可能会表达不满并表达自发的感情,但这绝不是以诗人脱离社会和摆脱政治秩序责任为前提的。相反,批评的声音来自对道德沦丧和政治颓败的更深层关切。

---

① Haun Saussy, *The Problem of a Chinese Aesthetic* (Redwood City: Stanford University Press, 1993), p.84.

王国维认为,南北两派的冲突在屈原这里得以和解。北方诗派在政治秩序内活动,以讥讽时政改造社会①为目标。但这种政治立场并不意味着诗人与社会现状同谋,或仅是权贵的附庸:屈原勇于批评政权和抨击腐败官员。而南方诗派并非单纯地沉迷于诗意的幻想和修辞的完美,他们的诗性价值同样取决于文学在政治秩序中的宽广作用。尽管他们在体制外活动,浪迹山林,但南方诗人仍然尝试设想和创造一个新的社会世界。无法获得政治权利的南方诗派,在自然界的乌托邦和隐居所中找到了安慰,表达自己的理想。我们不能因为其富有想象力和审美的姿态而忽视其隐藏于文学中的政治性:南方诗派以想象而不是直面现实来批评社会。②

蔡元培的美育思想是政治美学的明显的例证。蔡元培于1908—1911年间远赴德国莱比锡(Leipzig)求学,受到良好的美学专业训练。他没有"现代分裂意识"(modern divided consciousness),不赞成把意识感知、价值判断和社会历史割裂开来,不欣赏为艺术而艺术的美学。对他而言,美学的功用就是培养人文主义世界观,培养公民的情感和理性人格。他认为这些素质是成为新中国公民的基本条件,是新中国的组成部分。③ 蔡元培是中华民国首任教育总长,是一位富于远见的改革者,把美育提到和体育、智育及德育同等重要的地位,这在传统儒家不算新事物,但在现代历史上,蔡元培是第一人。

蔡元培推动各级学校开设美学课程,旨在培育公民人格和道德。他认为,审美活动能够有效解决民国初期的道德沦丧和民族危机。传统道德和政治秩序的土崩瓦解,市场社会、城市化和占有性个人主义甚嚣尘上,国家支离破碎,民众失去道德支撑,中华民国危机四伏。儒家秩序中,道德问题与个人在其家族、社区和国家的广泛等级网络中的位置密切相关。然而,进入现代社会以来,人们脱离其所在村庄、家庭以及生活社群,与之渐行渐远,关系疏离,出现了原子化的个人(atomized individuals),为求生存一席之地,与外界进行残酷斗争。现代性给民众带来了一系列的心理和道德问题。继梁启超之后,蔡元培将私德与公德对立起来看待道德问题。他承认现代社

---

① 王国维:《王国维文学美学论著集》,第31页。
② 同上。
③ 蔡元培:《蔡元培美学文选》,北京:北京大学出版社,1983年,第71页。

会赋予个人的权利是不受外界侵犯的。这种形象通过一种自我修养的仪式得以实现。因此,现代个人权利与古代的美德正义形象可以联系起来,提倡独善其身。这个儒家道德典范众所周知,广受赞誉。但蔡元培仍将其视为消极道德[即 negative morality,类似赛亚·柏林(Isaiah Berlin)的消极自由(negative freedom)]。儒家名言"己所不欲,勿施于人"就是这种消极态度的一个很好例证。这表明一种与他人没有联系的单一的自我,像康德所说的失去情感和道德基础的空洞主体(disembodied subject)。蔡元培提出,"消极道德,囿于独善范围,而未可以为完人也"。儒家个体道德典范代表了一种有缺陷的美德,它体现了一种与他人无关的以自我为中心的伦理观。现代社会中,以自我为中心堕变为牺牲他人利益,以追求自我利益的利己主义:"专以我之小己为鹄的者,世多以不道德为之。"①

蔡元培在分析中国和世界政治的弊病时,便对这种自私的道德嗤之以鼻。他指责个体之间为积累财富,追求自身利益进行的对抗和竞争。他将西方列强的殖民扩张、圈地和攫取资源称为"私斗"②。殖民扩张是强者对弱者的统治,认为先进现代科学技术领导、统治落后地区是天经地义的。20世纪二三十年代,军阀混战,为一己之利,导致国家四分五裂。他们借养兵之名,巧取豪夺,掠夺资源,中饱私囊,武装割据。在国际舞台上,大财团疯狂追求私人利益和资本,导致大萧条。资本与劳动力之间的冲突日益激化,贫富之间的鸿沟日益扩大。③

为了解决这些道德弊端及政治后果,蔡元培建议通过审美教育来培养新的道德。新道德关注公共利益,致力于社会福祉和公共利益。要获得这种美德,就必须摆脱个人主义的自我中心意识,融入集体,服务于社会公共利益。蔡元培提出积极道德(positive morality)与利己的消极道德相对峙。积极道德在最新的儒家座右铭中,可诠释为"己欲达而达人"。这种积极道德意味着公共道德和公民责任。与积极自由一样,"公"一词准确表达了道德诉求。"公"可以被翻译为公共、公众或公平,该词包含了原始公社的乌托邦形象,蔡元培时代的思想家们在古文本中重新发现该词并展开探讨。在

---

① 蔡元培:《中国人的修养》,逸闻、雨潇选编,成都:四川文艺出版社,2010年,第160页。
② 蔡元培:《蔡元培美学文选》,第1页。
③ 同上书,第148页。

这个仁慈友爱的和谐世界里,人人平等,每个人都在社会中占有一席之地,每个人都致力于公共福祉建设,因为公共福祉是私人幸福的源泉。蔡元培将这种乌托邦想象与法国大革命自由、平等、博爱的理想联系起来,倡导公共道德是公民道德形象的必要条件。①

对于蔡元培来说,道德完善是建设政治共同体的基础。政治不是权力冲突和利益派别之间的交易,政治意味着治理和统一,以确保大多数社会成员的幸福。政府的合法性基于公共道德。政府应该为最大的公共利益服务。政治措施的目的是达到古代《礼运》中的"大道之行,天下为公":大道给天下人带来公共利益。在这个乌托邦中,人们各尽所能,各得所需。蔡元培说,"盖政治之鹄的,如是而已矣"②。个人权利、公共道德和合法政治融合在一起。

相对的,脱离道德的政治,其实不是真正的政治,只想解决日常生活中的实际问题,属于感官和欲望的身体领域。作为一名康德主义学者,蔡元培将现象世界(phenomenal world)与实体世界(supersensory realm)区分开来。教育立足于现象世界,但目的是实体世界。智育和体育的目的是使公民适应现代社会,适应生存和竞争,是根植于现象世界的。美育则是连接现象世界与实体世界的桥梁。美育作为通向完美社区乌托邦世界的通道,最接近德育。在蔡元培的思想中,美育和德育往往难以区分——这是儒家道德、审美和政治统一的标志。③

美育包括在各级学校和大学里开设艺术、音乐和文学课程。蔡元培敏锐地意识到审美能够渗入身体、感官生活以及规范个人的道德行为,他提倡以仪式和音乐训练为标志的儒学教育。④ 学习仪式行为是德育,音乐训练是美育。美育强调现代道德认同,又保留了传统的道德成分。博物馆、剧院、艺术学校、广播站、画廊、花园、公园以及精心设计的建筑,给人们以享受,是培养公民行为的审美环境。这些城市基础设施不仅仅是为了提供休闲和娱乐的空间,以文明生活的名义让城市居民接触文化和精致的品味,更

---

① 蔡元培:《蔡元培美学文选》,第2页。
② 同上。
③ 同上书,第3—4页。
④ 同上书,第5页。

是以一种新的形式促进了社会交往、互惠互助和社群生活。美育机构旨在提供一个公共空间,引导人们建立一种生活方式,拥有共同的价值观、常识和感性。它着眼于"共同的生活"(common life),植根于公共道德而非独居生活。美育使人心胸开阔,超越自我/他者壁垒,克服利己主义。①

特里·伊格尔顿(Terry Eagleton)认为,在资产阶级社会,道德基础丧失,道德和行为被简化为纯粹的形式。人人彬彬有礼,表面温文尔雅,给人印象很好。因此,道德被审美化和形式化,失去了实质内容。② 蔡元培的审美教育不是形式化的道德,它根据文化资源和审美商品平等分配的原则,试图推动公共世界及其社会关系的发展。一瓢之水,一人饮之,他人就没有分润;容足之地,一人占有,他人就没得并立;物质差距、资源不平等,助长人我区别,尊卑等级,自私自利。而美育则能够弥合这种物质差距。美丽的音乐、绘画或自然景观,人人得以畅观,审美商品独占变得无效。参观博物馆,游览公园,欣赏名山大川,游历历史古迹,美景共赏。皓月当空,每个人都可以沐浴在那审美的光环中;日落余晖,每个人都可以感知那束光耀。③

蔡元培引用古代"与民同乐"中的政治审美,强调审美经验的普遍性和共享性是王道政治秩序的关键。④ 齐宣王担心自己沉迷音乐,孟子(公元前372—289)安慰他说:"王之好乐甚,则齐国其庶几乎!"孟子在这里把音乐的利害关系同政治相连。孟子接着强调,独自一人欣赏音乐和与少数人一起欣赏音乐的快乐,这和与多数人欣赏音乐是截然不同的。如果是前者,百姓会认为君王沉迷私人享乐,不顾民间疾苦。百姓听到君王车马的声音,看到华美的仪仗,都会愁眉苦脸。但是,如果君王乐于与百姓分享音乐,百姓就会像君王一样享受音乐。百姓听到君王车马的声音,看到华美的仪仗,都会欢欣鼓舞。共享的快乐不是娱乐,它是道德的和政治的,因为身心产生了情感共鸣,获得了互惠和欢乐。

这让人想起康德美学的普遍性(universalism)、无私利性(disinterestedness)或无功利性。朱光潜把"无私利性"看作一种美学距离。审美情趣需把物与

---

① 蔡元培:《蔡元培美学文选》,第142页。
② Terry Eagleton, *The Ideology of the Aesthetic*, p.20.
③ 蔡元培:《蔡元培美学文选》,第220—221页。
④ 同上书,第221页。

我的实用关系提升为欣赏的态度,形成"超脱"和"孤立",超然物表,脱尽人间烟火。① 蔡元培也了解这个距离。他说,雄狮猛虎般的猛兽危险可怕,但每个人都喜欢渲染后的艺术效果。希腊雕像的裸体,在审美距离内不会挑起情欲。审美经验使人脱离动物性冲动,脱离低级欲望,不重视实际利益得失。但这论点绝不是为美而美,蔡元培并不想超脱和孤立,而是更加深入人间烟火。无私利的审美在于克服损人利己、尔虞我诈的风气,旨在建立一种现代的大公无私的公共空间,塑造一种公民情感和道德的联络。不被私利纠缠的公民应能够克服个人利益和实用价值。康德崇高美学的前提是身体的崩溃和理性的胜利,蔡元培不同,他更倾向于利用崇高的力量来揭示人的琐碎和局限。为崇高的物体和景象所震撼,可把人从狭窄的私人壁橱中狠狠地甩出来,没有留给人计算得失的空间。蔡元培眼中的崇高与优美并无不同,两种美学范畴在审美教育中共同作用,打破自我与他人的分歧,避免计算自身利益,推动我们拥抱高尚美德的感情。②

如果蔡元培的审美教育是自上而下的"风",旨在形成新的功德,那么鲁迅的审美思维就是表达下层声音的"讽"。鲁迅在《摩罗诗力说》(1907)中,分析了受印度摩罗(Mara)启发的浪漫主义诗人,阐释一种诗学。尽管鲁迅的立场是反传统的,但其政治美学很大程度上来源于儒家政治哲学。儒家视道德为国家合法性和权威的基础,认为经典教义和道德原则对国家理性(raison d'état)更为重要,比行政管理和官僚治理更为有效。《论语》说,"为政以德,譬如北辰,据其所而众星共之"③。在个人层面,美德仪式修养和音乐演奏有助于培养良好的性格和教养,正直友善的君臣和子民的关系,更有助于维持社会和政治秩序。

面对西方入侵,中国危在旦夕,鲁迅认为必须通过重振中国文化来重建现代社群。鲁迅受进化论影响,看到弱者受强者的威逼,面临灭顶之灾。要保持中国文化的完整性,就必须勇敢参与竞争,应"武健勇烈,抗拒战斗",才能"渐进于文明"。他从社会达尔文主义视角反观中国古典文化,发现一个囿于自满、平和、稳定的传统,在新的竞争时代必然萎缩和停滞。古老帝国

---

① 朱光潜:《朱光潜美学文集》第一卷,上海:上海文艺出版社,1982 年,第 22 页。
② 蔡元培:《蔡元培美学文选》,第 218 页。
③ 杨伯峻:《论语译注》,北京:中华书局,1993 年,第 11 页。

根深蒂固的道德教条和稳定秩序削弱了中国文化的自发性、创造性,压制了充满活力的表达方式。《诗大序》诗学认为"持人性情,三百之旨,无邪所蔽",但鲁迅反问,"强以无邪,即非人志"①,既然宣称"诗言志",人的感情、心智、想象为何要"持",为何要限制人的创造性?清除其不正当思想却扼杀了内心真实的声音。

继王国维之后,鲁迅也在屈原身上看到了真情实意的表达方式。这位古代诗人在流亡和濒临死亡之时表现出审美力量:"惟灵均将逝,脑海波起,通于汨罗,返顾高丘,哀其无女,则抽写哀怨,郁为奇文。"审美价值与道德和政治批评交织在一起。所有的限制尽数消失,屈原"恣世俗之浑浊,颂己身之修能,怀疑自遂古之初,直至百物之琐末,放言无惮,为前人所不敢言"。②

然而,几世纪以降,文人墨客对屈原的审美解读大都局限在其文章的审美风格上。屈原的诗歌被剥夺了道德本质、情感涌动和政治意志,屈原之美不再是出于讥讽时政。鲁迅在刘勰的文思中看到审美和政治的剥离。几代诗人只顾模仿屈原的审美技巧和自负气魄,"故才高者菀其鸿裁,中巧者猎其艳辞,吟讽者衔其山川,童蒙者拾其香草"③。鲁迅痛批这种为了追求文体风格的精美而放弃政治道德意义的文风。他召唤摩罗诗人激进的声音,期待诗人依靠才华创作出改造人格、升华思想的诗句。④

屈原和摩罗诗人的作品都反映了批评性、建设性的"讽"。摩罗诗力显示出一种激进的、颠覆性的能量,打击和震撼了故步自封的传统秩序。但是,如果只看到诗人对文化现状的解构,就会错过其在政治上对建设新国家的积极价值。积极的道德想象不仅推动了对政治统治的对立情绪,也促进了一种民主政治——一种基于民族性格重建道德主体性的现代民主文化。

拜伦式的摩罗诗人虽然发出刚健破坏、抗拒挑战之声,但并不是摒弃道德。他们仍是激励新道德的先锋。他们在激进的文学运动中,与既定习俗和秩序抗争,坚守一种道德理想。这种反传统的能量能对抗中国主流诗学。主流诗学将道德定义为约束和控制的规范,宣称第一部诗集中三百首诗歌

---

① 鲁迅:《鲁迅全集》第一卷,北京:人民文学出版社,1991年,第68页。
② 同上书,第69页。
③ 〔南朝梁〕刘勰撰,周振甫注:《文心雕龙》,北京:人民文学出版社,1983年,第36页。此处本人对寇志明译文稍做修正。
④ 鲁迅:《鲁迅全集》第一卷,第69页。

的本质是促进"诗无邪",控制个体情感,抑制自发冲动。浪漫主义诗人反对这种控制,声明诗歌是为了发泄情绪和表达感受。中国诗学坚持认为诗歌绝不能超越礼仪的范围,表现出两个传统,一个是宣扬统治阶级利益,一个是表达孤独的哀悼和享乐。鲁迅认为,第二个传统在屈原诗歌中达到巅峰。①

鲁迅对屈原的评价肯定了道德与文学之间的关系。鲁迅了解西方现代美学观点,熟知现代美学信奉的艺术独立性,审美无功利性和自主性等观念。鲁迅认为艺术本质在于吸引读者,"为之兴感怡悦"。因此,文学应该远离工商和政治。从表面看,文学与个体和国家存亡无关;实用和功利性与文学无缘。历史学记录民族的生存历程,保留传统智慧,道德论述书写社会的宗旨和规则。与这些实用学科比,文学似乎稍逊一筹。文学不能像工商业般创造财富,也不能获得实业家般的社会认同。② 但是,文学有"无用之用",充盈着更广阔的人文主义诉求,文学也因此能够引领人性达到圆满和完整。鲁迅引用英国评论家爱德华·道登(Edward Dowden)的说法,表达了锻炼身体或严格训练后身体和精神所获得的能量,如游泳带给泳者的能量相当于文学带给读者的快乐。看到"前临渺茫",游泳者"浮游波际,游泳既已,神质悉移。而彼之大海,实仅波起涛飞,绝无情愫,未始以一教训一格言相授。顾游者之元气体力,则为之陡增也"。③ 游泳和文学都是激发人正能量的过程。

为了生存需要,人类活动被分割为工业、生计和"文明进步"领域,美学变得无关紧要和无功利。人类在这两个极端之间徘徊,无法达到圆满和完整。这体现了处于物质文明中心的工具理性与精神领域的系统分离。鲁迅认为文学能为这种分离提供一种解决方案。文学能够培养想象力,以精神激发身体,恢复道德能量。虽然研究探索能力不及科学,但在科学逻辑无法企及的方面,如揭示微妙真理和展现人生意义,文学具有独特优势。马修·阿诺德(Mathew Arnold)把文化视为政治秩序的关键和批评生活的手段,鲁迅假借其观点重新考虑了文学提供启发教导的可能性。文学提供有益人类生活的启示,清晰阐明如自觉、勇猛、发扬、精进等重要的道德品质。尤为

---

① 鲁迅:《鲁迅全集》第一卷,第68页。
② 同上书,第71页。
③ 同上。

重要的是,鲁迅用"教"来表示文学中的宗教意义,与蔡元培的想法相得益彰。蔡元培曾提议美育是现代社会的宗教,继承宗教在传播现代价值观方面的审美经验和机制。美育应该像世俗宗教一样,提供道德意义和信仰。

从游泳到精神和道德的复兴,鲁迅设想了一个从身体锻炼到新的主体性塑造的轨迹。破损的社会道德结构急需修复,在这种情况下,可以试图通过将支离破碎的个体纳入社会和政治机构来建立全新的道德纽带。

将僵化旧道德与解放的潜力区分开,不是放弃审美中的道德因素,而是寻求新的道德。鲁迅引用社会学对文学的定义,表明文学应建立在真实的思想感情之上。诗人的审美,需"与人类普遍观念之一致"①。从这个意义上说,道德是被普遍接受的人类思想和观念,诗歌因此可以跨国界、跨文化,拥有持久的生命力。然而,这种道德普遍性常常被错误地等同于"群法",即特殊历史文化群体的狭隘、既定的法律和习俗。人们经常注意到,违反"群法"的文学不会持久。鲁迅不同意这种观点。他引用受法国大革命启发而投身于德国、意大利、希腊民族独立运动的激进派诗人,对此进行反驳,"迨有裴伦,乃超脱古范,直抒所信,其文章无不函刚健抗拒破坏挑战之声"②。激进的诗人们的反传统行径并没有阻碍他们的道德和政治追求。相反,他们通过打破旧道德,为人们投射出一种鼓舞人心的社会形象视野。这种形象真正符合普遍道德,即自由和"人道"。③ 诗歌的情感力量与公共道德,与道义和启蒙相一致:

> 盖诗人者,撄人心者也。凡人之心,无不有诗,如诗人作诗,诗不为诗人独有,凡一读其诗,心即会解者,即无不自有诗人之诗。无之何以能解? 惟有而未能言,诗人为之语,则握拨一弹,心弦立应,其声澈于灵府,令有情皆举其首,如睹晓日,益为之美伟强力高尚发扬,而污浊之平和,以之将破。④

鲁迅称此为"非常教",代表自觉勇猛、发扬精进的精神,形成一种"美伟、强力、高尚、发扬"的新道德。

---

① 鲁迅:《鲁迅全集》第一卷,第72页。
② 同上书,第73页。
③ 同上书,第79页。
④ 同上书,第68页。

如同王国维和蔡元培,鲁迅试图在美学与政治之间建立一种更加密切、共鸣的联系。现代主义美学话语将美学与政治分离,将形式凌驾于内容之上,将感性、情感与道德、政治隔离,分割政治社区和公民社会的完整统一。与此不同的是,上述三位思想家试图建立一种新的社会道德秩序,并把审美作为其中不可分割的一部分。如果用韦伯式的语言来表达,他们试图为一个道德枯竭的城邦"复魅"。在王国维对屈原的分析中,诗歌可以是一种训导教化的声音,也可以是一种讥讽时政,遥想乌托邦的姿态。在蔡元培的教育计划中,审美文化是公共道德和公民品格形成的关键。通过描绘摩罗诗人的审美力量,突破既定道德惯例的束缚,鲁迅提出,审美经验应该激发中国人新道德情感和启迪,以求民族文化复兴。美学话语不再是道德和政治正统的仆从,更不是维持现状的工具。美学活动力图改造社会、道德和政治生态。

(华媛媛译　王斑校订)

外来思想与本土资源是如何转化为中国现代语境的?
——以刘师培所撰《中国民约精义》为例

李振声

一、问题的提出

有关《中国民约精义》编撰缘起及写作出版日期,著者在该书序文中已经做了交代。好在序文不长,不妨移录:

> 吾国学子,知有"民约"二字者,三年耳。大率据杨氏廷栋所译和本卢骚《民约论》以为言。顾卢氏《民约论》,于前世纪欧洲政界为有力之著作,吾国得此,乃仅仅于学界增一新名词,他者无有。而竺旧顽老,且以邪说目之,若以为吾国圣贤从未有倡斯义者。暑天多暇,因搜国籍,得前圣曩哲言民约者若干篇,篇加后案,证以卢说,考其得失。阅月书成,都三卷,起上古,迄近世,凡五万余言。癸卯十月,以稿付镜今主人。主人以今月付梓,来索序。仲尼有言:述而不作。兹编之意,盖窃取焉。叙《中国民约精义》。
>
> 甲辰四月下澣

此书编撰于癸卯,即 1903 年夏。成稿前后仅一个月。甲辰年,即 1904 年的 5 月初版。查上海图书馆所藏该书初版本,书末版权页上署名,著者为"侯(按,系'仪'字之误)征刘光汉侯官林獬"两人,"上海棋盘街中市镜今书局"发行,"国文书局"代理印刷。由于著者与出版人均作古逾久,此书著作权究系何属,似已无从彻底厘定。1934—1938年间,钱玄同协同武宁南桂馨的实际代理人郑裕孚氏倾力编印《刘申叔先生遗书》,此书被收录在《遗书》中,未见钱氏有过任何的犹豫,当时应该还有不少知情者和当事人在世,也不见有人出来就此表示过异议,因而视刘师培为此书主撰者或著作权所有人,应该是当时知识界、学界所公认的一件事。林獬(1873—1926),字少泉,福建侯官人,曾任《杭州白话报》主笔,后与蔡元培等人在上海创办《俄事警闻》,又主办《上海白话报》。刘师培未至上海前,即已与林有文字之交,到上海后,则肆力为《中国白话报》撰稿。林长刘11岁。刘在林主编的《中国白话报》上发表歌谣《昆仑吟》时,林曾特加"附识",对刘的才情出众倍加推崇:

> 余既从事《中国白话报》,乃征歌谣于刘子申叔,申叔为撰《昆仑吟》,起草凡二小时而罢,是一部二十二史,是一部民族志,其富于历史知识,种族之思想,字字有根据,而复寓论断于叙事中,吾恐大索吾国中求一如刘子者,不可得矣!浅学小生妄逞口说,翻检一二东籍、三数报纸,腼然谈种族、论改革,以刘子之眼,视之殆野马尘埃矣!

翻检《刘申叔先生遗书》中由钱玄同"独任编次"的、刘氏原本散见在各家报纸杂志上和家藏手稿中的四卷《左盦诗录》,不知何故,这首曾被林獬推重为抵得上一部民族志或一套二十二史、有着开阔的历史视野和种族革命激情的《昆仑吟》,却并未见有收录。不知是否因为该作终究只是对俚俗不雅驯的民间歌谣的改编,尚算不得个人独创性的典雅诗作的考虑,故而未能进入编次者的视野,或者还有另外的原因。可惜我们已无从起编次者于地下,当面向他讨问究竟。林獬后来还曾与蔡元培、刘师培一起为营救反清志士奔走,遭到清廷嫉恨,而不得不暂避日本,这期间,刘也曾有《岁暮怀人》一诗遥念他:

> 著书不作郑思肖,拭剑偶慕吴要离;
> 纷纷蛾眉工谣诼,蜩鸠安识鲲鹏奇。

诗中的郑思肖,是宋元之际有节气的文人,别号所南,曾将记述南宋失国之痛及异族入侵暴行的诗文手稿集为《心史》,埋藏于枯井,直至明崇祯年间始为疏浚旱井的苏州承天寺僧人掘出。

刘该年稍早些时候所写的一组《甲辰年自述诗》,在记述自己所著《攘书》16篇的情形时,也提到过此人:"□□□□□□□,□南作史瘗井沈。攮社著书百无用,书成冥补济时心。"文字虽已残缺,但第二句显然用的是所南心史的典故。无独有偶,后来陈寅恪《广州赠别蒋秉南》七绝二首之二"孙盛阳秋海外传,所南心史井中全",也曾援用此典喻指内心的沉痛。要离一典,则出自《史记·刺客列传》。看来,林、刘当时所参与的、甚至包括过激的暗杀行动在内的反清活动,遭到清廷嫉恨自不待言,即便是在同一阵营中人那里,也不乏误解和訾议,作为当事人,心情自然不会舒畅,甚至相当压抑,故而刘才会在诗里劝慰林獬,要他不必介意那些流言。后来刘跻身筹安会发起人之列,堕为"帝制遗孽"时,林也正好在袁氏总统府秘书任上,因而同声附和撰表劝进,并被袁委为参政院参政。及至袁氏帝制败落后,蔡元培、陈独秀等昔日故旧,"对于申叔先生之交谊始终不渝,不以其晚节不终而有所歧视"(钱玄同1936年7月5日致蔡元培信中语),设法将其延入北大教席,令林回心转意,返回报界重作冯妇的。无论如何,在编撰《中国民约精义》的1903年,林的资历和名声都远在初出茅庐的刘之上,这一点应该是没有疑问的。在这样的情形下,此书的主撰人如果本不是刘师培(光汉),而在署名时却堂而皇之地列居第一,这么做,于情于理都该是说不通的。

《中国民约精义》一书依据杨廷栋由"和本"(即日译本)转译的卢骚《民约论》(今通译为卢梭《社会契约论》),从中国古代典籍和先哲著述中遴选出62家,以《民约论》作为准绳,逐一参证比较和论析评说,旨在证明中土古来即已有足以与西方近代民约思想相亲相契,或略加梳理便可以彼此汇通的思想资源存在。虽然它们在中国固有思想著述中往往只是一鳞半爪或片光吉羽,从未发展成为较为完整的思想观念体系,但至少可以向世人证明,民约思想之于中国并非空穴之来风,中土历史中既已隐潜有民约论的若干基因,那么,对其重新加以发现、开掘和梳理,无疑将成为近代中国回应、传播及实践卢梭民约思想的一个极为重要的内在契机。

那么,《中国民约精义》一书是如何引述卢梭以诠释和印证所谓本土的民约论思想资源的呢?这些引述、诠释和印证又在何种程度上是贴合卢梭的,抑或相反?著者刘师培既然无法直接阅读卢梭原著,因而不得不有所借径,那么他所借重的又是怎样的途径?该书序文中虽已有所交代,刘师培所借重的是由日译本转译的汉译本,但并没能交代清楚,这种重重转译的路径,可靠性又如何?

换言之,出现在刘师培思想学术视野里的"民约论"究竟会是个什么样子? 其与西方近代由卢梭所揭橥和确立的民约论之间的契合度究竟如何? 如多有出入,那么这些出入主要会在哪里? 我们凭什么才能证实,中国古代思想中的确存在着民约论的因子,或者相反? 这种参证比较,依据何在? 可信度又如何? 以及,我们又该如何予以证明? 诸如此类,都是亟待回答的问题。

二、刘师培所能读到的《民约论》译本

近代思想史家王汎森指出,近代中国的启蒙是一个连续体,并非"五四"一次新文化运动所能完全承担的,至少晚清戊戌前后一场范围广泛的思想译介运动,已为后来的新文化奠定下了最初的新的"文化基层建构"(cultural infrastructure)。而晚清戊戌前后中国"思想资源"及"概念工具"之变化,则与明治日本也有更为直接和根本的一层关联,此期中国对西洋近代思想和知识的大规模引介,基本上是由一群不怎么通晓西洋文字语言的留日学生所担纲,并大多是经由日文译本转译后引入的,以致在戊戌前后的中国思想文化中染有明显的"日本因素"的色彩及印记,差不多要等到20世纪20年代,即随同英、美留学生纷纷占据中国思想文化界各路要津,此一局面才有了根本的改观。

仅以政治思想领域为限,明治日本的自由民权运动、无政府主义及社会主义,都曾对刘师培的政治思维产生过深刻的冲击和影响。激发刘师培《中国民约精义》一书撰著冲动的卢梭 The Social Contract,即是经由日人译本转译过来的译本。而以"民约论"对译 The Social Contract,最初也是出自日本明治学者、思想家中江兆民(1847—1901)的手笔。明治十五年(1882)1月,中江翻译并附有要义解释的汉文译本《民约译解卷之一》由佛学塾出版局出版(译稿完成于明治七年,即1874年),此处的佛学塾并非指佛教经典讲习所之类,明治日本称 France 为"佛蘭西"(佛也可写作仏,为日文汉字中的简体),故而其是指日本明治年间专门研习近代法兰西思想学术的民间学会、学社或学舍性质的机构,与佛教风马牛不相及。中江氏出身下层士族,

思想与文化 | 39

抱负不凡,曾赴法留学,译本甫一出版即风靡一时,为译者赢得了"东洋卢梭"的美名。因为是汉译,不存在阅读障碍,故戊戌前后至辛亥革命前后,国内书局多直接拿来翻印。据日本知名中国近代思想史家岛田虔次氏的有心寻索,翻刻或翻印本计有以下四种:

  1.《民约通义》,单行本,洋一角。见载于1898年初刻成的康有为《日本书目志》末尾"大同译书局各种书目"广告。

  2.《民约通义一卷》,法戎雅屈娄骚著,日本中江笃介译,上海译书局,单行本。见载于光绪二十五年三月(1899年春)刊行的徐维则《东西学书目录》。

  3.《民约通义》,单行本,法儒卢骚著,未署译者及出版者名,实为中江兆民《民约译解卷之一》的翻版,只是略去原译本的"叙""译者绪言"和"著者绪言",保留了所有的"解"。

  4.《民约论译解》,为中国同盟会机关报《民报》第26号(署1910年2月巴黎出刊,汪精卫编)附录,除"叙""译者绪言""著者绪言"外,全文加以收载,局部文字稍有修正。后有编者按:"中江笃介有东方卢骚之称,殁后,所著《兆民文集》今年十月八日始发行,取而读之,甚服其精义。中有《民约论译解》,凡九章,特录之以飨读者。"

中江《民约译解卷之一》为卢梭 The Social Contract 第一卷之译解,稍后,The Social Contract 第二卷的前六章汉文译文,以《民约译解卷之二》之名连载于明治十五年(1882)8月至明治十六年(1883)9月出版的《欧美政理丛谈》第12—46号,该刊因此而与1871年出版的中村敬太郎所译的《自由之理》(On Liberty)及福泽谕吉的《劝学篇》,同被视为此期日本知识分子中最为流行的三大读物。The Social Contract 第二卷既未译全,后面的第三、第四卷也均付阙如。正如复旦学者邹振环在他谈论译著之于近代中国之影响的一本专书里所谈到的,黄遵宪、梁启超、黄兴、张继、邹容、孙宝瑄、柳亚子等人之于卢梭《民约论》的接触和称道,大体上便是基于中江以汉文所译的《民约译解卷之一》。

  但这个译本似与刘师培无直接关系(虽然不能说没有间接的关系,详后)。刘与卢梭《民约论》发生交集的译本另有来源。在中江汉文译文《民约译解卷之一》尚以未刊本形式在明治时代民权家们手中辗转传递、抄写并倍受珍重的 1878 年,坊间即已有服部德的卢梭《民约论》日译本刊行在先。到 1883 年 1 月,又有原田潜的《民约论覆义》单行本出版。据日本研究者考释,原田译本从重要译语到文义解释,基本上是仰承服部译本,所谓"覆义"也主要是"覆"服部本之"译""义",即对服部的翻译、理解重新加以斟酌、澄清和商榷,力求回到原著本身。原田译本对刊行于前一年的中江译本也并不是置之不顾,原田本实多有受惠于中江汉译本之处。据上述研究家称,比较而言,原田本的"第一编"之所以得以避免了服部译本中的"思想之混迷","完全可以说是后者(引按:指中江译本)的功绩"。刘师培所读到的《民约论》译本,正如他在《中国民约精义·序》中所言,"大率据杨氏廷栋所译和本卢骚《民约论》以为言"。而杨廷栋所依据的和本(日译本),即是前面提到过的、主要仰承服部译本而来的原田译本。专治近现代中日之间译书史的香港中文大学谭汝谦所编著的皇皇巨著《中国译日本书综合目录》中作有如下著录:

路索民约论
(法)Jean Jacques Rousseau(路索)(著)
(日)原田潜(译);杨廷栋(重译)
上海　　作新社　1903(光绪 29)
再版　　线装;日译本书名《民约论覆议》,1883(明治 16)年刊
中译本又有上海文明书局版

该著录将日译本的书名记作《民约论覆议》,原田译本原名则为《民约论覆义》,文字稍有出入。另外著录中所说的"中译本又有上海文明书局版",我怀疑很可能就是这个线装再版本。与谭先生一样,杨译初版本我也无缘亲睹,是不是线装也就不得而知,我在东京大学东洋文库看到的,也即是《综合目录》所著录的这个线装再版本,后面版权页上提供有较《综合目录》的著录稍稍详细些的记录:

光绪二十八年十一月印刷
光绪二十八年十一月发行
光绪二十九年九月再版

路索民约论
定价大洋六角
译者　　吴县杨廷栋
印刷者　文明书局印刷所
发行者　吴县　杨廷栋
发行所　作新社
发行所　开明书店

从再版本版权页看,杨译单行本初版于光绪二十八年,即1902年,翌年再版,文明书局只是再版本的承印者(初版本的承印者是不是它,待考),发行所应为作新社和开明书店(此开明应与后来叶圣陶等人经营的开明无关)两家,故著录版本时,宜以两家并举。初版本的"初刻民约论记"(相当于译者前言),仍为再版本所保留,对译书的缘起、经过及读者反应的预测均有记述。鉴于庋藏此书的图书馆或研究机构不会多于三五之数,研读者查寻起来颇不方便,故特将全文移录于下:

> 民约之说。泰西儿童走卒。莫不蒙其庥而呕其德。亚东之国。则佥乎未之闻也。日本明治初年。亦尝译行公世。第行之不广。迨今索其古本。亦仅焉而已。若夫汉土人士。则尤瞠乎莫之解矣。良可悲哉。岁庚子。尝稍稍见于译书汇编中。既有改良之议。且谓疏浚民智。宁卑之无甚高论。遂辍此书。不复续刻。呜呼。天之靳民约论于吾中国者。何其酷也。译者又卒卒鲜暇。不能终其业。负海内望者亦甚久。今并力营之。书始成。从此茫茫大陆。民约东来。吾想读其书而乐者有之。惧者有之。笑者有之。痛哭者有之。欢欣鼓舞者又有之。丑诋痛詈者又有之。吾唯观其后而综其比例之率。而觇吾中国旋转之机。斯以已耳。论旨如何。则天下万世。自有不可没之公论在也。光绪壬寅译者记。

初刻译记中提到,译稿最早曾在庚子年(1900)的《译书汇编》上刊载过一部分,这与刘师培1903年所撰《中国民约精义·序》开头所讲的"吾国学子,知有'民约'二字者,三年耳。大率据杨氏廷栋所译和本卢骚《民约论》以为言",时间上大体吻合。但《译书汇编》这本"留学生界杂志之元祖"(冯自由

《革命逸史》中语)创刊于1890年底,杨译《民约论》除刊载于这份创刊号之外,还分别载于1901年间出版的该刊第2、4、9各期,因而严格说来,这部分译文应是分别刊载于庚子、辛丑年间,并且主要是分别刊载于辛丑年(1901)。杂志的编辑兼印行人署名为日本人坂崎斌,发行所为东京麴町区(今属文京区)饭田町六丁目二十四番地,销售处计有上海大东门内王氏育材书塾、上海市北抛球场广学会、苏州玄妙观前文经楼书坊、香港九如坊南张存德堂、横滨山下町二百五十三番清议报馆。第二期出版时,发行点除有所调整外,还有大幅增加,除上海两家依然,苏州改为庙堂巷东来书庄,并新增无锡崇安寺三等学堂、芜湖宁渊观南岸晋康煤炭公司、香港荷里活道聚文阁、香港文武庙直街文裕堂、香港上环海旁和昌隆、新加坡衣箱街天南新报、台湾台北府大稻埕六馆街二十一番户良德行;日本的发行点则调整、增加为东京神田区表神保町东京堂、东京神田区今川小路二丁目一番地博爱馆、大阪川口三十二番地镒源号、神户荣町三丁目中外合众保险公司。《译书汇编》所刊译著多属政治、法律学科,兼及经济、历史、社会、教育等,不及文学。第1、2期所刊书目计有:

政治学	美国	伯盖司
国法泛论	德国	伯伦知理
政治学提纲	日本	鸟谷部铣太郎
社会行政法论	德国	海留司烈
万法精理	法国	孟德斯鸠
近世政治史	日本	有贺长雄
十九世纪欧洲政治史论	日本	酒井雄三郎
民约论	法国	卢骚
权利竞争论	德国	伊耶陵
政法哲学	英国	斯宾塞尔
理财学	德国	李士德

据第1、2期所刊预告,已译未刊的书目则还有英国斯宾塞尔《政治进化论》《社会平权论》《教育论》、弥勒·约翰《自由原理》、万迈尔《自助论》、德国伯伦知理《政党论》、法国鲍罗《今世国家论》、阿勿雷脱《理学沿革史》、尼骚

《欧洲文明史》、卢骚《教育论》、美国勃拉司《平民政治》、威尔孙《政治泛论》、吉精颜斯《社会学》、如安诺《教育论》、日本久松义典纂译《泰西革命史鉴》、陆实《国际论》、有贺长雄《国法学》、福泽谕吉《文明史之概略》《时事小言》、坪谷善四郎《明治历史》、加藤弘之《加藤演讲集》、中江笃介《法国革命前事略》等。译介的规模和抱负,足以证明前引王汎森对戊戌至辛亥期间留日学生之于中国文化思想界从"思想资源"到"概念工具"所起担纲作用的考评,洵非无据。

杨廷栋,吴县人,1898年3月抵东京留学,系南洋官费生。派遣留日学生本是清季维新变法所颁布的正式国策之一。1889年这一年间,南洋、北洋、湖北、浙江陆续派出留日官费生64人。南洋捷足先登,同行数人中,还有无锡人杨荫杭。二杨均是1900年成立于东京的留日学生最早的社团"励志会"成员,并属该会的激进一派,《国民报》和《译书汇编》即由这批激进派所发起创办。不过,杨廷栋实为激进派中较稳健者,与力主反清排满的民族革命活动家并非一路,政治立场上更倾向于立宪。杨荫杭曾一度参与反清民族革命,后转向支持立宪。故台湾学者张玉法《清末的革命团体》一书中将二杨等"励志会"四会员列入"立宪派"。学成返国后的杨廷栋主要在家乡参政议政。胡适收集的丁文江传记材料中,有一份刘厚生的《〈丁文江传记〉初稿》,该稿第六节即记有这样一段文字:"辛亥革命,江苏省的独立,拥戴程德全做都督,是杨廷栋等一般苏州人的主动。"杨荫杭则历任江苏、北京等地高级司法官,1919年辞官南返,次年入《申报》馆任主笔,并开设律师事务所,其在20世纪20年代写下的大量时评,近年已辑为《老圃遗文辑》出版发行。顺便一提,后来名盖文史学界的钱锺书,即是他女婿。又据谭汝谦《中国译日本书综合目录》,除《路索民约论》外,杨廷栋另译有《女子教育论》(成濑仁藏著,与人合译,上海作新社,1902年)和《政教进化论》(加藤弘之著,上海出洋学生编辑所,又有广智书局本)。后两种译书影响甚微,无法与杨译《路索民约论》相提并论。

三、自西徂东:几个译本的参读比较

卢梭民约思想,此前虽随法国大革命无远弗届的声威,及梁启超等得风气之先者的揄扬,已为晚清知识者所风闻,但对其完整的研读,则无疑有待杨廷栋译《路索民约论》的出版。刘师培的《中国民约精义》即是受其直接感召,有意识地重新梳理、阐释中土思想,尝试从中发现和挖掘中土自身的民约论思想资源的一次思想学术实践。

这部五万余言的著述,对杨译民约论直接引用达九十二次,间接引用两次。就引用频率言,第一编"总论"为最高,第一编共九章,每章均有引用;第二编"论立法"和第三编"论政府形式"次之;第四编"论巩固国家体制的方法"引用最少。值得注意的是,刘师培所引《民约论》,与杨译大部分均有字句上的出入,标注引用章节也时有讹误。按理说,抄录原文,讹误不该如此普遍,较为合理的推测只能是,刘师培对自己过目成诵的记忆力极为自信,上述情况应与他写作时完全是凭信记忆在驱遣引文直接相关,再加上成稿时间匆忙仓促("阅月书成"),又时值溽热"暑天",因而结撰和校对不免都留下诸多粗疏的痕迹。不妨先略举一二,以窥一斑。

第一,目录与正文的编次,标识各自为政,并不统一。上海镜今书局甲辰年五月初版《中国民约精义》,编次目录称"篇",如"第一篇"为"上古","第二篇"为"中古","第三篇"为"近世",而书中正文的边页则标记为"卷一""卷二""卷三"。

第二,标明所引述话语的出处卷帙,时有错讹。如《中国民约精义》卷一"管子"条中云:"重法律,故重主权;重主权,故重操握主权之人,而君位之尊由是而定。(《民约论》卷一第十五章云:主权云者,不可假于他,不可移于外,秩然有序,寂然不易,恒藏于公意之中,而又不可少有动摇者也。卷四第一章云:主权者,所以定一国之趋向,而非可让于他人者也。卢氏亦最重主权。)"查核杨廷栋译《路索民约论》,卷一(应为"第一编")止于第九章,并无十五之数。经比勘,这段话实为第三编第十五章"代议士"中语。

卷二"陆子"条"案"语谓:"盖陆子之学,以自得为主(如云'今人略有些气焰者,多只是附物,元非自立也。若某即不识一字,亦复须还我堂堂的做个人'是);以变法为宗(如言'祖宗法自有当变,使所变果善,何伤于国'是);与卢氏斥君主守旧法者相近。(《民约论》卷四第十二章云:今日所改之法律,明日行之即不见其益者,比比然也。又谓:用一法而概万事,奉古训而贱今人,致亘千百年不见美善之政体。则卢氏非以法律为不可变明矣。与陆子略同。）"查杨廷栋译《路索民约论》，卷四（应为"第四编"）仅有九章，复查，始知此处所作间接引述者，实出诸杨译《民约论》卷三（应为"第三编"）第十一章"政体之命数"。杨译原文为：

> 治国之道。不由法律。而由立法之权。故法律宜改。今日所用之法律。明日行之。即不见益者。比比然也。但每有君主。见可废之法。而心好之。不能终废。且护之唯恐不力。譬有一法。用之一事而效。遂执以概诸万事。而谓无不宜者。人民又不知不识。默然相许。又如崇奉古训者。即今日之所崇奉。亦莫不根于古训。盖由习闻夫古今人不相及之说故也。亘千百年。不见美善之政体。复何足怪。是以君主非崇奉古法。则其法必朝更夕改。曰进于善而不已。国家又恒以新权力。授诸其法之中。然则国家苟立法之权。则必不能保其生命。亦可知矣。

又，《中国民约精义》卷三"戴震"条，"案"语称扬戴震力主天理即存在于人欲之中，情欲之外别无义理的思想，可与卢梭《民约论》中的言述及王船山的思想相通，进而分析宋儒力主情欲之别有义理之类的说法，实难摆脱以权力之强弱定名分之尊卑的嫌疑，并由此下一断语："此大乱之道也。"他还追根溯源，指出"戴氏此言，本于《乐记》"，随后援引《民约论》中语，以表明《乐记》，当然，更主要是为了表明"本于《乐记》"的戴震思想，可以在卢梭《民约论》那里得到印证：

> 推《乐记》之旨，盖谓乱之生也，由于不平等，而不平等之弊必至人人不保其自由，争竞之兴，全基于此。（《民约论》卷五第二章云：夫群以内者，各谋一己之利，汲汲不遑，置公益于不顾。又强凌弱，众暴寡，朋党相倾，各倡异议。于是一群之内，无复有所谓公意者矣。与《乐记》同。）

但问题是杨译《路索民约论》以"第四编"终卷，并无卷（应为"编"）五之数。起始我猜测可能引自第四编第二章"发言权"，但比照之下，觉得间接引语与本文之间距离过大，正感到失望沮丧之时，习惯性地朝前稍稍一翻，不觉眼前一亮，有了，引文确为第四编，但不在第二章，是在第一章中，原文为：

> 夫群以内者。各谋一己之利。汲汲不遑。置公益于不顾。又强凌弱。众暴寡。朋党相倾轧。各倡异议。于是一群之内。无复有所谓公意者矣。一群之内。既无公意。则民约不可以久矣。国家衰亡之期。亦指日可待。当此之时。物议纷纷。虽有高论奇说。亦与群涣无补者矣。

杨译《民约论》系线装书,由于标明书名卷次的字样均印在版心中缝的右侧,故而遇到前后两章交替的地方,有时就不免容易发生混淆。此处刘师培之所以会将本属杨译《民约论》第四编第一章的文字错会成第二章文字,原因即出在本属前页版心处标明书名卷次的"路索民约论第一章可毁损者不得为公意"字样,装订后被折叠在了为视线所不及的上半页,而次页版心处的"路索民约论第二章发言权"字样则朗然可见,故致有将第一章文字划归到第二章头上之误。

以上便是《中国民约精义》撰著者在引述杨译卢梭《民约论》时所留下的因成稿仓促、难免粗疏的若干缺憾。当然还有译本自身所存在的问题。如前所述,民约论自西徂东,从卢梭到刘师培,至少经历了四种语言(法文、英文、日文、中文)、五重意义的解读(卢梭、原田潜所参照的英译本、原田潜、杨廷栋、刘师培)。每一种文本的背后都承载了不同的文化背景,每个译者(或引者、转述者)又都有着不同的立场和倾向,翻译风格也有直译和意译之别。这一重重转译的旅程,究竟在多大程度上贴合或者说还原了卢梭的本意?又在多大程度上发生过意义的流失、曲解、误解或增添?

而在《民约论》抵达中土的整个译介史上,最具影响力的译本,除上述杨廷栋译《路索民约论》外,至少还须提及马君武的《足本卢骚民约论》与何兆武的《社会契约论》。杨廷栋《路索民约论》居有首译之功,曾风靡一时,歆动士林,自不待论。从 1900 年到 1918 年,近二十年间,有识之士无不争相研读,希望从中找到促成社会政治体制根本转换、实现救亡图强目标的原理。但杨译毕竟辗转假手于日译,与卢梭原著之间终不免多了一层间隔。通法文、英文的马君武,当年就是因为对此颇有不满,这才有了直接从法文原著并参酌英译本,改用浅近文言,重新译出《足本卢骚民约论》(中华书局 1918 年出版)之举。马译前后再版八次,而嗣后杨译也便渐渐淡出世人视野。何兆武译《社会契约论》(商务印书馆1963年出版)为现今通用读本,因而流传也最广。何译曾分别于1980年、2003年修订,第三版至今已重印达28次之多。对于原著精神,何译理解最为透彻,用的又是精准、畅达的现代汉语,译述自然比前面两个译本清晰明了,因而本节在对刘师培所引杨译与杨译原文及杨译与原田译本加以参读比对时,将频繁征引何译本,自在情理之中。

卢梭《民约论》终将在这场理论旅行中被刻上怎样的独特印记?这里的独特,是指包括日译和汉译在内,当然更主要的是刘师培,他们在译述或引述、申论的过程中,是如何将自己的现实和思想的焦虑投射在了卢梭的身上的?卢梭民约论中最为基本的思想结构是否将因此而被遮蔽?以及受到何种程度的遮蔽?一种注定将在中土被"重构"的卢梭民约论,将会以怎样的面目出现在世人面前?下文则是对其自西徂东的思想旅程中所发生的若干偏移的略加检视和解析。

《中国民约精义》卷三第三编"近世"部分,对于章学诚《文史通义》"原道"上篇中沿袭自董仲舒"道之大源出于天"一说,刘师培颇不以为然:"案:章氏所谓'道之大源出于天',据董子之遗文,其说大误。"其所引以作为印证的,是杨译《民约论》卷二第六章中一节话语:"若谓人性之善,托之于天,则一国之利害得失,俱非人间应问,以听冥冥之操纵。五尺童子,亦笑其为荒诞矣。"然而,这段引语并非杨译原文,与杨译有出入。

杨译原文:"人之好善。出于天性。虽未结民约之前已然矣。但人人好善之性。独不藉民约之力。世之学者。遂倡为人性之善。源出于天之说。而奉天为至善之真宰。呜呼。是亦妄也。体国经野。自有常道。若以人性之善。托诸于天。则一国之利害得失。俱非人间应问之事。不设政府。不立法律。不饮不食。不作不息。群一国制人。方屏足仰首。以听冥冥中只操纵。试执此说。语之五尺童子,亦莫笑其荒诞。"

杨译"五尺童子,亦莫笑其荒诞",在刘师培引述中被改写为"五尺童子,亦笑其为荒诞矣",意思恰好相反。不过,就杨译上下文细加斟酌和审度,则不难发现,其实本是杨译遗漏了一个否定字。该句本应为:"试执此说。语之五尺童子,亦莫不笑其荒诞。"刘师培显然是依据杨译的上下文做了必要的修正。

不妨参读以下几种译本。

何译:"事物之所以美好并符合于秩序,乃是由于事物的本性所使然而与人类的约定无关。一切正义都来自上帝,唯有上帝才是正义的根源;但是如果我们当真能从这种高度来接受正义的话,我们就既不需要政府,也不需要法律了。"英译:"All justice comes from God, who is its sole source; but if we knew how to receive so high an inspiration, we should need neither government nor laws."何译译义与之吻合。从表面看,这句话似乎是说,如果以上帝(天)作为正义的来源,那么政府和法律就都是不必要的了。但从整个语境加以寻思,卢梭想说的是,正义来自上帝(天)其实是无济于事的,因为只有政府和法律才能保证正义的实现。因为在卢梭看来,人世间理性的普遍正义就是法律。法律权利和义务的约定是人们遵守正义的法则,如果不是这样,没有法律约束,只是守着空洞的正义或道德,将无法避免"小人"不遵守正义,从而造成坏人得益而正直的人却身陷不幸的局面。也就是说,这里表面上是在肯定天意,其实却是在否定天意,故而上述刘师培的理解更加切近卢梭本意。

原田潜日译本此节为:"夫れ人の行の善にして道を守る所以のものは本然の性善に因るものにして人の契約に係るものに非すと雖も政治社会の事物に接して良好を得る所以のものは獨り民約に因らすして何そや世の学者或は云う凡そ正道なるものは上帝の人類に附與せる所にして上帝は正道の本源なりと政治社会の正道に於ける豈に此説を用ゆへけんや吾人政治社会の良好を保有するも果して之に上帝に稟有したるものとせは吾人は國家の得失を擧けて上帝に委任して政府を要せす法律を設くるに及はさる可し是れ豈に國家の組織に反せさるものと云ふを得へけんや。"其中并无"试执此说,语之五尺童子,亦莫不笑其荒诞"一类文字,那么,这些话语显然系杨廷栋在翻译时所植入的他自己的评述语了。

中江译本此节则为:"凡事之善良,而合于理者,本自如此,非待人之相约,而后为然也。明神照临乎上,为众善之源,则设令为人者,常得直禀于神,以处事,所为而莫不得于正,而政与律例,固无所用矣。今未能如此,则是律例竟不可废也。凡事之得于正者,远迩一理,无有不同,以其出乎人之良智也,然是物亦未足赖以为治,何也? 我之于人,能听良智为善,人之于我,或未能然,是治道云德云,以其无显罚,有履焉者,有不履焉者,而善人履之而常自损,恶人违之而常自益焉,则何足以为治也！故曰,为国者,道德之不足恃,而必相约立例规,违则有罚。夫然后义与利相合,而所谓道德,亦得以行其间矣。"中江译本虽未完篇,但由于他浸馈既久、学殖深厚,对卢梭民约论题旨和思辨的把握,在同时代日本知识分子中首屈一指,因而于原田潜译本,确实裨益良多。

《中国民约精义》卷二第二编"中古"一节论及张载,认为张载《西铭》中的一段话语看似与民约论无所关涉,但如果顺着刘师培的思路延伸开去,还是可以从中发现若干民约论思想因素的。

> 案：横渠此语虽与民约无关,然即其说而推之,可以得民约之意。《民约论》谓:"天然之世,利己为首。究其终也,相援之心必较利己为尤甚。"（卷三第二章）诚以非相援不能合群、非合群无以立民约,民约不立,国于何有？故横渠此语虽出于孟子之推恩,然与卢氏相援之说若出一辙。居中国而谋合群,其惟发明横渠之旨乎？

参读杨译可知,刘师培所引之语并非是对杨译原文亦步亦趋的引述。杨译:"天然之世,所志不同,利己为首,相援次之。若夫君民利害,则几置诸不闻不见之地。"意为天然之世,利己是第一位的,相援在其次,至于君民利害,则被排至最微末的位置。刘师培虽也认为天然之世利己是排在第一位的,可随后又紧接着补充说:"究其终也,相援之心必较利己为尤甚。"结合其对张载的评述,可以推知他在这里讲的"究其终也",指的是"人造之世"的情况。只有在社会契约得以确立的"人造之世",相援才会被推置于利己之前。虽然表述相对模糊,但若仔细研读其前后文,还是能够领会其意的。这表明刘师培对于杨译《民约论》的熟谙程度,已经臻达可以脱逸译本原文而直接加以发挥的境地。

在论列《荀子》中有关话语时,刘师培借重杨译《民约论》卷一第四章中"人民之于政府也,顺政府者固听其自由,逆政府者亦听其自由"这句话,以强调人民推翻政府的正当与合法时,他更倚重的则是"逆政府者亦任其自由"这部分。而这句话其实是杨廷栋根据原田潜日译本所做的一个引申。何兆武译本更接近卢梭本意:"因此,要使一个专制的政府成为合法,就必须让每一个世代的人民都能作主来决定究竟是承认它还是否认它。"英文本中对其中的"政府"一词本带有"arbitrary"（专制的）的限定，而原田潜及杨廷栋译本中则均未有这样的限定。英文本中"to accepet or reject it"（承认政府还是否认政府）只是意志上的，而杨廷栋将其译为"逆政府"，则是将这种意志上的态度扩大到了行动上。到了刘师培的语境中，更是直接把"逆政府"与（商）汤、（周）武革命勾连起来，因而卢梭原意中的"否认政府"也便被升级为"倾覆政府"。比较而言，中江笃介对这句话的翻译更为忠实："然则专断为政者，若欲其权之少有合道，当听国人，及其成长更事仍奉其上与否，并任意自择之。"原田潜译本则为："故に政府に於ても亦た然り其人民をして成长するに及んて其政府に奉仕するも従顺せさるも自由に任すへし。"（故于政府亦然，迨人民长成，侍奉、顺从政府与否，当悉听其尊便。）

在《民约论》的翻译与引述的旅行中，可以看到诸如此类的微妙而又有趣的意义迁延：卢梭原意相对客观；到了原田潜处，有意无意地被省略某个至为关键的限定词"专制的"；到杨廷栋，更是成了"逆政府者亦任其自由"，不仅让卢梭的"否定政府"升了一级，而且还让其独立成句；最后，到了刘师培，直奔杨廷栋做过若干变异的所在而去，论证汤武革命的正当合法并以之抗衡传统所谓"弑君"的理念。而刘师培也未必清楚，自己所援引的卢梭话语，经由多重转译，已与卢梭原意有所偏离。好在卢梭《民约论》里确实也有"倾覆政府"这层意思在，故而此处也还不能算是"过度"阐释。

倾覆政府自然需要民众揭竿而起，此时此际，君主与人民的关系也就需要重新加以界定。刘师培在论及《易经》时认为，《易经》的宗旨在于君民一体，以证明《易经》时代中土便已有了民约论思想。在他看来，《周易》以"位"为主，但君位与臣位并不固定，并无君尊臣卑一说。并引《民约论》卷一第七章中"君主背民约之旨，则君民之义已绝"，认定民约才是确定君民关系的根本法则，如果君主背弃民约，那么也就意味着他不再具有君主资格。杨译原文为："若夫君主妄逞己意，而与民约之旨相背驰，则君民之义既绝。"刘略去了杨译中的"君主妄逞己意"，强调的是"君民之义已绝"。何译本中则并无此语："但是政治共同体或主权者，其存在既只是出于契约的神圣性，所以就绝不能使自己负有任何可以损害这一原始行为的义务，纵使是对于外人也不能；比如说，转让自己的某一部分，或者是使自己隶属于另一个主权者。"

英译本为:"But the body politic or the Sovereign, drawing its being wholly from the sanctity of the contract, can never bind itself, even to an outsider, to do anything derogatory to the original act, for instance, to alienate any part of itself, or to submit to another Sovereign."英译与何译意思一致。这里的"政治共同体或主权者"(body politic or the Sovereign)即杨译本中的"君主","与民约之旨相背驰"这一意思也有,而且更为具体地指出其表现:转让自己的某一部分,或者是使自己隶属于另一个主权者。但何译本与英译本中只有君主不能背弃民约这层意思,对背弃民约之后又会如何,则未曾有所提及。那么,杨译"君民之义既绝",又是从何而来呢?原田潜日译本中,此处为:"凡そ事は原因なけれは效果あることなきは一般の理なり今民約に依り事を公眾の決に取るは君主を立ち國家を成すの原因にめ君主國民をして其意志に從順せしむるは民約の結果なれは外國と盟約する如きも君主の私意を以て妄りに之を爲すへからす若し外國と盟約すること民約の本源に背馳して君主の私意に出てたるきは社員即ち國民は其義務を擔任するに及はす又君主か自己の社會の權利幾部を減殺して外國に利益を与ふる如きは自から支體を分割して生命を危險にすることに異ならす。"(杨译:"天下之事。不有前因。必无后果。夫取决于众。推立君主。是为民约之因。人民之于君主。有应尽之责。是为民约之果。若夫君主妄逞己意。而与民约之旨相背驰。则君民之义既绝。应尽之责亦随之而灭。且君主之中。甚或有损本国之利以益他人者。是犹胥割肢体以饲邻里。宁有是理哉。")杨译省略了公然违背民约(诸如损本国之利以益他人这样的"与外国盟约")的具体事例,而译"国民无须再承担义务"为"君民之义既绝",则算不得随意发挥。从这句话的辗转翻译来看,原田日译本简省去了原文中君主背弃民约的具体表现,只留下"与外国结盟"这一条,然后添入自己对于君主背弃民约后国民处境的理解:无须再承担义务。杨译则在原田译本的基础上完全省略了君主背弃民约的实例,并将国民无须继续承担义务进一步提升至"君民之义既绝"。这么一来,到了刘师培处,便可以进而与汤武革命关联起来,成为推翻君主专制的合法性依据了。

《中国民约精义》卷二第二编"中古"部分,就程子《易传》中"天下涣散而能使之群聚,可谓大善之吉也"一语,刘师培加以如下案语:

一国人民由散而聚,由分而合,群力既固,国家乃成。……即君主既立之后,威势日尊,欲夺民权,又恐国人合群抗己,乃创为愚民、弱民之策,以压制臣民,散民之群,孤民之势,使人民结合之力无由而成。故群体之散,不得不归咎于立君。吾观秦、汉以降,臣民结会之自由悉为朝廷所干涉,而人民之势遂一散而不可复聚矣。至于国家之作事,悉本于人主之阴谋,非本于人民之公意。小民悉服于下,敲扑鞭笞,一唯君命。及国家多难,人民复弃其固有之君主,以转事他人。《民约论》谓:"专制之君,无与共难。"(卷三第六章)岂不然哉？故欲行民约,必先合群力以保国家,欲保国家必先合群力以去君主。盖团体不固之民,未有能脱专制之祸者也。

　　程子《易传》中这句话是说,能够使涣散的民心重新聚集在一起,世界上没有比这更好的事了。刘师培很欣赏这句话。因为在他看来,一个国家得以成立和维系,须得有赖于人民强固有力的聚合,即团结,而专制君主出于维持一己私利和威势之目的,势必需要创设愚民政策,使人民重新沦为一盘散沙,终至失去团结一致、反抗专制的力量。对这样的君主,人民自然有权弃之不顾,另行选择和追随他人。卢梭不就曾在《民约论》里这样说过？专制暴君,无须再去和他一起共度患难。此处所引《民约论》中话语,即"专制之君,无与共难"云云,出自杨译本《路索民约论》卷三第九页,只字未改。原田日译本为:"專制王者の通弊とする所のものは眼前の小利に走りて之を國家に適用せんと欲するに過きさるのみ。"(专制君主之通弊,惟在竞逐眼前之小利,并欲以之适用于国家而已。)意在指摘君主只顾个人私利、无视国家安危之弊,而杨廷栋则发挥出了另一层意思:既然如此,那么,当国家处于风雨飘摇之际,人民自然也就不必再与君主共度时艰了。卢梭本意又是如何呢？何译本中,与这句话最为接近的译文为:"君主们就要偏爱那条对于自己是最为直接有利的准则了。"结合上下文,何译本意为,君主将个人的利益置于国家利益之上,希望人民软弱、贫困,无法抗拒君主。英译本与之意思相同。何译、英译及原田译本所指涉的,均为君主对待人民之态度,君主把一己利益放在最前面,蒙骗欺压人民;杨译本显然转换了角度,指涉的是人民对于君主的态度;而刘师培进而发挥,推及国家危难之际,人民自可依据民约论,弃君主而去。这里,刘师培所理解和所依据的,其实已是杨廷栋在转译中做了过度诠释和发挥的所谓民约论的话语了。从一环环"添油加醋"可以看出,日译本、汉译本及刘师培,俨然对君主专制更为痛恨,亟待凭借卢梭民约论一举倾覆铲除之而后快,而这一意向在杨译本和刘师培《中国民约精义》中表现得尤为急切。

论列《论语》相关话语时,刘师培所下案语中有云:"孔子言'民无信不立',又言'信而后劳其民',与卢氏所谓'君主下顺舆情,人民必爱而敬之'者(《民约论》卷三第六章)若出一辙。"意谓君主与人民之间并非只有紧张对立一途,君主若能顺应民情,人民自然也会爱戴君主。所引证的卢梭话语,出自杨译《路索民约论》卷三第六章,原文为:"人民之权力,即君主之权力,下顺舆情,人民必爱而敬之。"原田日译本:"人民の權力は即ち陛下の權力にして其最も大益とする所の者は宜しく人民をして畏敬せしめ。"(人民之权力即是陛下之权力,最大之利益者,须得使其敬畏人民。)但卢梭原意并不在规劝君主。何译本此句为:"一个政治说教者很可以向国王说,人民的力量就是国王的力量,所以国王的最大利益就在于人民能够繁荣、富庶、力量强大。然而国王很明白这些都不是真话。"英译本此处为:"Political sermonisers may tell them to their hearts' content that, the people's strength being their formidable; they are well aware that this is untrue."英译与何译意思相同。从何译本可以看出,所谓君民一体乃是政治说教者对君主的规劝,不过是一种美好但却虚妄的设想,其实君主不仅不会听信这样的说辞,并且还希望人民永远软弱、贫困,无法反抗自己,因为这才是君主实现私利的保障。通过比对可以发现,卢梭原意旨在揭露君主虚伪、君主专制制度的不足凭信;而原田潜、杨廷栋、刘师培则对君主专制制度的改善似仍抱有某种程度的幻想。

《中国民约精义》卷三第三编"近世"部分,刘师培撷取王昶《答吕青阳书》中一节话语,称赏"王氏知贡税起于相报,盖深知权利、义务之关系者,与(黄)梨洲《明夷待访录》一书可以并传久远矣"。王昶在书信中说的是,上古时圣贤作君主,将佚乐归之于民、忧劳归之于己,十分辛劳,所谓"贡""税",最初本是人民对君主的一种报答。君主既有应尽之义务,即也有应享之权利。刘师培认为王昶这样解释"贡""税"的起源,与《民约论》卷二第四章中

"民约之中,所允为君主之财货、自由及一切权利,则君主皆可举而用之"(引自杨译《民约论》卷二第四章,只字未改)的话语若合符节。刘引杨译的这句话,何译本译为:"主权权力虽然是完全绝对的、完全神圣的、完全不可侵犯的,却不会超出,也不能超出公共约定的界限;并且人人都可以任意处置这种约定所留给自己的财富和自由。"英译本:"We can see from this that the sovereign power, absolute, sacred and inviolable as it is, does not and cannot exceed the limits of general conventions, and that every man may dispose at will of such goods and liberty as these conventions leave him."与何译本意思相同。

此处杨译似与何译又有较大差异:第一,杨译本中的"君主"对应的是何译本中的"主权权力"(the sovereign power)。"sovereign"一词在英语中有两层含义:一是"主权的",二是"君主",译为主权权力似可涵盖君主,但不如君主一词含义明确。第二,何译本同一句话中也有两层意思:一是肯定主权神圣不可侵犯,同时又限定它不得逾越社会契约框架;二是指出在社会契约面前,每个人的权利和义务都是公平的。而杨译仅保留了第一层中的一半意思,即肯定君主权利的这一半。原田日译本为:"國民たるもの此契約に由て君主に讓與しくる其財貨及ひ自由の權は舉けて之を用ふるを得可。"(杨译为"民约之中,所允为君主之财货、自由及一切权利,则君主皆可举而用之",意思未有偏离。)这就是说,卢梭本意中所具有的两层意思,在原田手中即已被挤压和缩减过。卢梭本无特意强调君主权利之意,而在原田潜、杨廷栋这里,却有了凸显君主权利之重要的意思。到刘师培,他在认同王昶上古君主忧劳多于欢乐的说法同时,又暗中加了一层递进:既然君主比人民承担了更多忧劳(义务),那么君主也理应享得比常人更多的权利,只是这种权利应限定在社会契约所规定的范围之内。我们虽不便确定卢梭完全没有这样的意思,但至少在这句话中卢梭并未言及此意。在卢梭看来完全不足凭信的君主专制,在中、日译者的语境中,评价却似乎有了可以松动的余地。卢梭要求限制君权、强调每个人权利与义务的平等,在中、日译本和刘师培这里却蜕变为强调君主可拥有比常人更多的权利,而在杨译本及刘师培据以所作的申论中,这一迹象似乎较日译本尤为明显。

《中国民约精义》卷一第一编"上古"部分,辑录《春秋谷梁传》"隐公四年"中"卫人立晋"故事,认为其颇能体现以多数人民之意立君的民约论精神,并引《民约论》中话语加以印证。此处所引,为杨译本第一编第五章《论契约为立国之基》中语:"设未有帝王以前。而人民不致缔结契约。则安得有选举帝王之事。当众人相集之时。公举一人。为帝王。众意金同。则可。苟百人中有十人之意不自适。则百人者亦何得以数之多寡。强人以必同哉。凡相集决事。固取决于数之众寡为最公。然此非相约于先不可。要之。未有帝王以前。无人民之契约。则既无昔日之帝王。又无今日之国家。将长此獉獉狉狉至不可纪极之年代。犹然洪荒初辟之日也。契约一日不结。则国家一日不立。故曰立国之基始于契约也。"

原田潜日译为:"假りに帝王を選挙する以前に未た国をなすの契約なしとする時は何に由てか帝王を選立することを得んや衆人相會して皆同意にして一人の異論を生せさるいは可なりと雖も若し不幸にして百人既に帝王を欲するも十人は猶ほ之を欲せさるえは百人の者何に由て十人をして強ひて多数同意の論に従はしむることを得へき乎凡そ衆人相集りて事を議するに同意の多寡を以て決するは實に是なりと雖も然れも此事は豫しめ約するに非れは得へからす然るに今未た国を成ささる以前えは民庶相ひ契約することあるなし故に同意の多寡を以て事を決することを得さるへし然らは則ち帝王を立つる前に於て必す一事同意に定むる所ありて相互相循守するのことあらさるへからす是れ余か論することを願ふものにして契約を以て国をなすと云ふに外ならす。"

对比参读,可知杨译大致保持了原田日译本的语义,文句修辞上则有所参差。

中江译本此处则为:"假为其自与君之前,未有邦乎,吾不知其何由得成自与之事也。众相会,咸皆同意,而无一人自异,则善。若不幸百人欲之,则百人者何由得行其议邪?众相约议决事者,必较持议多寡,固是矣。然此亦非予有约不可。而未有邦之前,无有约之类也。是知民之议立王之前,更有一事咸皆同意所定者,此正余所欲论之也。何谓也,曰相共约建邦是也。"中江译文相对古奥。"其自与君"云云,意为"(人民)把自己奉送给国王"。从原田此节译文的后半部分看,基本上是对中江译本的亦步亦趋。

何译本此处为:"事实上,假如根本就没有事先的约定的话,除非选举真是全体一致的,不然,少数人服从多数人的抉择这一义务又从何而来呢？同意某一主人的一百个人,又何以有权为根本不同意这个主人的另外十个人进行投票呢？多数表决的规则,其本身就是一种约定的确立,并且假定至少是有过一次全体一致的同意。"既未言及"君""帝王",也非陈述句,而是反问句,以强调约定之重要。中江译本中本是保留了这一反问句式的,看来是原田译本率先将反问改为陈述,并由此而影响了杨廷栋译本。何译本此句"选举"的对象在后文中再次出现时,又被译作"主人"(与英文本中的 master 对应),也并非专指"帝王"(国王)。如此看来,先是原田日译本将原文中的反问句改为陈述句,重点从约定之重要被挪移到了选举时众人意见之重要上,然后又加入"帝王"(国王)这一限定,致使本来指涉的较为普遍的选举,变成对君主专制的一种专指。也就是说,刘师培所引《民约论》中话语,在卢梭原著中其实并非针对君主专制制度,重点是在强调民约之重要,并非专为申论以多数人民之意立君这一原则。

《中国民约精义》卷三第三编"近世"部分撷取章学诚《文史通义·原道》中话语,赞赏章学诚颇能明悉"君由民立"之意。章氏原话为："天地生人,斯有道矣,而未形也;三人居室,而道形矣,犹未著也;人有什伍而至百千,一室所不容,部别班分,而道著矣。"立国之本始于合群,合群之用在于分职,分职之后立君,这一顺序与柳宗元《封建论》中的说法不谋而合。"群"由人民集合而成,没有民就没有群,没有群就没有国,没有国就没有君。天下没有离开民而能成立的国家。刘师培引杨译《民约论》卷一第五章中"未有帝王以前,先由人民立缔结契约"语,认定章氏话语与卢梭话语颇为相符。但此处刘师培引以为据的杨译似与何译相差较大。杨译："未有帝王以前,先由人民立缔结契约,集合人民,此立国之始基也。"何译："在考察人民选出一位国王这一行为以前,最好还是先考察一下人民是通过什么行为而成为人民的。因为后一行为必然先于前一行为,所以它是社会的真正基础。"何译与英译相一致："It would be better, before examining the act by which a people gives itself to a king, to examine that by which it has become a people; for this act, being necessarily prior to the other, is the true foundation of society."无论何译还是英译,全句中均未出现"缔结契约"及"立国"的义项,卢梭本是强调人民的集合是形成社会的基础,在时间顺序上要先于国王。

形成社会并不等于立国，人民集合也不一定缔结契约。那么，这两重意思又是从何而来的呢？中江兆民译"形成社会"为"建邦"（"与其论民之所以与于君也，不若先论邦之所由以建也，建邦之事，势必在自与之前，则论政术者当托始于是也"），原田潜译本中则出现了"国"与"契约"这两个关键词（"故に帝王を推挙する以前に先つ人民を集结し國をなせし契约の如何を研究せさるへからす乃ち契约を以て众人相ひ集结するは國を為すの基础なり"，意为"推举帝王之前，当先行集结人民，共同探讨立国须据何种契约，故以契约集结民众，乃立国之基础"），杨译本即脱胎于此，但略去了其中"当先行探讨须据何种契约建国"这层意思，直接将其改写为陈述句。从原文到日译本，日译者将不太肯定的句式改为肯定的陈述句，并将"形成社会"改为"建邦""立国"，又增入"缔结契约"这层意思；由日译到汉译，杨廷栋完全保留了日译者所增入的"立国""缔结契约"这层意思，并且语气更趋肯定。

吕留良在《四书讲义》中，对三代以下君主只管自己私利、不顾臣民公益，深恶痛疾，多有抨击。刘师培"案"语称：

> 晚村之所嫉者，人君之自私也。因为三代下之君主皆遂一己之私谋，不顾臣民之公益；以为非人君之道。其说与卢氏合。

并引杨译《民约论》卷一第六章中语加以印证："如君主、人民相合为国，则君主之所利，即人民之利也；人民之所利，亦君主之利也。君主、人民之间，断无利界之可分。"然而，卢梭的本意似乎并非如此。

何译本中这句话是这样说的："（一旦人群这样地结成了一个共同体之后，侵犯其中的任何一个成员就不能不实在攻击整个的共同体；而侵犯共同体就更不能不使它的成员同仇敌忾。）这样，义务和利害关系就迫使缔约者双方同样地要彼此互助，而同是这些人也就应该力求在这种双重关系之下把一切有系于此的利益都结合在一起。"

英译本为："Duty and interest therefore equally oblige the two contracting parties to give each other help; and the same men should seek to combine, in their double capacity, all the advantages dependent upon that capacity."

从何译本看，卢梭所强调的是君民互助、利益结合，而非杨译本中的君民同利、利益不分。君民同利强调的是君主与人民的利益相同，因此君主就不该拥有高于人民的利益;而君民互助则未必,是可以允许君主利益高于人民利益这种例外的情况出现的。杨译这样理解,也是源于日译。

原田潜对此句的翻译为:"即ち君主は相ひ聯合して而して後ちに成りたるものなれは君主の利たする所は國民の利なり國民の利とする所は君主の利なり決して君主と國民と利を私して相ひ界するふなく。"(意为:君主乃民众联合而成,君主之利益即国民之利益,国民之利益即君主之利益,君主国民之间,绝无私相以利益分界之理。)

参读比对可知,杨译对原田日译本还是忠实的。这就是说,卢梭原意在原田日译中即已出现了被改动的迹象:君民互助被拔高为君民同利。在申论君民互助这一点上,中江汉译本显然更贴合卢梭本意:"(民约既成,邦国既立,有侵一人,而望无害于国,不可得,况有侵国而望无害于众人乎?国犹身腹也,众人犹四肢也,伤其心腹,而无羸其四肢,有是理乎?故凡与此约者,其为君出令,与为臣承命,并不可不常相共致助。是故义之所在,而亦利之所存也。为君出令,能不违于义乎?为臣必享之利焉。为臣举职,能不背于道乎?为君必获之福焉。君云臣云,初非有两人也。)夫君合众而成,则君之所利,必众之所利,无有相抵。"

原田潜跻身的明治初期,正是日本民权高涨的时代,维新人士努力借助西方理论以限制君权、提高民权,这一点与晚清颇相类似。

社会契约论是建立在人人自由、平等的信念基础上的。刘师培在《中国民约精义》中特别看重人民的自由权利,甚至为此不惜向其一向所尊敬的王夫之发难,因为在他看来,王夫之对于君、民的看法与卢梭民约论思想相去甚远:

> 案:船山之说,于立君主之起原言之甚晰,但于立君主之后则仅以通民情、恤民隐望之君,而于庶民之有权尤斥之不遗余力。(如《通鉴论》卷二十一云:"以贤治不肖,以贵治贱,上天下泽,而民志定。泽者,下流之委也,天固于其推崇也。斯则万世不易之大经也。卷八复以天下之权移于庶人为大乱。")与卢氏民约之旨大殊。卢氏以人权赋于天,弃其自由权者即弃其所以为人之具。故人之生也,以能之自存为最要。能知自存则不受他人干涉,而一听己之所欲为。(见《民约论》卷一第二

章)是人民之权不可一日放失也;已放失,则不可一日不求恢复者也。(《民约论》卷二第八章云:"自由之权操之于己,不可放失。放失之后,不可不日求恢复之道。")今船山之旨,即以伸民权为大非。……

所引杨译《民约论》卷二第八章中语:"自由之权,操之于己,不可放失。放失之后,不可不日求恢复之道。"与何译本似有出入。何译本为:"人们可以争取自由,但却永远不能恢复自由。"英译本为:"Liberty may be gained, but can never be recovered."

杨译本鼓励失去自由的人们积极争取恢复自由,而何译则是自由一旦失去,即永远无法恢复,意思完全相反。那么,究竟哪个才是卢梭的本意呢?不妨先检视一下原田潜的日译:"夫れ人は自由を得へし人は决して自由を復すへからす。"(人当获得自由,而绝无恢复自由之理。)杨译虽多忠实于原田,但在这句话的翻译上却出现了偏离。他将原田"绝无恢复自由之理"译为"已放失,则不可一日不求恢复者也"。那么,杨译何以会有这样的游离呢?略知卢梭民约论的人都清楚,卢梭认为自由与平等乃是人与生俱来的权利,社会契约就是用以保障这种自由和平等权利的,卢梭自然不会真的相信,自由一经丧失便无望重新获得。这里其实是他引自俗语中的一句话:"自由的人民啊,请你们记住这条定理:'人们可以争取自由,但却永远不能恢复自由。'"引用此话是想提醒人们,自由来之不易,不可轻易放弃,一旦放弃,便须经由艰苦斗争方有可能重新获得。如此看来,上述意思相背反的两种翻译,就各有其道理了。何译、英译和原田日译均为直译,而杨译则为意译,掺入了他自己对于卢梭的理解。

在法律与立法权之间,卢梭认为立法权最为根本,法律则是公意的行为,人民可以根据需要改变法律。刘师培正是依据于此,在论列陆九渊时,认为其学问以自得为主、以变法为宗之意,可与卢梭斥责君主守旧法相通,并引杨译《民约论》卷三第十一章中两节话语作为印证。何译本中,这两句话为:"过去的法律虽不能约束现在,然而我们可以把沉默认为是默认,把主权者本来可以废除的法律而并未加以废除看作是主权者在继续肯定法律有效。""人们愿意相信,唯有古代的意志的优越性才能把那些法律保存得如此悠久;如果主权者不是在始终不断地承认这些法律有益的话,他早就会千百次地废除它们了。这就是何以在一切体制良好的国家里,法律不但远没有削弱,反而会不断地获得新的力量的原因;古代的前例使得这些法律日益受人尊敬。"英译本为:"Yesterday's law is not binding today; but silence is taken for tacit consent, and the Sovereign is held to confirm incessantly the laws it does not abrogate as it might." "We must believe that nothing but the excellence of old acts of will can have preserved them so long: if the Sovereign had not recognized them as throughout salutary, it would have revoked them a thousand times. This is why, so far from growing weak, the laws continually gain new strength in any well constituted State; the precedent of antiquity makes them daily more venerable."此处卢梭其实是在强调立法权之重要。在他看来,国家存亡系于立法权而非法律本身,只要人民拥有立法权,便能给古老法律带来新的力量,而古老法律并非一定有害无益。

刘师培引文对杨译虽有所更改,但出现上述偏差,责任却不在他。因为杨译即已有否定旧法之意,并将政治体制问题归咎于对旧法的维持。原田潜译文又是如何的呢?"今日の施法は之を明日に用ひて更に益する所なかるへし。"(杨译:"今日所用之法律,明日行之,即不见其益者,比比然也。")"喻へは一度用ふる所ありて出來したる者は總て之を平常に用ひんふを欲し敢てこれを廢止するふを欲せす人民も亦た不知不識以て默許するか如きものなり世人の上古の法典を敬信して之を今日に遵奉する所の者は蓋し又上に說く所の理に根據し且古法の永世に遺傳存在する所以の者は畢竟古人の意志の今人に優りたる所あるに依るとの偏信より生せし者なり宜なるかな政體の擧からさるふ。"(杨译:"譬有一法,用之一事而效,遂执以概诸万事,而谓无不宜者。人民又不知不识,默然相许,又如崇奉古训者,即今日之所崇奉,亦莫不根之于古训。盖由习闻夫古今人不相及之说故也。亘千百年,不见美善之政体。")此处杨廷栋汉译对原田潜日译本还是颇为忠实的。显然,否定旧法、主张变法维新之意,先是出现在了原田潜的日译本中。而卢梭民约论的确本含变法之意,故而原田日译虽有"捕风捉影"之嫌,却也不完全是"无中生有"。

《中国民约精义》中,刘师培认为卢梭的自由说与孟子的性善说、王阳明的良知说有相通之处,那么他又是如何做出这番比较或比附的呢? 先来看刘师培是如何将王阳明的良知说与卢梭的自由说关联到一起的。刘师培认为,卢梭视守护自由为人生一大职责,并引杨译《民约论》卷一第四章中语为证。他还认为自由与生俱来,良知也是,自由无所凭借,良知也无所凭借,因而可以说良知即是自由权。在刘师培看来,王阳明虽并未发明民权之说,但从他的良知说可以推导出自由平等之理。

刘师培此处所引杨译为:"人之暴弃自由权者,即暴弃天与之明德,而自外生成也。夫是之谓自暴自弃。"原田潜日译则为:"且夫れ人生天赋の自由の權を拋棄して顧みさるものは自から天與の明德を拋棄するものなり又自から人類の外に出るものなり斯の如きもの之を自棄自暴と云ふ。"何译为:"放弃自己的自由,就是放弃自己做人的资格,就是放弃人类的权利,甚至就是放弃自己的义务。"何译本与科尔英译几乎字字对应:"To renounce liberty is to renounce being a man, to surrender the rights of humanity and even its duties."它们应该是最接近卢梭原意的。那么,在重重转译中究竟发生了怎样的意义迁移呢?

(一)何译本中的"放弃"(即英文 renounce 之意)在杨译本中为"暴弃"。"暴弃"有粗暴(草率?)放弃、自暴自弃之意,比中性的"放弃"多一层贬义。原田日译中本为"拋弃",由杨廷栋径改为"暴弃"。(二)何译本中"做人的资格"(对应英文 being a man),杨译"天与之明德",系来自原田日译中的"天與の明德"(中江译本则为"为人之德")。刘师培在引用并解释此句时,似乎觉得"天与之明德"一语过于保守陈旧,遂改作"为人之具",反倒更切近卢梭原意。(三)杨译"自外生成"云云,在整个句子中似显得唐突,与何译中"放弃人类的权利"也对应不上。此处显系译自原田"自から人類の外に出るものなり"一语,但却是误译,因为原田此处本是"自外于人类"之意。参读中江译本,则更清楚,中江此处译文为"自屏于人类之外也",也即"放弃人类的权利"的另一种说法。(四)杨译"夫是之谓自暴自弃",源自原田"斯の如きもの之を自棄自暴と云ふ"。然而何译与英译本中均无此意,中江译本为"若然者,谓之自弃而靡所遗",与之庶几相近。几大译本各有不同侧重,然而均强调自由权利之重要;刘师培则强调自由权利与良知说的相通处,即在于"与生俱来"与"无所凭借",这两者均由杨译本引申而来,却为何译本中所无。

刘师培又称王阳明良知说源于孟子性善论,并依据《民约论》卷二第六章中话语"人之好善,出于天性。虽未结民约之前,已然矣",认定卢梭也有性善说,可与孟子性善说、王阳明良知说相通。良知由上天赋予,每个人的良知都是相同的。既然上天给每个人的良知是相同的,尧、舜和普通人的良知也是相同的,因而也就无从区分等级。

何译本中,此句则与性善论无所关涉:"事物之所以美好并符合于秩序,乃是由于事物的本性所使然而与人类的约定无关。"英译本为:"What is well and in conformity with order is so by the nature of things and independently of human conventions."杨译"人之好善"同样来自原田日译。原田译文为:"夫れ人の行の善にして道を守る所以のものは本然の性善に因るものにして人の契约に係るものに非すと雖も。"(人之所以行善守道,盖因其本然性善之故,与社会契约之有无本不相涉。)显然,原田将主语由"事物"暗中换成了"人",并由此而散发出孟子性善论的味道。儒家文化本是东亚的共同资源,原田潜精于汉文,翻译时有意无意地动用了孟子性善论这一现成资源,似也情有可原。这么说,是原田潜率先将卢梭视为性善论者,刘师培则进而将其与王阳明良知说挂上钩,卢梭遂由此而被东亚译者本土化了的。将王阳明良知说与卢梭自由说并置,并认定卢梭同样持有孟子性善论,难免有牵强附会的嫌疑。但这种附会并不能归咎于刘师培一人,转译过程中的日译、汉译者应该都是其中的推波助澜者。

以外来思想重新发现并激活中土思想资源,刘师培也许并不是第一个在这样做的,但《中国民约精义》无疑是这一思想学术实践中最不便轻易错过的为数不多的著述之一。《中国民约精义》作于1903年,是年刘师培19岁。此书并非是对经典和诸家学说的一味附和与致意,而是将它们放置到《民约论》的面前重新评判,以卢梭之是非为是非,对《尚书》《礼记》《大学》毫不留情,对孟子、荀子、庄子、朱熹、章学诚等诸家学说也都有辩难,即便是刘师培素来敬仰的学者,只要其学说中有与《民约论》不相称合者,刘师培同样也会不留情面地直斥其非。刘在序言中说这是本述而不作的书,但其实是既述又作。

四、若干余论

《中国民约精义》由 61 个小标题组成,梳理中国上古、中古和近世典籍与思想家著述中话语,与卢梭《民约论》中有关话语相挂钩和对接,形成某种可供参证比较的关系,并以"案语"方式,对其视为堪与卢梭民约论中话语相对应的中土历代先贤的话语,分别加以甄别、评述、阐发和引申,以力证中土不乏民约论思想,从而使原本为中国思想学术所陌生的话语系列得以克服种种阻力,较为顺畅地进入到中国近现代语境之中,进而为建构新的、真正具有近代意义的中国社会政治体制,提供积极有效的思想资源。

《中国民约精义》始终以"主权在民"为准衡,并据以甄别、考量和评判中土思想资源,这表明刘师培对卢梭民约论的核心理据之所在还是相当清楚的,不过,从中土思想资源之中搜寻或抽绎出某些概念或片言只语,以与外来思想学说相对应和印证,这种比勘、汇通、申论的尝试,是否有脱离具体语境之嫌?说得更直白些,刘师培这么做,是否会有随意措置时代和语境,即将中西乃至古今的不同的思想知识系谱混为一谈的危险呢?

1898 年 12 月 23 日,在旅日华商的资助下,梁启超在横滨创办了他亡命日本期间的第一份报纸《清议报》,从 1899 年 8 月出版的第 25 期开始,梁启超以"饮冰室自由书"为题开辟专栏,1905 年,《饮冰室自由书》单行本由上海广智书局出版。梁启超在《自由书》中即认为,孟子话语中所体现的仅仅是民本思想,与西方近代民主政治或者说民权思想之间,有着根本的差异。

> 或问曰:孟子者,中国民权之鼻祖业。敢问孟子所言民政,与今日泰西学者所言民政,同乎?异乎?曰:异哉异哉!孟子所言民政者谓保民也,牧民也,故曰"若保赤子",曰"天生民而立之君,使司牧之"。保民者,以民为婴也;牧民者,以民为畜也。故谓之抱赤政体,又谓之牧羊政体,以保、牧民者,比之于暴民者,其手段与用心虽不同,然其为侵民权则一也。

严复也曾明确指出西方民主为中国古代所无。光绪二十二年(1896),梁启超撰就《古议院考》,遍引先秦及汉代典籍制度,力言议院之意在中国

"于古有证",严复对该文颇不以为然,并于翌年驰书相质,直言"中国历古无民主,而西国有之"。严复坚持西方自由民主观念的独特性质,并用以审视中国传统中自由、民主因素的严重缺失。1895 年,严复在天津《直报》发表著名长文《救亡决论》,批评"于古书中猎取近似陈言,谓西学皆中土所有,羌无新奇","于是无端支离,牵合虚造,诬古人而厚自欺,大为学问之步蔀障"。那么梁著《古议院考》,在严复眼中,应该正坐此病。

民主,或曰民权,主张主权在民,主权属于全体人民,它既不可转让也不可分割,体现按社会契约(即民约)原则建立起来的公意本身,君主或统治者的统治权,不过是人民委托其体现、执行和保障自己权利和自由的被委托方,其统治权的合法性只能是来自民意与听从民心,一旦公意遭到背弃,人民享有的主权遭到冒犯或被委托者篡夺,人民就有权随时撤换冒犯和篡夺者,收回自己的主权。而中土古代诸如孟子的"民贵君轻"说,则是"民本"而非"民权"。民本虽倡以民为本,但以民为本者又是谁呢?当然是君主。民本概念基本属于统治范畴,强调的是统治者对民的态度,至于统治者或统治权的合法性及其来源,这一问题是不在民本的视野之内的。民本论既主张主权在君,那么,从民本显然是走不到民权的路上去的。

然而,颇为吊诡的是,殆及梁启超嗣后放弃了他在《古议院考》中的看法,在《自由书》《论中国学术思想变迁之大势》等著述中对严复的批评意见多有采纳之时,严复却开始转而倡导起了中土传统中多有与西方近代价值相契合的资源,并据以针砭梁氏。严复后来对《老子》的评点,针对的即是梁启超对老庄道家的贬抑,辩称黄、老之学与西方的自由、民主并不凿枘,中土传统中多有可与近代西方价值彼此沟通的话语:"夫黄、老之道,民主之国之所用也,故能长而不宰,无为而无不为。"而老子的"小国寡民",所谓"君不甚尊,民不甚贱",也正是孟德斯鸠《法意》中所称说的民主境界。又说老子"执大象,天下往,往而不害,安平太"中的"安",即具有"自由"之意。还认为庄子、杨朱的学说多与西方"个人主义"相通。

《中国民约精义》尽管冒有错置时代与语境的极大风险,更稳妥的做法,似乎应该着重探讨,同样存在于(如果有这样的存在的话)中土和西方的民约思想,各自具有什么样的个别形态,并以这种中土和西方话语本身的差异作为讨论和研究的对象,就它们的异同展开论述,将其放置在复杂的清末民初时期的思想史环境中加以定位,诸如此类,但纵然如此,刘师培的这一思想学术实践,至少还是在以下的层面上,为后来者们提示了可供进一步思考的空间和话题。

其一,刘师培《中国民约精义》实际上是一种贯通的实践,里边的概念和修辞结构,体现的不是思想和知识学上的绝对的"新",当然也不存在绝对的"旧",而是不同来源的文本和不同思想及知识体系之间的融会和类同。这种贯通和融会涵盖了古/今、中/西等重大范畴。就古/今范畴而言,他对呈现在中国典籍文本中的本与源进行了系统的追溯和梳理,将原先零散分隔,或自成系统,彼此之间未必相容的知识,在"民约论"的名义下做了再编制,重新聚合起来,体现了传统考据学所看重的那种追求再现知识的"源"和"流"的关系和注重知识发展历史的思路和方法,这方面他则有千百年中国学术传统垫背,加上家学渊源的熏染和支撑,自幼寝馈其间,最熟悉门径的所在,应该说驾轻就熟,得心应手。

正如前面已有所述及的那样,刘师培曾经尝试过把他所熟谙的文字训诂之学与斯宾塞的社会学观察相挂钩、打通,为此特意撰写《论小学与社会学之关系》一文,共梳理出 32 则以阐明"西人社会学可以考中国造字之原"的原委。这是用西学来证明中学。他还写有《论中土文字有益于世界》一文,换了个方向,是用中学去印证西学,即以中国文字的含义来证实西方社会学的考察。章太炎赞同和佩服刘师培援引西方进化论理解中国文字演变的尝试,并因此而将刘引为自己思想学术上的畏友。刘师培还曾计划撰写出两种著述,力求打通中西两大思想学术系统之间的隔阂,虽然这一工作最终未能完成,但毕竟留下了"发凡""起意"的两篇长文:一为《国学发微》,一为《周末学术史序》,从中似也不难窥见他的初衷和总体构想的大致格局。在前一种研究中,他处处征用西方自古希腊、罗马以来至近代的哲学、宗教、学术上的种种观念,以阐明、映发中国经学等诸学的"合于西儒"。在后一种研究中,他则把中国古代思想、学术史拆开后重新加以编制,分别挂靠在欧洲近代知识分类和学术建制系统的名目(诸如心理学、伦理学、社会学、宗教学、政法学、计学)之下,共计有 16 个类目之数。也就是说,刘师培早已在要求着与西方思想学术系统的互相沟通,力求在一种相关的、彼此参照的视野中对中国思想学术做出梳理、分析和评判,在学科分际及其命名等方面,他很坦然地接纳了西方的建制,诸如此类的迹象,都足以表明他的研究并非乾嘉考证学的自然绵延,这一点是很清楚的。只是需加谨慎观察,这样的打通,究竟可以在何种意义及怎样的程度上,真正达成中、西思想学术范畴的融会贯通?

虽然我们无从认定刘师培是旨在使中土传统的"民约"思想资源在近现代复活或被激活的第一人,但他肯定是如此集束式地将传统资源与外来语汇、与欧洲近现代思想世界中的"民约论"直接发生关联的第一人。我们从刘师培后缀在前人论说后面的评述性文字即"案"语,尤其是其中属于"夹注"的那部分文字,不难得知,他实际想要强调的,是本土已有思想知识与新来思想知识的参照互证,强调不同文化中知识的可贯通性。或者不妨干脆可以说,他不把民约论看作来源单一的思想知识,而是看作在不同来源的基础上,存在相似相类和交流沟通的可能性。这样,《中国民约精义》通过对两种话语系统的并置、参照、交糅和穿插,寻求的不再是知识的外在根源,而是旨在揭示出不同知识系统之间内在的同源性,一种超越人种和地域限定的内在知识起源,即不同知识体系之间平等交流的内在基础,从而力求整合原本处于彼此分隔状态的思想知识,并用以扩大中国思想文化资源的内存,从而使得传统中的资源变得富有包容性,并终至促成一个急遽变动的时代与诉求变革的社会政治和心理之间的积极互动。中土传统也好,欧洲思想也罢,都不只是局部的、区域性的,它们都是世界历史的一部分。由于中国近代化的被动、后发性质,处在当时近代化即是欧美化、西方化的风潮之下,欧洲知识代表了普世的意义和价值,被视作当时世界的最高水准,故而刘师培此举实际上也便具有了将中国纳入世界历史的意义。这份为时仓促的研究,虽然留下了诸多粗疏的痕迹,但他竭尽其所能寻求和发掘中国传统思想中的"民约论"资源,将之转化为一个重要的文化生产场域,产生了清末民初的重要知识论述,由此涉及的问题和提出的一些应对方案,不仅意在否定民约思想中国"匮乏"说,而且还把问题引到了一个在西方既成民约论框架中无法抵达和包容的,因而更具有包容性的层面,也就是说,他在揭示和指认"民约"在中国特有的历史关联域的同时,其实也便意味着他正在揭示和指认出西方"民约"理论同样存在着的地域性和历史特殊性。

刘师培在《中国民约精义》中所下的一番整合功夫,目的与其说是要糅杂不同体系的知识并使之一体化,不如说是在求得多种知识实践系统的再度流通。显然,在刘师培眼里,对"民约"的理解并非一个解决陌生问题的陌生系统,而是解决早已存在的同一问题的不同方式而已。看似不同的思想系统和知识概念,其实是并存、并立和互相关联并彼此印证的,也就是说,与其把民约论想象为欧洲思想的专利并仅仅源自欧洲或西方,毋宁去想象它始终有着不仅仅是单一的思想文化体系,而是有着多种起源、语言和结构。这样,对于最初将民约思想译介到东土及中国来的东土和中土的近代知识人来说,他们的译介就并非像后来的研究者所描述的那样,仅仅代表卢梭"民约"思想在东土及中国的"开始",不是的,他们的译介只是表明,"民约"这个在古老中国其实早已存在并一直绵延不绝的知识领域,由于他们的译介,由先前被遮蔽、被埋没的地层浮出了地表,或者说,再度唤起了人们对那些曾被压抑、掩埋的思想文化的记忆。民约思想不再只是近现代中国思想文化中翻译使用的外来话语,不再只是单纯的西方思想,而是业已成为近现代中国社会思想文化的内在构成。中国内部的思想基质,至少是一部分思想基质,同样有理由成为中国现代历史叙述的起点,我们完全可以用中国自己的思想资源来表述中国的历史经验,并对近代中国所遭遇和承受的巨大而又全面性的政治、经济、军事及思想文化的危机和压力做出积极的反应。这样的思想学术实践,与章太炎下大功夫诠释庄子《齐物论》,从而对当时相当流行的那种将"中/西"范畴视同"文/野""新/旧"范畴,即将地域差异直接置换为文明等差序列的看法提出严厉批判,是颇有异曲同工之处的。

其二,在迄今为止的中国思想史研究中,即使是在同属于较为看重本土内部资源的研究者中间,如果稍加辨析的话,还是不难发现,在方法论取向上,他们仍然存在着不容忽视的差异。一种是对古今中外思想之间存在着相通的内在逻辑持以深信不疑的态度,并带有原理主义倾向,认定原理贯穿古今,不受时间、空间因素的限制,始终都是有效的,如果把这一倾向贯彻到处理内部资源的层面,那么相比较而言,似乎更带有内部发展论的色彩,即把传统资源看作思想兴起和变迁的最为关键的动因,更致力于从本土历史中去发掘对于今天而言仍然有效的思想价值,即把中国古代思想看作中国现代精神的源头,至少是微妙地将古代资源作为向现代过渡的津梁来看待,因而提倡与古代思想对话,甚至不反对用今人和外来的概念去求得沟通的渠道,立场重在对传统资源的利用,强调古为今用。另一种取向则相对显得谨慎,他们认定古人的思想与现代思想、外来资源和本土资源之间,并没有一条现成的可以直接对接的通道,因而强调的是将思想放在当时当地的背景下去寻求理解和诠释,认定许多重要的思想概念都是从很具体的目的出发的,都是为了应对具体的问题而提出的具体的解决方案,落实到处理内部资源的层面,虽然也重视与古人对话,但却不赞成将古人的思想拿来现代化,希望还古人的思想以本来面目,而不仅仅是现代或外来思想体系的投射,主张重新评估必须严格地建立在重返历史现场的基础之上。

后者的审慎无疑是有道理的,但也须得有度,否则也有可能陷溺于绝对。除非这样的假设能够成立,即人类社会是由许多相互独立隔绝的历史世界组成,它们的历史轨迹完全不可通约。但这样的假设是很难成立的。事实上,任何历史都不可能自我封闭、仅仅处在孤立的历史渐变之中。社会制度、习俗和文化的重要改革与变化,多是在历史的交换、流通和迁徙中促成的,即便是在现代之前,世界也始终是彼此关联着的世界,不同文明的独特性,并不能被看作已完成的自律性的世界的全部根据。而古今思想之间,自然也存在着彼此相互维系的内在谱系,否则我们也会因此而永远失去弄清古人思想真实含义的机会,那么,否认这种内在谱系的存在,岂非等于是在自断通向古人思想的通路?不过,相对于较为审慎的后一种取向而言,前一种取向在处理古代思想的过程中,易于模糊和丧失必要的历史定位的弱点,似乎也格外引人注目。

唯情与理性的辩证:"五四"的反启蒙[①]

彭小妍

1923年爆发的"科学与人生观"论战,历来主流论述认为人生观派是保守分子,在科学进步的时代仍坚持儒释道传统,抱残守缺。事实上,当年梁启超领导的人生观论述与蔡元培领导的美育运动合流,通过跨欧亚反启蒙运动的串联,企图创新传统,寻找传统在现世的意义。人生观派提出"唯情论",主张情感启蒙,挑战启蒙理性主义及科学主义的主导,无论在思想界、文学界与艺术界均引起深刻回响。他们著书立说,邀请东西方相关哲学家来访,系统性地链接欧亚的反启蒙运动,影响深远,然而学界却少见这方面的研究。所谓"反启蒙"(Counter-Enlightenment)并非反对启蒙,而是启蒙的悖反;情感启蒙论述与启蒙理性主义并辔齐驱,两者都是欧洲启蒙时代以来的产物,是一体的两面。[②] 人生观的概念来自倭依铿(Rudolph Eucken)1890年所使用的 Lebensanschauung 一词,1912年安倍能成自创汉字语

[①] 本文为彭小妍著《唯情与理性的辩证:五四的反启蒙》一书(台北:联经出版社,2019年)的具体而微。

[②] Isaiah Berlin 首先提出"反启蒙"(the Counter-Enlightenment)的说法,认为欧洲反启蒙思潮与启蒙运动同时发生:"Opposition to the central ideas of the French Enlightenment, and of its allies and disciples in other European countries, is as old as the movement itself." (1) Cf. Isaiah Berlin, "The Counter-Enlightenment", in *Against the Current: Essays in the History of Ideas* (Princeton and Oxford: Princeton University Press, [1955]2013), second edition, pp.1-32. 晚近学者 Anthony Pagden 仍然指出,一般人对欧洲启蒙运动的认识只有理性主义挂帅,而不知主情主义在其中所扮演的重要角色:"The familiar and often unquestioned claim that the Enlightenment was a movement concerned exclusively with enthroning reason over the passions and all other forms of human feeling or attachments is, however, simply false." (xv) Cf. Anthony Pagden, *The Enlightenment and Why It still Matters* (Oxford: Oxford University Press, 2013).

汇,将其翻译为"人生观"后,被中国人生观派直接挪用,掀起了"五四"时期有关"唯情与理性"的认识论辩证。① 主要论点是:人对自我、他人及宇宙的认识,究竟是透过情感,还是透过理性? 人生观派呼应博格森(Henri Bergson)与倭伊铿的"人生哲学",认为哲学应脱离认识论的纯理性知识探讨,从生命出发,探讨人之所以为生的特性——也就是情。主流研究向来认为"五四"是启蒙理性运动,事实上,同时期人生观派提出的"唯情论"大力批判科学理性主义,认为情感的启蒙才是解决人生问题的根本——此即"五四"的反启蒙。

本研究重构人生观论述跨越欧亚的故事,旨在说明:"五四"推崇理性的启蒙论述高张之时,主张情感启蒙及唯情论的反启蒙论述也同时展开;两者实互为表里。"五四"的唯情论及情感启蒙论述,是人生观派学者系统性的努力:梁启超、张东荪、梁漱溟、蔡元培、张君劢、方东美等人,企图通过唯情与理性的辩证联结欧亚反启蒙论述。这种有意识的系统性努力,可从梁启超及蔡元培主导的几个文化事件及组织来观察。梁启超方面,包括1898—1911年其流亡日本期间,与留日学人及提倡"复兴东洋伦理"的日本学者交往,那正是西田几多郎提倡"生命主义"之时;1916年成立宪法研究会(即"研究系"),以《时事新报》为喉舌,1918年发表了张东荪翻译的博格森《创化论》,奠定人生观派的论述基础;《时事新报》又于1920年起大量刊登创造社作家的作品,间接促成创造社的成立;1918年率领子弟兵如张君劢赴欧拜访倭依铿,事后张君劢留在耶拿跟倭氏学习哲学,两人于1922年以德文合著《中国与欧洲的人生问题》一书;1920年起与蔡元培、林长民、张元济等组织讲学社,邀请西方哲人如杜威、罗素、杜理舒、泰戈尔等来华演讲;1921年梁漱溟出版《东西文化及其哲学》;1923年张君劢的文章《人生观》导致科学与人生观论战的爆发等。蔡元培方面,包括1901年担任南洋公学特班总教习,1902年协助创办爱国女学、上海专科师范学校,培育了日后美育运动的无数推手;1911年担任中华民国第一届教育部长以来积极推动美育运动;1920年创办《美育》杂志,直至1924年袁家骅的《唯情哲学》与朱谦之的

---

① 参考彭小妍:《人生观与欧亚反启蒙论述》,载《唯情与理性的辩证:五四的反启蒙》,第51—107页。

《一个唯情论者的宇宙观及人生观》出版。美育运动是人生观运动的一环，《美育》杂志及相关出版物上发表的一系列美学理论，为人生观运动奠定了情感论述及唯情论的基础。说到人生观派的关系网络，当然更不能忽略无政府主义者及其出版刊物——如《民铎》《教育》等——所扮演的角色。20世纪一二十年代梁启超与蔡元培的一系列计划与作为，在显示人生观派长期酝酿反启蒙运动，以情感启蒙及唯情论来反制科学理性主义的主导。1923年科学与人生观论战的爆发，乃必然的结果。①

　　论战爆发前后所浮现的"唯情论"，是为了解决"唯物论"与"唯心论"的心物二元论。笛卡儿的心物二元论、康德的主客分离，都成为被批判的对象。② 唯情论认为情融合了心与物、人生与宇宙、主观及客观、精神与物质。所谓唯情，并非仅止于一般意义上的情感（feeling）或情绪（emotion），而是斯宾诺莎（Spinoza）、尼采、德勒兹（Deleuze）等所关注的，具有感受力与响应力的情感动能，即"情动力"（affect）③。这亦是中国传统概念中源自《易经》的"情"——即充沛流动于天地万物、形体与形体、形与神之间，相互作用、相互感应的情。如同朱谦之《周易哲学》(1923)所说，"情不是别有一个东西，即存于一感一应之中"，又说"宇宙进化都成立于这一感一应的关系上"，变化不已。④ 这正是西方情动力理论主张的"生命动能的相互关系"(force-relations)。斯宾诺莎、尼采、德勒兹学说均对抗理性主义，三人的连接点是博格森。"五四"的唯情论一方面是对博格森的响应与批判，另一方面从博格森创化论的角度重新检视传统学术（包括儒释道）。亦即，"五四"唯情论的主要来源是博格森与传统中国学术，与西方的情动力理论异曲同工。⑤ 唯情论认为情就是宇宙本体，袁家骅的《唯情哲学》(1924)又提出"情人"的概念，指出尼采的超人是"向权力进行的意志"，怀抱极端的个人主义，以小我、假我为活动的范围；情人则是"向本体活动的感情"，以大我及无我

---

① 参见《唯情与理性的辩证：五四的反启蒙》一书，第358—359页。
② 同上书，第19—21页。
③ 同上书，第236—246，317—326页。
④ 朱谦之：《周易哲学》，载《朱谦之文集》（共9卷），福州：福建教育出版社，2002年，第3、128页。
⑤ 参《唯情与理性的辩证：五四的反启蒙》一书，第21—22页。

为真我。① 人生哲学及唯情论在五四时期及其后影响深远,这是主流研究历来忽略的。

本研究提出"跨文化语汇"的方法论,通过追溯"跨文化语汇"在欧亚出现的脉络,串联起思想概念的跨文化流动。所谓"跨文化语汇",意指具有跨文化意涵的关键语汇,多半由欧美的源头先引介入日本,翻译成汉字语汇后,中国知识分子又直接挪用,例如本研究所深入探讨的"人生观"、"美育"(ästhetische Erziehung)、"理智"(raison, reason)、"直觉"(intuition)、"心"(conscience, consciousness)、"精神"(esprit, spirit)、"物质"(matière, matter)、"创造"(création)、"进化"(évolution)等语汇。从事比较文学或比较哲学的研究者,不能忽略翻译在中国现代文学及哲学中所扮演的关键角色。若没有这些跨文化语汇,不只没有现代哲学与文学,甚至连我们今天的日常交谈也几乎不可能实现。本研究得力于翻译研究对外来词语的关注,但笔者认为词语的翻译研究不应只限于词语、概念的转换及崭新意义的流变上,应该提升到方法论的层次。透过"人生观""人生哲学""创造"等关键语汇在中日德法文献中的追索,笔者确认:两次大战的文化危机期间,人生观运动是跨越欧亚的跨文化事件,绝非现代中国所独有。在追索过程中,笔者发现"唯情论"及"情感启蒙"对启蒙理性主义的系统性挑战,也发现人生观派与无政府主义者及创造社作家的相互声援,于是得以重写"五四"。职是之故,"跨文化语汇"应提升为方法论,以突破翻译研究的现状,彰显其重写现代文学及哲学研究的可能性。②

"五四"时期对唯情哲学呼应最力的,莫过于"性博士"张竞生的乌托邦作品《美的人生观》(1924)与《美的社会组织法》(1925)。《美的人生观》自剖:"我所提倡的不是纯粹的科学方法,也不是纯粹的哲学方法,乃是科学方法与哲学方法组合而成的'艺术方法'。"③这说明了张氏企图在科学派与人生观派的科哲二分之外,寻找第三种可能性——以艺术方法来融合科学与哲学。这显然是响应蔡元培的美育运动,无政府主义者李石岑在《美育之原

---

① 袁家骅(袁家华):《唯情哲学》,上海:泰东书局,1924年,第226—264页。
② 参《唯情与理性的辩证:五四的反启蒙》一书,第36—40页。
③ 张竞生:《美的人生观》,上海:北新书局,[1925]1927年,第5版,第vi页。原为1924年北京大学哲学课程讲义,1925年5月由北京大学出版社出版。

理》(1922)中,就主张"美育者发端于美的刺激,而大成于美的人生",又主张"美育实一引导现实社会入于美的社会之工具"。① 人生哲学是一种实践哲学,充满乌托邦想象。蔡元培的《美育的实施方法》(1922)规划"美的社会"蓝图,从"未生"到"既死"都具备了。② 张竞生的"美的社会"亦然,其提倡的"美的人生观"及"美的社会",乃人生观派理念之拓展。张进一步主张"唯美主义",指出"美能统摄善与真,而善与真必要以美为根底而后可。由此说来,可见美是一切人生行为的根源了,这是我对于美的人生观上提倡'唯美主义'的理由"。③ "五四"是一个主义的时代,论者皆知,却少有人注意当年"唯情主义"与"唯美主义"的互相发明。张竞生称其"美的社会"为"情爱与美趣的社会",即是明证。蔡元培领导的美育运动与人生观运动,除了艺术界、教育界积极响应,文学界如冰心、沈从文、创造社作家等均受到启发。思想界如无政府主义者李石岑、吴稚晖等,更相互呼应。

张竞生《美的社会组织法》所提倡的"情人制",正是呼应袁家骅的"情人"概念。袁的"情人",简而言之,是"有情之人";张竞生的"情人",也出于此意,但更标举爱的意义,不仅是男女之爱,还有家国、人类、众生之爱。张氏主张"爱与美的信仰"及"情人的信仰及崇拜",虽然响应蔡元培的"以美育代宗教"说,但也稍加修正:"与一班宗教仅顾念爱而遗却美的用意不相同,即和一班单说以美代宗教而失却了爱的意义也不一样。"④对张竞生而言,艺术教育包含了情感教育与性教育,亦即,心灵的情感启蒙不能忽略身体的启蒙。张认同人生观派及美育运动的情感启蒙,但进一步进入身体启蒙的领域,"灵肉合一"是其乌托邦理论的基础。因此1926年其《性史》的出版乃顺理成章,但因其探讨女性情欲及女子性高潮所出之"第三种水",却招来"性博士"的讥讽,使其理想主义者的声誉一落千丈。学界不乏张竞生性学的相关讨论,但却不知其乌托邦思想与人生哲学的关联。⑤

---

① 李石岑:《附录:论美育书》,载李石岑等:《美育之原理》,上海:商务印书馆,1925年,第90—92页。
② 蔡元培等:《美育实施的方法》,上海:商务印书馆,1925年。
③ 张竞生:《美的人生观》,上海:北新书局,[1925]1927年,第5版,第212页。
④ 张竞生:《美的社会组织法》,北京:北新书局,[1925]1927年,第49页。原于1925年9月4日至25日连载于《京报副刊》,后于1925年12月由北京大学出版社出版。
⑤ 参《唯情与理性的辩证:五四的反启蒙》一书,第294—295页。

"五四"之后,将"五四"人生哲学发扬光大的,是充满浪漫情怀的无名氏(1917—2002)。他出生在"五四"中国,"文革"时受迫害,20世纪80年代成名于中国香港和台湾。在他写作于1945年至1960年的六卷本小说《无名书》中,男主角印蒂高中毕业前夕离家出走,在精神危机中凭着"盲目的感觉"寻找生命的真理。初投身革命的惊涛骇浪,继而追求爱欲,坠入灵魂堕落的虚无深渊,于是开始思考神与宗教的意义,逐渐体悟儒释道在禅修中融合为一体的世界观。如同人生观派,印蒂由我出发,探询我与众多非我——大自然、宇宙、有情众生、他人——的关系,最后把关怀眼界放到全人类,甚至"整个星际空间"。印蒂的人生哲学伴随着伦理观,他与艺术家、思想家、实业家朋友们按照"地球农场"的理想,创造新的社会实践及人生追求。书中说道:"行动是思想的唯一见证者,至少,社会思想与人生哲学是如此。"①早在1943年无名氏就认为"人的'感觉'及'直觉'的特征,还远过于'思辩'的特征……严格来说,理智的分析也应该属感情的绵延之流"。"绵延"正是张东荪翻译博格森 la durée 概念的用语。②

　　另外如作家、诗人、艺术家木心(1927—2011),出生于民国,在"文革"时饱受摧残,成名于纽约与中国台湾。他自认是欧洲浪漫主义的继承人,也是人生观论述与唯情观的信徒,却少有研究者深入探讨,目前只知香港大学有人以此为题撰写博士论文。"五四"的人生哲学及情感启蒙主张,正是直接挑战启蒙理性主义。我们应正视"五四"启蒙时代的反启蒙论述。陈平原认为"五四"是一个"说出来的故事",大陆向"充满理想与朝气的年轻人"灌输启蒙、救亡、革命的理性思维,却只说了"五四"一半的故事——如同陈平原所说,是一个"简化版的、不无偏见的叙述"③。相对的,台湾强调"五四"的文学艺术成就,而文学艺术无他,所发扬的正是陈世骧、王德威、陈国球相继指陈的"抒情传统",其思想背景是本研究企图还原的"五四"唯情论。文艺

---

①　无名氏:《无名书:野兽·野兽·野兽》下册,台北:文史哲出版社,2002年,第308页。《无名书》共6卷,第1卷《野兽·野兽·野兽》(2002),第2卷《海艳》(2000),第3卷《金色的蛇夜》(九歌,1998),第4卷《死的岩层》(2001),第5卷《开花在星云以外》(2002)、第6卷《创世纪大菩提》(1999)。除了第3卷《金色的蛇夜》,均由文史哲出版社出版。

②　参《唯情与理性的辩证:五四的反启蒙》一书,第345—352页。

③　许知远、庄秋水:《访谈陈平原:整个20世纪都是五四新文化的世纪》(2017年5月3日)。《东方历史评论》微信公号:ohistory。http://www.gooread.com/article/20121938330/,2017年10月22日阅览。

背后具有认识论的意义,只是需要理论化来彰显。本研究深究唯情论所体现的认识论意涵,指出"五四"唯情的情感启蒙如何针对启蒙理性主义,深刻反思唯情论的道德、伦理、政治内涵,目的是还原一个完整的"五四故事"。人生观派对文艺的倚重不只是标榜学术自主,也导向以情感启蒙及唯情论建立新人生观的政治伦理企图,这就是为什么美育运动的领导人物均提出了美好人生的乌托邦蓝图。李欧梵于1973年创作的《中国现代作家浪漫的一代》,将清末民初从苏曼殊到郁达夫等一脉相承的情的传统娓娓道来。提倡浪漫主义的创造社,会从文学革命走向革命文学,也是顺理成章的。①

"五四"的启蒙理性论述向来为研究主流,本研究以"五四"反启蒙论述为主轴,探讨"五四"唯情论与启蒙理性主义的辩证。笔者从跨文化研究的角度追溯人生观论述的欧亚联结脉络,展现人生观派发动的唯情论及情感启蒙论述,上承欧洲启蒙时期的情感论述,下接20世纪60年代以来德勒兹发展的情动力概念以及李泽厚的"情本体"论。本研究以唯情与理性的辩证,重新定义"五四"的知识论体系。人生观派发动的唯情与理性的辩证,对当时及后来学界均影响深远,例如在文学上"创造社"等浪漫派对情感的讴歌,以及思想界新儒家的成立。对启蒙理性主义的不信任,是西方批判理论哲学家的特色,如劳思光说:"你们都知道 critical theory(批判理论)所批判的是启蒙运动。启蒙运动的特色之一就是特别强调理性思考。不管早年的阿多诺还是后来在法兰克福学派以外的那些批判启蒙运动的人,像德里达(Derrida)、福柯(Foucault),他们都有一共同点,就是对理性的不信任(mistrust in Reason)。"②由李明辉的研究可一窥新儒家与"五四"人生观派的关联,"当代新儒家并不反对科学,但一贯批判科学主义(scientism)",从梁漱溟、熊十力到科玄论战中的张君劢,及稍后的牟宗三均如此。李也指出在西方哲学,继韦伯之后,"法兰克福学派继续深入批判西方世界中的科学主义及西方工业社会底意识形态"③。李并认为"近代西方社会之'理性化'原系孕育于西方启蒙运动中的理性精神,其结果却成了理性之否定",指的

---

① 参见《唯情与理性的辩证:五四的反启蒙》一书,第353—357页。
② 劳思光:《文化哲学讲演录》,香港:香港中文大学出版社,2002年,第 xviii—xix 页。
③ 李明辉:《当代儒学之自我转化》,台北:"中研院"中国文哲研究所,1994年,第19页。

是霍克海默(Marx Horkheimer)及阿多诺(Theodor W. Adorno)的合著《启蒙的辩证》(*Dialectic of Enlightenment*，1947)以及马库色(Herbert Marcuse)的《单向度的人》(*One-Dimensional Man*，1964)，他们认为现代西方工业社会过度强调"技术合理性"，结果造成了"单向度的哲学"与"单向度的社会"。"五四"人生观派在批判启蒙理性主义的同时，提出唯情论及情感启蒙，这是"五四"研究界及思想史、哲学界较少关注的课题。① 历来主流论述以"全盘西化""拿来主义"描述"五四"一代，本研究爬梳一般被忽略的文献数据，显示"五四"知识分子在知识论上的跨文化串联，连通古今中西，打破了传统/现代、中国/西方的二元论。重新认识"五四"知识界的唯情与理性辩证，目的是使现有的"五四"启蒙理性论述复杂化，开展"五四"唯情论及情感启蒙论述的知识论可能，更彰显人生观派知识分子与第二次世界大战前后新儒家兴起的关联。②

1929年法国的卢梭研究专家摩尔内(Daniel Mornet)创造了一句法文名言，"我感故我在"(*Je sens, donc je suis*)，对应笛卡儿的拉丁文谚语"我思故我在"③。"我感故我在"彻底说明了自欧洲启蒙时代起，卢梭以降的反启蒙潮流以情感启蒙论述对抗启蒙理性主义。代表理性主义的《百科全书》(1751—1772)逐年出版时，卢梭批判科学主义的著作《科学与艺术》(1750)早已问世，启蒙与反启蒙是并驾齐驱的。"五四"的唯情论即是欧洲启蒙时代以来，跨越欧亚的反启蒙潮流之一环。摩尔内的研究发现，革命的导火线，是主情的浪漫主义，并非理性主义。许多论者已经指出，直接导致法国大革命的著作，是卢梭的《民约论》(1762)，而非《百科全书》。创造社1921年的成立，开启了"五四"中国浪漫派的年代。成仿吾、郭沫若等1927年从文学革命转向革命文学，看似突兀，历来研究者纷纷尝试解说，其实是有历

---

① 参《唯情与理性的辩证：五四的反启蒙》一书，第35—36页。
② 同上书，第48页。
③ Daniel Mornet, "Le Romantisme avant les romantiques", in ed. Société des amis de l'Université de Paris, *Le Romantisme et les lettres* (Paris: Édition Montaigne, 1929), pp.43-68. 感谢哈佛大学怀德纳图书馆通过国际图书馆协会联合会提供藏书。有关卢梭的主情主义与理性主义的研究汗牛充栋，最近的研究例如 Anthony Pagden, *The Enlightenment and Why It still Matters* (New York: Random House, 2013); Frank M. Turner, *European Intellectual History from Rousseau to Nietzsche* (New Haven: Yale University Press, 2014); Anthony Gottlieb, *The Dream of Enlightenment: The Rise of Modern Philosophy* (New York: Liveright Publishing Co., 2016)。

史轨迹可循的。① 此外,如同前文指出,人生哲学是主张行动的实践哲学,具有乌托邦精神。朱谦之认为"宇宙是无穷的流行,也就是无限的革命……同时革命即同时创造"②。朱谦之"唯情论"的创发,与创造社的郭沫若息息相关。1920年郭沫若阅读了张东荪翻译的《创化论》,次年创造社即在东京成立。郭沫若与朱谦之、袁家骅是好友,他的诗集《女神》于1921年出版时,赠送了一本给朱谦之,朱谦之感叹:"我现在的泛神宗教,安知不是受这位'女神'之赐呢。"(第15页)③ 可见创造社作家与人生观派的相濡以沫。以创造社作家与人生观派知识分子的声气相投,成仿吾、郭沫若等人自命为"艺术家""革命家",走上革命的道路,实为意料中事。④

1923年2月14日张君劢在清华大学的演讲"人生观",引爆了"五四"时期的科学与人生观论战,这是我们熟知的"五四"事件。就在十天之前,2月4日英国遗传学家、演化生物学家哈尔登(John Burdon Sanderson Haldane)在剑桥大学的演讲"第达拉斯:科学与将来",大力推崇科学能带来人类的幸福。⑤ 曾于1920年访问中国的罗素全力反击,于次年出版《易卡刺斯:科学之将来》一书,警告世人科学的滥用只会带来祸害。⑥ 两次大战前后的全球危机中,科学的进步价值与反求诸己的人文价值,看似截然对立,其实相互辩证;科学与人生观实为欧洲启蒙时代以来跨越欧亚的论争,周而复始。放眼今昔,这种跨文化连动,跨越时空、语际,环环相扣。⑦

---

① 成仿吾、郭沫若:《从文学革命到革命文学》,上海:创造社出版部,1928年。历来相关研究众多,例如郑学稼:《由文学革命到革文学的命》,香港:亚洲出版社,1953年;侯健:《从文学革命到革命文学》,台北:中外文学月刊社,1974年;徐改平:《从文学革命到革命文学:以文学观念和核心领袖的关系变迁为中心》,北京:中国社会科学出版社,2013年。
② 朱谦之:《周易哲学》,载《朱谦之文集》第3卷,第127—128页。
③ 朱谦之:《虚无主义者的再生》,载《朱谦之文集》第1卷,第5—15页。原载《民铎》第4卷第4号(1923年6月),后收入朱谦之、杨没累:《荷心》,上海:新中国丛书社,1924年。有关《创化论》与创造社及人生观派,见《唯情与理性的辩证:五四的反启蒙》,第147—153页。
④ 参《唯情与理性的辩证:五四的反启蒙》一书,第48—50页。
⑤ 哈尔登此演讲后来出书。参考 John Burdon Sanderson Haldane, *Daedalus; or, Science and the Future* (London: E. P. Dutton and Co., 1924)。
⑥ Bertrand Russell, *Icarus; or, The Future of Science* (New York: E. P. Dutton and Co., 1924)。
⑦ 参《唯情与理性的辩证:五四的反启蒙》一书,第50页。

市井幸福的历史沉浮①

李海燕

一、达官显贵,风流浪子,平民百姓

美国导演韩倞(Carma Hinton)拍摄过一部关于中国社会男女关系的经典纪录片,影片开头有一对在矮砖墙下嚼着零食的脸色红润的小男孩和小女孩,与此同时,画面外一个男人的声音说道:"生男孩就是大喜,生女孩就是小喜。"紧接着的镜头对准坐在院子里小板凳上的一个农民,刚才的画外音就来自他之口。农民用"喜"字指称幸福,幸福分大小的原因是众所周知的:儿子留在家中传宗接代,可以接管家业,亦可养老防老;然而女儿出嫁以后,她们对娘家无须担负道义或经济上的责任。传统中国社会女性地位低下的根本体制原因正是这种宗族体系以及它所依仗着的一种重男轻女的父系文化。

再举一个例子:苏青发表于 20 世纪 40 年代的自传体小说《结婚十年》里,叙述人的娘家家境殷实,借女婴满月酒会铺张显摆。她那守寡的母亲住在另外一个小镇,这个外婆欢欢喜喜地送来了满月礼。其中一件礼物是套大朱红圆盘,盘里装有长寿面、洋糖、烤麸和桂圆,由于谐音、词源或者寓意相似,这四件物品分别代表长命富贵。小说的叙述人告诉读者,这些物品上

---

① 本文英文原题为"The Rise and Fall (and Rise again) of Vernacular Happiness",发表在 *Journal of Modern Literature in Chinese*,2017 年第 14 卷第 1 期,第 89—122 页上。中文稿首次发表在《济南大学学报(社会科学版)》2019 年第 29 卷第 3 期,第 49—63 页。此处对原稿做了进一步删节。

面通常会带印有福禄寿字样的丝绒花朵和图案加以装点,有时图案上可能是福禄寿三星像,他们分别代表喜乐(子孙满堂)、富贵(高官俸禄)和长寿。但是由于这些礼物是送给外孙女的,外婆就没用福和禄,四盘当中有两盘插寿。小说的叙述人这样解释道:"我想母亲大概也就为簌簌是女的,福禄无份,只好替她多求些寿吧。生女儿真是件没光彩的事,女儿生了外孙女儿又是一番没光彩,我可怜母亲一世碰到不如意的事情真是太多了。"①

我用以上两个例子来阐明两点。首先,传统中国幸福的最主要来源是生男孩子(福),其次是禄和寿。所谓的喜事不外乎男孩降临、中举、升官、祝寿(六十、七十或八十大寿)、归西(死得其所)等。其次,由于"禄"不向女人开放,故追求幸福本身就有一道性别的鸿沟。男性能够通过公共或私人渠道追求幸福。不论是通过科考追求仕途还是从事商贸,男性可企望享有经济独立和社会认可,而且可以享受友谊、游历和闲暇活动等带来的乐趣。他们当中那些功成名就的人往往来自显赫的大家庭,所以他们有能力抚养多个孩子,不用遭受穷人所面临的生活之变化无常。他们当中的那些风流人士还喜好光顾妓院,在家庭之外与那些颇有艺术造诣的青楼女子建立一种在婚姻家庭内部难以获得的情感纽结。②

对于女性来说,情况要糟得多。苏青小说中的外婆心知肚明,女人的幸福来源归根结底是长寿,因为唯有长寿,才可以让女人在年迈的时候享受自己用一生辛苦汗水换来的幸福生活,她们毕生要经历裹小脚、生育和繁重家务所带来的诸多苦难。她们获得福星和禄星保佑的唯一途径就是托付于自己的男人。可想而知,她们的幸福完全被限制在私人领域。少数身世显赫而又才情高妙的女子会有追随者来欣赏她们的诗歌和绘画(极少数情况下她们的武艺和胆识),还有些青楼名妓也可以拥有一批对他们充满爱慕之意的恩客。除此之外,女人无法获取社会身份或经济独立。她们也不能享受游历或者交际带来的乐趣。确实,与陌生人接触,在公共场合抛头露面(阿伦特认为这是个体发展的本源),会对女人的名声产生无可挽回的损害。总而言之,男人在追求幸福方面享有一定的自主权,而女人更彻底地受制于命

---

① 苏青:《结婚十年》,广州:花城出版社,1996年,第52—53页。
② Haiyan Lee, *The Stranger and the Chinese Moral Imagination* (Redwood City: Stanford University Press, 2014), Ch. 3.

运的安排。

幸福这一概念内部不但存在性别鸿沟,而且还有一道贫富鸿沟,即精英和平民的差异。对于平民,"福"与其说是一种能动的追求,还不如说是一种美好的期许,故其更合适的英文翻译是"good fortune"(祈福)或者赵文词(Richard Madsen)建议的"blessed happiness"(祈求而至的幸福)。虽然个人可以追求和祈求"福",但是它的最终实现取决于非人为的外在因素,比如命定、运势、天象、贵人的善意相助等。"福"的对立面是"祸",即不幸或灾难。在中国人的关联性思维里,"福"与"祸"是共生互长的一对,随时可能互相转化。正如《道德经》所言:"福兮,祸之所伏。"体现这种思想的最佳例子可能就是塞翁。塞翁之马无故亡而入胡,邻人皆吊之,塞翁却婉言拒之。其马将胡骏马而归,邻人皆贺之,塞翁却不以为然。其子坠而折其髀,邻人皆吊之,塞翁却婉言谢之。后来,胡人大入塞,丁壮者皆引弦而战,唯有其子以跛之故而父子相保。福祸在塞翁看来是命运的安排,而不以人的主观意志和行为为转移。塞翁的心情无疑经历了从悲到喜,又从喜到悲的过程,但福似乎跟他的个人情感无关,而是取决于他应对"势"的能力。[1]

春节期间大家所熟悉的一幕是在门窗上贴的倒福字。将福倒过来贴是用来寓意"福气已到",因为"倒"与"到"发音一样。贴倒福的习俗一目了然地诠释了民间对幸福的理解。非常重要的一点是,当祖先或者神灵降福时,整个家庭以至于整个宗族都受到祝福,幸福因此从来都是集体性的。例如个人的事业成功只有在衣锦还乡,实现了光宗耀祖的目的之后才有意义。同样,结婚生子是一个儿子对父母和祖宗所应尽的最大责任。然而精英阶层却对这种具有宗教色彩的民间幸福追求颇为不屑,甚至嗤之以鼻,特别是那些追随道家或佛家理想,或放荡形骸的边缘文人。在他们眼里,福禄寿是一种粗陋低俗的欲求,这种欲望阻碍修身养性以及追求更高尚的目标,比如启蒙、不朽、替天行道等。儒家思想以"入世"为重,但是一个真正的君子圣人不以一己之乐为其价值所在。相反,他的生活准则是"先天下之忧而忧,后天下之乐而乐"。

---

[1] François Jullien, *Vital Nourishment: Departing from Happiness* (New York: Zone Books, distributed by MIT Press, 2007).

文人志士在优雅的爱好中追求"乐趣",诸如琴棋书画、吟诗作赋、游山玩水、宴请会友。和世俗追求相比,他们认为这些雅趣更有利于修身养性,更可以宁静致远。在必要的时候,为了追求这类个人化的精神乐趣,真正的君子心甘情愿放弃市井幸福(福禄寿)。尤其是身处逆境,正人君子很有可能为了保存道义和内心平静而舍弃家庭或仕途,归隐而居。这种隐逸传统表达了君子不向命运和欲望低头的主观能动性。

在中国古典文学作品中,由于战乱、阴谋或意外而骨肉分离的家庭到故事最后总以大团圆收场(如果故事主角是一对夫妇,那就是所谓的"破镜重圆")。这种大团圆的文学传统一直延续到19世纪中叶方才被康乾盛世之巨作《红楼梦》所打破。这种传统的大团圆结局背后便是一种老天自有公道的宇宙观,相信天道酬勤,德乃福之基,善有善报的具体表达便是世世代代子子孙孙都中举入仕。值得一提的是,贯穿古典文学(含小说和戏曲)的中心主题并非爱情故事而是孝悌忠信。这种体现孝道的英雄主义由精英人士推广到民间,于是平民与贵族的世界观有了交集。除了那些另辟蹊径的叛逆分子另当别论,精英人士所向往的良好生活并不与民间基于家庭团圆和世代传承的幸福观格格不入。这两个社会阶层之间有相当明显的交集和互动。

沈复的《浮生六记》折射出精英阶层对民间幸福观所持的矛盾心理。作于19世纪初,《浮生六记》(仅残存四卷)是一部抒情式的自传,动人地描绘了夫妻闺房之乐,也记录了作者的交友、闲暇、游历以及和青楼女子的风流轶事。沈复是一位饱读诗书但却屡次在科举考试中落败的文人,他为了谋生,在衙门里担当幕友,但此类工作颇不稳定,收入又少,社会地位也很低。沈复时常失业,无奈只得依靠家里或者好友才得以生活。他也尝试从商,却因兴趣寡然而潦草收场。他以卖书画和刻字断断续续赚得一点收入,但这点收入还不及他妻子的针线所得。虽然他们从未落到挨饿的地步,但是日子过得实在是战战兢兢。妻子英年早逝也是因为没钱治病而耽误了病情。

这部自传经久不衰,受到一代代读者的喜爱,其对夫妻闺房之乐、聚友宴酒之乐以及平凡的居家乐趣所作的柔情刻画深深地吸引着读者。沈复开诚布公地描绘了生活的辛酸苦楚,以满怀感恩和知足的笔触回望毕生,很明显他想让读者知道自己的一生是美好的。令人记忆尤为深刻的是那些记录他与爱妻生活点滴的段落,诸如培育盆景、招待好友以及和女扮男装的妻子一起逛庙会的感人场景。而生儿育女之事只有简短一提。贫困从未阻止他们追寻有滋有味的生活方式,而他们的生活方式与民间普遍追求的幸福目标截然不同。

中国文学在晚明经历了一场"情爱至上"的运动,而沈复是在其高峰期过后方才写出了《浮生六记》。在王阳明的"致良知"论("夫良知即是道,良知之在人心,不但圣贤,虽常人亦不无如此")影响下,晚明的情热文化试图通过颂扬情和爱的巨大能量来给儒家礼乐文化注入个人主观元素。尽管在清政府掌权之后儒家正统思想有所复辟,这场运动还是在19世纪经典小说《红楼梦》中得到了极致的表达。沈复娶他的真爱为妻,选择一种以主观意愿为前提的存在方式,并自由自在地追求情感上的亲密以及感性和富有审美的乐趣。沈复的这一切即便没有完全获得社会的支持,也至少得到了社会的默许。从这个角度来说,沈复以他低调的方式亲身诠释和传承了晚明的情热文化。沈复的自传以闺房之乐来起首全篇这一点就足以证明他对情感生活的重视。传统社会认为夫妻闺房之乐乃不孝不雅、自私自利的行为,沈复抗拒这样的传统偏见。他爱妻之深切、之恒久,导致他们与家人愈来愈疏远。当他父亲命令他撵走爱妻时,沈复选择和妻子不离不弃,选择与孝道文化背道而驰。多年以后,他未能及时到家给父亲送终,他带着悲痛和自责在地上不停地撞击额头,直到血流不止:"呜呼!吾父一生辛苦,奔走于外。生余不肖,既少承欢膝下,又未侍药床前,不孝之罪何可逭哉!"

沈复的妻子也同样体验了因追求个人幸福而给家人带来痛苦所引起的自责和悔恨。临终之时,她这样总结自己的一生:

> 忆妾唱随二十三年,蒙君错爱,百凡体恤,不以顽劣见弃,知己如君,得婿如此,妾已此生无憾!若布衣暖,菜饭饱,一室雍雍,优游泉石,如沧浪亭、萧爽楼之处境,真成烟火神仙矣。神仙几世才能修到,我辈何人,敢望神仙耶?强而求之,致干造物之忌,即有情魔之扰。总因君太多情,妾生薄命耳!

尽管她毕生未享有财富、地位、健康和子孙满堂的天伦之乐这类传统的幸福要素,但她以更主观的标准将自己的一生视为无比幸福的一生,只因为她有一个深爱着自己的夫君相依为命,有一个赋予她自由和创造空间的家,还有几次出门观览的机会。所有这一切,她认为是值得以自己短暂的生命为代价的。然而焦虑和不安似乎伴随着这种高度个人主义甚至带有波西米亚色彩的、敢于追求逍遥自在、自诩"烟火神仙"的生活的幸福观。如果主流社会将幸福看作命定之物,那么我们的主人公所追求的幸福在某种意义上已经违背了天道,他们也为此付出了沉重代价:妻子英年早逝,丈夫中年丧偶。在她的临终遗言里,她嘱咐沈复要与家人重归于好,并希望他续弦好好照顾他们的一对孩子。他只有这样做方能以孝子慈父的身份重归族系,为自己的放荡不羁赎罪,从而抹去自己作为一个溺爱妻子的丈夫和一穷二白的秀才的过去。

《浮生六记》给予个人主观情感生活前所未有的肯定,符合现代人的价值取向,故为现代浪漫主义派所青睐,因为这些浪漫派眼中的幸福是个人化的。人们常常忘记这样一个事实:20世纪之前的主流文化对幸福的理解与爱情或者自由毫无关联。正如史学家杜赞奇(Prasenjit Duara)所言,传统中国社会横向分割成精英阶层和平民阶层,这两个阶层的价值和精神世界之间固然有所交集,但总体来说是彼此隔离的。君子之修身养性需要一种克己禁欲的生活方式。在求道之路上,他们需要抵制权力,尽管这么做会带来诸如失去官职、财富、自身性命甚至整个家族的生命的严重后果。但君子仍旧"不考量天堂或地狱,而把德看作固有的价值,能够带来与天同道的内心满足"①。相反,民间文化里充斥着关于天堂和地狱的意象,这是市井幸福文化重要的构成部分。杜赞奇指出,虽然精英人士表面上不相信这些天堂地狱之说,但是他们一般对平民百姓渴望繁荣的夙愿表示宽容,并且乐意帮助百姓实现他们的愿望,从而实现作为一个君子所持的造福于民的理想。

持有造福于民理想的最佳例子是一位名叫黄六鸿的致仕官员,退休后他参考自己在17世纪70年代做知县的经验著写官箴书一本。黄六鸿将该书命名为《福惠全书》(1984),并在序言中这样解释"福"与"惠":

---

① Prasenjit Duara, *The Crisis of Global Modernity: Asian Traditions and a Sustainable Future* (Cambridge: Cambridge University Press, 2014).

> 夫是书也,乃政治之事也,而颜之福惠,何居? 曰福者,言乎造福之心也。惠者,言乎施惠之事也。夫人有是心而后有是事,无是心而即无是事。故在上者必先存有造福地方之心,而后能有施惠百姓之事。事者心之推,而惠者福之实也。昔子舆氏所谓以不忍之心行不忍之政,非即此意乎。以之为政宜莫要于此矣。

值得注意的是,黄六鸿把"福"理所当然地看作政府分内之事,认为其取决于政府官员的道德感召力、善心和执政水平。他想当然地以为,一个君王和他的大臣能够给子民带去幸福安康,更有甚之,君臣不得不致力于"造福"和"施惠",因为他们不忍目睹百姓的不幸。①

故传统观念认为,福乃是上天之恩惠,统治阶级通过修身养性获得天道,于是将上天的恩惠赐予百姓。由于老百姓未能得道,他们只能自求多福,一旦福降临到他们的生活中,他们得感谢上天和父母官的恩惠。通过这种方式,王朝官僚统治赋予自身一种近乎神权的政治权力,与此同时又坚守福乃天降这一根本道德体系,天道虽可因人之介入而改变,但是最终凡人是无法完全认识天道的。正是出于这个原因,古代儒家基本准许佛家和道家思想之传播,佛道修道者们可以通过庙祀、占卜、道会等途径来满足百姓祈求福禄寿的心愿,当然前提是这些修道者不搞宗教膜拜和千禧年运动来挑战统治阶级独霸天道的地位。平民百姓可以向神、鬼和祖宗跪拜祈求实现多子多孙、风调雨顺、五谷丰登、出入平安、长命百岁、招财进宝、升官发财等诸多夙愿,但是他们绝不可以膜拜天道本身。换言之,幸福只能是一项民间的去政治化的追求,而不允许以逆运和不满为由来造反。当然并不是所有的统治者都可以成功地制止这样的事件。

二、叛逆者、革命者与启蒙思想

20世纪初,激进的"五四"知识分子指出了儒家思想对幸福生活和良好社会的定义内部所包含的性别和阶级差异,从而推动了翻天覆地的社会革

---

① Liuhong Huang, *Fukkei Zensho*, ed. Obata Shizan and Yamane Yukio (Kyoto: Shizand*o, 1974).

命。自由被上升为一切价值和追求的根基,包办婚姻便作为反自由的缩影而成为通往自由之路的要冲。众所周知,"五四"激进分子的意识形态武器大多来源于借道日本的欧洲启蒙运动。

麦克满(Darrin McMahon)的研究表明,启蒙运动前的欧洲也把幸福看作关乎运势的事情。希腊文中 *eudaimonia* 一词的字面意思就是把美好(*eu*)和神灵(*daimon*)所赐联系在一起。英文中的 happiness 源自中世纪英语以及古诺斯语中的 *happ* 一词,它的意思是机会和幸运,意指意外降临之物。其实印欧语系中的大部分语言,都在幸福一词中保存运势和幸运的元素,最明显的例子是法语中的 *Bonheur*,西班牙语中的 *felicitá*,以及德语中的 *Glück*。① 前现代社会普遍相信只有那些被神灵眷顾的寿终正寝的人们才是有福之人。换言之,真正的幸福只有以死亡来确证:"只有人生走到尽头的那一刻,人才永恒地获得了幸福。"②与其说幸福是一种心理或精神状态,"还不如说它是对人毕生的一种评价,这种评价到临死方才得以定格"③。它象征着人生接近超越的神圣状态,这种完美境界是谦卑精神和道德操守的褒奖。麦克满告诉我们,把幸福视为一种权利甚至道德责任的现代观念是启蒙运动的产物。直到 17—18 世纪,人类才逐渐相信幸福乃天赋人权的一部分,是男女老少都应享有的权利。机会和运气越来越被边缘化,只与偶发事故为伴。痛苦与磨难则是人道主义运动致力讨伐的对象。

伴随着欧洲文学、哲学、社会思潮和政治制度被引入到中国后,把幸福理解为个人权利和主观体验的这种启蒙式思想也纷至沓来,启动了对传统的批判。第一,民间幸福文化剥夺了女性之经济独立和道德自由。男人和女人的幸福追求互相对立,老一辈和年轻一代之间也有一定的冲突。在那个时代的话语中,女人和青年人不具备独立人格(人格乃权利、尊严和自由之综合体)。社会对幸福的定义甚少考虑这两个群体的利益。即便考虑了,也仅仅是对他们悲惨的命运或艰难的运势表达怜悯之心而已。第二,造福于民的儒家理想以及福禄寿文化体系背后是一个不公平的社会制度,这个

---

① Darrin M. McMahon, *Happiness: A History* (New York: Atlantic Monthly Press, 2006), p.11.
② Ibid., p.6.
③ Ibid., p.7.

制度里的精英阶层享有足够的资源可以拥有崇高的追求,可以去体验审美乐趣,而平民百姓只能把美好生活的愿望寄托于鬼神或者来生。

对儒家社会制度最无情的批判来自中国现代文学的开山之作,鲁迅的《狂人日记》。有狂想症的主人公惶恐地发现儒家经典著作里所充斥的仁义美德的字里行间其实都写满了"吃人"的字样。另外一篇小说《祝福》里,两次守寡的祥林嫂被婆家撵出家门,后来又由于自己的不祥之身被雇主赶走了。沦为乞丐的她在除夕夜惨死街头,她在临死前想象着去阴间和家人团聚,以此聊以自慰。① 故事以一种讽刺的笔调收尾:鲁镇沉浸在"祝福"的鞭炮声中,彰显着这个小镇"祥和"的气氛。故事试图烘托的主题非常清晰:鲁镇人的幸福直接建立在一个不幸女人的尸身之上。这个文学主题在无数五四文学作品中得到了响应和巩固,以此记录这个吃人的制度是如何以道德仁义的名义剥削无助的弱势群体,从而披露其残暴和虚伪。

就故事的黑暗程度而言,柔石的《为奴隶的母亲》应该说和《祝福》不分上下。柔石的这篇小说讲述了一个穷困潦倒而绝望无助的男人把结发妻子当给一个大户人家作小妾,当期为三年。这个临时丈夫是一位盼子心切的老绅士,而他无法生育的妻子又难以忍受妻妾成群。这个做奴隶的母亲丢下尚在襁褓中的儿子,很快就给老绅士生了个儿子,于是她把克制已久的母爱都献给了这个新生儿子,但一旦三年当期结束,便再一次上演母子分离的悲剧。当她拖着疲惫的身心回到家中时,丈夫抛出的只有两个无情的字:"做饭。"我们再次目睹了精英阶层所追求的幸福凌驾在穷人的痛苦之上,剥削一个穷苦妇女的生育能力和哺育孩子的天性。对于这对一贫如洗的夫妇以及千千万万和他们境遇相似的人们来说,幸福是一个令人望尘莫及的奢侈品;他们无法挣脱贫穷以及女人受压迫的客观条件,这样的生活如同"沉静而寒冷的死一般长的夜,似无限地拖延着,拖延着"。

这个充满死寂的漫漫长夜正是 20 世纪革命所要终结的。革命有两个目标。第一,将女人从男性中心主义的制度中解放出来,比如包办婚姻和从夫而居的文化习俗,取而代之的则是建立在自由恋爱和平等互助基础上的婚姻家庭新形式,而且需要赋予女性工作和离婚的权利。第二,工人阶级需

---

① Haiyan Lee,*The Stranger and the Chinese Moral Imagination*,Ch. 1.

要从阶级压迫和意识形态控制的枷锁中解放出来。五四新文化运动常被看作中国的启蒙运动,它首先是对旧式家庭和封建迷信展开的一次反封建反旧思想运动。这次双重革命的女英雄是所谓的新女性,接受新式教育的她们挣脱父母的安排,不顾父母的强烈反对去寻求自由恋爱。如果爱情或婚姻无法维系下去,她们自愿选择分手或离婚。自由结婚的年轻夫妇向往城市,因为新兴的商业经济给他们提供安身立命的工作机会。

由于和大家庭断绝了经济往来,通常妻子也需要找工作给家庭增添收入。由此出现了很多女性作家、教育家、演员、艺术家、护士、运动员、秘书、店员等,她们自豪地脱离了旧时代女人所从事的工作,比如佣人、接生婆、妓女、神婆等。这种以经济独立为基础的独立人格逐渐成为女性所追崇的目标,尽管在此过程中她们的生活会颠沛流离、孤独无助。在她们苦乐参半的生活选择里,我们看到了沈复夫妇的影子,他们从主流幸福观中勇敢地逃脱出来去探寻自己的情感世界,而后又试图修复其所造成的损伤。与沈复有所不同的是,"五四"反叛者中极少有人愿意回到父权主义的家庭怀抱里,充其量也只是尝试着与宗族礼乐次序做出象征性的妥协。例如鲁迅的小说《在酒楼上》,男主人公在离经叛道的年纪曾有胆魄去城隍庙拔下神像的胡子,可后来由于河水泛滥,奉母命为夭亡的小兄弟迁坟。当带着四个土工把新买的棺材抬到坟地的时候,他忽而莫名地期待看到久别的兄弟:"这些事我生平都没有经历过。"[1]一阵掘土之后,他们发现棺材已然烂尽,尸骨踪影全无。男主人公最终还是从弟弟的老坟堆里取上少许泥土装到新棺材里,就此了结了迁葬之事。这件事情体现了他对传统礼教的妥协,他也因自己背离了年轻时的理想而自责,但与此同时也感到欣慰,因为他给未受过启蒙的文盲母亲一类不幸之人带去了些许安慰甚至幸福。

"五四"运动中出现了一种充满感伤的新文体,即浪漫爱情小说。男女主人公们思索着自由恋爱和男女平等的爱情所可能带来的幸福,想象着通过社交公开以及职业生涯所打开的广阔天空。他们极少提及福禄寿,而更喜欢用"幸福"一词,这个词语是在日本明治时期翻译欧洲文献的过程中拟

---

[1] Lu Xun, *Lu Hsün: Selected Stories*, trans. Yang Hsien-yi and Gladys Yang (New York: Norton, 1977), p.148.

造的,用来指代启蒙时期特有的幸福概念。幸福和民族、科学、社会、个人、人格等一起构成了一套现代话语词汇,标志着一种全新的中国人身份认同的诞生。传统礼教一旦被推翻,生活的意义和目的就不再和诸如天道和传宗接代等外在因素联系在一起了,而被内在化为属于内心的只有本人自己才可理解的一种主观状态,也就是古希腊人所说的"hedone"。从颇具宗教意味的"福/eudaimonia"文化到世俗的"幸福/hedone"追求,这样的历史转变反映了个人情感和自由恋爱在20世纪初的都市文化中所扮演的越来越重要的角色。这种新兴的情感文化因此体现了个人地位的上升。鲁迅和他同时代的作家所创作的冥思色彩浓郁的文学作品记录了个人如何凭借外国小说和启蒙思想为人生导向所展开的心路历程。

这个历史转变在农村地区要缓慢得多。直到改革开放时期,"福"和"喜"依然是农村地区幸福观念的代名词。20世纪80年代,人类学家博特(Sulamith Potter)去中国乡村做实地考察。在她所走进的这个世界里,幸福与个人的主观情绪关系不大,而主要是关涉行为道义和发财致富。考察中所经历的文化冲击迫使她反观自己的社会和文化习俗。博特思考了主观情感在西方社会的中心位置以及社会制度所取决于个人感受的程度。她的研究发现可以帮助我们理解中国20世纪早期的骤变。在某些方面,"五四"时期和"五四"后的几代都市居民已开始面对20世纪晚期的西方社会所呈现的焦虑和困境,只不过后者的危机程度更深而已。很多人从农村迁移到了城市,在这个过程中他们所体验到的精神困惑也反映了博特在实地考察中所观察到的文化鸿沟。

博特的研究表明,在现代西方社会中,主观情感因素是一切社会关系维系的出发点,这里涵盖的社会关系不光包括诸如婚姻之类的契约关系,还包括建立在血缘基础上的亲子关系。婚姻的基础是爱,婚姻给予了爱情一种制度保障,一旦爱消失了,婚姻关系也应该被解除,无爱的婚姻就是一种合法化的卖淫。这样的爱情婚姻观念已经成为现代人的一种精神信仰。父母与子女的关系遵循同样的逻辑:爱为先,孝为后,家庭成员之间亲密的情感表达成为维系和支撑家庭关系的关键。彼此亲吻和拥抱,互送卡片和礼物,时时表达爱意,这种种方式使人相信家庭关系的内核不是血缘或者契约关系,而是一种情感关系,这种情感生活让家成为一个人面对冷酷世界的坚强后盾,类似于一种心灵的港湾。情感表达的另外一个功能就是可以通过淡化年龄、辈分以及性别的差异,让本来不平等的家庭关系变得民主化,让家从一种社会和经济机构蜕变成一个充满情感的共同体。最后,情感的核心地位也延伸到了职场这个典型的以契约关系为支点的公共场域。博特引用了何希德(Arlie Hochschild)的经典之作《情感整饰:人类情感的商业化》(*The Managed Heart*),此书阐述了航空行业培训其工作人员过程中要求他们学会在服务中融入情感元素,以此给乘客提供一种真诚的、个人化的服务体验(这种分析至少适用于解除政府航空管制之前的情况)。

相反,中国最传统的农村生活方式体现的是一种礼教文化,在这个文化里情感没有被赋予任何正式的社会角色,所以情感因素对社会关系的维系无足轻重。换言之,再炙热、再如火如荼的情感体验也不能建立、维系、伤害或者破坏社会关系。① 情感爆发会令人不快或不安,但不会产生严重后果,而且不在本体论和认识论上具备合法性。情感也因此常被轻描淡写。比如儿童耍脾气,一般大人不会放在心上,也不会去规劝平息。② 成人也可以公开地宣泄自己的愤恨或哀怨,直到筋疲力尽。"人们关注的中心不在于个人的心理过程(尤其是情感),而在于恰如其分地表达社群共有的道德价值和社会生活。"③比如说恋爱。爱情因对婚姻和家庭举足轻重,唯有以一种仪式化和非个人化的方式方可得以表达。一个小伙子如要成功地把一个姑娘追求到手,他最好花整天的工夫去女孩家的田地里勤勤恳恳地干活,再给她家的厨房水缸挑满水,诸如此类。④ 从中我们可以看出,幸福的载体并不是个人情感(心灵)世界,而是那个庞大的家庭宗族体系——在这个体系中,福

---

① Sulamith Heins Potter, "The Cultural Construction of Emotion in Rural Chinese Social Life", *Ethos*, 16(2), 1988: 185-186.
② Ibid., pp.187-188.
③ Ibid., pp.190-191.
④ 中国农村的这些风俗习惯与简·奥斯汀的小说中所刻画的19世纪英国婚爱文化之间有一定相似之处[参见 Eva Illouz, *Why Love Hurts: A Sociological Explanation* (Cambridge: Polity Press, 2012), Ch. 2; Alasdair MacIntyre, *After Virtue* (Notre Dame: University of Notre Dame Press, 1984), 2nd ed., Ch. 14, 16]。在这两个历史文化语境中,男人追求女人需要在整个社群所设置的行为规范下展开,所在社群集体会根据这个男人的社会地位、个人品格(履行社群道德规范的程度)和财富实力等指标来评判他的求爱是否得当。因此婚姻并非关乎两个独立个体之间的"化学反应",而是社会地位相当的宗族群体之间持续不断权衡和追求财富、荣耀和地位的产物。和现代社会的恋爱关系不一样,关于个体独立的斗争以及由此而延伸出的痛苦挣扎在这两个历史语境中是普遍缺席的。

禄寿的追求受制于集体利益。

这意味着至少未受现代印刷文化影响的农村社会秩序并非如社会契约论所阐述的那样建立在个人认可或个体意志之上。一个人无须委屈个体内在的感受状态来迎合外在环境因素。博特结合所罗门(Richard Solomon)的理论把社会行为和个体内心之间的不对称关系具体到中国的历史文化语境中,并强调"中国文化中的真诚(sincerity)并非源于人内在的真实感受,而只需礼仪的执行参与"[①]。怪不得当博特不断询问其中一个采访对象的感受之时,那个人带着不耐烦的表情打断道:"我怎么感受并不重要。"

"五四"一代所要批判的正是这种不重视个人感受的社会制度。他们认为,《祝福》中的寡妇或《为奴隶的母亲》里连名字也没有的妻子,这些女人的情感世界是评价一个社会制度合法性的关键因素。这也是社会契约论的核心价值。为了保护个人的自由和个性,卢梭提议用社会契约的方式来调节权力过于集中的困境。对于卢梭来说,是否得到每个公民的准许和拥护是评判一个社会制度合法性的标准。人们自愿选择这样的政治安排:通过正式投票选举出那些立志捍卫他们利益的政治代表,多数人赋予少数人相应的权力,由他们代理来治理社会。这样做象征性地缓和了主观个体和客观社会秩序之间存在的矛盾。当人们在选举投票站行使他们的政治权利之时,好似每个人把自己心灵的一小块投送到政治中心使之成为全民意志的一部分。因此,西方文化中情感所占据的中心位置和自由主义政治思想传统中个人的重要性紧密地联系在一起。与之相反,正如博特所指出的那样,中国传统文化淡化个体和个体情感。

三、由福喜到幸福

现代化是一项执意把个体从非个人化的社会秩序中解脱出来的充满英雄色彩的工程,从这点上来说,它素来就是一场情感革命。从卢梭把真诚和真理画等号开始,西方自由主义激进政治总是把个体意识作为试金石,把情

---

① Sulamith Heins Potter, "The Cultural Construction of Emotion in Rural Chinese Social Life", *Ethos*, 16(2), 1988: 194.

感当成指南针:"个体的感受和体验被赋予压倒性的意义,它决定了一个群体所追求的目标、行动以及最终合法性。"①美国《独立宣言》中铭刻着"追求幸福"的字样,将其视为天赋人权,也是基于对个体情感和主观幸福的关照而言的。在这一框架下,幸福是可以量化的。对于"我快乐吗"这样的问题,尽管很难给出确信不疑的回答(正如"我被上帝拯救了吗"或者"我恋爱了吗"),但是美国人依然想方设法来衡量自己的情感状态,并孜孜不倦地寻找新的幸福来源。一个英国观察家把美国式的追求幸福称为"每天都不厌其烦地将独立宣言付诸行动"②,好像不这么做就显得自己不像美国人似的。时不时地会有幸福大师提醒人们幸福不是孤立个体能求得的东西,例如海德(Jonathan Haidt)所说的"幸福在于人与人之间的互动"③,不过这些大师的建议在其评估体制和行为的合理性过程中归根结底还是以个体为基本单位的。社会学经典之作《心灵之道》(*Habits of the Heart*)在很久以前就已经阐述了这种根深蒂固的文化习惯,即将个人作为一切事情的基点,"将责任(从婚姻到工作再到政治或宗教事业)视为个体幸福感的推动力,而不是客观的道德义务"④。综上所述,美国文化中关于幸福的话语总是停留在辩论"功利个人主义"和"自我表达个人主义"(这两个术语来自《心灵之道》)这两者的优缺点上,也即事业与家庭、金钱与意义、理性与情感的矛盾。在这种跷跷板似的辩论中产生了一种美国特有的个人主义者,即企图两全其美的小资派。⑤

泰勒(Charles Taylor)认为,个体的崛起与资产阶级对寻常生活的肯定息息相关,在这个过程中人们开始质疑过往那些诸如宗教修行或行军作战

---

① Adam B. Seligman, Robert P. Weller, Michael J. Puett and Simon Bennett, *Ritual and Its Consequences: An Essay on the Limits of Sincerity* (Oxford: Oxford University Press, 2008), p.133.
② Ruth Whippman, "American the Anxious", *The New York Times*, 22 Sep., 2012, accessed 22 Sep., 2012, http://opinionator.blogs.nytimes.com/2012/09/22/america-the-anxious/.
③ Jonathan Haidt, *The Happiness Hypothesis: Finding Modern Truth in Ancient Wisdom* (New York: Basic Books, 2006).
④ Robert N. Bellah, Richard Madsen, William M. Sullivan, Ann Swidler, and Steven Tipton, *Habits of the Heart: Individualism and Commitment in American Life* (New York: Harper and Row, 1986).
⑤ David Brooks, *Bobos in Paradise: The New Upper Class and How They Got There* (New York: Simon and Schuster, 2000).

之类的离世的、贵族式追求,并开始把曾经被贬低的薪水职业和家庭生活当作具有内生价值的高尚活动。① 伴随着个体从社会制度以及其制度所支撑的文化价值中解脱出来,个人幸福也被尊为一种具有内生价值的追求,是世俗生活和政治体系的终极目的。这种对幸福的追求很容易发展成麦克劳斯基(Deirdre McCloskey)所说的"幸福至上主义"。"幸福至上主义"将幸福升华为一门科学,可以为那些急于窥探人内心世界的心理学家和行为经济学家所利用。这门新兴的科学主要基于个人汇报以及被孤立开来的个人参与的实验,研究结果更加巩固了深深地扎根在莱席(Christopher Lasch)所说的"自恋文化"中的心性习惯。②

博特由于亲身体验过个人情感无关紧要的社会生活,而对西方社会在个人心理和情感上花费大量资源和精力持有批判态度。③ 伊路兹(Eva Illouz)也批评过这种"情感至上的本体论",具体表现为电视脱口秀和自传中的内心关照和没完没了的诉说,就好像人的情感被困在"主体的深度自我"中似的④,又同时要从自我中剥离出来进入公共空间而得以澄清和治理⑤。这样的发展轨迹所带来的结果是本应政治生活活跃的公民社会出现了缺位,取而代之的是一种治愈文化,这种文化给予我们"一种公共微空间,即一种臣服于公共视野的行动空间,它受到话语程序以及平等公平的价值体系所管制"⑥。李尔斯(Jackson Lears)借用利夫(Philip Rieff)的"治愈文化的胜利"这一术语来说明这种深陷在幸福产业链里的世界观,在这个世界观里,"一切构建意义的宏大制度已然崩溃,一切都关乎一种可以操控的幸福感"⑦。然而,这种治愈文化触碰到了倡导个人独立、主观能动和普世平等的现代民主神经,从而受到各类解放运动的大力欢迎,特别是女权主义。

---

① Charles Taylor, *Sources of the Self: The Making of the Modern Identity* (Cambridge: Harvard University Press, 1989).
② Christopher Lasch, *The Culture of Narcissism: American Life in an Age of Diminishing Expectations* (New York: Norton, 1978).
③ Sulamith Heins Potter, "The Cultural Construction of Emotion in Rural Chinese Social Life", *Ethos*, 16(2), 1988: 183-184.
④ Eva Illouz, *Cold Intimacies: The Making of Emotional Capitalism* (Cambridge: Polity Press, 2007), p.33.
⑤ Ibid., p.36.
⑥ Ibid., p.37.
⑦ Jackson Lears, "Get Happy!!", *The Nation*, 5 Nov., 2013.

正因为现代社会秩序不具有内生的赖以延续的基础,其存在必须从无数个体内部得到源源不断的更新和肯定。正如博特所述,"如果情感必须真诚地得以表达而虚伪的感情破坏社会关系,那么个体必须保持情感表达之真切且恰如其分;如果不这么做,那社会秩序就会产生危机"①。这种"幸福霸权主义"尤其有利于资本主义发展,因为它强制性地推行一套自我监控和自我完善的文化机制。为了面对来自这种"幸福霸权主义"的压力,美国人借助了心理分析、心理治疗以及自助手册,这些福柯范式的生命权力(biopower)正是利用了人们的幸福焦虑感而兴旺发达②。伊路兹在她的新书《爱之痛》(*Why Love Hurts*)中将心理分析与爱之间的关系等同于新经济自由主义(neoliberalism)与社会的关系:不论出了什么问题,都是个体自身的责任。在中世纪欧洲,不屈不服、不卑不亢地害相思病是一个人品格力量的象征而受到尊重:"贵族阶层人士将苦痛美学化,再用宗教加以包装,于是苦痛摇身一变成为富有意义甚至对自我带来崇高光芒的一种经历。"③而如今这种害相思被认为是一种病态,需要以幸福之名进行治疗。积极心理学的流行让人们难以把苦痛和折磨与幸福生活联系在一起。④

虽然美国人批判和嘲讽自己对幸福的痴迷和他们追求幸福的热情一样高涨,但是把幸福至上主义和民主联系在一起思考的首位学者还属以色列社会学家伊路兹,她认为幸福至上主义与以下因素相关:中产阶级的形成,对寻常生活的肯定,人道主义对弱势群体(奴隶、女性、少数族裔群体、动物)的关怀,以及自由主义民主政治内部的矛盾(名义上人民掌控主权,但实际上依然是少数精英阶层统治成分复杂多样的民众)。幸福至上主义以及它的诸多弊端乃是民主的代价,它的种子在美国建国政治实践之时早已播下。

尽管在当代美国社会我们最深切地体会到幸福所面临的困境,但是中国"五四"和后"五四"时期那几代人也深刻体会到将社会秩序建立在个人情

---

① Sulamith Heins Potter, "The Cultural Construction of Emotion in Rural Chinese Social Life", *Ethos*, 16(2), 1988: 183.
② William Davies, *The Happiness Industry: How the Government and Big Business Sold Us Well-being* (London: Verso, 2015).
③ Eva Illouz, *Why Love Hurts*, p.129.
④ Barbara Ehrenreich, *Bright-sided: How the Relentless Promotion of Positive Thinking has Undermined America* (New York: Metropolitan Books, 2009).

感之上所带来的挑战,他们勇敢地与宗族体系决裂并坚持在婚姻和家庭中注入自由、独立和平等的元素。在苏青的自传体小说中,叙述者在无爱的婚姻中煎熬了十年,最后终于鼓起勇气提出离婚。小说续集记录了她在上海孤岛时期(1937—1945)作为一名职业作家和杂志编辑的生活点滴:艰辛的开头,随后的成功所带来的一大批忠实读者,混迹于上海文人墨客的精英圈子,在日本封锁期间仍旧出入自由。她始终难以驱逐离婚带来的挫败感和孤独感,但她回顾自己的十年婚姻之时充满着无尽的悔意和恐惧。

在小说的前半部分,她用细致的笔触记录了自己的首次怀孕。她的公公婆婆满腹自信地期待即将降临的男婴,他们把她像神仙一样供起来,限制她的行动,并强迫她吃大量高蛋白食品。然而在她的女儿降生的那一刻,她就被彻底遗忘了,唯有与耻辱相伴。有了这样的经历,她无法感到自己内在价值的存在。她试图从事教书和写作,但都受到丈夫和公公婆婆的阻挠,他们警告她一个女人存在的唯一理由就是为婆家传宗接代。每生一个女儿,她的家庭地位就每况愈下。后来为了方便丈夫可以继续深造并开始拓展法律事业,夫妻双双迁至上海,可是丈夫开始出轨,而且不再履行供养家庭的职责。日复一日,我们的叙述人被迫向她丈夫讨要家用开支。有一天,她再也无法容忍这种饥一时饱一时的状况,要求丈夫每月提供固定的银两用于家庭支出:"每月用多少钱你终得给我个固定的数目,省些不要紧,我就照着你所定的数目去分配,但总不能凭你高兴时给几钱,不高兴时便一文不给呀。"丈夫回复道:"我可没有固定的收入,所以也不能给你固定数目,你爱怎样便怎样,我横竖不大在家里吃饭……老实说,就是向我讨钱也该给我副好嘴脸看,开口就责问仿佛天生欠着你似的,这些钱要是给了舞女向导,她们可不知要怎样的奉承我呢!"①

丈夫把妻子与舞女作类比旨在以最伤人自尊的方式强调家庭妇女不具人格。如果自尊和独立无法与婚姻兼容,那么婚姻就无以成为追求幸福的制度保障。离婚的导火索既是丈夫的不忠,也是他对妻子的蔑视。离婚是一个既令人振奋又充满恐惧的转折点。虽然她周围有十来个已婚的男性朋友和同事常常向她嘘寒问暖,甚至偶尔有暧昧之意,但是她明白自己再婚的

---

① 苏青:《结婚十年》,第171页。

可能性日渐渺茫。与此同时,她生平第一次对自我价值确信无疑。随着她的作品广为流传,读者尊称她为苏先生,她生了三个女儿的事也渐渐地被抛之脑后。一好友甚至向她诉说自己和妻子发生的争吵。据说朋友的妻子听到她丈夫讲述苏青作为单身女人的困境时反诘道:"你倒知道同情苏小姐,就不肯同情或可怜一下自己的太太吗?她可能已失去丈夫的疼爱,但是她有幸得到你的安慰一定很幸福,而至于我……"①毋庸置疑,幸福对于我们的叙述人来说伴随着许多苦痛(特别是失去孩子的抚养权),但是她毫不犹豫地选择以现代人的信条来生活,即社会关系和制度必定得以自发的情感为基础。没有爱和尊重而只为追求福禄寿的婚姻是不值得维护的。苏青用写作的方式记录自己的成功与挣扎,恰恰袒露了她对社会认可的一种渴望,并希望读者对她非传统的幸福之旅表示支持。

(徐杭平译　李海燕校订)

---

① 苏青:《结婚十年》,第 305 页。

传媒与文学、文化

中国文学与文化研究范式新探索

在"书"与"刊"之间:媒介变革视野中的近代中国知识转型
——对早期几份传教士中文刊物的考察①

黄 旦

一、引言

姚公鹤说:

> 当戊戌四五年间,朝旨废八股改试经义策论,士子自多濯磨,虽在穷乡僻壤,亦订结数人合阅沪报一份。而所谓时务策论,主试者以报纸为蓝本,而命题不外乎是。应试者以报纸为兔园册子,而服习不外乎是。书贾坊刻,亦间就各报分类摘抄售以俟利。②

很巧,大约也就是姚公鹤说的这个时间,中国江南吴江县,在离城二十里处乡间,有一贾姓人家,也算是累代书香,三个儿子跟随一位孟老夫子专注于经书,以博功名,对于其时需兼考时务策论及掌故天算舆地的政策变化,一无所知。孟老夫子虽先有所闻,毕竟一窍不通,生怕被砸饭碗,就装聋作哑。一个闷声不响教,三个稀里糊涂学,待一上考场,即遭一闷棍,马上被打落堂下。吃一堑总算长一智,明白缘由后,少不了改换门庭,重拜名师,并

---

① 本文原刊于《中国社会科学》2019 年第 1 期,为教育部人文社会科学重点研究基地重大项目"新媒介崛起:传播革命与 19、20 世纪之交的上海"阶段性成果(项目批准号:15JJD860002),本次发表前,做了新的修改和调整。
② 姚公鹤:《上海报纸小史》,载杨光辉、熊尚厚、吕良海、李仲民编:《中国近代报刊发展概况》,北京:新华出版社,1986 年,第 258—278 页,引见第 266 页。

开始接触报纸,未料由此竟收止不住,很快就成了报纸迷。①

中国考场,历来是经典书籍的地盘,竟被报纸破门而入,真可谓是地覆天翻。更具意味的是,比三位贾小子赴考稍早一点,也就是1896年,京城一位朝廷大员,上了一道《请推广学校折》的折子,直陈教育变革建议,"广立报馆"乃其之一,并将报与书做了这样的比较:

> 知今而不知古,则为俗士,知古而不知今,则为腐儒。欲博古者,莫若读书,欲通今者,莫若阅报,二者相须而成,缺一不可。②

书籍和报纸本属不同的媒介,代表不同的知识类型。按罗伯特·帕克的感知型知识和理解型知识之别③,报纸应入之于前,书籍则归之于后。可是,在晚清中国大吏的眼里,却是"二者相须而成,缺一不可",这是一个很耐人寻思的现象。

知识与报刊,由于具有理解中国现代转型的重要意义,早已是诸多方家精耕细作之域。尤其是近些年从思想史、知识史角度,考察报刊与社会思想观念的相互渗透、辗转缠绵,时常令人耳目一新。自然,他们的关注点都是内容,即一种新的"知识"如何在报刊上呈现及散布。至于报刊与书籍的差异,诸如"博古"和"通今"之类,多在其视野之外。照说,这应是报刊史家义不容辞的职责。的确如此,报刊的进入中国及其被采用,是诸种报刊史的固定叙事框架。令人费解的是,报刊史研究者大多存有"一母多胎"的坚执念头,以为所有报刊都来自一个不言而喻的"西方报刊"原型,报刊的历史,就成为一个"原装进口"报刊如何被运用和实践的过程。所以,报刊史家和历史学家大体是殊途同归:前者侧重报刊如何传递新知,后者关切的是报刊传递了何种新知。虽有个别学者注意到了后来维新报刊的"面目"——书本的形式④,但由于作者本意是文本形式创制与中国报业演变的关系,不同媒介的特性及其意义也就因此而脱落。

---

① 李伯元:《文明小史》第十四回"解牙牌数难祛迷信 读新闻纸渐悟文明",上海:上海古籍出版社,1997年。
② 李端棻:《奏请推广学校设立译局报馆折》,载《戊戌变法》(二),上海:上海人民出版社、上海书店出版社,2000年,第295—296页。
③ Robert Park, *Society* (New York: Free Press, 1955), pp.71-76.
④ 李玲、陈春华:《维新报刊的"面目体裁"——以〈时务报〉为中心》,《中国现代文学研究丛刊》2012年第12期。

本文意在从媒介形式——"书"与"刊"切入,以早期的传教士中文刊物为对象,重新打量这种新媒介的生成及其与中国现代转型的关系。我的思路是:不同媒介有其不同的技术和文化"偏向"①,从而产生不同的传播形态和方式②。这不是暗示报刊及其后果,是媒介物质技术所直接驱动,而是从媒介学入眼,任何一种媒介,由于其技术和形式的特点,就规定了其内容的组织和呈现,规定了接收和体验的方式,重组了人们之间以及与现实的关系。③ 此外,由于中国早期现代刊物是传教士所创,使得媒介转换与知识和社会转型,更具有不同文化、不同知识碰撞的复杂性。"书"与"刊"的变换,是一种"揭橥"和"建构","发现"和"想象"的"双向辩证的关系"。④ 最后,媒介及其传播形态的变更,会打破"何为自然秩序、何为合理、何为必需、何为必然、何为真实等等"⑤的知识观念、真理认知和思维定式,从而动摇了传统中国的根基。总之,本文打算考察并论证作为一种新媒介的现代刊物,在引入中国时是如何与"书"相互转化,并由此构成中国现代转型的动力。文章以《察世俗每月统记传》《东西洋考每月统记传》《遐迩贯珍》和《六合丛谈》为对象,这样的选择有些随意,但非毫无所据,19 世纪 60 年代之前,这几份刊物均具有代表意义。⑥ 作为一个群落,它们显示出中文刊物的最初轮廓,基本能满足本文问题的解决。

二、察世俗书:每月初日传数篇

　　《察世俗每月统记传》(以下简称《察世俗》)的模样世所罕见,它采用中

---

① [加]哈罗德·伊尼斯:《传播的偏向》,何道宽译,北京:中国人民大学出版社,2003 年。
② 以波斯特的说法,是具有符号交换不同结构形态的"信息方式"。[美]马克·波斯特:《信息方式:后结构主义与社会语境》,范静晔译,周宪校,北京:商务印书馆,2000 年,第 13 页。
③ Friedrich Krotz, "Mediatization: A Concept with which to Grasp Media and Societal Change", in ed. Knut Lundby, *Mediatization: Concept, Changes, Consequences* (New York: Peter Lang, 2009), p.23.
④ [美]J. J. 克拉克:《东方启蒙:东西方思想的遭遇》,于闵梅、曾祥波译,上海:上海人民出版社,2011 年,第 275 页。
⑤ [美]尼尔·波斯曼:《技术垄断:文化向技术投降》,何道宽译,北京:北京大学出版社,2007 年,第 6 页。
⑥ 现在一般都认为,《察世俗每月统记传》是第一份中文刊物,《东西洋考每月统记传》是中国境内第一个中文刊物,《遐迩贯珍》是香港第一个中文刊物,《六合丛谈》则是上海第一家中文刊物。

国线装书的形式。这想必是考虑到了中国人的阅读惯习,也不排除条件所限,中国的雕版印刷工谙于此道。当然,可能还有《京报》——当时公开发行的登载官方内容的刊物样式所予之的启发。马礼逊进入广州不久,就注意上了《京报》,并对其出版与发行情形有详细描述。① 在马礼逊的日记以及其与伦敦的通信中,也时常可以见到《京报》上的消息。在 1833 年 4 月的《中国丛报》中,就有对《京报》,尤其是广州市面上所看到的类型及其内容所做的具体记载。② 据说《中国丛报》上翻译自《京报》的消息,大多出自马礼逊之手,不知该篇文章是否就来自他。由此我们想到白瑞华说的,"中国的本土报纸就像外国新闻纸一样,为现代报业的形成发挥着同样的作用"③,可谓是眼光独具。

《察世俗》对外宣称就叫"书"④,也不刻意与"邸报"/《京报》区别,比如冠以"新报"之类的名号。诚然,无论是在理论还是具体使用中,书的含义很不清晰,与期刊本就不易分辨,通常后者也可以称为书。联合国教科文组织倒是试着给书下了一个界定,必须是"至少 50 页以上的非定期印刷出版物"。不过据说这也是为便于统计比较,并非要提供一个准确的界定。⑤

不过,"非定期"三字的确击中书的要害,报刊的最大特征就是定期出版,这不仅成为其内容挑选和排列的合法性依据,同时也"创造了一个超乎寻常的群众仪式:几乎分秒不差的同时消费(想象)",并且会"持续地确信那个想象的世界就植根于日常生活中,清晰可见"⑥。正是如此,塔尔德注意到书籍并不关心当前,"激励民族活力并使之万众一心、众志成城的,正是报纸每天的波动状况"⑦。这同样符合麦克卢汉的观感。他说,书籍是个人

---

① 苏精:《马礼逊与中文印刷出版》,台北:台湾学生书局,2000 年,第 12 页。
② 张西平主编,顾均、杨慧玲整理:*The Chinese Repository*,*Peking Gazette*,Vol. 1,No.12,Apr. 1833,桂林:广西师范大学出版社,2008 年,第 511—512 页。
③ R. S. Britton,"The Chinese Periodical Press,1800-1912",载白瑞华:《中国近代报刊史》,苏世军译,北京:中央编译出版社,2013 年,第 198 页,附录二,Preface。
④ 参《察世俗每月统记传序》,《察世俗每月统记传》,嘉庆乙亥年七月。
⑤ [法]弗雷德里克·巴比耶:《书籍的历史》,刘阳等译,桂林:广西师范大学出版社,2005 年,第 3—4 页。
⑥ [美]本尼迪克特·安德森:《想象的共同体:民族主义的起源与散布》,吴睿人译,上海:上海人民出版社,2003 年,第 33—35 页。
⑦ [美]加布里埃尔·塔尔德:《传播与社会影响》,何道宽译,北京:中国人民大学出版社,2005 年,第 237 页。

的自白形式,报纸是以马赛克的形式提供群体参与的机会。如果希望报纸在一个单一层次上去表达固定的观点,等于强求报纸具有书籍的特性,好比让所有的百货商店统统都只设一个柜台。① 波斯特捕捉到的是媒介特性所导致的符号结构表意方式不同。报刊出现之后,之前那种有一稳定的指涉物——物质客体,能指和所指十分清楚的"再现方式转变为信息方式,从语境化的线性分析转变为摆出一副客观外表的孤立数据的蒙太奇"②。用现在的话来说,也就是信息化、碎片化了。凡此种种,均表明报刊偏向空间,书籍偏向时间。③ 由此就产生了另一个重大不同,知识类型不一样。书籍是条理化、系统化知识的象征,代表着学问。"写书的目的是为了给那些已经饱览百家经书的人阅读"④,报刊多是即时浅显的内容。难怪有人感慨,"书是长期思考的成果,具有稳定的影响。但是,这种影响却被刊物和报纸的增长破坏了"⑤。

以此衡量,《察世俗》都更近于书而不是刊物,除了定期出版。无论从目的、内容还是书写看,当前事件均非其关注重点,也没有想成为公共交谈,更不可能脱离特定的宗教语境,使所指和能指相浮离。米怜明言,创办一份"期刊"的想法,本就来自中文书的启发。第一,其阅读人数"比其他任何民族都要多";第二,"汉语书面语具有一种其他语言所没有的统一性";第三,"书籍可以被民众普遍理解"。此外,书籍携带便捷,"能大量进入中国"。⑥ 在我看来,中国书籍给予米怜的启示恐怕还不止于此。

书籍不只"是一种商品或一种信息载体,它还将被理解为一种组织信息和观点的方式,促进某些机构和社会群体形成一个框架,这个框架对某些表达和论证方式的发展更为有利"⑦。这就是说,书的形式便是"书"的表达,

---

① [加]赫伯特·马歇尔·麦克卢汉:《理解媒介:论人的延伸》,何道宽译,北京:商务印书馆,2000年,第256、260页。
② [美]马克·波斯特:《信息方式》,第86—87页。
③ 这里借用了伊尼斯的观点,媒介特性不一,某些媒介更偏向于时间上的纵向传播,比如笨重耐久的媒介;而另一种媒介或更偏向空间中的横向传播,若该媒介轻巧而便于运输,由此导致所在文化产生不同偏向(哈罗德·伊尼斯:《传播的偏向》,第二章,何道宽译,北京:中国人民大学出版社,2003年)。
④ [加]哈罗德·伊尼斯:《传播的偏向》,第7页。
⑤ 同上书,第64页。
⑥ [英]米怜:《新教在华传教前十年回顾》,郑州:大象出版社,2008年,第72页。
⑦ 周绍明:《书籍的社会史》,何朝晖译,北京:北京大学出版社,2009年,中文版代序,Ⅱ—Ⅲ。

为人们认识和理解书籍做出提示。以中国为例,依照周绍明的研究,一提到书籍,中国人第一反应不是实用的或经济的好处,而是政治的(识字读书可铺设通达仕途之路)与社会的(道德之教化),书也由此获得了崇高之地位,作为"一种社会和道德标杆",赢得"一种虔诚的、实际上带有宗教性的认识,认为书是神圣的东西",甚至"这种认识在清代的著述中比以往各朝受到更多的注意"。中国书的这种特征,让人们想到的是与古代圣贤的关系,而不是与其他读者的关系,因而不可能存在"想象共同体"或者欧洲"文人共和国"①的意念。中国书籍的这种"神圣感",恰恰是米怜所需要的:一方面,《察世俗》因此获得不言而喻的崇高地位;另一方面,罩着"神圣"的光环来宣讲神理,不致辱没基督的荣光。所以,《察世俗》的书籍形式,即便有其功利性的策略考虑,也是来自西方宗教文化和中国儒家文化的契合。它是米怜等人站在自己的文化立场对中国文化的寻视,也是中国文化在这种寻觅中的显露。

然而,《察世俗》毕竟是刊物,其篇幅容量就不如书,更别说按期出版的介入,打断了内容的稳定和系统,"每月统记传",就明明白白向读者表明,它不同于中国的经典书籍。首先,"每月"是《察世俗》的出版时间,是现代的线性时间。其次,它"察"的是"世俗"——神理、人道、国俗、天文、地理、偶遇,不是圣贤的思想。最后,其读者定位主要不在"富贵之人",而是"得闲少"且有志于"道"的贫穷与作工者,所以其"每篇必不可长",亦非"甚奥之书",而是"容易读之书"。所有这一切,使"统记传"这颇显怪异的三个字——若做"全面载录"或"杂烩"理解——勉强与现代杂志②的意思有了瓜葛。需要注意的是,米怜的解释都在于内容,报刊的最根本特征——出版"时间"反而是轻轻带过,"此书乃每月初日传数篇的"。其实,恰恰是出版"时间"才决定了现代报刊不同于书的特殊之处,否则,即就米怜上面所告白的这一切,一般的宗教小册子也是完全可以做到的。米怜如此告知读者,"读了后,可以将

---

① 周绍明:《书籍的社会史》,第 155—165、105—106 页。文人共和国是 17—18 世纪跨越国界的欧洲知识分子共同体,具有政治实体的特点,处在公共领域的中心。参 Dena Goodman, *The Republic of Letters: A Cultural History of the French Enlightenment* (Ithaca: Cornell University Press, 1994)。

② 英语单词"杂志"来自法语词 *magazin*,后者又来自阿拉伯语 *makbzan*,意为"仓库"。参〔美〕大卫·斯隆编著:《美国传媒史》,刘琛等译,戴江雯校译,上海:上海人民出版社,2010 年,第 370 页。

每篇存留在家里,而俟一年尽了之日,把所传的凑成一卷,不致失书道理,方可流传下以益后人也"①,可见他压根就不介意与传教小册子的混淆,甚至在他心目中,《察世俗》不排除就是用中文定期出版的宗教册子——书②。白瑞华就是这样指认的:所有内容几乎都不具新闻性,"与其说它是一份月刊,还不如说它是一本定期出版的宗教小册子"③。由此,"每月初日传"之类,我们今天看起来非常重要的现代刊物之征状,在米怜眼里,除了有利于繁忙的传教士见缝插针,将写作化整为零,"事先规划好一篇文章的内容,再按顺序每月编写一部分"之外,主要好处是"因为按月出版的缘故,得以逐渐展现了神圣真理的许多部分"。"经过12期或20期的累积就形成完整的一本书"④,定期出版成为"内容"编制的辅助和手段,而不是现代刊物的生产规则、程式和阅读的特殊性⑤。

用现代的标准看,《察世俗》好像似书非书,似刊又非刊,它与同样出自米怜之手的《印中搜闻》完全是两个系统。如果后者属于西方现代刊物的系列,前者则无有谱系可依,实是混杂各种要素——中国的"邸报""书籍",包括西洋的宗教小册子以及期刊——的再创造。形式决定内容,此种非书非刊的杂交,让米怜在内容安排上左右为难。书籍的谨严和经典,与期刊的通俗和浅显,就是《察世俗》首先必须化解的矛盾。看看他的自我表白:

> 察世俗书,必载道理各等也。神理人道国俗天文地理偶遇,都必有些,随道之重遂传之,最大是神理,其次是人情,又次是国俗,是三样多讲,其余随时顺讲。⑥

---

① 《察世俗每月统记传序》,《察世俗每月统记传》,嘉庆乙亥年七月。
② 刊物上的文章不少最后都以小册子形式印行,有的多次重印,比如米怜发表在《察世俗每月统记传》上的《张远两友相论》《进小门走窄路解论》等。
③ R. S. Britton, "The Chinese Periodical Press, 1800-1912",载白瑞华:《中国近代报刊史》,第215页。米怜在介绍《察世俗每月统记传》时还特地说明,其"篇幅至今一直和宗教小册相当"([英]米怜:《新教在华传教前十年回顾》,第73页),可见他的心目中始终是以小册子作为尺度。
④ [英]米怜:《新教在华传教前十年回顾》,第73页。
⑤ 这为麦都思提供了范例,他在主编《特选撮要每月纪传》过程中,就是仿效米怜,一个题目分期撰写刊登,最后再集结成书(苏精:《铸以代刻:传教士与中文印刷变局》,台北:台湾大学出版中心,2014年,第90页)。这也进一步证明,米怜及麦都思都是着意于书,刊服从于书,是书的分期刊载。
⑥ 《察世俗每月统记传序》,《察世俗每月统记传》,嘉庆乙亥年七月。据米怜,最初设想这个小型出版物应将传播一般知识与宗教、道德知识结合起来,并包括当前公众事件的纪要,以期启迪思考与激发兴趣。[英]米怜:《新教在华传教前十年回顾》,第72页。

传媒与文学、文化 | 105

设想固然美好,操作却难免顾此失彼。神理人道,占据绝大部分,为全刊篇幅的85%,其余内容尚不足15%①,根本谈不上什么"随时顺讲"。也许是效果不佳,又或许是听到了什么,米怜后来特地做了一番说明,"主要是宗教和道德类文章,关于天文学的最简单和显而易见的原理、有教育意义的逸闻趣事、历史文献的节选和重大政治事件的介绍等等,给本刊内容增加一些变化。但是,这些都少于原来的设想的篇幅"。他把这一切归之于人手和时间的不够。② 这不失为一种解释。不过,时间和精力即便是问题,也不是唯一的症结。作为定期出版的宗教册子,本意就是代替口头传教。"当一个传教士不能亲自前往邻近的国家,用自己的声音宣讲上帝伟大的启示,那他的职责就是送去已准备现成的替代物。"③所以,米怜根本就不可能以刊物的特点来办传教小册子,倒过来才是正常的,实际上也是这么干的。《察世俗》停办之后,麦都思萌生继承之意,《特选撮要每月记传》随即在巴达维亚问世。主办的人是变了,刊物却仍旧,几乎就是《察世俗》第二。可见,《察世俗》的状况是由其形式和思路决定了的,时间和精力倒是次要。

于是,米怜把"彩色云般","使众位亦悦读"——宗教宣传小册子惯用的手法,搬到《察世俗》上,就丝毫不令人奇怪了。它首选的叙述框架,是天下一家、万众同类:

> 全地上之人如一大家,虽不同国,不须分别,都是神原造的,都是自一祖宗留传下来的,都是弟兄,皆要相和、相助才好。④

"四海一家"的"世界主义"表述,就其古典意义,本就源自基督教世界,可诠释为"四海之内皆平等"。到了文艺复兴时期,开始向世俗化转变,遂有"四海之内皆兄弟"之意。而后,"世界主义"又与启蒙运动相接,成为"文人共和国"成员的身份认同和行为方式:不仅忠诚于国家,而且忠诚于超越国界的文人网络,忠诚于自己的宗教及其秩序。⑤ 我们无法确证浮现在米怜等人心中的究

---

① 苏精:《马礼逊与中文印刷出版》,第163页。
② [英]米怜:《新教在华传教前十年回顾》,第73页。
③ 同上书,第75页。
④ 《立义馆告帖》,《察世俗每月统记传》,嘉庆乙亥年七月。
⑤ 魏厄姆·弗瑞豪夫:《"概念史"、"社会史"和"文化史":以"世界主义"为例》,载[英]伊安·汉普歇尔-蒙克:《比较视野中的概念史》,周保巍译,上海:华东师范大学出版社,2010年,第157—179页,引见第163—168页。

竟是如何一种"世界主义":就其漂洋过海,背井离乡,撒播福音的传教士身份而言,不可能没有"众生平等"的信念,以"博爱者"作为刊物编纂者之名,多少说明了这一点①;从其来中国之前的生活和学习环境看,启蒙主义的大潮也不能不在他们身上烙下印迹,所以"神理、人道、国俗、天文、地理、偶遇"都"传之",尽管还是以"道"为重。惟可认定的是,选用"全地上之人如一大家""都是兄弟"这样的表述,是米怜等人深思熟虑的结果,也是非常巧妙的修辞策略。首先,其中蕴含着基督教义精神;其次,符合印刷媒介面向众人一视同仁的特点;最后而且也是最重要的,与中国人的"四海之内皆兄弟"契合相通,容易抓住中国人的兴趣和"悦读",可谓是"神理""人道"和媒介特征完美结合。

米怜式的"全地上",是以"民族国家"为界,是"虽不同国,不须分别"的"全地上",而不是当时中国人所惯常理解的"四海",泛指地理意义上的"九州"或特指文化意义上的"天下"。在中国人的"四海"中,"国"的概念是很淡薄的,即便有"国",明晰的是"华夏",依稀的则是不同方位的"夷"。米怜等人认为"不同国"而"又如一大家",源自人"都是神原造",是一种仰赖于"神性"的"普遍主义",犹如阿伦特说的,其性质上"形成一个 corpus(肢体),其成员必须像同一家庭的兄弟那样相互联系在一起"②。在神光映照中,"国"的壁垒淡化,即"不须分别"。"不须分别"不等于没有分别,不过是"分"而"不须别"。这自然也与中式的"兄弟"相差甚远。中国的"兄弟",是基于血缘、地缘的"一家人",属于有别而不分,哪怕"阋于墙",仍然是兄弟。可见,米怜有意无意挪用中国表述的意义,造就出一种模糊的亲和表述,一方面可以与中国文化相洽,另一方面,成全《察世俗》展现都属"一大家"的面貌:"一种人全是,抑一种人全非,未之有也。……论人、论理,亦是一般。"③"多闻,择其善者而从之"的刊头语,语气是委婉的,口吻是诚恳的,基调则是柔中含刚,无庸置辩。既然如此,所谓的《察世俗》之"察",就不是中国人目睹,实是

---

① 马礼逊在1812年写给伦敦传教会的信中就曾这样说道:"基督教,就其精神来说,是世界宗教,它可以埋葬民族偏见,如能对之有更多的明白、相信和喜爱,就更加便于世界各国都团结起来。因为各国人民都是兄弟。"[英]艾莉莎·马礼逊:《马礼逊回忆录》,顾长声译,郑州:大象出版社,2010年,第84页。
② 汉娜·阿伦特:《公共领域和私人领域》,刘锋译,载汪晖、陈燕谷主编:《文化与公共性》,北京:生活·读书·新知三联书店,1998年,第57—124页,引见第84—85页。
③ 《察世俗每月统记传序》,《察世俗每月统记传》,嘉庆乙亥年七月。

"上帝"代为之"察",并且早就"察"毕,一切均已确定不移,唯一需要付出的就是竖起耳朵——多闻。居高指点而又处处显示低调平等,此种"讲"与"听"的主客体关系,让我们具体触摸到了《察世俗》的姿态、意向及试图达到的效果:一个宣讲规劝而不是公共讨论的平台,耶儒打通,模糊教义与具体指涉物的关联造成语境错觉,从而达到意义分享——教义渗透。

"听",自然须是中国人熟悉且能入耳,《察世俗》为之采用的手法,就是"对话"式,由"天国"之仆将教义讲给中国人听。马礼逊在翻译《圣经》时左拣右挑,最后选定《三国演义》的风格。《三国演义》处于文言和白话之间,既不失典雅尊贵,又清晰易懂。① 由此推想,《察世俗》的"如彩色云",难免也有《三国演义》的影子闪烁,比如后来影响深远的《张远两友相论》,显然就是说书②的翻版:"今夜却将深,怕不能讲完,后日是望日,料月必是光,请相公再过来坐讲,好不好?对曰:如此甚好。于是两人遂相拱手而别。"③这既确立了宗教宣传册子的路数④,又改造了中国原有的书面语,与后来的传教士只是口述,而将文章留给中国助手来润色大不一样⑤,无意中却开启了白话文之先声。

那么,《察世俗》为中国带来了什么呢?有论者认为,它对于中国现代新闻事业观念有三个重要启发:广泛求知的观念、通俗普及的观念,以及解放民智的观念。⑥ 即便不说夸大,也属后见之推论,并不表示当时的效应。据一位学者对 19 世纪晚期同样坐落在南海边的岛屿——香港荃湾地区的考察,当时民间流行的读物,主要是宗谱、黄历、对联集、日常行为礼仪、契约文本、教育读本、民谣和诗歌普及读物、小说,还有不少与宗教道德相关的文本(包括拜神)。⑦ 在

---

① [英]米怜:《新教在华传教前十年回顾》,第 43—44 页。
② 韩南认为《张远两友相论》属于虚构式的"小说",米怜采取这样的对话体叙事,既是受印度传教士所常用手法的启发,同时吸收了中国小说的传统。参韩南:《中国近代小说的兴起》,徐侠译,上海:上海教育出版社,2010 年,第 59—60 页及第 59 页注(12)。
③ 《张远两友相论·第五回》,《察世俗每月统记传》,第四卷,嘉庆二十三年(1818)戊寅年。
④ 据胡道静:"这种文体成了中国布道书的范本,在此后半世纪中,大约有十三种小册子是用两个人的对话格式来写的,而传播延长至一世纪之久,迄今还有流到我们手里来的。"参《新闻史上的新时代》,载《胡道静文集·上海历史研究》,上海:上海人民出版社,2011 年,第 375—544 页,引见第 443 页。
⑤ R. S. Britton, "The Chinese Periodical Press, 1800-1912",载白瑞华:《中国近代报刊史》,第 216 页。
⑥ 胡道静:《新闻史上的新时代》,载《胡道静文集·上海历史研究》,第 444 页。
⑦ James Hayes, "Specialists and Written Materials in the Village World", in eds. David Johnson, Andrew J. Nathan and Evelyn S. Rawski, *Popular Culture in Late Imperial China* (Oakland: University of California Press, 1985), p.75-111.

这样的知识文化氛围里,《察世俗》最能显示的意义只有一个——定期出版的"书",并且是"神理人道国俗天文地理偶遇"的"新媒介",从而与书籍和《京报》有着根本的区分。

三、展示事实:以定期方式传播有用的知识

与马礼逊、米怜迫于无奈不同,郭实腊是主动出击办刊物的,尽管面对想象中的中国读者他也称之为"书"①。他是如此说的:

> 当文明几乎在地球各处取得迅速进步并超越无知与谬误之时——即使排斥异己的印度人也已开始用他们自己的语言出版若干期刊——唯独中国人却一如既往,依然故我。虽然我们与他们长久交往,他们仍自称为天下诸民族之首领,并视所有其他民族为"蛮夷"。②

这段话最引人注目的就是"我们"和"他们"。由此想来,刊名应是郭实腊仔细斟酌过的。"东西洋"作为一个具体地域的方位,中国人早有所闻。③ 据孙江教授研究,"东洋""西洋"在元代航海家汪大渊的《岛夷志略》中就已出现。不过中国原本关于"东西洋"的认知,是基于南北方向而不是东西。更具体地说,东西洋是对于南海的想象,"乃是在内含了南海诸地理知识和航海知识之后所建构的自我/他者知识"。待利玛窦以"大西洋人"自称进入中国,"东西洋"就发生了大变化。利氏将中国原有的"东西洋",转换到了"泰西"的东西坐标轴上,"东西洋的概念化入欧洲地理知识之中",原本南北向的"东西洋"含义也就慢慢脱落不见④,变成了利玛窦式的东西洋——中国与欧洲的指称。不消说,这也就是郭实腊要考的"东西洋"。

当郭实腊把"我们/他们"以"东西"方位排列时,"东西洋"就转化为文明

---

① 比如第一期新闻一栏中王、陈两位好友的对话。
② 原载 The Chinese Repository,1833 年 8 月,此处用的是黄时鉴先生的译文,引见黄时鉴:《东西洋考每月统记传》,第 12 页,导言。
③ 比如在明人的《南都繁会图》中,就有"东西两洋货物齐全"的招幌,参王正华:《过眼繁华——晚明城市、城市观与文化消费的研究》,载李孝悌编:《中国的城市生活》,北京:北京大学出版社,2013 年,第 29—80 页。另据黄时鉴先生推断,这刊名可能受到明末张燮《东西洋考》的影响。参黄时鉴:《东西洋考每月统记传》,第 3 页,导言。
④ 参孙江:《"东洋"的变迁——近代中国语境里的"东洋"概念》,载孙江主编:《新史学——(第二卷)概念·文本·方法》,北京:中华书局,2008 年,第 3—26 页。

与愚昧的不同地界。如果说《察世俗》是在"上帝"目光统领下的"察",《东西洋考》的"考"则是从"西洋"视野出发之考,"使中国人获致我们的技艺、科学与准则"①。此种大异于《察世俗》的筹划和想法,与郭实腊个人的状况,包括其个性、经历、思想观念及所处的条件不无关联。郭实腊看上去大胆、粗野,敢冒险。17岁时,他当街拦住巡游经过的普鲁士国王,献上自己的"致敬诗",以博得好感,谋求资助继续求学。② 据说,在他心目中,"自然法则"与"上帝创造自然"是可以互换的。中国遏制对外贸易是对上帝的挑战,是对天赋人权的侵害。③ "为了打开一个与中国自由交往的局面"④,他三番五次潜入中国沿海考察。甚至其体态形貌也不招人喜欢:"大脸"、"凶眼"、"外形矮壮,品味举止粗俗,行动活跃,言语迅速,谈话兴高采烈而又引人入胜"⑤;法国驻澳门领事甚至给本国外交部打了他的小报告,称"这位汉学家的话没有一句是真的"⑥。

《东西洋考每月统记传》(以下简称《东西洋考》)创办时的广州,西人已不少,1834年之后,仅英国商人及其雇员就"迅速增加到100人以上"。关键是"这100多名英国在华商人,是一个拥有相当强大的经济实力的群体,他们经营的合法和非法贸易额,在19世纪30年代一般维持在6 000万元的规模,这个数字相当于当时清朝财政收入的1.5倍和英国财政收入的2/5左右"。经济是政治的基础,实力强了,就要抱团组织,广州的外商团体在19世纪30年代也就陆续出现。⑦ 这既是马礼逊和米怜"沉重地挣扎前行"⑧之处境所不能相提并论的,同时也使得郭实腊有了不一样的感觉和底气。所以,"我们/他们"的区分,自有缘由。

这预示着郭实腊就不会是像米怜那样的出场,他自称是"爱汉者"。"爱",表示亲善,不是敌人;恰恰也是一个"爱"字,一刀切出了"汉"与"非

---

① 引见黄时鉴:《东西洋考每月统记传》,第12页,导言。
② 俞强:《鸦片战争前传教士眼中的中国》,济南:山东大学出版社,2010年,第49页。
③ 同上书,第59页。
④ 转引自顾长声:《从马礼逊到司徒雷登》,上海:上海书店出版社,2005年,第46页。
⑤ 转引自韩南:《中国近代小说的兴起》,第61—62页。
⑥ [英]弗兰克·韦尔什:《香港史》,王皖强、黄亚红译,北京:中央编译出版社,2007年,第193页。
⑦ 吴义雄:《在宗教与世俗之间》,广州:广东教育出版社,2000年,第8、12、16—21页。
⑧ [英]米怜:《新教在华传教前十年回顾》,第35页。

汉"——也就是东洋和西洋之界限。这与米怜的"博爱者"虽仅有一字之差,但立场、态度和身份认知之差异,立时昭然。因此,郭实腊虽也口称"合四海为一家,联万姓为一体,中外无异视",但他不像米怜,以"万处万人皆有神造"为前提,而是直接挑明自己是异国"远人",要用"汉话""阐发文艺","纂此文"。《察世俗》是要以同去异,"一种人全是,抑一种人全非,未之有也",《东西洋考》意在同中辨异,"国民之犹水之有分派,木之有分枝,虽远近异势,疏密异形";《察世俗》是以天国的不分彼此,隐去俗国之别;《东西洋考》始终围绕东与西之别异,"结其外中之绸缪","请善读者""不轻忽远人之文矣"①。

有人说,郭实腊的《东西洋考》犹似西方文明的定期辩解书,心平气和(inoffensive)地展示欧洲文化的优越性。② 这怕是被郭实腊的"远客"口吻迷惑了。《东西洋考》实际摆出的是一副外恭内倨的挑战者姿态,《中国丛报》上的那个办刊设想,就足以证明这一点。除此之外,随手还可举出三个证据。第一,在道光癸巳年八月的刊物上③,开篇的"论"中云:"夫远客知礼行义,何可称之夷人? 比较之与禽兽,待之如外夷。呜呼,远其错乎,何其谬论者矣。"④貌似委婉的口气,遮掩不住内心的强烈不满。郭实腊早就对"夷"的称呼表示出反感,认为这是"野蛮人"的代指。1858 年签署的中英《天津条约》,明确规定以后禁用"夷"字,据说就与郭实腊的暗中推动有关。⑤ 第二,《东西洋考》的每期封面上都刊有一条儒家语录,这应仿自《察世俗》。不过与后者始终固定一条语录不同,《东西洋考》是每一期都不一样。"格言是一种陈述","不是对任何一般事理的陈述,而是对行动的陈述,说明有所为有所不为"。⑥ 郭实腊的刊头语,既是为突出每一期主旨,更是要借力打力,用中国的古训来教训中国人。第一期上的"人无远虑,必有近忧",就是其精心挑选。"家长式"的警告口吻,已不是《察世俗》"多闻,择其

---

① 黄时鉴:《东西洋考每月统记传序》,道光癸巳年六月,第 3 页。
② R. S. Britton,"The Chinese Periodical Press,1800-1912",载白瑞华:《中国近代报刊史》,第 217 页。
③ 刊物是六月创办的,七月与六月的完全相同,所以,在严格意义上,这是第二期。
④ 黄时鉴:《东西洋考每月统记传》,道光癸巳年八月,第 23 页。
⑤ 详参刘禾:《帝国的话语政治:从近代中国冲突看现代世界秩序的形成》,北京:生活·读书·新知三联书店,2009 年,第 52—63 页。
⑥ [古希腊]亚里士多德(亚里斯多德):《修辞学》,罗念生译,北京:生活·读书·新知三联书店,1991 年,第 111 页。

善者而从之"的苦口婆心。第三,他要以"展示事实"的方式来征服中国人。

"展示事实",就其欧洲渊源,属亚里士多德式的修辞手法,"根据事实进行论战,除了证明事实如此之外,其余的活动都是多余的"。① 为此,郭实腊创造了"展示事实"的方式——设置栏目并出以目录。《东西洋考》的栏目有些微变动②,其主干则十分稳定,分论、历史、地理和新闻。以"论"居首,自然是打算高屋建瓴以理念开道,为后面的文章做铺垫。这些文章大多是从不同角度反复述说大西洋国和大西洋人的状况,展示"学问不独在一国之知,倒也包普天下焉"③。"历史"紧随之后,符合中国人"六经皆史"的传统,同时可与"论"形成呼应。西洋各国学问与文化的源远流长,可证其辉煌灿烂丝毫不让于中国。"孰好学察之,及视万国当一家也。"④ 紧接着的"地理","可明知岛屿之远近,外国之形势,风俗之怪奇,沙礁之险,埠头之繁,好湾泊所等事"。借此让中国人了解"远人"之来历,不远万里到中国"通市"的不易,故"应以礼待之"。⑤ 最后是"新闻",有益于闻"远方之事务",俾使天下万国,"视同一家"⑥,同时也为历史和地理补上现实的"血肉"。

"分类就是赋予世界以结构。"⑦不难看出,郭实腊所构造的"东西洋",是由虚至实,从时间到空间,按照先叙往事再补近事的逻辑展开,形成"三明治"式的骨架——"地理"居中,一头顶着"历史",一头附着"新闻",将过去和现在、空间和时间汇聚一起。他的确是在"展示事实":"历史""地理"和"新闻",都属于确定不移的事实。他试图要展示的是一个动态的有内在关联的"东西洋"之事实:过去与现在因地理而得以共存,地理因历史和新闻具有了生命和动力。借此,东西洋与人也发生了关系:既是利益相关的关系,又是"考"与"被考"的关系。这为中国人提供了一种"西洋景观",更重要的是给予中国人一种新的观看和认识"天下"的方式。

《东西洋考》的栏目和目录设置,第一次为中国人提供了现代刊物的轮

---

① [古希腊] 亚里士多德:《修辞学》,第 148 页。
② 具体参黄时鉴:《东西洋考每月统记传》,第 37—49 页。
③ 黄时鉴:《东西洋考每月统记传》,道光癸巳年九月,第 33 页。
④ 同上书,道光癸巳年六月,第 4 页。
⑤ 同上书,道光癸巳年六月,第 7 页。
⑥ 同上书,道光癸巳年八月,第 28 页。
⑦ 齐格蒙特·鲍曼:《对秩序的追求》,邵迎生译,载周宪主编:《文化现代性精粹读本》,北京:中国人民大学出版社,2010 年,第 95—108 页,引见第 95 页。

廓及其理念。首先,刊物是为"展示事实"而不是播撒理念,史、地、新闻均切实可证,《东西洋考》就是"东西洋"的本来面貌。其次,事实归入栏目和目录,表明"东西洋"的事实(知识)是有条理和规则的。最后,历史、地理、新闻诸个栏目排开,过去与现在共在,历史和最新变动呼应,地理有了动感,"东西洋"具有一种现实节奏——与时间同步。如果这样的理解没有言过其实,那么,《东西洋考》的分类和栏目,是透过"展示事实"的规则和标准,提供了现代知识排列的基本样貌。这样一种知识秩序,不仅与中国"书"的知识体系截然不同,而且也必然形成挑战。这也就使得《东西洋考》除了媒介史上的开启性意义,还具有知识史和思想史的重要意义。戈公振所谓的,"我国言现代报纸者,或推此为第一种"①,也应该是放在这样的脉络中来理解。

对中国书籍最具威胁性的,恐怕就是内中的《东西史记和合》和"新闻"。《东西史记和合》一文的不同寻常也是最为荒谬之处,是将"东史"和"西史"按同样的历史分期上下对照编排。"东史是中国史,西史是其古史与英国王朝史。东史起自盘古开天地,迄于明亡;西史起自上帝造天地,迄于英吉利哪耳慢朝。"②该文努力通过时间轴使东史和西史对应,比如以"洪水之先"为名,将盘古开天与亚当及伊甸园,三皇纪与三子论(亚当的三个儿子)相互比照,以显示出东西史之"和合"。

《东西史记和合》据说是麦都思阅读中国典籍之所得,他是用一种"假设"的自然时间——年代学形式,把另一个空间与中国强行并列一起;同时通过空间的并置,消弭了时间——两种文化各自独具的不同经验和来历,"给它们加上原本没有的持存","粗暴地将它们相互同化"③,编织出一种具有可比性的"逻辑"。在让人观摩的同时,强迫进行着"较量","迫使世界在那些它仍然不知不识的问题上采取一定的态度,并因此拒绝或回避一种不知不识的状态"。④ 中国原有的"天下观"——由内到外、由中心到边缘的"天地差序格局"⑤秩序在较量中垮塌,同时被取消的还有中国书籍的知识

---

① 戈公振:《中国报学史》,北京:生活·读书·新知三联书店,1955年,第68页。
② 黄时鉴:《东西洋考每月统记传》,第6页,导言。
③ [法]福柯:《尼采、谱系学、历史》,王简译,载[法]福柯著,杜小真编:《福柯集》,上海:上海远东出版社,2003年,第146—165页,引见第154页。
④ 齐格蒙特·鲍曼:《对秩序的追求》,载周宪主编:《文化现代性精粹读本》,第99页。
⑤ 葛兆光:《中国思想史》(第一卷),上海:复旦大学出版社,1998年,第130页。

及其系统。这是一种"入侵",是一种特别的"入侵","旨在对世界全图中的空白进行填补"①。《东西洋考》因此"生产一种秩序,并且将这一秩序书写在野蛮或者堕落了的社会的躯体之上",以书写历史的名义,"纠正、制服或者教育这一历史"。② 道光乙未五月的《东西洋考每月统记传》上的首篇文章《论欧逻巴事情》,一出现就是这样的场景:法兰西人胡蕃与名为黄习的汉人为好友,"忽一日,黄来见胡,登堂看见地图,读其字看出欧逻巴号",遂向胡请教,胡一一道来,给从未迈出国门、"不知远国之形势"的黄习上了一课,终使之由惊讶而服气,"今多承指述,敢不心佩"。③

"多承指述,敢不心佩"的并非只有这一位黄习。在《东西洋考》的诸篇对话,如"子外寄父""火蒸船""侄外奉姑书""儒外寄朋友书""叔家答侄"等④之中,总是搭配两个角色:一个是见多识广,与洋人情意相洽;另一个必是孤陋寡闻,浅薄无知。前者意气风发,神情飘逸,对于海外种种奇闻异事、人情世故,滔滔不绝而又文雅得体;后者先是以颟顸自负出场,继之是全神贯注、如饥似渴地"听",最后或是"沉吟不语",或是如梦方醒,良久不肯起身。这实际上就是"东西洋考"的喻意,"考"只是证明,结论早就有了。郭实腊的这种虚构式叙事,吸取了马礼逊和米怜的一些技巧⑤,可是其叙事之关系,不再是《察世俗》的"张远两友"之情形,后者是在"梧桐"下,"枝叶茂阴甚浓"处,"月明","天色甚美"中两个朋友的促膝叙谈;《东西洋考》则是主从分明,教育者和被导引者角色一清二楚,看上去是东西方知识"和合",其实是使"后者在知识和文化上都要包含在西方兴趣之内"⑥。

"新闻"一词的汉语本义,实指街谈巷议、奇事异闻⑦,历来不登大雅之堂,是市井无赖,如《红楼梦》的甄士隐、《金瓶梅》的西门庆之流的日常用语,

---

① 齐格蒙特·鲍曼:《对秩序的追求》,载周宪主编:《文化现代性精粹读本》,第101页。
② [法]米歇尔·德·塞托:《日常生活实践 1.实践的艺术》,方琳琳、黄春柳译,南京:南京大学出版社,2015年,第233页。
③ 黄时鉴:《东西洋考每月统记传》,第171页。
④ 郭实腊所著的《大英国志》一书,也都是这样的对话体。其中愚昧闭塞的"李相公"受到海归"叶相公"的开启"茅塞",终"抱愧"告服。(参熊月之:《西学东渐和晚清社会》,北京:中国人民大学出版社,第92—93页)
⑤ 韩南:《中国近代小说的兴起》,第66页。
⑥ [美]J. J. 克拉克:《东方启蒙》,第296—297页。
⑦ 汉语中的"消息"和"新闻",本各有所指,不可混用。就我所见,对此分析最为透彻的是张达芝教授(《新闻理论基本问题》,西安:陕西人民教育出版社,1990年,第1—6页)。

在中国的"经史子集"中不可能有其踪迹。《申报》初始遭人鄙视,不能说与"新闻"的这种想象无关。《东西洋考》的"新闻",却是意在"缘此探闻各国之事","闻以广见识也"。① 这种由18世纪中产阶级发明的文化形式②,不仅颠覆了汉语"新闻"的含义,也祛了中国知识的"魅",表明现实变动的"新闻"(知识),具有与历史、地理等"经典"同等的重要性。此种置"新闻"与"史地"于同等位置的做法,契合刊物反映现实为本的取向,但绝不是中国书籍的路数。中国书籍基本是回头看,评注经典,最高境界是"为往圣继绝学"③,"新闻"以"新"(通今)为要,恰是其反面,可谓南辕北辙。正是在这样的认知图式中,"西方各国最奇之事"——新闻纸的历史及概貌,在《东西洋考》的"新闻"栏目中推出,首次呈现在中国人眼前,这就是中国历史上的第一篇新闻学专题论文《新闻纸略论》④。

《东西洋考》的中国读者读到此文,想必会是十分好奇和震动。我们无处查证该文的来源以及郭实腊登载该文的真实用意,能够揣测的或许有两点:第一,就其内容看,主要是为提供"新闻纸"的概貌,意在让中国人具体了解这一新媒介;第二,"新闻纸"固是西洋"技艺、科学和准则"的内容之一,但值得注意的是,郭实腊是在"新闻"栏目中刊载《新闻纸略论》,《新闻纸略论》成了"新闻"。在其第一期中,郭实腊也是于"新闻"栏中,通过两位虚拟的华人之口,将出版《东西洋考》这一"新闻"告知众人,由此或许可以触探到其内在的逻辑。《新闻纸略论》之所以具有"新闻"价值,不是"论"本身而是"论"中的"新闻纸",其具体对应物就是《东西洋考》。所以,《东西洋考》是《新闻纸略论》的中国近景,是具体实例;《新闻纸略论》是远景,是西洋众多的《东西洋考》之集聚。由此,新闻的重要,在"新闻纸"的繁盛中得以证明;西洋"新闻纸"的繁盛,又可以证明《东西洋考》之类的价值及重要性。虚与实互为烘托,"新闻纸"与新闻互为定义和强化,郭实腊在中国书籍的"卧榻之侧",引出一种全新的"媒介",嫁接起

---

① 黄时鉴:《东西洋考每月统记传》,道光癸巳年八月,第28页。
② [美]詹姆斯·W. 凯瑞:《作为文化的传播:"媒介与社会"论文集》,丁未译,北京:华夏出版社,2005年,第10页。
③ 以冯友兰先生的说法,这是一种被后世儒家传之永久的"以述为作"的精神,"经书代代相传时,他们就写出了无数的注疏"(《中国哲学简史》,北京:北京大学出版社,2013年,第42页)。
④ 黄时鉴:《东西洋考每月统记传》,道光癸巳年十二月,第66页。

另一个知识桥梁。

有材料证明,《东西洋考》确曾在中国人中间传播。①《海国图志》征引《东西洋考》共 13 期,达 24 篇文章,梁廷枏、徐继畬也都读过《东西洋考》。② 征引和引述,不仅是认可或部分认可了《东西洋考》,更是中国书籍对刊物"知识"的再生产,这在一定程度上表明刊物穿透了"书"的壁垒,介入了书籍内容的组织。因而,从"书"与"刊"的角度,《东西洋考》的影响不只是现代刊物样式的确立,更是重组了中国媒介格局和知识系统。难怪《中国丛报》评价说,"以定期方式传播有用的知识,在这个神圣帝国是从未有过"③。由此想到舒德森说的:"媒体的力量并不只是在于(甚至不主要在于)它宣告事实的力量,还在于它有力量提供宣告出现的形式。……世界被组合成一种毋庸置疑且不受关注的叙述惯例,并被理想化,它不再是讨论的对象,而成了任何讨论的根本前提。"④这应成为我们理解《东西洋考》的关键。

四、赖尔作南针:中土向无所有

1853 年的《遐迩贯珍》与 1857 年的《六合丛谈》,其总体框架和布局,依然是重西洋知识,依然是将神学和知识摆于前,新闻纪事类的内容置于最后。然而,《东西洋考》中"三明治式"的架构,在这两个刊物中已经不存,目录中大多直接亮出文章名,新闻也用"近日各报"("近日杂报")或"泰西近事述略"替代,现时性和世俗性更为明显,《遐迩贯珍》还开创了每期刊登"世界新闻"的先例。⑤ 韦廉臣说,《六合丛谈》"兼具报纸与杂志性质"⑥,虽然以此

---

① 黄时鉴:《东西洋考每月统记传》,第 25 页,导言;据《中国丛报》说,《东西洋考》传送到南京、北京和帝国的其他地方。见张西平主编,顾均、杨慧玲整理:*The Chinese Repository*,Vol. 3,No.4,Aug. 1834,第 197 页。

② 黄时鉴:《东西洋考每月统记传》,第 27—29 页,导言。

③ 张西平主编,顾均、杨慧玲整理:*The Chinese Repository*,Vol. 2,No. 5,Sep. 1833,第 242 页。

④ [美]迈克尔·舒德森:《新闻的力量》,刘艺娉译,展江、彭桂兵校,北京:华夏出版社,2011 年,第 50 页。

⑤ 松浦章:《序说:〈遐迩贯珍〉的世界》,载沈国威、内田庆市、松浦章编著:《遐迩贯珍——附解题·索引》,上海:上海辞书出版社,2005 年,第 5—14 页,引见第 6 页。

⑥ 转引自周振鹤:《〈六合丛谈〉的编纂及其词汇》,载沈国威编著:《六合丛谈·附解题·索引》,上海:上海辞书出版社,2006 年,第 159—178 页,引见第 161 页。

来说明《遐迩贯珍》似更为妥当。

目录翻新,就是一种征兆,证明举办者意在突出刊物的特点,中国书籍不再是先在的投影,尽管它们有时也还自称为书。《遐迩贯珍》是这样验明自己的"正身"的:

> 中国,除邸抄载上谕、奏折仅得朝廷举动大略外,向无日报之类。惟泰西各国,如此帙者,恒为叠见,且价亦甚廉。虽寒素之家,亦可购阅。其内备各种信息,商船之出入,要人之往来,并各项著作篇章。设如此方,遇有要务所关,或奇信始现,顷刻而西方皆悉其详。……俾得以洞明真理,而增智术之益。①

这个被《北华捷报》称为十分出色且"外柔内刚"的"序言"②,很值得我们注意。它以中西的两相比照作为总体思路:中国本"可置之列邦上等之伍",所惜者,至今"列邦间有蒸蒸日上之势,而中国且将降格以从焉"。原因只有一个,"总缘中国迩年,与列邦不通闻问"。除了邸抄"仅得朝廷举动大略外",再无其他渠道,不像泰西各国报刊盛行,"内备各种信息"。一边是"向无所有",一边是"恒为叠见",且"向无所有"与"降格以从","恒为叠见"与"蒸蒸日上",报刊与国家和文明的兴衰,在《遐迩贯珍》的笔下,竟是如此紧密相连,因果立判。这种功能主义的报刊观,作为现代性话语的一部分,首先就是由传教士输入中国。以刊物自己现身说法,《遐迩贯珍》应该算是头一个(几十年以后崛起于报坛的梁启超,高擎的旗号就是"报馆有益于国事")。正是在这样一番转折烘托之下,《遐迩贯珍》亮相,"吾屡念及此,思于每月一次,纂辑贯珍一帙,诚为善举"。从今往后,"列邦之善端,可以述之以中土,而中国之美行,亦可以达之于我邦。俾两家日臻于洽习,中外均得其裨也"。③ 第一期刊登的开题诗,多少可证其这一番心迹:

> 创论通遐迩,宏词贯古今。幽深开鸟道,声价重鸡林。妙解醒尘目,良工费苦心。吾儒稽域外,赖尔作南针。④

---

① 沈国威、内田庆士、松浦章编著:《遐迩贯珍》1853年第1号,第4—5页,序言。
② "A Chinese Monthly", *The North-China Herald*, No.160, Aug. 20, 1853.
③ 沈国威、内田庆士、松浦章编著:《遐迩贯珍》1853年第1号,第4—5页,序言。
④ 沈国威、内田庆士、松浦章编著:《遐迩贯珍》1853年第1号。

"创论通遐迩"和"赖尔作南针",若前句指的是刊物的内容,"南针"即是《遐迩贯珍》的媒介意象,是其所具的指引性意义。这种基调在《六合丛谈》中也是昭然。且看,"溯自吾西人""航海东来"已有 14 年,由于通商口岸有限,西人足迹不广,加上"言语"和"政教"不同,中国士民不能"尽明吾意",于是就有了"颁书籍以通其理,假文字以达其辞",以使"性情不至于隔阂,事理有可以观摩,而遐迩自能一致矣"①。此种"欲通中外之情,载远近之事,尽古今之变"的"书",在中国尚付阙如:

> 粤稽中国载籍极博,而所纪皆陈迹也,如六经诸子、三通等书。吾人皆喜泛览涉猎,因以观事度理,推陈出新,竭心思以探奥窔,略旧说而创妙法,惟在乎学之勤而已。②

"载籍极博","所纪"却皆是"陈迹",说的是内容,直指的是知识,遭否定的却是"籍"。这不是因"陈迹"来自"籍",而是"籍"本就属"陈迹"。这与李端棻所谓的"博古"大有不同。"博古"还是正面的,仍然具有存在的价值;"陈迹"只是以往的留存,毫无实际意义。因此,"推陈出新",首先要有新的"书","竭心思以探奥窔,略旧说而创妙法"之"书"。有新媒介才有新知识,媒介即为知识。

"向无所有"和"推陈出新",着眼的都是时间。这时间不同于《东西洋考》中的《东西史记和合》,后者不过挪用年代分期,将不同的东西重新切割,嵌入同一个空间,以便"和合"较量。《遐迩贯珍》和《六合丛谈》的新与旧,是将两个不同空间纳入同一个时间流程,表示其所处的不同阶段,是"上等列邦"和"降格以从"的"新"与旧。

新或新时代,在西方本是一个中性词,但到了 18 世纪末,"在工业革命和法国大革命促成的历史经验的加速增长的语境中","这个词明确地把这个观念的质的维度与它司空见惯的'中性'用法隔离开来",新与现代性合而为一。③ 恰如布鲁门伯格所言,"现代性是第一个和惟一一个把自己理解为

---

① 沈国威编著:《六合丛谈》1857 年第 1 号,第 521—522 页,《六合丛谈小引》。
② 同上。
③ [英]彼得·奥斯本:《时间的政治——现代性与先锋》,王志宏译,北京:商务印书馆,2004 年,第 24—27 页。

一个时代的时期,它在这样做的同时创造了其他时代"①。《遐迩贯珍》和《六合丛谈》中的新和旧话语,表达的正是这样的意思。于是,"中土""邸报"和"列邦""日报",就不是各自的社会和不同的传播实践,而是在同一个由"过去"向"未来"不断奔进过程中的两个不同时间段落。当《遐迩贯珍》等称自己为"新"——"中土向无所有"时,同时也就创造出了一个以书籍为代表的处处皆"陈迹"的中土。以此来看,稍迟些的宁波《中外新报》和上海的《中国教会新报》,索性在报名中直接嵌入一个"新"字,以示与"旧"区隔,其意义就不是一个报名的问题。当"新"如此获得自身历史的质的规定时,历史已"不是发生在时间当中,而是因为时间而发生"②。自1855年第2号开始,《遐迩贯珍》封二上一直固定不变的世界地图消失了,出现的则是"英年月闰日歌诀",同时还将公历一年中每个月的1日,与中国农历时间对接,其用意恐怕就是要表明,西邦和中土本就属于同一个时间序列。就这样,中国被锁定在了一个确定的时间和位置中,在日报"向无所有"的荒蛮之地,向报纸林立的繁盛前景踮脚眺望。

"新"与"旧"已然明确,再花笔墨做什么"考"就显得多余,《遐迩贯珍》要做的就是汇聚远近而来的"珠宝"③——"列邦"的"善端"活生生地摆在"中土"面前:地质、彗星、地球、政治制度、生物总论、身体略论、香港纪略、粤省公司,等等一一排开分别道来,"俾得以洞明真理,而增智术之益"④。如此这般,让中国人明了现今大势,自动辨析出何为"新",何属"陈迹":《西程述概》见到的是英国的"层楼寓馆,行客句留","火船火车,星掣电驰"⑤;《瀛海笔记》录下了英吉利"民物之蕃庶,建造之高宏,与夫政治之明良,制度之详偹"⑥。还有泰西诸国的"补灾救患普行良法"⑦"花旗国政治制度"⑧,

---

① 转引自[英]彼得·奥斯本:《时间的政治》,第27页。
② 同上。
③ "A Chinese Monthly",*The North China Herald*,No.160,August 20,1853,其原文是:United pearls gathered from far and near.
④ 沈国威、内田庆士、松浦章编著:《遐迩贯珍》1853年第1号,第4—5页,序言。
⑤ 沈国威、内田庆士、松浦章编著:《遐迩贯珍》1853年第2号,第12—14页,《西程述概》。
⑥ 沈国威、内田庆士、松浦章编著:《遐迩贯珍》1854年第7号,第84—86页,《瀛海笔记》。
⑦ 沈国威、内田庆士、松浦章编著:《遐迩贯珍》1854年第1号,第45—47页,《补灾救患普行良法》。
⑧ 沈国威、内田庆士、松浦章编著:《遐迩贯珍》1854年第2号,第52—54页,《花旗国政治制度》。

香港英占后的逐渐繁荣和有序(《香港纪略》①《本港议创新例》②《香港客岁户口册》③),当然,还有大量的中国内地之动乱和"每降日下"。由此,"览是篇者,计道里之非遥,揽关河以如绘,目悬岛屿,兴寄梯航;好风时来,高人行迈;翩翩群彦,爰集英邦,庶不负余握管而著此篇之深意也夫"④。

与此相应,"远人"的感觉慢慢淡去,"主人"的意识俨然生成,鸦片战争之后的情势变化,使传教士们有了精神舒展的傲然之态。《遐迩贯珍》的"序言",就是由西邦的"吾",面向中土的读者徐徐道来。这个"吾"(或"余"),或于文前点题,或在结尾加按,总是不断在刊物中闪现。《六合丛谈》更简便,在其创刊"小引"中,就直接标出"英国伟烈亚力书于沪城"。就一般意义言,"署名"是文责自负的一种表现,但是在这两份传教士刊物中,"署名"不仅有公开亮明身份的意味,更重要的是有意展示西邦"翩翩群彦"之风采。所以,这种"署名",不是"东西和合"意义上的"融入",而是"中与西"或"新与旧"对立意味上的"相交",是出于"盖欲人人得究事物之颠末,而知其是非,并得识世事之变迁,而增其闻见"⑤的灌输。"究颠末""知是非""识变迁""增闻见",均需"中土向无所有"的新媒介为"华夏格物致知之一助",足以显示中国"载籍"之无能和无效,"皆属陈迹"。

比之于《遐迩贯珍》,《六合丛谈》更像是拆分并按月出版的教材,与现实的流变没有太多瓜葛,倚重的是"学"——有条理、有系统的西洋知识⑥:化学、察地之学、鸟兽草木之学、测天之学,"最深者为微分法,以之推算天文,无不触处洞然矣"。还有电气之学,最后则是重学以及听视诸学,"皆穷极毫芒,精研物理"⑦。难怪有论者认为,《六合丛谈》这篇小引本身,就可称为"介绍西方近代科学的重要文献",其"上继明末清初徐光启、利玛窦、汤若望、南怀仁等人的西学东渐,下启清末自强运动中以江南制造局翻译馆和京

---

① 沈国威、内田庆士、松浦章编著:《遐迩贯珍》1853年第1号,第7—8页。
② 沈国威、内田庆士、松浦章编著:《遐迩贯珍》1854年第4号,第34—35页。
③ 沈国威、内田庆士、松浦章编著:《遐迩贯珍》1855年第5号,第184—186页。
④ 沈国威、内田庆士、松浦章编著:《遐迩贯珍》1853年第2号,第12—14页,《西程述概》。
⑤ 沈国威、内田庆士、松浦章编著:《遐迩贯珍》1854年第12号,第125页,《遐迩贯珍小记》。
⑥ 也正因如此,其在风格上,不如《遐迩贯珍》生动,也不像《东西洋考》那样庞杂,显得单一甚至呆板。
⑦ 沈国威编著:《六合丛谈》1857年第1号,第521—522页,《六合丛谈小引》。

师同文馆为代表的翻译事业"①。同样是从知识的视角,周振鹤先生将传教士的几份刊物做了这样的比较:"《东西洋考每月统记传》在科学方面主要是介绍地理学(包括天文学),但其内容主要是基础知识与各国概况的介绍。在《遐迩贯珍》中,则将地理学分成三个分支,并创造了一些新术语。《六合丛谈》则更进一步,将一整套的自然地理学理论及概念逐期连载,使读者相当完整地理解到当时西方地理学的最新成就。"②若从媒介学角度,或可说《东西洋考》以"展示事实"来展示"远人"面貌;《遐迩贯珍》是让"唐人"视角转向大洋,连向西方,"赖尔作南针";《六合丛谈》则以现代刊物的空间扩张性,截断中国固有的知识系统,平移入新类型的知识。

值得关注的是,《遐迩贯珍》和《六合丛谈》不仅进入了中国的文人圈,而且在其中起着连接和转化的作用。《遐迩贯珍》甫一开张,封面上即注明,"倘有同志惠我佳函,为此编生色者",祈送之指定之处。同时在《序言》中又吁请,"望学问胜我者,无论英汉,但有佳章妙解,邮筒见示"。③揆其实际,以"邮筒见示"的稿子似还不少。其英文目录列明,有十四篇来自投稿(连载按一篇算),其中出自中国人的有四篇④,实际上还要多,如:《上海新闻略》(1855年第2号),是一篇论说,来自上海;《戒打白鸽票略说》(1855年第9号),标明是:"归善县少爷送来";《圣巴拿寺记》一文注明来自南充刘鸿裁。《水不尅火论》(1854年第12号)为西人所撰,辩难"唐人"的五行之理。编者在该文后还特地做一说明,鼓励更多读者"勿吝笔墨",积极参与。以此见,刊物自称每月印三千本,"在本港、省城、厦门、福州、宁波、上海等处遍售,间或深入内土,官民皆得披览"⑤,未必全是虚言。《六合丛谈》还与墨海书馆相依靠,成为传教士和中国文人的交集之所。据考其时已构成了一个三层的华人关系网络:第一层是直接撰稿人和合作撰稿者;第二层是墨海

---

① 王扬宗:《〈六合丛谈〉所介绍的西方科学知识及其在清末的影响》,载沈国威编著:《六合丛谈》,第139—157页,引见139、140、155页。
② 周振鹤:《〈六合丛谈〉的编纂及其词汇》,载沈国威编著:《六合丛谈》,第159—178页,引见第162—163页。
③ 沈国威、内田庆士、松浦章编著:《遐迩贯珍》1853年第1号,第4—5页,序言。
④ 如《瀛海笔记》(1853年第7号)、《琉球杂记述略》(1854年第6号)、《日本日记》(1854年第11号),以及寄自金山的《砰非立金山地舆志》(1856年第3号)。
⑤ 沈国威、内田庆士、松浦章编著:《遐迩贯珍》1855年第1号,第141页,《论遐迩贯珍表白事款篇》。

书馆所雇翻译西书的士人；第三层则是与《六合丛谈》主要撰稿人（包括华人与洋人）多有往来者。① 此外，刊物上的文章及其西方知识的翻译，大多与中国士人合作，许多新词语的产生，就是中西士人共同参与的成果，而在这其中，中士的作用更甚于西士②，甚至还有四篇中国人署名的文章③（比《遐迩贯珍》多出三篇）。新媒介的制作和西学知识的生产，从西人独占变成中西联手。此种中西融合，在此后的《中国教会新报》中更为显著。其自称所创不过一载，"所收各处诗词问答论章诸信，除上海本处外，已有四十余位。阅其文意，皆才高学广、渊博通彻之辈，敬服敬服"④。有学者统计，在19世纪六七十年代，聚集在林乐知主持的《中国教会新报》和《上海新报》周围并与之有沟通来往的文人，即有近百人，而且主要是民间草根文人。⑤ 传教士的报刊就是这样一步步走进文人，渗入他们的日常生活，成为与书并重而不可缺少的"知识"媒介。最后，《六合丛谈》还是不同媒介的交汇之所，它将"地志新书""戒烟新书""新出书籍"等，作为正式内容而不是广告信息直接纳入版面。这种做法与之前刊物分期连载书籍的内容，有着完全不同的意义。连载与报道书籍出版，固然都可以扩大书籍的影响，但前者只是一个载体，是书籍的载体；后者则是提供了"通道"，借此可从这个点到达另一个点，构成了相互联结的交叠"网络"，形成知识生产和接收的多元机制。⑥

让传教士郁闷而又纠结的是，报刊传达新知本为传教，是图"种豆得瓜"，结果却适得其反。西学流行了，传教却没有什么进展。这虽然足以证明中国人对"报通今"——西洋报刊的接受和认可，但让慕维廉忍无可忍，"我们不能让杂志的出版证明杂志本身不利于我们所追求的事业的进展"。《六合丛谈》因此戛然

---

① 周振鹤：《〈六合丛谈〉的编纂及其词汇》，载沈国威编著：《六合丛谈》，第159—178页，引见第166页。
② 同上书，引见第167页。
③ 参《解题——作为近代东西（欧、中、日）文化交流史研究史料的〈六合丛谈〉》，载沈国威编著：《六合丛谈》，第28页。
④ 《请做文论》，《中国教会新报》第49期(1869年8月21日)。
⑤ 段怀清：《传教士与晚清口岸文人》，广州：广东人民出版社，2007年，第117页。
⑥ 如果把出书和出刊、印刷和编辑出版、西人口译和中士著述统统看成是知识生产的一个总体网络，墨海书馆就是结成这个网络的中心节点。以这样的网络思维看待墨海书馆，或许可以引申出新的启示和理解。

而止。① 随着 1860 年后墨海书馆停止出版科学书籍,书馆也就走到了尽头。墨海书馆的境遇,透露出晚清士人对于"刊"的一种想象和理解,反倒坐实了《六合丛谈》所谓"中国载籍""皆纪陈迹"的认定。由此看,本文开头提及的贾家三子之经历,是个人的命运,也预示"国"的未来。有"籍"而无"刊",就意味着失败,人如此,国亦然。两者如此这般的此消彼长,在"中土"确属"向无所有"。

五、结论

西来的"刊",遭遇中国的"书",虽非刀光剑影,却也是近身搏击,难解难分。

书与刊,是两种不同的媒介,代表着两种不同知识和文化。中国现代报刊的"发明",是以中国"书"为一端,西方"刊"为另一端的"互为中介",并就在这样的交集点上形成,从而侵入到本由中国书籍独占的知识生产领地。传教士或以"书"办刊,或以"刊"办书,或以"刊"代书的独特过程,顺应了中国人根深蒂固的"书"的观念,因而也在心理和认识上,奠定了中国人对新媒介——"刊"的基本理解。这固然使"刊"的出场少了一些障碍,却也模糊了"书"与"刊"本来应有的界线。

甲午后,"新知"成为中国民间创办报刊的正当理由,张扬的是"设报达聪"之大旗。② 在梁启超开列的"西学书目"中,赫然就有《中西教会报》《中西闻见录》和《万国公报》"③,刊物进入"书"的系列。后来维新一派所热衷的"时务""知新""国闻""湘学"等报名,显然也都是在"新知"或者学问的范畴内。媒介学角度的"中体西用",实就是承认"书"与"刊"的并存。④ 于是,为"新知"而后起的中国现代报刊,内地里不乏"书"的影子和书的精气神。如果美国在大众化报纸期间,形成了"故事型"和"信息型"两种报纸类型⑤,那么中国现代报刊,自发轫就属于"知识型",其特征是偏"时间",即注重系统性、条理

---

① 转引自《解题——作为近代东西(欧、中、日)文化交流史研究史料的〈六合丛谈〉》,载沈国威编著:《六合丛谈》,第 34 页。
② 康有为:《上清帝第四书》,载《戊戌变法》(二),第 85 页。
③ 梁启超:《西学书目表》,载《戊戌变法》(一),上海:上海人民出版社、上海书店出版社,2000 年,第 447—461 页。
④ 比如张之洞《劝学篇》中对于报刊地位的认定。
⑤ M. Schudson, *Discovering the News* (New York: Basic Books, 1978), pp.88–120.

性和教化作用①,由此奠定了其发生和演变的历史特殊性。后人习于将办报者与史家相比拟,或许也可以说明这一点。正因此,偏向"空间"——"所载多市井猥屑之事"②的新闻纸(如《申报》),就难以进入历史"主流"。③

"书博古"与"报通今",既承认了两者同属一体,平起平坐,也是对两种媒介的定性,更是对中国知识系统的重新认定。如果说,"刊"打破了书籍所主导的中国单一知识秩序及生产制度,那么,就可能为我们重新理解报刊和中国现代知识成长,乃至于中国现代国家的起源④提供一个全新的维度。葛兆光先生有一个关于西洋知识和晚清中国思想世界的论述,很精到也很全面,给了我很大的启发。他说,"西洋新知"要真正达到颠覆中国知识形态并且瓦解中国思想世界,必须在知识阶层世界中确立起三个支点:

> 第一是必须接受关于知识的新地图,即世界上有另一种或多种绝不亚于中国文明的文明独立存在,第二是确认这些文明从"体"到"用"有着另一个全然不同于中国知识与思想的体系,第三是可能真的有放之四海而皆准的真理,而这一真理可能不一定在中国。⑤

如果从这种基于认识论的知识接受和思想变更基础上,向前一步跨伸到思想知识的生产和传播,或许还可以将"知识的机构环境",作为"知识史一个必要部分"⑥纳入视野,并由此添加另一个支点,那就是组织和生产这个"新文明"的手段、机制及其方式。知识的扩展不是来自知识,知识不能繁衍自身。真正造就一个知识世界变动的,一定与一种知识生产组织方式而不仅是与阅读相关。"我们组织知识行为的方式,对于我们如何创造新的知识,如何吸取知识成为日常生活的道德和实际的导引,都是一个核心问题。"⑦

---

① "有客观而无主观,不能谓之报",梁启超在《敬告我同业诸君》中的这个说法很值得我们推敲。
② 〔清〕张之洞:《劝学篇》,《阅报第六》。
③ 《申报》在现有报刊史教科书中一直不是重点,也多少表明这一点。
④ 孔飞力:《中国现代国家的起源》,陈兼、陈之宏译,北京:生活·读书·新知三联书店,2013年。
⑤ 葛兆光:《中国思想史》(第二卷),上海:复旦大学出版社,2000年,第576—577页。
⑥ G. Lemaine et al., eds., "Perspectives on the Emergence of Scientific Disciplines" (1976),转引自彼得·伯克:《知识社会史(上卷):从古登堡到狄德罗》,陈志宏、王婉旎译,杭州:浙江大学出版社,2016年,第35页。
⑦ Ian F. McNeely, Lisa Wolverton, *Reinventing Knowledge: From Alexandria to the Internet* (New York: W. W. North and Company Ltd., 2008), p.xx, "Introduction".

现代报刊之前中国"组织知识行为的方式"主要出自两个系统：国家的和民间的。前者由国家主导，是主流意识形态的基本体现；后者属民间的自发行为，大多是对前者的补充而不是抗衡。传教士报刊的创办，恰是打破了这种一主一从的二元格局，成为第三种知识生产体制①，搅乱了中国的知识秩序，在政治和文化上催发了之后的动荡和变革。钱穆先生曾经说，西洋史和中国史不同，前者是可以分割的，后者则是五千年先后相承不可分割，"西洋历史如一本剧，中国历史像一首诗。……中间并非没有变，但一首诗总是浑涵一气，和戏剧有不同"②。中国历史的这种"浑涵一气"，是否与秦代的"书同文"而造就单一的书写系统——知识生产制度有关呢？假若"中国是一个文人国家，它的统一是基于文本传统。王朝来来去去，由于汉语典籍，是意义开放的脚本，使之即便在动荡年代也能保持着一个统一的中华文明的梦想"③，那么现代报刊的介入，第一次使自秦代以来永固不变的这种知识生产方式，遭受了动摇和断裂，这在中国历史上实属开天辟地。报刊就是这样成为"具有最强大力量的思想观念"，成为"人们可以寻求知识的方式的思想观念"④，成为中国现代文化和文明的新"发动机"⑤。晚清"书"与"刊"给予我们的提示是，一种新的"制度性媒介"⑥的格局，一定是与媒介制度化的动态过程相互伴随和转化的，从而产生"活生生的力量漩涡"，"粗暴地磨灭旧的文化形态"⑦，构成思想知识和社会变迁的动力。于是，从"书"与"刊"——媒介而不是内容的视角，也就自然成为理解中国"三千年未有之大变局"的一个新视角。库利说得好："当我们进入现代时代，除非我们理解那

---

① 关于这个"第三种知识生产体制"及其特征，还需要进一步研究和把握。它不属于国家，以市场为导向，生产者试图适应读者而不是反之；它是民间的但不是"小农式"的自发行为，而是有专门机构和宗旨，并形成类型化、标准化而非个性化生产；以趋新而不是持久为目标。后来的媒介业、出版业等都属于这一新兴的机制。就一般意义上，它们当然都属于大众媒介文化，但中国这些媒介与西方国家的又有所不同，既不是批判，也不是揭露，同样不是为娱乐，更不是纯粹为牟利，却是要分担书籍的职责——传播和灌输知识。
② 钱穆：《中国历史研究法》，北京：生活·读书·新知三联书店，2001年，第3页。
③ Ian F. McNeely, Lisa Wolverton, *Reinventing Knowledge*, p.26.
④ Ibid., p.xvii, "Introduction".
⑤ "发动机"一说受爱森斯坦的启发，她把印刷机看成是欧洲文化变革的动因。[美]伊丽莎白·爱森斯坦：《作为变革动因的印刷机》，何道宽译，北京：北京大学出版社，2010年。
⑥ 张灏：《中国近代思想史的转型时代》，《二十一世纪》1999年4月号。
⑦ 《麦克卢汉序言》，载[加]哈罗德·伊尼斯：《帝国与传播》，何道宽译，北京：中国人民大学出版社，2003年，第1页。

种方式,因为正是在这样的方式中传播革命为我们制造了一个新的世界,否则我们将一无所知。"①

当然,离开了鸦片战争、甲午河殇这样的背景讨论知识和媒介,有沦为凿空之论的危险。但同样需要警惕另一个倾向,即把新知识的传播,看成是"战争政治"或政治战争的简单而直接的后果,出现的仿佛是这样一幅图景:基于军事上的失败,中国人就不约而同地抬头看世界,低头觅新知。我认可雷蒙·威廉斯的说法,在政治和经济之外,要为社会加上另一个维度,这就是"传播","社会是传播的一种形式,通过这样的方式,经验得到叙述、分享、修正和保存"②。此种三足鼎立的架构,不仅可以化解政治、经济凌驾于传播的固有前提,更重要的是表明,三者之间是互为条件,互为构成的。③ 有人说,在国家社会变化的紧急关头,一定导致知识的重新发明。④ 在我看来,反之亦然:知识的发明和重组,必然也会催生国家和社会思想世界的摇晃不安。之后中国无论是温故知新还是推陈出新⑤,实都是这一新的知识生产和传播方式带来的结果,是中国知识阶层在接受"书"与"刊"交替转化的基础上,对"旧"与"新"的不断调适。

以这样的视野回望过去,我们也许需要重新理解历史上诸种媒介(水路交通、寺院庙堂、纸笔印刷、官学私学、修书藏书机构等)与知识、思想乃至于政治、经济制度变革的纠缠;站立在这样的基点眺望,从"书"与"刊"的碰撞中,我们提早窥测到了当今网络的模糊影子,似乎在遥远过去就感应到现正在发生的新的"媒介制度化"——"新媒介"与传统媒介之间的神经脉动和知识、社会场域的升腾翻滚。

"报纸于今最有功,能教民智渐开通"⑥,信哉斯言!

---

① C. H. Cooley, *Social Organization* (New York: Schocken Books, 1972), p.65.
② Raymond Williams, *Communications* (London: Chatto and Windus, 1966), p.18.
③ 按照迈克尔·曼的意见,社会本就不是一个整体系统,不存在一个单一的社会结构,而是"由多重交叠和交错的社会空间的权力网络构成的",这些网络是互动的但未必是一致的,也不是天生哪一个是主宰。相反,作为"达到人类目标的组织和制度手段",各自具有不同的属性和权力形态。由此,在时空情境变化的驱动下,呈现与之相应属性的权力网络,就有可能被人们选择,成为实现自己目标的手段。参《社会权力的来源》(第一卷),刘北城、李少军译,上海:上海人民出版社,2002年,第1—7页。
④ Ian F. McNeely, Lisa Wolverton, *Reinventing Knowledge*, p.xxi, "Introduction".
⑤ 罗志田:《温故可以知新:清季民初的"历史眼光"》,载罗志田:《裂变中的传承:20世纪前期的中国文化与学术》,北京:中华书局,2009年,第168—188页。
⑥ 兰陵忧患生:《京华百二竹枝词》,载路工编选:《清代北京竹枝词(十三种)》,北京:北京出版社,1982年,第125—126页。

"海国新奇妇有髭":晚清使西文献中有关妇人生须的"观察"与异文化想象

王宏超

一、"岂知妇女亦生须":晚清使西文献中有关西方妇人生须的记录

1. 张祖翼《伦敦竹枝词》

1933年农历正月的某天下午,朱自清去北京厂甸逛书摊儿。因为住得远,他"每年只去一个下午",时间虽短,但总颇有收获。这次,他花了三毛钱淘到了一本旧书,名为《伦敦竹枝词》,署名"局中门外汉"。当时知名的杂志《论语》向朱自清约稿,他就在《伦敦竹枝词》中选抄了数首发表,居然获稿费五元。朱先生得意地说:"这是仅有的一次,买的书赚了钱。"从稿费数目也可看出,此书颇具价值,朱先生果真慧眼独具。该书的价值在于,其为晚清中国人最早的海外见闻记录之一。经由朱自清先生的发现,此书终于重见天日,至今为学界所重。

作者"局中门外汉"是谁?朱自清先生未做考证,后来有关作者说法甚多,莫衷一是。直到钱锺书先生在其名文《汉译第一首英语诗〈人生观〉及有关二三事》的一个注释中,指出"局中门外汉"应是桐城文人张祖翼(1849—1917),此说后来渐成定论。[①] 张祖翼确实曾于1883年至1884年之间去英

---

① 钱锺书《汉译第一首英语诗〈人生观〉及有关二三事》注62说:"光绪十四年版《观自得斋丛书》里署名'局中门外汉戏草'的《伦敦竹枝词》是张祖翼写的,《小方壶斋舆地丛钞》再补编第十一帙第十册里张祖翼《伦敦风土记》其实是抽印了《竹枝词》的自注。"见氏著:《七缀集》,北京:生活·读书·新知三联书店,2002年,第161页。

国游历,但出国的原因、身份、笔名的来历,以及其他细节,都无史可考。此书包含百首竹枝词,记述了光怪陆离的英伦印象,颇能代表中西初识时期对于异文化的观感与想象。对于诸词所包含的意象和意蕴,学界多有研究,我感兴趣的是其中一首,记述了英国女子长胡子的现象:

> 自古须眉号丈夫,岂知妇女亦生须。
> 郎君俊俏年方少,颔下摩挲愧不如。①

作者在此诗下特意注释说:

> 泰西妇女多有生须者,其须与男子无异,然万中不过一二也。

张祖翼在书中虽有些许文化偏见,如称英人为"夷狄"("夷狄不知尊体统,万民夹道尽欢呼"),其宗教为"邪教"("七天一次宣邪教,引得愚民举国狂"),但整体而言,所述还算客观公正。但为何说"泰西妇女多有生须者"?据其描述的"其须与男子无异"来看,应不是有些女性体毛略盛的情况。

2. 张德彝《三述奇》

这也不是关于西方女性长胡须的仅有的记录,在同时期的西行文献中,此类的记录还有不少。更早且更为有名的记录者为张德彝(1847—1918),他是同文馆的学生,同治五年(1866)曾随斌椿、赫德(Robert Hart)游历欧洲,而此后他曾先后八次出国,留下了一系列以"述奇"为题的日记,共有七十多卷,两百多万字。1871年1月,张德彝作为翻译跟随崇厚出使法国,处理天津教案所引发的纠纷,这是他第三次出国,所以在这次出使过程中,他写了《随使法国记》,即《三述奇》。此书之所以有名,主要因为它是中国最早有关巴黎公社的记录。在此书中,张德彝曾有一则记录曰:

> 老妪生须,于此恒见之,长皆三四分。土人不以为奇,乃云须由天赐,以文其陋,趣甚。②

富有意味的是,张德彝是中国第一所外文学校同文馆的首届毕业生,且多次出国,他应该代表着当时中国人对西方理解的最高水准。但他的文字

---

① 张祖翼著,穆易校点:《伦敦竹枝词》,长沙:岳麓书社,2017年,第28页。
② 张德彝:《三述奇(随使法国记)》,载钟叔河编:《走向世界丛书》(修订本)(第二册),长沙:岳麓书社,2008年,第424页。

中,经常体现出华夷之别,对于西方虽有赞扬,却也经常流露出对于外国人的鄙夷和猎奇态度。

3. 袁祖志《瀛海采问纪实》

1883年4月,唐廷枢奉李鸿章之命出洋考察,随行的人员中有一位叫袁祖志(1827—1898),其根据出洋的观感写成《瀛海采问》《涉洋管见》《西俗杂志》《出洋须知》《海外吟》和《海上吟》等六种,曾在当时引起很大反响。在这些记录中,有几条关于西方女性生须的记载:

> 中土妇女必无须髯,泰西则妇女恒多鬈鬈满面。(《涉洋管见》)①

> 妇女生须,中土罕有,泰西各国则恒见之,不以为异,并造作妖言,谓乃上苍所赐,以文其陋。(《西俗杂志》)②

> 更惊凿凿具须髯,自上下下征面首。(《海外吟》中《西人妇》一诗)③

4. 王以宣《法京纪事诗》

1886年至1889年,跟随许景澄出使德法的王以宣,亦曾以诗歌的形式记录了在法国的经历和感触,1894年结集为《法京纪事诗》出版。王以宣也写了一首关于西方女性长胡须的诗:

> 海国新奇妇有髭,须眉巾帼实兼之。
> 从知史册书妖异,都是窥天测海辞。④

王以宣注释说:

> 妇人生髭,中土罕见,而彼都不为怪。千百人中间遇一二鬈鬈,或谓地气使然,或谓体气过旺,大抵肥蠢而毛皮重者,往往有之。⑤

就一般的常识来说,虽有女性体毛茂盛,似有胡须,但这仅为少有的情形,不至于像以上的记录这样多见。这些作者均是西方的"亲历者",大大增加了记录的"可信度",所以他们的记录与以讹传讹之传闻不能等同视之。

---

① 袁祖志著,鄢琨校点:《瀛海采问纪实》,长沙:岳麓书社,2017年,第34页。
② 同上书,第67页。
③ 同上书,第122页。
④ 王以宣著,穆易校点:《法京纪事诗》,长沙:岳麓书社,2017年,第55页。
⑤ 同上书,第55页。

那么,实情是否如他们所记述的那样呢?

二、异文化中的女人形象与社会集体想象物

1. 异文化中的女性形象

对异文化的认知,往往首先从外貌开始。顾彬提到:"1823年,柏林一条街上曾专门把两个中国文人作为展览品供人观赏,每个人只需花6毛钱便可以参观他们的尊容。"①这种形式颇具侮辱性,但表现出了人们对于异文化之人相貌的好奇。

在对异文化的认知中,对异文化中的女性形象的认知是重要的组成部分。德国汉学家顾彬说,欧洲知识分子对"异"的探索与他们对女人的探索是紧密相关的。从席勒开始,探索"异"和探索中国女人就有了密切的联系。如席勒(Friedrich von Schiller)的《杜兰朵·中国公主》就是通过女性形象来探索异文化。在19世纪通俗文学中,这两种探索之间的关系更加密切。② 为何女性是异文化认知中特别的对象? 在古代社会中,行使"观察"权力者往往是男性,所以他们自然也就特别关注异国情调的女性。

对于异国女人,主要会形成两种想象:一种是"性的愿望在幻想中的投影"③,这往往是文化征服者的一种变态心理。文化的征服,在征服者的心理上,也包含着对于异国女人的征服,把"落后文化"原始化,从而追求性的放纵。这种想象带有强烈文化中心主义和男权主义的立场,是许多文艺作品所体现的主题。④ 另一种则是神秘化、恐惧与厌恶。

中国古代对于异域女性,似乎有两种态度,一是赞美其漂亮,一是嘲弄其丑陋和怪异。唐代的诗歌中经常出现的胡女,一般都是以能歌善舞、美貌诱人的形象出现的。"胡人献女能胡旋"(元稹《胡旋女》),"卷发胡儿眼睛绿,高楼夜静吹横竹"(李贺《龙夜吟》),"女为胡妇学胡妆,伎进胡音务胡乐"(元稹《和李校书新题乐府十二首·法曲》)等皆是例证。唐代的酒肆中,也

---

① [德]顾彬著,曹卫东编译:《关于"异"的研究》,北京:北京大学出版社,1997年,第35—36页。
② 同上书,第7页。
③ 同上书,第123页。
④ 张英进:《美国电影中华人形象的演变》,《二十一世纪》2004年6月号。

常出现胡女,大概是店家以此来吸引顾客吧,或者就是胡人所开的酒肆。"落花踏尽游何处?笑入胡姬酒肆中"(李白《少年行》),"胡姬貌如花,当垆笑春风。笑春风,舞罗衣,君今不醉将安归"(李白《前有一樽酒行》)。唐代开放大气的环境,对于外来文化是尽情吸纳的,唐太宗李世民就说:"自古皆贵中华,贱夷狄,朕独爱之如一。"尽管唐代李氏亦有胡人血统,但其实也表现了唐代包容的气质。明清时期朝鲜会向朝廷进献美女,有关朝鲜美女的记载也有很多。①

另一态度就是对异域女性的嘲弄。西汉焦延寿《易林》中有语:"乌孙氏女,深目黑丑。"(《易林》卷二)汉代繁钦《明□赋》,仅残存14字:"唇实范绿,眼惟双穴。虽蜂膺眉鬒,梓……"钱锺书先生认为此赋是"嘲丑女者",名字或为《明女赋》。② 繁钦还有《三胡赋》:"莎车之胡,黄目深精,员耳狭颐。康居之胡,焦头折颎,高辅陷无,眼无黑眸,颊无余肉。罽宾之胡,面象炙猬,顶如持囊,隅目赤眦,洞颎仰鼻。"又说:"额似鼬皮,色象娄橘。"③虽说不尽是在说女性,但对于胡人的嘲讽之情跃然纸上。

早期使西文献中,也杂糅着这两种心理:一种是着力表现西方女性的美艳、肉欲、诱惑,一种则是对其进行他者化,着意于丑陋特征的描述。

2. 观察者的文化立场

保持着传统文化立场的读书人,走进异域,也常会用异样的眼光打量异邦,这时所借用的资源多来自本文化中对于"异常"现象的传说与想象。所以,他们的作品中光怪陆离、奇奇怪怪的不经之谈,以今人眼光来看,也就不奇怪了。清代福庆所作《异域竹枝词》的"绝域诸国"中,有一首如此写道:

国中成女不成男,神木胚胎化育含。
解道空桑传异事,盘瓠帝女只常谈。

作者的解语写道:

---

① 王一樵:《明代宫廷中的朝鲜妃子与交趾太监宫人》,载《紫禁城里很有事:明清宫廷小人物的日常》,北京:中信出版社,2018年。
② 钱锺书:《管锥编》(第三册),北京:中华书局,1979年,第1044页。
③ 费振刚等辑校:《全汉赋》,北京:北京大学出版社,1993年,第642页。

> 西海之中有女国焉,其人皆女。有神木一章,抱之则感而孕。有狗国焉,其妇端好,生男皆狗,生女皆人。①

其中对于异域充满神话色彩的记述,就借用了古代有关盘瓠的传说。张祖翼在《伦敦竹枝词》中,亦处处表现出自己华夏中心的文化本位主义,如最后的一首词曰:

> 堪笑今人爱出洋,出洋最易变心肠。
> 未知防海筹边策,且效高冠短褐装。②

署名檥甫所作的跋语中,也提到张祖翼此书"持论间涉愤激"。③

3. 社会集体想象物

在上引资料中,有一个值得注意的细节是,袁祖志《西俗杂志》中的文字,"上苍所赐,以文其陋"④,和张德彝《三述奇》中的说法很相似("须由天赐,以文其陋"⑤)。两处文字几乎完全相同,之间或存在直接联系,也即前者直接借用了后者的说法。这说明,一个文化对异文化的认知,个体观察者的立场和视角,往往受到观察者所从属的文化集体所影响,这种异文化形象,就是一种社会集体想象物。

比较文学中的形象学,聚焦于研究一个民族、国家文学中的他者形象,以及这种形象是如何被建构起来的。⑥ 在交通不太发达的古代社会中,他者形象往往是通过口耳相传的方式被想象和建构的,但在比较文学形象学

---

① 〔清〕福庆撰:《异域竹枝词》,载丘良任、潘超、孙忠铨、丘进编:《中华竹枝词全编》(第七册),北京:北京出版社,2007年,第628页。
② 张祖翼著,穆易校点:《伦敦竹枝词》,第30页。
③ 同上书,第31页。
④ 袁祖志著,鄢琨校点:《瀛海采问纪实》,第67页。
⑤ 张德彝:《三述奇(随使法国记)》,载钟叔河编:《走向世界丛书》(修订本)(第二册),长沙:岳麓书社,2008年,第424页。
⑥ 关于中国文学和文化中的他者形象的研究,已有成果如孟华:《中国文学中的西方人形象》,合肥:安徽教育出版社,2006年;张哲俊:《中国古代文学中的日本形象研究》,北京:北京大学出版社,2004年;蔡俊:《中国近现代文学中的洋人形象》,南昌:江西人民出版社,2013年;王汝良:《中国文学中的印度形象研究》,北京:中华书局,2018年。有关外国文学和文化中中国人形象的研究,已有成果如周宁:《天朝遥远:西方的中国形象研究》,北京:北京大学出版社,2006年;姜智芹:《镜像后的文化冲突与文化认同:英美文学中的中国形象》,北京:中华书局,2008年;杨昕:《〈朝天录〉中的明代中国人形象研究》,北京:社会科学文献出版社,2016年;谭渊:《德国文学中的中国女性形象》,武汉:武汉大学出版社,2017年;张英进:《美国电影中华人形象的演变》,《二十一世纪》2004年6月号等。

的研究中,更为重视的是有事实联系的对于异国形象的观察。法国比较文学学者基亚(Marius-François Guyard)在《比较文学》(*La Literature Comparee*,1951)中就强调形象学研究的是"人们所看到的外国"。① 外国形象不可避免地有想象的成分,但基于"看到"的前提而建构起来的外国形象,与真实形象之间的偏差、误读、变形等,则更能说明观察者主体的重要性,可以让我们看到,观察者在对他者观察之前所形成的"前见",是如何深刻地影响到了观察的结果。

三、神秘、畸形与猎奇:西方有关长须女人的记录与观念演变

在西方的文献中,是有关于女性生须的记录的。一种文化往往会对本文化中异质和反常的现象极为敏感,对于本文化群体中身体的反常和畸形,更是留心观察和记录。畸形人在古代文化中,往往是神秘和恐惧的象征,中国古代的巫师和术士,往往由身体异常者担任。

1. 畸形:神秘与恐惧

有学者指出,在西方的中世纪,畸形人代表着神秘、恐惧,是不祥的预兆,是恶魔的帮凶:

> 自最初的知识出现以来,畸人的剪影便将其怪异的阴影投射于人形之后。人类惧怕畸人,或对之顶礼膜拜。中世纪想象中的这些基督教化的表性形式根本无法改变这份古典遗产,它仅局限于将其整合入惩罚与罪孽的基督教牧歌之中。身体畸形成为畸人的主要标志,他要么是恶魔可怕的帮凶,要么是上帝派来显圣的使者,是其怒火的不祥预兆,是天庭全能的见证和尘世不幸的信使。②

2. 偷窥与猎奇

而在近代社会中,随着宗教社会的逐渐世俗化,包括现代医学在内的科学的发达,畸形人身上的神秘色彩逐渐褪去,这时出现了对于畸形人体的偷

---

① [法]马法·基亚:《比较文学》,颜保译,北京:北京大学出版社,1983年。
② [法]乔治·维加埃罗主编:《身体的历史(卷一:从文艺复兴到启蒙运动)》,张竝、赵济鸿译,上海:华东师范大学出版社,2013年,第286页。西方学界对于中世纪畸人的研究,见该书本页的注释四。

窥、猎奇心理：

> 畸胎学的历史表明了宗教对畸人形象的阐释是如何日渐世俗化的，取而代之的是对怪异、非常规和奇事永不餍足的渴求。畸形真正在欧洲流行起来是约 15 世纪末和 16 世纪初，尤其是在意大利和德国，这主要是因为印刷术的发展，及对奇闻轶事开始关注之故。当畸人离开了已知世界的边缘而萦绕于世界的中心之时，16 世纪某种狂热的好奇心推动着知识界去搜集有关畸人的故事和形象。①

而这种猎奇心理逐渐演化为商业化的表演、展览、出版物等，形成了所谓的"异域风情娱乐""病态的消遣""畸态商业"。在对于畸形人的猎奇之中，有不少有关生须女子的记载。如在 19 世纪下半叶的伦敦：

> 珍奇人种数量激增，以致无法进行普查统计。首都人一饱这些视觉饕餮，目睹了一支长着胡须的妇女队伍、一行巨型人、踏着汤姆·拇指"将军"的足迹走来的一个兵团的侏儒……②

3. 畸恋与性别身份

在 19 世纪后期的巴黎，有一位名叫于勒·瓦莱斯的人，"作为一名不懈的观察者，他看尽了出没于巴黎的集市、大街小巷、剧场，在帆布或木板搭建的马车或棚子里表演的各种畸形怪胎"，他写的一本名为《街道》(1866)的书，是"了解 19 世纪下半叶集市庙会的畸形人圈的信息主要来源"。③ 他之所以痴迷于此，是因为其年少时对一个长胡子的女人产生的懵懂情愫，他后来还看到了好几位这样的女人。瓦莱斯在《街道》一书中记述了他见到一位长胡子女人的场景：

> 他抬起脸，看着我，然后她说道："我就是那个长胡子的女人。"
> 我期待她的来访已经有好几天了，我相信到时见到的不会是个穿马裤的男人，然而在我面前的的的确确是个男人。我心怀惊恐打量这个如同戴了假面具的人；我不敢确认，在这副穿着短制服的老男人皮囊

---

① ［法］乔治·维加埃罗主编：《身体的历史（卷一：从文艺复兴到启蒙运动）》，第 287 页。
② ［法］让-雅克·库尔第纳主编：《身体的历史（卷三：目光的转变：20 世纪）》，孙圣英、赵济鸿、吴娟译，上海：华东师范大学出版社，2013 年，第 153 页。
③ 同上书，第 146 页。

下有着一颗曾经别人跟我描述过的多情女子的心……这居然就是传说中的她!不管怎样,一听到那尖细的嗓音,一看到那摸着胡子的肤如凝脂的手,就会猜到这个人的性别。……我把这个怪人带到我家。他还是她?(该怎么称呼?)她或他在我对面坐下来,给我简单地讲述了一下他(她)的故事。①

就如论者所言,瓦莱斯的这种畸恋,暗含着的是"长胡子的女人是19世纪想象中畸形与色情兼而有之的主要形象"②。这种人体特征的混乱,其实是对于性别身份的模糊和反叛。

本文的任务并不在分析人体特征混乱背后的文化内涵,只是通过这一事例来证明女子生须是确有的事实。而这种事实是文化中的"畸形"和异常事实,一直处于文化的边缘。

《留胡须的女人——玛格达莱娜·文图拉和她的丈夫》,朱塞佩·德·里贝拉作,西班牙托莱多的莱尔玛·德·卡萨公爵基金会藏。乔治·维加埃罗主编:《身体的历史(卷一:从文艺复兴到启蒙运动)》,第310页附图。《身体的历史》有关此图片的解说:"留胡须的女人玛格达莱娜·文图拉时年52岁,正在给新出生的孩子喂奶。看着她的这副模样令人颇为困扰。性别、年龄、身体功能都是混淆不清;这个怪物的身体有种独特的力量,可摧毁常人的感知模式。"③

---

① [法]让-雅克·库尔第纳主编:《身体的历史(卷三:目光的转变:20世纪)》,第157页。
② 同上。
③ [法]乔治·维加埃罗主编:《身体的历史(卷一:从文艺复兴到启蒙运动)》,第310页附图旁注。

拉维尼娅·冯塔纳:《安托尼耶塔·贡萨鲁斯的肖像》(1594—1595)。乔治·维加埃罗主编:《身体的历史(卷一:从文艺复兴到启蒙运动)》,第310页附图。《身体的历史》有关此图片的解说:"佩特鲁斯·贡萨鲁斯的女儿安托尼耶塔·贡萨鲁斯从其父亲那儿遗传了特殊基因。16世纪末,她成了欧洲各国宫中各色人等争睹的对象,其中既有想把她添至保存大量这类巴洛克风格肖像的珍奇屋中的人,也有像阿德罗万蒂之类的学者。"①

明信片《关注政治的德莱夫人》(1910)。阿兰·科尔班主编:《身体的历史(卷二:从法国大革命到第一次世界大战)》,第160页后附图。《身体的历史》有关此图片的解说:"那些本无任何差别的市镇村庄,有时即使没有罗马式教堂也能因有畸形人的存在而自豪。在乡村间与畸形人的偶然邂逅,对国内的旅游者来说,更是极具诱惑力。"②

---

① [法]乔治·维加埃罗主编:《身体的历史(卷一:从文艺复兴到启蒙运动)》,第310页附图旁注。
② [法]阿兰·科尔班主编:《身体的历史(卷二:从法国大革命到第一次世界大战)》,杨剑译,上海:华东师范大学出版社,2013年,第160页后附图。

四、"你面上有须,明明是个妇人":中国古代文献中有关妇人生须的记载及其文化内涵

他者形象是一个文化的社会集体想象物,除了受到现实因素的影响,还受到本土文化传统的影响。有关西方女性生须的描述,明显就受到了传统文化中有关妇人生须记录的影响。中国史籍中有关妇人生须的记载史不绝书,或用以描述蛮夷之貌,或用以暗示灾异之兆,或用以呈现报应之果,或用以彰显祥瑞之象,或为文学中的乌托邦想象。总之,都可归为中国人对于本文化中"异质"因素的描写。

一个文化体并非铁板一块,其中存在着各种文化元素。在主流的文化之外,存在着边缘文化和群体,在掌握文化话语的主流群体看来,这些边缘文化就是本土的他者。在主流文化的叙述中,本土他者往往会被陌生化、妖魔化、污名化,对本土他者的肯定,也往往是因为其体现了主流文化的某些特征而已。有关妇人生须的描写,就属于这类本土他者的文化现象。

1. 怪异之象

关于妇人生须,如王以宣诗中所言,"史册"有此类记载,但多以"妖异"之事视之。如明代陆粲的《庚巳编》中,有"妇人生须"条,提到了妇人长胡须的两个例证:

> 弘治末,随州应山县女子生髭,长三寸余。见于《邸报》。

> 予里人卓四者,往年商于郑阳,见人家一妇美色,颔下生须三缭,约数十茎,长可数寸,人目为三须娘云。①

或是因为此事之不同寻常,于是被专门刊载上了古代的官方报纸《邸报》,或也因此而广被传播。这两件奇事,被诸多史籍、笔记以及文学作品转述,散见于下面的著述:

明代:唐锦《龙江梦余录》卷四;王世懋《二酉委谭》;沈德符《敝帚轩剩语》卷上、《万历野获编补遗》卷四;谢肇淛《五杂俎》卷五;陈继儒

---

① 〔明〕陆粲撰,谭棣华、陈稼禾点校:《庚巳编》,北京:中华书局,1987年,第37页。

《偃曝余谈》卷上;李乐《见闻杂记》卷一一;吕毖《明朝小史》卷一〇。

清代:褚人获《坚瓠集》续集卷一;查继佐《罪惟录》志卷三;王初桐《奁史》卷三一;梁玉绳《瞥记》卷四;赵吉士《寄园寄所寄》卷五;孙之騄《二申野记》卷三;等等。①

古人因信仰"天人感应"之说,而特别注意世间异常之事,常会附会地谈论有关异常事件背后的隐秘内涵。古人也非常关注异常之人,以为这些人身上有神秘与特异的功能,比如说古代的巫师,候选人常会在身体异常或残疾的人群中寻找。有关女人长胡须事件背后的内涵,上引著述似乎没有过度发挥,但从数量众多的转载量可以看出,中国古人对于这种事件的敏感与不安。

2. 蛮夷之貌

中国古代典籍中与女人有须相关的记载,大概以《山海经》中所记的"毛民之国"为最早。《山海经·海外东经》曰:

毛民之国在其北,为人身生毛。一曰在玄股北。

《山海经·大荒北经》亦曰:

有毛民之国,依姓,食黍,使四鸟。禹生均国,均国生役采,役采生修鞈,鞈修杀绰人。帝念之,潜为之国,是此毛民。

关于"毛民之国"的记录,大概是先民关于远古时代原始人类特征的记忆留存。郭璞对这段话注释曰:

今去临海郡东南二千里,有毛人在大海洲岛上,为人短小,而体尽有毛,如猪能(熊),穴居,无衣服。晋永嘉四年,吴郡司盐都尉戴逢在海边得一船,上有男女四人,状皆如此。言语不通,送诣丞相府,未至,道死,唯有一人在。上赐之妇,生子,出入市井,渐晓人语,自说其所在是毛民也。

毛民之国,人人"体尽有毛",且男女"状皆如此"。虽没说女人也有胡须,但至少说明那里的女人也是体毛茂盛的。值得注意的是,《山海经》把

---

① 〔明〕刘忭、沈遴奇、沈儆垣撰,陈国军点校:《续耳谭》,北京:文物出版社,2016年,第468页。

"毛民之国"归入"海外",即是将之视为外来的"异文化"。《山海经》被称为"古今语怪之祖",这类夸饰之事自不能以正史看待,但其中却包含着古人对于异文化的某种认知。这种文化的"集体无意识"会在此后的历史中,长久地留存。

在后来的文献中,西方之人经常被描述为具有多毛的特征,如隋萧吉的《五行大义》卷五《论人配五行》曰:

> 西方高土,日月所入,其人面多毛,象山多草木也。①

3. 祥瑞之象

有关妇人生须的记载,最有名的大概就是唐代李光弼的母亲。《旧唐书·李光弼传》:

> 母李氏,有须数十茎,长五六寸,以子贵,封韩国太夫人,二子皆节制一品。光弼十年间三入朝,与弟光进在京师,虽与光弼异母,性亦孝悌,双旌在门,鼎味就养,甲第并开,往来追欢,极一时之荣。

《新唐书·李光弼传》曰:

> 母李,有须数十,长五寸许,封韩国太夫人,二子节制皆一品。

这则资料在后来被广为转载,流传甚广。《鸡肋编》载:

> 唐李光弼母亲有须数十茎,长五寸。②

明代张岱《夜航船》明确说:

> 妇人有须:李光弼之母李氏,封韩国太夫人,有须数茎,长五寸,为妇人奇贵之相。③

在中国古代,一直存在着"有奇相必有奇福"的观念④,所以韩国太夫人生须之貌,必然也是"奇贵之相"。《静志居诗话》亦提到:

---

① 萧吉撰:《五行大义》,南京:江苏古籍出版社,1988年,第306—307页。
② 转自〔清〕王初桐纂述、陈晓东整理:《奁史》(二),北京:文物出版社,2017年,第483页。
③ 〔明〕张岱著、李小龙整理:《夜航船》,北京:中华书局,2012年,第256页。
④ 褚人获撰:《坚瓠集》(壬集卷之四),载上海古籍出版社编:《清代笔记小说大观》(二),上海:上海古籍出版社,2007年,第1436页。

孙文恪妇人杨氏有髯,年过百龄。①

4. 文学乌托邦

另一个有趣的例子是清代李汝珍的小说《镜花缘》。在《镜花缘》第三十二回中,记述了一个"女儿国",但此女儿国与《西游记》中的女儿国有所不同。国中人并非仅有女子,其实也有男人,但此女儿国与正常国家所不同的是男女角色称呼颠倒:

> 男子反穿衣裙,作为妇人,以治内事;女子反穿靴帽,作为男人,以治外事。男女虽亦配偶,内外之别,却与别处不同。②

若只是男女角色颠倒,倒是类于母系社会,但此处男女容貌亦是颠倒,女子有须,而男子无须:

> 唐敖看时,那边有个小户人家,门内坐着一个中年妇人:一头青丝黑发,油搽的雪亮,真可滑倒苍蝇;头上梳一盘龙鬏儿,鬓旁许多珠翠,真是耀花人眼睛;耳坠八宝金环;身穿玫瑰紫的长衫,下穿葱绿裙儿;裙下露着小小金莲,穿一双大红绣鞋,刚刚只得三寸;伸着一双玉手,十指尖尖,在那里绣花;一双盈盈秀目,两道高高蛾眉,面上许多脂粉。

行文至此,小说话锋一转:

> 再朝嘴上一看,原来一部胡须,是个络腮胡子!看罢,忍不住扑嗤笑了一声。

原来,这里的"女人"都是长胡须的。

> 那妇人停了针线,望着唐敖喊道:"你这妇人,敢是笑我么?"这个声音,老声老气,倒象破锣一般,把唐敖吓的拉着多九公朝前飞跑。那妇人还在那里大声说道:"你面上有须,明明是个妇人;你却穿衣戴帽,混充男人!你也不管男女混杂!你明虽偷看妇女,你其实要偷看男人。你这臊货!你去照照镜子——你把本来面目都忘了!你这蹄子,也不

---

① 转自〔清〕王初桐纂述,陈晓东整理:《奁史》(二),第483页。
② 〔清〕李汝珍著,张友鹤校注:《镜花缘》,北京:人民文学出版社,2012年,第220页。

《镜花缘》第三十二回《访筹算畅游智佳国　观艳妆闲步女儿乡》插图(局部)①

怕羞！你今日幸亏遇见老娘；你若遇见别人，把你当作男人偷看妇女，只怕打个半死哩！"……

此中叙述，颇有些后现代女性主义的色彩，颠倒角色，同时也颠倒形貌。"你面上有须，明明是个妇人"一句，极具反讽和解构的意味。小说接下来的部分，对于女人的胡须还有很多的细节描述：

> 内中许多中年妇人，也有胡须多的，也有胡须少的，还有没须的，及至细看，那中年须的，因为要充少妇，惟恐有须显老，所以拔的一毛不存。

> 唐敖道："九公，你看，这些拔须妇人，面上须孔犹存，倒也好看。但这人中下巴，被他拔的一干二净，可谓寸草不留，未免失了本来面目，必须另起一个新奇名字才好。"多九公道："老夫记得《论语》有句'虎豹之鞟'。他这人中下巴，都拔的光光，莫若就叫'人鞟'罢。"唐敖笑道："'鞟'是'皮去毛者也'。这'人鞟'二字，倒也确切。"多九公道："老夫才见几个有须妇人，那部胡须都似银针一般，他却用药染黑，面上微微还

---

① 〔清〕李汝珍著，张友鹤校注：《镜花缘》，第223页。

《镜花缘》第三十三回《粉面郎缠足受困 长须女玩股垂情》插图(局部)①

有墨痕,这人中下巴,被他涂的失了本来面目。唐兄何不也起一个新奇名字呢?"唐敖道:"小弟记得卫夫人讲究书法,曾有'墨猪'之说。他们既是用墨涂的,莫若就叫'墨猪'罢。"多九公笑道:"唐兄这个名字不独别致,并且狠(很)得'墨'字'猪'字之神。"二人说笑,又到各处游了多时。

作为"于学无所不窥"的文人,李汝珍掉书袋式地把古书中的奇闻异事写入小说。其中所写的几十个国家,大多本于《山海经》。不过女儿国只是借用《山海经》"女子国"之名,自己虚构创作的成分居多。同时,"读书不屑章句帖括之学"的李汝珍,做官似乎也不甚得意,《镜花缘》中颇多类似乌托邦式的想象,或就是对于现实的批判。女儿国就是一个以异文化为取向的乌托邦世界。

古人对于异文化,或是自身文化中的"异"因素,都是十分好奇和敏感的。但往往会因"异"而产生神秘感,这种神秘感有时会因向往而转化为新鲜感,而产生猎奇心理;有时则会因陌生而产生恐惧感,从而形成排斥心理。

妇人生须,是一种"异常"现象,史籍中的有关记载,或把这种现象归因为异文化,或认为是本文化中的异常因素,或在文学作品中通过虚构异于现

---

① 〔清〕李汝珍著,张友鹤校注:《镜花缘》,第230页。

实的异常世界,对现实进行反讽。无论何种情况,最后都落脚于"异",即为本土他者。尽管有时也以祥瑞之象视之,但人们对其态度整体上是神秘、恐惧、厌恶、嘲讽的。对这些现象虽有所谓的"观察"实录的确证,但大多是通过口耳相传而广为人知的,各种史料之间,常常进行渲染式转述。这其实也符合传统社会中信息传递的特点,恐怖、新奇、侠义、色情等信息,非常容易通过谣言加以传播,在信息传播过程中,转述者又会对原有信息加以改造处理,使其更能吸引人的注意。这些信息本身即包含着社会集体想象的成分,通过传播与渲染,信息中包含的集体想象又会得到强化和巩固。

五、眼见为实?——跨文化交往中的他者与异文化想象

如果说,古人对于异文化形象的描述,往往是因为缺乏直接的经验而离题千里,和现实有巨大差异。但在这里,两个中国人都是对西方国家有亲身的经历,又缘何认为西方妇女长胡子呢?

1. 意识形态与乌托邦

不同文化之间的交流,往往交织着真实与想象、理智与情感等诸多复杂的因素。在不同的历史语境中,如何看待异文化中的人和物,尤其涉及自我与"他者"的关系问题。法国学者巴柔就曾说:

> 一切形象都源于对自我与"他者",本土与"异域"关系的自觉意识之中,即使这种意识是十分微弱的。因此,形象即为对两种类型文化现实的差距所作的文学的或非文学,且能说明符指关系的表达。①

中西文化之间,虽往来渊源久远,但实质性的沟通和了解,却是晚近的事。在近代早期,中西间的互动渐多,但彼此间的印象却混杂着历史中遗留下来的想象和现实中近距离的某些印象,显得光怪陆离。

对异文化的印象,是一种"社会集体想象物",表现的是特定时期一个文化整体对于"他者"的认知。这些异文化形象往往不是基于现实的基础,而多由想象性的创造而起。又因为这些形象是"集体"的想象,所以形象一旦

---

① [法]达尼埃尔-亨利·巴柔:《从文化形象到总体想象物》,载孟华主编:《比较文学形象学》,北京:北京大学出版社,2001年,第121页。

建立,就会在文化中根深蒂固地存在,很难轻易改变或抹去。

保罗·利科曾讨论过关于想象建构的要素,与主客体有关:

> 在客体方面,是在场和缺席轴;在主体方面,是迷恋和批判的意识轴。①

文化间对于"他者"的认知,尽管取决于主客体两个因素,实则主体的因素更为重要。而主体因素的两轴就是"迷恋和批判","迷恋"体现的是对异文化的向往和喜欢,而"批判"体现的是对异文化的批判和反对。由此形成了保罗·利科所说的社会想象实践的两种模式:意识形态与乌托邦。

> 凡按本社会模式、完全使用本社会话语重塑出的异国形象就是意识形态的;而用离心的、符合一个作者(或一个群体)对相异性独特看法的话语塑造出的异国形象则是乌托邦的。②

意识形态的模式是维护现实、批判异文化,所塑造出来的异文化形象往往是丑化的、怪异化的;乌托邦的模式是批判现实、追慕异文化,所塑造出来的异文化形象往往是美化的、理想化的。

古代中国对于外族往往以蛮夷视之,"中国也,天理也,皆是阳类;夷狄也,小人也,皆是阴类"(《新刊大宋宣和遗事》)。所以古代中国人对于外国人容貌的描绘,尽管多有夸饰和赞美,但也常有异人异貌式的记述。近代以来,随着西方人伴随武力入华,中国人对于西方人,除了猎奇的心理之外,还增加了恐惧和排斥的心理。当这种恐惧和排斥诉诸文字和描述时,外国人的形象也就逐渐怪异和反常化了。

近代早期对于西方人形象最为有名的描述莫过于林则徐,这位当时处在中外关系第一线的知识分子认为,西方人"无他技能,且其浑身裹缠,腰腿僵硬,一仆不能复起,不独一兵可以手刃数敌,即乡勇平民竟足以致其死命"。这类把西方人异化或妖化的事例在近代所在多有,所以,这类西方女人生须的说法也就开始大肆流行了。

---

① [法]让-马克·莫哈:《试论文学形象学的研究史及方法论》,载孟华主编:《比较文学形象学》,第26页。
② 同上书,第35页。

2. 错认男女：对他者的"想象"

本文并不能证实张祖翼等人所提到的西方女性生须是否属实，但由于文化之间的陌生，种族之间相貌的差异，在文化交往初期，错认男女的事并非不可能发生。在许多早期使西资料中，都有类似于混淆性别的记载。如张德彝曾随之出使法国的斌椿，在其《海国胜游杂咏》中写道：

> 青衫短短发垂丝，跣足科头一样姿。
> 郎已及笄侬未冠，谁能辨我是雄雌？

作者自注：

> "男蓄发多无髭，女赤足不施簪珥，戴笠，真莫辨雄雌也。"①

又如晚清民国时期的许南英，在《新加坡竹枝词》中写道：

> 女儿装束学男儿，变格文章夺目奇。
> 可是酒阑人静后，衾裯始得辨雄雌。

作者自注：

> "有妓名吴玉，年二十余，作男装，居然一美丈夫。"②

又如清代邓尔琪所作《暹罗竹枝词》，其中有词曰：

> 蓬头跣足粉慵施，断发原来自少时。
> 不是嫣然回首笑，几番错认作男儿。③

以上数例主要是把女人错认为男人的情况，足以说明文化接触初期，种族之间的陌生感足以造成认知的差异。如果说这些事实还不能说明问题的全部，那么下一条资料则完全可以说明关于他者的认知中，主观的想象因素的重要性。

美国传教士、外交官何天爵（Chester Holcombe，1844—1912）曾旅居中国十几年，回国后于 1895 年出版了《本色中国人》（*The Real Chinaman*）

---

① 〔清〕斌椿撰：《海国胜游杂咏》，载丘良任、潘超、孙忠铨、丘进编：《中华竹枝词全编》（第七册），北京：北京出版社，2007 年，第 669 页。
② 许南英撰：《新加坡竹枝词》，载《中华竹枝词全编》（第七册），第 694 页。
③ 〔清〕邓尔琪撰：《暹罗竹枝词》，载《中华竹枝词全编》（第七册），第 740 页。

一书,其中提到中国人对西方女性的一个普遍性的印象,就是西方女人长胡子:

> 在中国,有很多人认为,不但西方的男子有胡须,就连女人也长胡子。①

何天爵提到了一次自己在中国的经历,1874年秋天,他和两位美国的男性朋友在中国内地某个地方游历,其中一位朋友留着"一撮胡子,很浓密,在胸部那里自由地飘荡"。这位典型的男人形象,却引起了沿途中国人的"误解和谈论"。而原因是:

> 原来,人们都以为他是一个女性,并且是我的夫人。当我们得知这一情况后,感到十分吃惊。不过,在我看来,这种误解是没有道理的。虽然那位美国人的个子非常矮小,但是,除了这一点外,他浑身没有一点女性的特征啊!有个城市,大约有十万人左右。当我们路过那里的时候,几乎全城的人,都赶来观看我的那位美国朋友了。这时候,我无意中听到了两个人的对话。这是两位比较质朴的居民,只听第一个叫阿山的人,走在大街上,在背后指着我的那位同伴说:"那,一定是个女人。""他还有胡子了,"另一位接着回答,"所以,一定不是女人。""哼!你太没见过世面了。"阿山接着说,"在他们那里,与男人一样,女人也是长胡子的。"阿山说话时的神态,显出一副知识渊博的样子。他的邻居居然很佩服他。就此,两个人的谈话宣告结束。②

这一事件尤其值得注意的是,在面对面的"观察"中,中国人发现西方"女人"是长胡须的,其真相是中国的"观察者"把西方的男人当作了女人。由此也可以解释以下的疑问:何以张祖翼、王以宣等人身在西方,却还是能得出西方女人长胡子的结论?因为观察者主体的某些观念会支配其看到的结果。

就像何天爵所说:

> 目前我们所拥有的关于中国的知识,不是从事实中求得的,而是从

---

① [美]何天爵:《本色中国人》,冯岩译,南京:译林出版社,2014年,第122页。
② 同上书,第122—123页。

想象和猜测中得来的。①

其实,在近代初期,中国人对于西方的知识,也多从"想象和猜测"中得来,就算是面对面的时候也是如此。这种对于外来形象的建构,也说明了异文化形象的虚构性和集体性的特征。异文化的形象是对"他者"认知的一部分,这种认知往往不会因为直接的接触而轻易改变,哪怕是"亲眼"所见。从中也可以看出,文化间的互相理解和认知,并不会随着物理距离的拉近和交往密度的加强而增进,而关键在于作为主体的"观察者"的眼界和心态。

---

① [美]何天爵:《本色中国人》,第4页,"前言"。

周瘦鹃与《半月》杂志
——"消闲"文学与摩登海派文化,1921—1925①

陈建华

一、《半月》与"新""旧"文学之争

《半月》是周瘦鹃第一本独立主编的杂志,其产生背景直接关乎20世纪20年代初发生的对于中国现代文学至关重要的"新""旧"文学之争。1921年1月上海文坛名片《小说月报》改由沈雁冰(即茅盾)主编,一变而为新文学运动的前哨阵地,同时周瘦鹃主编的文学副刊重镇《申报·自由谈》也推出《自由谈小说特刊》,以引领文学新潮为标榜,由是对冲而引发争论,众多的作者与报纸杂志参战。新文学方面,茅盾之外有郑振铎、郭沫若、成仿吾和鲁迅,报纸杂志有《文学旬刊》《晨报副刊》与《创造周刊》等。旧派也被称作"鸳鸯蝴蝶派"或"礼拜六派",则有包天笑、胡寄尘、徐卓呆、袁寒云等,刊物包括《礼拜六》《星期》《晶报》《红杂志》《最小》等。争论中唇枪舌剑,硝烟弥漫,谈不上协商或讨论,却不乏挖苦与谩骂。袁寒云嘲笑新改版的《小说月报》,说送给酱鸭店老板,还嫌"太臭"。② 郑振铎指斥旧派文人为金钱写作,是"文丐""文娼"。③

谩骂背后含有各自对社会与文学的不同期待与发展空间,其实是文学

---

① 本文是国家社科基金项目"周瘦鹃全集整理与研究"(15BZW132)阶段性成果。
② 寒云:《小说迷的一封书》,《晶报》1922年8月12日。
③ 西:《消闲?》,《文学旬刊》第9号(1921年7月30日);西:《文娼》,《文学旬刊》第49号(1922年9月11日)。

路线之争。郑振铎呼唤"血与泪"的"革命"文学,把文学看作改造社会之具,因此斥责周瘦鹃的"消闲"文学是"商女不知亡国恨"。的确,旧派文人迎合市民大众,更依附于城市经济,因此强调娱乐功能,虽然没那么简单。如袁寒云攻击《小说月报》,目标对准"新文学":"说是新的小说,若是像现在那一般妄徒,拿外国的文法,做中国的小说,还要加上外国的圈点,用外国的款式,什么的呀、底呀、地呀、她呀,闹得乌烟瘴气。"又说"如果都照这样做下去,不但害尽青年,连我国优美高尚的文字,恐怕渐渐都要消灭哩"。① 新旧之争也有关文学观念与文化传统等严肃议题。

20世纪50年代的文学史把"鸳鸯蝴蝶派"定性为"反五四逆流"而严厉批判,像袁寒云反对白话和新式标点,反对"打倒孔家店",十足是反面教员。鲁迅说民初以来"鸳鸯蝴蝶式的文学"一向得势,"直待《新青年》盛行起来,这才受到了打击"(《二心集》),这是不错的,但文学史上说从此鸳蝴派一蹶不振则有悖史实。实际上新旧文学之争之后两者各奔前程,营垒分明也互为影响。新文学占据"革命""进步"和"白话"的制高点,风头甚足。但旧文学方面也紧贴都市发展而水涨船高,开源分流,原先属于"南社"的文人分化而另行组织"青社""星社",派别林立。出版方面,世界书局与大东书局乘势而起,平分秋色。前者出版了《快活》《游戏世界》《侦探世界》《红杂志》与《红玫瑰》等杂志,后者出版了《半月》《紫兰花片》《紫罗兰》与《新家庭》及鸳蝴派小说集等。其他小圈子及其刊物更不计其数。1919年《晶报》与1925年《上海画报》分别引领小报、画报风潮,如果把电影方面的发展也考虑进去,那么可以说整个20年代旧派文人几乎主宰了都市文学与文化的生产与消费。

在这场争论中,周瘦鹃是新文学的主要"打击"靶子。他挑头对着干,发言不多,却具代表性。他说:"小说之新旧,不在形式而在精神,苟精神上极新,则即不加新附号,不用'她'字,亦未始非新。"当时胡适以是否使用白话来判定"活文学""死文学",把"形式"凌驾于"内容"之上。周又讥刺说:"设有一脑筋陈腐之旧人物于此,而令其冠西方博士之冠,衣西方博士之衣,即

---

① 寒云:《辟创作》,《晶报》1921年7月30日。

目之为新人物得乎?"①这应当在指胡适,所谓"脑筋陈腐之旧人物",确乎针锋相对。周又说:"小说之作,现有新旧两体。或崇新、或尚旧,果以何者为正宗,迄犹未能论定。鄙意不如新崇其新,旧尚其旧,各阿所好,一听读者之取舍。若因嫉妒而生疑忌,假批评以肆攻击,则徒见其量窄而已。"②他声称谁是"正宗"尚属未定之天,把决定权交给读者,即相信市场经济的逻辑。听上去底气十足,却大大低估了新文学所拥有的各种政治、教育与文化资本。周氏这么说似乎还以"新人物"自居,事实上他很快意识到自己被划到"旧派"而难以自拔。

茅盾、郑振铎等人集中火力对准周瘦鹃,是因其强出头,主要还是要打掉他头上的"新人物"光环。从民国初年起,他在《小说月报》上发表"法兰西情剧"《爱之花》与《礼拜六》中大量的"哀情小说",成为浪漫爱情的代言人,是青年心目中的"爱神"。1917年他的《欧美名家短篇小说丛刊》获得教育部褒奖,评语是鲁迅写的,这些都说明周瘦鹃是紧跟时代潮流的。然而,周受到诸多批评,如茅盾对他的小说《留声机片》大加指责,说它是"旧"小说,缺乏先进的"描写"技术与"对于艺术的忠诚",郭沫若批评周的短篇小说《父子》不懂医学知识,郑振铎则针对其"孝道"主题说:"想不到翻译《红笑》、《社会柱石》的周瘦鹃先生,脑筋里竟还盘踞着这种思想。"③安德列夫的《红笑》与易卜生的《社会柱石》在文学观念与技巧方面皆具现代性,都是周瘦鹃翻译与介绍过的作品。他们无不刻意凸显周的"旧"文人本色,郑的这段话更为典型,意谓周的新派其实是表面,骨子里则是个封建文人。

有趣的是上引周氏的话:"若因嫉妒而生疑忌,假批评以肆攻击,则徒见其量窄而已。"语含不平,但始终保持克制。到8月,《自由谈小说特刊》在刊出30期时戛然而止。其停刊告白所谓"亦能就事论事,不越轨范"④,意谓在争论中保持专业操守,未以恶言相加,当然是就《自由谈》而言。周氏低调撤离火线,其实另有所图。自3月间《礼拜六》复刊之后,他是王钝根的编辑副手,此时已辞卸编务而另起炉灶,正准备独立创办名为《半月》的小说杂

---

① 鹃:《自由谈之自由谈》,《申报》1921年5月22日,第14版。
② 同上。
③ 王智毅:《周瘦鹃研究资料》,天津:天津人民出版社,1993年,第311页。
④ 鹃:《申报》1921年8月7日,第18版。

志。不可忽视的是他的《说消闲之小说杂志》一文，刊登在 7 月 17 日《小说特刊》上。正当争论愈趋激烈之时，他仍然大谈特谈文学的"消闲"功能。① 他说办小说杂志如果"陈义过高，稍涉沉闷，即束之高阁，不愿触览焉"。意谓这样的小说杂志缺少读者，"徒供一般研究文艺者之参考而已"。我们知道，改版后的《小说月报》在《改革宣言》中强调介绍西洋文学"以为研究之材料"②（第 12 卷，第 4 页），把文学"研究"列为杂志的目标之一，而且事实上该刊几乎成为"文学研究会"的"同人"杂志，因此周氏文中的"文学研究者之参考"，即指《小说月报》一类的杂志。周又说英美社会如 The London Magazine（《伦敦杂志》）、The Strand Magazine（《海滨杂志》）等小说杂志"大抵以供人消闲为宗旨，盖彼邦男女，服务于社会中者，工余之暇，即以杂志消闲，尤嗜小说杂志"，因此销量达至百余万。周氏仍坚持商业导向，体现了其自身的在地实践与经验。七年前《礼拜六》杂志的命名已含有为"服务于社会中者"提供"工余之暇"的小说阅读的意思，当时一纸风行，销量过万册，说明是成功的。周瘦鹃援引英国的例子似乎给他的在地实践带来一种世界性的理论依据，而针对新旧之争，他主张一切由读者决定，甚至对于小说"正宗"显出某种自信。

所谓"服务于社会中者"指工薪阶层，包括白领、蓝领，某种意义上涵盖市民大众，为他们服务其实也是为现存城市经济秩序服务。周氏借鉴英国的文学消费经验，似乎是某种维多利亚时期的伦敦的上海投影。如果从"制度移植"的角度看，这是一种局部的中国想象。茅盾、郑振铎等人从"五四"的反传统立场出发，发动"文学革命"，以中国社会的整体改造为鹄的，在召唤另一种世界经验与中国想象，当然也包括对于现存城市经济秩序的整体改造。如茅盾提倡"文学民众化"，所谓"民众的赏鉴力本来是低的，须得优美的文学作品把他们提高来——犹之民众本来是粗野无识的，须得教育的力量把他们改好来"③。他们反对周瘦鹃等人的文学实践，也包括对于他们的文学受众——小市民——的改造。

周瘦鹃在《说消闲之小说杂志》中最后表示："常思另得一种杂志，于徒

---

① 瘦鹃：《说消闲之小说杂志》，《申报》1921 年 7 月 17 日，第 18 版。
② 《改革宣言》，《小说月报》第 12 卷第 1 期（1921 年 1 月），第 4 页。
③ 《小说月报》第 13 卷第 8 期（1922 年 8 月），第 1 页，"通信"栏。

供消闲与专研文艺间作一过渡之桥,因拟组一《半月》杂志,以为尝试,事之成否未可知,当视群众之能否力为吾助耳。"这好似在为《半月》杂志预做广告,他坚持走大众路线,同时不拒绝来自新文学方面的批评,表明要将"消闲"与"专研文艺"相结合,要提升质量、讲究文学趣味。这大约也是相对于他即将告别的《礼拜六》而言,言下之意《半月》将以新面目出现,是更为理想的。

1921年9月《半月》创刊,不到两月资金周转发生困难,于是由大东书局接盘,至1925年底共出版了96号。每期封面皆为三色美人图,由谢之光、庞亦鹏等画家绘图,卷首有数页铜版照片;以小说为主,兼散文、诗词,各种专栏包括"侦探之友""妇女俱乐部""妇女与装饰""美术界""游艺界"等,另有各种专号。内容丰富,体裁庞杂,文言与白话并存,文学连带文化。本文对《半月》的文学作品做考察,并结合传播学与文化研究的方法,将围绕以下问题展开:它的文学的政治诉求与美学特征是什么?在中西古今的大熔炉中它的文化取向是什么?其家庭议程与城市发展有何关系?含有怎样的社会愿景?它与杂志同人、读者及印刷资本、传播机制是什么关系?其文学商品化倾向体现了怎样的意识形态?含有怎样的社会意义?

二、与《妇女家庭良友》链接

周瘦鹃早就熟悉《伦敦杂志》与《海滨杂志》。1914年他在《游戏杂志》第6期上发表的《妒》即从《海滨杂志》译出;1915年《礼拜六》上柯丽烈的《三百年前之爱情》出自《伦敦杂志》。① 的确,他多方勤奋搜寻外国文学资源,跑旧书摊或从书店订购书籍、杂志,不光是为了翻译介绍,也在他的办刊编辑中发挥了作用。如《礼拜六》这一刊名仿照美国《礼拜六晚邮报》,就是周瘦鹃的主意。一个重要提示是:1931年他创办了《新家庭》杂志,在《宣言》中提到该刊"参考美国 *Ladies Home Journal*,*Woman's Home Companion*,英国 *The Home Magazine*,*Modern Home* 等编制,从事编辑"②。这么说他对这些

---

① 参潘瑶菁:《〈欧美名家短篇小说丛刊〉来源丛考》,《文汇学人》2018年6月22日,第11—13版。
② 周瘦鹃:《新家庭出版宣言》,载王智毅编:《周瘦鹃研究资料》,第215—216页。

杂志是熟悉的,如果对20世纪10年代出版的《妇女家庭良友》(*Woman's Home Companion*)略做观察,就可发现与周氏的一些写作与编辑实践有关,当然这并不排除他从其他方面受到影响的可能。

在《香艳丛话》与早期《礼拜六》等刊物中不难看到周瘦鹃的女装照相,似天生含女性气质,也不无自我时尚化的表演性质。他积极为《妇女时报》《中华妇女报》《女子世界》等杂志供稿,从西方报纸杂志转译了大量文章,推动妇女解放潮流,无形中浸润了女性自主的现代意识。与《妇女家庭良友》中"妇女俱乐部"(The Woman's Club Programs)相对应,《半月》也有"妇女俱乐部"专栏。从1923年3月起至1925年10月共刊出17期,平均每次发表女性著作五六篇,体裁不拘,姓名可知的如陈蝶仙的女儿陈翠娜、旅居北美的吕碧城等。其中唐志君原是妓女,一度成为袁寒云的小妾,后与袁分手而埋头写小说,多次在杂志中刊出。在《半月》之后的《紫罗兰》里,"妇女俱乐部"改称为"妇女之乐园"。

周瘦鹃从1914年起发表电影小说,翻译曼丽·璧克馥的自传等,做了许多传播电影文化的工作。《妇女家庭良友》十分重视电影对女性和家庭的教育功能,如谈论如何观赏电影或创作剧本,经常刊登好莱坞女明星的照片与事迹,作为女性从事艺术的楷模,这些对于当时中国女子来说尚属海外奇谈。《半月》的发刊正逢中国影业发轫之时,但杜宇正在拍摄一部爱情片,没人愿扮演女主角,找到大鼓书艺人也遭到拒绝,最后找到以"FF女士"著称的交际花殷明珠。周瘦鹃得知后为她做足宣传,从10月起《半月》不断刊登有关她的生平的文章及其照片,至次年2月影片《海誓》上映,刊出其剧照与殷氏写的影片故事,简直制造了一个明星的诞生,甚至把殷明珠所穿的时髦皮鞋与鞋店广告相联系。这一套捧角追星的做派对杂志界来说是第一遭,通过《半月》把一个"堕落女子"塑造成勇敢的"解放女子"。①

《半月》的扉页照片刊登中外新片的剧照,这是经常性的,刊登男女明星常常是中西并置。从1923年9月开始做了四期的"影戏场"专辑,连载美国笑星罗克的自传和评论电影的文章。《妇女家庭良友》的有些专题如Menu

---

① 参陈建华:《殷明珠与1920年代初好莱坞明星文化》,载《从革命到共和——清末至民国时期文学、电影与文化的转型》,桂林:广西师范大学出版社,2009年,第291—299页。

for January(1月菜单,1913年1月),《半月》中则有"半个月家常食单";"The Fashion Talk"(1914年9月)可与"妇女与装饰"相对应。前者的"One Hundred and One Better Babies"(1914年9月)是101张竞赛获奖的幼童照片,在第2卷第12号《半月》编者打算举办具有美术意味的人物照比赛,而没有实行,后来周在主编《良友》期间举办了由宝华照相馆资助的婴儿照相比赛,参赛照四五百张,连续四期刊出,最后第13期揭晓得奖照片。另如周瘦鹃在第1卷第3号的《编辑室灯下》告白:"这回第三号就仿欧美杂志《春季小说号》、《中夏小说号》的例,特刊一本《秋季小说号》。"这种制作专题特刊的做法,在《妇女家庭良友》有"爱情小说号"(Love Story Number, 1917年2月),1921年6月《礼拜六》第115期有过"爱情号",而《半月》中的专号内容大大扩展,不仅有关四时季节,还包括家庭、爱情及"武侠号""侦探号"等各种文类。

《半月》是小说杂志,却具文化倾向,与《妇女家庭良友》的综合性颇为合拍。不仅重视电影,还专设"美术界"栏目,在1923年5月组织了一期"美术号"特刊,另如"上海社会的小写真""游艺界"等栏目,尤其是"半月谈话会"这一专栏,类似朋友圈的聊天室,大多由杂志同人撰稿,也有读者来稿,话题广泛,对杂志的封面、照片与小说作品从美观、描写手法等方面做评论,体现出某种共同的审美趣尚。张南泠的《杂志评话》对几种消闲杂志的内容做点评。王受生的《印刷话》,谈论晚清《申报》以来各报的印刷技术与排版特色,对都市杂志文化做历史追溯与现状描述。① 有趣的是包天笑主编的《星期》也有"星期谈话会"栏目,专供同人们讨论文学问题,成为旧派回应新文学的批评空间。相形之下"半月谈话会"更致力于作家群体的身份认同与杂志自身审美趣味的品牌打造。

三、为社会弱势者呼号

像在《礼拜六》一样,《半月》基本上每期都有周瘦鹃的创作或翻译作品,

---

① 张南泠:《杂志评话》,《半月》第2卷第2号(1922年9月);王受生:《印刷话》,《半月》第2卷第5号(1922年10月)。

发表的短篇小说近三十篇,从"哀情"风格发展而来,但如《留声机片》之类的主观抒情成分大为减少,更贴近并干预社会现实。在《良心上的死刑》中,华国银行经理胡伯德强奸并杀死女职员,花了十万元打通司法被无罪释放,但时刻为噩梦追踪而痛苦万分,最后自首而受了绞刑。《耳上金环》中的孟梅生沉溺享乐而犯罪,两度入狱,最后在风雪交加之中饿死街头。《圣人》中的洪三遭到警方追捕,被国文教师林卓人救起,从此洗心革面而成为模范工人。为了帮助经济上陷入绝境的林卓人,洪三偷了林富翁的钱而被警方击中,受重伤死去。这些人生活在黑暗社会里,无论善恶最后都受到"良心"的感召,最后的结句皆起到画龙点睛的作用,如厂里工人对洪三啧啧称赞:"这一回的事,他简直是实作圣人了。"①胡伯德"闭了眼睛微笑着说道:'这样的死刑比了那良心上的死刑,真舒服多咧。'"②孟梅生宁愿饿死也不愿将他母亲给的金环变卖,"那时雪后新霁,有一抹阳光从云罅漏出来,照那耳上的金环子,一闪闪的放着明光,似是他母亲慈爱的笑容"③。对于这些结句周氏无疑是精心营造的,仿佛黑暗中人性的闪光蕴含着他的微弱的希望。

对于社会病态,周瘦鹃开不出什么药方,但他不回避残酷现实,有的地方表现得相当勇敢。主编《半月》的同时他也是《申报·自由谈》的主编,每天报头上有个"三言两语"专栏,他在那里评论时事,揭露弊政,对当权者,无论是曹锟、吴佩孚还是各地军阀无不嬉笑怒骂,骂国会议员是"猪仔","武人官僚与伟大人物"是"误国误民"的"五毒"。在《半月》中真实转化为虚构,在《英雄与畜生》这一篇里,陆军总长金挥戈可说是当权者的一个缩影。他在辛亥革命中立下汗马之功,后来做到陆军总长,把外国租界收了回来,为民族争光,因此"全国的人都赞美他,崇拜他,称他是中国唯一的大英雄"。但他实际上是个恶魔,嫌弃并试图谋害他的妻子,最后他另结新欢,她悲痛欲绝。小说最后重复了开头一段:"他是大英雄,是大豪杰,是一时代的祥麟威凤,是全国人民所崇拜的偶像,然而一方面他早已堕入畜生道中,他不是人,简直是畜生。"④

在《洋行门前的弃妇》中,一个洋行小伙计发迹之后成为买办,拥有汽

---

① 周瘦鹃:《圣人》,《半月》第3卷第9号(1924年1月)。
② 周瘦鹃:《良心上的死刑》,《半月》第3卷第20号(1924年7月)。
③ 周瘦鹃:《耳上金环》,《半月》第1卷第1号(1921年9月)。
④ 周瘦鹃:《英雄与畜生》,《半月》第3卷第1号(1923年9月)。

车、洋房,娶了两个小老婆。被他抛弃的糟糠之妻带着孩子想要见他,天天等候在洋行门前,最后见到其丈夫时被驶过的汽车碾死,他却扬长而去。① 《父与国》中秦小明侦知其父秦崇规接受外国贿赂而出卖军事情报,遂当众揭露,大义灭亲。② 在这些小说里,大将军、外交高官或买办皆属政治与经济权力的代表人物,皆成为抨击对象。这与周氏在"三言二语"中的言论是一致的,只是在报纸上他的愤怒不得不有所抑制,而在这些小说里,可通过极其戏剧化的情节与夸张的人物描写来发泄其愤怒。其惯用的煽情手法更一泻无遗,如秦崇规被拘捕后,小明去探监表示道歉,被其父活活掐死,好像不这么写不足以突出当权者误国殃民、丧尽天良的特性。

张恨水的《啼笑因缘》和秦瘦鸥的《秋海棠》可说是三四十年代最畅销的两部小说。读者无不深刻同情沈凤喜与秋海棠,而对于制造悲剧的刘德柱与袁宝藩无不切齿痛恨,这两个魔头即以北洋军阀为蓝本。其实究其在文学里的表现还得追溯到周瘦鹃的《英雄与畜生》,20 年代初正当军人专横跋扈的时代,能这么写很不容易。

像金挥戈凯旋归来,百姓箪食壶浆的场景在周瘦鹃的小说里反复出现,却各各不同,反映出作者的思想变化。1915 年的《祖国重也》里中国与外国开战,鳏夫沈少山为了能参军奔赴疆场,亲手把两个爱子杀死,后来他功勋卓著,胜利归来,受到父老们夹道欢迎。最后他到妻儿的墓上祭拜,部下问他当时怎么能那么狠心,他回答道:"爱子轻,祖国重也!"③ 的确,周的小说常犯滥情的毛病,像这样违背人性地颂扬爱国精神就流于荒唐了。在 1917 年的《忘》中,将门之子浦一麟与兰娟自小相识,长成少男少女时两情相悦,一麟将一枚金锁赠送给兰娟作为信物,然后他奔赴前程服役军中,不久便忘了兰娟。他在与倭国作战中立下大功,三十年后回到家乡,满身勋章,万众欢呼,其时方想起兰娟。最后见到她奄奄一息,在她床边请求原谅。故事好似旧戏《汾河湾》的翻版,只是两人还是单身而已。作者描写三十年里兰娟痴心等待,父母逼她出嫁也不依,一心被金锁锁住而念念不忘浦一麟的安

---

① 周瘦鹃:《强盗式的丈夫》,《半月》第 3 卷第 18 号(1924 年 6 月);《洋行门前的弃妇》,《半月》第 4 卷第 18 号(1925 年 9 月)。
② 周瘦鹃:《父与国》,《半月》第 1 卷第 16 号(1922 年 4 月)。
③ 瘦鹃:《祖国重也》,《礼拜六》第 53 期(1915 年 5 月)。

危,令人不知为女主还是为作者更感到心酸,然而与《祖国重也》比较,周氏似乎意识到为爱国所付出的代价过于沉重。故事里有个细节却值得回味:当兰娟的侄女对浦一麟愤愤说道:"将军,你的大名虽然盖世,你的伟业虽然不朽,凡是我们大中华民国的人,没一个不竖了国旗欢迎你,然而这一所屋子的门前,却偏偏不竖那欢迎你的国旗。"①这么说正代表了一种轻爱国、重爱情的价值观,还有点现代气息。在这样的脉络里再来看《英雄与畜生》,金挥戈甚至成功地收回利权,对国家所做的贡献要大得多,对他的欢迎场面当然也格外辉煌,他却是谋害发妻的"畜生",可见此时周氏的思想变化难以道里计。描写中给刻意渲染的隆重场面飘下"一件黑色的东西",极富反讽与诡异的视觉效果。

周瘦鹃对民国愈益失望,仍不失其爱国之心,且爱得异常深刻。1915年5月9日袁世凯承认日本二十一条,举国愤怒,周瘦鹃发表中篇小说《亡国奴之日记》。1919年"五四"运动发生,周氏以"五九生"的笔名在《申报》上发表时评痛斥政府当局,又作《卖国奴之日记》并自费出版,还是影射五九"国耻"。1923年5月出版的《半月》刊出一幅题为"五月九日之借镜"的图画,一位波兰军官被俄军击中,临死前在墙上写下"波兰犹未死也!"同时刊登小说《亡国奴家里的燕子》②,模拟燕子的声口,犹如回到王谢堂前,民国已经灭亡,自己成为"亡国奴",遂描绘满目破败,不忍卒睹的景象。如《自由谈》的"三言两语"一样,"应时"是"报人"的职责,也是周氏办刊的特征。1925年7月《半月》刊登周氏的《西市辇尸记》,即是对刚发生的"五卅"惨案的回应。③ 小说描写一个普通市民家庭里,结婚半月的新妇与其婆婆在等做生意的丈夫回来吃晚饭,却得知外国巡捕朝学生开枪,她丈夫也死于非命。不久新娘子精神失常,郁郁而死。

四、家庭是社会之本

1921年8月14日,紧接《自由谈小说特刊》停刊,《自由谈》开辟《家庭周

---

① 瘦鹃:《忘》,《小说画报》第4期(1917年7月)。
② 周瘦鹃:《亡国奴家里的燕子》,《半月》第2卷第17号(1923年5月)。
③ 周瘦鹃:《西市辇尸记》,《半月》第4卷第15号(1925年7月)。

刊》,至 1923 年 4 月 1 日共刊出 81 期。此后改为《家庭半月刊》,至 1925 年1 月为止。晚清以来妇女问题一向是中国现代性的主要议程之一,上海公共传媒形成革命与改良的不同取向。1915 年创刊的《妇女杂志》以形塑"贤妻良母"及其现代社会功能为主,20 年代初"五四"新文化兴起,"娜拉"成为妇女解放的符号,如茅盾一再在《妇女杂志》中发表文章,把妇女的社会参与看作"解放"的标志,对于"小家庭"主张不以为然。他说:"我是主张没有家庭的形式,公厨和儿童公育,我是极端主张的。"①《妇女杂志》出现这样的激进论调,表明新文化运动正在发生影响。后来茅盾在《蚀》《虹》等小说中的"时代女性"贯彻了他的妇女"解放"的主张,她们在革命浪潮中享受自由,在改造社会的运动中实现自我,似乎不考虑个人的爱情与家庭。在 30 年代的文学与电影中"左翼"色彩愈益明显,女性的被压迫遭遇、家庭的解体与中产阶级的幻灭成为常见的主题,意味着只有社会彻底改造才能使妇女获得真正的解放。

建立"一夫一妻"的"小家庭"属一种中产阶级梦想,是某种维多利亚式的制度移植。叶文心在《上海繁华》一书中指出"小家庭"的进步性,在 20 年代后期邹韬奋主编的《生活周刊》中,"小家庭"仍是核心话题之一。② 最近毛佩洁对于 20 世纪一二十年代"鸳鸯蝴蝶派"小说中"中等社会"的想象再现做了分析,指出处于政治经济变动中的中产阶级的焦虑与张力。③ 在这样的历史脉络里,周瘦鹃为《自由谈》开辟《家庭周刊》,创刊之始即宣称:"人有家庭,一身始有归着之地……世之有家庭者,愿各宝其家庭。"④十年之后周氏主编《新家庭》杂志,在《出版宣言》中仍然热狂地鼓吹:"家庭是人们身心寄托的所在,能给予人们一切的慰安,一切的幸福。"⑤

为《家庭周刊》撰稿的陈蝶仙、徐卓呆、江红蕉、胡寄尘等皆为旧派代表作家,他们讨论"模范家庭"的理想与建设,涉及新旧文化的广泛议题与美化

---

① 雁冰:《读少年中国妇女号》,《妇女杂志》第 6 卷第 1 号(1920 年 1 月)。
② 叶文心:《上海繁华:都会经济伦理与近代中国》,台北:时报文化出版,2010 年,第 163—160 页。
③ Peijie Mao, "The Cultural Imaginary of 'Middle Society' in Early Republican China", *Modern China*, 44(6), Nov. 2018: 620-651.
④ 《申报》1921 年 8 月 21 日,第 18 版。
⑤ 《新家庭》第 1 卷第 1 号(1932 年 1 月)。

日常生活的枝枝节节,内容十分丰富。对照《半月》中的小说,特别是"家庭号""离婚问题号"和"妻妾问题号"这几个专号发表的作品,虚构想象不同于理据讨论,绝大多数作品强调家庭的温暖与重要,离婚必定带来不幸,娶妾必定产生恶果,明确表达了维护一夫一妻小家庭的集体心态。

1926年周瘦鹃从这些专号里选出若干篇编辑成《家庭小说集》,包括少数未在《半月》上发表过的,由大东书局出版。这个选集说明"妻妾问题"和"离婚问题"皆被归入"家庭"问题。周的编选有一定的考量而不无随机性,集中徐卓呆的《回家以前》与《造墓记》不属于上述三个专号①,其实《半月》的小说大多涉及爱情、家庭的主题,如周氏自己的《爱妻的金丝雀与六十岁的老母》未入选②,它描写男主的老母遭到其所娶的外国女人的虐待的故事,是婚姻问题上"国粹"思想的表现。

1924年10月徐卓呆因其爱女徐孟素突然死亡而十分悲伤,写了一系列纪念文章连续刊登在《半月》上,《回家以前》与《造墓记》即其中两篇。《半月》等于同人刊物,不光是《礼拜六》老友陈蝶仙、丁悚、李常觉等,包括刘海粟、但杜宇等名流,常刊登他们的家庭照。徐卓呆是苏州同乡、杂志作者,也是文学与影视双栖的名家,1922年9月《半月》刊出徐与其妻子及四个子女在苏州园林荷池畔的合照,其乐融融。杂志曾刊登徐孟素的小说作品,她死后刊出其遗影(第4卷第5号),又连续发表徐卓呆的回忆文章,《回家以前》与《造墓记》记叙了为爱女落葬的过程。看上去不像家庭小说,却收入《家庭小说集》,对于周氏一派珍视家庭亲情观念颇具象征意义。

描写小人物的家庭温情是鸳蝴派作家的拿手戏,最早包天笑与徐卓呆合作的《小学教师之妻》与周瘦鹃的《簷下》便是这方面的范本。③ 这本《家庭小说集》里有几篇同样题材的。张南泠的《萍踪》写与妻子异地分居的银行小职员感到孤独难熬,听说妻子生病而急忙回家,发觉妻子好好的,遂欢天喜地,原来是中了同事设计的圈套,不然还因为经济考虑而下不了决

---

① 徐卓呆:《回家以前》,《半月》第4卷第12号;《造墓记》,《半月》第4卷第13号。
② 周瘦鹃:《爱妻的金丝雀与六十岁的老母》,《半月》第4卷第2号(1924年12月),载范伯群主编:《周瘦鹃文集》,上海:文汇出版社,2015年,第283—287页。
③ 呆、笑:《小学教师之妻》,《小说时报》第11期(1911年7月);瘦鹃:《簷下》,《小说画报》第1号(1917年1月)。

心。① 朱天石的《进退维谷》也写一个办公室职员,为结束分居之苦把妻子接了过来,一年后生了小孩,日常开销愈加拮据,他想把妻儿送回乡下,感情上舍不得,由是陷入两难境地。② 这两个主人公的职业还算不错,和妻子感情和睦,而阻碍家庭幸福的是经济问题。《进退维谷》突出在上海生活不易,一家三口靠月薪 60 元,难以对付房租、保姆费用等,不得不向朋友借债度日。金钱能弥补感情,能给家庭带来幸福,这在朱松庐的《觉悟之后》里得到了漫画式表现。一对夫妇结婚一年后离婚,男的觉悟到"我要结美满的因缘,我要享浓厚的艳福,我必须先去求黄金"。他奋发图强,果然发了财,决心把前妻找回来。结果尽管前妻已经沦为妓女,他向她忏悔,遂破镜重圆,再结良缘。③ 鸳蝴小说常常谴责爱好物质虚荣的女子,而这篇小说里男的对前妻表示因为离婚而造成他的成功,因此对她由衷感谢,这么强调金钱的作用,似乎在鼓励女性的物质追求,显得很不寻常。

范烟桥的《最后的一封信》中华慕兰女士崇拜英雄,28 岁方觅到如意郎君,与保定军官学校毕业的柳连长订婚,不料连长被派往江浙前线,两人靠书信互通音讯。结果慕兰收到连长的最后一封信,信中连长向她大叹苦经,觉得许多人吃苦受难,不明不白死于战场,毫无意义,劝她以后"不要再崇拜军人了",说如果他能够生还跟她结婚,"我情愿做一个讨饭的化子,把灿烂的军帽换一顶垃圾箱里的便帽,把铿锵的指挥刀换一根细竹竿"。读了这封信,慕兰顿生幻灭,后来得知柳连长已经阵亡而得到大帅的褒奖与抚恤,她愤怒至极,拒绝作为柳的家属去认领,把那封信也撕得粉碎。④ 这个故事将爱情与军阀混战的现实联系起来,表现战争对爱情与家庭的破坏,但是通过柳连长最后的一封信,反映出厌战心理与对于政治当局的幻灭,而女主愤怒拒绝大帅的旌奖与抚恤,更强化了幻灭感,这样的写法颇为巧妙,显出一定的深度。

周瘦鹃的《避暑期间的三封信》中的家庭主妇向丈夫宣示一场"谈

---

① 张南泠:《萍踪》,《半月》第 2 卷第 24 号(1923 年 8 月)。
② 朱天石:《进退维谷》,《半月》第 4 卷第 14 号(1925 年 7 月)。
③ 朱松庐:《觉悟之后》,《半月》第 4 卷第 11 号(1925 年 5 月)。
④ 范烟桥:《最后的一封信》,《半月》第 4 卷第 10 号(1925 年 5 月)。

判"。① 她在庐山避暑休养期间给丈夫先后寄出三封信,诉说一年来发现他包养"外妇"而经历的苦痛,并劝他回心转意。口气委屈而委婉,揭露其秘密还怕他"着恼",说是"谈判",实在软弱。信中提到她偶然发现他的银行存折少了五千元,说明她作为家庭主妇的财权也很有限。最后丈夫回信说:"我已觉悟,以后永不相负。"作者显然鼓励她的合法斗争,但是碰到坏男人而"谈判"破裂,她能怎么办?是否会像娜拉那样出走?显然小说没有朝这方面去想。

刘恨我的《理想的丈夫》中的何满姑是女子师范学校的学生,决心要找个理想丈夫。父母做主与潘姓男人定亲,她死活不愿,闹"家庭革命",家长不得已退婚。她爱上报纸编辑金寄菊,欲托付终身,可是金寄菊却服从家里安排与他人结了婚,做了"专制家庭下的一个败俘"。她几乎自杀,却挺住了,仍抱定宗旨要找个"理想丈夫",她登报征婚,无一中意者,遂抱独身主义,死后她的家产被捐给公益事业。在旧派文学中这样一个敢于反抗,坚持自主的女性形象难能可贵,最后作者感叹"哦,好一个抱独身主义者",与其说是赞叹,毋宁是叹息,似乎是一种不完美不得已的人生结局。

离婚总是不幸的,小说家尽量让当事人要离又离不成,向美好婚姻献上一份美好的祝愿。周瘦鹃的《不实行的离婚》写一对夫妇闪婚不久便闹离婚,"三五天便要搬演一次,夫妇间唇枪舌剑,脚踢手打,常在战云弥漫之中。闺房以内,变做了一片战场"。然而两人共同生活三十余年,有三个孩子,闹了无数次离婚,甚至诉诸法律解决,始终不曾实行过。② 这篇小说充满戏谑恶搞,令人捧腹。一次冲突是因为结婚戒指,男的要她戴上,把婚戒看得极重,"有着两个金指环儿套在指上,无形中也就把两颗心套住了",但女的说,"这劳什子的有什么稀罕,我一见就生气",假装吞下戒指要寻死,把家人吓坏,其实把它丢到窗外去了。另一次冲突中男的打了女的两记耳光,女的同样还了他两记。在卡通化描写中可见家庭生活中男女之间不同的价值观念以及某种女权的表现。俗话说婚姻是爱情的坟墓,而在周氏的笔下这对夫妻却生龙活虎,远非坟墓所能比拟;像这样鸡鸡狗狗地厮磨了一世,或许写

---

① 周瘦鹃:《避暑期间的三封信》,《半月》第3卷第24号(1924年8月)。
② 周瘦鹃:《不实行的离婚》,《半月》第2卷第24号(1923年8月)。

出了现代婚姻的基本生态。

在吴田伧的《不成功的美国式离婚》里,小说家黄化石与妻子爱娜产生隔膜,爱娜在跳舞场认识大学教授 A 先生,被他的艳诗打动。A 先生劝爱娜离婚,同赴杭州另筑爱巢。A 先生的未婚妻来找黄,告之以实情。两人去车站拦截。黄化石对 A 先生与爱娜表示祝贺,并提议两人不必远离,可住在他父亲的一座空别墅里。爱娜十分感动,同时那位未婚妻对黄含情脉脉,使 A 教授大发醋心。结果两对男女言归于好,皆大欢喜。① 小说题目不免诡异,所谓"美国式离婚"意在讥刺 A 教授,他那种轻浮的离婚作风是外来的、要不得的,而之所以"不成功",应当是终究敌不过中国式婚恋的意思吧。

江红蕉《循环妻妾》中的教育家王湘川,妻子亡故后不愿续弦,同事就劝他纳妾,他说:"我要是一纳了妾,我一生的名誉便立刻可以销灭到零度。"这似乎反映了现代知识人反对纳妾的共识,然他经不起劝说,娶了个女工为妾。她非常贤惠,不久又死了。王湘川耐不住孤独,找了中学教师张益芳续了弦,总觉得这里那里不如那个女工,他"始终悼念亡妾,觉得亡妾宛如亡妻,因为悼念亡妾,所以格外的优容益芳。益芳便终其身在湘川爱怜之中。在实际上,妾是妻,妻是妾,却是相互循环着"。② 这篇作品对男主不无调侃,但在续弦或娶妾的区别上反映了当时对阶级名分的讲究,所谓"循环妻妾"关乎他的个人心理,模糊了妻妾界限,感情体验伴随着记忆,在生者死者之间穿梭,而生者不自觉活在死者的影子里。其实这是很好的心理素材,加以出色描写是有可能成为一篇佳作的。

其他几篇以妻妾对比来表达反对纳妾,如刘恨我的《妾不如妻》的标题所示自不消说③,另如方秩音《家变》和范佩萸《不如夫人》也是同样的主题,不无"将缣来比素,新人不如故"的古意。《家变》写男主去了上海,事业发达,带回一个姨太太,家里便鸡犬不宁,妻子被折磨而死。姨太太被扶正,虐待前妻的儿子。④《不如夫人》侧重描写男主心理,他留洋归国便对妻子心生嫌弃,好不容易得到父母同意纳了妾,却发觉她喜爱奢侈,反而觉得不如

---

① 吴田伧:《不成功的美国式离婚》,《半月》第 2 卷第 24 号(1923 年 8 月)。
② 江红蕉:《循环妻妾》,《半月》第 4 卷第 18 号(1925 年 9 月)。
③ 刘恨我:《妾不如妻》,《半月》第 4 卷第 18 号(1925 年 9 月)。
④ 方秩音:《家变》,《半月》第 4 卷第 18 号(1925 年 9 月)。

妻子来得贤惠体贴。① 有趣的是与离婚一样,凡娶小老婆的不是因为去了上海,就是留过洋的,这种逻辑看似奇怪,却透露出某种文化保守的心态。

五、名花美人与商品美学

1921年8月《礼拜六》刊出《一鸣惊人之〈半月〉》的广告:"一个月来'半月'两字已传遍人口,有好多人等不及出版,先来打听内容。"于是周瘦鹃介绍第一期由谢之光画的"欧洲女子"的封面,"用最精美的三色版印成,代价要百元左右",郑曼陀的"美人画""用嫩色精印,价值之高更不消说"。② 文学广告,无论新派旧派都会做,而周氏要把《半月》做成品牌,其手法不像登刊广告那么简单。这就牵涉文学商品问题,他一再强调封面的"代价"和美人画的"价值",乃指投资成本而言。《半月》原本定价为每份二角钱,因成本关系改为三角。试想同类"消闲"杂志《礼拜六》仅售一角,世界书局的《红杂志》也是一角,那么《半月》的读者应当为具较高消费能力者,那么它该有怎样的特色或品位而与一般消闲杂志相区别?且不论文字与图像的生产,若从打造杂志品牌的策略及其与市场的流通过程来看,不妨借用德勒兹的"情动"理论,在杂志同人之间、杂志与读者之间无不贯注着感情的互动,造成一种动态的倾情投入,遂使《半月》成为都市杂志文化的一道独特的风景线。

"半月谈话会"这一专栏是作者与读者之间的交流空间,主要内容是对《半月》的小说、封面或图像的批评。如范菊高《小说评话》、依声的《评瘦鹃的〈情价〉》等,有的是杂志内部同人写的,有的来自读者,对人物、情节与结构等作评论,感性而具体。他们的分析或许不够精细,也不标榜"主义",似在分享不言自明的伦理人情的准则。被批评的基本上是发表在《半月》上的作品,不免溢美之词,但也不尽然,如程小青的《读了〈十七年后的一吻〉后之感想》是针对张枕绿的一本小说集,赞美不必说,批评如指出小说中男主的"离别的理解和心理,不但是太浪漫,并且是涉乎神秘了",或说对某人物的心理变化缺乏交代,"竟使读者始终怀着疑团,这也就未免太疏忽了"。③ 程

---

① 范佩萸:《不如夫人》,《半月》第4卷第18号(1925年9月)。
② 《一鸣惊人之〈半月〉》,《礼拜六》第124期(1921年8月)。
③ 程小青:《读了〈十七年后的一吻〉后之感想》,《半月》第2卷第7号(1922年12月)。

小青自己的小说也遭到批评。闵正化的《读程小青君〈黑鬼〉质疑》指出小说中有三处在时间上互相矛盾。这位读者自称喜欢看侦探小说,也喜欢研究,因此要"与程君研究研究这小小日期的问题"。① 像这样的批评在同类消闲杂志中很少见到,认真对待已发表的作品,向大众开放,对于作者而言当然有利于切磋提高,这多半是仿效新文学的做派。联系周瘦鹃要把《半月》办成既要迎合大众趣味又要结合"专研文学"的初衷,就不奇怪了。

与当时文学杂志尤其不同的是图像评论,这也是为了凸显《半月》的封面与图片的强项。郑逸梅是掌故名家,是《半月》的主要作者之一,他的《余所爱半月中的图画文字》兼顾文字与图像,属一种别致的批评。杂志封面基本上是由名画师谢之光所承包,胡亚光是其同行,他的《我之半月封面观》对各期封面画一一评点,如说 24 期的封面"活色生香,尤多媚态,爱甚"之类,偶然也有不满,如对 16 期:"构图甚佳,衣光亦好,惟女面略少生气,似稍减色,可惜可惜。"② 除了封面,每期《半月》前面有几页照相,多过当时其他小说杂志,涉及电影、戏剧明星、绘画、朋友、家庭等内容。叶愁乎民的《半月照片评语》则是集中针对其中的风景照,约 30 张,大多给了差评。如"无名氏的《探梅胜地》全无佳致"(参看第 11 期),如"郎静山的《甜睡》,背景光线和构图也极妥善,但是那孩子的睡态,似乎觉得不甚自然吧"(参看第 3 卷第 1 期)。或者"周雨青的《荷塘泛鹅》构图不对,水平线斜歪不正,左高约在二十度,鹅是主体,而反看不见,殊少意味"(参看第 3 期)③。这位叶愁乎民看上去较为专业,当时正出现艺术摄影的新势头,登刊在《半月》中的风景照讲究美术意味,郎静山、丁悚、张珍侯等人属前卫人物,在 20 年代后期他们的作品在《良友》等各种刊物中可以见到。

把《半月》当作恋人、良伴或亲人仿佛是读者的普遍反馈,如一位读者写信给周瘦鹃说:"半月是我的良好的伴侣,香甜的情人,我很爱他,并且很佩君的天才。"④ 濮残菊来信说,他买不起《半月》,而他的未婚妻却每次将杂志寄给他,这"不但长进我个人的学问,并且足以增高我俩的爱情热度。饮水

---

① 闵正化:《读程小青君〈黑鬼〉质疑》,《半月》第 2 卷第 16 号(1923 年 4 月)。
② 胡亚光:《我之半月封面观》,《半月》第 2 卷第 4 号(1922 年 11 月)。
③ 叶愁乎民:《半月照片评语》,《半月》第 3 卷第 21 号(1924 年 7 月)。
④ "林洛书君来函",《半月》第 1 卷第 15 号(1922 年 4 月)。

思源的想来,《半月》有功于我俩的爱情着实不小咧"①。另一位俞梦花说,他用祖母给的零用钱买了一本《半月》,从此封面上的"妙龄女郎"便成为他的"娉娉婷婷的好姊姊"了,"再也不想出那祖父的酒席了,再也不愿意和母亲到花园里去踏月唱歌了"②。这些来信令人觉得《半月》在流通中发生了许多有趣与动人的故事,与读者产生某种亲昵性。当然这些信函的发表通过周氏的选择,这么做无疑能起到推销杂志的广告作用,不过刻意宣扬那种对杂志的集体的爱意,则含有某种意识形态的考量。

把杂志比作美人本来就是周瘦鹃一派的发明,1921年袁寒云在《紫罗兰娘日记》一文中把《礼拜六》比作周的初恋情人紫罗兰。1922年9月《半月》创刊一周年时发表了陈蝶仙等人的十余篇庆贺文章。有的把《半月》比作花,姚赓夔说:"著名的造花博士周紫兰又独出心裁,造了一朵娇滴滴香喷喷的花。"范菊高的《半月园志》把杂志比作一座园林,园中群鸟飞翔,他列举了一连串名字:周瘦鹃、朱鸳雏、严独鹤、戴梦鸥、陈野鹤、石征鸿、马鹃魂等,原来他们都属鸟。然而现在杂志名为"半月",我们来看沈松仙的《祝半月周岁杂录》一文,是怎么把一片深情倾注在月亮这一美人儿身上的:"伊自出世以来,忽忽已经一个年头了,这一年中间,和吾们相见的辰光,已有二十四度,每次里相见,一次有一次的神态,一度有一度的风韵,娇羞半面,无限深情,足令见伊的人,各个都患了半个月的相思之苦。但一到了会面的一天,又能缠绵软语,款款温存,一个个又是丧魂落魄,意服心输,拜倒石榴裙下,你想伊的魔力大也不大?"其余各篇也围绕"半月"做文章,有的以诗词表达,有的讲故事,各种演绎琳琅满目。

其中一位叫施青萍的作者,即后来创办《现代》杂志、被认为属于"新感觉派"的施蛰存。那时他也为《半月》投稿,其《半月儿女词》曰:"半月女儿,一编在怀,浮香溢脂,轻颦曼睐,作伊人思,思之慕之,宠之以词。"③由是为每一期封面作一词,止于第15期。第16期到24期由陈蝶仙的女儿陈小翠续作。附有周氏按语:"松江施青萍君,惠题半月封面画,成半月女儿词十五阕,深用感佩,今半月已出至第二十四号,而施君迄未续惠,因倩陈翠娜足成

---

① 濮残菊:《半月与我们俩的爱情》,《半月》第2卷第16号(1923年4月)。
② 俞梦花:《我爱半月》,《半月》第2卷第1号(1922年9月)。
③ 施青萍:《半月儿女词》,《半月》第2卷第1号(1922年9月)。

之,清词丽句,并足光我半月也。"那是施蛰存早些时候投的稿,这 15 首词出自锦心绣口,旧文学根底相当深厚,《半月》里也有他的小说,已显得不同凡响。

"半月娘"成为杂志的新品牌,同人们不断为她制造新的罗曼史,但是他们并未放弃"紫罗兰娘",范烟桥的《紫罗兰娘别记》乃仿效袁寒云之作,仍是日记体,以紫罗兰娘口吻称周瘦鹃为"郎君",叙述两人拍拖琐事,将《半月》上发表过的作品的题目嵌入其中。① 事实上 1922 年周瘦鹃另外创刊了《紫兰花片》,一本每月出刊的小杂志,其中小说、散文等各色文类全由他一人包写。在《半月》中马鹃魂把《紫兰花片》形容为"娇小玲珑,仿佛一个情窦初开的好女郎,妩媚里带着天真,又像一朵含苞未放的白玫瑰"②。周氏并不讳言始终爱着一个叫"紫罗兰"的理想恋人,同人们也乐于刺探、散布有关他俩的八卦,某种意义上周瘦鹃与紫罗兰是真正的明星。如周寿梅的《紫罗兰娘》说:"紫罗兰娘,为人间尤物。每次出游,必一换其妆束。逸梅外子尝于灯下见之,叹为绝世。"又说:"闻近来与小说家周子瘦鹃有密切关系。诸君如好事者,不难探其艳讯于海上也。"文中影射周瘦鹃与紫罗兰的"密切关系",并鼓励读者的窥秘打探,然而这条文字之后周急急忙忙地说明:"此指《半月》第一卷第二十四号封面美人,读者勿误会。"③这不外是一种杂志广告故伎重演,却把《半月》也比作紫罗兰,可见《半月》与《紫兰花片》你中有我,我中有你。像这样周氏一面默认有关他与紫罗兰的种种绯闻与影射,一面发表《蜚语》《人言可畏》之类的小说④,暗示谣言的可怕。这一切当然是周氏与其同人的合谋,但对于读者来说这要比"半月娘"更为有趣,更具诱惑力。

另一个例子是张枕绿的小说《寄情之点》⑤,以"姬家俊"影射周瘦鹃,解释其与紫罗兰的爱情纯属虚构,其实是一种感情寄托的方式,这对于现代人来说是个普遍的心理现象。范菊高在《小谈谈》一文中指出:"瘦鹃对于紫罗

---

① 范烟桥:《紫罗兰娘别记》,《半月》第 2 卷第 1 号(1922 年 9 月)。
② 马鹃魂:《品兰小语》,《半月》第 2 卷第 11 号(1923 年 2 月)。
③ 寿梅女史:《紫罗兰孃》,《半月》第 2 卷第 4 号(1922 年 11 月)。
④ 周瘦鹃:《蜚语》,《紫兰花片》第 4 集(1922 年 9 月);《人言可畏》,《紫兰花片》第 19 集(1924 年 5 月)。
⑤ 张枕绿:《寄情之点》,《半月》第 2 卷第 1 号(1922 年 9 月)。

兰这样的恭敬,一定有些关系。张枕绿做了一篇《寄情之点》,想替他假撇清,咳,这是哪里能够呢?瘦鹃,瘦鹃,还是快些招供了罢,否则动刑了,莫怪无情,呵呵。"①此文点穿姬家俊即周瘦鹃,且紧追不舍,要他"招供"与紫罗兰的"关系"。尽管仍在玩绯闻游戏,玩得颇为尽兴,但《寄情之点》却透露出他们对于这类游戏的某种道德的不安悸动以及对于文学功能的实际思考,如姬家俊认为爱情与家庭并未给人们带来感情上的满足,触及都市现代性的某种缺陷,实际上戳破了他们所营造的爱情至上与家庭价值的童话。

六、抒情传统的现代延展

夏志清先生指出徐枕亚的《玉梨魂》继承了中国"伤感-艳情"的抒情文学传统,这对于《半月》——就其以描写世态人情的创作主流而言也是适用的。夏先生也指出明清小说浩如烟海,至今少数被认作经典②,而《半月》的小说总量超过千篇,当然不能以"鸳鸯蝴蝶派"而一笔勾销。的确,内容上该派以表现都市日常生活、中产阶级家庭价值及维护"经济伦理"为特色,这些方面与新文学迥异,表现了对于未来中国的不同愿景;形式上也以新旧中西交集为特征。从周瘦鹃的创作轨迹来观察,与 20 年代初期的白话走向、女性解放与家庭解体的社会趋势相一致,由宣扬个人自律的道德伦理转向对社会上层阶级的激烈抨击,由"哀情"题材转向对都市生活复杂律动的捕捉,在语言、修辞与风格方面都显出文学现代性表征。如果说《不实行的离婚》对现代婚姻常态不失为睿智的表现,那么《对邻的小楼》更揭示了现代城市复杂流动中的不确定性。叙事者通过一年之中所见到对邻小楼四家住户的变迁,最后感慨道:"单是这平角小楼,已有如此的变迁,像这样的复杂,无怪一国之大,一世界之大,更复杂得不可究诘,更变迁得不可捉摸了。"③这四家住户分别是一对游戏场新剧演员、商人模样的男子与小三、小白脸与变换的女伴以及最后一对工厂夫妇,走马灯似的搬进搬出,作为不同的职业阶层

---

① 范菊高:《小谈谈》,《半月》第 4 卷第 12 号(1925 年 3 月)。
② 见 C. T. Hsia, "Hsü Chen-ya's *Yüli hun*: An Essay in Literary History and Criticism", in ed. Liu Ts'un-yan, *Chinese Middlebrow Fiction: From the Ch'ing and Early Republican Eras* (Hong Kong: The Chinese University of Hong Kong, 1981), pp.200-203.
③ 周瘦鹃:《对邻的小楼》,《半月》第 4 卷第 1 号(1924 年 12 月)。

他们颇能代表"社会"的不稳定结构。这篇小说对小楼各户依次叙述,看似平淡,却充满玄机。叙事者对各户人家展开典型化描写,一方面以限知视角,通过对住客的人物外表与家具摆设等具体细节来显示不同身份,并"猜想"不同的故事结局,另一方面来自"屋主的夫人""张妈"的道听途说加强了故事的可信度,由是建构了一个有关"复杂""变迁"的宏观叙事,然而这一切皆由于作者巧妙运用了希区柯克式的"后窗"视觉装置,读者不自觉陷入其套路,在兴味盎然之中得到启示。

视觉性是周氏小说一大特点,上面《英雄与畜生》中大将军凯旋的隆重场面由于飘下"一件黑色的东西"而蒙上死亡的阴影,具有画面震撼感。《我的爸爸呢?》也属这一系列作品,却集中刻画一个小孩在凯旋队伍中寻找他爸爸,最后来到大将军的马前:"这时大将军正瞧见了一个极俊俏的女子,飞眼过去,饱餐秀色,却不道被这苦小子岔断了,于是心中大怒,把缰绳抖的一拎,可怜把这孩子踏在铁蹄之下,口中却还无力的嚷着道:'我的爸爸呢?'"①这种手法从作者早期"哀情"叙事发展而来,在 20 年代展现了"社会"视野。这小孩没找到爸爸已隐含战争的灾祸,而孩子死于大将军的铁蹄之下无疑加强了悲剧性与对政治权势的抗议。像这样对社会悲剧的典型化与情节剧高潮处理在 30 年代成为左翼电影表现底层阶级苦难的不二法门。

《半月》中常见徐卓呆的小说,长短不拘的散文式叙事,以冷面滑稽描写日常人生的酸涩与荒诞,《间接》这一篇即为佳作。② 小说从"我"在电车中发现一位绝色美女开始,浮想联翩之际美女突然下车,见她消失在出丧队伍中,无奈中坐在她的座位上享受"间接的艳福",让电车来回五六趟还不愿下车。又如在医院里住了三个星期,出院时看护说这病房先前一个女子住过,由照片知道原来就是他日思夜想的美人,于是他不愿出院,继续住了两三个月。整篇小说记叙他对这位美人的思念与一次次与她失之交臂,于是一次次消受"间接的艳福"。这样的人物滑稽可笑,属于一种白日梦狂想类型,然而与梦想对象的"间接"关系却是现代人与商品关系的物恋与疏离状态的隐喻。渐渐地"我"知道了她的姓名,认识了她的哥哥,并且在她家里过夜,整

---

① 周瘦鹃:《我的爸爸呢?》,《半月》第 4 卷第 1 号(1924 年 12 月)。
② 徐卓呆:《间接》,《半月》第 2 卷第 6 号(1922 年 12 月)。

夜思念而辗转反侧,到第二天从她哥哥那里得知她已经嫁人,他睡的房间却是她的闺房。读者或者会同情他的痴心,分享他的"蒹葭苍苍"式的惆怅。的确,主人公始终是消极被动的,实际上衬托出普通人的生存形态,对于理想永远是可望不可即,且间接得知她的结婚意味着不自觉地受到社会机制的摆布。

徐卓呆有"东方卓别林"之称,他的小说常常无厘头,反高潮,这篇《间接》很能体现这样的风格,小说的结尾徐氏现身,加了一段按语,说这篇小说是罗文周君的笔记,仅记述了两三年的事情,因此最后替罗补叙了48年之后的事情:罗死后其子女从一个和尚庙里取回寄放的棺材,为罗下葬。结果发现取错了,这棺材是另一家胡峰青老爷的,他的太太就是当年罗文周的梦中美人。罗文周死后躺入其梦中美人的丈夫的棺材里,仍享"间接的艳福",仍是滑稽补笔,而相对于日记体小说,从徐枕亚的《雪鸿泪史》、周瘦鹃的《断肠日记》到鲁迅的《狂人日记》,均在开头采取假借他人名义的手法,徐氏的最后按语也是一种逆袭的形式。

朱冰蝶的《归家》写男子周末回家,第二天一早离去,向妻子要船钱,妻子向祖母要,遭一顿骂,不得已把她节省下来的零用钱给了他。作者以经济的笔墨描写贤惠的妻子、屈辱的丈夫与小孩悄声悄气的爱怜情态,衬托出未出场的"祖母"的威势,这种贫贱夫妇所享受的有限的家庭温馨,读来尤其令人感动。① 另外施青萍的《弃家记》中,程武是邮局职员,被家中紧张的婆媳关系搞得心力交瘁,于是请求外调,在不远的邻县邮局工作。他寓居于薛少文家中,薛家也有婆媳不和的问题,一次偶然机会婆婆向程武吐露心结,为自己误会媳妇而自责,于是程武居中在少文与婆媳之间起调解作用,使他们尽释前嫌,一家归于和好。程武由此醒悟到家庭之间沟通的重要,以前自己过于消极,遂决意回家付之实践。② 这篇小说用文言写就,语言风格与《半月》中大多是白话或半文半白的作品相比显得较为特别,虽然不脱鸳蝴派赞扬家庭和睦的套路,但在描述人际关系与心理活动方面是相当复杂而现代的。

---

① 朱冰蝶:《归家》,《半月》第3卷第24号(1924年8月)。
② 施青萍:《弃家记》,《半月》第4卷第10号(1925年5月)。

七、结语

在 20 世纪 20 年代初《半月》是上海"消闲"杂志中的精品,是不可忽视的"海派"文化景观。郑逸梅的《小说杂志丛话》在评价晚清以来的小说杂志时说:"《半月》为杂志中第一。这不是不敏的谀词,实在瘦鹃匠心独运,始终不懈,令人阅之自起一种审美观念,且每期有一二种特载,都是很名隽的,那自然受社会的欢迎了。"①"杂志中第一"着眼于鸳蝴文学而言,其实很大程度上代表了都市文化的主流,与 30 年代的"新感觉派"属于前后传承的产业链。所谓"社会"包括读者大众,这方面《半月》提升了白领的审美与文化品位,同时由周瘦鹃为被压迫、被践踏者呼号的作品所示,它不失小市民基础。由于军阀混战、政治动荡,市民大众及其"小家庭"梦想愈加受到威胁,因而对"大将军""洋行买办"的权力阶级发出激烈抨击,也是社会矛盾加剧的症状。

的确,《半月》的生产过程并不容易,遭到政治或道德上的责难。周瘦鹃常与大东书局的同事聚餐,在《半月》中设置了"大东俱乐部"的栏目,报告每次在"陶然会"聚餐的情况。有读者寄信给周瘦鹃,认为他不该在"中国内忧外患"之时"插身"其中。他回答说:"我正为了生在这个国家,生在这个时代,纳闷得很,因此加入陶然会中,陶然陶然。如今这位先生要我为青年表率,替国家做些事业,那我可敬谢不敏咧。"②如果按照这位读者的逻辑,那么旨在"消闲"的《半月》也没有存在的理由了。此外还受到新文化的打压,如《小说月报》上的一位读者来信指斥《礼拜六》《快活》《半月》等杂志是"迷住着一般青年"的"恶魔"。③ 这当然也是茅盾、郑振铎的观点。这样的指斥在今天看来不可思议,且不论其中的意识形态方面的深刻分歧,平心而论,尽管郑振铎呼吁"血与泪的文学",事实上他自己并没有发表过像周氏那样的作品,在同时的新文学刊物上也很少见到像周氏那样的作品。

把《半月》视为"恶魔",在茅盾或郑振铎的眼中,主要是针对它的旧文化

---

① 周瘦鹃、骆无涯编:《小说丛谭》,上海:大东书局,1926 年,第 34 页。
② 周瘦鹃:《陶然会第十一次聚餐报告》,《半月》第 3 卷第 9 号(1924 年)。
③ 见《小说月报》第 13 卷第 8 期(1922 年 8 月)。

痕迹与商业性的表现,反映了他们站在西方启蒙思想与文学的立场上对中国文学与文化传统的排斥,同时对城市文化与市民阶层的蔑视,实际上可说是中国传统士大夫观念的现代表现,试图建立一种新的知识与文化的话语霸权。对此这里不详细讨论,只是任何理论必须与在地实践相联系,从这个角度来看《半月》的旧传统与商业化倾向是值得讨论的。正如周氏以《伦敦杂志》和《海滨杂志》为范本,也是一种西化,所尊奉的是工业革命以来都市主义与消费主义的理路,通过现代大众传播在杂志与作者、读者之间成功打造了一个哈贝马斯所说的资产阶级的"爱的社群",将"消闲"变成一种阅读生活,集体分享都市的梦想、艰辛与愤慨。虽然把杂志当作恋人与商品自然化意味着资本与商品给人带来某种异化,但是这一文学商品化过程异常复杂,其中名花美人的抒情美学、伦理价值以及文人雅集唱和方式融为一体,文学与文化传统被转换成各种现代方式,充满情思与文创的意味,因此即便是商品性文学生产,也是值得研究的。

把《半月》办得风生水起,与社会生活密切互动是一大诀窍,正如周瘦鹃的"花样翻新"口头禅,体现了敬业创新的编辑理念。比方说"趣问趣答"这一栏目,每提出一个问题,如"你为什么要子女""你理想中的情人是怎样一个人""你新年中预备怎样行乐"等,下一期从读者回馈中选择若干条登刊,包括读者姓名与住处或职业,以赠送一册《半月》作为酬报。如"你为什么要娶妻"这一条,徐家汇南洋大学的蒋凤伍回答:"一个人最要讲究运动,出了学堂,运动的机会少了。我们娶了妻,跪床沿呀,顶马桶呀,不是很好的室内运动么?所以我要娶妻。"[①]或如"你做了女子便怎样"据称收到三百条回答,有的说:"去当妓女,在各省各县都有情人,要以男子为玩物,包括那些军阀、贪官。"有的说:"我做了女子,便请一位鼎鼎大名的律师,预备替我办理九千九百九十九次半的离婚手续。"[②]关于"你发了财想怎样",南洋大学的潘宗岳说:"我发了财,想招千百个叫化子,各坐一辆大汽车,在南京路一带兜风,晚上在一品香跳舞,使那些公子哥儿们见了头痛。"[③]答者有公司职员、电报局职员、中学教员、大学生等,大多为普通居民,大多居住在上海,也

---

① "趣问趣答",《半月》第2卷第2号(1922年9月)。
② "趣问趣答",《半月》第2卷第10号(1923年1月)。
③ "趣问趣答",《半月》第2卷第4号(1922年11月)。

有住在杭州、苏州、天津等地的。因为要求"趣答",这些回答无奇不有,滑稽可笑,却具时代感,很能反映市民阶层所思所想,涉及阶级、性别等观念。显然这个"趣问趣答"很讨巧,既是推广杂志的生意经,也能起到维系读者的纽带作用。

  中国近现代通俗文学是一门年轻学科,迄今成果累累,新人辈出,然就其巨大体量而言,在深耕细作方面还路途漫漫。本文的《半月》研究是选择性、探索性的,难免以偏概全;虽然在演述中试图体现"大文学史"宏观照应,但限于知识,这里那里或不自觉落入前概念的陷阱。在观念上我们应当给予周瘦鹃一派的文化保守立场以充分的关注,发掘那种对"现代性"的制衡力量,这在今天仍具启示意义。同样在对待文学经典方面须打破雅俗界限,不能以"新文学"美学信条作为衡量标准,而应当深入观察他们的文化本位立场及其传统脉络的丰富内涵,是如何渗入市民大众的"感情结构"而开拓"俗语现代主义"的美学空间的。

江南文化与文学

中国文学与文化研究范式新探索

试论《剪灯新话》的对偶结构

阎小妹

一、中国第一部禁书

在明代初期的文坛上,瞿佑(1347—1433)是一位极受关注的人物,其怪谈小说集《剪灯新话》于洪武十一年(1378)成稿,为"市井轻浮之徒争相诵习,至于经生儒士多舍正学不讲,日夜记忆以资谈论"。正统七年(1442)因其"多载鬼怪淫亵之事",被国子监祭酒李时勉(1374—1450)上疏①,遂列为中国第一部禁书。自幼精通文史、以诗词享有盛名的瞿佑究竟如何"假托怪异之事,饰以无根之言"来"惑乱人心"的,其所谓的"邪说异端"又具体指哪些,至今依旧是人们关心和议论的话题。

《剪灯新话》自明代被禁以后,虽有抄本、刊本,包括《情史》等其他集子的辑录,经各种渠道使之广传于世,但一直未见精准的刊刻足本,阅读研究自然也受到影响。直至20世纪20年代,国人将日本刊刻的足本重新整理出版,才有了50年代周楞伽先生的《剪灯新话》注释本。国内可供阅读的本子长期以来也以此为主,仅有可数的一两种而已。众所周知《剪灯新话》在文体上继承唐宋文言文,但其中屡屡"广引百家,博采诸子",引用经史典故之多,远超出唐宋小说;瞿佑对典故赋予的意义又令今人难以想象。故不同

---

① 正统七年三月辛未,国子监祭酒李时勉言"近有俗儒,假托怪异之事,饰以无根之言,如《剪灯新话》之类,不惟市井轻浮之徒争相诵习,至于经生儒士多舍正学不讲,日夜记忆,以资谈论。若不严禁,恐邪说异端日新月盛,惑乱人心。实非细故,乞敕礼部行文内外衙门及提调学校官吏、御史并按察司官,巡历去处,凡遇此等书籍,即令焚毁。有印卖及藏习者,问罪如律。庶俾人知正道,不为邪妄所惑"。见《明英宗实录》卷九十,正统七年三月辛未。

时代的读者在阅读文本时都需要令人信服的注释和解说。进入 21 世纪后,乔光辉教授的《瞿佑全集校注》(浙江古籍出版社,2010 年)以及研究专著《明代剪灯系列小说研究》(中国社会科学出版社,2006 年)相继出版,打破了多年停滞不前的研究状况,并由语词注释扩展到文本诠释①,将《剪灯》研究推至一个新的阶段。因而,深入读解及探讨《剪灯新话》的文本以及这部短篇小说集在中国文学史上的定位,成为亟待解决的新课题。②

相反,在东亚其他国家,《剪灯新话》不但未受到禁毁,反倒在传入韩国后,促生了《剪灯新话句解》的刊行,韩国古代文人并依此创作出韩国第一部小说《金鳌新话》。在日本更是广为阅读,"德川幕府时期《游仙窟》《剪灯新话》的和刻本之多,可以说日本汉学未废多得益于此二书"③。18 世纪中期日本读本小说《雨月物语》的诞生以及江户时代怪谈小说的盛行,也都直接受到了《剪灯新话》的影响。

所以,我们不可忽视东亚汉字文化圈中韩国、日本、越南对《剪灯》的研究。在日本,对这部"中国历史上最早具有跨国界影响力的古典小说集"的研究尤为盛行,且成果显著。反映在以下几个方面:《剪灯新话句解》本对《剪灯新话》文本的注释,以及江户时代日本汉学家阅读《剪灯新话》的笔记,或翻译改编《剪灯新话》的过程,再有与《雨月物语》相关的研究等④,均成为现今我们研究《剪灯新话》的重要资料。尤其是 20 世纪福冈女子大学教授秋吉久纪夫先生对瞿佑以及《剪灯》的一系列重要研究,更应引起我们的关注。其主要论文均可视为今后研究《剪灯》版本以及作者瞿佑

---

① 如乔光辉:《我们如何成就令言——〈鉴湖夜泛记〉主题解读》,"文化传承视野中的中国古代小说学术研讨会",南京审计大学文学院,2018 年 10 月;《"兴"与〈剪灯新话〉之〈修文舍人传〉主题读解》,《江苏师范大学学报(哲学社会科学版)》2019 年第 1 期。
② 鲁迅在《中国小说史略》中对《剪灯新话》的评价为:"文题意境,并抚唐人,而文笔殊冗弱不相副,然以粉饰闺情,拈掇艳语,故特为时流所喜,仿效者纷起,至于禁止,其风始衰。"肯定了禁书的合理性。这也是国内才子佳人小说以及《剪灯新话》研究长期受阻的原因之一。
③ 董康:《书舶庸谭》卷一,诵芬室精刊,1939 年。
④ 比起对《剪灯》文本的研究,日本文学更加重视的是《剪灯》影响之下诞生的日本怪谈经典之作《雨月物语》。这部短篇小说集分五卷,有九篇小说,每篇小说主题相互关联,一环扣一环,构成一充满梦幻的物语世界,被称为跨越江户时代,最具现代意义的江户小说。《雨月物语》的作者上田秋成创造的这一日本读本小说新模式,又直接影响日本江户时代的怪谈小说,由此怪谈热潮在日本一直延续不断。明治以后,直至当今日本动漫的世界,亦不见衰退。在日本不仅创作怪谈,江户文学中怪谈也被列为重要的研究领域。日本文学特别是《雨月物语》结构分析研究对我们今天读解《剪灯》仍有启发意义。

年谱的基本文献。①

二、《剪灯新话》的造意之奇

《剪灯新话》之前少有个人创作的小说集,从单篇的唐传奇到宋元时代的小说选集《青琐高议》《绿窗新话》等②,所辑录的故事自古至今,或志怪或传奇,内容杂多,且以卷次分类,出现了具有排比式的七言回目和两回成一对偶的形式,如《刘阮遇天台女仙》《裴航遇蓝桥云英》,并被认为是后来拟话本小说和章回小说运用对偶回目的先驱。③ 而从内容上看,《绿窗新话》基本上还是继承了类书,或笔记小说类的形式,与个人创作之小说集相差甚远。④ 况且,虽然辑录于宋元时期,但其刊行的年代目前还有争论,尚不能断定现在的排比式七言回目和对偶形式成于宋元时代⑤,或反映了宋版的原貌⑥。明初瞿佑的《剪灯新话》则是开个人创作短篇小说集之先河,内容上也是将叙事均集于不出百年的"近事"中。除《剪灯新话》以外,瞿佑更在明初诗坛独占一席,因《剪灯新话》故事中多穿插诗词,因此又被称作"诗文小说"。由此亦可推断其小说创作与诗作紧密相关,也就是说作为一代诗人,其诗作的思维方式会直接影响到小说创作。

永乐十九年(1421),在《剪灯新话》完稿44年后,已经75岁的瞿佑几经仕途挫折,放逐边塞、谪居保安近十年之久,将"抄写失真,舛误颇多"⑦的旧本重

---

① 如《明代初期的文人瞿佑考》(《香椎泻》第23号,1977年10月)是首次全面综述瞿佑年谱的论文;《原〈剪灯新话〉的刊期》(《中国文学论集》第7号,1978年)从凌云翰的序言以及诗集柘轩集着手,证实《剪灯》的刊行时间为洪武十四年(1381);《〈重校剪灯新话〉的成立》(《香椎泻》第26号,1981年)则判定朝鲜刊句解本依据的底本是永乐十九年(1421)的《重校剪灯新话》本,而其刊行应在《归田诗话》刊行的成化三年(1467)到成化十年之间;《瞿佑与桂衡》(《香椎泻》第27号,1982年)根据多种地方志调查了瞿佑的交友关系。
② 参程毅中:《宋元小说研究》(江苏古籍出版社,1998年)第三章"《青琐高议》与北宋传奇",第六章"南宋小说的多元化发展"第三节"通俗化的传奇小说与《绿窗新话》"。
③ 详见《绿窗新话》注释本(上海:上海古籍出版社,1991年)周楞伽先生1986年所写前言。
④ 日本学者大冢秀高把《青琐高议》及《绿窗新话》归为"宋代的通俗类书",不属于个人著述。参《宋代的通俗类书——论〈青琐高议〉的构成与内容》,载《日本亚洲研究》第6号,2009年。
⑤ 大冢秀高认为现存的《绿窗新话》本子应是明代增补版。因最初的原本尚未出现,故难以断定七言回目是宋元时期原有的状态。见《〈绿窗新话〉和〈新话摭言〉——万历时代的〈绿窗新话〉》《日本中国学会报》第30集,1978年。
⑥ 详见凌郁之:《〈绿窗新话〉平质》,《扬州大学学报(人文社会科学版)》2006年第5期。
⑦ 见瞿佑永乐十九年《重校剪灯新话后序》。

新校对完毕,使之如"珠联玉贯,焕然一新"①。我们发现,经作者重新校对并传入朝鲜半岛及日本的这部四卷本《剪灯新话》共收有20篇故事,每卷中分别放入两篇女子故事,而且皆围绕同一主题,且在人物情节与道具等方面互为对照唱和,形成一种对偶结构。这一排列是作者在重新校对之时做出的重要更正,"或有镂版者,则又脱略弥甚……知是本之为真确,或可从而改正云",从而改正了坊间流传的各种本子包括早年刊刻的黄正位刊本在卷次排列上的错误,瞿佑将第一卷的四个女子故事拿出两个放到或放回第四卷中,使各卷分别排有两个女子故事。其异同可见表1。

表1 新旧版本篇目对照表

黄正位刊本	永乐十九年重校本
卷一 水宫庆会录 *金凤钗记 *联芳楼记 *鉴湖夜泛记(移至卷四) *绿衣人传(移至卷四)	卷一 水宫庆会录 三山福地志 华亭逢故人记 *金凤钗记 *联芳楼记
卷二 令狐生冥梦录 天台访隐录 *滕穆醉游聚景园记 *牡丹灯记 渭塘奇遇记	卷二 令狐生冥梦录 天台访隐录 *滕穆醉游聚景园记 *牡丹灯记 渭塘奇遇记
卷三 富贵发迹司志 永州野庙记 申阳洞记 *爱卿传 *翠翠传	卷三 富贵发迹司志 永州野庙记 申阳洞记 *爱卿传 *翠翠传
卷四 龙堂灵会录 太虚司法传 修文舍人传 三山福地志(移至卷一) 华亭逢故人记(移至卷一)	卷四 龙堂灵会录 太虚司法传 修文舍人传 *鉴湖夜泛记 *绿衣人传

---

① 永乐十八年《剪灯新话》重校本胡子昂《剪灯新话》后记。

我们若把《剪灯新话》四卷二十篇故事看作一个整体的话,那么每一篇故事之间,或对仗,或对偶,或唱和,一卷五话,共四卷,即呈现出一首五言绝句诗的形式。这是诗人瞿佑以中国文人最擅长的一种表现形式而创造的一种极具特色,且与以往的短篇小说(这里特指唐代传奇的单篇小说)不同的形式美。

关于古典小说中的对偶结构,早有学者在研究白话小说《三言二拍》的篇目时就曾指出:"(对中国)文人来说,对偶是他们思维的源泉,是展开思考的不可欠缺的一种原动力。"①但是以往的研究基本上是将对偶结构的出现局限于明清长篇章回小说或是白话小说集的章回篇目上。由篇目进到内容上的分析也仅限于白话小说《三言二拍》。如日本学者福满正博指出:《古今小说》不但在各篇篇目上形成对偶表现,而且在内容上也以对偶的形式编排。既有故事情节平行发展的"正"对偶,亦有内容类似而结尾相反的"反"对偶。福满认为这是中国传统的思维方法和表现手法,因为短篇小说有主题不鲜明之嫌,故编者冯梦龙为明确表达作品的主题思想,而采取了这种对偶结构。② 此外,河井阳子在进一步分析《三言二拍》诸篇内容后,指出对偶结构是出于编者的警世意识,用以述说因果报应、劝善惩恶,表现"节义""报应""情爱"等。③ 而东京大学教授户仓英美在分析《三言二拍》的各种对偶结构时,认为这一结构与编者所要表达的警世意识并没有什么必然的联系。对偶句是汉语的重要特征,也是最基本的修辞法,《三言》的对偶结构应该是出自其本身的目的,为了与文言文的修辞相争辉,白话小说只有以千变万化的故事情节取胜,巧妙地编辑作品,才能创造出壮丽的情景,而对偶结构仅是与文言文相抗衡时所需的装饰及衣裳。④ 她认为对偶结构提高了白话小说的品位。不过,近年学者田中智行就《金瓶梅》第三十九回前后内容以及诗文进行了致密分析,发现在这部长篇小说内部也存在着对偶结构⑤,先是

---

① 户仓英美:《三言对偶结构的意义》,《东京大学中国语中国文学研究室纪要》1999 年第 2 期。
② 福满正博:《古今小说的编纂方法——对偶结构》,《中国文学论集》1981 年第 10 期。
③ 河井阳子:《三言的编纂方法》,《东京大学中国语中国文学研究室纪要》1998 年第 1 期。
④ 户仓英美:《三言对偶结构的意义》,《东京大学中国语中国文学研究室纪要》1999 年第 2 期。
⑤ 田中智行:《论〈金瓶梅〉第三十九回的结构》,《东方学》2010 年第 119 辑。

"西门庆玉皇庙打醮",即男性参与的道教场景,后是"吴月娘听尼僧说经",则是女性参与的佛教场景,彼此相对,并指出作者为了立体地表现事物的正反、阴阳两面性,而运用对偶结构。这是作者创作小说的重要手法,效果显而易见。田中认为,当我们有了对偶结构的意识之后再去阅读文本,会更容易把握整体或准确理解其内容。

以上有关小说对偶形式与内容的论述,因仅限于章回小说或白话小说集,这种创作手法也基本被看作冯梦龙的首创。针对以上的论述,笔者曾指出,文言小说集《剪灯新话》中亦存在对偶结构①,而且这一对偶结构与小说内容直接相关,对准确理解其内容极为重要。本文即试图对《剪灯新话》的对偶结构展开分析,以解读这部小说何以被认定为"邪说异端",又何以令"庶俾人知正道不为邪妄所惑"的各种可能性。

如表1永乐十九年重校本加＊号的篇目所示,《剪灯新话》四卷中的女子故事围绕着以下四个主题展开:

卷一:姊妹婚(二女赘婿)
《金凤钗记》兴哥入赘吴家,与兴娘妹庆娘成婚。
《联芳楼记》郑生入赘薛家,与兰英、蕙英成婚。

卷二:人鬼相恋(幽灵)
《牡丹灯记》亡灵符丽卿与乔生生死不离,双双判酷刑入地狱。
《滕穆醉游聚景园记》亡灵卫芳华与书生滕穆结生前之缘,后升仙界。

卷三:夫妻之别
《爱卿传》时逢战乱,贤妻爱卿不忍受辱自绝。人鬼相会话别。
《翠翠传》时逢战乱,爱妻忍辱作他人之妾。夫妻相会团聚于黄泉。

卷四:仙女女鬼的指控
《鉴湖夜泛记》织女下凡,指控文人谎言制造事端。
《绿衣人传》女鬼现身,揭发奸臣残害世人之罪恶。

每卷两篇均以对偶结构相照映,本文因篇幅有限,仅举卷一的姊妹婚与

---

① 笔者曾以下列日文文章对之加以论述:《〈剪灯新话〉文本结构初探》,《日本近世部会志》第1期,2006年;《爱卿传与翠翠传的对偶结构》,《日本文学》6月号,2007年;《试论〈剪灯新话〉中的神婚谭与冥婚谭——〈滕穆醉游聚景园〉〈牡丹灯记〉》,《日本近世部会志》第3期,2008年;《试论〈剪灯新话〉中姊妹招婿谭》,《日本近世部会志》第4期,2010年;《再论〈剪灯新话〉的对偶构成》,《日本近世部会志》第6期,2012年。

卷三的夫妻之别为例,来说明作者在文言小说集中使用对偶结构的苦心所在,并结合内容以肯定前人对其文"造意之奇,措辞之妙,灿然自成一家之言"①的高度评价。

三、姊妹婚——孝女抱恨身亡;姊妹自选君郎

1. 故事情节的展开——正反对偶

以下首先介绍卷一《金凤钗记》与《联芳楼记》的故事概要:

《金凤钗记》

扬州富家女吴兴娘在襁褓之中便与邻家宦族崔兴哥以金凤钗订婚,未几崔家北上,十五年音信全无,兴娘在无奈等待中病逝。入殓两月,兴哥来访,兴娘亡灵持金凤钗附身于妹妹庆娘,与兴哥私奔。一年后返家,以死逼迫父母承认两人婚事。

《联芳楼记》

苏州富豪姊妹双双美貌聪慧,每日吟诗作歌,名传远近。夏日偶见男子河边沐浴,遂投荔枝以示情意,并吊竹篓将男子引进闺房,与其极尽缱绻之意。最终姊妹两人皆大欢喜,同侍一夫。

其故事情节的展开,主要经历了以下十个阶段,而且两者呈对偶形式,我们归纳以表2。

表2 《金凤钗记》与《联芳楼记》对偶表

故事情节	金凤钗记	正反对偶 (○为相同;⇔为相对)	联芳楼记
1. 主要人物	元朝大德年间扬州富豪吴防御女名兴娘;邻家官吏崔某之子叫兴哥	○女子同为富家姊妹 男子崔家为官宦⇔邓家为富商	元朝至正初吴郡(苏州)富豪薛家之女兰英、蕙英;昆山富商郑生
2. 父辈关系	富豪吴防御,邻居官吏崔某	○父辈之间素有交往 偶然为邻居⇔两家交往亲密	富豪薛家父与富商郑家父为挚友

---

① 《剪灯新话》洪武十三年凌云翰序。

(续表)

故事情节	金凤钗记	正反对偶（〇为相同；⇔为相对）	联芳楼记
3. 人物性格及生活环境	兴娘、庆娘长在深闺，与世隔绝	无性格描写⇔自由奔放 深居闺房⇔居江边高楼	姊妹居江边高楼，自由放任，以咏诗为乐
4. 婚姻状况	兴娘四岁与崔家兴哥订婚	自幼订婚⇔不曾订婚	姊妹芳龄正妙，未曾订婚
5. 男子来访	兴哥父母过世后为完婚至吴家	〇男子至女方家 为履行婚约⇔行商路过	郑生因行商路过薛家
6. 女子示爱	庆娘上坟归途抛金凤钗引诱兴哥拾获，夜晚闯入兴哥居处，迫使兴哥就范同寝	〇女子主动示爱 抛金凤钗⇔掷荔枝 女子强逼男子⇔男女皆欢喜	姊妹窥视郑生沐浴，掷荔枝示爱，见其有意，遂投竹篮吊郑生上楼
7. 入室同居	每晚庆娘潜入兴哥处	〇同居 女子入男子处⇔男子入女子处	郑生每晚登联芳楼与姊妹共享欢乐
8. 恐东窗事发谋策	庆娘恐夜访兴哥败露，劝兴哥外逃，两人离家私奔	〇谋策 女子担忧⇔男子担忧	郑生恐同居败露哭泣悲伤，姊妹痴情劝慰郑生留宿
9. 同居败露	庆娘与兴哥回家，祈求家父承认其关系，遭拒绝	〇家长表态 否认私奔⇔私下为女儿结缘	薛父偷看姊妹与郑生和诗，知女儿与郑生已私下相约
10. 结局	兴娘亡灵以死逼迫父母使庆娘完婚	〇入赘完婚	薛家通郑生父与姊妹完婚

（1）首先我们看到主要人物的身份设定基本相同。《金凤钗记》与《联芳楼记》的女主人公同是富家姊妹，男子均为官宦或富商之子。不同的是，《金凤钗记》仅言扬州富豪吴防御有女名兴娘，及邻居官吏崔某之子叫兴哥。"崔有子曰兴哥，防御有女曰兴娘，俱在襁褓。崔君因求女为兴哥妇，防御许之，以金凤钗一只为约。"而《联芳楼记》对苏州富豪薛家之女兰英、蕙英做了详细介绍，两人不仅性聪质美且诗名远近传扬。对薛家挚友富商郑生的气

质禀性亦有描述。云:"有二女,长曰兰英,次曰蕙英。皆聪明秀丽,能为诗赋。……由是名播远迩,咸以为班姬、蔡女复出,易安、淑真而下不论也。……生以青年,气韵温和,性质俊雅。"

(2)两家父辈的关系亦相同。《金凤钗记》与《联芳楼记》的父辈之间素有交往,这一点两者皆相同。《金凤钗记》是宦官与富豪,"与宦族崔君为邻,交契甚厚"。《联芳楼记》两家皆为富商,即"昆山有郑生者,亦甲族,其父与薛素厚"。

(3)女子居住的环境截然不同。《金凤钗记》的兴娘、庆娘深居闺房且与世隔绝,"中门已阖,不可得而入矣"。《联芳楼记》姊妹则居江边高楼,每天瞭望着运河上下往来的船舶。"于宅后建一楼以处之,名曰兰蕙联芳之楼。……其楼下瞰官河,舟楫皆经过焉。"由此可见,《金凤钗记》姊妹生活在与世隔绝、封闭的空间,而《联芳楼记》姊妹则生活在一个居高临下、眼观四方的高处。在居住环境上,封闭与开放,两者截然相反。

(4)姊妹的婚姻状况也正相反。《金凤钗记》吴家父母在兴娘襁褓时,约四岁前便收崔家金凤钗为之订婚。而在崔家北上任官,十五年渺无音信的情况下,吴家父只因聘礼已下,固守婚约,"崔君游宦远方,凡一十五载,并无一字相闻。女处闺闱,年十九矣……防御曰:吾已许故人矣,况诚约已定,吾岂食言者也"。使兴娘错过婚嫁时机,为等待兴哥悲伤至死。"……女亦望生不至,因而感疾,沈绵枕席,半岁而终。"《联芳楼记》中姊妹芳龄正妙,却是自由放任,未曾订婚。每日于高楼观世景,以咏诗为乐,且有家父为姊妹出诗集,获世人赞赏。"二女日夕于间吟咏不辍,有诗数百首,号《联芳集》,好事者往往传诵。"薛家姊妹二十前后依然未婚与吴家兴娘自幼订婚呈相反状。

(5)男子来访至女家相同。《金凤钗记》里兴娘死后,兴哥来访,讲述父母相继过世,待解除丧服方至吴家。"殡之两月,而崔生至。……曰:父为宣德府理官而卒,母亦先逝数年矣,今已服除,故不远千里而至此。"《联芳楼记》中的郑生因行商至薛家,将船停泊兰芳楼下。"至则泊舟楼下,依薛为主。薛以其父之故,待以通家子弟,往来无间也。"兴哥来访吴家与郑生暂居薛家,虽故事情节均平行发展,但其中已蕴藏着兴哥失去官宦之父母庇护,无路可走的尴尬处境,而实现与吴家兴娘的婚约成为其唯一目的。同时,也透露出兴哥作为孝子的一面,即为父母服丧,故迟迟不能到吴家来。

(6) 两篇均展示女子主动示爱的一面。《金凤钗记》中写庆娘上坟,归途于轿中抛金凤钗,引诱兴哥拾获。即"有轿二乘,前轿已入,后轿至生前,似有物堕地,铿然作声,生俟其过,急往拾之,乃金凤钗一只也。……方欲就枕,忽闻剥啄扣门声,问之则不答,不问则又扣,如是者三度。乃启关视之,则一美姝立于门外,见户开遽搴裙而入"。兴哥虽被允许滞留吴家,但因兴娘与崔家父母的过世,吴家对兴哥的态度发生变化,关系冷淡。在吴家给兴娘上坟时,并未让兴哥同行。而在两家关系已经失去继续维持的意义之时,庆娘投掷金凤钗,令兴哥拾获,并主动上门求爱,意味着是兴娘、庆娘在维系着与兴哥的关系。《联芳楼记》则是姊妹窥视郑生沐浴,抛荔枝与郑生示爱,投竹篮吊郑生上楼。"夏月于船首澡浴,二女于窗隙窥见之,以荔枝一双投下。生虽会其意,然仰视飞甍峻宇,缥缈于霄汉,自非身具羽翼,莫能至也。……忽闻楼窗哑然有声,顾盼之顷,则二女以秋千绒索,垂一竹兜,坠于其前,生乃乘之而上。"当二女的眼前出现男子沐浴之时,女子对男子的生理情欲自然而生,并积极大胆地追逐欲望满足自身,充满了诗情画意。①

无论抛金钗诱惑还是抛荔枝示爱,同为女子主动示爱,金凤钗作为婚约的象征,而抛荔枝则是古代男女相互示好的原始方式。

(7) 入室同居的描述呈相反状。《金凤钗记》里庆娘私自闯入兴哥居处,迫使兴哥就范同寝。"即挽生就寝。生以其父待之厚,辞曰:不敢。拒之甚确,至于再三。……生惧不得已而从焉。"后每晚庆娘潜入兴哥处。"自是暮隐而入,朝隐而出,往来于门侧小斋,凡及一月有半。"而《联芳楼记》则描述郑生每晚登联芳楼,与姊妹共享欢乐。"既见喜极不能言,相携入寝,尽缱绻之意焉。……至晓,复乘之而下,自是无夕而不会二女。"《金凤钗记》为女子主动入室,且不顾男子再三推辞,强求同居,虽一月有半,但文中始终没有描述两人之间相互爱恋的感情。《联芳楼记》虽为男子入室,兰蕙姊妹以

---

① 正如乔光辉所论述:"这种追逐欲望满足而为礼教所不容的爱情,充满了诗情画意。"(《明代剪灯系列小说研究》,北京:中国社会科学出版社,2006 年,第 203 页)

诗词向郑生表达每晚幽会、同床共枕的满足感,在姊妹俩的敦促下,郑生也作诗唱和,直言自己欢欣喜悦的感受。

(8)恐东窗事发而谋策,两篇呈相反的结局。《金凤钗记》中庆娘恐夜访兴哥败露,劝兴哥外逃,于是两人离家私奔。"妾处深闺,君居外馆,今日之事,幸而无人知觉。诚恐好事多磨,佳期易阻,一旦声迹彰露,亲庭罪责,闭笼而锁鹦鹉,打鸭而惊鸳鸯,在妾固所甘心,于君诚恐累德。莫若先事而发,怀璧而逃或晦迹深村,或藏踪异郡,庶得优游偕老,不致睽离也。生颇然其计。"《联芳楼记》里则是郑生恐登楼与姊妹同居败露而哭泣悲伤,姊妹反倒痴情劝慰郑生继续留宿:"生忽怅然曰:我本羁旅,托迹门下。今日之事,尊人惘知。一旦事迹彰闻,恩情间阻,则乐昌之镜,或恐从此而遂分,延平之剑,不知何时而再合也。因哽咽泣下。二女曰:妾之鄙陋,自知甚明。久处闺闱,粗通经史,非不知钻穴之可丑,韫椟之可佳也。然而秋月春花,每伤虚度,云情水性,失于自持。……感君不弃,特赐俯从,虽六礼之未行,谅一言之已定。……郑君郑君,妾虽女子,计之审矣!他日机事彰闻,亲庭谴责,若从妾所请,则终奉箕帚于君家;如不遂所图,则求我于黄泉之下,必不再登他门也。"

《金凤钗记》中庆娘以俗话谚语恐吓并告诫兴哥,两人的不轨行为终会被问罪,而兴哥仅是唯唯听从。《联芳楼记》的姊妹是在通经史识六礼的基础上,深知自己的行为有违礼教。然而,姊妹两人更珍惜秋月春花,不愿虚度青春,自我选择,明知故犯。当郑生啼哭落泪时,姊妹以理争辩,勇于承担,与《金凤钗记》中庆娘自寻苦恼,胆怯逃离现实截然相反。

(9)同居败露后,《金凤钗记》中庆娘念父母之恩返家归乡,而吴防御却拒不承认庆娘与兴哥私奔,斥为荒诞之怪异。看似荒诞不经的怪异实乃兴娘之魂附身庆娘,她一是申述自己无罪早亡的冤屈,二是以死逼迫父母使庆娘续缘。原文描述道:"父诘之曰:汝既死矣,安得复于人世为此乱惑也。兴娘不幸,早辞严侍,远弃荒郊,然与崔家郎君缘分未断,今之来此,意亦无他,特欲以爱妹庆娘,续其婚尔。如所请肯从,则病患当即痊除;不用妾言,命尽此矣。……妾之死也,冥司以妾无罪,不复拘禁,得隶后土夫人帐下,掌传笺奏。妾以世缘未尽,故特给假一年,来与崔郎了此一段因缘尔。"《联芳楼记》里郑生不顾家父催促,滞留薛家不归。而薛父偷看姊妹与郑生的对诗,知女儿与郑生已私下相约,遂通知郑生父,主动与姊妹完婚。即"一日登楼,于箧中得生所为诗,大骇。然事已如此,无可奈何,顾生亦少年标致,门户亦正相敌,乃以书抵生之父,喻其意"。

(10) 两篇同为入赘完婚。《金凤钗记》里庆娘与兴哥完婚。"遂捐吉续崔生之婚。"而《联芳楼记》薛家姊妹与郑生结缘。"生父如其所请。仍命媒氏通二姓之好,问名纳采,赘以为婿。是时生年二十有二,长女年二十,幼女年十八矣。"前者在兴娘死魂的逼迫下,父亲同意庆娘与兴哥续婚;而后者薛家姊妹与郑生的婚姻却得到家父支持,未遇到任何障碍。

以上可以看出故事情节的相辅相成的发展过程:主要人物身份相同,两家父辈关系亦相同,只因女子居住环境的不同,姊妹婚姻状况则有所不同。同是与男子相会,女子都主动示爱,但方式不一,同居时男女双方的态度和关系也不一样。特别是在担心东窗事发时女子所表现出的态度方式也迥然不同。最终女方之父在女儿私会的现实面前也各自采取了被迫与主动的不同的对应方式。

2. 亡灵之悲凄,青春之浪漫

《金凤钗记》是瞿佑以唐代传奇小说《离魂记》为蓝本进行改编的,通过与《离魂记》的比较,还可以发现瞿佑所强调的是什么,所删减的部分意味着什么,亦可探讨和理解瞿佑创作的真意。众所周知《离魂记》全文五百字,对兴娘的原型倩娘仅有的描述"端研绝伦",在〈金凤钗记〉里被删除,瞿佑对兴娘的容貌特征不予任何描写,甚至至死未吐一言,说明兴娘被赋予的形象与《离魂记》的倩娘全然不同。即兴娘生前无权倾诉个人意愿,不论从襁褓期的订婚还是到等候兴哥以至死,其命运始终掌握在父亲手中。兴娘与兴哥在襁褓时订婚,自幼并未在一起生活过,这是作者对《离魂记》中的倩娘与王宙青梅竹马,私下互相爱慕的情节所做的一重大改变。而当兴娘之魂附身庆娘后,其行动与生前则发生了巨大变化。庆娘叩门入室,即挽生入寝,直逼兴哥行男女之事,是因为她持有金凤钗这一婚约聘礼,而金凤钗是瞿佑在创作中增加的一个重要道具。兴娘因这只金凤钗不得再与他人谈婚论嫁,荒废青春郁闷而死。一旦附身庆娘后,她则凭借金凤钗主动示爱,支配兴哥,而兴哥处于无奈之下与其私奔,自始至终受庆娘的指使。两人之间被金凤钗这一聘礼所绑架、禁锢。庆娘甚至手持金凤钗以死要挟父母使其完婚。

可以看出无论是兴娘守着这一信物郁闷而死,还是庆娘举着信物强逼兴哥同床,都离不开这只金凤钗。凭着它,既遵守了父命,同时又可仗父命胁迫兴哥,最终实现吴家与崔家的盟约。

瞿佑改写《离魂记》,新添金凤钗这一信物,使父权对子女的支配更具体化,而最后只有变卖金凤钗,请道士设坛做了法事,庆娘与兴哥才摆脱了父权的支配。瞿佑将故事命名为《金凤钗记》,其寓意极为明确。此外,《离魂记》中一影视幻觉般的奇妙场景,即卧床在家的倩娘与私奔回家的倩娘魂合为一体之瞬间,也是该篇的一大亮点。而瞿佑在《金凤钗记》中对之予以删除,他独自创造了另一惊人的奇景:看上去,体貌是庆娘,可声音举止却分明是已经死去的兴娘。"举家惊骇,视其身则庆娘,而言词举止则兴娘。"瞿佑将兴娘之魂附身庆娘,面对其父,吐出无辜而死之怨:"妾之死也,冥司以妾无罪,不复拘禁。……妾以世缘未尽,故特给假一年,来与兴哥了此一段因缘尔。"并借兴哥之口,揭穿其父假称女儿卧病于床的谎言,"其恐为门户之辱,故饰词以拒之"。以暗示庆娘父与《离魂记》中倩娘父亲的托词实乃同一理由,都是为了掩盖女儿私奔的尴尬局面而设的障眼法。《离魂记》中的倩娘私奔源于其父之食言,即倩娘父戏言许婚与王宙,后因食言,才有了倩娘出走私奔的丑闻①,不过,《离魂记》中倩娘父的食言仅仅是逼着女儿私奔一场而已。但在《金凤钗记》里,其父吴防御并未食言,他重诺守信,固守婚约却让兴娘忧郁而死。无疑这里更突出了《金凤钗记》的悲剧性,是父亲为维护一家之长的权威,行使权力阻挠子女自主择偶,左右子女命运而导致兴娘之死的一场悲剧。

至今学界对《金凤钗记》的评论两分:多数论述认为其描写的是人鬼相恋,歌颂的是兴娘大胆追求爱情的执着;否认《金凤钗记》是爱情故事的则认为金凤钗是一种重诺守信的美好品德的象征,瞿佑在小说中表现了对这一美好品德的向往。

但是,我们从以上《金凤钗记》与《联芳楼记》成对偶结构的分析可知,把《金凤钗记》看作一篇歌颂男女爱情的故事,实与瞿佑的原意相距甚远,亦非

---

① 《离魂记》中私奔的缘由至今多被视为倩娘父食言,笔者认为《离魂记》描写清河豪族张氏与太原王氏贵族没落的一段历史,倩娘之父对新兴贵族的求婚,实属违心而应。详见拙论《唐代传奇〈离魂记〉的虚与实》,《信州大学人文社会科学研究》2015 年第 9 期。

是瞿佑歌颂所向往的一种重诺守信的美好品德。笔者认为倘若将其视为兴娘、庆娘对父权的一种控诉、一种抵抗恐怕更为合情合理。即瞿佑通过兴娘附魂庆娘大胆吐露真言这一新颖的表现方式与手法,巧妙地撕下父权的礼教面具,使之残害子女的真面目公示于众。

再看《联芳楼记》,兰蕙姊妹目睹青年郑生裸体沐浴,动了春心,以古代男女原始的求爱方式投以荔枝。郑生与兰蕙姊妹的结局虽属于中国文人向往追求的婚姻形态,即《列女传》卷首娥皇女英姊妹同嫁舜帝的"双娇齐获"型,但《联芳楼记》却自始至终以兰蕙姊妹为主角,男子郑生完全被置于次要地位。这是一个颠覆主次以女子为中心的故事①,是以诗文倾诉青春不可枉度、情欲难以抑制的真实感情写照。这点使《联芳楼记》至今遭到研究学者的抨击。可想在六百多年前的明初,这一主次的颠覆对传统的儒者来说具有多么强烈的冲击。青年男女间这种直率且自然,相互表述真挚感情的方式,无疑对儒家的礼教而言有伤风雅,可谓大逆不道。理所当然地称男子的性欲乃是本能,女子的性欲却为淫乱的思维方式至今未有根本改变。无怪乎瞿佑在自序中也坦然承认:"自以为涉于怪语,近于诲淫,藏之书笥,不欲传出。"对此,他亦深知,所谓的"淫奔之诗"亦是反映远古男女互相求爱的真实感情,"古之人虽闾巷子女风谣之作,亦出于天真自然"②。故云:"……《国风》取淫奔之诗,《春秋》纪乱贼之事,是又不可执一论也。……言者无罪,闻者足以戒之一义云而。"

比起唐传奇《游仙窟》赤裸裸地描写男女性爱的场景,《联芳楼记》不过只叙"相携入寝,尽缱绻之意"③。姊妹的诗词虽也大胆,但用词婉转优美,且避免直述情事。姊妹既知礼又充满情欲,平实真挚,愿以死来获得自身的身心满足。二女的欲望发展为主动求偶行为,也是拒绝听任父命坐等待嫁的表现。作为礼教的父权在姊妹心中已非绝对唯一的存在。《联芳楼记》除了用诸多笔墨赞颂薛家姊妹的容貌性格,还特别强调二女胜于男子的才能。

---

① 笔者认为明末清初的才子佳人小说虽在形式上也继承了"双娇齐获"这一叙述模式,多将女子设为主角,但女子结拜为姊妹的意义已经变质,出现了女子同性恋的倾向。详见拙论《才子佳人小说的类型化——"双娇齐获"中女子的自我定位》,《中国小说研究》2001年第6期。
② 乔光辉认为瞿佑强调诗歌的天真自然是受到元代诗人方回的影响。详见《明代剪灯系列小说研究》,第83页。
③ 后世流传各种版本,辑录中有添加《联芳楼记》情欲的表现。

从居住环境看,二女居于楼阁鸟瞰天下,江边浓郁的庶民生活气息时时在感染着这一对妙龄少女,她们效仿杨维桢《竹枝曲》作《苏台竹枝曲》曰:"洞庭金桔三寸黄,笠泽银鱼一尺长。……荻芽抽笋楝花开,不见河豚石首来。早起腥风满城市,郎从海口贩鲜回。"这一点,在当下学者的眼里却也打了折扣:"以放纵反对人性压抑,多少也带有反传统的色彩。"①反倒是彼时读者更看重瞿佑"灿然自成一家之言"的个性,赞赏"其才充而敏","其文也赡","造意之奇,措词之妙",并称"读之使人喜而手舞足蹈"②。

这点与《金凤钗记》中兴娘默默无言,无条件顺从父母之意完全不同。兰蕙姊妹在家父的支持下尚出有诗集,为名人文士所注目,得到当代名家诗人的赞赏,显示出女子创作诗文亦可获得社会承认的一面。因此兰蕙姊妹这种与社会密切相关的环境和兴娘封闭于世的生活成对比,都是瞿佑在人物形象的塑造上所做的必要铺垫。此外《金凤钗记》兴娘与庆娘亦可看作女主人公的两面,即生前的兴娘代表着受父母约束的乖巧女子,被兴娘附魂的庆娘则表现出内心有着按捺不住情欲的真实女子。同时,兰蕙姊妹在故事中并无长幼之分,优劣之差异,或在性格上的不同等,这也意味着两人虽表面是姊妹,实则代表年轻女子具有普遍意义的心理与行动。正如前人所说,瞿佑与"文妖"杨维桢的生活情性及其"以淫词怪语裂仁义"的文字特点的确极为相似。③

可以说,金凤钗是约束禁锢兴娘、兴哥及庆娘的道具,而联芳楼则是为姊妹提供眼观世界寻找自我、追求女子个性的平台。薛家不但为姊妹提供了自由的空间和时间,还使得女子的才能有所彰显,获得世人公认。最终,后篇的联芳楼颠覆了前篇金凤钗的悲剧性,联芳楼的世界不仅是女子憧憬向往的极乐天地,也是一代文人追求自由的理想世界。作者通过《金凤钗记》与《联芳楼记》这一组具有对偶结构的故事向世人揭示:父权之下女子只有死路一条;而青春女子自选郎君,又何尝不可!

---

① 乔光辉一方面赞赏瞿佑能正视人间情欲,对男女大胆的幽会和近乎疯狂的性爱亦持宽容的态度,并认为瞿佑是带着欣赏的审美眼光歌颂为礼法所忌的情爱;另一方面,以爱情具有排他性为由,对一男二女式的幽会与爱情本身持否定态度。详见《明代剪灯系列小说研究》,第317页及第206页。
② 见《剪灯新话》洪武十三年凌云翰序。
③ 乔光辉:《明代剪灯系列小说研究》,第70页。

四、夫妻生死别离,冰火两重天

1. 名娼学三贞,民女求苟活

下面我们再来看卷三《爱卿传》与《翠翠传》这组夫妻生死离别的故事。

《爱卿传》

嘉兴富豪赵六之妻罗爱卿乃"嘉兴名娼也,色貌才艺,独步一时"。赵父辈中有任吏部尚书者,招其入京作官。赵六犹豫不决,妻爱卿则以功名前程为重,敦促夫进京。丈夫走后,赵母病逝,爱卿予以厚葬。时逢张士诚起兵反元,官兵趁火打劫强占赵宅,总兵刘万户见爱卿貌美意欲强娶,爱卿为保清白自缢而亡。三年后赵六回家将爱卿重新厚葬,并恳求妻子显灵与己相见。爱卿现身诉说道:为报达赵六赎回其身并娶为正室之恩,自觉以死为世人做出榜样,令那些背夫、弃君,不守妇道、臣道者感到羞耻,又说因自己守节尽孝,被获准转世投胎。次日赵六按爱卿所说来到宋家,宋家男婴见赵六则转哭为笑,证实了爱卿已转世再生。

《翠翠传》

淮安民女刘翠翠与男青年金定自幼同窗相爱,翠翠誓死嫁与金定,令父母备聘礼纳金定入赘。新婚燕尔,生活甜蜜。不久张士诚起兵高邮,翠翠被李将军所掳。八年后金定辞别父母,费尽周折,终于在湖州得到爱妻音讯,并谎称寻妹,与翠翠见面。夫妻二人于将军府上只能以诗传情,不得相会。金定因思念翠翠,忧郁过度,一病不起。两月过后,翠翠亦病逝。翠翠以书信告知父母,虽不能守节尽孝,但夫妻二人在异乡得以安葬,无须牵挂。

其故事展开主要也经历了以下 11 个阶段,而且两者皆呈对偶形式,我们归纳以表 3。

表 3 《爱卿传》与《翠翠传》的对偶表

故事情节	爱 卿 传	正反对偶 (○为相同;⇔为相对)	翠 翠 传
1. 时代背景 地点	至正十七年(1357) 嘉兴	○战乱期 元朝苗军⇔张士诚军	至正末年(1358—) 淮安

(续表)

故事情节	爱卿传	正反对偶 (○为相同;⇔为相对)	翠翠传
2. 主要人物	名娼罗爱爱才色兼具 富豪赵子家资百万	○女子聪慧 富豪与名娼⇔贫户与良家女	良家女刘翠翠聪慧通书 贫户金定聪明俊雅
3. 婚娶	赵子爱慕爱爱才色以重礼娶妻	○不顾门户之别自主婚姻 女脱娼⇔男入赘	翠翠看重金定的才学 自备聘礼赘婿
4. 新婚生活	爱爱促夫赴京取功名	○夫妻相亲相爱 图功名⇔享新婚之乐	翠翠沉湎新婚生活
5. 战乱	赵家被苗军杨完者部下刘万户侵占	○乱军侵入 占家宅⇔遭抢劫	刘家遭张士诚部下李将军掠夺
6. 面临受辱	刘万户见爱爱姿色欲霸 爱爱为守贞节自尽	○丈夫无力相助 守节自尽⇔做人之妾	翠翠因为李将军所掳忍辱求活为他人之妾
7. 丈夫寻妻	战乱结束赵子归乡	○和平期丈夫寻妻 返回家乡⇔离开家乡	局势平定金定离乡
8. 妻子生死	赵家苍头告知妻子孝守贞缢死后院	○第三者诉说妻子生死 守节自尽⇔做人之妾	李将军守门者告知妻子受宠 李将军重看翠翠诗文
9. 夫妻团圆	赵子掘墓与爱爱亡灵重逢	○夫妻重逢 呼妻亡灵⇔称妻兄妹	金定与翠翠相会
10. 夫妻之别	爱爱痛斥求生而不忠不孝不贞者 赵子以华服厚葬亡妻	○夫妻离别 爱爱自信⇔翠翠无奈	将军府内翠翠金定以兄妹相见 金定忧郁病亡
11. 结局	爱爱转生为宋家男儿 赵子与转生儿结亲相交往	转生男儿⇔夫妻同葬 共同体⇔个体	翠翠病亡与金定同葬 翠翠拒绝迁墓回故乡

根据上表,我们可以再加简述。

(1) 时代背景与舞台的相同与不同:《爱卿传》与《翠翠传》都将元末的战乱作为时代背景。一是元朝苗军杨完者攻占的嘉兴,二是反元势力张士诚攻取的淮安。作者虽然将时代背景都放在元末,但又特别将苗军短期攻

江南文化与文学 | 191

占嘉兴的1357年与张士诚1356年占据江南后同朱元璋交战直至灭亡的十年加以区别,并为塑造张士诚部下李将军的形象做了必要的准备。众所周知,不但史家有"苗军性残忍,所过淫虐,人愈苦之"①的恶评,文人亦有"为人阴鸷酷烈,嗜斩杀……禽兽之行,绝天逆理,民怨且怒"②的定评,而张士诚占据江南时期,政策较前宽大许多,一部分文人包括作者瞿佑也在张士诚治世统治区内生活悠游③。然而到了明初,朱元璋一改张士诚的宽大政策,严厉打击以元末遗老自居的文人。正如乔光辉教授所论,瞿佑的好友,为《剪灯新话》作序的凌云翰也"因朱明文化专制政治的镇压不得善终"④。故,作者对张士诚的部下抱有一定的同情感也是基于对明初文化政策的一种抵制或反感⑤。

(2) 女主人公的人物身份不同:《爱卿传》女主人公罗爱爱,是嘉兴名娼,才色兼具。男主人公赵子是嘉兴家资具万的富豪。"罗爱爱,嘉兴名娼也,色貌才艺独步一时。而又性识通敏,工于诗词,以是人皆敬而慕之……同郡有赵氏子者,第六亦簪缨族,父亡母存,家资巨万。"而《翠翠传》女主人公刘翠翠是淮安良家女,聪慧且能通诗书。男主人公金定家贫,与翠翠同窗。"翠翠姓刘氏,淮安民家女也。生而颖悟,能通诗书,父母不夺其志,就令入学。"与爱卿的美色不同,文中强调翠翠的品质是聪慧,通诗书,而未言及其相貌,故为被掳后李将军爱其善诗书而受宠做了铺垫。

(3)《爱卿传》与《翠翠传》在婚娶上都是不顾门户之别的自主婚姻。不同的是富豪娶名娼与良家女嫁贫生。《爱卿传》赵子喜爱爱才色以重礼聘娶,"慕其才色纳礼聘焉"。《翠翠传》写翠翠爱慕幼年同窗金定的才学,自备

---

① 〔明〕《皇朝平吴录》,不着撰人。
② 〔明〕陶宗仪著《南村辍耕录》卷八载:"杨完者,字彦英,武冈绥宁之赤水人,为人阴鸷酷烈,嗜斩杀。……略上江,顺流而下,直抵扬州。禽兽之行,绝天逆理,民怨且怒。共起义,攻杀之,余党奔溃。度扬子,宿留广德吴兴间。……完者之威令,仅行于杭州、嘉兴两郡而已。……时左丞李伯升、行枢密同知史文炳、行枢密同金吕珍等,皆先魁淮旅而降顺者,丞相以其众攻杀之。既受围,遣吏致牲酒于文炳,为可怜之意曰:'愿少须臾毋死,得以底裹上路,报不可。'完者乘躁力战,败。尽杀所有妇女,自经以死。独平章庆童女以先往在富阳得免。平章女已尝许嫁亲王,为完者强委禽焉。至是,未及三月,故数其罪者此居首。诸军开门纳款,惟恐弗先。文炳解衣裹尸瘗之,祭哭尽哀十八年秋八月也。完者部将宋兴在嘉兴闭城自守,亦遂降之。城中燔毁者三之二,民遇害者十之七。"
③ 乔光辉:《明代剪灯系列小说研究》,第94页。
④ 同上书,第73页。
⑤ 同上书,第97页。

钱财,赘之入门。"必西家金定,妾已许之矣,若不相从,有死而已,誓不登他门。父母不得已听焉","彼不足而我有余,到彼必不能堪,莫若赘之门。……凡币帛之类、羔雁之属,皆女家自备"。

(4)新婚生活上,《爱卿传》与《翠翠传》都是夫妻相亲相爱。不同的是,爱爱不顾新婚恩爱,为丈夫仕官之途,敦促赵子赴京城求取功名,并自愿抛弃幸福的新婚生活,尽孝赵母。"妾闻男子生而桑弧蓬矢以射四方,丈夫壮而立身扬名以显父母,岂可以恩情之笃而误功名之期乎?君母在堂,温情之奉,甘旨之供,妾任责有余矣。"而翠翠则沉湎于新婚之乐。"二人相得之乐,虽孔翠之在赤霄、鸳鸯之游绿水,未足喻也。"

(5)同逢战乱,《爱卿传》与《翠翠传》都是战乱时妻子未得到丈夫的保护,招致家庭崩溃。不同的是爱爱被苗军强占家宅,部下刘万户见爱爱之姿色,欲强逼为己物。"至正十七年达丞相檄苗军师杨完者,为江浙参政拒之于嘉兴,不戢军士,大掠居民,赵子之居为刘万户者所据,见爱卿之姿色欲逼纳之。"而翠翠是在张士诚兄弟起兵占据淮安时,被部下李将军掠走。"张士诚兄弟起兵高邮,尽陷沿淮诸郡,女为其部将李将军者所掳。"《爱卿传》将史书中元至正年间苗军在嘉兴掠夺残杀居民的行为,通过具体描述爱爱这一个体,以直接控诉战争毁灭百姓生命之残酷。而《翠翠传》将战乱期的一瞬间,仅以"女为其部将李将军所掳"做了极简单的描述。

(6)《爱卿传》与《翠翠传》中的女主人公都面临受侮辱的困境。《爱卿传》中爱爱不甘忍受异族的屈辱,为表示自己对丈夫的忠贞,以好言哄骗刘万户,沐浴后干净地自缢而死。"爱卿以甘言诒之,沐浴入合,以罗巾缢而死。"而《翠翠传》里,翠翠的命运不由自己,她忍辱做人之妾最终长达八年之久。"妾弃家相从已得八载。"

(7)《爱卿传》与《翠翠传》都是丈夫寻妻,不同的是《爱卿传》描写战乱结束后,赵子始回到家乡。"未几张氏通款,浙省杨参政为所害,麾下皆星散,赵子始间关海道,由太仓登岸,径回嘉兴,则城郭人民皆非旧矣,投其故宅,荒废无人居,但见鼠窜于梁,鹗鸣于树,苍苔碧草掩映阶庭而已,母妻不知去向。"而《翠翠传》描述了局势平定,道路畅通后,金定方离家寻访妻子。"至正末士诚辟土益广,跨江南北,奄有浙西,乃通款元朝,愿奉正朔,道途始通行,旅无阻。生于是辞别内外父母,求访其妻,誓不见则不复还,行至平江,则闻李将军见于绍兴守御,及至绍兴,则又调屯兵安丰矣,复至安丰,则回湖州驻扎矣。生来往江淮,备经险阻,星霜屡移,囊橐又竭,然此心终不少懈,草行露宿,丐乞于人,仅而得达湖州,则李将军方贵重用事,威焰赫奕。"

(8)《爱卿传》与《翠翠传》中,妻子的生死状况皆由第三者向丈夫面述。不同的是《爱卿传》写赵子从老苍头处得知母亲因病身亡,妻子爱爱尽孝,后为守贞节,缢死后院。"明日行出东门外,至红桥侧遇旧使老苍头于道,呼而问之,备述其详,则老母辞堂,生妻去室矣……太夫人以郎君不归,感念成疾,娘子奉之至矣,不幸而死,卜葬于此,娘子身被衰麻,手扶棺椁,亲自负土,号哭墓下。葬之三月,而苗军入城,宅舍被占,有刘万户者,欲以非礼犯之,娘子不从,即遂缢死,就于后圃瘗之。"而《翠翠传》是金定从李将军的守门人处得知妻子翠翠为李将军所宠。"生伫立门墙,踌躇窥伺,将进而未能,欲言而不敢,阍者怪而问焉,生曰:仆淮安人也,丧乱以来,闻有一妹在于贵府,欲求一见尔。阍者曰:然。则汝何姓名,汝妹年貌若干,愿得详言以审其实,仆姓刘名金定,妹名翠翠,识字能文,当失去之时,年始十七,以岁月计之,今则二十有四矣。阍者闻之,曰:府中果有刘氏者,淮安人,齿如汝所言,识字善为诗,性又通慧,本使宠之专房。"与爱卿被苗军强占之前守节自尽不同的是,《翠翠传》特意叙述翠翠因聪慧善诗书受到将军宠爱。也就是说,爱卿的守节获得公认,包括丈夫赵子的追认,而翠翠的受宠随着张士诚势力的灭亡,将失去其意义。

(9)《爱卿传》与《翠翠传》都有夫妻重新相会的场面,但赵子是与爱卿的亡灵相会,而金定则不得不以兄妹名义与翠翠重逢。《爱卿传》写赵子掘墓见爱爱容貌宛如生前,以香汤沐浴,华服厚葬。且在十天后的一夜晚与爱爱亡灵相会。"赵子大伤感,即至银杏树下发视之,颜貌如生,肌肤不改,赵子抚尸大恸,绝而复苏。乃沐以香汤,被以华服,买棺附葬于母坟之侧。……将及一旬,月晦之夕,赵子独坐中堂,寝不能寐,忽闻暗中哭声,初远渐近,觉其有异,即起祝之曰:倘是六娘子之灵,何吝一见而叙旧也?即闻言曰:妾即罗氏也,感君想念,虽在幽冥,实所恻怆,是以今夕与君知闻尔。言讫,如有人行,冉冉而至,五六步许,即可辨其状貌,果爱卿也。淡妆素服,一如其旧,惟以罗巾拥其项。"《翠翠传》里金定假以兄妹之礼终于与翠翠相见。"将军坐于厅上,生再拜而起,具述厥由,将军武人也,信之不疑,即命内竖告于翠翠曰,汝兄自乡中来此,当出见之,翠翠承命而出,以兄妹之礼见于厅前,动问父母外,不能措一辞,但相对悲咽而已。"

(10) 夫妻之别,同样是妻子向丈夫诉说自己的痛苦,从此别离。但在《爱卿传》里,亡灵爱卿悔恨自己出身于妓女,故以死换来烈女之名,又转生为富贵男子,同时愤怒谴责世上贪生怕死而为人妻妾的软弱女子。"良人万里,贱妾一身,岂不知偷生之可安,忍辱之奈久,而乃甘心玉碎,决意珠沉,若飞蛾之扑灯,似赤子之入井,乃己之自取,非人之不容,盖所以愧夫为人妻妾而背主弃家,受人爵禄而忘君负国者也……冥司以妾贞烈,即令往无锡宋家托为男子。"而《翠翠传》里翠翠生前向金定表诉自己无能为力,做了他人之妾的悲苦,发誓死后与丈夫相会在黄泉之下。"肠虽已断情难断,生不相从死亦从。"翠翠死后,又以亡灵再现,向父亲倾诉乱世中不得奉养双亲,瓦全苟活之无奈。同时安慰父亲自己终究得以与金定相邻而葬之万幸,并拒绝父亲将其遗骨迁返回乡。"良人不弃旧恩,特勤远访,托兄妹之名而仅获一见,隔伉俪之情而终遂不通,彼感疾而先殂,妾含冤而继殒,欲求祔葬,幸得同归……妾生而不幸,不得视膳庭闱,殁且无缘,不得首丘茔垄,然而地道尚静,神理宜安,若更迁移,反成劳扰,况溪山秀丽,卉木荣华。既已安焉,非所愿也。"

元末战争结束后,终于迎来了和平。但对幸存者来说这并不意味着战争的结束。虽然《爱卿传》与《翠翠传》的人妻都死于战乱中,但爱爱有自信,作为烈女将被世人所诵,并对背主弃家的弱者加以痛斥;翠翠也很自明,贪生之羞辱,无颜回到故乡。翠翠于父母未尽孝,于丈夫未守贞,自知终被崇尚贞节的社会所唾弃,故拒绝父亲将其遗骨迁返故乡,安于与金定同葬他乡,由此完成她人生最终的痛苦选择。《爱卿传》与《翠翠传》两个故事在情节发展过程中虽并行一致,但最终逆行背去,迎来完全相反的结局。

2. 倾听翠翠的心声,莫忘弱者的悲苦

我们看到,瞿佑所描写的爱卿由妓女从良,到孝女,直至烈女,可称得上是一部烈女传。以往的研究多将《爱卿传》视为瞿佑所描写的战乱中夫妻恩爱的一曲赞歌,歌颂爱卿对丈夫赵子的专一守节之举。但令人不解的是《爱卿传》这样的"劝善惩恶"之作,自有"陈祸福,寓劝惩"的教化功能,何以竟被朝廷列为禁书。众所周知,为烈女树碑立传是自汉代以来史家的传统,而

《明史·烈女传》中彰表的烈女却远超出历代人数。所谓保贞操的信念在宋元以后已广为女子接受。明初,更是在旌表节烈的诏令下,各地遍布贞节碑坊。列女变烈女,为国为君"甘心玉碎"。

爱卿对赵母尽孝,对赵子守贞节,明知一死"若飞蛾之扑灯,似赤子之入井",却在所不辞,以死换来贞烈之名誉。这一信念"已之自取",已潜移默化为爱卿的自觉自愿。她不仅深信死后会被社会表彰,来世可获得再生,还以此去谴责那些无数承受耻辱、欲求生存的弱者,"盖所以愧夫为人妻妾而背主弃家,受人爵禄而忘君负国者也"。即在朝廷表彰烈女的同时,世人则唾弃那些企望求生的弱者,像《翠翠传》中那样承受耻辱,以免一死的无数弱女子的悲惨历史,无疑是被抹杀、被遗忘的。

描写战乱带来的人间悲剧可说是文学作品永恒的主题。瞿佑在战争的惨状依然记忆犹新之时,著《剪灯新话》,正因"所述多近代事实",所以在描写爱卿与翠翠两个同是战争的受害者,却命运相反时,令读者随着她们"委蛇曲折"的境遇,倾听到她们"流出肺腑"的心声,并"恍然若目击耳闻"。

在瞿佑的笔下,无论是《爱卿传》还是《翠翠传》,当她们面临凌辱之际,身边并不见救助自己的丈夫。赵子是在战乱结束后,途中没有了危险才登上归乡之船;金定离家后虽经各种苦难,但毕竟已非战乱之中。乱世中男子避险,烈女拼死,这一反差使得爱卿的行为极具讽刺意味。这或许也可看作瞿佑对男子无为表示的一种反省。聪慧通诗书的良家女翠翠被迫为人妻妾,其唯一的愿望仅仅是期望终有一天能夫妻重会,"时移事往,苦尽甘来。杨素览镜而归妻,王敦开阁而放妓,蓬鸟践当时之约,潇湘有古人之逢"。古时尚有等待夫妻团圆的可能,而今,翠翠在临终前,恳请李将军的不过是夫妻的尸骨能相望而已:"妾弃家相从,已得八载,流离外境,举目无亲,止有一兄,今又死亦。妾病必不起,乞埋骨兄侧,黄泉之下,庶有依托,免于他乡作孤魂也。"更朝换代,兵戈混战之时,曾目睹横尸满地的瞿佑,在《剪灯新话》中对这些场面有诸多描述:"时兵燹之后,荡无人居,黄沙白骨,一望极目";"几年兵火接天涯,白骨丛中度岁华。杜宇有冤能泣血,邓攸无子可传家"(卷一《华亭逢故人记》);"盖至正辛卯之后,张氏起兵淮东,国朝创业淮西,攻斗争夺,干戈相寻,沿淮诸郡,多被其祸,死于兵者何止三十万焉"(卷三《富贵发迹志》)。为避难,为求一家安全,瞿佑也曾奔走四方,正因有了这样艰难的亲身体验①,才可能赋予人物形象复杂性以及具体深刻的内涵。瞿佑对悲苦中渴望求生的翠翠不但给予无限的同情,同时又小心翼翼地,极为细致地描写她感于李将军的一面,即看重自己的文才,给予她活着的一丝安慰与希望的复杂心情。作者对张士诚部下李将军的描写多有善意,特别是对其作为武将的残暴一面并未提及,李将军不但重看翠翠的才华,还善待自称翠翠之兄的金定,为他加添新衣,令其在手下做文书。且明知自身不学,欠教养之不足,亦不加掩饰。对被明王朝灭亡的"乱贼"张士诚部下一武将的纯朴如此描写当是极为罕见的。

以《翠翠传》安抚慰藉那些无辜女子的魂灵,为天下忍辱求生的女子"哀穷悼屈"。这篇堪称"乱贼之妾"树碑立传之作,岂能令人不"悲而掩卷坠泪"。瞿佑正当"年富力强,锐于立言"之时,以劝善惩恶,做烈女传为名,实则在哀悼战争中做了"慰安妇"的弱者以及战败者。对此,明王朝、胜者又怎能容忍,这也是该书遭禁毁的另一重大原因吧。

五、结语——伸张个性、崇尚自由,拒当孝女烈女

以上故事中,《金凤钗记》和《爱卿传》的悲剧原因又可归纳为以下两点。

一是父亲或丈夫因出仕,离开家乡北上或赴元大都,即所谓的男子不在场的局面。《金凤钗记》的兴娘夫婿崔家北上赴任,十五年音信不通。而《爱卿传》里的罗爱爱之夫北上仕官,留下新婚之妇独守家门。在《剪灯新话》里,凡男子求官北上者皆为悲剧故事的起因,如卷二《牡丹灯记》中符丽卿即是其父举家北上,抛下女儿尸体十二年之久,不予掩埋,以致符丽卿六魄虽离,一灵未泯,到人间逢鳏夫乔生,上演了一场"千万人风流话本"。卷二的《牡丹灯记》与卷三的《爱卿传》为元末至正年间兵乱之际,而《金凤钗记》把时间设定在元大德年间,官宦崔家游宦的实情经崔家兴哥之口,叙述得更加具体:"父为宣德府理官。"这是作者在重校本中对原抄本的一个改正。即由"父为上都广德府理官"改为"宣德府理官"。作者明确其父赴任非南下而是

---

① "正因为瞿佑亲历战乱,小说才写得如此真切,《太虚司法传》冯大异之遭遇正是瞿佑乱后心有余悸的曲折反应。可知瞿佑战乱所见所闻为其创作《剪灯新话》积累了丰富的素材。"详见乔光辉:《明代剪灯系列小说研究》,第177页。

北上,与其对北上仕官的冷落态度始终一贯。对此改正,究竟是作者纠正了年轻时的疏忽①还是纠正了错误百出的流通本,现难以断定,但由南下改到北上却是不争的事实。

二是儒家所强调的对父母之"孝"和对丈夫之"贞"的结局,因固守传统观念所导致的女子死亡。《金凤钗记》中兴娘为遵守父亲定下的婚约,期盼未曾谋面的丈夫迎娶而郁闷至死。而在《爱卿传》中罗爱爱则为守贞操而自决。

瞿佑自认《剪灯新话》"涉于怪语,近于诲淫",自卷一至卷四,无论生死悲欢离合,即便是理想的桃源世界,男主人公皆不提婚论娶,誓不再娶者也占了多数。② 最终他们或出家或升仙。而女子即使成婚,也只字不讲生儿育子之事。这一描写的主旨直接冲击了儒家要求女子的"三从之义、尽忠孝以及传宗接代,繁衍后世"的传统观念,其中伸张发扬女子个性更是令当时主流文艺所不得容忍的。此外,瞿佑的描述多对道教倾倒而有所寄托③,全书所贯穿和倡导的思想与儒家的忠孝观相对立,这点当是其遭到禁毁的最大原因。固然,瞿佑的反儒教、尊个性并非等同于近代的个人主义、男女平等思想,他所继承的是主张个人自由、遵守自然规律、珍惜生命的老庄道教思想。

由此看来,重审《剪灯新话》的现代价值以及其所具有的"可喜可悲,可惊可怪"的娱乐性和感染力,无疑是十分重要的一环。从这个意义上来说,解读《剪灯新话》中极具特色的对偶结构,凸显作者的创作意图亦是不可缺少的。④

---

① 乔光辉认为瞿佑是对早年因"传闻未详"而导致的"疏率"做了修订:"黄刊本所称的'父为上都广德府理官'实属于'传闻未详'而导致的讹误,故其重校本将'上都广德府'直接改为'宣德府',也是对原本'疏率'的一种纠正。"见《由黄正位刊本看瞿佑晚年对〈剪灯新话〉的重校》,载《明清小说研究》2011年第2期。
② 仙石知子:《〈剪灯新话〉所描写的男性不再娶——从与节妇题材作品的比较入手》,2006年度中国古典小说研究会关东例会(第2回)。
③ 详见乔光辉:《我们如何成就令言——〈鉴湖夜泛记〉主题解读》,"文化传承视野中的中国古代小说学术研讨会",南京审计大学文学院,2018年10月。
④ 原文的引用依照日本庆安刻本《剪灯新话句解》四卷本,并参考乔光辉《瞿佑全集校注》本。

祝允明诸士与明代中叶吴中诗学之导向

郑利华

明代成化、弘治以来，特别是从地域的角度而言，活跃在吴中文坛的祝允明、文徵明、杨循吉、都穆、唐寅等人，成为受人关注的一个文人群体。他们彼此之间多有交往，文酒酬酢。弘治初，祝、文、都、唐诸士又"倡为古文辞"，"争悬金购书，探奇摘异，穷日力不休"[①]，于时他们"年少气锐，徜然皆以古人自期"[②]，肆力于艺文，以倡兴古文词为目标。这其中，也包括祝允明诸士在不同层面表现出的对于诗歌领域的高度关切。吴中地区自昔即为文人渊薮，"以文学擅天下"[③]，有明之初，"吴下多诗人"，其时高启、杨基、张羽、徐贲人称四杰，"以配唐王、杨、卢、骆"[④]，同时活动其间的，还有包括高启等人在内的"北郭十友"[⑤]。应该说，成、弘以来祝允明诸士在吴中地区的文学活动，在某种意义上反映着该地区积累厚实的传统人文底蕴，以及文人势力相对活跃的区域格局，也昭示着该地区文坛的现实态势和走向，尤其是体现在他们身上的诗学旨趣，成为我们探察该地区乃至明代中叶诗学演变和发展趋势的一个重要窗口。

---

① 文徵明：《大川遗稿序》，周道振辑校《文徵明集》（增订本）补辑卷十九，下册，上海：上海古籍出版社，2014年，第1219页。
② 文徵明：《题希哲手稿》，《文徵明集》（增订本）卷二十三，中册，第554页。
③ 陆粲：《仙华集后序》，《陆子余集》，明嘉靖刻本。
④ 张廷玉等：《明史》卷二百八十五《高启传》，第24册，北京：中华书局，1974年，第7328页。
⑤ "北郭十友"成员称说不尽相同，参见刘廷乾《"北郭十友"考辨》，《中国文学研究》2009年第4期。

一、崇尚经术背景下对诗道的伸张

朱明王朝建立之初,即以"崇儒重道"作为治政的基本方略,本乎此,太祖朱元璋将科举取士制度纳入重点改造之列,作为演绎儒家文化精神的一条重要途径,经术的地位得以凸显,士子的教育与科试惟以此为重。靳贵《会试录后序》即指出:"我太祖高皇帝之有天下,首表章六经,使圣贤修齐治平之道,一旦大明于世,学校非此不以教,科目非此不以取,凡词赋一切不根之说,悉屏不用。"①洪武三年(1370)五月,下设科取士之诏,以为:"汉、唐及宋科举取士,各有定制,然但贵词章之学而不求德艺之全。前元依古设科,待士甚优,而权豪势要之官,每纳奔竞之人,夤缘阿附,辄窃仕禄,所得资品或居贡士之上,其怀材抱道之贤,耻与并进,甘隐山林而不起,风俗之弊,一至于此。"说明改革科举制度势在必然,以故朱元璋提出取士的基本准则,乃"务在经明行修,博通古今,文质得中,名实相称"②。就此,特别是其重以经术造士,根本之目的,则在于加强对士人道德修养的要求,以整肃社会意识形态。在"黜词赋而进经义,略他途而重儒术"③的科举改革举措下,经术的地位得以充分彰显,并直接对包括诗歌在内的"词章之学"造成正面的冲击。

在经术盛行的情势下,诗歌生存与发展空间受到挤压的局面,也令此际吴中文士深切感受到了。杨循吉《遥溪吟稿序》指出:"古者太师掌乐按诗而弦歌之,故诗用之邦国神人而实谱乎八音者也。自圣笔辍删,风雅道歇,一变而骚,再变而赋,又变而五七言,若篆籀之为真草,愈趋简便。而后世诗之极矣,若然宜其易为。而近时工者益少,何哉?经术兴,诗赋革,利不在为故也。"④在他看来,诗赋在"近时"的衰落,不合乎其自古以至后世不断演进的发展逻辑,经术的兴盛是造成这一现象的重要原因,一"兴"一"革"的背后潜伏着利益的考量,相较于经术,诗赋在士人科举仕进中因为缺乏实用价值,

---

① 《戒庵文集》卷九,《四库全书存目丛书》影印明嘉靖十九年(1540)靳懋仁刻本,集部第45册,济南:齐鲁书社,1997年。
② 《明太祖实录》卷五十二,洪武三年五月己亥。
③ 马中锡:《赠陈司训序》,《东田集》卷二,《四库全书存目丛书》影印清康熙四十六年(1707)甘陵贾棠刻本,集部第41册。
④ 《松筹堂集》卷四,《四库全书存目丛书》影印金氏文瑞楼抄本,集部第43册。

不为时人所重,势在必然。在这一问题上,文徵明则似乎更为敏感,多有议论。他在《凤峰子诗序》中就表示:

> 我国家以明经取士。士之有志饬名者,莫不刺经括帖,剽猎旧闻,求有以合有司之尺度;而诗非所急也。既仕有司,则米盐法比,各有攸司,簿领勾稽,每多困塞。自非闲曹散秩,在道山清峻之地,鲜复言诗,而实亦有不复言者。而近时适道之士,游心高远,标示玄朴。谓文章小技,足为道病,绝口不复言诗。高视诞言,持其所谓性命之说,号诸人人。谓:"道有至要,守是足矣;而奚以诗为?"夫文所以载道,诗固文之精也,皆所以学也。学道者既谓不足为,而守官者又有所不暇为,诗之道日以不竞,良以是夫!①

据他所言,除了"守官者"多为宦务所困,鲜少言诗,那些"学道者"和为博取功名而专注经术的士子,则以诗不足为或视之不急之务,这是造成诗道日趋沦落的主要根源。此处,文徵明对于诗道日衰原因的检讨是多面的,而其中从科举取士的角度来加以察识,作为吴中文士的文氏显然有更深一层的体会。明代科举制度对于士人文化行为与成就的影响深刻,其时指责科试之弊、时文之陋多有之,而吴中地区科举甚盛,同时批评科试时文尤为激烈。② 如祝允明屡次参加会试不第,决意放弃,其友施儒为之劝试,祝则作书婉拒并解释弃试的理由,声称:"缘夫道以时迁,事以势异,审而从违,乃可称智。天下之务,求在得之,得在行之,必然者也。如使求之而无方,得之而不易行,则竟亦空耳,何以徒劳为哉? 求甲科之方,所业是也。今仆于是诚不能矣。漫读程文,味若咀蜡,拈笔试为,手若操棘,则安能与诸英角逐乎? 挟良货而往者,纷纭之场,恒十失九,况楉櫜钝手,本无所持,乌有得理,斯亦不伺智者而后定也。又况年往气瘁,支体易疲,寒辰促暑,安能任此剧劳哉? 窗几摹制,尤恐弗协时格,矧于苟且求毕,宁能起观? 劳而罔功,何必强勉? 此所谓求之之无方也。故求而弗得,弗若弗求,借使以幸得之,尤患行之不易。"③祝允明之所以最终放弃科举考试,固然和他屡试不第、心念灰冷有

---

① 《文徵明集》(增订本)续辑卷下,下册,第1611—1612页。
② 参见简锦松:《明代文学批评研究》,台北:台湾学生书局,1989年,第132—137页。
③ 《答人劝试甲科书》,《祝氏集略》卷十二,明嘉靖刻本。

关,但对科试时文的排斥也是其中一个重要原因。如他认为,科举之业"从隋唐以至乎炒宋,则极靡矣",科举之文至晚宋已是"至为狷浇"。然相比起来,"近时"时文则"愈益空欹","至于蕉萃菱槁,如不衣之男,不饰之女,甚若纸花土兽而更素之,无复气彩骨毛"。①

以文徵明而言,他在早年即"尤好为古文词",当时杨循吉、祝允明"俱以古文鸣",文氏遂"与之上下其议论"。② 他在后来致王鏊的《上守谿先生书》中,则谈及自己起初为博取功名不得不习时文的经历,倾吐了鄙薄科试"程试之文"和喜好古文词的心向:"而某亦以亲命选隶学官,于是有文法之拘,日惟章句是循,程式之文是习,而中心窃鄙焉。稍稍以其间隙,讽读《左氏》、《史记》、两《汉书》及古今人文集,若有所得,亦时时窃为古文词。"自然,文徵明这一偏爱古文词的趣尚难以获得世俗的认同,以至"一时曹耦莫不非笑之,以为狂;其不以为狂者,则以为矫、为迂",但这并不能改变他的心向。所以当人劝说"以子之才,为程文无难者,盍精于是? 俟他日得隽,为古文非晚"时,他则执着表示:"盖程试之文有工拙,而人之性有能有不能。苟必求精诣,则鲁钝之资,无复是望。就而观之,今之得隽者,不皆然也,是殆有命焉。苟为无命,终身不第,则亦将终身不得为古文,岂不负哉?"于是"排众议,为之不顾"。③ 文徵明对包括古文诗歌的古文词的喜好,以及对"程试之文"的鄙夷,难免使得他面对"明经取士"制度下造成的士人"刺经括帖,剽猎旧闻"而轻忽诗道的局面,产生强烈的疑惑和焦虑。

追究起来,崇尚经术的背后,实际上统摄着"先道德而后文辞"④这种重道德实用而轻文辞技艺的基本理念,指向如朱元璋所要求的"尊正学""抑浮诡"⑤的根本目标。如果说,文徵明如上对专注经术而轻忽诗道时风的质疑多少还包含某些深刻性的话,那么,这种深刻性表现在,它并非单纯出于自身阅读及创作的趣味去辨别古文词和时文的优劣,而是同时指涉不以"道

---

① 《答张天赋秀才书》,《祝氏集略》卷十二。
② 文嘉:《先君行略》,《文徵明集》(增订本)附录二,下册,第1723页。
③ 《上守谿先生书》,《文徵明集》(增订本)卷二十五,中册,第571—572页。
④ 彭时:《刘忠愍公文集序》,《彭文宪公集》卷三,《四库全书存目丛书》影印清康熙五年(1666)彭志桢刻本,集部第35册。
⑤ 姚镆:《广西乡试录序》,《东泉文集》卷一,《四库全书存目丛书》影印明嘉靖刻清修本,集部第46册。

德"忽略"文辞"、意在维护后者的合理地位的问题。文徵明《东潭集叙》指出：

> 惟我国家以经学取士，士苟有志用世，方追章琢句，规然图合有司之尺度，而一不敢言诗。既仕有官，则米盐法比，各有攸司，簿领章程，日以因塞。非在道山清峻之地，鲜复言诗；而实亦有不暇言者。近时学者日益高明，方以明道为事，以体用知行为要，切谓摭词发藻，足为道病，苟事乎此，凡持身出政，悉皆错冗猥俚，而吾道日以不竞。此岂独不暇言，盖有不足言者。呜呼！先王之教，所为一道德，同风俗，果如是哉？……君不卑冗散，所至职办，而不废吟讽。既多懋树，又不失令名，若是则诗之为用，适足以为吏政之饰，而繁词害道，支言离德，有不足言矣。今之为是言者，良由其卫道之深，而不知语言文字，固道之所在，有不可偏废者。是故文章之华，足以润身；政事之良，可以及物。古人学士，以吏最称者不少；而名世大儒，亦未尝不留意于声音风雅之间也。①

上文的前半部分，近于前引作者在《凤峰子诗序》中所述，检省诗道不振而源自科考之士鲜少言诗，为官者和学道者不暇或不足为的主要原因；后半部分则进一步引申开去，阐释"道德"与"文辞"之间的关系，前者又以"道"代称之，后者指向包括诗歌在内的"语言文字"，说到底，其涉及"文"与"道"或"艺"与"道"的议题。儒家传统的文道关系说，多在主张文道一元的基础上，突出"道"的统摄、主导地位，以及"文"或"艺"敷扬"道"的附属作用。

宋濂在《文原》中即声称："大抵为文者，欲其辞达而道明耳，吾道既明，何问其余哉？"强调他的"文"之概念"非专指乎辞翰之文也"。是以指出，"予复悲世之为文者，不知其故，颇能操觚遣辞，毅然以文章家自居，所以益摧落而不自振也"。② 这也一如他在《文说》中所言，"圣贤之道充乎中，著乎外，形乎言，不求其成文而文生焉者也"③，明确"文"以明"道"的职责及内涵。彭时《刘忠愍公文集序》则提出："盖文辞艺也，道德实也，笃其实而艺者附之，必有以辅世明教，然后为文之至。实不足而工于言，言虽工，非至文也。

---

① 《文徵明集》（增订本）补辑卷十九，下册，第1228—1229页。
② 《宋学士文集》卷五十五，《四部丛刊》影印明正德刻本。
③ 《宋学士文集》卷六十六。

彼无其实而强言者,窃窃然以靡丽为能,以艰涩怪僻为古,务悦人之耳目,而无一言几乎道,是不惟无补于世,且有害焉,奚足以为文哉!"①以此说明"文辞"之"艺"从属于"道"的依附关系,申戒徒工于"艺"而无助于"道"。相较之下,文徵明的以上阐论不尽相同,虽然他指出的"语言文字""固道之所在"的说法,似乎更多在重述文道一元之论,但他阐析的重心有所偏移,乃主要针对"繁词害道,支言离德"的"卫道"之见,强调"语言文字"之"不可偏废","文辞"不因"道德"而自我沦失,包括诗歌的自身价值及其存在的合理空间。这一立场,同样见于文徵明在《晦庵诗话序》中的一番表述:

> 子朱子之学,以明理为事,诗非其所好也。而其所为论诗,则固诗人之言也。……夫自朱氏之学行世,学者动以根本之论,劫持士习。谓六经之外,非复有益,一涉词章,便为道病。言之者自以为是,而听之者不敢以为非。虽当时名世之士,亦自疑其所学非出于正,而有"悔却从前业小诗"之语。沿讹踵敝,至于今,渐不可革。呜呼,其亦甚矣!说者往往归咎朱氏,而不知朱氏未始不言诗也。②

即使是以"明理为事"的朱熹,也"未始不言诗",而有"诗人之言"。这无非是为了标示"名世大儒"同样"未尝不留意于声音风雅之间"的典型例证。如此,要在驳正在朱氏之学浸染下以崇经明道自负的"学者"鄙薄"词章"之论,阐明"词章"无害于"道"的基本原理。因为在他看来,这一是非问题由于特别受到"学者"的误导,已深入波及诗坛,"沿讹踵敝"以至于"渐不可革",应当引起足够的警戒。

总之,对于文徵明来说,投入举业的经历和对古文词的热衷,使他敏感意识到了尤其在崇尚经术的氛围中业诗者面临的沉重压力,以及诗道日趋逼仄的窘境。这当中也折射出,处于科举繁盛地区的吴中文士对明初以来重以经术造士的科试体制的些许反思。不仅如此,透过文徵明伸张诗道的诉求,同时可以看到支撑其中的对"道德"与"文辞"关系的自我理解,特别是他批评学道之士视"词章"或"语言文字"足为"道病",更明显表达了这一立场,由此也正反映出他在维护诗道问题上所做的更深一层的思考。

---

① 《彭文宪公集》卷三。
② 《文徵明集》(增订本)卷十七,上册,第467—468页。

二、"散维"与"章句"：诗文异别的辨析

如果说，文徵明等人对"诗之道日以不竞"的疑虑，显示尤其是面向经术冲击诗赋的格局而表达伸张诗道的诉求，那么，如祝允明对诗文异别所展开的辨析，则从另一个角度体现了关注诗道的立场。

祝氏在他的《祝子罪知录》一书中，集中谈及诗文异别的问题，其曰：

> 说曰：棼然谈诗，驰虚置实，高翔莽荡之域，卑寻句字之始，上辄四始六义，下乃溺宋漂元。不知即物平求，则难易自形，胜劣斯见，师友爰在，从违弗迷也。且夫展性情，叙事为，发理道，敷政教，彰风俗，体物象，帅存乎言。言者，或散维而称文，或章句而谓诗。文也者，丰约逐宜，延趣随赋；平转不定音，尾绝无必韵；舣翰信发，篇章自从。诗也者，彼定门堂，我循阶屏；用永以和声，求声而和律；义博者束之，情纤者申之；微者著之，露者沈之；口迹而襟遐，发此而存彼；或条遂以畅旨，或潜伏以含味；其趣无穷，其词有度。大抵须用局语以苞泛怀，务令匀意以就成格。斯则诗之难于文，岂非决定者乎？不然，则丑劣校然，其病百出。故文之为体，有百其门；诗虽数形，率一等尔。①

诗与文作为不同文体，在表现体制上自是有着很大的差异，这也成为分辨它们各自体制特征的一个判别基础。曾明确强调诗与文"同谓之言，亦各有体，而不相乱"②的李东阳，在辨别诗文不同体式规制时即指出："夫文者，言之成章，而诗又其成声者也。章之为用，贵乎纪述铺叙，发挥而藻饰；操纵开阖，惟所欲为，而必有一定之准。若歌吟咏叹，流通动荡之用，则存乎声，而高下长短之节，亦截乎不可乱。虽律之与度，未始不通，而其规制，则判而不舍。"③这说明，诗与文在表现体制上迥然相异，较之文基于铺张的叙写格局，"操纵开阖，惟所欲为"，赋予作者相对自由的发挥空间，诗则具有"高下长短之节"，体制上的限约比较严格，两者之间不可混同。参比李东阳的上

---

① 《祝子罪知录》卷九，《续修四库全书》影印明刻本，第1122册，上海：上海古籍出版社，2002年。
② 《匏翁家藏集序》，周寅宾点校：《李东阳集》第三卷，长沙：岳麓书社，1985年，第58页。
③ 《春雨堂稿序》，《李东阳集》第三卷，第37页。

述说明,祝允明辨析"散维"之文和"章句"之诗的意识显得更为强烈,区分两者的界限也更为详明。依其所见,概括地说,诗者"其趣无穷,其词有度",文者"丰约逐宜,延趣随赋",前者和后者相比,因为体式规制的限定相对严饬,而同时又要求传达特定的"旨""味",即以"有度"之"词"表现"无穷"之"趣",所以归结起来,"诗之难于文,岂非决定者乎"?

顺着这一理路,祝允明进一步提出:"暨乎劣陋蹇滞之患,诗文固均;至若精微神妙之境,二者亦共,而诗特最焉。"对此,他着重比较了诗与文在体现"精微神妙之境"上的同中之异:

> 盖文之所谓妙者,潜操杼轴,忽树城隍。或众繁而我乃约,蹙百语于片言,令望压万夫;或皆直而吾更迂,铺浅说于弘观,使烂盈众目。虽绳尺之不逾,终边幅之不限,亦终易耳。诗则寓词逾缩,写心逾辽,假以成章之一篇,将罄欲言之诸意。则必文包百之,诗千之;文包洫之,诗海之;文包云之,诗天之。务须陶汰煎融,乃得砂穷宝露,金之铣也,玉之瑜也。鬼既骇人,越鬼而神,神且妙万,超神而帝。口死而心活,辞往而意留,讽阕而襟冥,气作而机敏。至哉诗道,本自乃尔,则匪凭虚之谓也。①

这意味着,诗相比于文,体式规制上的有限性和意蕴表现的丰富性,大大增加了它结撰的难度。然而正是这种体制之有限与意蕴之丰富之间形成的张力,使诗更能展示特定的艺术魅力,在趋向"精微神妙之境"上蕴含更大的优势。当然,祝允明这番针对诗文异别的辨析,也并非纯属发前人所未发之独见,如宋人严羽《沧浪诗话》推崇"盛唐诸人惟在兴趣","言有尽而意无穷"②,向来为人所熟知,其倾向诗歌借"有尽"之"言"表现"无穷"之"意"以凸显"兴趣",指向诗歌有限体制与丰富意蕴之间营造出来的韵味。而祝允明定义诗歌"其趣无穷,其词有度"以及"寓词逾缩,写心逾辽,假以成章之一篇,将罄欲言之诸意"云云,即使不是直接从严羽之论中化出,也多少与其阐述的旨意有几分神似。尽管如此,这同样代表着祝允明对诗歌表现体制和审美特性的自我认知,以及由此透出的对诗道本身的重视。

---

① 《祝子罪知录》卷九。
② 《诗辨》,郭绍虞:《沧浪诗话校释》,北京:人民文学出版社,2000年,第26页。

同时，在祝允明看来，诗歌的体式规制也决定了它和文相比具有更大的自主性，如文"矩矱坟丘，规抚礼乐，倚拟䌛彖，肖貌《春秋》，莫不经师睇圣，信而述之"，因而"或有作焉，开门创目，颇建显标，厥亦寻踪履景，少异步趋云尔"，由是"文制百塗，文流千辈，乌有外数圣、绝数经而旷世他立者与"？说明文纵有各样的体制和历时的变化，不脱述圣传经的基本书写格局。在这方面，祝允明还特别强调六经对于文的统辖作用，指出"夫子之世，群言胶轕，旧典混淆，子乃芟刈条绪，以成六籍。凡古今之文，键枢治教者，毕集于兹，而为文之体要貌态，亦厥咸备"，"六经而后，百氏递兴，虽其理有粹庞，而辞无别致，总厥大归，无越乎宣父之六编者矣"①。认为文与六经关系密切，无论是"键枢治教"还是"体要貌态"，都可从六经中寻索其源。比较之下，诗则"虽权舆乎四始，忽改玉于诸英"，与文的情形有所不同，如祝允明就此表示：

> 今之五言也，乐府也，五七言长短歌行也，律之五言也、七言也，五六七言之绝句也，居然异也。义祖《三百》而体实别也；非差列之别，大都别也。然且五言不侵于歌行，乐府无犯乎律绝，别复别也，通之终无假乎《三百》，咸自始也。非句言之别，模范声音、韵尾度态、情致调局，种殊件各，不可溷也。故其为五言也，若昔无《三百》也；为乐府也，如无五言也。递而下之，皆然也。渐出于时，各立人壤，智作巧述，杰然为家。噫嘻士乎，谁非根圣源经？然而文能小出，诗乃大更，风行物表，诗达经外。②

关于诗文与儒学经典的联系，李东阳曾从体式规制的角度，对各自的关系略做分辨，其《镜川先生诗集序》的如下表述即具代表性："《诗》与诸经同名而体异。盖兼比兴，协音律，言志厉俗，乃其所尚。后之文皆出诸经。而所谓诗者，其名固未改也，但限以声韵，例以格式，名虽同而体尚亦各异。"③这表示说，后世之文以其"皆出诸经"，同经典之间的关系自然密切，但作为六经之一的《诗经》，和诸经虽为"同名"却"体异"，较之其他经典在体

---

① 《祝子罪知录》卷八。
② 《祝子罪知录》卷九。
③ 周寅宾点校：《李东阳集》第二卷，长沙：岳麓书社，1985年，第115页。

式规制上已有差别,也意味着其追溯至《诗经》,将诗歌和其他经典从渊源上做了体制的区隔。与李东阳相比,祝允明主张诗相较于文而自立于经外的倾向更为明确,他进一步从分别各式诗体居然相异的特点入手,指出五古、乐府、歌行、律诗、绝句等不同诗体在体制上互不混淆,各自独立,即使是"义祖"诗歌经典文本《诗经》,其"体"则彼此有别。如此,从祝氏声明诗相较于文"虽权舆乎四始,忽改玉于诸英"的命题来看,其显然并非单纯从梳理各式诗体"种殊件各"的差异着眼,而是同时为了着重说明"诗达经外"的体制上的独立意义,在他看来,这也是诗文异别的重要特征。

祝允明有关诗文异别的辨析,看上去近于诗文体制常识的说明,似乎并未提供更多新异之独见。但有一点是明确的,这也就是,它重在申明诗歌在体制上的独特规定性,以及优于文而表现"精微神妙之境"的审美要求。应该看到,在当时"经术兴,诗赋革"的背景下,在文章已被寄予"通道理、明世务"①实用价值而成为承担更多政治功能的强势文体的情形下,祝允明分别诗文的体制特征,强调诗歌本身在艺术表现上具有的优越性和自主性,无疑从中表露了一己之识力,客观上对于维护和拓张诗道具有一定的意义。

三、法于古人,主于一己

弘治之初,祝允明等人因彼此志趣投合,一同"倡为古文辞"②,交酬之际"相与赋诗缀文","侗然欲追古人及之"③。这一举措自然凸显了祝氏等吴中诸士崇尚古典诗文的文学立场。接受古典文化资源,对历史上众多崇古者来说,不只是出于倾心古雅传统的嗜好,同时往往是因为不满足于当下文坛之格局,在古今比照之际转向古典资源的接引。祝允明等吴中诸士同样不例外,这方面也体现在他们对古今诗歌领域的比较。

祝允明序友人朱存理《野航诗稿》指出:

> 古人为诗,趋适既卓而涵量又充,其命题发思,类有所主,虽微篇短句,未尝无词组新特。今人之诗,自数家外,能者甚众,佳篇亦未尝乏,

---

① 《明太祖实录》卷四十,洪武二年三月戊申。
② 文徵明:《大川遗稿序》,《文徵明集》(增订本)补辑卷十九,下册,第1219页。
③ 文徵明:《上守谿先生书》,《文徵明集》(增订本)卷二十五,中册,第571页。

而求其合作者则殊鲜焉。余尝究之,盖其率有二等,而其病之所在则有四。其率也,守分者多疲辞腐韵,无天然之态,如东邻乞一裙,北舍觅一领,错杂装缀,识者可指而目之曰,此东邻裾也,此北户领也,是可谓之陋;绚质者多儇唇利口,无敦厚之气,如丹青涂花,伶人装女,苟悦俗目,不胜研核,是可谓之浮。陋也浮也,皆非诗道,与古背驰,无惑乎其不合作也。至其所谓四病,则趣识凡近,骞步苟止,望不出檐外,行不越户限。篇句之就,如货券公牒,颉颃焉不敢超复常状之一二,抑又柢蕴寒薄,一取便竭,言梅必着和羹,道鹤不脱九皋。至其命题发思,往往苟欲娱人,不由己主,且多为俚题恶目之所萦绕。号别纵横,居扁龌龊,庆生挽死,妄颂缪哀。大抵生纽性情,趁人道路,况其摹仿师法,泄迩忘远,只知绳武云仍,不肯想象宗祖。呜呼,以二率为之岐途,而四病根乎其衷,则何怪乎古诗之不复见哉!①

作者比较古人和今人之诗,指摘后者存在"二率""四病",与古诗精神相背离,不仅道出他对诗坛现状的不满和忧虑,也提示古人之诗在诸如"命题发思"以及"趋适""涵量"等方面堪为楷范的意义。而他批评今人之诗的缺亏,无论是薄其"陋也浮也"之下丧失"天然之态"与"敦厚之气",抑或斥其"趣识凡近""柢蕴寒薄",以及"苟欲娱人,不由己主","生纽性情,趁人道路",总合起来,着重指向的是它们一己之性情、识力、蕴积之沦丧,以及相应导致的鄙俗装缀、平庸浅薄之缺陷。又从祝允明的表述中可以见出,法于古人和主于一己是一个并立的概念,即在他眼中,今人之诗所缺少的,恰恰是古人之诗所具备的,故以为今人之诗"二率""四病"的滋长,终使古人之诗不得"复见"。这也表明,体认诗家一己精神之发抒,成为祝允明推尚古诗的基本出发点和重要目标。

事实上,关于如何主于一己的问题,祝允明不啻针对诗歌而言,其于文章也提出过类似的要求,如他在《答张天赋秀才书》中申述,"大都欲务为文者,先勿以耳目奴心,守人馂语,假人脚汗,不能自得;得而不能透者。心奴于耳目者也"。为此,他还为人指点文章学古取法的等第绪次:"观宋人文,

---

① 《野航诗稿序》,朱存理:《野航诗稿》卷首,《景印文渊阁四库全书》,第1251册,台北:台湾商务印书馆,1986年。

无若观唐文;观唐,无若观六朝晋魏。大致每如斯以上之,以极乎六籍。"以为"审能尔,是心奴耳目,非耳目奴心,为文弗高者,未之有也"。① 这表示,为文"自得"或"心奴耳目"至关紧要,而要臻于此境,确立适当的取法目标同样重要。由是反观祝氏以上比较古今诗歌之见,不难体察出,他在诗文创作包括学古取法上秉持的一种彼此兼容的基本理念。

再来看杨循吉的相关论说。杨氏虽未直接参与弘治之初祝允明等人倡起的古文词活动,但也不失为一位好古之士,史鉴《读杨君谦古乐府》诗慨叹"去古日已远,雅乐久沉沦",而谓杨循吉,"杨君媚学子,高志故不群。一闻世俗音,谓非吾所湛。冥心太古初,识乐得其真"。② 从中可见其生平趣尚之一端。杨氏曾经在《苏氏滇游吟集序》中指出:

> 作诗用古人法,说自己意,命所见事,如此而后诗道备矣。然是三能无先后次第,得则皆得之,如华严楼阁,一启扃钥,斯重重悉见也。此在学者着力读书,聚材积料,如恒人务衣食,日日不忘,而又能不以揠助成功,听其自化,则其至境界不难矣。至则纵横变化,皆得三昧,无一事非诗,所谓我欲诗斯诗立矣。于是乎或自成一家,或幻为诸家,出口触笔,岂欲不随我者哉?

这段表述,围绕作诗之法着重说明了如下两点:一是须取资于古,即所谓"用古人法",这也可说是杨氏重视学古取法意识的某种显示。二是须表现诗人自我之经验,即所谓"说自己意,命所见事",其与前者一起,构成"诗道"之"备"的重要环节。如此,作者不仅需要用心习学积累,还需要自然加以融会。

值得注意的是,尽管杨循吉强调学古取法,但他同时又特别对执泥古人的作法保持高度的戒备,其曾为吴人朱应辰选编诗集,在为该集所撰序中即提出:"予观诗不以格律体裁为论,惟求能直吐胸怀,实淑景象,读之可以谕妇人小子,皆晓所谓者,斯定为好诗。其它饾饤攒簇,拘拘拾古人涕唾,以欺新学生者,虽千篇万卷,粉饰备至,亦木偶之假线索以举动者耳,吾无取焉。大抵景物不穷,人事随变,位置迁易,在在成状,古人岂能道尽,不可置语,清

---

① 《祝氏集略》卷十二。
② 《西村集》卷二,《景印文渊阁四库全书》,第1259册。

篇秀句,目中竞列,特患吟哦不到耳。"从一定意义上来看,这可以说是对"用古人法"的一种制衡,意味着主张学古而又不可受制于古,也意味着在法于古人和主于一己两者之间,后者似乎处于相对优先的位置,"直吐胸怀,实淑景象",乃被当作判别"好诗"的重要标准。以杨循吉之见,由于"人事随变,位置迁易",景物人事随时间的推移而变迁,所以,与古典资源的历史性和有限性相比,经历变化发展的当下资源,则赋予自我经验以充分的开掘空间。他在《游虎丘寺诗序》中也指出:"盖天下之事所以假焉以久者,文字而已矣,虽古豪杰之士,其所就功业,奇伟惊世,未有不借焉者也。盖有之,则所谓奇且伟者不忘矣。而山林之间相与游从以为乐者,其意真,其言肆,无猷谀避讳之咎,而有输写倾倒之乐。故其言尤为易传,而游者不敢不图也。"此序主要从"游"的角度,有意说明"惟骚人墨士所至,则必有语言之留,而其游也,得与其文字久近之势相为不朽",是以其"与众人之游者异矣"。而序者同时认为,那些游乐于山林之间的骚人墨士,其所为游诗更显"意真""言肆",侧重基于作者自我经验的一己真切性情之表露,因此它们也更易于流传。与此相关,杨循吉在《感楼集序》中还谈及作诗"触"以臻于"妙"的问题:

  诗在精不在多,在专不在备,诚以其道之难尽故也。有唐氏之世,诗莫盛焉,然自数大家外,其余诸公之集编,或局于一体,简有止于数篇,此岂其力之不能乎?亦知诗之难为,不必多与备也。故其时诗人量力尽智,各能自成一家言,竟以取名于千载之下者以此。大抵诗在天地间,实艺之至精者,其工可为,其妙不可为也。妙在触则情感,故其句美,虽善诗者莫能自知之。是以求好诗,必有所俟,俟于事之触,境之触,无故之触也。不触则不可以举笔就题而浪为。然则虽欲其多且备,又乌能多且备也。①

据此,作为体现诗歌"艺之至精"的重要标志,不在于"工"而在于"妙","工"可以人为,"妙"则无法借助人为来实现;"妙"的意义构成,指向诗人"触"而兴"感",指向诗人自我经验的自然呈现,由"触"而"感","感"而成"句",终达

---

① 以上见《松筹堂集》卷四。

美妙之境地,是为"好诗"。联系起来看,这还属杨循吉所申明的诸如"说自己意,命所见事""直吐胸怀,实淑景象"意思的另一番表述。

要之,汲取古典资源被祝允明等人更多视为超离诗坛俗态的一条有效径路,这从以上特别如祝氏比较古今诗歌领域的陈述中已可见出,所以学古取法为他们所明确主张。另一方面,在取资古人之际,如何借以表现自我经验而不至沦没,凸显一己精神之发抒的合理地位,也成为他们勉力申述的一个重点。这既显示了其以此与学古取法之间维持某种制衡关系的用意,也表明了其将诗歌表现的重心落实在基于自我经验的一己所持之"意"和所见之"事"的原则立场。

四、宗尚主张的多维取向

如前所述,祝允明等吴中诸士在对待古典资源问题上,秉持积极接受的态度,以诗学立场而言,无论如祝允明推崇"古人为诗"之道,还是如杨循吉强调作诗"用古人法",都在宣示学古取法的必要性。这同时引出与此相关的一个问题,即面对古典诗歌系统,究竟应该选择什么样的对象作为取法的目标。然而,围绕对祝允明等吴中诸士诗学旨趣的探察,可以发现一个基本的事实,那就是很难将他们各自的宗尚主张完全统属在一起。换言之,诸士在取法目标上的倾向性态度,因更多取决于他们各自的趣味而表现出不同的取向。

都穆在《南濠诗话》中比较唐、宋、元诗的一段话,人们也许并不陌生:

> 昔人谓"诗盛于唐,坏于宋",近亦有谓元诗过宋诗者,陋哉见也。刘后村云:"宋诗岂惟不愧于唐,盖过之矣。"予观欧、梅、苏、黄、二陈,至石湖、放翁诸公,其诗视唐未可便谓之过,然真无愧色者也。元诗称大家,必曰虞、杨、范、揭。以四子而视宋,特太山之卷石耳。方正学诗云:"前宋文章配两周,盛时诗律亦无俦。今人未识昆仑派,却笑黄河是浊流。"又云:"天历诸公制作新,力排旧习祖唐人。粗豪未脱风沙气,难诋熙丰作后尘。"非具正法眼者,乌能道此。[1]

---

[1] 丁福保辑:《历代诗话续编》下册,北京:中华书局,1983年,第1344—1345页。

以上所述,或成为都氏于诗宗宋的重要依据。的确在其中,作者明白无误地对诗盛于唐而坏于宋以及宋诗不及元诗的说法,提出强烈质疑。文徵明序《南濠诗话》,谈及他从都氏习诗的经历:"余十六七时喜为诗,余友都君元敬实授之法。于时君有心戒,不事哦讽,而谈评不废。余每一篇成,辄就君是正,而君未尝不为余尽也。"且评都氏于诗识力及其取向:"君于诗别具一识,世之谈者,或元人为宗,而君雅意于宋;谓必音韵清胜,而君惟性情之真。"①文徵明年轻时的这段习诗经历,至少说明一点,他对都穆的诗学态度相对熟稔,也因此,他判断都氏具有"雅意于宋"的倾向,道出了其重视宋诗的一面。

不过推究起来,这不足以表明都穆专注宋诗的宗尚取向。《南濠居士文跋》载有都氏点评李梦阳诗的识语,其曰:"向予官工部时,与献吉友善,政事之暇,数相过从,觞咏留连,日夕忘去,意甚乐也。别来数载,缅怀昔日之乐,邈不可得,得览斯卷,为之跃然。盖献吉之诗取材汉魏,而音节法乎盛唐,若宋元以下则藐视之,其所作虽不免时为今体,而命意遣词,高妙绝俗,识者以为非今之诗也。"②这段材料之所以值得注意,在于它除了提到作者曾与前七子领袖人物李梦阳密切交往的经历,还有对李诗取法汉魏、盛唐倾向所做的评断,从中表明,李梦阳诗宗盛唐的取向,实际上也得到都穆的高度认可,而谓之"命意遣词,高妙绝俗",绝非漫然虚誉之语。从都穆的习诗经历来看,其自述少时曾学诗于沈周。③ 文徵明为沈氏所撰《沈先生行状》,谓沈"其诗初学唐人,雅意白傅,既而师眉山为长句,已又为放翁近律,所拟莫不合作"④。朱彝尊《静志居诗话》评沈诗,以为"石田诗不专仿一家,中、晚唐,南、北宋靡所不学"⑤。这从一个侧面说明沈周于诗兼法唐宋的取向。而沈氏的态度,或多或少会影响到都穆的学诗经历。这也可作为用来解释他既重视宋诗又不废唐音的其中一个原因。总之,都穆抬举宋诗的地位,与其说

---

① 《南濠居士诗话序》,《历代诗话续编》下册,第 1341 页。
② 《李户部诗》,《南濠居士文跋》卷二,《续修四库全书》影印明刻本,第 922 册。
③ 《南濠诗话》:"沈先生启南,以诗豪名海内,而其咏物尤妙。予少尝学诗先生,记其数联……皆清新雄健,不拘拘题目,而亦不离乎题目,兹其所以为妙也。"(《历代诗话续编》,下册,第 1361—1362 页)
④ 《文徵明集》(增订本)卷二十五,中册,第 583 页。
⑤ 《静志居诗话》卷九,上册,北京:人民文学出版社,1990 年,第 232 页。

是极力宗宋,不如说是有意反拨诗坛专注唐诗乃至元诗的现象。但这并不代表他对唐诗的贬抑,确切一点说,在唐宋之间维持学古取法上的某种平衡,才是他的本意所在。

再看文徵明。前述文氏自早年始即"尤好为古文词"①,并大力为诗道伸张,显示他对诗歌领域的高度关切。据何良俊《四友斋丛说》所载,文氏曾自述少时学诗所取:"衡山尝对余言:'我少年学诗,从陆放翁入门,故格调卑弱,不若诸君皆唐声也。'此衡山自谦耳,每见先生题咏,妥贴稳顺,作诗者孰能及之?"②这表明,文徵明早年习诗不随宗唐的时俗,独从宋人陆游而入。他的《淮海朱先生墓志铭》,述及墓主宝应朱应辰对时下论文言诗者立场的看法:"(朱)尝曰:'今之论文者皆曰秦、汉,然左氏不愈于班、马矣乎?上之六经,左氏又非其俪已。言诗皆曰盛唐,然楚骚、魏、晋,不愈于唐人矣乎?上之《三百篇》,楚骚、魏、晋又非其俪已。盖愈古而愈约,愈约而愈难。不反其约,而求于古,只见其难耳。'其言如此,盖卓乎其有所识矣。"③朱于"言诗皆曰盛唐"不以为然,文徵明认为这一看法颇有识力,也说明他并不赞成一味以盛唐为宗。然这不代表他对唐诗的排斥,文嘉《先君行略》言及文徵明为诗风格,指出"诗兼法唐、宋,而以温厚和平为主。或有以格律气骨为论者,公不为动"④。王世贞为文氏所撰《文先生传》也提到:"先生好为诗,傅情而发,娟秀妍雅,出入柳柳州、白香山、苏端明诸公。"⑤由此来看,在诗歌宗尚问题上,说文徵明有意回避时俗,不主张专宗唐音,而于唐宋兼而取之,兴许更符合他的诗学立场。

虽说在弘治之初曾经一同"倡为古文辞",但和都穆、文徵明相比,祝允明议论诗歌宗尚的主张有着显著的不同。他在《祝子罪知录》的论诗部分即开宗明义:

> 举曰:诗各有所至,四言、五言、乐府,由陈、隋沂洄而止乎汉,歌行、近体,由汉沂游而止乎唐。⑥

---

① 文嘉《先君行略》,《文徵明集》(增订本)附录二,下册,第1723页。
② 《四友斋丛说》卷二十六《诗三》,北京:中华书局,1959年,第237页。
③ 《文徵明集》(增订本)续辑卷下,下册,第1693页。
④ 《文徵明集》(增订本)附录二,下册,第1726页。
⑤ 《弇州山人四部稿》卷八十三,明万历刻本。
⑥ 《祝子罪知录》卷九。

这既是祝允明对古典诗歌发展演变脉络的大略梳理,也是他对诗歌宗尚目标的总体提示。尽管此处祝氏提出"诗各有所至",似乎是要强调不同时代的作品各有所长,正如他论议五言古体,认为"汉家肯构,接武□之,是西京一格也;东都少辨,犹当弟昆,亦一格也;曹一格也;马、刘一格也;二萧一格也;陈、杨少靡,当萧附庸,陶信自挺,要冠其代。虽则高卑稍殊,要之各有至处,亦不必如后世所谓陈、隋绮靡,悬绝汉魏之风骨,过为抑扬,而不依乎中庸也",指出汉至陈、隋之作各具特点,不必过分厚此薄彼。

但这并不表示他忽略对不同朝代及不同阶段诗歌之间差异的分辨,实际上在提出"诗各有所至"的同时,祝允明也非常注意区分各体诗歌在宗尚意义上的高下之别。如他评判乐府、歌行的演变特点:"乐府本自汉声,继虽拟引迁流,故当愈上愈嘉尔。歌行长句,滥觞汉府,转复铺张,而为之亦鲜。中间若曹、王亮切,鲍郎俊逸,颇复雄响轶群,文姬愤拍,乃存汉韵。其他虽袭篇名,大帅五言本体。"因此主张"歌行长调,宜衡览前后,益用精邃。乐府只应法汉,止乎唐前"。即使是对于不同时期"各有至处"的五言古体,祝允明也在察别轩轾,提出"五言独为汉魏最高,爰及六代,亦可择尤而从,随宜以就,唐则姑欲置之"。与此同时,唐代诗歌显然是祝允明重点关注的一个目标,其云:

> 逮及唐家,遂成专业。然而虽接条枚,终焉是别一解,观其情辞,已极尽已致,格力乃稍谢前修。中间五言、四言、歌行、乐府,大率改作,亦自驰驱深浅,而概少杀于昔人。歌行犹近,乐府亚之,五言远矣。然而莫不成章,斐然昭映。惟其近体五七律绝,厥惟跨昔越来,尽美尽善,凌霄揭日,压岳吞溟。《三百》之内,肤毛骨肉,颜色声音,姿态容度,性情心气,理义滋味,语默动静,精华风趣,髓脑百体。至于极妙之妙、绝玄之玄、莫神之神,不可以舌者,总在深得而时或过之。洋洋唐声,独立宇宙,无能间然,诗道之能事毕矣。圣人有作,其亦不易之矣。①

作者认为,大略而言,有唐一代成为诗歌发展变化相对成熟或完善的历史时期,所谓"诗道之能事毕矣"的判断,传达出他对唐代诗歌的总体评价。就各体

---

① 《祝子罪知录》卷九。

而言,形成不同的发展变化特点,其中五七言律绝最能体现唐诗的典范价值,堪称美善之作,其他体式中歌行一体相对接近前代的风韵。这种对唐代诗歌的各体定位,也正是祝允明"歌行、近体,由汉沂游而止乎唐"提法的展开说明。

值得一提的是,在突出唐代诗歌总体地位尤其是近体及歌行宗尚意义的前提下,祝允明并未忘记进而对唐诗加以阶段性的划分,也就是"其时其人,中复少辩",指出"谈者多主为优劣,时以初、盛、中、晚别,人以类如四杰、李、杜之属别,而要谓晚不及中,中不及盛,盛不及始,人时皆然,亦确论也"。① 这里涉及的有关唐代诗歌的分期,尽管未显示各个对应的具体时段,但其因"时"因"人"的基本划分,没有越出如明初高棅《唐诗品汇》所提出的"一变而为初唐""再变而为盛唐""三变而为中唐""四变而为晚唐"②的唐诗"四变"说。从祝允明以上表述来看,在唐诗宗尚包括分期问题上,其似乎更多融入了明初以来流行在诗坛的宗唐导向。如果说,祝允明本人诗学立场有什么真正的特异之处,那么,表现在他身上与这一宗唐态度相对的强烈的反宋诗倾向,显然是重要的一个方面。他在《祝子罪知录》中即做出了"诗死于宋"的激切评断,并为之申述云:

> 说曰:诗之美善,尽于昔人,止乎唐矣。初宋数子,仍是唐余,自髯坡、鬼谷,姿负崖峻,乃不从善,强别作态,自擅为家。后进靡然从之,迨其代而不返,虽有一二自振,河决千里,支流渟注,安能回之? 其失大抵气置温柔敦厚之懿,而过务抑扬;辞谢和平丽则之典,而颇为诘激。梗隔生硬,矜持跛躄,回驾王涂,并驱霸域,正与诗法背戾,而彼且自任宗门。斯实人间诗道之一变也。有如《诗》《书》二经,皆元圣作迷,而其体自殊。《三百篇》者,不著忠孝清贞等语,而所蓄甚至,所劝惩者转深,与百篇谆谟本体不同乃尔。故曰诗忌议论。而宋诗特以议论为高,大率以牙齖评较为儒,嚚讼哗评为典,眩耀怒骂为咏歌。此宋人态也,故于诗而并具之。
>
> 盖诗自唐后,大厄于宋,始变终坏,回视靦颜,虽前所论文变于宋,而亦不若诗之甚也。可谓《三百》之后,千年诗道,至此而灭亡矣,故以为死。
>
> 又曰:宋人有一种言语,所谓诗话者,恶而且繁,就中名公数端,如

---

① 《祝子罪知录》卷九。
② 《五言古诗叙目》,《唐诗品汇》上册,影印明汪宗尼校订本,上海:上海古籍出版社,1982年,第51页。

涑水、公父一二之外,诗张为幻,为叙说评骘及佞杜者,总可收拾千编,付之一炬。

又曰：论者又或以宋可并唐,至有谓过唐者,如刘因、方回、元好问辈不一,及后来暗陋吠声,附和之徒,皆村学婴童,肆姿狂语,无足深究。①

这里对宋诗连同宋人诗话的否定是相当彻底的,偏激的排击代替了理性的判别,然这也正表露了作者对宋诗的厌弃态度。在祝允明看来,对比唐诗,宋诗的陋劣无容分辩,也因此将诗道引向了灭亡的境地。所以,认为宋诗可与唐诗并置甚至超越之的说法,根本无从谈起。他在为沈周所作的《刻沈石田诗序》中也指出,"唐人以诗为学为仕,风声大同,情性略近。其间李、杜数子杰出,然而格有高下,音非辽绝,犹十五国各为一风,可按辞而知地,唐亦然尔,斯其美也","宋劣于唐居然已","或以宋可与唐同科,至有谓过之者,吾不知其何谓也,犹不能服区区之一得,何以服天下后世哉"?②

可以看出,祝允明对宋诗的指斥,实际涉及诗歌表现艺术的问题,其中"诗忌议论"之说,概括了他所主张的诗歌一体表现的基本原则。他以为,追溯起来,如同为儒学经典的《诗经》和《尚书》,已是"其体自殊",前者在表现上"所蓄甚至",注重的是一种蕴藉深厚的传达,自和后者作为诰谟的《尚书》不同,而宋诗"以议论为高"则犯了诗之为诗致命的忌讳,与诗歌一体特定的表现原则相违背。同样可以看出,祝允明如此指斥宋诗的缺失,也更多在声张严羽《沧浪诗话》批评"近代诸公""以文字为诗,以才学为诗,以议论为诗","其末流甚者,叫噪怒张,殊乖忠厚之风,殆以骂詈为诗"③的论调,难怪他认为,比较"诸家评骘,枉戾百端",而"严羽之谈,微为可取"④,对严氏论诗显然另眼相看。只不过和严羽于"近代之诗"尚声称"吾取其合于古人者而已"⑤的立场相比,祝允明提出的"千年诗道,至此而灭亡矣"的宋诗定位,无疑更为绝端。

推究起来,体现在祝允明身上这种强烈的反宋诗倾向,实和他决绝的反

---

① 《祝子罪知录》卷九。
② 《祝氏集略》卷二十四。
③ 《诗辨》,《沧浪诗话校释》,第26页。
④ 《祝子罪知录》卷九。
⑤ 《诗辨》,《沧浪诗话校释》,第26页。

宋学立场紧密相连。其《学坏于宋论》对宋代学术作如是说："凡学术尽变于宋,变辄坏之。经业自汉儒迄于唐,或师弟子授受,或朋友讲习,或闭户穷讨,敷布演绎,难疑订讹,益久益著。宋人都掩废之,或用为己说,或稍援它人,皆当时党类吾不如,果无先人一义一理乎? 亦可谓厚诬之。甚矣,其谋深而力悍,能令学者尽弃祖宗,随其步趋,迄数百年,不寤不疑而愈固。"①这主要是就经业的变化趋势来说的,认为时至宋代,学风为之大变,趋于专断、悍横与强势,不但破坏了汉唐的学术传统,而且极大影响了后世学者,使之沉溺不悟,贻患经业。也鉴于此,他在《贡举私议》中又针对当时科试程文不重古注疏而渐重宋儒注疏的倾向,表达忧虑和质疑:"诸经笺解传释,今古浩穰。然自昔注疏一定,似有要归,本朝惠制《大全书》,俾学者遵守,亦未尝禁使勿观古注疏诸家也。今习之既久,至或有不知人间有所谓注疏者,愚恐愈久而古昔传经家之旨益至泯灭,故以为宜令学者兼习注疏,而宋儒之后为说附和者,不必专主为便。"并以为程文"论题宜简于性理道学,而多论政术人才等事为便"。按其意思,宋人学术特别是其从事的"道统性理之学"②,违离了古昔"祖宗"的传统,专横独断的习气,制造了更多负面的效应,以至阻碍文人学者的自主思考,助长"随其步趋"的思维惰性。同时,宋人的这种学风也影响到诗歌领域,"于诗而并具之",故有"牙龃评较""嚣讼哗评""眩耀怒骂"种种之态的显露。要之,祝允明极力排击宋诗,一方面说明他注重诗歌一体的表现艺术,故而从艺术审美的角度指擿宋诗"特以议论为高"的严重缺失;另一方面也是更为深层的,在于他从学术思想的层面,将宋诗视作受到宋学侵蚀的一块不净的领地,将反宋诗纳入他整个反宋学的体系之中。

前已指出,唐代诗歌是祝允明重点关注的目标之一,被其赋予了"诗道之能事毕矣"的美誉,不过,其中作为唐诗大家的杜甫因受到祝氏严厉批评而成为例外。话题是从李白与杜甫究竟以何者为冠开始的,祝允明在《祝子罪知录》中提出,"称诗不可以杜甫为冠"、"李白应为唐诗之首",后者"才调清举"、"于唐固当独步,非谓更无及之者",然而"他士不能体体皆善,不能篇篇悉美,不能句句字字尽嘉,而公(指李白)能之","故不谓都无一人比肩,要

---

① 《祝氏集略》卷十。
② 《祝氏集略》卷十一。

总归于万夫之首矣"。但这样的分辨,似乎已经超出传统意义上李杜诗歌的比较,其目的主要是全面否定杜甫在唐代乃至整个诗歌史上的地位,而以李白作参比则更多被当作了批评杜诗的一种策略。观祝氏所论,反驳"诋杜者""极推者",为其评述杜诗的一项主要任务:

> 凡诋杜者,不啻千喙,姑按其说而察辨之,岂不得其情乎?以其为苍古也,非苍古也,村野之苍古也;以为典雅也,非典雅也,椎鲁之典雅也;以为豪雄也,非豪雄也,粗狂悍憨之豪雄也。又以为百体咸备,尽掩昔贤,何其狂言之斯与?昔贤多有具体而微者,然且冲退坚守,每以其最长者为定形,而姿态横生,时自出之,乌有若甫之偏堕自用,可为万羽之凤兮者乎哉?殊涂百虑,森森众妙,试谛诠之,甫也果何有哉?其极推者,以为忠义积发,度越诸子。是则未议辞体,别以理义论也。然而忠则信有之矣,忠蕴于胸臆,声形于颊舌,固当若是嚣呼诟怃,若捐家委命、强驱赴敌之悍卒然耶?风雅之中,人伦万变,至忠至孝,至义至烈,百意千情,无不有之,而夷视其辞,大帅渊雅,所谓温柔敦厚,诗之教也。甫也诗才独步千载,何独不能知诗教本旨如是?抑知而不能从耶?诗当温而甫厉,尚柔而甫猛,宜敦而甫讦,务厚而甫露,乃是最不善诗、戾诗之教者,何以反推而倒置之与?①

这不只是从诗歌艺术审美的角度,贬抑杜诗"村野""椎鲁""粗狂悍憨"及"偏堕自用"之失,而且上升至诗教的层面,指摘杜诗违背温柔敦厚的教示精神和意义。而后者与其说是为了阐扬传统诗教的本旨,不如说是意在加大批评杜甫"最不善诗"的力度。自宋代以来,尊杜渐为普遍,杜诗的典范意义愈益显突。从本质上说,祝允明如此訾病杜甫,固然和他不满杜诗的表现风格有关,但更主要的,恐怕是出于针对宋人多以杜甫相标榜的尊杜行为而产生的逆反心理,有意颠覆为宋人所尊奉的典范目标。

可以发现,祝允明在批评杜甫之际,多连及宋人的佞杜问题。如他表示,自韩愈、元稹或将杜"与李并立",或"遗李独推",到了宋人那里佞杜之风愈盛,对后人侵染转深:"迨至宋人,昧眼揉思,曲词强诣,转入鄙陋。若侏儒

---

① 《祝子罪知录》卷九。

从齐景以弄鲁侯,荆人僭王呼以登五伯,征实定名,畴其予之?奈何来者之不竞,而随人共拜贾竖之尘乎?以李媲庾婢,双跱为一室之栋,犹恐白隆而甫挠,矧欲并置长庚,孤植饭颗。"又指出:"由变故以来,凡其自谓独尊杜而痛法之者,正是其失,执而不回,且亦未尝果皆甫也。向令舍杜而他从,如太白等辈,虽不能及,犹唐遗韵也,学杜而劣,因成斯状,诸丑遂呈,不可观已。"①由此,祝允明批评杜诗的口吻中不时透出攻讦宋人的话语,在某种意义上,正是决绝的反宋诗乃至反宋学的立场,令他转而为宋人推尊的杜诗发出强烈的质疑。故而,对于杜甫"最不善诗、戾诗之教者"的极端判词,与他"诗死于宋""学坏于宋"的非理性评断,应置于同一层面来加以看待。

综上所述,祝允明等吴中诸士涉及诗歌宗尚问题的主张各有差异,无法统合到相对单一、固定的一个范围。导致如此情形的发生,一方面,诸士之间虽有交酬,甚至共同致力于古文词的研习,但还只是属于同一地域一种松散的文人聚集,并未提出标立宗派的明确主张,故也难免造成在诗学观念上的驳杂。② 另一方面,大体而言,吴中诸士尤其在自身知识系统的建构上表现出相对自由、活跃的特点,这和该地区自昔以来"不独名卿材士大夫之述作煊赫流著,而布衣韦带之徒笃学修词者亦累世未尝乏绝"③的相对深厚而开放的人文环境有关。祝允明等人于弘治之初"倡为古文辞",包括他们对于受到经术冲击的诗道的张扬,本身也带有冲破时俗的意味,表明他们或根据自身的识见和趣味,来选择修习的途径。如文徵明自述当初好为古文词,"一时曹耦莫不非笑之,以为狂;其不以为狂者,则以为矫、为迂",而文氏"不以为然","用是排众议,为之不顾"。④ 同样,他们在诗歌宗尚问题上各自主张,不求共趋一途,也显示诸士不愿随众追俗的独立心向,犹如祝允明在批评盲目尊杜者时所言,"人不肯以平心观,以天性概,以定志审,以实学验之焉。譬诸蠢夫,或过公府,见其门堂高大,便谓极贵,不知其中何主者也"⑤。其不拘于时俗所尚的诗学态度,由此可见一端。这从一个侧面也代表着此际吴中文士在知识系统的接受上的一种自主倾向。

---

① 《祝子罪知录》卷九。
② 参见黄卓越:《明中后期文学思想研究》,北京:北京大学出版社,2005年,第142页。
③ 《仙华集后序》,《陆子余集》。
④ 《上守谿先生书》,《文徵明集》(增订本)卷二十五,第571—572页。
⑤ 《祝子罪知录》卷九。

19与20世纪之交白蛇的跨界之旅
——从苏杭到上海

罗 靓

"白蛇传说"这一深植于中国古老土壤的民间故事,迄今已经跨越了时间、空间和语言文化的界限,成为一个名副其实的世界性文本。本文将回到19与20世纪之交,缕析白蛇传说在中西方文化间的跨界之旅及其与不同媒介交织而成的多彩面相。尤以苏州、杭州、上海这些与白蛇传说密切相关的地理和文化空间为中心,探讨在雅俗并置、中外杂糅,既蕴蓄深厚的传统又接纳光怪陆离的现代,既是文化之都又是消费天堂的现代都会中,白蛇传说如何被讲述、被表演、被征用、被消费,以及在这一过程中,白蛇传说又对政治、文化、媒介产生了何等强劲的反作用力和形塑功能。以缘起映照当下,我们将通过20世纪早期白蛇传说的多重文本与表演形态,透视白蛇传说在重塑和再造过程中所体现的先锋与流行、性别与政治、传统与现代、西方与东方的多重文化内涵和隐喻。

本文第一部分借传教士与外交官之眼反观白蛇传说在19与20世纪之交的演变。作为中国大众"病态心理"象征的白蛇与作为城市风景的白蛇交织于旅居苏杭的美国观察者的视野之中,并在其传教与外交事业中扮演了重要角色。本文第二部分回归本土,继续挖掘他眼观蛇所折射出的白蛇传说的重要性,以上海为中心缕析20世纪早期白蛇表演与再造在市民日常生活中呈现出的鲜活生态及其对新经验新意识的塑造性力量。从更深层的意义上讲,在他者与本土、经世致用与日常消费之间生发出的对"白蛇"在蛇、妖、神、魔之间不断游移的定义,其根本参照系都是"人"自身。抑或说,人们正是在一个变动不居而非恒定的"人性"定义下重新阐释白蛇、塑造白蛇。而这对于从传统走向现代并以"人的发现"为时代主题的中国而言,尤其具有非凡的意义和价值。

一、他眼观蛇:"天堂之城"与白蛇传说的重述

"白蛇传说"与杭州、西湖等地标结缘大约源自十三四世纪"西湖妖精"的传说,在 14 到 17 世纪之间,白蛇与西湖的缘起关系基本被固定,其典型文本即是出现在 17 世纪的白话故事《白娘子永镇雷峰塔》。这被认定为白蛇传说的"标准版本",并在 1624 年被冯梦龙收入《警世通言》。"白蛇传说"从此与"西湖-杭州"以及与之密切相关的苏州、镇江等地密不可分。从这个意义上说,"白蛇传说"与以"苏杭"为代表的江南水乡有着彼此成就、互相塑造的关系。同样,"苏杭"也成为白蛇传说跨文化之旅的重要发源地。19、20 世纪之交两部重要的"白蛇传说"译本便出自旅居于"苏杭"一带的两位美国人之手。而当他们以特定的身份——传教士和外交官——重述白蛇传说并以之向英文世界介绍阐释中国国情时,无论是"人"与"景"都不可避免地染上了他者的色彩。作为在华传播基督教、扩大美国外交影响力的美国人,他们对白蛇传说的译介虽然免不了"文化入侵"的嫌疑,但他们通过对白蛇文本的细致梳理,不但首次将其带入英文世界读者的视野之中,而且借助基督教教义与日常现代性的双重视角为白蛇传说的跨文化阐释提供了鲜活的早期范例。

1. 美国传教士之眼:作为中国大众"病态心理"象征的白蛇

1896 年,常年旅居中国的美国传教士吴板桥(Samuel I. Woodbridge)出版了《白蛇之迷:雷峰塔传奇》(*The Mystery of the White Snake: A Legend of Thunder Peak Tower*)。吴板桥自 1882 年起就以牧师的身份供职于镇江的美国长老教会,而镇江,众所周知,正是《白蛇传》中"水漫金山"之地。

在《白蛇之迷》中,吴板桥是把"白蛇传说"看作中国大众"发着烧"的"病态心理"的一种体现:"中国民众心态中的猎奇心理可与高烧病人的生理状态相较。因无知而无法将思维延伸到内心世界之外,而又需要通过中国之

外的资源来满足自然和正常的欲望,因而这样的大众心态使大地、空气、海洋中都充斥着幽灵鬼怪、仙女神龙。佛教的轮回观念对此应负主要责任。人们确信动物甚至低等爬行动物都曾经为人,而人类也曾经是动物甚至爬行动物。正因如此,世上的普通和日常的状况在他们想象中的英雄扣人心弦的冒险行为面前似乎都显得索然无味了。"①吴板桥的《白蛇之迷》即以此为开篇,他用科学的语言,尤其是医学和心理学的术语诊断中国大众心理问题,并自认为发现了其中的"根本原因"。意味深长的是,吴板桥对中国人身体和精神内陆景观科学的、医学的、心理学的调查结果,使他确信佛教"轮回观念"在中国民众生活中起到了主要作用。挥舞着最新科学思想的武器,吴板桥将中国人的此种心态认定为"异常"与"可悲",并认真地为其寻求拯救之方:"中国人那'万事不惊'的态度,即使最不敏感的观察者也能看得出,这或许部分源于在中国思想的各个部门及其行动的传统中都有种种半神半人的存在,他们的非凡事迹比地上任何真实人物的任何行为都更为精彩……为了让这些土生土长的人的头脑能接受和吸收真正的知识,上文提及的高烧必须退下来。我们相信耶稣基督那平实的福音,因其对世界和人类长久以来的有益影响,将使中国人的思维变得清晰,并能达到更为深远的拯救他们的灵魂的效果。"②

以长远的视角从现代回望过去,我们自然可以通过考察吴板桥措辞中的宣传立场来认定他"拯救中国人精神"的动机不纯。他对基督教的宣传是以佛教为批判的靶子,这被他看作当时在中国影响最大的宗教。透过20世纪初自"五四运动"以来影响深远的非宗教立场来审视③,吴板桥以传播基督教为目

---

① Samuel I. Woodbridge, "The Mystery of the White Snake: A Legend of Thunder Peak Tower, from the Chinese", *North-China Herald and Supreme Court and Consular Gazette*, Sep. 4, 1896, p.410.
② Ibid.
③ 五四新文化运动发生于20世纪10年代中期到20年代中期,在吴板桥侨居中国的后期。这一运动正是要把世俗、科学、民主及浪漫传统引入现代中国。关于"五四运动",还可参见 Tse-tsung Chow, *The May Fourth Movement: Intellectual Revolution in Modern China* (Cambridge, MA: Harvard University Press, 1960); Leo Ou-fan Lee, *The Romantic Generation of Modern Chinese Writers* (Cambridge, MA: Harvard University Press, 1973); Yusheng Lin, *The Crisis of Chinese Consciousness: Radical Antitraditionalism in the May Fourth Era* (Madison: University of Wisconsin Press, 1979); Milena Doležlová-Velingerová and Graham Martin Sanders, eds., *The Appropriation of Cultural Capital: China's May Fourth Project* (Cambridge, MA: Harvard University Press, 2001)等。

的对佛教进行的批判,其客观性确实变得可疑,因为到 1896 年发表上面这篇介绍文章的时候,他已经担任美国驻中国长老会传教士超过了十年。

当然,对吴板桥"宗教宣传"的批评很容易被一种不公正的"当下主义"所扭曲,这是我在研究中力图避免的。相反,我更愿意把吴板桥放回到历史语境中重新考量,并从细部检视他认为在中国大众心态中具决定性影响的"佛教轮回教义"。事实上,白蛇传说中白蛇的超能力在于它能变成人形,正如《早期中国的动物和精灵》(*The Animal and the Daemon in Early China*)一书中所展示的那样①,而这种变形信仰和中国文化自身一样古老。因此,确实需要把这种归于佛教的信仰进行重新梳理,而佛教毕竟自汉朝才被引入中国。实际上,即便在佛教信仰中,一旦你以某种特定的形式重生,这一辈子也就再也不能改变。这是一种相当僵化的轮回形式,人与非人的界限始终存在,至少在人的一生中是如此。

根据吴板桥的判断,中国神话传说"想象中的英雄扣人心弦的历险"以及那些"极其美妙"的半人半神毒害了中国大众的心智,阻碍了中国人接受和同化"真知"的可能性。在这本小册子的首页②,吴板桥引用了中译本《圣经》(1:23)中的句子:"不崇永生上帝之荣反拜速朽世人禽兽昆虫之像。"这句话在流行于 19 世纪 80 年代的英译修订版《圣经》中为:"[they] changed the glory of the incorruptible God for the likeness of an image of corruptible man, and of birds, and four-footed beasts, and creeping things."③吴板桥所引的中文译文应来自英国传教士和汉学家艾约瑟(Joseph Edkins)的中文著作《释教正谬》。④ 在此,吴板桥把白蛇传说作为动物崇拜的主要例证,将其译本介绍置于批判佛教和动物崇拜以揭示中国大众思想的匮乏,以此为传播耶稣基督福音提供依据的框架之中。

但是统观《白蛇之迷》全篇,我们会发现,吴板桥并没有通过白蛇传说的

---

① 见 Roel Sterckx, *The Animal and the Daemon in Early China*(New York: State University of New York Press, 2002)。
② Samuel I. Woodbridge, "The Mystery of the White Snake", *North-China Herald and Supreme Court and Consular Gazette*, 1896, p.1.
③ 见英译修订本《圣经》,1885 年,http://biblehub.com/erv/romans/1.htm,2018 年 6 月 28 日阅览。
④ 见[英]艾约瑟:《释教正谬》,1857 年,第 4 页。

译介很好地达成最终意图。事实上，在吴板桥译介的白蛇传说和他的宗教目标之间形成了不小的裂隙。甚至可以说，吴板桥在重新讲述白蛇传说中不知不觉地被"白蛇"的迷人风采所"蛊惑"，最终偏离了传教意图而将白蛇传说重述为浪漫爱情故事，而白蛇也远离了其最初的"魔性"定位，不但接近了"人"，甚至趋向了"神"，人与魔、蛊惑与爱情之间的界限最终变得模糊了。而他本来的批判—拯救—布道的文本也在对白蛇从魔到人的描绘转变中，从"蛊惑"到"爱情"的转移中被分裂、被瓦解了。如果说一开始汉文在西湖遇到白蛇时还有被魅惑的意味——"一见钟情"，"完全被蛊惑了"①，那么其后当白蛇因为盗库银连累了汉文，致使汉文获罪并被流放到苏州时，吴板桥则强调了白蛇身上所具备的"人"的感情，让读者感知到她渴望着汉文，"正一心一意地爱着他"。② 当然，吴板桥对白蛇的描绘还摇摆于"魔"与"人"之间，白蛇喝了雄黄酒现出原形的高潮场景即被渲染成一幅极其恐怖的画面："哦！可怕！在床上发现了一条巨蛇，斗大的头，眼里冒着火光，正慢慢展开身体，毒牙闪着光，嘴里滴着血，它正朝他爬过来，嘶嘶叫着爬过来了。"③白蛇的变身直接吓死了她的丈夫，为了能让丈夫起死回生，她冒着生命的危险去盗取仙草。据观音菩萨所言，她命中注定要成为文曲星君的母亲，并因其对北极星君的谎言而被镇压于雷峰塔下，但也因为她未来儿子的父亲需要获救，她才能讨来仙草。有趣的是，在此场景之后，吴板桥赋予了白蛇全部人性，当她在回家途中遭袭之后突然像死了一样，和凡人没什么两样。她回家之后马上救活了丈夫，并用手帕制造了一条死白蛇的幻象来重新获得丈夫的"爱和信任"。④

在赋予了恶魔白蛇人性的同时甚至授予了她神性，在这方面，吴板桥走得更远。他甚至让白蛇幻化为菩萨，把地方官介绍给她丈夫以便让他给地方官的妻子治好病，以此获得生意并取得好名声。⑤ 当白蛇发现汉文因为她偷的东西再次被捕的时候，她感到"心里充满了悲伤，因为她温柔地

---

① Samuel I. Woodbridge, "The Mystery of the White Snake", *North-China Herald and Supreme Court and Consular Gazette*, 1896, p.5.
② Ibid., p.10.
③ Ibid., p.15. 吴板桥这里可能受了奥维德或者维吉尔的影响。
④ Ibid., p.17.
⑤ 有论者认为白蛇和观音崇拜在中国唐代江南地区都与蛇崇拜有所关联，见 Chün-fang Yü, *Kuan-yin: The Chinese Transformation of Avalokiteśvara*（New York: Columbia University Press, 2000）。

爱着他"①。其后,吴板桥让白蛇乔装成一位"精心打扮的青年"尾随着被流放的汉文到镇江②,两人在镇江团聚后过着幸福的生活,直到法海遇到了汉文并挑唆他离开蛇妻:"这条白蛇有超强法力,她将用最大能力去蛊惑你、挽回你,因为她一心一意地爱着你。如果她不是个野蛮动物,那将会是个贤妻良母。"③这里,吴板桥在调和白蛇的蛊惑性和充满人性的"贤妻良母"可能性,尤其在她爱汉文这一点上,确实显得有些自相矛盾、犹豫不决。通过白蛇对汉文虔诚的忏悔,吴板桥的译文继续凸显着她的人性:"我做坏事只是为了给他带来好处。"④

白蛇为了夺回汉文而水漫金山并淹了镇江城,夫妻二人团聚,汉文也因对妻子的深爱不愿去做和尚,夫妻二人定居于杭州,直到复仇的道士派遣他的弟子蜈蚣精来伤害她的时候,白蛇又表现出了"人"的全部脆弱性:"当她向上看的时候,那只毒虫正向她伸长了身子,蹲伏着,露出来毒牙准备随时攻击。阿尔比亚恐怖地尖叫着,一下子摔晕在地上。"⑤在这里,吴板桥剥夺了白蛇所有的超自然能力,只是把她作为一个脆弱的妻子来对待。当白蛇生出了一个人类小男婴"梦蛟"的时候,她的全部人性更得到了确认。更为有趣的是,她被法海的"金钵"罩住之后,向在场所有人承认了自己的身份:"现在,我必须告诉你们我是清风洞的白蛇。前生我的丈夫从一个要杀我的乞丐手里救了我,我要尽我最大所能回报他。我为你的所作所为,亲爱的丈夫,都是出于爱。"⑥在故事结尾,吴板桥努力呈现出了一个当时已普及化的"大团圆结局"。在那里没有坏人,法海也是为了完成佛的使命来镇压白蛇且在白蛇的儿子金榜题名中了状元之后放了她。最终,汉文和白蛇都至善升天。

吴板桥对中国传奇明显的喜爱和对其青年主人公们(无论是男人还是蛇女)为爱情而冲动而献身的细腻描写,似乎和他要对中国大众思想中被佛教"污染"的动物崇拜进行批评的宣言很不一致。在这一充满了鬼怪精灵的

---

① Samuel I. Woodbridge, "The Mystery of the White Snake", *North-China Herald and Supreme Court and Consular Gazette*, 1896, p.20.
② 吴板桥在写作这部书的时候已经在镇江住了十多年了。
③ Samuel I. Woodbridge, "The Mystery of the White Snake", *North-China Herald and Supreme Court and Consular Gazette*, 1896, p.24.
④ Ibid.
⑤ Ibid., p.28.
⑥ Ibid., p.29.

想象世界里,吴板桥设法赋予了蛇女与凡人爱与奉献的品格,甚至对"人"与"非人"都给予了同样的心理深度,这就使其文本成为崭新的、相当成功的英语读物,直指中国普通民众所创造的狂热世界——一个他试图谴责并救赎的世界。然而,对吴板桥而言,爱并不等于狂热,因为爱是基于人类情感和现代感性的品格。将"迷信"传说转化为现代爱情故事,吴板桥可谓把中国传说带入了英语文学的浪漫轨道。更为有趣的是,当吴板桥作为传教士更深入地接近他所着手改革的中国大众"病态思想"时,反而不可救药地被中国大众生活中的精灵之力所"诱惑"、所"蛊惑",最终抛弃了前言中所引述的《圣经》教义。

2. 美国外交官之眼:作为城市风景的白蛇

弗莱德里克·D. 克劳德的《杭州:天堂城市》写于 1906 年,当时他正供职于位于杭州的美国领事馆。与传教士吴板桥传播基督教福音的动机有所不同,作为美国领事的克劳德是要为西方人提供中国相关城市的旅游指南。因此,与吴板桥在其文本开端引用《圣经》语录不同,克劳德在其著作开端便引用了为人所熟知的俗语"上有天堂,下有苏杭"。① 显然,在克劳德眼中,白蛇传说是值得放在这个用来传达"可靠和实用的知识"的手册里的。相比较而言,吴板桥通过白蛇传说所强调的是"人性"的改造,克劳德借助白蛇传说所关注的是城市"风景"的塑造,但同为西方观察者,无论是"人"还是"景"都被他者染色:白蛇传说所代表的"人性"与"风景"既为他者所用,又因他者视角而生发出更为鲜活的阐释空间。

不同于吴板桥,克劳德在前言中清晰地确认了其传说的资料来源,在译本开端就用了详细的注释,解释了白蛇传说在中国人日常生活中所受到的欢迎及得到的高度尊重,皇宫里一年一度的表演就是其具体表现。克劳德确认其重述是基于在杭州流传的版本,根据他听到的口传版本并"参考了《绣像义妖全传》"②,也就是在他写作时代广泛流传的弹词版白蛇传。《杭州:天堂城市》的稍前部分主要是介绍西湖,克劳德在这里提到了"白蛇"和

---

① Frederick D. Cloud, *Hangchow, The "City of Heaven", with a Brief Historical Sketch of Soochow* (Shanghai: The American Presbyterian Mission Press, 1906), p.1.
② Frederick D. Cloud, *Hangchow, The "City of Heaven"*, "Preface"; "Legend of the White Snake", p.73, footnote 1.

"青鱼"的传说,并认为这可能是与西湖相关的最著名传说。① 在介绍雷峰塔时,他再次指向这个"古老的民间传说"②:相传雷峰塔下的白蛇和青鱼就是那令人害怕、"被捉拿而后被永镇"的"两个妖精或女巫"。他甚至预见了雷峰塔的倒塌,认为游客们为了求得好运不断挖走断墙上的砖块会导致它在数十年后倒塌。而在将近二十年后的 1924 年 9 月,雷峰塔果然坍塌了。③

在描述了许多有趣的杭州历史文化景点之后,克劳德转向了对白蛇传说的重新讲述。如前所述,克劳德的这一重述来源于他在杭期间别人讲给他听的故事,并根据弹词版《绣像义妖全传》做了补充。④ 弹词版白蛇传说

图 1 仙踪

陈遇乾著,陈士奇、俞秀山编:《绣像义妖全传》,1809 年,第 1 页

图 2 凡配

陈遇乾著,陈士奇、俞秀山编:《绣像义妖全传》,1809 年,第 2 页

---

① Frederick D. Cloud, *Hangchow, The "City of Heaven"*, p.41.
② Ibid, p.43.
③ Ibid, p.44.
④ Ibid, p.73.

中16幅粗略勾勒、印刷质量不高的插图在克劳德时代流传甚广,这16幅讲述白蛇传说的视觉图像为:游湖、说亲、凡配、复艳、开店、斗法、端阳、仙草、盗宝、坛香、水漫、产子、合钵、学堂、祭塔。

既然是杭州和苏州手册的一个组成部分,克劳德重述的白蛇故事也就更多地注意到它与这两座城市的关联。如文中所说,"跟随被流放苏州的汉文,素贞和小青离开了'美丽的杭州'去'美丽的苏州'居住"①,以此确保他的读者再度回头注意到这两个城市,而这才是他书中设定的真正主人公。相比较吴板桥在白蛇传奇的译介中为了西方读者便利而给白蛇取了拉丁文名字②,克劳德则保留了白蛇的中文名字,用"素贞"来称呼白蛇,"素"是"纯白","和"贞"连在一起,有"贞洁"和"纯洁"之意。他同时还把青蛇的名字"小青"直译为"Greenette",并用脚注解释了他选择贴近中文译法的原因。③ 一方面,这与该书的"旅游指南"性质相关,另一方面也与译者自身的语言和文化修养相关,相比较吴板桥而言,克劳德的翻译因缺乏有趣鲜活的细节而显得有点枯燥。

风格上的这些特点却也正是克劳德接近白蛇传说独特方式的表现,他将其译本创造成了让西方读者熟悉中国实践知识的一种方式,而这则是其外交事业的一部分。克劳德认真地对待中国资源,包括《绣像义妖全传》。他甚至尝试以图片资料的巧妙运用来模仿该书图文并茂的特色。牢记自己的任务是写一本能充当城市旅游指南的手册,克劳德在他的旅游手册全书,尤其是在白蛇译文部分插入了很多关于杭州当地人事与风景的照片。

克劳德一开始就在手册里使用一张鸟瞰图介绍杭州。照片远景中有一座桥,桥上有两个人,以此提醒游客白蛇的传说(图3)。这个"定位镜头"为他后文翻译白蛇搭建了有效的场景。他接着介绍有关杭州的实用信息,包括政府,即衙门所在地④,其中插入了他自己站在一个地方衙门前的照片

---

① Frederick D. Cloud, *Hangchow, The "City of Heaven"*, p.79.
② Samuel I. Woodbridge, "The Mystery of the White Snake", *North-China Herald and Supreme Court and Consular Gazette*, 1896.
③ Frederick D. Cloud, *Hangchow, The "City of Heaven"*, p.76.
④ 有关"衙门"在中国城市发展中的作用可参见 John Friedmann, "Reflections on Place and Place-Making in the Cities of China", *International Journal of Urban and Regional Research*, 32(2), June 2007: 261-273.

图 3　鸟瞰杭州

图源 Frederick D. Cloud，*Hangchow，The "City of Heaven"*，p.10 后

图 4　在地方衙门前

图源 Frederick D. Cloud，*Hangchow，The "City of Heaven"*，p.16 后

（图 4）。实际上，在白蛇传里，衙门是一个非常重要的场景，正是在这里，汉文被审问并流放。同样，当克劳德选用一张钱塘潮的照片时（图 5）①，也可谓为读者预设了白蛇故事中白蛇与法海"水斗"的场景。

值得一提的是，克劳德经常强调其作为美国外交官的视角。介绍了杭州这个城市、它的衙门、它的钱塘潮之后，克劳德接着又附上了一张"从美国领事馆观看"到的美丽西湖风景照（图 6）。很明显当时的美领馆就位于西湖边，背景是映入视野的远山。它占据着杭州的绝佳地理位置，显示出当时美国外交机构在中国

① 钱塘潮是钱塘江和杭州湾附近举世闻名的江潮，也是杭州的主要旅游景点之一。

图 5　钱塘潮
图源 Frederick D. Cloud,*Hangchow*,*The "City of Heaven"*,p.24 后

图 6　西湖风景
图源 Frederick D. Cloud,*Hangchow*,*The "City of Heaven"*,p.38 后

的特权与重要性。克劳德插入书中的西湖第二景则是一座桥的近景,让读者联系到白蛇和汉文初次相见及再度团聚的断桥(图7)。这是克劳德书中最早出现的杭州人物特写照片之一,其取景方式显示出拍摄者正面对着小船并抓拍到了船穿过桥下的时刻。三个中国人中,一人是船夫,另有两个游客挡住了脸和眼睛,可能是为了挡住直射的阳光,抑或是不满外国人侵入式的拍摄。无论如何,克劳德都通过此图把他的读者引入了白蛇传中与陌生人共乘一舟的核心主题。

图7 小桥近景

图源 Frederick D. Cloud, *Hangchow, The "City of Heaven"*, p.40 后

最后,克劳德以一帧引人注目的照片介绍了雷峰塔(图8)。该图的焦点是一方刻着碑文的古碑及其周围的古亭,以及擎伞而立之人,人与物都静默地站立于宝塔之前。雷峰塔的这一图像强调了人文踪迹与宝塔之间的近距离。在白蛇讲述中的不同时刻,伞和宝塔都是非常重要的生殖象征。将此图置于白蛇故事的语境中来考察,以象征爱情之伞对照象征压迫之塔,这张雷峰塔插图的动态精神便得以充分显现。

图 8 雷峰塔
图源 Frederick D. Cloud, *Hangchow, The "City of Heaven"*, p.42 后

在克劳德所著指南的白蛇传说译本部分,他还持续使用了记录性图片来为传说本身的文字充当插图。第一幅插图题为"杭州的中国墓穴"(图9),插入在汉文去拜祭祖坟尽孝的文字之前。① 非常恰切的是,第二幅插入白蛇传说文本的照片题为"在大运河上"(图10),突出了多艘单帆船穿梭于繁忙的大运河上,其航程连接杭州和镇江。插图周围的文本则是汉文被流放到镇江,青白二蛇化为女子,多半也乘船沿着大运河从杭州跟到那里的故事。有趣的是,除了中国的帆船,克劳德插入的图片在前景中还突显了

图 9 杭州的中国墓穴
图源 Frederick D. Cloud, *Hangchow, The "City of Heaven"*, p.76 后

---

① Frederick D. Cloud, *Hangchow, The "City of Heaven"*, p.77.

另一艘悬挂美国国旗的船只,国旗在风中飘舞,充分显示着它的力量。克劳德在白蛇译文最后和介绍苏州部分之前插入的最后一幅图片,题为"杭州附近的运河桥"(图11)。图片是一个远景,十多个人站在桥上,桥下的水面上是人和桥的倒影。摄影者看似就是克劳德自己,他站在远处观察桥和桥上的人群;同时,他也成为来大运河观景的中国游客从桥上观赏到的风景。

图10 在大运河上

图源 Frederick D. Cloud, *Hangchow, The City of Heaven*, p.88 后

图11 杭州附近的运河桥

图源 Frederick D. Cloud, *Hangchow, The City of Heaven*, p.102 后

当克劳德的《杭州:天堂之城》在1906年出版的时候,除了他是杭州手册的作者和身为美国驻杭州领事馆副领事以外,我们对他了解很少。然而,我们能确切知道的是克劳德的书是由上海美华书馆(The American Presbyterian Mission Press)出版的。尽管在那个时候,不是所有的外交官都和善地对待传教士的活动,但是克劳德的个案还是为外交官和传教士之间的关系提供了可能性,或许更应该说是亲密性。意味深长的是,作为美国外交官且与长老教会关系密切的克劳德,在写作杭州城市手册时给予了重述白蛇故事以如此充分的重视。对他而言,白蛇传说是为其外交官的职业

服务的。而克劳德的著述对于"白蛇传奇"本身流转、嬗变的历史而言,更是增加了文本链重要的一环。

纵观上述两种"他眼观蛇"的个案,克劳德与吴板桥形成了有趣的对照。克劳德的著作属于"旅游指南",白蛇传说是作为天堂城市的"风景"而存在的,传达的是一种实用知识。而吴板桥的著作具有"启蒙读物"的性质,他从传教士的眼光出发,借"白蛇传说"来批判中国大众原始的"动物崇拜"心理,并力图以基督教的福音进行拯救。以当下的世俗眼光来看,基督教教育和现代启蒙之间似乎存在诸多差异,但对于以吴板桥和克劳德为代表的那一代传教士、外交官、商人、旅行者而言,基督教和包括科学、技术在内的西方文化则被视为不可分割的整体。同样重要的是,吴板桥和克劳德通过对中国材料广泛的、往往是充满爱意的重述,使白蛇故事在英语世界中获得了永生,这一重述又因为他们在镇江、杭州、苏州等与白蛇故事关联的中心城市的生活经历而得到强化。尽管吴板桥和克劳德白蛇译文的影响在很大程度上可能只局限于在中国的英文读者群,但他们的译本通过教会组织和外交渠道等重要机制得以出版和传播。因此,虽然他们的出发点各有不同,但两者都在世纪之交的英语世界中推广了白蛇传说并为其阐释的嬗变做出了重要贡献。

二、20世纪早期的白蛇表演与再造:以上海为中心

与"他眼观蛇"中西方外交官和传教士出于各自目的对于"白蛇传说"的重述和征用不同,在20世纪早期中国人日常生活中的"白蛇传说"则呈现出另一番热闹景象。细查当时最有影响的中文报纸之一《申报》所刊载有关白蛇的材料,既能够补充传教士和外交官有关这一传说重要性的讨论,同时也可为探讨白蛇传说如何活跃在商业活动、知识分子话语、中国人日常生活之中提供更有趣的证据。通过梳理广告、新闻报道及偶尔出现的小文章可知,中文世界中的白蛇通过印刷文字、舞台表演以及街头巷尾在各个方面延展开来。这为我们研究白蛇传说之嬗变提供了多重主题:剧院表演中的技术突破,基于性别角色的表演范式转变,以及由蛇女在20世纪以来传说重述中的中心地位所引发的"何以为人"的社会政治论争等。而当时的上海以其

得天独厚的文化、经济、政治、地理等综合优势,无疑成为"白蛇传说"重塑、重讲、重演的集散地。正如学者陈建华在有关上海的精彩研究中所指出的,民国时期的上海乃是一个"'消闲'文学与摩登文化"的大本营,但其间消费的却不只是商品与闲暇。摩登海派文化通过"渗入市民大众的'感情结构'而开拓'俗语现代主义'的美学空间",更在新旧交替时代为女性、弱者、现代家庭发声。① 我们对白蛇传说以上海为中心的表演和再造的研究,在印证上海作为消费天堂的同时,同样也发掘出白蛇现象对流行文化与市民生活的塑造性力量。在此语境中,白蛇传说并不仅仅是作为流行文化被广大民众所"消费",同时反过来对广大民众的审美趣味起到了引导和形塑作用。在重述白蛇的过程中,先锋与流行、传统与现代、雅与俗、新思想与旧文化始终错综复杂地缠绕交织在一起。

1. "新"之追求:19世纪70年代—20世纪20年代的白蛇表演

如果在19世纪七八十年代步入上海一家有名的剧院,你多半会看到装饰着"闽广玲珑细巧新式彩灯"的新式舞台上正在上演各种戏剧,白蛇传的一些版本也可能正是其中的亮点。② 到1890年,根据《申报》上的广告,你可能会看到舞台上的"英国机器,西洋水法,铁莲花开"③。

在19与20世纪之交的中国,"新"几乎成为一个具有普遍价值的流行词语。同样,"新"也成为白蛇表演广告中的关键词,尽管舞台演出实践在很大程度上仍然继承了几十年前的"彩灯"传统,但是对于"新"的追求在话语表达上已颇有泛滥之势。20世纪早期的《申报》广告一再强调其演出的是"应节新戏",且是"新剧场改革"的结果。④ 这里提到的改革,早在19与20世纪之交就由剧场从业人员及其文人支持者一起开始进行,这些文人也跻身于当时剧场改革的理论先行者行列。例如,戏剧学者李伟的近著就探讨

---

① 陈建华:《周瘦鹃与〈半月〉杂志——"消闲"文学与摩登海派文化(1921—1925)》,《苏州教育学院学报》2018年6期;另可参见 Peijie Mao, "The Cultural Imaginary of 'Middle Society' in Early Republican Shanghai", *Modern China*, 2018: 1-32。
② 见《申报》(上海版)1875年5月31日,第5版,1875年6月2日,第6版;《申报》(上海版)1880年1月3日,第6版,1880年8月1日,第5版。
③ 见《申报》(上海版)1895年2月16日,第6版。
④ 见《申报》(上海版)1905年6月7日,第7版,1910年6月8日,第7版。

了在戏曲表演家梅兰芳和学者齐如山的合作基础之上进行的传统剧场改革,以及由此形成的"梅兰芳表演体系"①。除了现代技术在布景设计方面的创新,改革者还常常把剧场设想成社会改革的场所。相比较而言,这和传教士用基督教拯救中国大众心理的冲动看似有几分相似。② 有些改革者走得更远,存在甚至不惜牺牲经济利益来追求理想主义的政治倾向。还有很多改革者为了提高戏剧的社会地位和受尊重程度而不懈努力。美国的中国历史学家约书亚·戈尔茨坦(Joshua Goldstein)对20世纪初期活跃在上海的夏氏兄弟及其剧场改革的重要场地——"新舞台"的考察,就是这种现象的一种例证。③

显然,舞台技术创新仍然是白蛇演出在新时代商业现代化中最大的看点。20世纪10年代早期的表演仍遵循着19世纪70年代的轨迹,在1911年的新年演出中"新添满台水怪"④。配合着1911年推翻清王朝之后中华民国的建立,1912年1月的演出进一步打出了如下广告:"幻术彩景巧转舞台"和"外洋运到各式活动精怪"。⑤ 1913年端午节白蛇演出的广告是"满台真水有六万余磅在水中大战",并声称此等奇观"中华戏剧从未有过"。⑥ 直至20世纪10年代中晚期,技术现代性始终是卖点,演出广告特别强调"新添特别布景""野山各种禽兽"和舞台上自动化的"魔法"人物。⑦ 上文提及吴板桥在1918年发出的哀叹,声称王朝崩溃与民国建立对"打破迷信的锁链"及消除中国人对白蛇舞台表演的痴迷,几乎未起到作用,又何尝不是对《申报》广告中光怪陆离的白蛇表演的另一种回应呢。⑧

---

① 见李伟:《20世纪戏曲改革的三大范式》,北京:中华书局,2014年,第一章。又见罗靓有关李伟一书的书评:Liang Luo, Review of Li Wei, "Three Paradigms of Reforming Traditional Theatre in the Twentieth Century", *CHINOPERL*, 36(2), 2017。
② 尽管从基督徒的角度看基督教是拯救的唯一手段,不存在其他路径。所以,通过基督徒传播福音达成基督拯救的主张和通过剧场达到社会改革的想法并非真的相似。前者的目的(基督教拯救)锁定于一个单一的、有限的领域,即基督教;而后者的目的(社会改革)触及的范围则包括社会行动、艺术或娱乐等。
③ Joshua Goldstein, *Drama Kings: Players and Publics in the Re-creation of Peking Opera, 1870-1937* (Berkeley: University of California Press, 2007), pp.76-77.
④ 见《申报》1911年1月10日,第8版。
⑤ 《申报》1912年1月15日,第4版,1912年1月16日,第4版。
⑥ 《申报》1913年6月9日,第9版。
⑦ 《申报》1915年5月4日,第12版。
⑧ Samuel I. Woodbridge, *Fifty Years in China* (Shanghai: Presbyterian Committee of Publication, 1919), p.42.

吴板桥的哀叹是一回事,实际舞台演出则是另一回事。1915年"小舞台"的白蛇表演广告中已经强调了技术现代性以外的因素,大力推广以"美术性质"为基础"将迷信之点删除尽净"的新型表演模式,暗示了和过去的激进分裂。看惯了白蛇旧版本的观众们被敦促观看新版本,这表明对现代意识形态的诉求已开始渗透到商业剧场之中。① 众所周知,在知识界,蔡元培则提出了著名的"以美育代宗教"的主张。② 而无论是蔡元培的主张还是风行一时的戏剧改革,其大的历史背景都是以"思想革命"和"人的解放"为深层目标的文化运动。颇有讽刺意味的是,中国现代知识分子改造国民性的思想启蒙主张与吴板桥对白蛇和汉文"爱情"关系的认定有着某种程度的相似性,只不过吴板桥的出发点是受基督教信仰启要去除中国受佛教影响的"迷信"思想③,而中国知识分子的思想解放则是以西方现代的科学、民主之光祛除中国封建礼教传统思想的黑暗统治而已。

19与20世纪之交中国思想解放的整体历史风潮使得女性身份和权利得到了进一步提升,"人"的发现连带着对"女人"和"儿童"的发现。④ 在这一大的历史背景下,舞台上开始浮现女性表演者的身影,男女共演的新编弹词小说于1914年开始出现在白蛇表演舞台上。⑤ 当然,"现代"的意义极为驳杂,尤其从传统到现代的社会转型期更是新旧扭结在一起,科学对于迷信的扫荡固然有启蒙人心的意义,但挪用到白蛇故事和表演上则致使其在剧情上经历了从奇幻到现实,甚至到闹剧的转换。当故事中神奇的、魔幻的因素被当作"迷信"——即民间信仰——被剥离后,整个故事看起来就成了一出闹剧。而在这类表演中则包括"真船真水并加滑稽焰口"等精致的风景。⑥ 1917年,"笑舞台"的一则广告甚至走得更远,认为笑是通向卫生的秘诀。⑦ 与此相

---

① "在小剧场,全本的白蛇传在旧历五月五上演",见《申报》1915年6月16日第9版和1915年6月17日第9版。
② 蔡元培:《以美育代宗教》,《新青年》1917年第6期,重印于《现代学生》第1卷第3期(1930年12月)。
③ 然而,吴板桥的西化白蛇传和他的传播基督教在反佛教的修辞方面与中国知识分子有很多融合,但在世俗倾向上则不同,因为他把基督教看作解决中国问题的唯一路径。
④ 周作人:《人的文学》,《新青年》1918年第5卷6号。
⑤ 《申报》1914年11月21日,第9版。
⑥ 《申报》1914年1月20日,第12版。
⑦ 《申报》1917年7月2日,第16版。

应,从20世纪10年代末到20年代初,白蛇演出开始被看作"趣剧"。① 时至1926年,用来指称特定白蛇演出的术语发展成了使用摄像"屈力克"(tricks)的"应时连环戏"和"滑稽戏"。② 然而,很多表演往往都择取其中的折子戏代替整场演出,例如"水漫金山",也即农历七月七日白蛇与法海之战,往往作为应时表演在节日演出。这种融合舞台演出和早期电影的实验性节日演出凸显了白蛇故事在促进和滋生新媒体形态中扮演的重要角色,同时也显示了其服务于中国大众生活仪式及精神功能的持久活力。因此,我们在重新审视白蛇表演发展轨迹中的世俗化倾向和现实主义美学的同时,也不能忘记其深厚的仪式性,以及由此产生的精神诉求。世俗化与精神化这两种进程的合力,以既融合又背离的趋势形成一个错综复杂的网络,交织贯穿在白蛇传说的现代变形过程之中。

2. 京剧、弹词和粤剧的流行

在20世纪上半叶,京剧、弹词和粤剧是三种影响最大的白蛇故事演绎形式。1913年,领导京剧界的男旦青衣梅兰芳扮演的白蛇首先引起了上海媒体的关注。③ 1914年,据报道,梅兰芳的作品,尤其是他表演的白蛇传受到了"全国欢迎"。④ 1917年,另一位京剧男旦尚小云的白蛇演出打出了"全新广绣行头特别电彩背景"的广告,并强调其演出剧情的全面翻新。⑤ 而欧阳予倩也在1918年加入了男扮女装表演白蛇的行列。⑥ 男旦演员塑造的白蛇形象受到持续欢迎,这与白蛇表演在技术革新和真实布景等方面相对激进的革新看起来有些相背。然而,那些买票看戏并促使《申报》做更多广告的中国观众显然并不认为两者之间存在传统与现代表现方式或新旧风格之间的分裂。当吴板桥哀叹民国初年中国大众思想缺乏转变的时候,白蛇表演已经发展成为影响大量消费者和表演者生活和生计的强大工业。或者说,白蛇表演在构成消费的同时也引导了大众消费,大众在消费着白蛇表演

---

① 白蛇表演也被称为"著名趣剧"和"应时趣剧"。见《申报》1917年4月29日,第16版,1918年6月14日,第8版,1918年7月21日,第8版,1918年9月18日,第8版,1919年6月5日,第5版,1920年9月27日,第8版。
② 《申报》1926年5月30日,第23版。
③ 《申报》1913年11月13日,第12版。
④ 《申报》1914年12月20日,第9版。
⑤ 《申报》1917年2月13日,第16版。
⑥ 《申报》1918年3月13日,第8版。

的同时也被其所塑造。

尽管新创弹词小说已经呈现出男女共演的特征,但男旦依旧统治着京剧表演舞台。此外,从20世纪10年代中期起,以男性为主导的弹词表演成为普及白蛇故事最重要的手段之一。如果你在1916年的上海进了一家广受欢迎的西餐厅(比如"天外天"),或者一家著名的娱乐场馆(诸如"新世界"和"大世界"),你很可能会听到吴氏兄弟(吴玉荪、吴小松、吴小石)在琵琶和三弦的伴奏下重新演绎的白蛇传。① 当时,孪生兄弟吴小松、吴小石的联袂表演在流行场馆极受欢迎。白蛇弹词表演的流行性焕发出持久的生命力,这不但表现在它随着收音机广播的兴起成为商品代言的主要形式,还因为它历经了30年代的政治变迁后还得以幸存,一直到40年代仍深受欢迎。②

与此同时,粤剧女演员李雪芳的白蛇表演在弹词占主导地位的都市文化空间中开辟出了自己的天地。她在1919年的慈善演出因其"加配新装电光霞影五彩缤纷与歌声相拍和"而迷倒了上海观众。③ 在20世纪20年代早期,这种华丽的风格正是上海观众所追趋的。凭借她的知名度,李雪芳"全传"在1920年10月出版。书中附有李雪芳的精美舞台剧照、全本白蛇传演出剧本,封面更有广东籍清末改革家康有为题写的书名。④ 这本书在仅仅一个月后就印刷了第二版。20年代中期发表在《申报》上的评论仍称李雪芳的粤剧白蛇演出"风靡一时",进一步证明了她在上海的广受欢迎。⑤

3. 舞台表演与都市八卦、印刷文化及知识分子的哀叹

上海的白蛇舞台表演还参与到了都市八卦和印刷文化等充满活力的行业对话与互动中,这可以用19世纪80年代就在《申报》上出现的故事性报道作为例证。1882年一位作者声称他收到了苏州朋友的来信,描述了男性白蛇成为房子保护神的故事。⑥ 一年之后,另一则报道则描绘了白蛇精因强奸女性,被雷击之后而销声匿迹之事。⑦ 这些雄性精灵,无论是保护神还

---

① 《申报》1916年3月22日,第9版。
② 《申报》1934年5月19日,第11版,1942年7月8日,第7版。
③ 《申报》1919年11月30日,第8版。
④ 康有为的签名为康南海,他因其出生地广东南海而以康南海为人所知。见《申报》1920年10月28日,第17版。
⑤ 《申报》1924年12月22日,第8版。
⑥ 《申报》(上海版)1882年7月20日,第2版。
⑦ 《申报》(上海版)1883年5月1日,第2版。

是恶魔,同时作为都市八卦和印刷产品而广为流传,为19世纪80年代以来读者对白蛇戏曲出版物的接受培养了良好环境,也见证了白蛇故事从都市传奇走向戏剧审美对象的过程。白蛇出版物的物质形态和所用材料,也经历了从铅板到石印,再到铜板的变化和从简单绘图到精印锦套,从绣像八册到洋装二册的变迁①,揭示了丰富多样的印刷文化和舞台演出的密切结合。1916年《申报》上的一则评论哀叹昆曲《白蛇传》已被缩减为"断桥"和"祭塔"两折,前者是白蛇和她的丈夫在断桥重逢,后者是她被长大成人的儿子救出雷峰塔②,而印刷文化与舞台表演的合力应该是这种变化的原因之一。初版于1872年的《说书女先生合传》于1917年再版,介绍的是以擅长说讲白蛇传而闻名的一代女说书人③,侧证了20世纪10年代后期的城市读者,对接近消失却似乎快要回归的早期女说书人传统仍然充满了好奇。

自20世纪20年代以来,《申报》中有关白蛇的材料越来越多,也越来越趣味无穷。我们开始听到了现代知识分子的声音,他们开始在影响力日增的《申报·自由谈》副刊上发表有关白蛇演出的评论。舒舍予(其笔名老舍更为人熟知)于1921年曾发表文章,对新引进的舞台装置、用现代手法表现时间流逝等具体做法表示了质疑。④ 但这种对具体戏剧表现形式的质疑与来自都市知识分子精英的更为广泛的持续攻击不可同日而语。后者抗议白蛇故事的庸俗化,以及在日益现代化的中国张扬代表传统美学的白蛇现象的可笑,这与老舍试图在白蛇表演舞台上保持传统做法的主张是非常不同的。而禁止白蛇演出的呼声几乎贯穿了后来的几十年,这种对抗在某种意义上呼应了几十年前吴板桥对白蛇现象的诊断。1941年的一篇文章公开呼吁废除端午节及与白蛇表演相关的"迷信"活动。⑤ 有些文化精英甚至走得更远,他们反对白蛇传的所有形式,认为传统文化中奇幻、"迷信"的方面不利于培养人的现代情感。同时,有些知识分子和老舍的出发点相似,想保

---

① 《申报》1878年9月18日,第6版,1895年5月19日,第6版,1918年5月27日,第15版,1921年5月27日,第15版,1921年7月6日,第19版,1923年6月3日,第5版。
② 《申报》1916年7月13日,第14版。
③ 《申报》1917年2月6日,第17版。
④ 舒舍予质疑京剧舞台上所使用的时间标记,诸如"七年之后"或者"十八年之后",见舒舍予《观剧质疑》。
⑤ 林仁:《端午节的迷信》,《申报》1941年6月1日,第11版。

持白蛇表演中更为传统的面相,并赞扬表演者们的传统训练。他们反对的是晚近以来技术革新的影响,认为这些新倾向使白蛇传奇"低能化"和庸俗化——用今天的话来说就是将其"迪士尼化"①了。知识分子们的哀叹也在无意中从反面凸显了贯穿于 19 世纪末 20 世纪初白蛇表演舞台上引人入胜的技术创新。作为当时重要娱乐场馆之一的"新世界",从 1922 年 6 月上旬直至 7 月中旬都在为其白蛇表演做广告。广告宣称著名的"西湖十景",即克劳德曾在 1906 年《杭州:天堂之城》一书中生动描绘的"十种美丽风景"②,已被一丝不苟地重现在舞台上。著名的舞台匠人已巧妙地创建了一条机器操控的白蛇,而且舞台上出现的完全是"电灯真水"。③

4. 声音中的白蛇:塑造新媒体、新经验和新意识

尽管上面提到了知识界各种各样的反对意见,但弹词仍然成了可塑性极强,易于被新技术、新媒体接受的最重要的白蛇表演形式之一。与此同时,弹词表演形式也为新媒体实验本身提供了创造性的路径。当时上海首屈一指的唱片公司百代唱片公司,在 1923 年宣布他们将录制吴氏三兄弟长兄吴玉荪的三种弹词:《玉蜻蜓》《描金凤》和《白蛇传》,以便在他隐退之前为其职业生涯画上一个圆满的句号。④

吴氏三兄弟的声望可在《申报》"本阜增刊"上刊载的《说书小评》一文中略见端倪。该文介绍了吴氏三兄弟如何广受欢迎⑤,并称赞他们是光裕社青年一代成员中的领袖。成立于 1776 年,于 1912 年更名的"光裕社"是建立时间最长、影响力最大的弹词行会组织,总部设在苏州。⑥ 文章重点介绍了三兄弟中较为年轻的孪生兄弟吴小松和吴小石,强调了两人不仅仅是著名的弹词艺人,还能在"大世界"的舞台上进行夜场戏曲演出。令人印象深刻的是这兄弟三人的日收入为几十元,是光裕社成员中包银最高的,这也是他们广受欢迎的进一步证据。此外,孪生兄弟小松小石两人还以新兴商人

---

① 张凰:《端阳琐记》,《申报》1921 年 6 月 10 日,第 14 版;卓然:《观上海戏校之金山寺》,《申报》1942 年 5 月 23 日,第 7 版。
② Frederick D. Cloud, *Hangchow, The "City of Heaven"*, pp.68-71.
③ 《申报》1922 年 6 月 1 日,第 9 版,1922 年 6 月 21 日,第 11 版。
④ 《申报》1923 年 1 月 9 日,第 18 版。
⑤ 《申报》1924 年 3 月 13 日,"地方增刊"第 18 版。
⑥ Frederick D. Cloud, *Hangchow, The "City of Heaven"*, pp.103-108.

的身份出现,参与了弹词表演以外的其他各种商业活动。

1929年6月8日,"天蝉舞台"为庆祝端午节在当天同时上演了《白蛇传》和《雷峰塔》。《白蛇传》被宣传为唯一"男女合演续排,名震南北,万众欢迎,空前巨制"①。广告继续誉之为深刻而高尚之作,能通过非人和动物的隐喻教给人们什么叫"灭绝人性"。② 除此以外,向培良的独幕剧《白蛇与许仙》被《申报》誉为把民间传说融入舞台表演的创新实验,其深刻的人物分析是对旧戏的一次挑战,其蕴蓄的文化和政治含义反过来将促成剧场革新,给予人们"创造的欲望"和"向上的意志"。③

就在吴板桥于上海去世之际,与他所担心的负面影响形成鲜明对比,20世纪20年代中期的城市商业文化已赋予白蛇故事激发新观念和改变旧行为的能力。因此,通过收音机广播及其他媒体平台,白蛇表演顺理成章地成为20年代以来最受欢迎的产品促销手段之一。补药"百龄机"的广告称其有益于身体健康,就像润滑油之于机器一样,成为一时风尚,而且吸引了代表性通俗作家周瘦鹃这样的信徒。④ 1933年《申报》上的百龄机广告通过每天定时广播京剧名角周凤文、吴剑秋的《白蛇传》表演,向白蛇戏迷们和广大听众促销。⑤ 同年稍后的一则广告则用每天定时在永生电台播出的杨仁麟弹词《白蛇传》表演来给明华百货公司做冬季大促销。⑥ 同时期广播电台上以传统戏曲、弹词、话剧和其他形式出现的白蛇表演还代言了范围更广泛的商品,诸如五蝶牌香烟(据称附有著名月份牌画家周慕桥遗作白蛇画片)、钻戒、搪瓷炊具、眼镜、新鲜美国橙汁、冰棒、三友补丸(附带特别发行歌曲专刊)。⑦

白蛇表演在当时极受欢迎的状况从下列事实也可见一斑。从20世纪30年代早期到中期,战争威胁日益紧迫,中国爱国人士为买飞机抗击日本

---

① 《申报》1929年6月8日,第33版。
② 同上。
③ 文质:《书报介绍:白蛇与许仙》,《申报》1930年8月25日,第23版。
④ 《申报》1933年2月17日,第7版。
⑤ 《申报》1933年2月15日,第8版。
⑥ 《申报》1933年12月5日,第20版。
⑦ 《申报》1926年4月11日,第20版,1934年1月11日,第20版,1934年1月15日,第12版,1934年5月19日,第11版,1934年6月16日,第13版,1939年6月10日,第11版,1941年2月23日,第1版。

侵略者需要筹款,白蛇表演再次来救援——或者被迫投入服务。特别是总部设在苏州的弹词公会"光裕社"曾在 1933 年和 1936 年发起两次募捐活动,而不见于文字记载的活动应该还有更多。其间有记载的一次,吴氏兄弟也参与到其他"光裕社"成员之中,以"书戏"(即戏剧化的说书表演形式)演出了一整天《白蛇传》来为购买飞机抗击日本侵略者而募捐。①

白蛇表演的流行还滋生了其他商业活动,比如在 1934 年 6 月,上海重要娱乐场所"徐园"就把展览一白一青两条巨蛇作为吸引游客的重要手段。这一系列促销活动始于《申报》上刊出的一则广告,申明这两条巨蛇都有九米多长,在浙江衢州被发现。据说白蛇的身体透明如玉,而青蛇的身体则碧净如翠。② 后续广告宣称这两条巨蛇已被运到了上海,在徐园仅供观览三天,时间仅从中午到半夜。③ 两天之后,广告进一步敦促上海民众去观蛇,因为这已经是巨蛇展览的最后一天了。广告中还重述了前一天发生的一个事件,当时这两条"神蛇"在大中午时野性发作,冲破了笼子,吓坏了游客。④

"神蛇"一词在 1934 年广告词中的出现提醒我们流通于 19 世纪 80 年代《申报》中也有着与蛇神相关的都市传奇。⑤ 这也回应了吴板桥的观察,即中国大众思想对蛇形神灵的兴趣持续不绝。⑥ 徐园广告接着告知读者:在魔法护身符控制下的巨蛇是安全的,不会再制造任何麻烦。⑦ 紧随这些广告,一个笔名叫三多的作者写了一篇社论,也算一种"义务广告"。⑧ 他引用上文报道,完整重述了徐园事件,然后对之进行讽刺性地评论:尽管谣言说白蛇女士和小青姑娘在 1934 年以巨蛇展出的方式访问了上海,但蛇依旧是蛇,不可能在实际生活中变成美女。

5. "荣舞台"的统治

尽管都市知识分子以精英姿态经常对白蛇表演从形式到内容,尤其是其商业化趋势,进行居高临下的批评,但这些表演所具有的商业吸引力和随

---

① 《申报》1933 年 5 月 19 日,第 25 版,1936 年 5 月 9 日,第 12 版。
② 《申报》1934 年 6 月 11 日,第 10 版。
③ 《申报》1934 年 6 月 15 日,第 27 版。
④ 《申报》1934 年 6 月 17 日,第 27 版。
⑤ 《申报》(上海版)1882 年 7 月 20 日,第 2 版。
⑥ Samuel I. Woodbridge, *Fifty Years in China*, p.42.
⑦ 《申报》1934 年 6 月 17 日,第 27 版。
⑧ 三多:《义务广告》,《申报》1934 年 6 月 20 日,第 18 版。

之而来的经济成功,实际上意味着与白蛇相关的产业在技术革新和社会文化实验方面都引领了道路。例如,在盛夏之际上演白蛇传的剧院早在20世纪30年代便促成了优质空调的大力推广和使用。① 此外,从30年代早期到中期,上海青帮帮主黄金荣的"荣记共舞台"(简称"荣舞台"),成为白蛇表演的重要场所之一。《申报》关于"荣舞台"白蛇表演的最后一幅广告登于1949年3月27日,这也正是该报停刊的日子。根据其他广告可以判断,那里的白蛇表演始于1933年或更早。超过十五年的跨度使得"荣舞台"成为最有创意、最成功的白蛇表演场所之一。②

从1935年的5月16日到19日,《申报》上连续四天的广告攻势为"荣舞台"新编白蛇表演大力造势,声称其表演不仅"滑稽香艳",而且连带着搞笑情节,充满"科学机关"和"有声布景"。③ 广告强调,这一作品的突出特色在于它的"弹词秘本",其间笑料尤为充足,以此显著区别于其他流行版本。广告进一步将此弹词秘本与已故说书人吴西赓,即吴氏三兄弟的父亲,联系起来。"荣舞台"以此宣称其新编白蛇既有创新,又呈现出隐秘的传统,这听起来似乎有些矛盾。然而,正因为"荣舞台"不仅张扬了该版白蛇与其他版本的巨大区别,而且指出了自己版本与代表持久流行秘方的著名说书人版本同源,才使得"荣舞台"在白蛇表演上取得了主导地位,获得了持续生命力。以上系列广告还强调了"荣舞台"技术创新中的细节,突出它的音响、可移动布景、舞台上带音效的真雨、壮观的压轴戏、使用自动化升降舞台帮助白蛇实现平地升空特技,等等。④

为了展示他们领导技术革新的决心,"荣舞台"继续在广告中声明,他们将于1935年5月17日停演整天整晚,以测试其电气化尖端舞台设置。在同一广告中,"荣舞台"还强调其舞台表演所带有的电影画面感,声称舞台幻想情境与"影戏里的表演旧事",也即"闪回",有异曲同工之妙。白蛇演出的表演者作为最吸引观众的部分得到了突出:广告称饰演许仙的张英麟先生"擅长同时表演男女两种角色",饰演白蛇的梅雪芳女士"有女梅兰芳

---

① 《申报》1934年7月28日,第28版。
② 《申报》1949年5月27日,第2版。
③ 《申报》1935年5月16日,第29版,1935年5月17日,第25版,1935年5月18日,第27版,1935年5月19日,第27版。
④ 《申报》1935年5月16日,第29版。

的盛誉",饰演青蛇的童月娟"其扮相看起来不过十七八岁"(几年之后的1939年,她仍在白蛇电影《荒塔沉冤》中饰演青蛇)。① 另外,"荣舞台"还把自己提升为提倡"平民娱乐"的剧场,因此,他们情愿降低价钱来上演"通俗戏剧"。②

接下来一天的广告把注意力转向了观众,声称"荣舞台"为避免观众因久坐而疲劳,已经缩减了表演长度。其他改革措施包括一丝不苟地选派演员,废除开场戏,提倡"纯粹京剧艺术化",等等。③ 这些措施尽管被包装为"革新精神",实际上与观众的需求有很大关系。这些营销策略展示出当时商业剧场是怎样不得不为自身定位,既要迎合大众口味,又要声明自己产品的独特性。

同一则广告又进一步详细说明了"荣舞台"努力专注于白蛇表演的精致脚本和富有情感的唱词,声明在别处表演的那些普通版本与其错综复杂的情节和高度的艺术性没法相比。第二天的广告则从另一侧面专注于白蛇与鹤仙、鹿仙之间的打斗场面,被描述为"好似看外国的野兽巨片"。这里提及的外国影片或是 1933 年正在上海热映的《金刚》(King Kong),也可能带有《人猿泰山》(Tarzan the Ape Man)的影响,而该片于 1932 年在美国发行。④ 另外,"荣舞台"的广告还宣称其舞台布景在奢华和费用上超过了以往所有的标准。⑤

呼应"笑舞台"在 20 世纪 10 年代中期所使用的广告策略,1935 年 5 月刊发的一则"荣舞台"广告称看白蛇演出能促进身体健康,就像笑有助于消化一样,而他们的表演里正有数不清的笑料。据广告称,观看"荣舞台"的表演"好比饭后吃苏打片能治消化不良之症"⑥。发起广告攻势一月之后,"荣舞台"采取了更有创意的策略来巩固其白蛇表演领域的领导地位。他们在 1935 年 7 月推出了进一步吸引观众的手段:不管票价多少(从一毛到六

---

① 杨小仲:《白蛇传》(荒塔沉冤),陈燕燕饰白蛇,童月娟饰青蛇,华新影片公司,1939 年。
② 《申报》1935 年 5 月 17 日,第 25 版。
③ 《申报》1935 年 5 月 18 日,第 27 版。
④ 目前还未能确认《人猿泰山》是否曾在上海上映。想了解更多关于《金刚》的影响,见 Cynthia Marie Erb, *Tracking King Kong: A Hollywood Icon in World Culture* (Detroit: Wayne State University Press, 2009)。
⑤ 《申报》1935 年 5 月 19 日,第 27 版。
⑥ 《申报》1935 年 6 月 5 日,第 27 版。

毛),剧院保证给每一位持票人免费发一瓶美国鲜橙汁(价值两毛)。①

"荣舞台"以白蛇为特色的表演至少持续到1949年《申报》终刊。在1935—1939年间及1939—1942年间,由于抗日战争的爆发(1937—1945)和经济的不稳定,"荣舞台"白蛇表演出现了一些间断。1935年之后,笔者能够找到的第一则白蛇广告到1939年6月才浮现:它重申了"荣舞台"以往的盛名并敦促观众好好期待即将呈现的独特表演。这一广告突出了为演出新建的、有超过三十个活动装置的可移动奇幻舞台布景,外加越南巨蟒,以及空中特技飞行表演等。② 笔者能够确认的另一则白蛇广告出现在三年以后的1942年6月。广告声称头一晚的表演已经爆满,而它的成功植根于"荣舞台"以往九年持续受欢迎的事实(由此笔者认定白蛇表演于1933年左右开始流行),并声称他们最主要的吸引力来自"老牌电蛇",舞台上"由欧洲专家特制的"令人叹为观止的真云,以及"活动水漫金山"等场景。③ 两年后的一则广告进一步展示"荣舞台"白蛇表演的特质,视其为"京戏影戏混为一体,杂耍游艺并在一台"的真正跨媒介体验。④ 有关"荣舞台"白蛇演出的最后一则广告刊在《申报》闭刊之日,即1949年5月27日。广告中,"荣舞台"的"金字招牌"再次得到强调,并公布了后续的表演日期。

"荣舞台"致力于白蛇表演长达十五年之久。同时代的还有其他数十个剧场,有些隶属于当时重要的商店和公司,也都在白蛇演出方面多有尝试。例如,隶属于新新公司的"绿宝剧场",就在1940年发布了一则"古装喜剧新白蛇传"的广告,并宣称自己的版本是修正本,将给予数千年没有得到公正待遇的白蛇女士以正义。广告同时强调该表演现代化的情节和净化了意识形态"毒素"的"科学的设计",以血肉取代了迷信,并在熟悉的传奇故事中深深植入了人性与理性。⑤ 意味深长的是,如此种种的商业剧场在推广自身演出的"新奇"之处时,还突出强调了一个不断被知识分子精英所呼吁的主题——对"现代"之"人性"的塑造,也正是在这里,先锋与流行,大众的消费

---

① 《申报》1935年7月10日,第24版。
② 《申报》1939年6月21日,第16版。
③ 《申报》1942年6月13日,第5版。
④ 《申报》1944年8月19日,第3版。
⑤ 《申报》1940年6月9日,第11版。

乃至消闲与知识精英的思想启蒙奇妙地交织在一起。

三、结语：宝塔的坍塌、寺院的焚毁与永无终结的白蛇传说

1924年9月25日，传说因禁着白蛇的雷峰塔轰然倒塌；1948年，金山寺也遭焚毁。据广为流传的白蛇传说中的情节，白蛇为讨回丈夫曾在这里与法海斗法，并水漫金山。虽然在众多重述白蛇的流行版本中，白蛇早已在虚构世界中破坏了雷峰塔与金山寺等象征压迫的符号，并发展成为一个为自身权力和人性而战的反独裁形象，现实中宝塔的倒塌和寺院的焚毁仍然掀起了轩然大波，触发了舞台表演和知识界的激烈回响，仿佛真实发生的灾难回应了虚构的白蛇的力量。就在雷峰塔倒塌几天之后，1924年9月29日《申报》上的一则广告就开始大力宣传新一轮白蛇演出。广告强调该演出会凸显雷峰塔倒之时震动整个西湖和周围湖山的全景混响，突出由机器操控的白蛇的戏剧性出世，以及获得自由后的白蛇大闹杭州城的混乱景象。①

1948年4月18日，就在金山寺院被焚毁之后不久，《申报》即刊出头条，把这场大火和1924年雷峰塔的倒塌联系在一起。把两者相连是因为寺院的烧毁被看作一种"天人交警"的征兆，甚至是比二十多年前雷峰塔倒更为严重的恶兆。② 然而，同刊于1948年的一则"自由谈"评论文章则用金山寺的烧毁作为开端，提出对"法海精神"的批判。据作者所言，法海确实是在白蛇及其爱人许仙之间作梗。作者从弗洛伊德心理学的角度进行分析，认为法海的动机可以解释为对许仙有意识或潜意识的妒忌。确实，中国现代文学著名作家鲁迅就在雷峰塔倒掉不久之后的1924年10月写下了对法海的类似谴责。③ 而1948年"自由谈"的评论文章更直接提倡说应该烧毁的不是寺院，而是所谓的"法海精神"。④

由上可见，上海的白蛇表演从19世纪末到20世纪初活跃在流行文化和日常生活的中心，有力地塑造并折射出了大众想象与新媒体发展。在城

---

① 《申报》1924年9月29日，第16版。
② 《申报》1948年4月18日，第7版。
③ 参见鲁迅《雷峰塔的倒掉》，《语丝》第1期（1924年11月17日）。
④ 《申报》1948年6月15日，第8版。

市娱乐和商业流行文化对白蛇传说的重述中,错综复杂地交织着民间传说、流行文化、先锋实践,也带动着技术、经济、政治变迁,以及知识界和大众想象中的祛魅与复魅。在从1872年到1949年发行于上海的《申报》停刊之后,1950年7月9日来自香港英文报纸《南华早报》的一则新闻将香港和上海不断翻新的白蛇演出联系起来。此文专题报道了20世纪一二十年代在上海风靡一时的粤剧白蛇女演员李雪芳,时隔三十年后在香港以魏夫人(Mrs. Henry Wei)的身份不可思议地重返白蛇舞台。在这一新的历史时刻,她连续两晚登台出演白蛇,为香港儿童保护组织募捐。①

纵观本研究,还有一些问题值得进一步关注,其中尤其关涉到白蛇传说如何被重新设想、修改,如何被重构重述以适应文化与政治需求中的种种不同视角与观点。白蛇传说的弹性及其与文化政治的共振使其一次又一次地在近现代文化史中占据重要地位。而重述白蛇的过程始终贯穿着"中"与"外"、"新"与"旧"的复杂辩证关系,以上种种都值得我们进一步去考察。从技术性突破到与性别相关的表演范式转变,从白蛇传说的性别政治到重述中所触发的社会争论,上文所引大量《申报》广告、报道不但折射出中国民众对蛇女的狂热,也为吴板桥和克劳德如此严肃对待白蛇传说并将其引入同时代英语世界提供了重要文化背景。当纷繁的白蛇传说发展成为一种"工业",它早已不是那些传教士和外交官在疗治"中国大众狂热思想"和"拯救中国人灵魂"过程中需要解决的"问题"。

更为重要的是,白蛇传说在19与20世纪之交的中国,在从传统到现代、从帝国到民国的历史变革中,借助不同印刷形式、无线广播、舞台表演、新生电影等媒介,深度参与到了大众消费与知识话语的双重变奏之中。在对白蛇的人、蛇、妖、仙身份的流动定义中,在不断被重述的过程中,白蛇传说不但为"何以为人"这一贯穿现代中国的大主题提供了新的多元思考路径,更对以人为本的"人性"关照本身提出了深刻的挑战。时至21世纪,由追光动画和美国华纳兄弟合拍的动画片《白蛇·缘起》(2019年1月)以及由爱奇艺独播的网剧《新白娘子传奇》(2019年4—5月)仍在流行文化与知识话语的双重变奏中不断重新定义"人性"的边界,与美国传教士和外交官

---

① "Former Star Returns to Footlights", *South China Morning Post*, 9 July, 1950: 5.

对白蛇传说的英文译介及上海流行文化中对白蛇传说的重塑遥相呼应。在这两个最新白蛇文本中,人与非人的界限被善与恶的区分所取代。如果说蛇女可以和人类一样去爱、去同情,那为什么我们一定要把爱与同情视为"人性"的品质呢?"何以为人"至此成为自我解构的一个概念:并非蛇女忽然拥有了"人性",而是这一以人为中心的概念本身的匮乏使其无法阐释身份认同的世界性、开放性与流动性。

(王桂妹　译)

中国文学与文化研究范式新探索

图像与电影

身体作为政治与情感动员的手段
——在新闻与宣传之间的宋教仁肖像(遗体)照片,以《民立报》为例

顾　铮

本文尝试检视作为民国初年革命党人主要喉舌的《民立报》对于武昌起义以及之后的重大新闻事件——暗杀宋教仁案的视觉处理,探讨他们如何认识照片,尤其是肖像照片在新闻报道与政治宣传中的作用与使用方式。他们在自己的新闻实践中,既有如何克服缺乏新闻照片、提升报道的新闻性的努力,也有如何生产与传播配合自身政治目的新闻照片的努力。这些努力既与他们强烈的政治态度和新闻专业意识有关,同时也呈现出中国新闻摄影兴起过程中所面临的困难以及当时的报人在应对这些问题时所做出的努力。他们的努力既是发挥摄影作为先进的视觉传播手段的作用的尝试,也是克服新闻摄影的物质限制的努力。这当中,报人与革命党人的身份的重合,更使得他们对于照片的使用达到了某种空前的水准,也令新闻与宣传的边界受到挑战,这在"刺宋案"中体现得尤为明显。

需要指出的是,本文所检视的材料只限于上海图书馆所藏《民立报》,其中常有缺损,有些版面中被挖去的空间明显属于照片刊发之处。加上时间与精力的限制,因此,讨论之中有难以顾全之处。我希望能够在以后的更为深入的探讨中,加以继续完善。

一、《民立报》简介

《民立报》创立于 1910 年 10 月 11 日,于 1913 年 9 月 4 日停刊。其主办

者为于右任,总理为范鸿仙,经常撰稿者中有宋教仁、叶楚伧、徐血儿、章士钊、马君武、邵力子等人。有人认为,《民立报》以"其大刀阔斧之手段,卒以造成中国之革命,《民立报》实有力焉"①。《民立报》创办者于右任以高度的革命热情积极办报,经过努力,"《民立》销数竟驾数十年前之《申报》而上之"②。可见此报在当时所产生的影响之大。

关于《民立报》的基本版面情况,随机以1912年5月1日的报纸为例:"今日三张售大洋二分六厘　发行所　法租界三茅阁桥五十四号。"整报共有三大张十二个页码。其"页"等于今天报纸的"版"。左上角刊有页码,第1页即今天的第1版。

该期报纸第1页为报头以及各式广告,第2页有社论(该日社论为(章)行严的《告参议员》)、译论、投函、天声人语《记者贡言》,第3页为新闻,内容有总统命令、专电、北京电报、南京电报、杭州电报、四川电报等,第4页与第5页为各式广告,第6页为新闻与电讯及"西报译电""深度"报道等,第7页、第8页为新闻,第9页为广告、商情各半,商情包括汇票、金市、钱市、金融、股票等。第10页为新闻,第11页为杂录部(如连载《剖心记传奇》、诗词等),第12页为小说与读者投稿。报纸的文字竖排,从上到下一般分成八栏,有时两栏合并。

一般认为,《民立报》为同盟会所掌握,因此兼有大众传播媒介与政党宣传喉舌的双重角色。之所以选择《民立报》考察当时的新闻摄影之意识与实践,原因之一是当时的主流报纸《申报》《大公报》等在使用具有新闻价值的照片方面上并不算积极。比如,有关刺杀宋教仁案,就笔者的查阅,就没有看见此两报刊有相关事件的照片。

于右任在其主持《神州日报》时,就已经率先频频刊用照片,深谙以照片为革命造势之道。③ 而由于右任主笔政的《民立报》也间或刊出时事照片。如1910年11月23日(第44号)刊出"南洋劝业会会场内景之一",1910年11月27日(第48号)刊有"南洋劝业会机械及通运馆"照片。而1912年4月27日(第551号),就有"江皖灾民图惨状(一)此饥民母子等因食草根树皮面目浮肿

---

① 陈伯熙编著:《上海轶事大观》,上海:上海书店出版社,2000年,第271—272页。
② 同上书,第289页。
③ 上海市摄影家协会、上海大学文学院编:《上海摄影史》,上海:上海人民美术出版社,1992年,第33—34页。

之苦状",1912年4月28日(第552号)更刊出两幅照片,第7页"江皖灾民图惨状(二)此小孩因饥饿过甚已调养四十余日尚瘦弱如此",第8页"江皖灾民图惨状(三)此系饥民栖集破庙中奄奄待毙之状旁卧一饿死之人"。尽管当时新闻摄影没有成为一种职业,报社也不设专业摄影记者,但从上述情况可知,有可能的话,《民立报》仍会努力刊出照片,反映了其具有较为专业的新闻意识以及在当时属于先进的图像传播意识。当然,这种在报纸上使用照片的手法,也与当时上海报纸的激烈竞争尤其是发行量的竞争有一定关系。

二、清末民初的新闻摄影生态

有必要对于《民立报》存时的新闻摄影生态做一介绍。新闻摄影非传播不成其为新闻摄影。而如何把新闻照片搬上报纸版面使之大量传播,与照片印刷制版技术的发展有密切关系。发明于19世纪后期的把照片转换成铜锌版网点照片的印刷技术(half-tone reproduction process),在20世纪初已经在中国的新闻事业中得到应用。中国报纸刊用铜版照片以北京《京话日报》1906年3月29日刊发"南昌教案"中遇难的江召棠县令的遗体照片为肇始。① 但当时报纸囿于技术原因而不能轻易使用新闻照片,造成图像传播的困难。另外一个传播困难的原因则可能是,报社难以承受较高的制版成本。

而作为一种新的社会职业,新闻摄影记者在20世纪初作为一个职业尚未形成。虽然有个别人受雇于报馆,但当有报道任务时,主要方式是报馆请照相馆派遣其摄影师到事件现场拍摄照片。② 各地鲜有以摄影报道为职业的专业新闻摄影记者。

在当时,图像消费的环境与需求正在逐步形成。武昌举事后,黎元洪成为重要新闻人物,他的照片也为上海市民争相抢购。朱文炳《海上光复竹枝词》中有云:"黎氏堪推一世雄,咸凭小影识元洪。斯人一出苍生望,都督名称始乃公。"③而孙中山与黄兴这两位革命者的肖像更被悬挂于街头公共空间。"主张革命首孙文,还赖黄兴助建勋。一例街头悬照片,万人崇拜表殷

---

① 陈申、徐希景:《中国摄影艺术史》,北京:生活·读书·新知三联书店,2011年,第130页。
② 同上书,第131页。
③ 顾炳权编著:《上海洋场竹枝词》,1996年,第205页。

切。"(《海上光复竹枝词》)①而其他革命者的形象,也都因为由出版社印成明信片并且通过邮政的传播与流通而受到万众"共瞻"。"四方革命几人豪,安得申江晤一遭。书馆印成明信片,共瞻小像仰龙韬。"(《海上光复竹枝词》)②

更早前,也有报馆以随报派送照片的方式传播有新闻价值的影像。如《申报》就有此举。"1879 年同样是申报馆照片出版的最后阶段。美国前总统格兰忒来访时——对渴望国际地位的上海来说,这是一个重大事件——《申报》印刷了至少 1 万张他的照片(《申报》读者可以免费得到)。但这次遇到了发送的问题,因为潮湿的天气使得印刷品总是干不了。"③

综合各种情况,清末民初摄影图像传播的渠道,当时至少有以下几种形式:1. 报馆以随报派送照片的方式传播具新闻价值的影像;2. 各报馆、出版社与企业制作的照相册;3. 书籍中刊用照片;4. 照相馆出售自己拍摄的照片;5. 随着照相印刷制版技术的改进,报纸杂志开始刊用各类照片;6. 通过邮局流通国内外的明信片。

三、《民立报》武昌起义报道中的照片使用方式

武昌起义发生后,《民立报》即有及时报道。

在我所查阅到的《民立报》中,1911 年 10 月 14 日(第 362 号)第一页刊出了"黎元洪小照"(手绘)。然后在 1911 年 10 月 15 日(第 363 号)第一页上,同一版面上刊出了题为"黎元洪　现年四十七岁"和"张彪　现年五十一岁"的两张照片。黎与张两人都是武昌起义的重要人物,分属于两个营垒。为了强化对于新闻事件的认识,在无法获得事件照片或无法马上派遣摄影师赶赴当地的情况下,以当事人的肖像照片代替新闻事件照片,显然是一个补救措施。由于报纸(尤其是外地报纸)无法及时派遣摄影师抵达现场,或者即便有,但受限于传播技术也使得报纸无法及时获得并刊出突发事件的照片,此时,本具有确认与描绘人物身份特征的新闻事件当事人的肖像照片

---

① 顾炳权编著:《上海洋场竹枝词》,1996 年,第 205 页。
② 同上书,第 218 页。
③ 鲁道夫·瓦格纳:《进入全球想象图景:上海的〈点石斋画报〉》,《中国学术》2001 年第 4 辑,北京:商务印书馆,2001 年,第 29 页。

就具有了一定的新闻性，有可能成为新闻的插图式说明。这当然是不得已之举，但至少表明，当时的报人已经认识到肖像照片在新闻的流通中具备了以下几个可能性：(1) 作为插图来说明新闻；(2) 让肖像图像来增加有关新闻事件的真实感并且赋予读者以某种自我解释的可能性（如从面相角度来判断忠奸、善恶，并且因此影响人们对于事件的判断）；(3) 给读者提供想象新闻事件的具体的视觉线索。具体到第 363 号报纸的照片用法，可以认为民立报人欲以处于常态中的人物肖像来说明置身于突发事件（非常态）中的人物与事件，使报纸读者了解是何等样人发动了这场革命，何等样人与这场革命相对抗，以此为读者提供了一种判断事件性质的认识依据。这种把肖像照片用于解释新闻事件的照片使用方式，既改变也扩展了肖像照片的用途。以新闻人物的肖像摄影来说明新闻事件，这赋予了肖像照片一定程度的新闻性，或者说肖像摄影在特定时间内成为一种准新闻照片。

现在无法确认《民立报》所刊出的黎与张两人的这两张肖像照片的来源出处。有可能是当时的报馆出售或者肖像中被拍摄之人赠送亲朋后辗转流出。这两种做法在当时都颇为流行。张彪照片中有本人中英文签名与 1908 年的字样，显示此肖像照片的拍摄时间应是该年或更早。显然，张彪的这张肖像并不是因为他成了新闻人物才拍摄的。

此后，在报道武昌起事后的其他新闻事件时，《民立报》上也有类似的处理手法。如彭家珍刺杀良弼事件，也是以两人肖像照片作为一种插图式说明。在 1912 年 2 月 3 日（第 474 号）第 1 页，刊出照片"炸良弼之烈士彭家珍肖像（行略见杂录部）"。在同号第 4 页上，则是"满洲宗社党首领良弼未死前之形象"。

而如《民立报》这样如此频繁地使用肖像照片作为新闻事件的插图，既是当时报纸的变通做法，也从一个方面可知当时要获得真正意义上的新闻照片的困难程度。

四、《民立报》中的"刺宋案"

而在报道武昌起义时所运用的以照相馆肖像为新闻照片的照片使用方式，到了 1913 年报道"刺宋案"时，更有了创造性的发展。

"刺宋案"发生于 1913 年 3 月 20 日晚。当天国民党代理理事长宋教仁在上海沪宁车站准备登车赴北京时,遭遇枪击并于3月22日凌晨去世。

"刺宋案"发生后第三天,《民立报》1913年(民国二年)3月22日(第870号)第10页上刊出上下两幅图像,上为手绘之"(宋)被刺场所之访问",下为宋的肖像照片"宋教仁先生",此为一全身立像。此举显然又是先以肖像照片来应付突发新闻事件的应急之举(图1)。

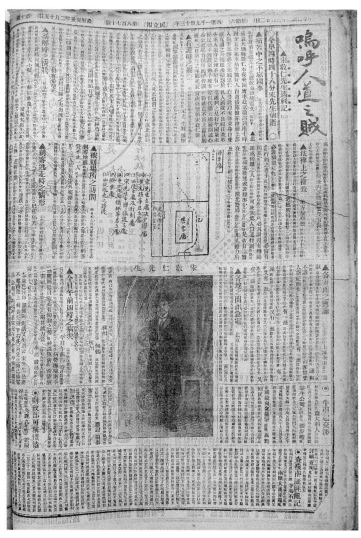

图1 手绘"(宋)被刺场所之访问"及宋教仁先生肖像照片
《民立报》,1913年(民国二年)3月22日(第870号)

宋教仁于 3 月 22 日伤重不治去世。在 1913 年 3 月 23 日（第 871 号）的《民立报》第 11 页上，刊出"宋渔父先生遗像"半身肖像照片（图 2）。宋的遗像照片下有如下文字："按前数日记者在先生处因国民月刊出版在即特索先生最近之照片先生于行匣中寻出此最近之小影以授记者今瞻瞩遗像盖不禁泪涔涔下矣。"这段动情的文字，带有明显的主观感情色彩，已然逸出新闻中立的基本价值观。此号第 10 页还另有"刺宋案"现场地图，以突出相关事实的现场感。

图 2　宋渔父先生遗像照片

《民立报》，1913 年 3 月 23 日（第 871 号）

顺便说一下,在同属国民党方面的在上海出版发行的第 15 期《真相画报》中,则通过事后拍摄的案发现场照片与收治宋的医院外景两张照片["宋先生被刺之地点(沪宁铁路车站)及治伤之医院(沪宁铁路医院)(二图)"]来增加新闻真实感。这也许说明,与《真相画报》同在上海的民立报社,在事发当时并无能力去现场拍摄。也可能因为《真相画报》的出版周期相对较长,因此《真相画报》得以从容刊出案发现场照片与收治宋的医院外景照片。

此外,《民立报》同日第 10 页上,另有"含殓前之摄影"的文字报道。内容如下:"含殓前之摄影 照像时两目常开双拳紧握后经看护施以手法目始闭。摄影凡二种(一)赤身伤痕共照二次,每次移易机器迎取光线故也(二)礼服照二次穿衣时又频睁其两目迨穿衣毕始照像。照像穿衣时除看役人外,有觉生鸿仙刘白三人在侧初克强言俟穿外衣后再行摄影以符宋君之光明正大,后鸿仙言宋君遭此惨劫不可不留历史上哀恸纪念觉生赞成遂赤上身露伤痕拍一照,摄影毕。至三时半含殓。多人环泣宋君口鼻忽流出夜间所服药汁继以鲜血经看护妇拭净仍不止将头抬高片时始止。"

从上述文字可知,在拍摄"含殓前之摄影"时,在场的黄兴(克强)、居正(觉生)、范鸿仙与刘白(宋教仁之秘书)四人之中,范鸿仙的建议对于拍摄什么样的照片起到了重要作用。范鸿仙在此拍摄中的作用相当于一个拍摄策划者,这也颇为符合他作为《民立报》编辑的角色要求。同时,我们也可以看出,至少黄兴(克强)最初对拍摄宋教仁的裸体照片有抵触感,但为了起到政治控诉与宣传动员的效果,最后大家还是听取了范鸿仙的建议,以着衣与裸体两种照片记录了宋教仁的最后形象,获得了"中华国民哀恸之纪念(宋先生伤痕摄影)"的照片。目前也没有证据显示,这四张照片的拍摄策划者范鸿仙是否知道西班牙画家戈雅绘有《着衣的玛哈》与《裸体的玛哈》的事实。

这四张宋教仁的死后照片,先后两天分别发表于《民立报》。3 月 24 日,《民立报》第 10 版先发表了宋的裸体遗像照片,3 月 25 日,《民立报》第 2 版又发表了宋的着衣遗像照片(图 3、4)。

我们看到,在着衣照片中,已经去世的宋是以坐着的姿势被拍摄下来,同时还拍摄了水平构图的侧面躺卧照片。前一张似乎带有"虽死犹生"的喻示,而后一张则更有确认他已经"长眠"的事实的功能。这两张照片在版面

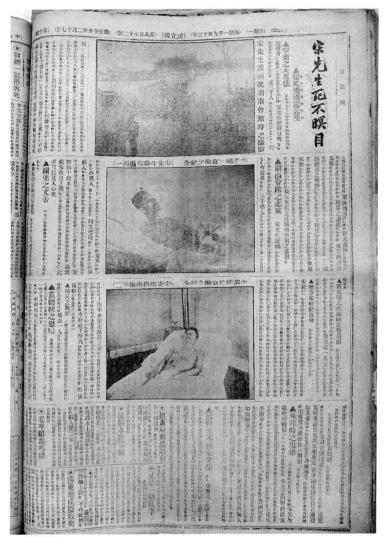

图3　宋先生伤痕摄影一（中）及宋先生伤痕摄影二（下）
《民立报》，1913年3月24日

上的并置，则宣示了宋长眠但虽死犹生的意指。而在宋的裸体照片中，"宋先生伤痕摄影一"是从其右侧面拍摄上半身，画面取景刻意暴露了其中弹之右边身体。这种拍摄角度，与司法照片的取证手法相类，以达揭示"真相"之目的。而"宋先生伤痕摄影二"，则是稍带俯视的拍摄。需要指出的是，由于死者宋本人已经没有主体意愿，所以这些姿势是非自愿的。这也反过来证

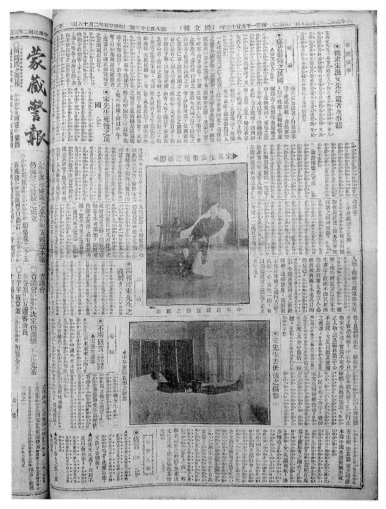

图 4　宋先生去世后之摄影及宋先生去世后之摄影（二）
《民立报》，1913 年 3 月 25 日

明拍摄策划者通过这样的拍摄来达到调动读者的观看欲望，从感情上操纵读者（观众）与政治支持者，从政治上控诉对手的意图。这种各拍摄两张着装照片与"伤痕照片"并分成两天逐步刊出的用法，可能有持续吸引读者关注、逐步拉升舆论、延长事件的影响的意图在。与同属于革命党阵营的《真相画报》只刊用一张着衣坐像与一张裸体四分之三侧面上半身像的节制用法相比，《民立报》的做法显得比较煽情（图 5、6）。

图5　宋先生被刺后之遗像(一)
《真相画报》第14期

同时,我们也可以看到,在肖像照片的使用与组织拍摄的过程中,报纸所使用的肖像照片从内容到标题,也有一个逐步升级的过程。从宋先生肖像照片到宋先生"遗像"照片,再到"国民哀恸之纪念"的伤痕尸体照片,照片

图像与电影 | 263

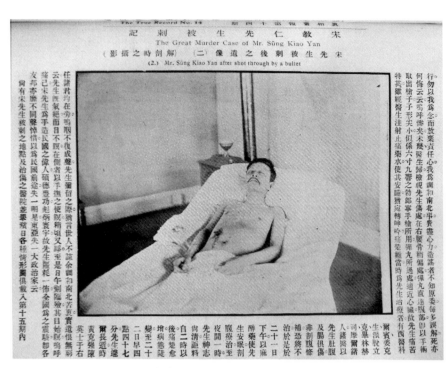

图6　宋先生被刺后之遗像（二）（解剖时之摄影）
《真相画报》第14期

标题的变化、照片的拍摄生产以及照片内容的视觉强度，显然都处在一种不断增强的态势之中。

这样的展示了宋的身体（尸体）的逝者肖像照片，首先在报纸上刊行流布，然后在不久后举行的追悼大会上，作为一种鼓动民气、实施政治动员的手段而被再度大大展示。

据1913年4月14日（第893号）《民立报》，此日第11页刊出两幅追悼大会的新闻照片。在"昨日之宋先生追悼大会"大标题下，一幅为"（一）追悼会大门（张园门首）"，另外一幅为"宋先生追悼大会（会场门首）"。在第12页，则刊出"昨日之宋先生追悼大会（三）"及"会场正中之光景"两幅照片。也就是说，4月14日当天的《民立报》共计刊出四幅有关追悼大会的照片。有关会场的报道文字有如下描述："会场之布置　追悼会场在安恺第侧特建之大蓬厂内，会场顶白旗二，书'追悼宋教仁先生会场'九字，台上中供宋先生生时摄影及仙逝后露体剖割摄影一张，礼服摄影一张。绕以彩亭周场四匝满悬挽联。微风淡日如睹先生来临。会场外别建二亭,一为音乐处,一为赠追悼纪念品处。休息室则在安垲第内。与会者先由园门侧书记处签名领取黑巾各印刷品后,然后入场,秩序井然。"(图7)此外,已经发现追悼大会发行的宋教仁被刺纪念章所用的照片,也是"露体剖割摄影"(图8)。

图7　宋教仁追悼大会会场正中之光景
《民立报》,1913年4月14日(第893号)

该报同时还刊发了于右任为宋教仁的着装照片与"露体剖割摄影"所写的文字:"遗像之铭诔　会场正中悬先生遗像及剖解里创一,纪念影上有于右任君所题铭赞,悽怆恻惕足以警吾人矣。其辞如下　一横坐露半身之纪念影　先生之心,福民利国,先生之身,一片清白。自遘凶残,天倾地覆。恸瞻遗像,模糊血肉;表我国民,疮痍满目。伟抱未舒,后来谁续?莽莽中原,沈沈大陆;血气之伦,同声一哭。　一僵卧露全体之纪念影　是好男子,是大英雄。曾犯万难,七尺之躬;天欤人欤,遘此鞫凶。竟瞑然而长逝,真遗恨于无穷。所僵卧者,里创之躯体;而不泯者,概世之英风。吾愿吾党竟先生

图 8　宋教仁追悼大会发行的宋教仁被刺纪念章
《上海滩》杂志 2011 年 11 月号

未竟之志,以副先生之遗命,而不徒太息悼恨,暗呜踯躅,对此惨怛之遗容。"[1913 年 4 月 14 日(第 893 号)《民立报》,第 12 页]

据记载,《民立报》主持者、"露体剖割摄影"拍摄时在场者于右任,作为宋的同志和宋遇害时的在场者,在追悼大会上的演说词中还特别要求与会者从宋的"生时摄影及仙逝后露体剖割摄影"汲取力量。于右任强调:"诸君仰宋先生摄影,应念为民而死者之可怜,诸君应不仅痛哭先生,当时时不忘先生之政见,不然非特宋先生死不瞑目,将来吾人死后亦死不瞑目。"①

从通过大众传播媒介传播到在追悼大会上公开展示以供公众祭奠,宋教仁的身体照片经历了一个逐渐公共景观化的过程。通过一般不会公开的人体奇观,革命党人以为革命而失去生命的身体(尸体)影像来展开一场诉诸视觉的政治动员与舆论审判,来推动、强化一种对于革命的信念,并且为随之而来的"二次革命"做了舆论准备。

追悼大会之后,宋教仁的肖像照片又进入到视觉消费的流通过程中。

---

① 傅德华编:《在追悼宋教仁大会上的演说辞(一九一三年四月十四日)》,《于右任辛亥文集》,上海:复旦大学出版社,1986 年,第 254 页。

1913年4月8日（第887号）《民立报》上,民立报馆为其编辑之《宋渔父》一书推出了广告:"宋渔父　宋先生为当代政治家不幸遭奸徒狙击因伤逝世全国震悼同人爰编是书以彰先生文章事迹及被刺之真相第一集目录略布如下（一）序文（二）图画约十余幅（三）传略（四）遗事（五）政见（六）遗著约数十万言（七）哀诔哀辞祭文挽联挽诗（八）纪事被刺事实纤悉俱载（九）舆论全国报论说批评俱录　编者徐血儿叶楚伧邵力子朱宗良杨东方　四百余页洋装一厚册得未曾有每册售大洋一元定本月中旬出版发行所上海民立报馆。"虽然本人目前无法找到此书,但从编者为《民立报》报人这一点看,相信编入书中的"图画约十余幅"中,会包括发表在《民立报》上的耸动视听的"露体剖割摄影"。

而更不可思议的是,宋教仁的肖像照片也被纳入了以革命为幌子的商业消费中。《民立报》1913年3月28日（第876号）第5页上有广告:"新天仙茶园　谨备宋教仁先生铜版大像全套　每位赠送一份　正厅两角并不加价。"目前不可确认的是,"全套"铜版大像是否包括了宋的"露体剖割摄影"。

诚如美国学者 G.克拉克所说:"实际上,在任何层面上,以及在所有原境中,肖像照片充满了暧昧性。"(At virtually every level, and within every context the portrait photography is fraught with ambiguity.)[1]在"刺宋案"中,此案主角的肖像照片（包括遗体照片）的生产与使用,从兼具说明性与新闻性的文献记录转化为为了政治目的而调动感情、动员舆论与挑动民心的耸动视听的图像。在此案的报道中,肖像照片已经超越了一般插图的功能而转化为一种宣传煽动手段。肖像照片的边界始终在肖像、新闻与宣传这三者之间移动。

在"刺宋案"的调查过程中,案情又有了戏剧性的发展。在宋教仁去世一个月后,1913年4月24日,"刺宋案"嫌疑犯武士英突然死亡。可能是出于吸引读者与提升发行量的目的,也许还有出于对凶手的愤恨之心,1913年4月29日的《民立报》刊出了"武士英尸身解剖后之摄影"。我们发现,从刊出宋教仁的"露体剖割摄影"开始,《民立报》似乎染上了一种展露尸身以达耸动视听的癖好。这次刊出"武士英尸身解剖后之摄影",显然是有提示武士英之死罪有应得之意在。

---

[1]　Graham Clarke, *The Photograph* (Oxford: Oxford University Press, 1997), p.101.

更有意思的是,提议为宋教仁拍摄"露体剖割摄影"的范鸿仙于1914年9月被暗杀后,他的尸身也被以与宋和武同样的拍摄与展示方式暴露于公众的视线之下。范鸿仙倡导并且策划了这种强烈诉诸视觉的政治控诉与舆论动员的身体影像的传播手法,但最后,他自己的尸身也被他自己所策划提倡的方式所生产与展示。这一循环也许是他始料所不及的。

整个"刺宋案"中,检视从案发到4月30日的《民立报》,共计刊出约37幅照片(包括真迹与证据等文件复制照片)之多,可见其对于图像在视觉起诉与视觉动员的传播活动中的作用的重视,同时也体现出当时《民立报》报人所罕见的政治意识、新闻专业意识与视觉传播技巧。

为达成鼓动士气与民气的效果,宋案中的《民立报》还大量刊出宋教仁遗书以及与宋教仁案有关的影印文件。而这种将文献加以摄影复制的手法,既强调事实的物证,也可达成某种宣传效果。对于事实证据真迹的复制,既证明了《民立报》编辑者对于摄影复制能力以及影响的深刻认识,也达成了其宣示真相与展示权威的目的。

五、代替结论的讨论与思考

本论文主要以《民立报》的武昌起义与"刺宋案"的报道中的肖像摄影的使用与生产为分析对象,讨论了民初《民立报》报人以肖像摄影为主要手段所展开的新闻摄影实践。通过《民立报》报人在新闻报道实践中的肖像照片的使用,我们可能在他们以什么方式来克服当时新闻图像传播中的实际困难来呈现并定义新闻,以什么方式将新闻事件视觉化,以及他们如何扩大了、转换了对于新闻摄影的定义等方面获得某些启示。

我们也许可以认为,他们的报道实践具备了两种性质。一是像武昌起义报道那样,为了应付新闻报道的紧迫要求,出于无奈而借用现成的肖像照片。这种使用现成的肖像照片的做法,既增加了新闻的现实性,也可以以此说明事件主角的相貌特点与性格。二是像在"刺宋案"中所做的那样,在展开具有政治目的的舆论动员时,主动策划、生产既具有宣传性质,同时也具有新闻性的肖像照片以供流通传播。此时,肖像照片的性质与功能因为意图与用途的变化而发生了变化。尤其是在公共媒介中使用创伤性裸体照片的方式，在当时应属惊世骇俗。这既有违中国传统的身体观念，也与新闻伦理有所冲突。当然，当时的社会与媒体并无对于身体展示，尤其是尸体影像展示的严格的伦理认识，也没有法律上的约束。无论从哪种意义上说，《民立报》报人的这些实践，都是一种如何把肖像摄影实践转化为新闻摄影实践的努力。

但是，我们其实也可以发现，这种实践并不是一个只是"从肖像照片到新闻照片"的转变过程，有时还会出现"从新闻照片向新闻性肖像照片"转变的反向过程。比如，在宋教仁案中宋教仁着衣坐像遗像照片，是《民立报》报人摆布了宋教仁尸体令其坐在椅子上来拍摄的，这其实是按照肖像摄影的手法来制作了极具新闻性的宋教仁尸体照片。那张穿上了服装斜坐在椅子上的宋教仁照片，显然要被安排成一个虽死犹如生的庄严的政治家形象。这种令肖像摄影与新闻摄影的关系发生反转的反向实践可能对于思考新闻摄影为何、肖像摄影为何更具有一种挑战性。

此外，从新闻摄影实践的历史脉络看，作为公众人物的政治家的身体形象的传播与展现，在南昌教案时，就已经有了 1906 年 3 月 29 日《京话日报》刊出被杀害的县令江召棠的遗像的实践。但到了民初，像《民立报》这样的对"刺宋案"密集报道而又大事渲染的做法，更是显示了当时属于特定政党的报人在设计、策划拍摄同党被害者照片时如何煽起同仇敌忾之心、展开政治动员的宣传能力。在当时情况下，从整个新闻报道的制度环境看，可能谁也没有更深入地思考过这种做法在新闻伦理上的合法性。

［感谢哈佛大学费正清中国研究中心于 2011 年 11 月举办的学术会议"帝国之后的中国：被记忆的 1911 年"（China after Empire：1911 remembered），让我获得写作此文的机会。感谢汪悦进教授在我写作此文时给予的启发。感谢芝加哥大学巫鸿教授于 2017 年秋邀请本人赴芝加哥大学讲座时所给予的指教。］

左翼文学研究中的"图史互证"新探
——以黄新波的木刻版画艺术与左翼文学的关系为中心

李公明

一、引言

在中国现代文学研究中,对图像的重视与运用已经越来越引起研究者的关注,从专著的著述体裁上看,各种"插图本""图志本""画传本"以及"书影本"不断出现。① 但是以上各种形式著述中的文字基本上还是以关于作家的生平介绍和文学作品文本的介绍、论述为主,图像的功能主要还是视觉"观看",注重的是"图文并茂"的阅读效果,关于文本的体裁、题材、文学手法等文学本体性问题与图像的内在关系,以及关于在图像创作意识和艺术观念中呈现的与文学文本及历史语境的关系所展开的研究仍未受到重视。在近年来的一些以文学与图像关系为专题的学术专刊和研讨会中②,图与文的关系研究有了深入发展的趋势,但是对现代文学,尤其是左翼文学的图像研究仍然多有欠缺。在左翼美术研究中,已有研究者对于"左联"成立初期的文学刊物刊登的美术作品展开研究。③ 同时,美术与左翼文学关系的研

---

① 如吴福辉《中国现代文学发展史(插图本)》、范伯群《中国现代通俗文学史(插图本)》、杨义主笔《中国新文学图志》(修订本《中国现代文学图志》)、上海鲁迅纪念馆"朝华文库"的《许广平画传》《周文画传》、张泽贤《现代文学书影新编》等。
② 例如江苏教育出版社近年来已出版了多辑"文学与图像";2017年、2018年北京大学先后举办两届"文学与图像"学术论坛等。
③ 如乔丽华的《"美联"与左翼美术运动》(第一章第四节,上海:上海人民出版社,2016年)和《革命与影像——〈萌芽〉上刊登的苏俄美术作品》(《上海鲁迅研究》2016年春,上海:上海社会科学院出版社,2016年)。

究一直以"鲁迅与美术"为中心[①],近年来的"鲁迅与美术"研究也出现了比较重视"图文互证"方法的研究论文[②],取得了新的成果。但是,如何确立左翼文学研究中的图像史料的主体性地位,以及如何形成有效的"图—文—史"研究范式以展开更深入的图文互证研究,仍然是一片相当薄弱的学术场域。

本文认为,应该尝试提出现代文学研究中的图像史料的"主体性"问题,以及研究范式中的"三向互证"意识——在图像、文本和历史之间的三种向度的互证意识,而无论是图像的主体性还是"三向互证"都是建立在文学史研究中的问题意识基础之上的。

那么,究竟何谓文学文本中的图像的"主体性",何谓文学研究中的图史研究的"三向互证"?这里举一个研究实例。不少现代文学研究者都会注意到1946年出版的张爱玲小说集《传奇》增订本(上海山河图书公司,1946年11月)的封面设计不同寻常,有着相当独特和丰富的意蕴,也有过一些解读。[③] 特别值得思考的是,陈建华在其论文《质疑理性、反讽自我——张爱玲〈传奇〉与奇幻小说现代性》[④]中的第一节"图解《传奇》:奇幻文类与'问题化'语言"的论述,我认为这种论述的思路触及文学文本中的图像史料的主体性问题和"图像—文本—历史"互证研究意识的可能性与深度。在引述了张爱玲自己那段关于这幅封面画的解释("封面是请炎樱设计的。借用了晚清的一张时装仕女图,画着个女人幽幽地在那里弄骨牌,旁边坐着奶妈,抱着孩子,仿佛是晚饭后家常的一幕。可是栏杆外,很突兀地,有个比例不对

[①] 自王观泉《鲁迅与美术》(上海:上海人民美术出版社,1979年)、《鲁迅美术系年》(北京:人民美术出版社,1979年)和人民美术出版社编《回忆鲁迅的美术活动》(北京:人民美术出版社,1979年)以来的著述、论文多不胜数,据"百度学术"统计"美术与鲁迅的关系"相关论文共8 867篇。

[②] 值得关注的是近年来由上海鲁迅纪念馆编辑的《上海鲁迅研究》集刊及某些特刊,如《上海鲁迅研究——鲁迅与美术暨纪念李桦诞辰110周年》(上海:上海社会科学出版社,2017年)、《纪念鲁迅倡导新兴版画85周年暨张望诞辰100周年学术研讨会论文集》(上海:上海文化出版社,2017年)等。

[③] 例如,杨义曾先后对此封面画做过论述,先是指出"这是张爱玲小说世界及其情调、色彩、韵味的极好的象征","画面展示了一个时空错综、华洋混杂的,不应共存、而又畸形地共存,前景不堪预测、也无法预测的世界",后来又从"时间的闪击"的角度有所补充:"无从把握的时间对人的闪击,造成了《传奇》增订本封面画的古今、华洋时空错综,以及张爱玲小说世界的悲凉感、不安感和莫测究竟的命运感。"见杨义主笔的《中国现代文学图志》(北京:生活·读书·新知三联书店,2009年)中由他撰写的专节"张爱玲给仕女图增添不安感",两处引文分别见第517—518页。

[④] 该文曾在1997年10月纽约宾汉顿大学举行的美国东部亚洲年会上宣读,收入陈建华《从革命到共和:清末至民国时期文学、电影与文化的转型》,桂林:广西师范大学出版社,2009年。

的人形,像鬼魂出现似的,那是现代人,非常好奇地孜孜往里窥视。如果这画面有使人感到不安的地方,那也正是我希望造成的气氛。"①)之后,陈建华马上提出的问题是:"《传奇》与传统的'传奇'文类是怎样的关系?"他从文类的角度再来解读这幅封面画,指出"这幅《传奇》增订版的封面颇不寻常,似为这一文类作了某种图解";继而发现"这一画面的'奇幻'视像语言,某些细节未能为张氏的文本所涵盖,且画面与文本之间也形成有趣的对比与多重视角。的确,这'现代'像一个'鬼魂',但与'传统'造成形式上'不安'的对比,传统为何显得如此真切而温馨?'现代'为何出之抽象的勾勒?两者为何比例悬殊?"②由此而引申出"更值得注意的是图中'传统'与'现代'之间的对话",涉及张爱玲文本中的"妇人性"的性别内涵,另外还有"一种来自'荒原'的'她者'的呼声"。接着继续追溯张氏自言的那幅晚清"时装仕女",发现是吴友如的《以永今夕》图,两图比较的结果是发现这幅封面画是一种"蕴涵女性的'奇幻'再现策略"的再创作。③ 在这一段分析之后转而论述张爱玲写作理论和实践中的时间意识和文明观,然后"由此再来看再版《传奇》的封面,犹如投射在她的'记忆银幕'上的图景"。那个具象的妇人无疑是"过去"与"安稳"的象征,但被一个现代女子的入侵而打破,然而这个没有五官的摩登女子同样具有身份危机。最后他要强调的是,这一摩登女子既标明形式的现代性,同时更有这一形式本身被问题化的含义,最终引出的是张爱玲的奇幻小说的现代性特征。④ 在这一"图解"实例中,无论研究结论是否准确深刻,"图像"本身的主体性地位在实际上已悄然呈现,那种在图像—文本—历史(现代性无非就是一种历史观)之间挖掘问题、揭示关联、诠释观念的研究方法也渐次明晰。可以说,该研究实例为本文关于左翼文学中的"图史互证"研究提供了富有启发性的意念。

如何重返历史现场,更全面地想象与认识左翼文学?在这个相当宏大的议题中,不能忘记迄今为止在左翼文学研究中被压抑、被遗忘的图像史料和时代的左翼视觉文化氛围,不应在研究议题和研究范式中有意无意地在

---

① 原文见张爱玲《张爱玲小说集》,台北:皇冠出版,1968 年,第 3 页。
② 陈建华:《从革命到共和:清末至民国时期文学、电影与文化的转型》,第 345 页。
③ 同上书,第 347 页。
④ 同上书,第 348—349 页。

文学与美术、影视之间设置藩篱。有感于此，本文从左翼文学文本中的图像史料出发，试图从"图文互读"到"图—文—史互证"的可能性及研究视角，探讨黄新波的木刻图像与左翼文学的关系，并且深入思考在激进的左翼文艺氛围中的美术与文学的紧密联系。

二、"图—文—史"互读：黄新波的左翼文学木刻插图

1933年初夏，年仅17岁多的黄新波和他的几位同学从广东台山辗转来到上海。到上海后，黄新波入读上海侨光中学，同时经林基路介绍加入上海反帝大同盟，参加游行示威等活动；经林焕平介绍加入蒲风组织的"中国诗歌会"（林基路、林焕平均为黄新波的台山同乡，此前已在上海参加左翼文化与政治运动）。他对文学与美术的爱好与才华早在中学时期就明显表露，他最早的诗歌《赶上前线》号召抗日救亡，诗句充满激情和暴力。① 1933年秋，黄新波进入中国左翼文化总同盟创办的新亚学艺传习所绘画木刻系学习，该系教师有陈烟桥、顾洪干和郑野夫，几位都是"美联"成员。② 但是不到三个月，这所传习所由于校长陈鲤庭等被捕而被迫解散。1933年12月，鲁迅与内山完造在日本基督教青年会举办"俄法书籍插画展览会"，黄新波在展场第一次看到鲁迅。这次书籍插画展览应该对他已经在进行中的书籍木刻插图创作有相当大的影响作用。这次观展之后不久，黄新波在北四川路内山书店再次见到鲁迅，经自我介绍之后与鲁迅交谈，此后他的木刻创作得到鲁迅的鼓励和资助。在文学插图方面，鲁迅后来介绍黄新波为叶紫和

---

① 署名"黄裕祥"，是黄新波原名，原载广东台山《台中半月刊》第44期，创作时间约为1932年5月后，收入广州美术学院美术馆编：《心曲人间：黄新波艺术研究》，广州：岭南美术出版社，2018年。

② 黄新波夫人章道非在回忆文章《春华长艳·忆新波》中说教师有许幸之、陈烟桥、郑野夫（参广东省美术家协会编：《黄新波纪念文献集》，广州：岭南美术出版社，2006年，第112页），目前不少论述都沿袭此说。然而，黄新波写于1936年的《我与木刻》中提到，"当时的指导者，使我最不能忘记的是野夫、烟桥、洪干诸先生"，没有提到许幸之。（黄新波：《我与木刻》，原载广州《木刻界》第四期，1936年3月5日，转见广州美术学院美术馆编：《心曲人间：黄新波艺术研究》，第50页）但是，在几十年之后黄新波在一篇文章中则说"教师有许幸之、周和康……"（黄新波：《不逝的记忆》，原载《人民日报·战地》1978年3月第1期，转见同上书，第478页）而据乔丽华《"美联"与左翼美术运动》（上海：上海人民出版社，2016年）附录"左翼美术运动大事记"，该校绘画木刻系由陈烟桥、野夫和顾洪干负责，也没有提到许幸之（见第244页）；另据该书第七章"美联盟员考略"，许幸之于1931年初离开上海，至1934年才返回上海（见第204页）。

萧军的作品设计封面和创作插图,并有所评论。

毫无疑问,作为一个来自广东的激进文青,黄新波所投入的上海是一个左翼文化运动的大本营。而他的激进文艺思想,他对于现代木刻发生的兴趣,甚至他对于文艺刊物与木刻图像之关系的最初认识,却是早在来到上海之前就是受到来自上海的深刻影响。

据黄新波在家乡台山县立中学读书时的同学回忆,他是因为写了一篇题为《反对白军进攻苏维埃》的文章在校刊《台中半月刊》发表,而"在'通缉'之列,他不能不逃亡,回家乡——横江乡小道村呆不住,几经周折,才跑到上海去"①。当时他被学校开除后,仍然参加编辑文艺刊物《火线上》,参加和组织台山剧社在县城等地演出。现在我们可以完整地看看上面提到的他的那首诗歌《赶上前线》:"时代的警钟已经敲响了,/革命的怒潮已高涨澎湃,/这是资产阶级社会覆沉的表示,/这是新社会将要来临的预兆;/世界被压迫者起来的时机到了!/无产阶级的人们的幸福快要来临。//劳动大众们!/布尔乔亚等待你们去动刑,/和你们顽强的敌人正要你们努力歼杀。/新的社会将要你们去创造,/人类的苦痛将要你们去解除,/宇宙间的乐园待你们去开掘!//前线的旗帜已高扬飘动了,/听呀!四周的前进号不住的乱吹了!/起来吧!一切的被压迫者!/拿起杆枪,/赶上前线杀敌吧!//帝国主义者已动起他们的兽性,/被压迫者的敌人已在张牙舞爪,/这是他们最后的挣扎,/也是他们将入柩的喊声。//最高山尖上的前进号再吹了!/鲜艳的旗帜越是飘动了!/快些吧!配上刺刀,准备猛冲!/敌人的肉将给你们拿来充饥!/鲜血将给你解渴,/努力吧!猛冲吧!/攻成在此一决战。"②一个16岁的南方县城的初中生能够写出这样充满阶级意识、战斗意志和暴力倾向的铿锵有力的口号式诗句,只能说是深受20世纪20年代后期至30年代初的左翼政治与文学运动的影响。这是黄新波正式进入左翼美术与文学阵营之前的青春洗礼,源自他在当地参与的学生运动:"日本帝国主义侵略中国,我在县里搞学生运动,有几个老同志从上海来的是共产党员,后来又有

---

① 赵元浩:《新波仍活在我们心中——纪念版画家黄新波逝世七周年》手稿影复本,转见陈迹《理想激情与历史规训——黄新波研究》,广州:广东人民出版社,2016年,第21页。
② 原载广东台山《台中半月刊》第44期,收入广州美术学院美术馆编:《心曲人间:黄新波艺术研究》,广州:岭南美术出版社,2018年。

的被枪毙了,他们经常给我们寄一些党的刊物,从中受到教育,对革命抱有希望。五四运动时我才四岁,后来接触到一些进步文艺作品。我本来是想当作家,写写文章、新诗。当时在学校搞壁报,提出反对帝国主义瓜分中国,反对进攻苏联,后来学校抓人,被学校开除了,我就逃走了。后来看到鲁迅先生办的刊物《北斗》上发表的珂勒惠支的《牺牲》,是为纪念被杀害的柔石等五名烈士。从那时看到木刻,引起了我对木刻的兴趣,因为它反映了人民的感情。"[①]文学、诗歌、刊物、上海、木刻、鲁迅、左联五烈士,甚至连"反对进攻苏联"这样的出自中共在"中东路事件"之后先后由李立三、王明提出的"战斗任务"都齐备于这位少年的头脑中。

他在 1936 年发表的《我与木刻》(图 1)中还更具体地谈到:"使我对木刻发生了兴味,是在初中二年级那一年——一九三二年。那时上海现代书局出版的《现代》杂志中附了一辑《现代中国木刻选》。初,我以为那里的强烈的黑白对比的线条是用笔画来的,所以我也曾很感兴趣地以为笔作刀而模仿着乱涂过一两张。"[②]这里重要的不是他最初接触来自西方的木刻版画所产生的那种极为真实的反应,而是来自上海的文学刊物与木刻图像的关系。这在本文议题中具有重要意义,它不仅表明上海文学刊物的传播与接受,更重要的是在这种传播与接受中文本与图像的共同作用,以及在左翼思想影响下形成的文艺意识中的视觉图像的特殊意义与重要作用。在少年黄新波的左翼文艺精神成长史上,激进的政治文化历史语境,源自上海的文化传播、文学文本与美术图像所具有的紧密联系,正是构成了"图像—文本—历史"三种向度互证研究的真实基础。

黄新波到上海不久就加入诗人蒲风组织的诗歌会,其详情未知,但这无疑是他很快就为蒲风的诗歌集创作插图的契机。蒲风(1911—1942,广东梅县人)1930 年加入中共并参加了"左联",1932 年 9 月与穆木天、任钧、杨骚等人发起成立"中国诗歌会",出版了会刊《新诗歌》,倡言战斗的诗歌。他的第一部诗集《茫茫夜》于 1934 年 4 月 20 日由国际编译馆出版,于时夏、森堡分别作序,收入 1928—1932 年间的诗作 25 篇,分 4 辑。在两篇序言后面是

[①] 黄新波:《黄新波同志谈版画创作》,未刊稿,载广州美术学院美术馆编:《心曲人间:黄新波艺术研究》,第 504 页。
[②] 黄新波:《我与木刻》,原载广州《木刻界》第 4 期(1936 年 3 月 5 日)转见前揭书,第 50 页。

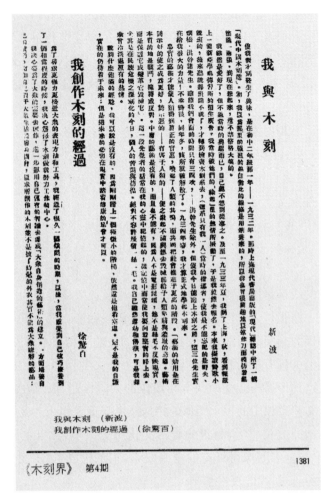

图 1　黄新波《我与木刻》
原载广州《木刻界》第 4 期（1936 年 3 月 5 日）

蒲风的写于 1934 年 4 月 10 日的《自己的话》，其中提到"新波先生为我划了四幅插图"和魏猛克为他的亡兄画的遗像。① 从时间上看，黄新波可能是在 1934 年春（目前流行的说法是 1933 年）为蒲风这部诗集创作插图。这 4 幅木刻插图分别是：1.《茫茫夜》中的"雷鸣！雷鸣！雷鸣！//闪电在空中突击，//黑暗中诞生光明！"（图 2）；2.《地心的火》："看！那闪闪的星星，//伴

---

① 蒲风：《茫茫夜》，上海：国际编译馆，1934 年，第 8 页。

着那在黑暗中移动的两条人影,//是两个年轻的战士在兼赶路程"(图3);3.《海上狂语》:"前面,前面是茫茫云层,//四边,四边是无涯的海"(图4);4.《见面礼》:"成串的我们//又被押送到移民厅拘留所。//铁的栅门为我们开,//棕色的门警//向我们睁着两对大眼睛"(图5)。这时候他刚开始学习木刻,这四幅木刻插图反映出黄新波木刻版画的早期风格主要是受欧洲木刻的影响,黑白对比分明,尤其是前面两幅表现黑夜中的人物、火把或星星。蒲风的诗歌常被概括为主要取材于农村的生活和斗争,表现农民被剥削被压迫的痛苦以及他们的反抗斗争,但是在这部诗集中还是具有多种面向的取材,所抒发的情绪既有激烈的反抗、不屈的斗争,也不乏迷惘甚至忧郁的色彩。黄新波为之作插图的诗句未知是他自己的选择或是与蒲风商量的结果,从目前四幅图像的内容倾向与审美来看似乎带有平衡兼顾的考虑,并没有全然偏向于激烈的阶级反抗斗争。第三幅为《海上狂语》作的插图表现海上游子在甲板上倚栏观海,心绪茫茫,正是应和着该诗开头的"细雨霏霏,浓雾迷离,//这时候——是喜是悲?海鸟翱翔,波涛嘶唱,//这情境——是快乐?是哀伤?"①所表达的是一种无奈从祖国出走、悔恨离开战斗的故乡的心情。第四幅是为表现移民题材的《见面礼》所作的插图,这首诗歌描写在经历了海上漂泊之后在异国上岸所遭受的移民审查和等待遣返的命运,是混杂在左翼文学呼啸声中的另类声音。身份的漂移、面对命运的无奈与希望,黄新波的家庭出身(生于美国华侨工人之家)和他的童年在香港度过的经历应该使他对诗人的这种感受并不陌生,他所描绘的"成串的我们//又被押送到移民厅拘留所"②的情景突出了移民的尊严(他们仍然服装整齐、手执提包,步伐坚定)与挥舞着警棍的门警的对比,以此表达诗中最后关于团结起来的祈愿:"兄弟弟兄,今天我们在异地相逢;携手携手,我们都在同一境遇中!"③应该说,这些木刻插图无论在诗歌主题的呈现或整个文本的视觉审美上都有重要作用,尤其是正如森堡在序言中指出的,蒲风在这部诗集中的确存在着某种抽象化、概念化的毛病,黄新波的木刻插图以写实的、感性的视觉语言为读者增添了某种阅读感受。

---

① 蒲风:《茫茫夜》,第91页。
② 同上书,第97页。
③ 同上书,第99页。

图 2　蒲风诗集《茫茫夜》插图之一
黄新波作,纸本木刻,18.3 cm×13.7 cm,
1933 年上海鲁迅纪念馆藏

图 3　蒲风诗集《茫茫夜》插图之二
黄新波作,纸本木刻,尺寸不详,
1933 年上海鲁迅纪念馆藏

图 4　蒲风诗集《茫茫夜》插图之三
黄新波作,18.3 cm×13.7 cm,
1933 年上海鲁迅纪念馆藏

图 5　蒲风诗集《茫茫夜》插图之四
黄新波作,尺寸不详,1933 年
上海鲁迅纪念馆藏

除了蒲风诗集《茫茫夜》之外,黄新波在1933年夏至1935年春赴日本留学之前创作的木刻文学插图、封面画计有:丁玲小说《奔》插图(2幅)和《水》插图(3幅);叶紫小说集《丰收》封面画、扉页画、插图(11幅);萧军小说《八月的乡村》封面画;《新诗歌》封面画(彩绘,歌谣专号,第2卷第1期);《读书生活》第2卷第5、6期封面;王亚平诗集《都市的冬》插图(1幅);蒲风诗集《六月流火》插图(2幅)。黄新波在到达上海后才开始学习木刻创作,在这么短的时间内创作了这些文学插图和封面画,可见他不但非常勤奋(同期还有数十幅自己的主题创作),而且显示出他对于文学与图像之间关系的敏锐感受和创作才华。

黄新波在1935年初为叶紫短篇小说集《丰收》所作的11幅木刻插图及封面画、扉页画是他的文学插图创作中的代表性作品,从"图—文—史"互读的角度来看,涉及鲁迅、奴隶社和"奴隶丛书",以及黄新波同期的主题创作,有相当丰富的解读空间。

1935年,叶紫、萧红、萧军在鲁迅的支持和资助下以"奴隶社"名义出版了"奴隶丛书",有叶紫小说集《丰收》、萧红《生死场》和萧军的《八月的乡村》。叶紫《丰收》在1935年3月推出,因反映不错而在5月、9月两次再版。《丰收》共收6个短篇:《丰收》《火》《电网外》《夜哨线》《杨七公公过年》《乡导》,鲁迅在1935年1月16日写的《叶紫作〈丰收〉序》中说:"这里的六个短篇,都是太平世界的奇闻,而现在却是极平常的事情。因为极平常,所以和我们更密切,更有大关系。作者还是一个青年,但他的经历,却抵得太平天下的顺民的一世的经历,在辗转的生活中,要他'为艺术而艺术',是办不到的。……但我们却有作家写得出东西来,作品在摧残中也更加坚强。不但为一大群青年读者所支持,当《电网外》在以《王伯伯》的题目发表后,就得到世界的读者了。这就是作者已经尽了自己的义务,也是对于压迫者的答复:文学是战斗的!"①在1935年1月商量《丰收》出版之时,鲁迅原想请陈铁耕创作插图,但当时陈铁耕正好回了汕头老家②,于是叶紫经鲁迅介绍转托黄新波代刻。当时黄新波因参加左翼美联,引起当局不满,正准备远避日本,

---

① 鲁迅:《鲁迅全集》第六卷,北京:人民文学出版社,1981年,第220页。
② 事见《鲁迅全集》第十三卷,"书信",北京:人民文学出版社,1981年,第5页。

因为是鲁迅的嘱托,黄新波马上答应下来。但是当时黄新波连买木刻板的钱都没有,两人商量后唯有再向鲁迅求助,拿到鲁迅先生资助的五块钱后才买了木板,在很短时间内创作了 11 幅木刻插图和封面画与扉页画。叶紫拿到作品后先拿去给鲁迅看,鲁迅认为这些作品不但可以作插图,如果单独发表,也可以独立存在。① 1935 年 2 月 26 日鲁迅在给叶紫的信中说:"那插画,有几张刻的很好。"② 3 月,《丰收》由上海容光书局出版,叶紫在后记写道:"感谢新波先生日夜为我赶刻木刻,使我的这些不成器的东西,增加无限光彩。"③

图 6　叶紫小说集《丰收》封面
黄新波设计,木刻版画,1935 年

《丰收》的初版封面画(图 6)的是一位老农手握锄头,另一手遮着额头向远方眺望,脚下远处的地平线上是一队人,模糊可辨的是他们或扛着锄头或挑着担子。画面人物形象特征鲜明,主题突出,与小说集的题材内容和情感倾向都十分吻合。有评论者注意到,该书 1947 年东北书店的重印版封面变为"在午后阳光下的田野里,一辆牛车静静地停着,车上的粮食在农民劳作中越积越高。两个封面相较,东北版似乎只从'丰收'这个书名着眼,与小说内容揭露的农村生活的困苦并不合拍,不如初版封面的深刻"④。这是读者对文学文本与图像关系的一种比较深刻的理解。

短篇小说《丰收》描写老农民云普叔一家头年因水灾丢了一老一小两条人命,次年高利借贷、卖女卖房,日夜苦干,终于看到好收成。谁料丰收后粮价猛跌,物价飞涨,还高利贷和各种捐税一齐催逼,他叩头、摆酒筵苦求地主和局长老爷也无济于事,不但一年收成被抢劫一空,而且还有捐税未清,云普叔气得倒地吐血,这才模模糊糊地意识到要像儿子立秋说的那样,来一场

---

① 黄元:《"奴隶社"四剑侠》,原载香港《大公报》2005 年 7 月 1 日,载广州美术学院美术馆编:《心曲人间:黄新波艺术研究》,第 52—53 页。
② 《鲁迅全集》第十三卷,"书信",第 67 页。
③ 黄元:《"奴隶社"四剑侠》,载《心曲人间:黄新波艺术研究》,第 53 页。
④ 刘昶:《叶紫〈丰收〉小议(海内珍本)》,《人民日报海外版》文艺副刊,2001 年 12 月 11 日。

"大的拼命"才有出头之日。黄新波创作的两幅插图（分别见图7、图8）选取的是云普叔向地主何八爷借豆子被八爷的长工赶出来的情景，以及云普叔在家里一筹莫展的痛苦情状。《火》是《丰收》的续篇，描写曹庄农民逐渐觉醒过来，在立秋、癞大哥等的领导下联合起来抗租抗税，甚至解除了地主的武装，捣毁了地主的庄园。黄新波木刻插图（图9、图10）选取的两个情景是

图7　叶紫小说集《丰收》插图《丰收》之一

纸本木刻，尺寸不详，1935年

图8　叶紫小说集《丰收》插图《丰收》之二

纸本木刻，尺寸不详，1935年

图9　叶紫小说集《丰收》插图《火》之一

纸本木刻，尺寸不详，1935年

图10　叶紫小说集《丰收》插图《火》之二

纸本木刻，尺寸不详，1935年

大伙要冲去何八爷家,要把立秋救出来;然后是从神柜里把何八爷揪出来狠揍。这两幅木刻插图非常典型地反映出鲁迅在序言中所说的那种"文学是战斗的!"的精神。在小说中写道:"曹家垄四围都骚动了,旷野中尽是人群,男的,女的,老的,小的……喧嚷奔驰,一个个都愤慨的,眼睛里放出来千丈高的火焰!""四面团团地围上去,何八爷的庄子被围得水泄不通;千万颗人头攒动,喊声差不多震破了半边天!"①这正是插图9描绘的情景:大半个画面都被愤怒地挥拳、呐喊、向前冲涌的人群所占据,地主宅院的大门紧闭,院墙坚固,但是愤怒的农民马上就要冲进去了。第二幅画描绘的是:"人家都挤到神柜旁边。……癞大哥一手打开柜门,何八爷同高瓜子两个蹲在一起,满身灰菩萨似地战栗着。……云普叔的眼睛里火光乱迸,象饿虎似地抓住着高瓜子!""'你这活忘八呀!你带兵来捉我的秋儿!老子要你的命,你也有今朝呀!'牙齿切了又切,眼泪豆大一点的流下来!"画面上突出地描绘了云普叔愤怒的表情,真个是"眼睛里火光乱迸",一手抓住高瓜子的脸,右手挥起拳头就要狠狠地打过去。这两幅木刻画在描绘场面氛围和塑造人物的动态、表情等方面表现出强烈的情感。

图 11　叶紫小说集《丰收》插图《电网外》之一

纸本木刻,尺寸不详,1935 年

《电网外》中的王伯伯也是忠厚勤谨的老一辈农民的形象。当"那班人"迫近村庄,军队挖壕沟、架电网企图阻击的时候,他留恋家屋而不肯离去,结果是房子被烧、儿媳和孙子被杀。他最终觉悟了,朝着有太阳的那边走去了。第一幅插图(图 11)描绘王伯伯在进城路上遇到挖壕沟、架电网的情景,王伯伯手指着自家村子的方向;第二幅(图 12)描绘军队正在放火烧他的房子,他自己被高个子兵打在地上,但是仍然举起手呼喊着"你

---

① 本文所引叶紫小说集《丰收》各篇引文均见"中文马克思主义文库→参考图书·左翼文化→叶紫选集",网址: https://www.marxists.org/chinese/reference-books/yezi/01.htm,下不另注。

们这些狼心的东西呀！老子总有一天要你们的命的！……老子一定和你们拼"；第三幅（图13）画面最为残酷、血腥：在残砖破瓦边，团防兵架起机关枪向妇女、孩子扫射，"尸身一群一群地倒将下来。王伯伯不顾性命地冲过去，双手拖住两个血糊的小尸身打滚"。在这部小说集中，《电网外》的故事与场面描绘是最为惨烈的，鲁迅在《叶紫作〈丰收〉序》中特别提到它，强调"作者已经尽了自己的义务，也是对于压迫者的答复：文学是战斗的！"①

图 12　叶紫小说集《丰收》插图　　　图 13　叶紫小说集《丰收》插图
　　　　《电网外》之二　　　　　　　　　　　　《电网外》之三
　　　纸本木刻，尺寸不详，1935 年　　　　　　纸本木刻，尺寸不详，1935 年

《夜哨线》描写的故事比较特殊：军队在上火线的途中抢劫、杀害逃难的老百姓，两个班长试图阻止而被捕，士兵赵得胜救出班长，又把几十个从前线押解下来的逃兵都煽动起来，在黑夜中要反叛、逃离。第一幅插图（图14）描绘的情景是：在军队的包围驱赶下，"老百姓们象翻腾着的大海中的波浪，不顾性命地向谷子的外面奔逃。孩子，妇人，老年的，大半都给倒翻在地下，哭声庞杂的，纷纷乱乱的，震惊了天地"。画面中的一只大牯牛与恐慌奔逃的人群占据了画面的中心，后面是在山头周围挥舞刀枪的士兵，天上云霞齐飞。第二幅插图（图15）从背后描绘了一群在夜色中扑向村口哨卡的士兵："叛兵、俘虏，几十个人，都轻悄地蠕动着。象狗儿似的，伏在地下，慢

---

① 《鲁迅全集》第六卷，第 220 页。

慢地,随着动摇了的夜哨线向着那座大营的'枪前哨'扑来。夜色,深沉的,严肃的,象静待着一个火山的爆裂!"

图14　叶紫小说集《丰收》插图《夜哨线》之一
纸本木刻,尺寸不详,1935年

图15　叶紫小说集《丰收》插图《夜哨线》之二
纸本木刻,尺寸不详,1935年

《杨七公公过年》写杨七公公一家从乡下逃荒到上海,贫困交加,在工厂打工的儿子因参加罢工被抓走、判刑,杨七公公在贺年声中病死。插图(图16)描绘的正是这家人苦难悲剧的最后一幕:"福生嫂也苏醒过来了,她哭着,叫着,捶胸顿足的。六根爷爷和小五子也陪着落了一阵泪。特别是小五子,他愤慨得举起他的拳头在六根爷爷的面前扬了几扬!象有一句什么惊天动地的话儿要说出来一样!……"画面上的福生嫂捶胸顿足,小五子高举着拳头,站在旁边的六根爷爷和小五子掩面垂泪,充溢着悲痛的氛围。

《乡导》讲述的是刘妈三个当红军的儿子被杀害,她不惜牺牲自己把白军引入红军的埋伏圈的故事。木刻插图(图17)描绘的是如下画面:"旅长气得浑身发战。……他命人将刘妈摔在他的面前,他举起皮鞭子来乱叫乱跳着。……皮鞭子没头没脑地打在刘妈的身上,刘妈已经没有一点儿知觉了。"刘妈醒过来后,"嘶声地大骂着:'你要我告诉你们吗? 你们这些吃人不吐骨子的强盗呀! 我抵恨这回没有全将你们一个个都弄杀!'"画面中,倒在血泊中的刘妈以右手支撑着身体,作回头怒骂状。

图 16　叶紫小说集《丰收》插图《杨七公公过年》
纸本木刻,尺寸不详,1935 年

图 17　叶紫小说集《丰收》插图《乡导》
纸本木刻,尺寸不详,1935 年

即便放在 20 世纪 30 年代最激进的左翼文学中,叶紫的这部小说集都无疑是最充满压迫、血泪、暴力、抗争和战火味道的,文学书写中的"血泪史""斗争史"与作家个人身世有紧密联系(在 1927 年 5 月"马日事变"中叶紫的父亲、二姐和叔叔、婶婶被杀,自己也遭追捕而被迫流浪他乡;1931 年叶紫在上海被捕入狱 8 个月)。正如鲁迅说的,"他的经历,却抵得太平天下的顺民的一世的经历,在辗转的生活中,要他'为艺术而艺术',是办不到的"。从许多左翼作家的创作与人生的关系来看,这也是郑振铎在 30 年代提出"血与泪的文学"的真实背景。但是话虽如此,在左翼文学文本中呈现出来的暴力与血腥在近乎一个世纪之后仍然会使人惊惧不已:"大的一个:七刀,脑袋儿不知道落到哪里去了。肚子上还被凿了一个大大的窟窿,肠子根根都拖在地上。小的呢? 一个三刀;三个手脚四肢全被砍断了。满地都是赤红的鲜血。三枝写着'斩决匪军侦探×××一句'的纸标,横浸在那深红深红的血泊里。天哪!"这是叶紫《乡导》中关于刘妈的三个儿子被白军砍头的惊心动魄的描写,对暴力与嗜血的控诉似乎只能为反抗与复仇中的暴力与嗜血铺垫道德的正当性。在今天重写左翼文学史的时候,如何直面文本上和历史真实中的暴力与嗜血叙事,从而回应中国革命叙事的正反性质,是仍然需要深入思考的课题。

黄新波木刻插图不仅仅是对小说文本的出色演绎,而且与作家自己对创作这些小说的思想感情的表述极为吻合。叶紫在写于1934年7月的《我怎样与文学发生关系》文章中说:"我所发表的几个短篇小说和一些散文……只不过是一些客观的,现实社会中不平的事实的堆积而已。然而,我毕竟是忍不住的了!因为我的对于客观现实的愤怒的火焰,已经快要把我的整个的灵魂燃烧殆尽了!……一直到人类永远没有了不平!我自家内心的郁积,也统统愤发得干干净净了之后。"①在黄新波的木刻插图中,同样到处是"对于客观现实的愤怒的火焰"和"整个的灵魂燃烧",联系到前述黄新波早在初中时代写的那首诗歌《赶上前线》,这是毫不奇怪的。再联系从1933年到1935年这不到两年时间内黄新波自己的主题木刻创作,绝大部分都是以受压迫的农民、工人、船夫、逃难者、拾荒者以及地主、士兵为题材,可以发现左翼美术与左翼文学之间根本就是紧密相连,互相呼应,构成了左翼文艺旗帜下的文学文本与视觉图像文本的共同体。黄新波创作于1934年的主题木刻版画《怒吼》(图18)就是这类创作的典型代表,画面左侧背景中自上而下是战争、水涝和旱灾,是中国农村与农民苦难的缩影,那个高举拳头向天空怒吼的农民形象仿佛就是叶紫笔下《丰收》中的立秋、《火》中的癫大哥、《杨七公公过年》中的福生,他们都是在大革命风暴中觉醒过来的青年农民,在他背后更高大的身影似乎预示着一股更强大的集体力量,阶级的力量。这种图像正如30年代初的左翼美术团体所宣称的那样,是"对压迫阶级的一种阶级意识的反攻",是"阶级斗争的一种武器"。②

图18 黄新波《怒吼》

纸本木刻画,15.7 cm×15 cm,1934年
上海鲁迅纪念馆藏

---

① 载1934年7月《文学》一周年纪念特刊《我与文学》。
② "时代美术社"对全国青年美术家宣言》,《萌芽》月刊,1930年4月1日,转引自王伯敏主编:《中国美术通史》第七卷所刊全文,济南:山东教育出版社,1988年,第46—47页。

三、另一种"图—文—史"互证:《平凡的故事》的叙事性与历史语境

黄新波创作的《平凡的故事》(木刻组画,共 13 幅,1933 年)以农民抗捐、暴力抵抗为题材,具体叙事文本是这样的:"1. 兵灾、水灾、旱灾交迫下的农村;2. 还加上苛捐杂税的剥削,故事也因这样产生了;3. 一家三口;4. 他们刚从田中工作回来;5. 遇着收捐的人,男主人没有将捐缴出;6. 于是把他捉去了;7. 关在牢里;8. 他的妻子不得已将自己的孩子典给人家;9. 将所得的银子拿去缴捐了;10. 她的丈夫得放出来;11. 收捐的人又来缴捐捉人了;12. 他们再禁不起这样的了,激动起来要把他们打跑;13. 恶狗们溜了,来一个欢天喜地。"① 黄新波创作的这个叙事文本情节波折,文字极为朴素简洁,像在悲悯与愤怒的情绪中清晰地一口气讲述出来的故事。

从故事题材与情节来看,《平凡的故事》与叶紫的小说十分相似,在关键的叙事模式"压迫—怨恨—反抗"上完全相同。但更重要的是要看到,无论是黄新波的木刻版画还是叶紫的小说,这样共同的叙事模式的来源是当时的真实历史语境。这组木刻画中的人物及故事的发生背景显然是在南方农村,当时在农村发生的佃农抗租风潮在媒体上也有所报道。据 1933 年 5 月发表的一篇佃农风潮研究文章,1923—1932 年在江苏、浙江共发生了 197 次佃农暴动②;事实上,有记载的自发的农民抗租与暴动事件在南京 10 年统治时期(1927—1937)就有将近 1 000 次。③ 其中很有典型意义的一个例子是,在 1935 年冬至 1936 年春天的苏州地区,就曾爆发过多次农民的反抗风潮,当地方当局抓走了欠租的佃农之后,几千名农民包围和冲毁了警察署,造成流血伤亡事件;历史学家指出,当时农民的斗争矛头更多是指向政府。④ 历来较少对农民问题发表评论的胡适在 1933 年 5 月 7 日的《独立评

---

① 广州美术学院美术馆编:《心曲人间:黄新波艺术研究》,第 44—47 页。
② 蔡树邦:《近 10 年来中国佃农风潮的研究》,《东方杂志》第 30 卷第 10 号(1933 年 5 月 16 日),转引自费正清主编《剑桥中华民国史》第二部,章建刚等译,上海:上海人民出版社,1992 年,第 300 页,注释 3。
③ 同上。
④ 同上书,第 302—304 页。

论》的一篇文章中说:"现时内地农村最感痛苦的是抽捐税太多,养兵太多,养官太多。纳税养官,而官不能做一点有益于人民的事;纳税养兵,而兵不能尽一点保护人民之责。剥皮到骨了,吸髓全枯了,而人民不能享一丝一毫的治安的幸福!在这种苦痛之下,人民不逃亡,不反抗,不做共产党,不做土匪,那才是该死的贱种哩!"①连高倡自由主义的胡适也承认了在农村的痛苦中反抗、斗争的合理性,由此可以明白在20世纪30年代初左翼文艺中出现的悲悯同情与愤怒呐喊是非常自然而然的。这种历史语境和很有代表性的舆论氛围正是对左翼文学与美术中的该类题材开展互证式研究的客观基础,是"图—文—史"互证的根基。

《平凡的故事》里最关键的就是军队来抓人和农民的反抗,就是这四幅(图19、20、21、22)最重要。画面上所描绘的身穿正规军装的士兵在抓人和农民进行反抗斗争直到取得胜利,这与历史学家对20世纪30年代中期在苏州发生的抗租斗争的描述几乎一致:"佃农们极为气愤的是军队开进村里,强行收租。这是由于地主抱怨,伪称他们受到了威胁('如果我们收不到地租,那么就无法向国家纳税'),结果军队介入进行干涉。由于剥削者与当权者相勾结,佃农们的怒火逐步转变,专门指向当权者。"②画面上时时突出的是暴力的压迫与反抗,最后一幅描绘农民取得胜利的情景十分豪迈与感人,农民高举双手欢呼胜利,一个农民指着狼狈逃走的兵大笑,那是对正义审美情感的出色描绘与表现。

在20世纪20年代晚期逐步出现的左翼美术运动,尤其是新兴木刻运动中,对于农村题材和农民形象的描绘成为不少木刻艺术家自觉选择的领域。他们并没有带有像20年代中后期农会刊物的封面画、插图那样紧迫的宣传功利目的,而是出自对中国农村现实的认识、对农民处境的同情以及在左翼文艺思想的熏陶下产生的真正属于艺术创作的冲动与思考,因而在思想上和艺术上都表现出远比早期的政治刊物上的图画、宣传漫画要成熟得多的特性。黄新波的《平凡的故事》是一个艺术上相当成功的个案,尤其当我们想到这时的作者才17岁多,无法不令人佩服他的早熟的艺术才华。

---

① 胡适:《从农村救济谈到无为的政治》,载季羡林主编:《胡适全集》第21卷,合肥:安徽教育出版社,2003年,第624页。
② 转引自《剑桥中华民国史》,第304页。

图 19　黄新波《平凡的故事》之六

纸本木刻画，12.6 cm×10 cm，1933 年
上海鲁迅纪念馆藏

图 20　黄新波《平凡的故事》之十一

12.4 cm×9.5 cm

图 21　黄新波《平凡的故事》之十二

11.2 cm×10.2 cm

图 22　黄新波《平凡的故事》之十三

12.7 cm×10.7 cm

图 20、21、22 来源广州美术学院美术馆编：《心曲人间：黄新波艺术研究》，第 38、39 页

黄新波所采取的连环故事画的形式与短篇小说的文本更加拉近了距离,这些组画似乎又像是一部文学作品的插图。图像的主体性与文本的主体性在此互证互存,这是图像与文学互证研究的很自然也很有真实意义的融合空间。另外,这种连环图画的形式也是当时鲁迅所大力提倡的。1933年9月上海良友图书印刷公司出版比利时画家、木刻家麦绥莱勒(1889—1972)的连环木刻图《一个人的受难》,鲁迅为其作序;另外鲁迅在发表于《文学月报》第4号(1932年11月15日)的《"连环图画"辩护》中指出:"我并不劝青年的艺术学徒蔑弃大幅的油画或水彩画,但是希望一样看重并且努力于连环图画和书报的插图;自然应该研究欧洲名家的作品,但也更注意于中国旧书上的绣像和画本以及新的单张的花纸。这些研究和由此而来的创作,自然没有现在的所谓大作家的受着有些人们的照例的叹赏,然而我敢相信:对于这,大众是要看的,大众是感激的!"①在左翼文学与新兴木刻运动之间,"大众化"也是联结着文学文本域视觉图像文本的重要纽带。左翼文学由于在大众性和宣传性方面的特质而特别重视图像的作用,无论是互读或互证,都具有特别重要的研究意义。

---

① 《鲁迅全集》第四卷,北京:人民文学出版社,1981年,第448—449页。

魔幻、"凡派亚"文化与类型/性别之争:
《盘丝洞》与中国"喧嚣的 20 世纪 20 年代"①

孙绍谊

    1922 年 3 月 5 日,德国导演茂瑙(F. W. Murnau)的默片《诺斯费拉图》(*Nosferatu*,罗马尼亚语,意为"亡灵")在柏林首映。该片粗略改编自作家博拉姆·斯托克(Bram Stoker)的哥特小说《德古拉》(*Dracula*,1897),讲述一位名为奥洛克伯爵(Count Orlok)的特兰西凡尼亚贵族,一个乔装的吸血鬼,吓跑了前来交易的房产职员托马斯·赫特,并尾随后者来到德国维斯堡(Wisborg),以寻觅下一个受害者。赫特的妻子艾伦通过《吸血鬼之书》得知,唯有让一位"心灵纯洁的女性"自愿献身,方可"打破可怕的魔咒"。吸血鬼受到艾伦诱惑,在她的卧室中徘徊不去,并不断"低头端详她",直到黎明的第一缕阳光射入室内,将他化为一缕烟尘。②

    《诺斯费拉图》面世五年后,1927 年 2 月中国农历新年,但杜宇颇具争议的默片《盘丝洞》在上海中央大戏院公映。影片拍摄于 1926 年,当时的报纸称其为最早改编自 16 世纪中国古典魔幻小说《西游记》的影

---

  ① 本文为孙绍谊 2017 年 9 月 14—15 日在英国赫尔大学举办的"电影类型再协商:东亚电影及其未来"学术研讨会上发表的英语论文,现已收入会议论文集。参见 Shaoyi Sun, "Fantasy, Vampirism and Genre/Gender Wars on the Chinese Screen of the Roaring 1920s", in eds. Feng Lin, James Aston, *Renegotiating Film Genres in East Asian Cinemas and Beyond* (Cham: Palgrave Macmillan, 2020), pp.99-118. 本文经其学生、同事整理译校而成。孙绍谊因病于 2019 年 8 月 13 日在上海逝世,本文是他最后的遗作。

  ② Lotte H. Eisner, *Murnau* (Berkeley: University of California Press, 1973), p.269.

片之一。①《盘丝洞》取材自《西游记》"盘丝洞七情迷本,濯垢泉八戒忘形"和"情因旧恨生灾毒,心主遭魔幸破光"两回,讲述一群伪装成美女的蜘蛛精设计捕获唐僧的故事。正当蜘蛛女王(但杜宇之妻殷明珠扮演)与群妖欢庆捕获唐僧,准备分食他的血肉之时,唐僧的三个徒弟悟空、八戒和沙僧,在观音娘娘化身的帮助下成功杀入洞中,解救了唐僧。最终决战时,美丽的蜘蛛女王在烈焰中变成了一只巨大的蜘蛛。

尽管许多早期中国电影或多或少都受到了欧美电影的启发和影响,却鲜有证据表明茂瑙的《诺斯费拉图》曾在中国上映过。考虑到影片在首映后面临的一系列残酷诉讼,以及之后在原产国被禁的命运,很难想象这部影片能有机会在第一时间远渡重洋,赴远东上映。② 但对于20世纪20年代的中国观众而言,茂瑙并不陌生。《盘丝洞》上映之前,茂瑙所在的乌发电影公司(UFA)拍摄的《最后之笑》(*The Last Laugh*,1924)就于1926年7月21日在上海卡尔登大戏院隆重献映,并立即被舆论盛赞为一部"不用字幕"的"破天荒"的杰作。③ 在《盘丝洞》上映后的1928年9月12日,茂瑙在好莱坞拍摄的《日出》(*Sunrise*)再次在卡尔登大戏院上映。茂瑙曾以"茂鲁""莫南"和"穆纽"等不同译名多次出现在上海各大报纸上。《日出》被誉为一部典型的"新浪漫主义"和"纯艺化"的"影戏杰作",是一首"不用文字来写成的长诗"和一幅"不用丹青来绘制的画卷"。

> 从它那一幕一幕的表现上看来,都充满了音乐节奏美与诗的情景……由引诱、诱惑、犯罪渐至伤心、流涕,复由伤心、流涕渐至欢愉、快乐,复由欢愉、快乐引入悲惨、黑暗,又由悲惨、黑暗回复到欢乐、光明。

---

① 在1926—1927年间,曾有过几部《西游记》改编电影问世。据程季华主编《中国电影发展史》所载,这些影片包括天一公司的《孙悟空大战金钱豹》(邵醉翁、顾肯夫导演,胡蝶主演),大中国影业的《猪八戒招亲》(陈秋风导演)等。《盘丝洞》拍摄于1926年,早在1926年9月、10月,本地多份主流报纸就对其拍摄做了广泛报道,宣称"《西游记》改编的电影已有十余部,但《盘丝洞》毫无疑问是'第一期'的作品"(参见《申报》1926年10月6日,第1版,1926年10月7日,第2版,1927年2月5日,第1版),看来并非无稽之谈。

② 《诺斯费拉图》只是取材自斯托克的小说《德古拉》。茂瑙认为小说版权属于公有领域,也在片尾打出了鸣谢字幕,但这并未阻止斯托克的遗孀发起对制片厂的诉讼。结果,片厂在1924年同意销毁所有《诺斯费拉图》的拷贝。不过电影依然在英国和美国以半公开的形式短暂浮现过。Cf. Wayne E Hensley, "The Contribution of F. W. Murnau's 'Nosferatu' to the Evolution of Dracula", *Literature/Film Quarterly*, 30, 2002: 59-64.

③ 《申报》1926年7月21日增刊,第4版。

当那旭日初升,vampire 式的城市妇人便惘惘地乘车而去,意味是浪漫的,而描写也很深刻地使人内心受到强烈的共鸣。①

此处引文,不仅显示了茂瑙在中国观众和影评人中享有的短暂流行甚或是崇高的地位,也表明在《盘丝洞》上映前后的 20 世纪 20 年代中文语境中,vampire 一词及其意涵已被广泛接纳或者某种程度地挪用。报刊上的 vampire 一词甚至无须中译,这暗示出其与上海的都市氛围有着某种此前可能就已存在的文化亲近感。vampire 一词与城市女性或者更普遍意义上的女性的关联,也暗示着一种可能存在于词义上的性别反转。

20 世纪 20 年代的中国电影,正在上海这座世界主义城市中振翅高飞。电影人也在积极地对电影类型的潜力做出全方位的探索。本文主要基于对新近发现的经典默片《盘丝洞》所做的文本分析,试图将吸血鬼电影确认为早期中国电影的一种重要类型或亚类型②,并借机呼吁重估 20 年代的上海电影文化。因为长久以来,它的价值在很大程度上被悬置、被遮蔽。而始作俑者,正是在当代中国文化史和电影史学界长期居于主导地位的国族叙事。

一、喧嚣的 20 世纪 20 年代的"凡派亚"文化

20 世纪 20 年代,是电影在中国发展的一个关键时期。这个时期的国产影片,在中国电影史上占有特殊的地位。这一点,毫无疑问已是今天学术界的普遍共识。此时的电影,已经发展成一种重要的叙事和艺术形式,观影也成为上海众多市民休闲娱乐不可或缺的组成部分。除了像《阎瑞生》(任彭年,1921)、《孤儿救祖记》(张石川,1923)等一些标志性影片之外,影院建设和制作实体也取得了现象级的勃兴。据载,到 1927 年,中国已有 179 家电影制片公司,其中 142 家位于上海(尽管部分公司只是徒有其名)。仅上海一地就有将近 40 家专业影院。③ 可对许多影评人和电影史学家而言,这

---

① 《申报》1928 年 9 月 12 日增刊,第 6 版。
② 早年中国电影界对电影类型的分类比较松散。像《盘丝洞》既可被归为古装片,也可被归为神怪片。因为这种松散性,本文使用的"类型"和"亚类型"这两个术语是可互换的。但严格来说,我们仍倾向于把"神怪片"看作一种相对固定的本土类型,而吸血鬼电影则应归为"神怪片"的亚类型。
③ 程树仁等:《1927 年中华影业年鉴》,上海:中华影业年鉴社、上海大东书局,1927 年,第 1—33 页,转引自郦苏元、胡菊彬:《中国无声电影史》,北京:中国电影出版社,1996 年,第 86—89 页。

些现象级发展却因20年代的电影大都"游离开中国的革命运动",而"大大限制了它的健康和正常的发展和取得应有的进步和成就"。① 许多开创性的作品,特别是那些改编自民间传说和古典小说的影片,被指认为"封建""低俗"甚至"色情"的东西。② 在30年代早期,随着电影审查法的全国推行(右)和电影及评论界的话语左倾(左),这类影片被集体打上了"武侠神怪片"的标签,同时成为"左右两派激烈政治批判的目标"。③ 对20年代电影实验的习惯性否定和对30年代左翼电影的人为拔高,似乎成了中国电影史观一种一成不变的思维定式,直到20世纪90年代,它才开始逐渐受到部分电影学者的质疑。特别是最近数年,一批本已失传、却于近年重见天日的20年代经典影片的发掘出土,似乎正为这种质疑找到一些更有说服力的直观证据。④

事实上,许多20年代的国产影片因社会动荡未能保存至今,这使得当时的纸媒(报纸、杂志和电影宣传册)成为了解这些作品的唯一资料来源。尽管如此,想要描绘出一幅比某些权威电影史著更为丰富多彩的20年代中国电影版图也并非如想象的那么困难。重估鸳鸯蝴蝶派作家在中国电影发展过程中的作用,便是丰富我们对早期中国电影理解的一种方式。随着更多作品被重新发现,另一种看待中国早期电影的方式正在逐渐清晰起来。这是一种将批判性思考加诸电影史价值重估的过程,目的是不再被此前的标签化评断所蒙蔽。同样重要的是,我们必须跳出电影本身,置身于早期中国电影的普遍文化环境中,用更为广阔的跨文化视角来展开历史审视。正

---

① 程季华主编:《中国电影发展史》(上),北京:中国电影出版社,1963年,第167页。
② 同上书,第89页。
③ Kristine Harris, "*The Romance of the Western Chamber and the Classical Subject Film in 1920s Shanghai*", in eds. Yingjin Zhang, *Cinema and Urban Culture in Shanghai,1922-1943* (Redwood City: Stanford University Press, 1999), pp.51-73.
④ 除了克莉丝汀·哈里斯对《西厢记》的评价之外,陈建华对于D. W. 格里菲斯对中国叙事电影崛起之贡献的重估也值得重视。参见Jianhua Chen, "D. W. Griffith and the Rise of Chinese Cinema in Early 1920s Shanghai", in eds. Carlos Rojas and Eileen Chow, *The Oxford Handbook of Chinese Cinemas* (New York: Oxford UP, 2013), pp.23-38. 其他相关研究还有:Emilie Yueh-yu Yeh, eds., *Early Film Culture in Hong Kong, Taiwan, and Republican China: Kaleidoscopic Histories* (Ann Arbor: University of Michigan Press, 2018); Xuelei Huang, *Shanghai Filmmaking: Crossing Borders, Connecting to the Globe, 1922-1938* (Leiden: Brill, 2014). 最近发现的20年代散佚影片包括但杜宇的《盘丝洞》(1926)、侯曜的《海角诗人》(1927)、朱瘦菊的《风雨之夜》(1925)等。

是秉持这一立场,我们认为,尽管吸血鬼电影类型并未在中国得到真正的发展和壮大,但我们依然可以在 20 年代的文化背景中清晰地看到它的初兴和萌芽。

如前所述,vampire 一词在 20 世纪 20 年代的上海享有特定的文化亲近感。许多从欧美和日本归国的留学生都是"五四"新文化运动的坚定拥护者。留日归来的田汉(1898—1968)便是其中最具代表性的一位。在一篇题为《凡派亚的世纪》的杂文中,田汉通过介绍日本作家坪内逍遥的作品,提出五种女演员会在新世纪受到观众的热捧,"凡派亚女性便是其中之一"。他声称,在不久的将来,"现代的女性"变得越来越具有"凡派亚气质",一个"凡派亚世纪"或将到来。① 此处,正如学者罗靓的研究所指出的,将英文词 vampire 译成"凡派亚",田汉不仅淡化了原词的黑暗内涵,或者说"平衡了与原词相关的暗黑属性",而且将这个词转换成了一个关于性别的特定术语,即一个在 20 世纪 20 年代中国文化语境中用来指代特定女性的专用术语。② 由此,"凡派亚女性"与其隐含的"女吸血鬼"意涵,就被转换成了某种"妖艳""性感""迷人"和"摩登"女郎的代名词。不过,她们身上依旧蕴藏着某种危险性。但类似诺斯费拉图那种"高瘦""谢顶、凸眼,外加女巫式鹰钩鼻子"的男性特征却已不复存在。③ 某种程度上,田汉以其创意性的译笔,将一个源自西方文化的男性德古拉吸血鬼形象,成功地转换为一个中国式的蛇蝎美女。

迄今为止,可以肯定的是,田汉并非第一个将吸血鬼/凡派亚与中国式蛇蝎美女关联起来的人。在许多文化原型中,蛇蝎美女或致命女人的原初

---

① 田汉引述坪内逍遥的话说,为了使新剧发达,至少要有五种类型的女优:首先要一种"活泼愉快"而"多少有些滑稽天性"的喜剧女优,譬如康士登斯·达尔马治(Constance Talmadge, 1898—1973);一种"妖艳而多情"的女优,以诺尔玛·达尔马治为代表(Norma Talmadge, 1894—1957);一种"寂寞而忧郁"的女人,像丽琳·吉施(Lillian Gish, 1893—1993);一种"天真浪漫,楚楚可怜"的女孩,如梅丽·辟克馥(Mary Pickford, 1892—1979);最后,还要有一种"强硬、冷酷而热烈的悍妇"(或一种"凡派亚"女性),纳齐穆娃夫人(Madame Alla Nazimova, 1879—1945)和波拉·内格里(Pola Negri, 1897—1987)便是其典范。参见《田汉全集》第 18 卷,上海:花山文艺出版社,2000 年,第 43 页。

② Liang Luo, *The Avant-Garde, and the Popular in Modern China: Tian Han and the Intersection of Performance and Politics* (Ann Arbor: University of Michigan Press, 2014).

③ Wayne E. Hensley, "The Contribution of F. W. Murnau's Nosferatu to the Evolution of Dracula", *Literature/Film Quarterly*, 30, 2002: 59-64.

意义都带有"诱食男人"或吸血鬼的含义。早在 20 世纪 10 年代,美国电影《吸血鬼》(*The Vampire*,罗伯特·G.维格诺拉,1913)和《从前有个笨蛋》(*A Fool There Was*,弗兰克·鲍威尔,1915)就已经将这种关联公开化了。前者被认为是第一部描写女吸血鬼的影片,后者也含有一名女吸血鬼角色,她把所有受她诱惑的男人都变成了傻子。不过,田汉很有可能是第一位大胆提出"凡派亚者,极力主张自我、尊重自己的官能满足,即生活的刺激的女性"①的中国人。这种论断明显是受到"五四"新文化运动时期女性解放思潮的影响。

为了鼓吹文中"凡派亚"女性这一表述,田汉还在其电影剧本《湖边春梦》(1927)中创造了一名"凡派亚"式的原型人物加以佐证。该片由明星公司出品,卜万仓导演,讲的是一位性情忧郁的剧作家兼施/受虐狂,在风景如画的西子湖畔邂逅了一名神秘而浪荡的女子,剧作家被她的妖艳所迷惑,甘愿屈从于她的苛求,让她将自己捆绑、鞭挞,为她提供扭曲的性愉悦。当作家意识到整个故事不过只是自己的"一场春梦"时,这种屈从/主导的角色扮演游戏才得以终止。虽然原片早已失传,但今人依然可以通过幸存的剧照和剧本,感受到这个沉迷于男性的淤青身体,并"疯狂地亲吻其身体伤痕"的嗜虐女性的凡派亚式色欲。②

20 世纪 20 年代以女性为中心的"凡派亚"文化或中式"凡派亚主义",亦可在当时风靡上海的"莎乐美"中得到进一步的印证。莎乐美本是《圣经》中的一个小角色,却在一系列文学艺术品中逐渐演变成了一个"致命激情"的符号。以她为灵感进行创作的文学家有海涅、福楼拜、马拉美、莫罗、于斯曼和王尔德。尤其在独幕剧《莎乐美》中,王尔德对莎乐美做出了如下描写:"她抓着施洗者约翰的头颅,叫嚣着:'啊!我吻了你的唇,约翰!我终于吻了你的唇。它的味道是那么的苦涩。难道这就是鲜血的滋味吗?'"③今天

---

① 就目前已有资料,尚无法断定此处两部影片是否在中国上映过。田汉是否受过它们的影响也未可知。参见《田汉全集》第 18 卷,第 44 页。
② Liang Luo, *The Avant-Garde, and the Popular in Modern China: Tian Han and the Intersection of Performance and Politics*, p.90.《湖边春梦》剧本见郑培为、刘桂清编:《中国无声电影剧本》第 2 卷,北京:中国电影出版社,1996 年,第 1038 页。
③ Oscar Wilde, *Salome: A Tragedy in One Act* (London: Elkin Mathews and John Lane, 1894).

我们可以想见,这样一幕场景会对"五四"那一代文化人产生何等强烈的心灵冲击。当中国最早的现代戏剧社——春柳社在日本成立时,王尔德的《莎乐美》成为首批排演的剧目。有学者统计,1920—1949 年间,《莎乐美》至少有七种不同的中译本。其中田汉 1921 年的译本属于第二版,因其在 1929 年的南京话剧公演而成为最知名的版本,其声誉或许要大大高于春柳社最初排演时的版本。① 至 30 年代,这种所谓"莎乐美迷狂"还可以在上海新感觉派小说家施蛰存(1905—2003)的短篇小说《将军底头》里感受到。小说讲述了唐朝一名半汉半藏的混血将军,在其平定叛乱的征途上,迷恋上了一位美丽的汉族姑娘。可是,在一场战斗中,他和叛军头领双双被斩首。这位失去了头颅的将军,回到他当初遇见汉族姑娘的溪流边,渴望赢得她的赞美和爱慕。然而等待他的不是拥抱和亲吻,而是对他失去项上人头的无情讥讽和诅咒,这让将军感到绝望。而此时在远方,泪水正从他头颅上那一双沾满鲜血的眼眶中缓缓流出。②

莎乐美亲吻施洗者约翰带血红唇的魔力,随着英国 19 世纪最伟大的插画艺术家奥博里·比亚兹莱(Aubrey Beardsley)对王尔德戏剧的视觉化渲染而得到了极大提升。和王尔德一样,比亚兹莱在 20 世纪 20 年代的中国也一度受到短暂而狂热的追捧。田汉的《莎乐美》中译本在《少年中国》杂志发表后两年,也就是 1923 年,上海一家出版商为其出版了单行本。其中配上了 16 幅比亚兹莱创作的黑白线描插画。这让当时自诩为"东方比亚兹莱"的叶灵凤(1904—1975)赞不绝口,他在文中反复声称自己是比亚兹莱"无可救药的崇拜者":

> 我便设法买到了一册……比亚兹莱的画集,看了又看,爱不释手,当下就卷起袖子模仿起来……这一来,我成了"东方比亚兹莱"了,日夜的画,当时有许多封面、扉画,都出自我的手笔,好几年兴致不衰,竟也有许多人倒来模仿我的画风,甚至冒用 L. F. 的签名,一时成了风气。③

然而,叶灵凤以"中国比亚兹莱"自况的言论,受到了鲁迅的尖刻嘲讽。

---

① 周小仪:《莎乐美之吻:唯美主义、消费主义与启蒙现代性》,《中国比较文学》2001 年第 2 辑(第 43 卷),第 86 页。
② 施蛰存:《将军底头》,上海:新中国书局,1933 年,第 49—104 页。
③ 转引自李广宇《叶灵凤传》,石家庄:河北教育出版社,2003 年,第 87 页。

他在一篇文章中将其标定为颓废派中的"新流氓画家"。① 更讽刺的是,至少在 20 世纪 30 年代以前,鲁迅本人似乎也是一个比亚兹莱的仰慕者。他不仅在 1929 年负责出版了《比亚兹莱画选》,还专门为画册撰写引言。鲁迅在引言中宣称,虽然比亚兹莱的生命如此短促,"却没有一个艺术家,作为黑白画的艺术家,获得比他更为普遍的名誉;也没有一个艺术家影响现代艺术如他这样的广阔"②。

二、《盘丝洞》:一部中国式的吸血鬼电影

托马斯·沙茨在其经常被引用的好莱坞类型片专著中,将电影类型看作一个体制(片厂、主创团队)与观众签订的"契约"。他认为在商业电影制作范畴内,一部类型电影被寄望于遵循此前构建起来并为人知晓的公式或惯例,像游戏规则或既有社群风俗一样。随着文化、社会、口味抑或工业的变化,这些特权性质的公式和惯例也会随之进化与改变,从而与时代更加贴合,对文化变迁更具呼应感。除却电影类型中的这些动态维度,特定的重要元素、规则和结构依然保持不变,且"契约"的条款仍旧完好无缺。③

然而在类型电影研究中,"观众"的定义常常显得含混不清。所谓"观众"是文化和种族层面上的定义吗?类型电影的"观众"会因文化、政治和经济背景的差异,在决定某种既定类型的多重变体时发挥关键作用吗?学者张建德在"一个包含了西部片、东部片、甚或南部片和北部片的全景范围内,以更为广阔的批判性视野"重新定义西部片的思辨过程中,暗示出上述问题的答案是肯定的。西部片作为一种特定电影类型,深深根植于美国的西进运动、边疆神话以及枪支和财产所有权。在列举了一组亚洲电影中的"东方西部片"之后,张建德指出,类型很大程度上是一个"开放性"术语,它最终是由不同文化背景下的集体贡献者所定义的,包括亚洲。④ 持类似观点的克

---

① 《鲁迅全集》第四卷,北京:人民文学出版社,1981 年,第 293 页。
② 《鲁迅全集》第七卷,北京:人民文学出版社,1981 年,第 338 页。
③ Thomas Schatz, *Hollywood Genres: Formulas, Filmmaking, and the Studio System* (New York and London: McGraw-Hill, Inc, 1981), pp.16-17.
④ Stephen Teo, *Eastern Westerns: Film and Genre outside and inside Hollywood* (London and New York: Routledge, 2017), pp.2-7.

莱特·巴尔曼(Colette Balmain)也认为,哥特文学和电影原本就是一种东亚的"本土"传统或者类型,并非只属于"18世纪末兴起的欧美现代时期的特定产物"①。譬如曾经风靡东亚的"狐仙神话"就是一个具有代表性和具象性的例证。"狐仙"在中国被称为"狐狸精",在韩国被称为"九尾狐"(gumiho),在日本则直接被称为"狐狸"(kitsune)。

《盘丝洞》的散佚拷贝于2011年在挪威国家图书馆电影片库中被重新发现。长久以来,这部影片一直被电影史家看成一部"古装片",或是一部推动20世纪20年代晚期武侠神怪片风行的代表作,与著名的《火烧红莲寺》系列属于同一类型。但如果我们进一步将影片置于前文所述的"凡派亚"文化语境中加以审视,那么也可将《盘丝洞》视为一部尚未完全成型的"吸血鬼电影"。如巴尔曼所言,东亚哥特电影并非只是西方哥特电影的一种变体或亚类型②,它是在东亚文化自身的志怪传奇和狐仙神话的基础上自我建构而兴起的。而《盘丝洞》恰好在连接东亚志怪、神话传统与西方吸血鬼电影方面扮演了一个开创者的角色。正是在此意义上,我们有充分理由将《盘丝洞》视为一部中国式的吸血鬼电影,或是一部与吸血鬼电影非常近似的神怪类型。至少从田汉对"凡派亚"一词的翻译和释义上来看,此种论断绝非空穴来风。

尽管《盘丝洞》是一部默片,且在电影制作的方方面面都难免显得拙朴而原始,但本片至少为其后的《西游记》电影改编确立了几个绕不开的重要修辞。其中最主要的便是"诱惑"和"变形"。无独有偶,这两种修辞在吸血鬼电影中也时常可见。汉斯利在重读《诺斯费拉图》后提出,导致德古拉死亡的原因恰恰是他"无法抵抗"艾伦的诱惑,"即便他已躲过了此前所有试图杀死他的女性"③。在德古拉眼里,艾伦是一个注定会让他无法自拔的"心地纯洁的女子"。所以他才会犹豫不决,没能将内心的嗜血冲动付诸实施,反而让艾伦"缠住了自己……不由自主地俯身去端详她",直到清晨照进室

---

① Colette Balmain, "East Asian Gothic: A Definition", *Palgrave Communications*, 3(31), 2017: 1-10.
② Ibid., p.2.
③ Cf. Wayne E. Hensley, "The Contribution of F. W. Murnau's 'Nosferatu' to the Evolution of Dracula", *Literature/Film Quarterly*, 30, 2002: 63.

内的第一缕阳光将其彻底摧毁。① 再说"变形",尽管德古拉起先只是被塑造成一种像老鼠一样的生物。而在茂瑙影片中,吸血鬼也并未涉及变形的描写(除了最后化成一缕青烟),不过,此后的德古拉电影,比如托德·布朗宁(Todd Browning)前法典时代的重拍版(1931)和特伦斯·费舍尔(Terence Fisher)的英国版(1958),都把吸血鬼描述成一种由蝙蝠变化而来的人形。甚至在《吸血鬼魅影》[*Shadow of the Vampire*,伊利亚斯·墨西格(E. Elias Merhige)导演,2000]这部描写茂瑙如何拍摄《诺斯费拉图》的剧情片中,也对蝙蝠变成人形吸血鬼略有提及。

作为比较,我们从但杜宇的《西游记》改编中也可观察到关于"诱惑"的多种表述。首先,八戒照例被描绘成一个会被轻易色诱的风流坯子。其次,唐僧也不如看上去那样无欲无求。小说和电影都有交代,他是孤身一人前去化缘,但在蜘蛛精的旁敲侧击下,似乎是应了她们"进来歇会儿"的邀约而轻易就范了。或许他也是因为无法拒绝诱惑而自愿跟随一群"美少女"走进了盘丝洞。最后,也是最重要的,这群妖女,特别是蜘蛛女王,同样是受到了这个细皮嫩肉的处男和尚的诱惑。她们相信,吃上一口唐僧肉(吸上一口唐僧血)便可长生不老。而且电影似乎更加强调蜘蛛女王急于与唐僧成婚的愿望。小说文字只是陈述了蜘蛛女渴望进食唐僧肉的冲动,电影却特地添加了一场精心摄制的盛大婚礼。蜘蛛女王与唐僧拜堂成亲,究竟是因为迷恋作为男人的唐僧,还是只想独占一份美味? 无论答案为何,至少有一点很明确:这场包含了宴饮、舞乐、献礼和庆典的奢华婚礼,看上去是如此真实,以至于没人再提吃唐僧肉、喝唐僧血的事了。某种程度上,蜘蛛新娘面临的是一种与诺斯费拉图相似的情境:诺斯费拉图因受到"心地纯洁的女子"诱惑,最终未能完成任务,而蜘蛛新娘也可能是被处男僧人诱惑,一时淡忘了她要对唐僧啖肉饮血的最初目的。

在《西游记》中,"变形"几乎也是随处可见,好似生物的天生神力。除了唐僧,其他取经者都能在必要时变化外形,猴王的千变万化更是理所当然的。原小说相关章节以丰富多彩的语言描绘了八戒如何变成一条鱼,与沐

---

① 茂瑙对于《诺斯费拉图》分镜头剧本第 172 场戏的自述和说明,参见 Lotte H. Eisner, *Murnau*, p.269。

浴的少女在水中嬉戏的场景(据当时的媒体报道,这场戏是中国电影首次采用水下摄影。很可惜的是,这部分内容在挪威版本里恰好是缺失的)。此外,在去往天竺的路途上,各路妖魔鬼怪同样也是变形和欺瞒的高手。比如在蜘蛛女王与唐僧独处洞府的场景里,她就忽而变成一只巨型蜘蛛,忽而又迅速变回人形。不论东方还是西方,在神话和流行文化的范畴里,蜘蛛和蝙蝠一样,都被认作靠吸食猎物血液维生的物种,因而被看成吸血鬼的原型。我们不难发现,《诺斯费拉图》和《盘丝洞》之间,以及东西方吸血鬼传说之间,有着极其密切的关联。事实上,蜘蛛化身美女,时而衣冠楚楚,时而原形毕露。这些正是当年《盘丝洞》在发行宣传时所强调的主要卖点:

> 盖闻摄制影片,以摄取理想中动物之动作为最难,必求其真,非可以随意操纵也。上海影戏公司在摄制蜘蛛精强迫唐僧成亲时,特制一巨大之蜘蛛,形态如生,巨眼若铃,八足似钩,复由精密之考察,以人工使能行动,如活蜘蛛,绝无牵强之弊,而行动之状态,则完全与真蜘蛛无异,尤为难能。①

尽管上述描述可能略有夸大,但为了让变形尽可能真实可信,片方的确颇费了一番周章。尤其是当时的电影特效,还局限于停机再拍、逐格拍摄和多次曝光等原始摄影技法。不过,这正好凸显了蜘蛛精在剧情中至关重要的作用。遗憾的是,蜘蛛精还没来得及展示她们的吸血神功,就被猴王放出的三昧真火活活烧死在洞穴里。而猴王以火攻战胜蜘蛛精的场景,再一次为《盘丝洞》(蜘蛛怕火)和《诺斯费拉图》(德古拉怕阳光)提供了一种彼此关联的可能性。

三、喧嚣的 20 世纪 20 年代:类型/性别之战

吸血鬼电影是一种未得到充分发展且颇具争议的电影类型。与其异曲同工的是,"凡派亚"女性——要么是狐仙,要么是冤魂,要么是其他超自然存在——在中国文化和文学作品中,也始终是一种充满争议甚至被诅咒的

---

① 《申报》1926 年 12 月 25 日增刊,第 2 版。

角色。在晚明白话小说《昭阳趣史》中，就有一则讲一只装扮成少女的狐狸精从松果山下来寻觅元阳的故事。小说甫一问世，就被卫道士们认定为色情低俗，屡屡位列清代禁书榜单。或许是在"五四"新文化运动及其所包含的妇女解放思潮影响下，这类"凡派亚"女性才得以从文化贬黜中浮现出来。蒲松龄的《聊斋志异》也描写了各类多以女性现身的狐仙或超自然角色。20世纪20年代早期，鲁迅在评价此书时曾说，她们"多具人情，和易可亲，忘为异类"①。在同期著名杂文《论雷峰塔的倒掉》中，鲁迅难掩他对白蛇、青蛇姐妹的同情，说白蛇是被一个多事的和尚镇压在了雷峰塔下：

> 总而言之，白蛇娘娘终于中了法海的计策，被装在一个小小的钵盂里了。钵盂埋在地里，上面还造起一座镇压的塔来，这就是雷峰塔……
>
> 那时我惟一的希望，就在这雷峰塔的倒掉。后来我长大了，到杭州，看见这破破烂烂的塔，心里就不舒服……仍然希望他倒掉……
>
> 现在，他居然倒掉了，则普天之下的人民，其欣喜为何如？
>
> 和尚本应该只管自己念经。白蛇自迷许仙，许仙自娶妖怪，和别人有什么相干呢？他偏要放下经卷，横来招是搬非，大约是怀着嫉妒罢——那简直是一定的。②

鲁迅对《白蛇传》和雷峰塔的坍塌抱持的是一种反生殖崇拜、反威权式的观点。这为我们针对《盘丝洞》展开性别读解提供了参考。如前所论，《盘丝洞》所取材的原小说章节中，并无对蜘蛛女与唐僧婚礼场面的大幅叙述。原小说中只提到唐僧受尽凌辱（第七十二回）③，后又因中毒不省人事（第七十三回）。此外，电影与原小说还有一个显著区别：蜘蛛精所扮演的角色。原小说除了写七个蜘蛛女在"水清彻底"的池塘中沐浴并成功制服猪八戒之外，并没有像电影那样展示她们在武功与法术方面的天分。虽然她们会从

---

① 《鲁迅全集》第九卷，第333页。
② Lu Xun, *Lu Xun: Selected Works*, Vol.2, trans. Yang Xianyi and Gladys Yang (Beijing: Foreign Language Press, 1985), p.101.
③ 小说中的描述如下："(蜘蛛精们)把长老扯住，顺手牵羊，扑的摜倒在地。众人按住，将绳子捆了，悬梁高吊。这吊有个名色，叫做'仙人指路'。原来是一只手向前，牵丝吊起；一只手拦腰捆住，将绳吊起；两只脚向后一条绳吊起：三条绳把长老吊在梁上，却是脊背朝上，肚皮朝下。"参见 Wu Chengen, *The Journey to the West*, trans. and ed. Anthony C. Yu (Chicago and London: University of Chicago Press, 2012), pp.317-332.

腰眼中喷出"鸭蛋粗细的蛛丝",但真正的威胁却来自一个同样对唐僧肉垂涎三尺的道长。蜘蛛精被悟空制服后,便跑去向他求助。由此可见,但杜宇改编的影片,不仅突出了婚礼的重要性,同时也提升了蜘蛛精的地位。这似乎是在有意为观众传达一种印象,用鲁迅的话说,就是这些女妖"多具人情"且"和易可亲",如同凡夫俗子一样适应世俗生活。① 换言之,电影版成功地将蜘蛛精——特别是蜘蛛女王——"日常化"了,让她们显得和善、可爱,甚至带点顽皮和淘气。当蜘蛛精在嬉戏打闹中把八戒的头颅像绣球一样抛来抛去(是否与莎乐美的意象有某些相似?),当她们七嘴八舌议论着蜘蛛女王应该穿何种庆典礼服的时候,人们不禁会像鲁迅那样发问:蜘蛛女王愿意蛊惑唐僧并与之成亲,这与别人有什么相干?

但杜宇对于蜘蛛精日常化、人性化的呈现,表明《盘丝洞》可能与"五四"精神,特别是女性解放观念,远比我们想象的要更为步调一致。几个世纪以来,西方文学和电影十分热衷于表现吸血鬼、怪兽和各类妖魔鬼怪。无论是德古拉,还是剧院幽灵、弗兰肯斯坦、木乃伊、狼人、蝇人,或者是半鱼人和大金刚,这些怪物大多以男性的面目出现。甚至像长着一副鹰钩鼻子的巫婆这类明显与女性有关的角色,在与人类历史同样漫长的大众文化想象中,也是始终如一的存在,但他们本身并不具有什么特殊的性别意味。与之相对应的是,中国式"吸血鬼"或别的妖魔鬼怪,多数情况下却更倾向于以女性的面目出现。譬如"狐妖"和"蛇精"就是两个最常被提及的例子。对此,或许又是鲁迅的观察,更有助于我们对中国文化为何如此青睐女妖来展开阐释。在一篇题为《女吊》的杂文中,鲁迅敏锐地指出,早在周朝或汉朝,就有众多女子蒙冤自缢的传说,她们急于还阳,便是为了复仇:

> 其实,在平时,说起"吊死鬼",就已经含有"女性的"的意思的,因为投缳而死者,向来以妇人女子为最多。有一种蜘蛛,用一枝丝挂下自己的身体,悬在空中,《尔雅》上已谓之"蜆,缢女"……她将披着的头发向后一抖,人这才看清了脸孔:石灰一样白的圆脸,漆黑的浓眉,乌黑的眼眶,猩红的嘴唇。听说浙东的有几府的戏文里,吊神又拖着几寸长的假舌头……她两肩微耸,四顾,倾听,似惊,似喜,似怒,终于发出悲哀的

---

① 《鲁迅全集》第四卷,第209页。

声音,慢慢地唱道:"奴奴本身杨家女,呵呀,苦呀,天哪!"①

女性的哀怨源自她们被冤屈,被压迫,以至于被逼自缢。正因如此,鲁迅从未因之而感到惧怕,甚至还想"跑过去看看"她是如何向压迫者复仇的。② 一定程度上,《盘丝洞》对蜘蛛精的日常化和人性化呈现,特别对她们作为翩跹少女的可爱本性的凸显,能在读者(观众)那里唤起同样的亲近感。基于影片的视觉呈现方式,我们是否可以合理地得出以下推论:蜘蛛女王作为一个蜘蛛精,从未体验过世俗婚姻的幸福。她唯一的愿望,只不过是与唐僧一起去品尝此种生活的滋味罢了。从诺斯费拉图的犹豫中,我们能看到吸血鬼身上也有人性的弱点。而从"凡派亚"女性对世俗人生的渴望中,我们或许也能听到"五四"新文化运动的某些回响。

四、结语

对世界电影而言,20世纪20年代是一个巨变的时代。在美学层面,人们竭尽所能,探索电影这一新兴媒体的各种潜能。其结果就是为我们留下了今天广为人知的法国印象派、德国表现主义、苏联蒙太奇学派和经典好莱坞风格。在制度层面,好莱坞开始从全球吸纳创作人才和制片资源,大制片厂制度也呼之欲出。在技术层面,默片——特别在视觉叙事方面——已日臻完善。然而,或许是幸运,或许是不幸,有声电影也在此时克服了初期的粗劣,建立起来一套受到业界和观众追捧的新的标准和新的叙事法则。依照电影学者达德利·安德鲁(Dudley Andrew)所言,除却这些技术上的变化和进步,20年代的电影也因其世界主义和国际性而独树一帜。这种特质自电影诞生之日起就与之如影随形,相伴相生。达德利·安德鲁曾为世界电影绘制过一幅"时区"地图,将其发展脉络划分成五个"连续的历史段落",即"世界主义时期""国族性时期""冷战同盟时期""无国界时期"和"全球化时期",而20世纪20年代所代表的,正是电影"成为20世纪真正的国际媒

---

① Lu Xun, *Lu Xun: Selected Works*, Vol.1, trans. Yang Xianyi and Gladys Yang (Beijing: Foreign Language Press, 1985), pp.433-440.
② Ibid., p.436.

体"的历史段落。①

20世纪20年代在世界电影发展史上的重要性,也提醒人们有必要对同时代的中国电影展开新一轮的批判性审视。因为在过去,这段历史被学者们描述成"放纵的、罪恶的和充满道德缺陷的"②。我们惟有真心诚意地将电影视为一种国际性媒介,并且将中国电影当作纵横交错的世界电影社区的一个内在组成部分,才有可能超越自身视野的局限,将《盘丝洞》这类影片看成一块"遗失的拼图",也才有可能对电影的"世界主义时期"及其前后的相关历史有一种更为公正、更为全面的理解。很大程度上,这也是本文写作的目的所在:这是一个德国表现主义、法国印象派和苏联蒙太奇学派为电影创造性地开辟了一个新天地的时代;是一个好莱坞依靠其所搜罗的人才和资本创建大制片厂帝国的时代;也是一个茂瑙的《诺斯费拉图》被奉为传世经典的时代。同样是在这样一个时代,上海,这座中国最为国际化的都市的一角,一位名叫但杜宇的由画家转行而来的电影导演,也正在其自家搭建的摄影棚里进行各种有关电影类型、特效等方面的前无古人的开创性实验。这一看似孤立的个人行为,蕴含着20世纪20年代中国电影的千言万语:这是一个充满实验性、探索性和纯粹创造性的时代,一个还没有被国族修辞所晕染,却以其"喧嚣"的多样性而独树一帜的时代。一部残缺不全的《盘丝洞》拷贝,能在挪威这样一个遥远的电影小国被意外发掘,这足以证明早期世界电影的跨国流动是如何无远弗届。正如达德利·安德鲁所言,"电影从一开始,其观众的分布就已遍及世界的各个角落"③。这也从另一个角度显示出,中国在纵横交错的世界电影"时区"版图上,处于一个何等重要的位置。

(董舒 译,石川 审校)

---

① Dudley Andrew, "Time Zones and Jetlag: The Flows and Phases of World Cinema", in eds. Nataša Durovicová, Kathleen E. Newman, *World Cinemas, Transnational Perspectives* (New York and London: Routledge, 2010), pp.59-87.

② Laikwan Pang, *Building a New China in Cinema: The Chinese Left-Wing Cinema Movement, 1932-1937* (Lanham and Oxford: Rowman and Littlefield Publishers, Inc., 2002), p.22.

③ Dudley Andrew, "Time Zones and Jetlag", in eds. Nataša Durovicová, Kathleen E. Newman, *World Cinemas, Transnational Perspectives*, p.59.

电通公司:革新观与"从悲到喜"的银幕实践

罗 萌

一、电通影片公司与"电通味"

　　成立于1934年的电通影片公司,运营时间仅一年多,却写下了中国电影史不可忽略的一章。该公司总共制作了四部电影:《桃李劫》(1934)、《风云儿女》(1935)、《自由神》(1935)、《都市风光》(1935),无不具有相当的历史价值。田汉作词、聂耳作曲的《毕业歌》,最早就是在《桃李劫》中唱响;而《风云儿女》的主题曲即为《义勇军进行曲》。此外,"电通"主要成员包括袁牧之、司徒慧敏、孙师毅、吴印咸等,中华人民共和国成立以后均成为各级文化部门的负责人。

　　关于电通公司的历史定位和评价,可以参考《中国电影发展史》中的基本梳理:电通是"在党的电影小组的直接领导下"迅速建立起来的一家电影公司,以应对当时左翼电影运动受到冲击的现状。其前身是一家器材制造公司,成立于1933年,主要经营自制的"三友式"有声电影录音放音设备。在经济和技术条件的基础之上,改组后的电通公司联合了一批左翼和进步艺术工作者,专业涵盖编导、表演、摄影、动画、音乐、美工等领域,创作观念激进,创作能力不可小觑。① 可以这么说,电通是兼具了艺术/社会理念和技术意识,且拥有全方位能力的固定团队。1935年底,沪上多家报刊报道、关注、猜测电通的命运走向,然而终究无力回天,公司于1936年年初正式宣布结业。至于电通公司为何夭折,有政治迫害的原因,亦有经营不善,人不

---

① 程季华主编:《中国电影发展史》(第一卷),北京:中国电影出版社,1963年,第378—380页。

敷出的因素等,已有学者做过专题研究,在此不做赘述。①

本文关注的是电通在短暂的运营时间内所实现的丰富产出,这种丰富性,不单指影像层面的实践,同时体现在文字形式之中。电通公司同人刊物《电通半月画报》②,专注于电影专业知识译介以及艺术理念的陈述、分享和讨论,无论从量还是质的角度来说,都超过绝大多数同类期刊。不仅如此,《画报》还有意识地塑造了一种"电通风格",或者,用刊物自己的措辞,一种"电通味"③。《画报》的编辑、文案以及技术工作,大多由电通公司的导演和演员们兼任。④ 可以观察到,"一人兼数职",是电通的整体工作模式。《画报》曾刊登招聘启事,旨在为电通公司制片厂"征求有志银幕之知识女性",招聘条件一栏中,关于外貌,仅需"无缺陷并轮廓端正",但要求"学识","有写作能力并具广博之常识"⑤,从中可见对于公司成员成为"作者"的要求。《画报》随处可见演员的亲笔作文,而刊物在推介演员时,也几乎不以描摹其姿容、突出其时髦做派为重点,这同 20 世纪 30 年代中国电影市场上已经逐渐成熟化的"明星"文化有明显的区别。⑥

实际上,《电通半月画报》在出版之初,就突显了"反明星"的理念。如《破例》一文赞赏《桃李劫》全盘起用新人这一做法:"一个为所谓大导演大明星占据着的影坛,一切离开'名'导演与大明星,即不足以资号召似的。自从这个'定例'第一次为一队新的战士所破坏……这使某一些短视的制片者对于自己平时的信仰不免动摇起来。"⑦而《电通的新精神》直接提出:"在提拔新人才的实现中,反明星中心制,将会首先为电通公司用事实来实现了。"⑧考虑到公司的左翼色彩,这种"反明星"的姿态,显然是有意识地针对电影行业内商业主义气氛的反拨。总的来说,需注意到,一方面,《画报》不以"明星"为定位来包装

---

① 参见黄玲:《电通影片公司夭折原因探析》,《电影新作》2015 年第 1 期。
② 该画报于 1935 年 5 月 16 日创刊,同年 11 月 16 日停刊,历时半年,共出版 13 期。
③ 克:《电通味》,《电通半月画报》第 8 期(1935 年 9 月 1 日)。
④ 在《〈自由神〉人物介绍》一文中,提到"'白克'小姐王莹每言必白克(日语指马鹿),故被叫'白克'小姐'。溥:《〈自由神〉人物介绍》,《电通半月画报》第 5 期(1935 年 7 月 16 日)。
⑤ "上海电通公司制片厂征求有志银幕之知识女性",《电通半月画报》第 5 期(1935 年 7 月 16 日)。
⑥ 关于早期中国电影对好莱坞文化的借鉴吸收,以及"明星制"形成的论述,参见陈建华:《殷明珠与 20 世纪 20 年代初好莱坞明星文化》,《电影艺术》2009 年第 6 期。
⑦ 唐瑜:《破例》,《电通半月画报》第 1 期(1935 年 5 月 16 日)。
⑧ 徐苏灵:《电通的新精神》,《电通半月画报》第 1 期(1935 年 5 月 16 日)。

演员,另一方面,正如前文所述,在内容编排上,着重突出其成员作为"知识青年"的身份,而电通公司则是属于这群知识青年的共同体。

应该说,仅出版 13 期的《画报》充分塑造了一个不流于俗、亲密团结的"电通"形象。"电通是一个新青年"①,这句人格化的评价点出了电通公司预设的"主体":不仅公司成员都是"新青年",这种主体意识还同时投射到影片主人公的塑造上。电通摄制的四部作品,前三部《桃李劫》《风云儿女》《自由神》均以知识青年/新青年为主人公,最后一部《都市风光》是市民题材,主人公身份用"摩登青年"形容更为确切,但同样具备知识性的特点,其中一个人物是职业作家。这一点值得注意:虽然电通作品属于左翼谱系,但却没有像《神女》《天明》《小玩意》《马路天使》等许多左翼电影那样,以真正意义上的社会底层为表现对象,而是从始至终把小资产阶级设定为故事主角,其中不乏自我写照的意味。作品展露人物的成长历程,在同情主人公命运的同时,亦表现出(自我)批评的反思意识。

《画报》营造的"电通味"体现出明确的"革新"意识,与银幕实践结合,投射在专业知识和意识形态两个领域中。其中,就"技术自觉"这一点而言,可以说,电通具有"先天优势":开头已经提到,电通的前身是一家录音器材制造公司,"三友"创始人马德建毕业于华盛顿大学机械科,龚毓珂和司徒逸民毕业于哈佛大学无线电科②,他们不同于一般企业家,在技术研发方面兴趣浓厚,这为后来的公司转型提供了有力保障。电通影片公司诞生的时间,恰逢中国电影从"无声"走向"有声"的过渡期,而公司招纳的主创人员之中,相当一部分是由话剧舞台转行而来。技术条件的发展,电影史的演进,加上新一代电影人的特定身份背景,在电通汇合,发生了综合反应。

二、技术、世界与本土形式

在 1935 年第 8 期《青青电影》上,登载了一篇题为《舞台人和电影》的文章,谈到一种影坛新现象:"电影公司注重舞台人,重视由舞台出身的人材,

---

① 吴承达:《喜讯》,《电通半月画报》第 1 期(1935 年 5 月 16 日)。
② 季晓宇:《电通影片公司重探》,《电影艺术》2014 年第 3 期。

这是一九三五年影坛上可注意的一种现象。"①该文旨在提醒这些新电影人,乃至整个影坛,切勿借舞台背景以自重,自恃文化水准高于电影圈,不研究电影本身的艺术,只想着"新囊灌入旧酒"。文章以刚刚上映的《新桃花扇》②为反例,批评这种"电影舞台化"的倾向。

作者江兼霞指出了这样一种矛盾,即从"戏"到"影",虽为"应急",但很可能由此忽视电影作为一种新兴艺术类型的特殊性,甚至对电影发展本身造成障碍和妨害。不过,除此之外,这篇文章提醒我们注意一个背景事实:之所以在短时间内出现大量进入电影圈的话剧界人士,是因为有声电影技术的发展,导致电影圈急需会说国语的演员。电通公司所处的年份,无声电影和有声电影并存,但电通所有的作品都是有声制作。和当时其他电影公司相比,它也确实吸收了更多话剧艺术从业者。《画报》第 5 期登有《中国——"从舞台到银幕"的人们》一文,汇总列举了当时各大电影公司的"舞台人",其中电通公司成员中"属于舞台人大本营"的有 12 位,数量上遥遥领先。③ 而在第 1 期中,《大晚报》编辑崔万秋已发出断言:"在这电影有声化的今日,话剧界同仁取得电影界的王座,是不成问题的。"④电通团队似乎确实像江兼霞所说的那样,对于自身的舞台履历,怀抱着骄傲和信心,不过,他们显然并不属于那种将舞台经验照搬到银幕上的实践者。

《电通半月画报》中,可以看到大量介绍、讨论电影专业语汇和技术的文章,有些是译介,有些是原创,涵盖了镜头剪辑、画面构成、音画关系、配乐、卡通等基本问题。还有一些普及性质的内容,比如,主创之一司徒慧敏编写了一篇《"MONTAGE"言人人殊》⑤,搜集总结了爱森斯坦、保尔·罗查、普特符金、B.V.布浪等外国导演、电影理论家各自的蒙太奇概念;另有张云乔在三期中介绍电影常用术语,英文原词配上详细的中文解释。⑥ 应当说,电

---

① 江兼霞:《舞台人和电影》,《青青电影》1935 年第 8 期。
② 《新桃花扇》,欧阳予倩编导,上海电影制片厂发行,1935 年上映。
③ Ruby:《中国——"从舞台到银幕"的人们》,《电通半月画报》第 5 期(1935 年 7 月 16 日)。这 12 位分别为:陈波儿、袁牧之、王莹、周伯勋、蓝苹、顾梦鹤、施超、陆露明、吴湄、王明肯、罗鸣凤、白璐。
④ 崔万秋:《说错了诸君莫怪》,《电通半月画报》第 1 期(1935 年 5 月 16 日)。
⑤ 慧敏:《"MONTAGE"言人人殊》,《电通半月画报》第 11 期(1935 年 10 月 16 日)。
⑥ 张云乔:《电影常用术语浅释》(一)(二)(三),《电通半月画报》第 9 期(1935 年 9 月 16 日)、第 11 期(1935 年 10 月 16 日)、第 12 期(1935 年 11 月 1 日)。

影和戏剧之间的本质差异,是电通成员们开展全新探索的前提。而从一开始,他们就怀抱着一种强烈的"技术自觉",或者可以说,一种技术焦虑。袁牧之在《漫谈音乐喜剧》一文中,深感欧美有声电影对国产影片市场的冲击,同时深知其原因在于后者在技术上的绝对劣势:"有时,眼看到欧美有声电影的对于声影艺术的超越的运用,自己就感觉到自己的渺小。"①另外,《画报》曾借日本电影理论家岩崎昶的观点,对中国电影制作和从业人员的现状做出评论:"有声对白片的制作设备,现状还是极不完全。当然是指录音摄影等技术方面的……这国度中的电影作家……与其说他们是电影的导演,毋宁说他们是文化运动者还比较适切。……他们的一部分思想非常进步,但是电影技师非常落后的……"②"思想进步,技术落后"——这是一代电影人的尴尬局面,技术困境对于思想表达,形成了强大的制约作用。在这种情况下,与外国,尤其美苏这样的技术先行者相互比较,是一种必需,也是一种自我逼迫。用司徒慧敏的话来说,好莱坞摄影场是一面"镜子",在使"我们的摄影场"相形见绌之中,构成改造的刺激。③

从电通公司出品的四部作品中,确实可以观察到技术的分量,其中一个重要表现,就是对新兴的声音技术的实验性利用。《桃李劫》和《风云儿女》中都运用了歌舞片段,当然,这并非罕见的时代做法:中国第一部有声片《歌女红牡丹》(1931)中就穿插了京剧选段,其他一些具有代表性和影响力的 20 世纪 30 年代有声电影,比如《渔光曲》(1934)、《大路》(1934)、《马路天使》(1937)、《夜半歌声》(1937)等,都插入了歌舞唱段。有声时代来临之际,这样的选择,可能是受到传统戏曲/文明戏演出形式和 30 年代好莱坞歌舞片的共同影响,当然,并没有出现真正意义上的歌舞片,而只是停留在吸取"歌舞元素"的层面上。

对于当时常见的"插入式"的音乐用法(电通自己也有类似的用法),在电通参与音乐制作的贺绿汀提出了批评:

> 中国过去的影片,从来没有用音乐来描写剧中人的动作,心理变化以及剧的场面的移换,即令有也不过找几张唱片硬插进去;这在剧情上

---

① 袁牧之:《漫谈音乐喜剧》,《电通半月画报》第 10 期(1935 年 10 月 1 日)。
② 《一个日本电影理论家论中国电影》,《电通半月画报》第 4 期(1935 年 7 月 1 日)。
③ 慧敏:《技术的贫乏》,《电通半月画报》第 9 期(1935 年 9 月 16 日)。

有时也许偶然可以得到效果,不过终究是"牵着黄牛作马骑"的玩意……①

也就是说,无论效果好坏与否,这种用法始终限制了音乐在电影中能够释放的效能。同时,我们看到,在第四部作品《都市风光》中,电通突破了原先的音乐实践。这部影片广泛使用了音乐元素,其中也包含"戏中戏"性质的"唱段",但总体来说,音乐是作为一种背景语境的提示而存在的。或者,用贺绿汀的说法,《都市风光》中的音乐属于"描写音乐",影片的喜剧效果,在很大程度上是依靠演员和音乐之间的合作实现的。在《都市风光》的片场日记中可见"又系演员见头痛之音乐配音镜头"的记录。② 所谓"音乐配音镜头",指的是演员需要根据配乐所设定的情绪和节奏,以动作、语言相配合,是表演中的困难部分,在当时也是全新的尝试和挑战。《都市风光》后来被称为"中国第一部音乐喜剧片"。③

电通公司对于技术革新的关注,同时借由银幕实践和文字两个层面表现出来。《电通半月画报》搜集刊登了上海各大日报上关于电通作品的评论,其中包括一些批评的声音。而无论持肯定还是否定的态度,这些评论除了关注影片的主题之外,都往往把焦点落在技术问题上。比如,在对《自由神》的正面评价中,来自《申报》的一篇观后感提到摄影的效果:"摄影师在这儿虽然是第一部作品,但是从构图及打光上,都显示出很有魄力,尤其是,对于光的来源,摄影师能够同时注意到,这是很难可贵的一点。"此外,有的评论称赞导演司徒慧敏以"纪录的手法"表现历史时期,还有的肯定导演对镜头的活用、剪辑的新颖等。同时,《画报》转载了《晨报》上围绕《自由神》发起的一场座谈,参加者有叶灵凤、刘呐鸥、江兼霞、高明、穆时英和姚华凤。从座谈纪要看来,对影片的评价以负面为主,主要针对的问题有二:一是戏剧场景转换的生硬,二是摄影。座谈人注意到影片中不少映像有倾斜的特点,刘呐鸥认为,这好像是一种时髦,效仿 distortion(畸变)技法,但根本上是错误的使用。④ 面对来自业界以及一般观众在技术层面的质疑和批评之声,

---

① 贺绿汀:《〈都市风光〉中的描写音乐》,《电通半月画报》第 11 期(1935 年 10 月 16 日)。
② 白克:《〈都市风光〉日记(二)》,《电通半月画报》第 9 期(1935 年 9 月 16 日)。
③ 程季华主编:《中国电影发展史》(第一卷),北京:中国电影出版社,1963 年,第 391 页。
④ 《上海各大日报对〈自由神〉之批评(7 则)》,《电通半月画报》第 8 期(1935 年 9 月 1 日)。

电通未必能够做到自我辩护。就《画报》的情况看来，电通一定程度上采取了接受甚至欢迎的姿态，有助于关注问题、讨论问题的初衷得以落实。

一方面，电通公司借由同人刊物和银幕实践表现出技术革新的坚定态度，并以好莱坞为代表的国外电影工业为学习参考对象；另一方面，通过《画报》上的部分评论，我们似乎又可以感觉出电通对于好莱坞的某种"敌意"和警觉。比如，《自由神》男主人公的扮演者施超在《我们的使命》一文中明确提出，在取材方面，中国电影应当和好莱坞盛行的"肉感片"相区别："我们并不能反对美国的武侠片与歌舞片，因为这或者就正是他们社会的写实，同时这也是表现他们的民族性是'杀'是'淫'，而我们中国的社会情形，并不与美国是一样……我们再不能用享乐的故事来欺骗观众了……"①所谓"美国的武侠片"，指的应该是 20 世纪 30 年代流行于美国的盗匪片，这种语汇上的借用显然是以中国自身的电影实践为参照的：从 20 年代末开始，武侠题材开始登上国产银幕，在创作理念上，电通公司是以往往更吸引观众的武侠片为对立面的。司徒慧敏在谈到新的制作环境和题材时，承认中国电影近年来发生了进步，其表征就是"放弃了神怪武侠片的制作"②，前提性地把这类题材视作"落后"。

施超在行文中强调的是"电影呈现"和"现实"之间需要实现的对等关系。具体到中国的情况，就是说，因为正在发生的令人痛苦的现实，所以不能在银幕上呈现"享乐"。这固然是一种过于简单化的现实主义观念，但凸显了电通在题材选择方面的重要指标：同时代性和在地性。因此，即便需要参考、学习甚至模仿好莱坞作为先行者的一系列经验，也必须设立限度。而在另一篇文章中，可以看到一种更有意义的对于本土实践的特殊性的观察：尤兢（即于伶）在《美国〈桃李劫〉后的一段对话》③一文中记叙了一次观影经历——他们看了美国华纳公司出品的《出路》（*Gentlemen are Born*），惊讶地发现，这部影片的情节结构和人物类型，和刚刚上映的《桃李劫》非常相像，都是讲述刚刚走出校门的青年人因为社会问题备受困境的故事，在一些具体的情节方面，也出现了偶合，比如都是先失业，然后产子，比如两部电影

---

① 施超：《我们的使命》，《电通半月画报》第 9 期（1935 年 9 月 16 日）。
② 慧敏：《技术的贫乏》，《电通半月画报》第 9 期（1935 年 9 月 16 日）。
③ 尤兢：《美国〈桃李劫〉后的一段对话》，《电通半月画报》第 3 期（1935 年 6 月 16 日）。

都是以《毕业歌》开始,以《毕业歌》结束,等等。两人感慨道:"假使这片子在一年之前上映,那么《桃李劫》开映的时候一定有人要说这是《出路》的翻案了。"这话看似庆幸,显然有讽刺的意味:一般舆论对于国产电影的态度往往"自愧不如人",无法承认国产电影同样可能有过人之处。而这篇文章正是旨在以《桃李劫》为例,为国产片立名。

尤兢继而指出,不管如何相像,两部影片的最终走向是不同的:《出路》给了一个相对圆满的结局,《桃李劫》则是彻彻底底的悲剧。这种"同途殊归"并非偶然,而是反映出更为本质性的差异:"美国人的'不深刻性'和'乐天性'还是随处地表现出来,譬如那条不自然的'团圆主义'的尾巴,实在是太无谓了,在这一点,我想《桃李劫》的作者应云卫先生是充分地值得称赞的了!"文章最终落到对于《桃李劫》表现出的那种"不团圆主义"的充分肯定上——正是因为这种坚持"不团圆"的立场,使得影片没有落入好莱坞式的俗套,保障了作品的深刻性。而由此联想,电通出产的四部电影,的确每部都坚持了"不团圆",即使它们并非全都属于悲剧类型。

三、从悲到喜:《都市风光》及未尽的将来

无论是1935年的新闻报道,还是当代的研究论文,都显示出一个事实:电通公司所出品的四部影片中,除了第一部《桃李劫》获得了较大社会反响之外,其余三部票房上均告失败。① 这并不意味着《桃李劫》在艺术水准和思想意义上较其他三部更高,但也不见得是因为它最通俗——就电影史观点来看,对于电通公司出产的四部作品,评价比较平均。那么,为什么《桃李劫》对当时的观众来说,比其余三部更"好看"? 要追究其确凿原因,恐怕很难实现,仅能做一猜测:这四部电影,就戏剧类型而言,是存在差异的。《桃李劫》是比较彻底的悲剧,《风云儿女》《自由神》相对而言,属于悲喜剧,而《都市风光》则属于喜剧。也许,观众对《桃李劫》的偏爱,正是因为它呈现了

---

① "电通公司系马德建所主办……处女作桃李劫为它建立了相当声誉,但是以后的'风云儿女'、'自由神'、'都市风光'等片都失败,使电通公司负了几万元的债……"(《电通公司可告无恙》,《电声周刊》1935年第49期)。另参见黄玲《电通影片公司夭折原因探析》、宫浩宇《对电通影片公司电影活动的一次考察》(《当代电影》2011年第9期)等。

最为悲惨的人物命运,因此产生了最为极端的情感刺激,最"催泪"。

从《桃李劫》到《都市风光》,就公司生产运营而言,是一个衰落的过程;而从创作角度出发,这是一个类型转换的过程。在各大报纸对于《都市风光》的评论中,时常提及一个中国电影生产的特点:悲剧多于喜剧,而且这种数量上的优势,可能是压倒性的。① 下面这段引文来自1926年,作者为张秋虫,文中提到了"喜剧电影制作难"的问题:

> 滑稽影片之难,视寻常趣剧为甚。寻常趣剧,尚可以插科打诨取巧,一入影片,便失其用。中国电影事业,风起云涌,社会言情之片,日揭橥于各影戏院,而滑稽片独付阙如。②

这段评论一方面指出了"滑稽影片"生产的萧条(尤其相比言情题材而言),另一方面,萧条的原因是制作难度大,而难度首先表现在现成的戏剧表演经验难以在电影表演中奏效。为何"插科打诨取巧","一入影片,便失其用",作者并未言明,也许涉及观看方式的差异,也许是舞台演员与观众的互动可能无法通过银幕实现。但有一个维度不可忽略,那就是在这篇文章发表的当下,有声电影尚未出现,少去声音(即对白)一维,对于制造喜剧效果而言,是莫大损失。与此同时,从20世纪20年代中后期开始,中国电影创作者和评论人开始推崇、分析和借鉴卓别林的银幕艺术,着重针对其利用创造性的动作来影响、感动观众这一方面。③ 意识到喜剧搬上银幕的困难,与学习西方表演艺术之间,是承接和相互对照的关系。

另外,张秋虫提到的"趣剧",是戏剧表演的一种类型。舞台出身、《都市风光》导演袁牧之于1933年出版的《演剧漫谈》中有一篇文章,题为《趣剧喜剧与悲剧》:"以描写团聚和好的戏剧名之为喜剧 Comedy。又以喜笑诙谐的戏剧名之为趣剧 Farce。"④同时他又认为,不能过于强调类型之间的绝对界

---

① 比如,发表在《晨报》上、署名"片冈"的文章《都市风光》谈到,"中国几年来的电影都是以赚人的眼泪为目的"[转引自《电通半月画报》第11期(1935年10月16日)];署名"大白"的作者在《谈〈都市风光〉》中谈到,"国产影片的喜剧,产量是极少的"《北洋画报》第27卷第1336号(1935年12月17日)]。
② 张秋虫:《滑稽影片之价值》,大中华百合公司特刊《呆中福》(1926)。
③ 参见胡克:《卓别林喜剧电影对中国早期电影观念的影响》,《当代电影》2006年第5期。
④ 袁牧之:《趣剧喜剧与悲剧》,见《演剧漫谈》,《民国丛书·第三编060》,上海:上海书店,1991年,第145页。

线,"那末无形中将酿成了派别,将和文明戏一样有起什么超等悲旦和滑稽名角来"①。倘若以此文对这两个术语的区分来界定《都市风光》,那么显然,这部延续了"不团圆主义"的影片并不属于"喜剧",而更接近"趣剧",其重心在于"笑料"的创造。1935年,《都市风光》上映后,袁牧之以《漫谈音乐喜剧》一文表明心志,此时,"喜剧"的意味出现明显变化:同结局好坏无关,而更接近原先对"趣剧"的界定。此外,又兼容了曝光丑恶的功能:

> 喜剧,我想不该是跌跌打打的噱头或是哭哭闹闹的低级趣味所范围的,所以,我试想着能在这里贡献些能在笑里显现出丑恶的笑料。②

对喜剧思想内涵的重视,当然并非袁氏一家的理念。从20年代起,电影评论界就开始探讨喜剧的思想性和艺术性的可能,过程中不乏对像卓别林、刘别谦等西方喜剧大师的"悲喜交加式"表演的借鉴:"许多令人可笑的滑稽戏情、滑稽动作,都从那不幸或是悲哀中出来的,从这种反面显示出来的滑稽,愈深刻而耐人寻味,所以滑稽电影可以说是不幸悲哀戏剧的反写。"③而到了20世纪30年代,左翼在实践深度社会分析、社会批判上的诉求,同样借由对"反写式"讽刺喜剧电影的期许表达出来。④

作为有声电影,《都市风光》已经不需要倚重卓别林式的夸张动作来制造喜感,在这部影片中,可以注意到,声音技术成为营造喜剧效果的利器。除了构思巧妙、快节奏的人物对白之外,影片用诙谐风格的配乐来渲染气氛、刺激观众的笑神经。另外,在某几幕场景中,人物的动作节奏也具备音乐感觉。比如影片开始处,来自乡村的一家四口正在站台上等待前往上海的火车,画外音是简单的敲锣声,而他们踩着节奏,整齐地做出左顾右盼的姿态。接着,售票窗口打开,一声"去哪"之下,所有挤在窗口的人韵律性地喊出"上海!上海!上海",营造出一种"上海梦"的迫切感。总的来说,影片整体呈现出一种"音乐感",极为有效地提升了叙事的流畅度和紧凑感。

《都市风光》体现的技术创新不止音乐一维,还有卡通特效,出自万籁鸣、万古蟾兄弟之手。20世纪20年代中期开始,万氏兄弟开始为各大电影

---

① 袁牧之:《趣剧喜剧与悲剧》,见《演剧漫谈》,《民国丛书·第三编060》,第146页。
② 袁牧之:《漫谈音乐喜剧》,《电通半月画报》第10期(1935年10月1日)。
③ 罗树森:《谈滑稽电影》,《明星公司特刊·〈血泪碑〉〈真假千金〉》合刊(1927)。
④ 参见胡克:《卓别林喜剧电影对中国早期电影观念的影响》,《当代电影》2006年第5期。

公司制作一些动画短片,但将动画短片、动画形象嵌入到真人电影中,在30年代是非常新鲜的尝试。影片中,作家李梦华和他喜欢的摩登女郎小云在电影院里看一部模仿迪士尼风格的卡通片,而卡通片中演绎的正是刚刚在小云家发生的一幕:李梦华带着礼物上门,在门口遇见正要离开的王经理。接着,他和小云在沙发上亲昵,小云父亲下楼撞见,表现出气愤和嫌恶,因为他不希望小云跟一个穷鬼在一起。而在银幕上,李梦华、小云、王经理和小云父亲分别化身为米老鼠、猫咪、狐狸和猪。另一幕中,小云父亲入股的当铺难以为继,于是产生遐想,在遐想中,卓别林、一条伸出的大腿和米老鼠一起,为当铺招徕生意,成功吸引了许多民众。除此之外,影片中还尝试了对声音的卡通化处理,具体来说,是在表现人物的非情节性争执,或者街上的嘈杂时,使用"哇啦哇啦哇""噜噜噜噜噜"之类的杂音覆盖。

卡通元素的加入,显然为电影增添了趣味。此外,《都市风光》成功地使嵌入的卡通段落发挥了叙事性,而非被突兀插入的"表演"。总的来说,"卡通"在电影里指涉的是"现实":现实的生活,以及人内心真实的欲望,但同时,卡通形式本身又是一种现实的变形。1939年,《电影(上海1938)》上一篇未署名文章谈道:"'卡通'的原名为英文 Cartoon 一字,其意义即指讽刺而言,在欧美一般杂志上是常见的。由此可见,电影上的'卡通',亦即电影上的'讽刺画'。"[1]可见,"卡通"本身是一种讽刺用法,在20世纪30年代的电影评论界,人们对此已经有所认识,而《都市风光》业已率先做出了实践。但不仅如此,在《都市风光》的表述中,城市现实以及在城市里生活的人本身具有一种"卡通性",或者说,在他们迈入城市的那一刻起,就经过了"变形"。

《都市风光》开头,预备去上海的一家四口被导演袁牧之扮演的"持西洋镜的人"吸引过去,然后,在西洋镜里,他们已然身处上海,分别成为李梦华、小云和小云的父母。开头一幕意味深长:画面上出现了眼睛的特写,让人直接联想到维尔托夫(Dziga Vertov)《持摄影机的人》(1929)里的巨大眼睛。1930年,刘呐鸥发表《俄法的影戏理论》[2],介绍了苏联导演维尔托夫的"影戏眼"理论,并提及《持摄影机的人》。另外,1933年,刘模仿维氏的手法,拍

---

[1] 《闲话卡通片》,《电影周刊》1939年第21期。
[2] 刘呐鸥:《俄法的影戏理论》,《电影月刊》1930年第1期。

摄了纪录片《持摄影机的男人》。刘呐鸥很可能并非20世纪30年代唯一受到维尔托夫启发的中国电影人,至少,在《都市风光》里,可以发现一些影响的痕迹:除了眼睛特写之外,还有建筑物倾斜的主观镜头,在《持摄影机的人》里,可以找到颇为相似的运用。但不能仅仅把开头一幕看作模仿的产物,从"摄影机"到"西洋镜","画面"的意义已经发生了质变。实际上,从叙事的角度而言,"西洋镜"投靠的是一种本土小说语法:晚清的狭邪小说和黑幕小说,固以"劝诫"为开篇,现身说法,警告即将前往上海的人们,等着他们的是一场迷惑人的噩梦,他们即将经历的,是没有回头之路的"变质"。"西洋镜"同样是关于"幻梦"和"变形"的譬喻,但相比起小说,"劝诫"本身是缺席的:与这一场景配合的,是赵元任作曲、施谊作词的《西洋镜歌》,歌词内容只是邀请人们去西洋镜里看看,悬置了任何对城市现实的揭示和评判。①

开篇的"西洋镜",把整座城市统摄进一种虚幻、变异的假设中,而在持西洋镜的导演的指引下,观众以一种冷静的姿态开始观影。这种冷静贯穿了整部影片。和卓别林喜剧不同,《都市风光》是一部观众不会对任何角色产生同情的电影。造成这种效果的首要原因,恐怕是——这是一部没有主角的电影。也就是说,电影中的"笑料",并没有集中在某个人身上,或者让某个人显得特别"反常",而是相对均匀地分配到多个角色身上。而在故事发展的过程中,影片也会有意识地分散观众对于个别角色的感情。为什么采取这样的做法?或许可以从不同层面做出解释。一方面,这样的设置符合电通公司"反明星中心制"的理念。只要比较《都市风光》和同期的喜剧片,或者具有喜剧色彩的电影,就可发现差异。比如《无愁君子》(1935)、《王先生》(1934)这样的作品,都包含了对"喜剧明星"的塑造和经营:《无愁君子》里的韩兰根和刘继群组合,被称作"中国的劳莱与哈代"②;《王先生》改编自叶浅予的长篇漫画,挑选了外表酷似漫画人物的汤杰出演"王先生"一角,此后还发展出"王先生"系列电影。相比之下,《都市风光》没有表露出任何培育喜剧明星的意图。

当然,这种"去中心化"的喜剧性演绎,首先是为影片本身的叙事和批评

---

① 《西洋镜歌:电通声片"都市风光"的主题歌》,《电通半月画报》第10期(1935年10月1日)。

② 劳莱指的是斯坦·劳莱(Stan Laurel),哈代指的是奥利佛·哈代(Oliver Hardy),两人从20世纪20年代起开始了长期合作关系,是好莱坞喜剧电影里的金牌搭档,一胖一瘦。韩兰根和刘继群具有类似的形象特点。

立场服务的：当人物被"去中心"以后，"城市"成为电影真正的主角。就电通四部作品各自的标题而论，同样可以观察到一致的变化：《桃李劫》《风云儿女》和《自由神》在片名上皆强调了人物的核心位置（"桃李劫"是取男女主角的姓氏谐音），《都市风光》突出的却是空间本身。这样的变化，最终促成的是影片试图呈现的社会分析：影片中的所有人物，都不同程度地在城市生活中成为"受害者"，却没有任何一个人有能力承担"施害者"的角色。所有人物中，经济资本方面相对强势，也"理应"更具备"施害能力"的王经理，最后不但难逃金融危机下的公司倒闭，还被秘书和妻子小云的女佣联手抢走了剩余的财物。这一段发生在影片最末，看起来女佣逆袭了，从"被侮辱被损害者"转性为施害人。但是，在跟秘书私奔之前，她向情人提要求道："你给我买一顶这样的帽子。"指的就是小云曾经想买的那顶摩登女帽，会传染的物欲，已经为她预备好陷阱。最终，我们会得出这样的观察：所有的人在城市面前都是"没用的人"，做不得主、傀儡般的人，或者说，面对那庞大、无形的社会系统、金融系统和商业系统，每个人所能体会的只有深深的无能感。

  《都市风光》既是电通公司的一种新的"开始"，也见证了它终将到来的结束。不过，虽然电通成片只有四部，却另外存在几部计划内、但未及完成的作品。《电通半月画报》第 1 期中，在登载公司同人合照的同一页上，依次开列三部新片预告：《自由神》《都市风光》和《沙漠天堂》。可见，《沙漠天堂》原本预定于《都市风光》之后面世。另外，第 3 期上登有《沙漠天堂》导演孙师毅的漫画像，并附宣传词曰："有天堂之乔皇，皆强者之富丽；为魔手以操持，成沙漠的都市！"大致可判定，《沙漠天堂》也是都市题材的作品，"天堂"和"沙漠"成对立关系，但均指向城市空间，只不过是"有些人的天堂，有些人的沙漠"而已。所谓"魔手"，是一种超人格化的形象，也让人联想到《都市风光》里那拨弄所有人命运的无形之手。另外，电通公司倒闭之时，正值新片《街头巷尾》拍摄中。当时，尽管负债累累，"职员供宿不供膳，街头巷尾仍开拍"①，但终究未能完成。由标题可以基本确定，这部电影也关乎城市。《都市风光》《沙漠天堂》《街头巷尾》，在片名构成上有共通性，皆突显了城市

---

① 《电通公司停顿真相》，《电声周刊》1935 年第 50 期。另外，当时，不少媒体都关注着电通的生死存亡，以及《街头巷尾》拍摄能否持续的话题，可参见《青青电影》《影与戏》《影迷周报》《金钢钻》《社会日报》《时代日报副刊》等报刊。

空间本身的主角位置。

尽管缺乏充分资料以帮助我们进一步了解电通未实现的拍摄计划,但大致可以判断,《沙漠天堂》和《街头巷尾》很可能延续了《都市风光》的城市批判主题,虽然难以得知电通是否打算在这些作品中继续喜剧创作试验。不过,1937年明星影片公司出品的《压岁钱》,让我们有机会以一种非常间接的方式领略"电通味"。《压岁钱》的导演是张石川,编剧由洪深挂名,但真正的剧本编写者是夏衍。《中国电影发展史》中提到:"电影剧本《压岁钱》,原是夏衍在1935年为'电通'写的,后因'电通'结束,没能拍成影片。1936年,这个剧本经夏衍再次修改,提供给改组后的明星公司拍摄,由张石川导演、董克毅摄影。为了避免反动派的阻挠与迫害,剧本仍然没有用夏衍自己的名字,而是以洪深编剧的名义出现的。"①《电通半月画报》第11期上,可以看到《压岁钱》的预告,而且所有公司成员都将加入这部影片的拍摄:"司徒慧敏、袁牧之、许幸之、孙师毅联合编导;电通全体男女明星联合主演。""总动员"式的拍摄计划,可见电通对这一剧本的重视。虽然我们不得而知,夏衍在把剧本转给明星公司时,做了什么样的修改,但就《压岁钱》成片看来,无论结构还是风格,都和《都市风光》具有很强的相似性,比如都是都市题材的讽刺喜剧,但同样秉持"不团圆主义"。人物设置上"去中心化",唯有城市,或者说那枚"压岁钱",是真正的主角。"压岁钱"在不同阶层、不同身份的人手中流转,他们占有它的欲望往往落空,从中映射出的是城市运作系统本身的冷酷和不可捉摸。这些相似性使我们有可能从一个稍嫌距离感的位置,以一种略显"一厢情愿"的姿态,张望"电通"那未尽的将来。

四、结语

目前已有的以"电通"为对象的专题研究不多,主要探究电通公司迅速倒闭的原因、电通与左翼电影运动的关系,或是对电通公司曾经展开的电影活动做出相对笼统的概述和梳理。本研究着重探讨电通的"理念"层面。作为一家着力于开辟话语空间,并具备强烈"言说"意识的电影公司,电通在它

---

① 程季华主编:《中国电影发展史》(第一卷),第431页。

所处的时代中显得与众不同。电通的银幕实践,加上同人刊物《电通半月画报》,共同构成了理念表述的"双声道"。本文关于"理念"的讨论涉及多个层面:团队工作方式、主体预设、技术革新、民族形式、戏剧类型、社会分析视角等。但更重要的是,这些看似分属不同方面的问题,实际上相互关联、相辅相成。在电通的电影作品里,它们以一种结构化、有机性的模式运作着。

电通公司的革新意识表现在方方面面。一方面,电通有意识地与同时期的明星文化相区隔,并在《画报》的讨论文章中提出"反明星中心制"理念。另一方面,电通强化其成员的"作者"身份,让他们在电影摄制之余,以一种书写者、思考者的姿态立身。而这种"知识青年"群体的形象,同样进入银幕表现,成为电通作品中一以贯之的"主体"。

电通公司成立之时,中国电影正经历从"无声"走向"有声"的过渡期。在电影的"有声化"方面,电通可谓非常激进的先行者。公司主创团队不少是从话剧领域转行而来,但他们并未将现成舞台经验搬套上银幕,而是专注于专门性电影技术的研究、讨论与实验。尤其在配乐和卡通技术的使用方面,具有相当的开拓性。不过,在学习借鉴西方技术的同时,电通同样表露出对"学习"的警惕,进而观察、总结和强调本土经验,催生了某种"民族形式"的形成。

"不团圆主义"可谓电通作品在情节走向方面的重要特征,体现在不同的戏剧类型实践中。作为公司的最后一部作品,《都市风光》是电通喜剧实践的开始。这部影片不以塑造任何单个"喜剧明星"为目的,由此在人物设置上表现出"去中心化"的特点。也就是说,"反明星"理念此时加入喜剧类型的塑形中。具体来说,"去中心化"作为"反明星"的一种实践结果,与"不团圆主义"相结合,在音乐和卡通技术的创造性运用下,生发出一种颇具洞察力的关于"城市"的呈现方式和批判模式:城市空间作为唯一主角,如同"魔手"一般,支配着所有人的命运;无论人物在相对有形的内部食物链上处于何种位置,终究会被宏大、无形的都市运作系统所戏弄,甚至遭到摧毁。

运营时间不长的电通影片公司,可以称得上同时期电影生产领域的激进代表,这种"激进性"表现在意识形态、技术观念以及创造性实践等多方面。散发"电通味"的电通公司,堪称中国电影史上的惊鸿一瞥。

翻译与旅行

中国文学与文化研究范式新探索

高罗佩与公案小说的再创

黄运特

高罗佩是懂得十余种语言的博学之士,深耕于中国文化的多个领域且有专著发表。从博士论文研究"拜马教"开始,高罗佩出版的专著涉及中国古琴、砚台、秘戏图、情色艺术、性史、收藏、法理与侦破手册以及长臂猿等诸多方面。正如我们下面将看到的,他在这些领域内深湛而广博的知识极大地丰富了其创作。

虽然狄公案系列小说的缘起尽人皆知,这里无须赘言,但高罗佩首次涉足狄公案时所作的引言却值得我们仔细探究,因为这篇引言为我们提供了一幅蓝图,而这幅蓝图有助于我们评价这位荷兰人对中国文学类型的再创(reinvention)。1949 年,高罗佩出版了《狄公案:狄公所破三件谋杀案》,该书翻译自一部 18 世纪作者已佚的长篇小说《武则天四大奇案》。实际上,高罗佩并没有完整翻译此书,他认为前半部分更符合西方读者对侦探小说的理解,故此只翻译了前半部分。高罗佩认为中文原著的第二部分"西方读者难以接受"[1]。在"译者序"中,他确立了中国侦探小说不同于西方的五个主要特征,并以此来解释自己为什么决定这样删减:

(1) 悬疑元素缺失,不同于西方罪案侦探小说读者从头到尾都需要猜测罪犯的身份,中国公案小说"一般而言,在书的开头罪犯已经被正式介绍给读者,包括罪犯的全名、过往经历及犯罪动机。就像观

---

[1] Robert Hans van Gulik, *Celebrated Cases of Judge Dee (Dee Goong An): An Authentic Eighteenth-Century Detective Novel* (New York: Dover Publications, 1976), p.ii.

棋一样,在阅读公案小说时中国人希望从中获得纯粹的智力享受;所有要素均为已知,刺激之处在于紧跟办案者的每一步行动和罪犯所采取的对应措施,直到在游戏终局,而与之相伴的则是罪犯命定的失败"。

(2)与西方侦探小说基于现实主义原则不同,"中国人天生热爱超自然主义。鬼怪神灵可以在大多数公案小说中自由出没,动物与厨具可以在庭上提供证词,而且办案者偶尔也会放肆而为,冒险到阴间与地狱判官交换意见"。

(3)中华民族是一个"对细节有着浓厚兴趣"的民族。因此,他们的公案小说"以宽泛的叙事脉络写就,其中夹杂着冗长的诗歌,离题的哲学思考,而且所有与案件有关的官方文件均被全文收录"。

(4)"中国人既对人名有着惊人的记忆力,又对家庭关系有着第六感。"一部典型的西方罪案小说通常只有十来个主要人物,"中国读者希望他们的小说人物众多,所以一部长篇小说的人物名录中往往有着两百甚至两百以上的人物"。

(5)"公案小说中什么应当描写,什么最好留给读者去想象,中国人有着截然不同的观点。我们虽然执着于了解罪案如何实施的微小细节,但对最后惩罚罪犯的细节却并不感兴趣……但是中国人却期待对如何处决罪犯,及其每个可怖细节都能如实描述。中国作家经常额外奉送一点东西——对一个不幸罪犯被处决后,在阴间受到的惩罚做出完整描述。这样的结尾对于满足中国人的正义感很有必要,但却会得罪西方读者。"①

总而言之,高罗佩在中国公案小说中发现了五种"缺点":悬念的缺少、超自然元素的入侵、叙述离题的倾向、人物数量众多以及可怖的惩罚细节。

然而有趣的是,当我们仔细观察高罗佩在 1949 年翻译完《狄公案》后所作的狄公小说,就会发现实际上他将上面所说的许多特点写入了他自己的创作/再创作中。也许就如他在 1958 年美国出版的《铜钟案》的前言中所承认的那样,"这一系列小说旨在向读者展示具有中国特色的侦探小说,

---

① Robert Hans van Gulik, *Celebrated Cases of Judge Dee*(*Dee Goong An*), pp ii-iv.

即公案小说风格"①。由于他试图"呈现中国式的侦探小说",且给办案者穿上"真正的中国服装",他似乎有理由保留那些他所认为的不适合西方读者的特色,但他还是巧妙地在两种传统间达成了艺术上的妥协。因此他创作的大量作品是担得起"世界文学"这个名头的。将译者序作为一幅蓝图,我们可以勾勒出高罗佩再造中国公案小说的矩阵图,尤其是在超自然元素、酷刑与正义、性、插图等方面,当然其中最重要的还是叙事艺术。

超自然元素

在高罗佩所认定的中国公案小说五个特点中,他认为超自然元素的存在对西方读者的审美来说最成问题。高罗佩在其译作《武则天四大奇案》中首次提出这个问题。作为一位有义务忠实翻译文本的译者,高罗佩不能过度改变原文,于是他在小说中保留了两种超自然元素的情形。"第一种情形是当一个人被谋害致死时,其魂魄在坟墓附近显灵。即便在西方国家也存在着一种普遍的信念,当一个人被残害致死时,他的灵魂会留在尸身附近,而且会以某种方式被人感知。第二种情形是当办案者同时被两宗案件困扰而极度忧心时,就会有梦境降临。梦境会证实办案者的怀疑,使得他能够洞察某些已知因素的正确关系。"高罗佩进一步为此辩护,坚称"这两种情形并非绝然不能接受,因为它们涉及一种在西方通灵学文献中被经常讨论的现象。而且,这两者都不是解决罪案的决定性因素,因为它们仅仅是证实了办案者之前的推断,并激发他尽力去分析案件"。因此,这些超自然元素对于熟悉"梦的解析"的西方读者是完全可以接受的。②

此后,作为一位创作者,当高罗佩试着为西方读者写一部中国式小说时,他在处理超自然元素时有了更多回旋空间。作为人物角色,狄公在由迷信、鬼魂和其他超自然存在所主导的世界中流转。作为官员和办案者,狄公则需要保持冷静理智的头脑。在小说中这种神秘与理智之间的微妙平衡,引发了许多场景,在这些场景中主持办案者不得不思考事件中超自然原因

---

① *The Chinese Bell Murders* (New York: Harper and Row, 1983), pvii. 中译本见《铜钟案》,张凌译,上海:上海译文出版社,2019 年,第 1 页。

② Robert Hans van Gulik, *Celebrated Cases of Judge Dee (Dee Goong An)*, p.vi.

的合理性。例如,在《黄金案》中,狄公最初有意淡化超自然因素的影响:"断然否认鬼神等物的存在,定非明智之举。孔夫子当年授徒时,有人问起鬼物,他的态度便十分含糊不明,这一点必须铭记在心。不过,我仍然想找到一种合乎情理的解释。"①在和他所认为的幽灵有了一次奇怪的相遇后,这位办案者有了第二种想法:"要是我的藏书都在这里就好了,其中有不少关于鬼魅和人虎的记述,只可惜以前从未留意过。做个县令,非得事事通晓才行啊!"②随着案件终结,而线索也开始指向人为因素,而非超自然源头,办案者重拾对理性的信心,正如他所说:"我们只要能找到合情合理的解释,就不必害怕鬼怪等物。"③即便如此,小说中也有一种情况,在没有任何符合现实解释的情况下,狄公的前任的鬼魂出现了。桥下是万丈深渊,而狄公正要踏到桥上的松散木板,在这一关键时刻鬼魂出现提醒了狄公。此外,这本书以大门被不可思议地关上作为结尾:"话音落后,四座皆寂。此时从庭院中隐隐传来声响,不知何处有一扇门正轻轻关闭。"④

酷刑与正义

伊兰·斯嘉丽(Elaine Scarry)在其经典研究《苦痛中的身体》(*Body in Pain*)中坚持认为:"即便一个人可以举出很多例外,但将文化差异集中起来,其本身只构成一个非常狭窄的变化范围,因此最终其实是揭示且证实了核心问题的普遍相似性。核心问题源于痛苦本身的绝对强度,而并非源于任意一种语言的顽固性或者任意一种语言的羞怯性:它对语言的抵抗不是其偶然属性或次要属性,而是其本质所在。"⑤虽然斯嘉丽极有洞见,但现代以前的中国法律准则还是使得其几乎必须使用痛苦来诱导语言,也就是用酷刑强迫认罪。因为中国公堂的程序禁止未经供认就定罪,因此疑犯通常

---

① *The Chinese Gold Murders* (Chicago: The University of Chicago Press, 1979), p.45.《黄金案》,张凌译,上海:上海译文出版社,2019年,第40页。
② *The Chinese Gold Murders*, p.84.《黄金案》,第85页。
③ Ibid., p.181.《黄金案》,第205页。
④ Ibid., p.214.《黄金案》,第243页。
⑤ Scarry, Elaine, *Body in Pain: The Making and Unmaking of the World* (New York: Oxford University Press, 1987), p.5.

会受到酷刑。因此中国古典小说里,公堂审判和讯问中满是肉体的惩罚与酷刑。此外,中国古典公案小说常常肩负着道德说教的使命,在小说的结尾经常布满对被判罪者和被判死刑者施刑的生动描写。令人毛骨悚然的细节包括砍首、绞刑,更糟糕的是凌迟处死,又称"杀千刀",这大概可以"满足中国人的正义感",但正如高罗佩所言,也得罪了西方读者。

面对这些文化实践和文学惯例的差异,高罗佩在狄公案小说中描写酷刑和惩罚时又一次走了中间路线。一方面,作者需要如实描写中国法律体系中经常使用酷刑的办案者;另一方面,作者有时也调整了肉体刑罚的程度,一则以避免得罪他的读者,一则以避免过度渲染或异化中国。

在《迷宫案》中,狄公下令鞭打疑犯25下,由于"鞭痕窄细,没入皮肉甚深",且疑犯刘万方(Liu)"吃痛不禁,口中仍然大呼冤枉",在鞭打了15下后狄公下令停手,不是因为疑犯痛苦地扭动身体而心生怜悯,而是因为狄公从一开始就打算使用酷刑"先给他吃些苦头,令其心神大乱,然后便会一五一十和盘托出"。① 当三个和尚呈交虚假供状时,狄公毫不留情地用竹板抽打以示公正。作者对这一场景做了仔细描写:"众衙役将三僧脸面朝下按倒在地,撩起僧袍扯下内裤,板子呼呼有声直落下来。三僧挨打吃痛,不禁放声叫苦,但是众衙役并未放过,一五一十直到打满为止。"②

三个贪婪的和尚确实是罪有应得,但后来他们没有再受刑讯,因为最终证明除了出于个人理由隐瞒关键信息外,他们没有任何不法行为。吴峰(Woo)是一宗谋杀案的疑犯,在审讯时却拒绝给出任何口供,结果被施以酷刑。就如案件受害者的儿子之前向狄公请求的那样:"'小生恳请老爷将吴贼捉来拷问!'丁毅叫道,'到时他定会全盘招供。'"③下面的场景就不那么让人舒心了:

> 狄公示意左右,两名衙役上前扯下吴峰的衣袍,另有两人分别捉住他一条胳膊,按在地上朝前拖拽,直至面孔贴地……细细的鞭子应声落在吴峰裸露的背脊上。吴峰挨了几下,不禁吃痛呻吟,抽过十鞭之后,

---

① *The Chinese Maze Murders* (Chicago: The University of Chicago Press, 1997), p.74.《迷宫案》,张凌译,上海:上海译文出版社,2019年,第85页。
② *The Chinese Maze Murders*, p.83.《迷宫案》,第95页。
③ Ibid., p.99.《迷宫案》,第113页。

背上已是鲜血横流……于是又挨了十鞭，终于浑身瘫软，一动不动。衙役禀报曰人已昏厥过去。狄公示意一下，两名衙役将吴峰拽成跪坐状，端来热醋置于他的鼻下，过了半日，方才渐渐醒转。①

汉人吴峰虽受酷刑，但仍及不上回鹘部的乌尔金(Ooljin)在肉体上所受的痛苦。实际上，在所有的狄公故事中，地方官兼办案者对少数民族的态度体现出了鲜明的中国中心主义，而且对道教徒和佛教徒也存在着偏见。过量的刑讯手段往往被用在这样的疑犯身上，如乌尔金案：

> 两名衙役将乌尔金仰面朝天掀翻在地，抬脚跺住他的左右手，另有一人拿来一根两尺长的木桩。班头提起乌尔金的左脚，将其左脚捆缚在木桩上……狄公点一点头。只见一名身强力壮的衙役手举大杖，直朝乌尔金的左膝击去，乌尔金放声大叫起来。"你不必着急，"狄公对衙役说道，"只管慢慢敲打！"衙役冲乌尔金的小腿打了一杖，随后大腿两杖。乌尔金用胡语嘶嘶叫骂……衙役又狠打一下，乌尔金狂呼不已。衙役再度举杖，这一杖要是落下，乌尔金的左腿必断无疑。狄公抬手示意停下，闲闲说道："乌尔金，你过后自会明白，今日的审问，不过是例行公事罢了。你那汉人同党已对本县和盘托出整个阴谋，并告发了你和你的族人，本县只想从你口中确证一下而已！"②

这个回鹘人也许可以使自己免于断腿，但我们知道，如有必要，狄公会刑讯到底直到达成目的。就如他在另一个案件中坦言的那样："我会……对他们用刑直到招供为止。"③由于试图向西方读者描述中国，所以对高罗佩而言，审问女性与其他疑犯不同，这既是一个难题也是一种机遇。实际上，在早期翻译《武则天四大奇案》时，高罗佩已经对原文进行了修改，或许目的在于渲染对女性的惩罚。尽管在前言中，高罗佩断言中国人对酷刑的嗜好冒犯了西方审美，但实际上在他的翻译中，对周氏(Djou)的刑罚在细节程度上远过原文。淫妇周氏将钢针钉入丈夫的头心。高罗佩在翻译对周氏的第一次严刑逼供时，或多或少仍算忠于原文："早上来许多差役，拖下丹墀，将

---

① *The Chinese Maze Murders*，p.161.《迷宫案》，第 182—183 页。
② Ibid.，pp.223-224.《迷宫案》，第 257 页。
③ 《迷宫案》，第 259 页。

周氏上身的衣服撕去,吆五喝六,直向脊背打下"①译为"衙役撕去周氏的衣袍,露出后背,用鞭子打了四十下"(The constables tore her robes down and bared her back, and gave her forty lashes with the whip)。② 但高罗佩在处理后面的翻译时做了很大改动,将严刑拷打从威胁变成了现实:

> 狄公见她如此利口,随又叫人抬夹棍伺候。两旁一声威武,噗咚一声,早将刑具摔下。周氏到了此时,仍是矢口不移,呼冤不止。狄公道:"本县也知道你既淫且泼,量你这周身皮肤,想不是生铁浇成。一日不招,本县一天不松刑具。"说着又令左右动手。③

中文原文中,周氏在被鞭打后没有受到更多刑罚,因为衙役对她心生怜悯,而且开始怀疑狄公对这个可能无辜的寡妇如此严厉是否明智。最后班头劝服狄公不再对这个妇人用刑。但是,在高罗佩的翻译中却有着更多酷刑:

> 随后狄公下令用拶刑,衙役依言照做,发力之下,刑具越旋越紧。但周氏只是声声哭叫自己是被诬告的。狄公说道:"我知道你是厚颜无耻之人,但你的皮肉却也并不是铁打的。如有必要,我会整日用刑。"随后狄公再次下令,让衙役拶得紧一些。④

此外,这种在翻译过程中被创造出来的酷刑场面,成为高罗佩在书中所绘插图的题材之一。实际上,这幅插图描绘了一个裸体女子,首次出现于日文版中显眼的封面图上,而且成为后来大多数版本的封面图(见图1)。

图1 《迷宫案》封面

---

① 佚名:《狄公案》,济南:齐鲁书社,1993年,第19页。
② Robert Hans van Gulik, *Celebrated Cases of Judge Dee (Dee Goong An)*, p.60.
③ 《狄公案》,第80页。
④ Robert Hans van Gulik, *Celebrated Cases of Judge Dee (Dee Goong An)*, pp.61-62.

高罗佩在翻译中以同样的方式增加了处决的趣味，尤其是在处死周氏时。中文原文在描写处决周氏时只有一句话："这才许多人将周氏推于地下，先割去首级，依着凌迟处治。"相反，高罗佩的翻译却非常细致，增加了许多原文所没有的细节：

> 刽子手们将行刑架升到离地一人高，在行刑架中桩周围用力踩了踩地，又在离地一尺高处钉好第二个水平横杆。随后刽子手脱掉周氏的衣服，只留下亵衣。周氏被绑在行刑架上，双手固定于上横杆的两端，双膝固定于下横杆的两端。刽子手手持又长又细的刑刀立于周氏面前，两名副手立于刽子手两侧，分持刑斧与刑锯。
>
> 狄公示意之后，刽子手立时猛地举刀插入周氏的胸膛。周氏立死。随后，刽子手在副手的协助下，从周氏的手、脚开始切割、肢解。虽然"凌迟"处决的是一具尸身而不是生人，但仍然是骇人听闻的景象，围观者中不少人晕厥过去。整个过程持续了半个时辰。周氏的遗骸被扔到篮子里。但其头颅需要呈给狄公朱笔点验，然后挂于城门之上示众三天，并张贴罪状以示威慑。①

这似乎并不像高罗佩所说的那样，中国人热衷于令人毛骨悚然的细节，反而是译者高罗佩表现出对这些生动的行刑场面的喜好。这差不多使人想起一种情况，这种情况就是"凌迟"明信片曾经吸引过包括乔治·巴塔耶（George Bataille）、罗兰·巴特（Roland Barthes）等人在内的无数西方观察者。

高罗佩创作的小说则不受任何来自原文的束缚，对行刑场面进行多姿多彩的描写也就更进一步。不必大量引用书中的例子，这里我只想从《迷宫案》中引一段长文来说明高罗佩为描写死刑的血腥暴力所做的巨大努力：

> 刽子手将鬼头刀竖在地上，脱下外褂，露出筋肉结实的上身。两名副手登上囚车，将二犯带到法场中央，先解开倪继（Yoo Kee）身上的绳索，再拽到一根木桩前。木桩立在地上，上面钉有两根互相交叉的杆子。一人将倪继的脖颈捆在柱上，另一人将其四肢捆在杆上。二人完

---

① Robert Hans van Gulik, *Celebrated Cases of Judge Dee* (*Dee Goong An*), pp.216-217.

事后,刽子手拣了一把细长的匕首,走到倪继面前,转头看向狄公。狄公抬手一挥,示意行刑。刽子手举起匕首,猛刺入倪继的胸口,正中心脏,倪继未出一声便立时丧命,尸体随后被卸成数段。李夫人(Mrs. Lee)见此情景,惊骇得昏厥过去,若干观者也以袖掩面、不忍直视。刽子手将砍下的人头呈至案桌上。狄公提起朱笔,在死者前额画了一个记号。刽子手将人头抛入一只竹篮中,与其他残肢放在一处。

李夫人经过线香熏鼻,已然苏醒过来。两名副手将她拽到高台前,令其双膝跪下。李夫人看见刽子手提着皮鞭走近,不禁狂叫起来,吓得魂不附体,口中连声求饶。

那三人早已见惯了这等场面,丝毫不为所动。一名副手散开李夫人的发髻,握住一把青丝,将她的头朝前一拽,另一人扯下她的外袍,又将其两手捆在背后。

刽子手扬起鞭子晃了两晃。这刑具由一束皮带扎成,带上还镶有铁钩,望之令人胆寒。凡是挨过此鞭者,无一可以幸存,因此只有法场上才使用。

狄公举手示意。刽子手扬起皮鞭猛抽下去,只听一声闷响,李夫人的背后立时血肉横飞,若不是被一名副手牢牢揪住头发,定会一头栽倒在地。

李夫人缓过气来,放声嘶叫,但是刽子手毫不留情,仍然一鞭又一鞭甩下去。打到第六鞭时,已是皮开肉绽、鲜血横流,李夫人再度昏死过去。

狄公抬手示意一下。

过了半日,李夫人醒转过来。

两名副手拖着她跪在地上。刽子手举起鬼头刀,见狄公点头,挥刀猛劈下去,一颗人头应声落地。

狄公提起朱笔,在死者前额同样画过记号。刽子手将李夫人的人头扔进另一只竹篮中,过后将会钉在城门上悬挂三日。①

当然,有人也许会说,高罗佩的功劳在于通过给出这些可怖的细节塑造了一部中国式小说。正如他在书的后记中所说:"笔者遵循中国小说传统,

---

① *The Chinese Maze Murders*,pp.305-308.《迷宫案》,第349—353页。

在结尾处详细描写了行刑过程。中国人的正义观念要求对于罪犯受刑应该做出详尽描述。"①此外,残忍处决李夫人也许自有道理,正如高罗佩的暗示所表明的那样,在书中早些时候李夫人自己也曾残忍对待无辜受害者:"李夫人便用藤条狠命抽打,口中咒骂不休。白兰(White Orchid)受不了如此折磨,连声求饶,李夫人却益发恼怒,打骂得也愈发起劲,直到自己手臂酸麻为止。"②不管怎样,就如高罗佩某天在日记中写下的那样:"在描述严刑拷打的情景时,我觉得深有同感。"③

性

高罗佩的开创性著作《中国古代房内考:中国古代的性与社会》初版于1961年,因其"使这一领域重见天光"而备受好评,而在同时,声誉卓著的学术研究《金赛性学报告》却仍被指责为淫秽作品。④ 据说福柯(Michel Foucault)非常感激高罗佩,因为相比于性爱艺术(*ars erotica*),高罗佩将性科学(*scientia sexualis*)概念化了。福柯在其对性的不朽研究《快感的享用》的第二卷中,两次提及高罗佩对中国的性的研究。⑤ 近年来,高罗佩在该领域的研究工作受到极多批评。但韩献博在评估《中国古代房内考》时却持肯定意见,他指出书中"令人困扰的两个极端":"有时,高罗佩是如此醉心于异域情色,以致他的写作成为一种偷窥式的东方主义,在丝帘后窥视,瞥见了雅致而颓废的景象。有时,他又斯文地俯就研究对象,成为衰败文明的疲惫代表。"⑥费侠莉(Charlotte Furth)云:"高罗佩是一个时代的产物,当时只有

---

① *The Chinese Maze Murders*, pp.317.《迷宫案》,第363页。
② Ibid., p.295.《迷宫案》,第383页。
③ C. D. Barkman and H. De Vries-van der Hoeven, *Dutch Mandarin: The Life and Work of Robert Hans van Gulik*, trans. Rosemary Robson (Bangkok: Orchid Press, 2018), p.159.中译本见《大汉学家高罗佩传》,施辉业译,海口:海南出版社,2011年,第156页。
④ Bret Hinsch, "Van Gulik's Sexual Life in Ancient China and the Matter of Homosexuality", *Nan Nu*, 7(1), 2005: 79。
⑤ Michel Foucault, *The Use of Pleasure: Volume 2 of the History of Sexuality*, trans. Robert Hurley (New York: Vintage Books), 1990.《性经验史》第二卷《快感的享用》,佘碧平译,上海:上海人民出版社,2002年。
⑥ Bret Hinsch, "Van Gulik's Sexual Life in Ancient China and the Matter of Homosexuality", *Nan Nu*, 7(1), 2005: 79-80。

几位欧洲学者(他们是男性)能俯瞰这座未经探索的、名为中华文明的高峰。高罗佩以博学家的机敏和情人的热情穿行于中华文明的风景中。"①但费侠莉很快也补充说,如果不是从东方主义范式的视角,而是从"一种更为复杂的二十世纪中期全球文化交流网络"的视角来看高罗佩的作品将会更加有效。费侠莉表示,我们应当将高罗佩的作品理解为思想、物品和观念的世界性流通,而不是东西方二元对立的叙事。② 正是本着这一精神,我们应当审视高罗佩在狄公小说中的对中国的性的表现。

考虑到高罗佩对研究中国的性很有兴趣且在这方面取得了不俗成就,狄公故事中充满有关性的元素就毫不奇怪了,这其中包括了通奸、乱伦、强奸、虐待和同性恋等。和许多中国古典白话小说一样,狄公案系列经常将性作为叙事与情节的组成要素。正如许多学者指出的那样,同性恋是一个需要特别留心的问题。高罗佩使大家关注到中国古代性生活中的同性恋问题,而在当时这很少被公开讨论。尽管高罗佩使用道德中立的术语来描述同性恋——这在 1961 年是一项壮举——但他还是明确表示男同性恋是——用韩献博的话来说就是——"轻度变态"。"高罗佩仍然是他所处时代的产物,"韩献博写道,"尽管他坦率地描写同性恋,但还是在不经意间使用诸如'邪恶的'、'声名狼藉'、'缺陷'等字眼来含蓄地贬低男同性恋性行为。"③与此相反,高罗佩似乎对女同性恋有一种奇特的喜爱。在他的学术著作中,在没有可信证据的情况下,高罗佩坚称在上古中国女同性恋已经普遍存在,男同性恋在当时非常稀少,直到汉代才多起来。而且他认为周朝是一个女同性恋乌托邦。④

狄公案系列反映了高罗佩对同性恋的复杂态度,一方面展现出一定程度的宽容,另一方面又倾向于将坏人描述为具有可疑性取向的"性变态"。在《黄金案》中,县衙中两位吏员唐主簿和范书办彼此间的关系显然非比寻常。描写唐主簿的语言暗示性很强:"他不但……异于常人,而且还有些很

---

① Charlotte Furth, "Rethinking van Gulik Again", *Nan Nu*, 7(1), 2005: 72.
② Charlotte Furth, "Rethinking van Gulik Again", *Nan Nu*, 7(1), 2005: 77.
③ Bret Hinsch, " Van Gulik's Sexual Life in Ancient China and the Matter of Homosexuality", *Nan Nu*, 7(1), 2005: 80.
④ Ibid.

不对头的地方。"①以及"那老唐看人的样子,真实古怪得很哩!"②唐主簿也坦承自己曾被一种邪恶力量所控制,使得自己在满月之夜变成残暴的虎人。和他能变形的搭档一样,范书办也变成一个性侵者,而且在小说中他强暴了一位年轻女子。范书办死后,唐主簿在他的尸身旁哭泣。狄公深具儒家的同情与宽容,在小说中他对同性关系做了最终表态:"各人都是顺应天意而行事。若是两个成年人彼此相悦,即为二人私事,与旁人无涉。你无须为此担心。"③

就如他大肆渲染对女性角色的惩罚一样,在小说中高罗佩也有点痴迷于女同性恋及其各种表现形式。在《中国古代房内考》中,高罗佩断言"男人中的虐待狂并不多见",但"相反,女子对女子施行性虐待的情况则经常被提到。动机大多是嫉妒和对情敌的报复"。无论高罗佩的主张是否基于事实,他自己的小说已经突出了女性为爱、情欲或强烈的怨恨而施虐。在《迷宫案》中,用狄公的话来说,李夫人"对年轻女子怀有邪念"④。她引诱或绑架年轻漂亮的女子,当她们不屈从于她的淫威时就用藤条抽打,残忍地将她们杀害,并将头颅作为战利品保存起来。高罗佩描绘了李夫人企图诱奸潜在受害者玄兰(Dark Orchid)的方式:"李夫人接着讲述自己的短命姻缘,又伸出手臂搂在玄兰腰间,大谈女人婚后的诸多不便不利之处。男子常是粗鲁凶暴,不能体贴人意,男女之间终有隔阂,绝难像两个同性一般亲密地无话不谈。玄兰心想这一番言语真是大有深意,一位老夫人竟能对自己道出这许多私房话来,不免深感得意。"⑤但是这个年轻女孩很快就意识到李夫人的真实意图,因为玄兰在洗浴时,李夫人闯入了浴室。事情变得糟糕起来,李夫人拔刀指向玄兰,幸亏救援者及时出现。小说中高罗佩的浴室冲突素描也被加进这段故事,图中是一位年轻的裸女和一个危险的老妇人。这本书初版是在日本,当时还有其他插图,但被其他大多数版本的编辑所遗漏:那是关于酷刑的场景。插图中,虐待过程尽收眼底(见图2、3)。

---

① *The Chinese Gold Murders*,p.54.《黄金案》,第51页。
② Ibid.,p.109.《黄金案》,第120页。
③ Ibid.,pp.173-174.《黄金案》,第194—195页。
④ Ibid.,p.290.《迷宫案》,第330页。
⑤ Ibid.,p.283.《迷宫案》,第322—323页。

图 2 《迷宫案》插图(1)　　图 3 《迷宫案》插图(2)

如上图所见,插图在狄公案小说中起着引人入胜的作用。苏珊·豪(Susan Howe)曾说过:"虽然在理解时,符号与其所代表的事物或与存在是一体的,但文字与图画本质上是对立的。"文字与插图之间的过渡空间,如苏珊·豪所说,是"一片有争议的区域"①。高罗佩是中国画的行家。1951年前后,狄公案系列作品问世之际,高罗佩私下出版了《秘戏图考》(Erotic Colour Prints in the Ming Period)。上文提及的《中国古代房内考》出版于1961年,就是扩充了1951年这本书的相关章节。后来,高罗佩还出版了《书画鉴赏汇编》(Chinese Pictorial Art as Viewed by the Connoisseur)。

当谈及高罗佩对中国画的兴趣与他的叙事作品之间的关系时,问题并不如表面看起来那么分明。"插图"一词,从使用图像来演示叙事中的动作或场景的意义上来说,可能有些迷惑性。实际上,高罗佩在小说中运用插图也曾经历过学习曲线。正如《迷宫案》被许可在日本出版时,他所说的那样:

---

① Susan Howe, *The Midnight* (New York: New Directions, 2003), p.1.

> 出版商坚持要给它做有裸女图像的彩色封面。……对此我的回答是,中国人没有色情艺术,我也希望书里的插图是完全正宗的。但如同他的多数同行那样,我的出版商说话是有依据的,他说,只要我去找一找,事实会证明,古代中国肯定有色情艺术。于是我给几十个书店和古董商写了明信片,后来确实收到了两封积极的回信,一封来自上海的中国书商,他说自己认识一个拥有几本明朝春宫图画集子的中国收藏家,另一封来自京都一个古董商,他回答说,他拥有那种集子的原始印刷版。就这样我发现了在15和16世纪的中国确实存在过一种裸体崇拜,由此设计成了一个画着明朝风格裸体女人的封面。①

我们是应该认可高罗佩的转换叙事,还是如伊维德(Wilt Idema)所质疑的那样,"否认中国裸体画传统中存在的任何先验知识"②? 不管怎样,有一点是很清楚的,他的作品中插图与小说之间不存在简单的同构关系。

有学者已经指出,高罗佩的作品中语言文本与可视图像的距离并不稳定。郭劼在他的杰作《艳情书籍:试论高罗佩对艳情叙事和图画的处理》(Robert Hans van Gulik Reading Late Ming Erotica)中提出,高罗佩作品中的插图存在着反叙事倾向,特别是在叙述色情作品的语言和色情图像本身之间有着某种张力。正如郭劼所说的,无论是《秘戏图考》中极为重要的《花营锦阵》(Variegated Positions of the Flowery Battle)图册中,还是他私下出版的《春梦琐言》(Trifling Words of a Spring Dream)中,高罗佩都试图将色情作品描述为"常常'难以''表现'和描写色情"。郭劼相信"某种程度上是因为色情倾向于向它所处的、比它更广泛的叙事要求自主权,而且伴随某种寻求快乐最大化的工作机制,色情天生与叙事为敌,这种叙事威胁且无法避免地终结了任何性接触"。③

同样,狄公案小说中的插图也未能发挥说明解释的作用。以前文提到的《狄公案》封面中的艳图为例,正如郭劼敏锐分析的那样,并不"仅仅是为

---

① C. D. Barkman and H. De Vries-van der Hoeven, *Dutch Mandarin*, p.159.中译本见《大汉学家高罗佩传》,第 156 页。
② Wilt Idema, *The Mystery of the Halved Judge Dee Novel: The Anonymous Wu Tse-T'ien Ssu-Ta Ch'i-An and Its Partial Translation by R. H. Van Gulik*.
③ 郭劼:《艳情书籍:试论高罗佩对艳情叙事和图画的处理》(Robert Hans van Gulik Reading Late Ming Erotica),《汉学研究》2011 年第 28 卷第 2 期。

了说明酷刑场面,而是为了便捷合理地促使裸女出现。在这幅插图中,狄公和他的助手处于图画的构图中心。奇怪的是,虽然裸女居于画面左下角,但看起来却是图画的真正中心,因为居于中心位置的男性角色正将目光注视于她。此外,女性角色赤裸的躯体'不合理'——但显然是故意——以某种方式扭转过来,并未直面审问她的人。她的整个上半身完全暴露于画外读者的目光之下"①。因此,图画并不仅仅意味着说明解释,而是发挥着更重要的作用,去吸引或刺激读者。插图的这种反叙事,或者换句话说,插图的这种非写实特质将把我们引向本文最后一个但绝不是不重要的问题——叙事艺术。

叙事艺术

请允许我偏题讲一个故事:某日,一位中国男人在美国某地驾车,因为闯了停车标志被警察拦下来。警察问他:"先生,你在停车标志前停车了吗?"中国男人并不回答是或不是,而是大谈自己是谁,自己的职业是什么,强调自己是从未接到过交通罚单的驾车好手这一事实。警察对他的回答并不满意,或者感觉还缺点什么,于是再次问他是不是在停车标志前停车了。中国男人看来似乎再次回避了问题,继续告诉警察自己的私生活,包括自己的孩子在学校如何优秀。这时,警察用极不友好的语气换了个说法问道:"你没有在停车标志前停车,是吗?"中国男人立刻回道:"不是。"这里的"不是"实际上意味着"是的"。他的本意是说:"不是,先生,你说错了。我在停车标志前停车了。"但是对一位英语母语者而言,用"不是"来回答反问句问题"你没有在停车标志前停车,是吗"意味着他确实没有在停车标志前停车。由于不熟悉英语语法,中国男人设法解决警察所陈述的问题,但警察希望他回应所涉及的行为,停还是没停。

这里我的兴趣不在于中国男人对英语语法不熟悉,而在于他回答第一个问题"你在停车标志前停车了吗"的方式。对于美国警察而言,这位中国

---

① 郭劼:《艳情书籍:试论高罗佩对艳情叙事和图画的处理》,《汉学研究》2011 年第 28 卷第 2 期。

司机显然在回避问题,这有力地表明他确实犯了闯停车标志的罪。对司机而言,在他的"中式思维"中——如果你不介意我用这个诱导性的词——他闯了停车标志且因此违反交通规则,这一事实需要在一个更大的语境下来理解,他是一个好人,是有着良好驾驶记录且在其他方面遵纪守法的公民,也是培养出优秀孩子的好爸爸。换句话说,这个中国人相信,他是否闯了停车标志,这一事实的意义在别处。或者借用 X 档案中的一句话:"真相在那里。"

我讲这个故事,是将之作为进入下一主题的一种方式,因为毫无疑问,高罗佩为将中国文化介绍到西方做了许多努力,其中最重要的成就就是他对中国公案小说的再创,特别是其中的叙事结构。高罗佩所作的狄公案小说颇为流行,狄公案小说代表着他与中国的传统叙事手法之间的协商。这种传统叙事手法与哲学上对事实的理解密不可分,而后者反过来也影响了叙事艺术。

中国叙事传统对离题万里有着惊人的容受度,实际上并非只是高罗佩一个人将中国叙事传统描述成这样。赛珍珠(Pearl S. Buck)在她获诺贝尔奖时的演讲中说:"按照西方的标准,这些中国小说并不完美。它们一般都没有自始至终的计划,也不够严密,就像生活本身缺少计划性和严密性那样。它们常常太长,枝节过多,人物也过于拥挤,在素材方面事实和虚构杂乱不分,在方法上夸张的描述和现实主义交混在一起,因此一种不可能出现的魔幻或梦想的事件可以被描写得活龙活现,迫使人们不顾一切理性去对它相信。"①此外,赛珍珠还说:"这些小说的情节常常是不完整的,爱情关系常常得不到解决,女主人公常常长得(不)漂亮,而男主人公又常常不够勇敢。而且,故事并不总是都有个结局;有时它仅仅像实际生活那样,在不该结束的时候突然中止。"②

尽管有这些顾虑,赛珍珠还是声称自己的文学启蒙来自中国小说,而且从中国小说中学习到小说写作的艺术。不管赛珍珠说的是不是事实,或者

---

① Pearl S. Buck, *The Chinese Novel: Nobel Lecture Delivered before the Swedish Academy at Stockholm*, 12 Dec., 1938 (New York: John Day Company, 1939), p.32.中译本见赛珍珠:《大地》,王逢振等译,桂林:漓江出版社,1988年,第 1093 页。

② Pearl S. Buck, *The Chinese Novel*, p.54-55.中译本见《大地》,第 1103 页。

她将中国小说元素吸收到自己的作品中有多成功,这是另一个话题。但是,在高罗佩身上,我们可以清楚地发现一种情况,一位外国作家描绘出中国叙事传统在某些方面的缺陷,对这些方面似乎也颇有微词,而且也不再将这些元素吸收到自己的作品中,或者至少说,他与中国叙事传统进行了协商。文章开头我提到,高罗佩针对中国公案小说提出了"五点不满"。这里有必要重温其中一点:"第三,中华民族是一个悠闲的民族,对细节有着浓厚兴趣。因此他们的所有小说,包括公案小说,都以宽泛的叙事脉络写就,其中夹杂着冗长的诗歌,离题的哲学思考等等。"①换句话说,虽然中国小说中充斥着材料,但在西方读者的睿智判断中,这些材料并不属于叙事。但是,当我们仔细阅读高罗佩的狄公案小说时会发现,这位荷兰作者也许真诚地尝试着塑造一种中国风格的叙事,有意或无意地将这些"东西"带到自己的写作中。

作为中国传统物质文化的行家,高罗佩能找到合适的位置插入许多关于中国生活方式的细节,这些细节如此丰富,以至于有时会造成叙事流的中断。举例来说,在《迷宫案》中,通过狄公敏锐的双眼,这位写有中国砚台专著的作者高罗佩,在下面这段话中,向我们展示了一位学者桌子上的所有摆饰:

> 狄公再看书案上陈设的文房四宝,见有一方雅致的砚台,旁边是刻镂精美的竹笔筒,还有一只用来染墨濡笔的红瓷水盂,上面印着"自省斋"三个蓝字,显然是专为丁护国而制。小小的玉制墨床上搁着一块墨条。②

在《湖滨案》中,作者不遗余力地描写围棋,而这与情节其实并不相干:

> 我虽非精通棋艺之人,不过年少时倒也时常与人对弈,这棋盘分作纵横十九路,共有二百八十九个点,一人执白,一人执黑,各有一百五十个子。所有棋子皆用圆圆的小石子制成,功用全是一样,不分大小主次。双方在空盘上开局,轮番落子,每次将一子放在一点上,目的是要尽可能围住对方的棋子,一个也好,一群也罢,被吃掉的子立时便会从

---

① Robert Hans van Gulik, *Celebrated Cases of Judge Dee*(*Dee Goong An*), p.iii.
② *The Chinese Maze Murders*, p.94.《迷宫案》,第 106 页。

棋盘上拿去,占地较多的一方最终获胜。①

或者在另一段中,一座中式园林如画般呈现于我们面前:

> 他们……穿过四道弯曲回廊,朝一个大花园而去。只见四面围墙环绕,宽阔的汉白玉平台上摆着成排的瓷盆,盆内植有珍稀花卉。花园布局精巧,地中央有一莲池,管家引路绕池而行,后方一座假山,许多形状各异的大石用石灰浆黏合在一处。假山旁边有一间竹子搭成的凉亭,上面爬满了密叶青藤。②

也许有人会说,这些华丽的细节只不过是普通的叙事铺垫,无论是在性质上,还是在效果上,都与亨利·詹姆斯(Henry James)和麦尔维尔(Herman Melville)小说中无穷无尽的闲散段落并无不同。但文学小说与公案小说之间的文类差异使得这种反驳不那么令人信服。相反,我觉得这些过剩的细节不仅仅是风格上的变化,而是使我们想起,这和前面所讨论的裸体插图一样,通过借助自身的自主性的纯粹力量将我们从叙事中抽离出来。在《铁钉案》中有许多离题的细节,包括描写七巧板、祖先崇拜等。

没有哪种文本装置能比过场和序幕更有效地生产出离题、延续和迂回,而高罗佩的狄公案系列小说中既有过场,又有序幕。实际上,高罗佩非常了解这些花絮及其在更大的叙事中的作用。高罗佩翻译《狄公案》时,在第十五章和十六章之间保留了一段小过场。这段简洁的过场,初看起来似乎与小说毫无关联:三位演员——年轻女子(旦)、青年情人(生)、年长男子(末)——步入舞台,"舞台表现的应当是一幕发生在河边的戏。虽然已是暮春,但梅花依旧盛开"。患着单相思的小生走近年轻旦角,少女与他谈起梅花盛开之美。时间流逝,少女害怕回家,因为"家中有个极其残忍的男人,一直问我问题"。末角建议三人同游,小生也表赞同。这段诗意的过场以少女的哀叹告终:"诚哉哀哉,绝无它物,短似暮春,白日一梦。"青年以歌回之:"若你上下求美,若你四方寻情/请你忘却职守,只需记取欢爱。"③

---

① *The Chinese Lake Murders* (Chicago: The University of Chicago Press, 1979), pp.54-55.《湖滨案》,张凌译,上海:上海译文出版社,2019年,第61页。
② Ibid., p.156.《湖滨案》,第204—205页。
③ 《狄公案》,第115—116页。

用高罗佩的话说,这种文学惯例"是一个非常有趣的特点,在大多数篇幅稍短的中国小说中极为常见。这样的过场,在形式上,经常被写成戏曲表演的一幕戏:少许演员出场,展开对话,再以歌曲点缀其间,就像中国舞台上经常上演的那样"①。但是关于这些过场的功能,高罗佩采纳了心理学的观点,并试图让西方读者也能理解它们:

> 有趣之处在于,在过场中,我们能洞悉主要角色的潜意识。他们冲破所有拘谨与束缚。因此在某种程度上,这些中国的过场对应于我们现代小说中的心理性格的素描。古代中国小说对其中所描写的人物心理分析绝不放纵,但是允许读者通过这种戏剧性的过场或梦境,瞥见人物内心深处的思想与情感。②

高罗佩将"梦中梦""戏中戏"这一装置与莎士比亚《哈姆雷特》(第二幕第二场)中的一幕戏相提并论。至于出现在《狄公案》中的特定过场,高罗佩试图将之与更大的叙事联系起来,而且在这方面走得更远。在对翻译进行注释时,他尝试将过场中的三个演员与书中谋杀案里的人物联系起来:

> "少女"自然便是寡妇周氏,"青年男子"徐德泰(Hsü Te-t'ai)是她的情人。从对白可以看出,徐德泰对恋人的依恋不如周氏对他的爱那样深,而周氏在内心深处对此也有察觉;她提到"家中有个极其残忍的男人",指的就是狄公带来了麻烦,但徐德泰并没有回应她的抱怨之辞。这出怪诞的戏剧充满了双关语,完全从时空观念中抽离出来。因此,我认为,第三位演员"年长男子"代表被谋杀的丈夫毕顺(Pi Hsün)。这段"过场"是小说中唯一一处暗示了毕顺与妻子关系的地方,毕顺显然非常爱妻子,当妻子有所抱怨时,毕顺做出了回应,而徐德泰没有。而且我们可以从他"三人同游"的心愿中看出,毕顺生前就怀疑自己的妻子与徐德泰私通,而他为了挽回妻子会纵容这段关系吗?这个问题我留给精神分析专家来决定。

虽然这样的解释听起来合理,但高罗佩对精神分析的姿态旨在使离题

---

① Robert Hans van Gulik, *Celebrated Cases of Judge Dee* (*Dee Goong An*), pp.i-vii.
② Ibid., p.vii.

的过场被西方读者理解,但这实际上可能会适得其反,因为这样就认识不到中国文学传统背后深刻的哲学和美学差异。用心理主义来解决问题,文化人类学家称为隐喻的崩溃,这是一种经常被使用但并不稳定的解释行为,即通过隐喻的滑动将不同的文化实践与传统糅合起来。我并不是断言中、西方之间存在着天然对立和根本差异。但对于过场确实需要一种不同于高罗佩刚才所提供的解释,一种能够完全认识到中国文学传统的知识基础的解释。

实际上,正如高罗佩所指出的,与上述讨论的那段一样,过场起源于中国戏剧。虽然这里不能详细解释中国白话小说的兴起与中国戏剧之间的关系,但我们确实需要稍稍探究一下戏剧传统,以便理解小说叙事中那种看起来似乎并不合理的跑题。在中国戏剧表演中,过场(interlude)是一种非常普遍的装置,具有多重功能。它可以出现在一出戏的任何地方,也包括序幕与返场部分。在元杂剧中,开始的序幕称为"楔子"或者"引子"。正如王骥德在曲律中所说:"登场首曲,北曰楔子,南曰引子。"根据过场在戏中的位置,相应地被称为饶戏、引首、打散、垫台戏与送客戏。其中有许多都有着实际功能:在戏剧开始之前上演一些完全不相关或只是略有关联的戏,是招待早到的人的好方法,在等待其他客人(也许是贵宾)到场时,借此激发他们对重头戏的兴趣。各幕之间的过场使有需要的观众可以休息,起身去一下洗手间,再及时回来观看下一幕戏。返场是对观众惠顾表示感谢的好方法,既是与离席的客人话别,同时也是继续回报那些逗留未走的客人。但是,对剧前序幕、剧中过场和剧后返场的实际功能所做的解释,和高罗佩在精神分析上的尝试一样,都不能解释这些戏剧/文学惯例存在的更为深刻的原因。

正如我们在关于中国司机的趣闻中所看到的——我将之作为本节的开端——表面上司机避免给出直接答案,其背后隐藏的是对事实的态度、事实是什么、我们如何接近事实以及我们如何共享事实。这是一个始于哲学,终于叙事学的问题。冒着原始还原论的风险,我们可以概括出传统中国人对事实的普遍态度,即强调主客体之间的互动关系,而非强调客观事实的存在。从庄子的"齐物"观到竹林七贤的"物我无别,物我同等"观,到心学提倡要重视"与万物合一",中国哲学一直偏爱自我与世界的互动。由于打破自我与外在之间的藩篱,中国哲学避开了二元论的陷阱,避免了心灵与肉体、精神与物质的对立。正如许多学者指出的那样,这种内在论,一方面由于其对认识论的忽视而使得中国哲学饱受诟病,另一方面由此产生的语言和文学理论也就与建立在其他哲学传统上的截然不同。中国古典哲学家们对认识论不感兴趣,因为他们相信"世界并不对'意识'构成'对象',而是在相互作用过程中充当意识的对话者"①。章学诚甚至认为,实事与虚构的区别"与其说是一种认识论问题,不如说是相对的审美变量"。②

这种哲学智慧反映到文学上,孕育出了一种委婉的语言艺术以及对迂回或间接的偏好。正如法国学者弗朗索瓦·于连(François Jullien)所说:"我们西方人,我们能够直接表达,因为我们笔直走向事物,我们被'直线的情感'所引导,而直线也是通向真理的最近之路。至于中国人,他们受迂回表达的局限,甚至拐弯抹角地表达如此'简单',而他们之中没有人'愿意'简单表达的东西。"③在我们的故事中,对于有没有在停车标志前停车,中国司机不是简单地回答是或者不是,而是采取了一种迂回的方式。就像中国人想说的"声东击西"或者"指桑骂槐"。

对于迂回美学,清朝伟大的批评家金圣叹给出了最有说服力的表达。在对《西厢记》的评点中,金圣叹提出"目注彼处,手写此处"的观点。他提到:"文章最妙,是先觑定阿堵一处,已却于阿堵一处之四面,将笔来左盘右旋,右盘左旋,再不放脱,却不擒住。"在《迂回与进入》中,于连进一步阐明了金圣叹的理论:

> 不应该紧贴人们所要说的,但也不要放过——按佛教所言:不离不即。这两种对立的要求确定了理想距离——我称之为"隐喻距离"。这种距离维持着张力而又发挥变化的能力,它关注其对象而又从不恰好把它作为对象固定住:对象避开控制,保留了活跃的特性,总是处在超乎人们所说的状态,所以不断处于高潮。④

---

① François Jullien, *Detour and Access: Strategies of Meaning in China and Greece*, trans. Sophie Hawkes (New York: Zone Books, 2000), p.142. 中译本见《迂回与进入》,杜小真译,北京:读书·生活·新知三联书店,1998年,第152页。
② 译注:"凡演义之书,如《列国志》、《东西汉》、《说唐》、《南北宋》,多记实事;《西厢记》、《金瓶梅》之类,全凭虚构,皆无伤也。唯《三国演义》则七分实事,三分虚构,以致观者往往为之惑乱。"章学诚:《丙辰札记》,收入《章氏遗书》外编卷第三,北京:文物出版社,1982年。
③ François Jullien, *Detour and Access*, p.17. 中译本见《迂回与进入》,第4页。
④ Ibid., p.336. 中译本见《迂回与进入》,第347—348页。

日本能剧与中国戏剧很相似,埃兹拉·庞德在研究能剧时,同样对其中他称之为隐喻的艺术的东西很着迷。① 肯定这种隐喻距离,其必然结果就是产生一种离题、杂乱且看似迂回的叙事风格,这就使我们想起高罗佩批评的"夹杂着冗长的诗歌,离题的哲学思考和其他东西"。

从这个角度看,在上面讨论的狄公案小说中,过场的存在有着更为重要的理由,其存在不仅根植于中国戏剧传统,还源于中国哲学思想与审美理论。此外,除了提供迫切渴望的迂回、有意的离题或者间接的隐喻,充满歌曲和色彩的过场也充满了诗意。事实上,大部分研究中国叙事学的学者都注意到了这种体裁独特的抒情性。对李欧梵来说,中国小说常常充满了"能引起感情共鸣的抒情画面,但却以牺牲故事情节和叙事线索为代价"②。浦安迪(Andrew Plaks)也注意到中国小说中"叙事与抒情手法之间微妙的关系",且由此呈现出"事件与非事件并存……是密布着非事件的复合体"。③ 普实克(Jaroslav Prusek)看出了中国小说中的双面结构:"两个世界——一个是史诗的、个人的、史上独一无二的,另一个是抒情的、典型的、单调重复的。"④抒情为"单调乏味的现实"补充了"美观、多彩、迷人的元素"。这既不是梦中梦也不是戏中戏,梦中梦和戏中戏最终会合二为一,达到象征性统一。而抒情与叙事是平行的,两者绝不会完全一致。

虽然如高罗佩这样的博学多闻者,似乎也未能认识到中国传统中某些文本装置的理论基础,但他却能将这些装置用到自己的作品中。无论是谁,理论从来都不是成为艺术家的先决条件。跨文化挪用或改造绝不意味着挪用者总是知道自己挪用的是什么。其他被高罗佩吸收到狄公案系列中的文本装置还包括:将诗歌用作题词,用回目表明叙事的发展,而其中最重要的是序言,序言为进入故事提供了一个戏剧性的,有时也是难以索解的入口。

---

① Ezra Pound, *Poems and Translations*, ed. Richard Sieburth (New York: The Library of America, 2003), p.336.

② Leo Ou-fan Lee, "Foreword", in Jaroslav Prusek, *The Lyrical and the Epic: Studies of Modern Chinese Literature*, ed. Leo Ou-fan Lee (Bloomington: Indiana University Press, 1980), p. x.李欧梵:《序言》,载亚罗斯拉夫·普实克著,李欧梵编:《抒情与史诗:现代中国文学论集》,郭建玲译,上海:上海三联书店,2010 年,第 4 页。

③ Andrew Plaks, ed., *Chinese Narrative* (Princeton: Princeton University Press, 1977), p.311.

④ Jaroslav Prusek, *Chinese History and Literature: Collection of Studies* (Dordrecht: D. Reidel Publishing Company, 1970).

尤其是狄公案系列的前四部小说《迷宫案》《铜钟案》《黄金案》与《湖滨案》，高罗佩卓有成效地将序言用作叙事装置。正如韩南在研究中国白话小说时指出的那样，这种序言"目的在把正话故事拉开距离并建立叙述者之'表我'"。正如过场建构起了与叙事之间诗意的平行一样，序言造成了韩南所说的"抒情的重复"。①

(韩小慧　译)

---

① Patrick Henan, *The Chinese Vernacular Story* (Cambridge: Harvard University Press, 1981), p.40.《中国白话小说史》，尹慧珉译，杭州：浙江古籍出版社，1989年，第43页。

翻译作为方法：有声与无声的辩证法

罗　鹏（Carlos Rojas）

> 翻译以原作为依据——
> 依据它的来世，而不在此世。
> 瓦特·本雅明

乍一看，李欧梵 1987 年的突破性著作 *Voices from the Iron House* 的标题近似于尹慧珉翻译的中文版本的该书标题：《铁屋中的呐喊》。① 李著的中文标题借用了鲁迅在早期讨论其作品时使用的一对著名术语，而李欧梵 1987 年的原标题像是将这两个术语的中文直接翻译成英文。但是，如果进一步分析，就会发现这两个术语译为英文和再译回中文的翻译过程有几处重要的不同，不但造成李著中、英文标题不完全对等，而且它们实际上表达了正好相反的含义。

译作标题自然不需要与原作标题的含义完全一致，并且李著标题的不同版本就其本身而言确实不错，且回应了另一版本的标题。然而同时，两个标题的含义具体在何处产生了差异值得探究。其不同之处凸显了鲁迅小说计划内部重要的紧张关系，这样的紧张关乎广义上文学相关的翻译的一般问题。

在《铁屋中的呐喊》中，李欧梵指出鲁迅刚开始他的文学生涯，便是一个

---

① Leo Ou-fan Lee, *Voices From The Iron House: A Study of Lu Xun* (Bloomington: Indiana University Press, 1987)；李欧梵：《铁屋中的呐喊》，尹慧珉译，香港：三联书店（香港）有限公司，1991 年。

非常活跃的翻译家。事实上,早在1903年,即他到达日本的第一年,鲁迅依靠由法文原著的英译本翻译来的日译本,将儒勒·凡尔纳的小说《从地球到月球》和《地底旅行》翻译作中文。鲁迅的两个译本都是翻译的翻译的再翻译,结果不仅是法文原著中的几个章节消失了,而且鲁迅还任意编辑和改编了原文本。这个自由翻译的过程随后被称作"豪杰译"①。虽然他对翻译过程的观点改变很大,但在他的整个生涯中,他对翻译始终有着强烈的热忱。特别是许多鲁迅的早年翻译只是基于再译本的粗略改编,他晚年却转而采用他称作"硬译"的一种高度字面化的翻译方法,从原文本逐字翻译出来,译文让人读不懂。在鲁迅的俄语文学和马克思理论作品的翻译中,他试图保留原著的句法乃至词序,尽管中文译文经常难以或根本不能被理解。

从早期练习"豪杰译"到后期提倡"硬译",鲁迅的轨迹跨立于弗里德里希·施莱马尔赫所说的"对读者友好"和"对作者友好"的两种主导性翻译方法。像劳伦斯·韦努蒂解释那样:

> 施莱马尔赫让译者在归化法(将外国文本应译入语文化价值进行我族中心主义的简化,把作者带回国内)和异化法(对本族语的文化价值造成异族中心主义的压力,标识出外国文学中的语言文化的差异,让读者到达国外)之间做选择。②

在中国非常愿意用中文将大量外国文献翻译成能被广为接受的形式的历史性时刻③,鲁迅的早期翻译用易于被中国读者理解的方式介绍外国思想,而他晚年致力于保存原文本的"外国性",在此过程中,他从中国语言内部促成其转变。④

---

① 早期"豪杰译"研究参看蒋林:《梁启超"豪杰译"研究》,上海:上海译文出版社,2009年;Ken Liu, "The 'Heroic Translator' who Reinvented Classic Science Fiction in China", *Gizmoda*, 10 Apr., 2015。
② Lawrence Venuti, *The Translator's Invisibility: A History of Translation* (London and New York: Routledge, 1995); Friedrich Schleiermacher, "On the Different Methods of Translating", in *Friedrich Schleiermachers Sämmtliche Werkz, Dritte Abtheilung: Zur Philosophie*, Vol.2, trans. Waltraud Bartscht (Berlin: Reimer, 1938).
③ 事实上,林纾是19世纪末20世纪初最高产的翻译家之一。他不会任何外语,与人合作将外国文学作品翻译为特别高雅的中国古典文学的形式。
④ "五四"时期,鲁迅对中国白话文文学的书写系统产生了重要作用。白话文文学更加仿照人们日常讲话的中国语言形式,同时也纳入了非常大量的西方语法和拼写规则。

在下面的讨论中,本文主要的兴趣不在于鲁迅在不同语言间做的翻译,而在于他在不同"声音"间做的隐喻性翻译。本文尤其研究了鲁迅自己的文学声音与居于他作品中的虚构人物的声音,以及超出文本的鲁迅在他的小说中表现和对话的个人们的声音的关系。本文想指出,在这两套声音(鲁迅自己的声音和其他人声音)之间,鲁迅交替地采用了韦努蒂说的归化和异化的翻译方式。本文认为鲁迅作品的意义在于这两类翻译方法的复杂互动。

声音与呐喊

李著两个版本的书名都借用自鲁迅第一部小说集序言中著名的"铁屋"寓言。在那篇文章中,鲁迅描述了同人钱玄同在1918年为了鼓动他向进步文学刊物《新青年》投稿而联系他的过程。鲁迅对中国发生社会政治变革的可能性感到悲观,他最初的回应将近代中国比作一间铁屋,里面满是睡着的人。他们未意识到将被困死在里面。鲁迅问钱玄同,叫醒睡着的人是否道德:叫醒他们很可能只是增加他们临死的痛苦。钱玄同评论道:如果他能够叫醒睡在铁屋里的人,他们就会有拯救自己的一线生机,那么当然应该唤醒他们,给他们这样的机会。鲁迅认可了钱玄同的观点,写作并发表了一些短篇小说,提供了对困扰近代中国问题的批判——鲁迅解释说,他试图用这些短篇小说带给读者一些希望,而自己则最不抱有这样的希望。几年后的1923年,鲁迅将一些早期文章重印成一册,在为其写作的序言中有着"铁屋"的寓言。

鲁迅将他的第一部短篇小说集命名为《呐喊》,在其序言中,"呐喊"这个词出现四次——该词在中文中既可用作名词("一声呐喊"),又可作为动词("去呐喊")。① 该双重词性的词在序言中的第一次和最后一次出现被用来引出小说集的书名,而在另两个例子中,它指的是鲁迅在比喻意义上唤醒昏睡的同胞。然而不论是指鲁迅书名中的呐喊还是呐喊的行为,这四个例子都明显说明作者自己试图用他的文学写作引发同胞们有益的反应,由此促

---

① 鲁迅1923年的集子的书名被翻译为英文"The Outcry"(Marston Anderson)、"Call to Arms"(Yang Hsien-yi and Gladys Yang)以及"Cheering from the Sidelines"(William Lyell)。

进社会政治变革,表明这些隐喻性的呐喊最终作为鲁迅整个文学计划的换喻在起作用。

虽然乍看之下,李著的中文书名使用的"呐喊"看起来像是鲁迅1987年英文著作的书名的直接变换,进而激活了鲁迅1923年的小说集序言中的一个关键术语,可事实上,在翻译过程的每一步,该词的意义与含义有明显的差别。首先,英语的voices没有中文术语"呐喊"所包含的"喊叫"的内涵,反而指的是各种一般的声音。其次,中文术语"呐喊"如果用作名词,既是单数词也是复数词,而李著英文版的书名特别用了该词的复数形式,很明显地表示是许多不同人的声音——像鲁迅自己在他的序言中做的那样,说"有时候仍不免呐喊几声"——而在英文中,复数的voices在不同情况下,指的都是不同个人的发声。因而,李著中文书名与鲁迅自己的发声相符(不论是口头或书面的),而英文书名中的voices的对应指代物却是其他人的发声,即特指被困在人们常说的铁屋中的人们的声音。

总之,李著1995年的中文书名可以重译回英文,作"(鲁迅)向铁屋内部(沉睡的人)的呐喊",而他1987年的英文原著的书名指的却好像是"来自(沉睡于)铁屋(中的人们)的声音"。也就是说中文书名遵从了鲁迅序文中的精神,并强调了作者自我描述的唤醒沉睡的同胞的努力,而英文书名却意味着声音来自这些同胞自己。因此,从语境上看,李著的中、英文书名的含义正好相反——一个指鲁迅自己的书写,而另一个则指代鲁迅与之对话的那些声音。但本文的观点不是说我们必须选择这种或那种方式(指对鲁迅著作的字面解读与语境化解读),反而认为我们可以注意李著中、英文书名打开的阐释空间。换言之,我感兴趣的是鲁迅自己的"呐喊"和他暗暗与之对话的各种其他声音之间的关系。

说得更具体些,我感兴趣的是被转换的声音是以什么方式被纳入鲁迅的小说内的(即他隐喻性的"呐喊")。这意味着这些被转换的声音可被分作三类:前两类直接源自鲁迅自己的铁屋寓言。即是说,某些鲁迅的虚构人物处于鲁迅试图通过他的小说制造的对社会政治变革的觉悟状态,而其他的则让人想起铁屋寓言中的"熟睡的人们"。前者的范例是收录于鲁迅1923年《呐喊》小说集的第一篇:1918年短篇小说《狂人日记》的主人公。在这篇发源性的作品中,与小说同名的日记作者成功意识到现代中国社的自毁性质,他大声坚称这个社会中他身边的每一个人都有食人的倾向。虽然小说中的日记作者不一定清楚他正在提出社会政治批评,但他看到的食人社会一向被视为对现代中国社会的返祖倾向的有力控诉。与之相对,在鲁迅写于1919年的短篇小说《孔乙己》中(收录于《呐喊》小说集的第二篇),主人公孔乙己是有抱负的学者①,他花了数十年时间应试科举,却从来没成功,也因而从来不能找到有收益的工作。在故事场景发生时,孔乙己努力偿还他在当地酒馆日益高筑的债台,沦落到去行乞和偷盗,即便是在他宣传他为考试而学习的文本中与孔家世界观相关的思想态度的时候。

  虽然这两类被转换的声音——即那些社会上常说的沉睡者与那些隐喻上觉醒的人——似乎显得正好相反,但在鲁迅的许多小说中,它们事实上以复杂的方式相互缠绕。例如在《狂人日记》中,日记作者的声音与他家人和邻人的声音冲突,后者不仅对社会的自毁性质一无所知,而且不明智地与之共谋,使之长存。因而,日记作者坚信他的家人和邻人都是食人族,显示出他对困扰现代社会的问题的批判性洞见。可是他身边的其他人都将他的话看作疯子的呓语。与之相似,虽然在《孔乙己》中,没有其他人物与小说同名人物一样,依赖于传统孔家学术和意识形态,但他们中却又实在没有人像被特别启蒙过——他们并没有清楚认识到孔乙己受到他无法把控的社会制度的伤害的程度,这些其他人物只是嘲笑和贬低他。所以,两个故事呈现了主人公声音与其他人物声音的对话关系,表明了这些不同的声音是对现代中国社会政治状况的非常不同的理解。

  另一层复杂性有关鲁迅小说名义上的主人公们和故事各自的叙述者之间的关系。某些情况下,叙述者显得比主人公们还愚昧得多。举例说,《狂人日记》以一篇短序开头,序中的第一人称叙述者解释说这有疑问的日记是一个老朋友写的,他写日记时,正患有严重的被迫害妄想症。叙述者补充说,他决定保存日记作医学方面的用途,希望日记对心理疾病的研究者有用处。这意味着不仅日记作者的家人和社群中其他成员对他极度不解,决定保存并发表这有疑问的日记的小说叙述者也是如此。与之相反,在某些作

---

① 叙述者解释说,酒馆中没有人知道这个人的全名,考虑到他姓孔而且说话时经常用到"之乎者也",他们就给他起了孔乙己的绰号。这三个字是儿童写中国字时一本入门书中的前三个字。

品中,叙述者可能比名义上的主人公显得更清醒。例如,一个 12 岁起在当地酒馆工作的年轻男孩的声音叙述了"孔乙己"的遭遇。他在酒馆遇见了被称作孔乙己的人。相比酒馆的顾客,年轻的叙述者对这个失败的学者更有某种程度的同情,像是直觉到孔乙己是处在他自己无法把控的处境的受害者。然而,在小说结尾处,叙述者仅满足于描绘他在酒馆观察到的事物,当孔乙己的处境日益悲惨时,也没有向他提供任何帮助。

《呐喊》小说集中的第三篇小说,即鲁迅写于 1919 年的《药》,是一个很好的例子,在其中各样不同的声音相互缠绕。故事讲述了患有结核病的男孩的父母试图通过给他喂浸在人血中的馒头来治好他。随着故事的展开,故事的关切之处才显露出来。作品关注的是最初被处以死刑、血被用来治病的男人,而非生病的男孩或没能救他性命的偏方。我们才发现,这个男人实际上是个革命者。他被自己的亲戚告发给当局,接着以从事政治活动的理由被处死了。作为读者的我们,只是间接地从其他完全不理解其叙述的故事含义的角色口中了解到这信息的。换句话说,从鲁迅的小说中——在他隐喻性的呐喊里——我们可以发现藏着人们常说的"熟睡的人们"的声音;同时,常说的熟睡者的声音中,我们可以发现一个"觉醒的"革命者的有被治愈痕迹的声音。因此,这个故事显示出两套翻译过程——革命者的话语首先被作品中的其他人物复述(或"翻译"),然后这些其他的声音接着被纳入(或"重译")进鲁迅小说之内。同时,鲁迅通过将这多重的翻译和跨界翻译过程的戏剧化,将他的小说变成隐喻性的"呐喊"。这些"呐喊"或许能唤醒昏昏欲睡的国人。

同时,除这两类沉睡或觉醒的人物外,鲁迅还特写了第三种人物,包括农民、仆人和妇女。他们被彻底剥夺了权利,被视为近乎或完全无声的人,因而很难确认他们对现代社会的观点。[①] 在一些情况下,这些人物确实不发出声音。因为在文本中,他们没有说话的戏份,而且没人(包括作品的主人公,甚至包括作者自己)像是能完全理解他们。

---

① 请见 Yi-tsi Mei Feuerwerker, *Ideology, Power, Text: Self-Representation and the Peasant "Other" in Modern Chinese Literature* (Stanford: Stanford University Press, 1988); Carolyn Brown, "Woman as Trope: Gender and Power in Lu Xun's 'Soap'", *Modern Chinese Literature*, 4(1/2), 1988: 55-70。

这种事实上没有声音的角色的一个例子是鲁迅1924年的小说《祝福》(鲁迅第二部小说集《彷徨》的第一篇小说)中的农民出身的女仆。故事从叙述者描述他在农历新年拜访周氏家族的一些亲戚开始。途中他遇到了被叫作祥林嫂的妇人。她之前在鲁家工作过,但此时她在街上行乞为生。她问叙述者,人死后会不会变成灵魂。叙述者因不能给她一个满意的答复而感到困扰。叙述者担心这妇人的提问可能预示着些什么,使他更加不安的是,当晚他得知祥林嫂在见到他不久后就死掉了。在这个简短的开场叙述之后,故事回溯了祥林嫂的一生。在此,"先前所见所闻的她的半生事迹的片段,至此也连成一片了"。特别是,我们被告知当祥林嫂第一次被带到鲁家工作时,刚失去丈夫。几个月后,她的前岳母派了一些男人把她带回去,好让她再嫁。尽管她极力抗拒再婚,祥林嫂还是被强迫地结了婚,并且很快就怀孕了。之后,她生了个男孩,但在三年的婚姻里,丈夫病死,年幼的儿子被狼杀死。之后,鲁家同意再接纳她。故事以叙述者在春节的早上醒来,发现新年庆典的吵闹轻易地冲淡了昨天因碰见祥林嫂而来的疑虑。

虽然祥林嫂并不沉默,但可以说故事更关心的是她的声音是如何被系统地消除掉的,而不是她的悲剧本身。举例来说,她回到鲁家后,反复述说她儿子被狼吃掉的悲剧故事。她身边的人最初认为她的悲剧故事可供娱乐,但又很快厌倦了她的例常叙述。也就是说,她的故事首先被听众重新解释,以向她取乐,之后她因大家对她不再感兴趣而被迫沉默下来。事实上,在故事结尾,连叙述者都将他的关注从祥林嫂令人不安的死讯转移到家中春节庆典的喧闹上。换句话说,即便他在回想这些的时候,他也正在隐喻性地抹除祥林嫂的故事和对她的记忆。

在佳亚特里·斯皮瓦克已是经典的1983年的文章《次属人员能开口说话吗?》中,她提出疑问:在多个不同维度被彻底剥夺权利的次属人员,能否真正在结构性排除他们的话语的领域内让人听到他们的声音?[①] 斯皮瓦克论证说,在恢复之前被排除在历史记录之外的次属人员的声音的尝试中,即

---

① Gayatri Chakravorty Spivak, "Can the Subaltern Speak?", in eds. Cary Nelson and Lawrence Grossberg, *Marxism and the Interpretation of Culture* (Urbana: University of Illinois Press, 1988), pp.271-313.

使是进步学者,像"次属人员研究团",也只是出于他们自己的目的,简单挪用一些声音。斯皮瓦克的部分论据在于对两个都包含在英语动词"to represent"的不同概念之间的关系的思考,它们在德语中是分开的。她解释说"to represent"在德语中可写作 *darstellen* 和 *vertreven*——前者指美学上再现某人的过程,后者指政治上代表某人的过程。在文章中,斯皮瓦克主张,这两个过程最终是无法分开的。因为美学上再现的行为不得不涉及政治上代表的过程。斯皮瓦克认为在复述其他人的话时,不能不同时代表他们(并且,扩大点说,出于自己的目的使用这些话)。斯皮瓦克绝望地总结说"次属人员不能开口说话"①。

因而,在此语境下,鲁迅故事中的次属人员相对沉默的事实,可看作对斯皮瓦克提出的谜题的建设性回应。也就是说,鲁迅的作品并不尝试替这些结构上无声的人们讲话,而是让这些无声的人们用沉默来替自己发声。人物的沉默——或者是对他们的声音的战略性抹除——本身具有变成一种有力的社会评论的潜能。其意义与其说在故事本身,不如说在他们的声音是如何被系统地破坏和抹除的,或是被挪作他用。

盲人与灯

鲁迅"硬译"的概念与著名作家、翻译家杨绛说的"死译"相似,后者指将原文的分句逐个对应翻译。更具体地说,在一篇 1986 年的文章中,杨绛(20世纪中期,她将《堂吉诃德》与其他作品翻译成中文)将她的翻译实践描述为从"死译"到她所说的"硬译"(意味着一种技术上的准确,但比较僵化的翻译),并最终达到"直译"(对她来说,意味着意义和形式的完美融合)的过程。② 虽然杨绛使用的术语与鲁迅的稍有不同,但他们却都使用"硬译"来

---

① 在佳亚特里·斯皮瓦克的书《后殖民理性批判:失去现在的历史》中,她 20 年后回到那篇文章,妥协说她原来的结论可能太过消极了。在这篇文章的修改和扩充版本中,她主张通过教育和政治行动行动主义,事实上次属人员有获得声音的可能。见 Gayatri Chakravorty Spivak, *Critique of Postcolonial Reason: Toward a History of the Vanishing Present* (Cambridge: Harvard University Press, 1999)。

② 杨绛:《失败的经验:试探翻译》,载《杨绛作品集》第三卷,北京:中国社会科学出版社,1993 年,第 228—244 页。这篇文章之后被修改并以"翻译的技巧"为题重新发表在《杨绛文集》第四卷,第 346—363 页。

强调高度字面化的翻译会产生一种十分陌生的感觉,但他们又认为这样的感觉对翻译过程是必要的。

瓦特·本雅明在他1923年的著名文章《译者的任务》中,用了一个相似的他称作"Wortlichkeit"的概念,其字面意思是"词对词",论证说只有通过对原文高度字面化的翻译,才能保持对原文完全忠实:

> 真正的翻译是透明的。它不覆盖原文,不阻挡原文的光,只允许纯净的语言(像被它的媒介强化了)在原文上更加充分地照耀。总之,这或许能通过按句法来字面翻译达到,说明翻译最主要的元素是单词而不是句子。①

然而,本雅明强调让原文的光通过翻译照耀的重要性,与他在这篇文章内引入的另一翻译的重要隐喻形成生产性的对话:翻译作为原文的来世的隐喻。本雅明"词对词"的翻译强调对原文的极度忠实。他唤醒了将翻译作为来世的隐喻来证明:

> 一个人可以说明,如果翻译的最高本质在于取得对原文的相似性,那么翻译是不可能的。因为在来世——如果不是一种对活着的事物的变形或更新,那就不是来世——原文经受了改变。甚至有着固定含义的词也经受了变成熟的过程。②

换句话说,将翻译比作某种形式的来世,雅本明暗示翻译的过程基于原文比喻意义上的死亡——意味着翻译包含通过死亡开口的过程。

当代作家阎连科致力于用一种极其引人注目的方式处理翻译的问题("死亡")和对边缘声音的补救/矫正。阎连科1958年出生于河南农村,1978年加入中国人民解放军。同年,邓小平发起改革开放。下一年,阎连科发表了他的第一篇小说。阎连科在人民解放军中以专业作家的身份连续工作了四分之一个世纪。他的早期作品用一种相当传统的社会现实主义方

---

① Walter Benjamin, "The Task of the Translator", in eds. Marcus Bullock and Michael W. Jennings, *Walter Benjamin: Selected Writings*, Vol. 1, 1913 - 1926 (Cambridge: Harvard University Press, 1996), p.260.

② Ibid., p.254.在同一段落中,本雅明指出应当用完全没比喻性的唯物主义来对待"艺术作品的此世和来世"。

式写作,但在 20 世纪 90 年代后期,他开始形成一种用黑色幽默来探索社会问题的实验写作方法。这些后期作品的一个突出特征是它们包含一系列不同的声音,包括农民、官员、知识分子的,以及宽广的话语风格:圣经话语、神话话语、历史编纂学话语、革命话语和一种融合标语、诗歌、马克思主义理论的话语。所有这些都隐含在阎连科奇异的叙述风格中。

同时,在类别不同的声音和语言的喧闹下,他始终关注边缘化个人和社群。例如,小说《日光流年》(1998)写一个其村民因供水中过量的氯而中毒的癌症村,村民遭受包括牙齿变黑、关节疼痛、骨骼变形、瘫痪等苦难[①];《受活》(2004)涉及一个同样遥远的村庄,其中几乎所有的居民都是残疾人;《丁庄梦》(2006)写一个大部分居民因受到感染的卖血仪器染上艾滋病毒的村庄;《四书》(2010)写"大跃进"及之后的大饥荒时期的一个关押右派的营地。这些作品描写的虚构社会表现了已经在历史中被系统抹去的社会构成,但阎连科不懈地努力,重建它们的声音,将它们的困境戏剧化。

同时,与阎连科对边缘社群的关注类似的是他对死亡的关注。在这些多样的作品中,死亡不只是发言结束的时刻,死亡本身也是一种有力的表达形式。像斯皮瓦克用她《次属人员能开口说话吗?》的最后一部分详细描写一个印度妇女试图用她的自杀来做一个政治声明,鲁迅在如《药》和《祝福》的小说中探索极度边缘化的人物通过他们的死亡叙述获得巨大意义的可能性。[②] 同样,阎连科用死亡叙述思考边缘化和隐喻性消除声音的方式本身可能会变成有力的表达形式。

我们能在阎连科的短篇小说《耙耧天歌》(2001)中发现通过死亡说话的一个最吸引人的例子。小说描述的农民家庭的四个成年孩子都智力受损(他们同时患有认知缺陷和突发性癫痫)。虽然大部分叙述写那个母亲和她丈夫的讨论,但之前已被揭示出她丈夫在 20 多年前,意识到孩子们都从他

---

① 值得注意的是,阎连科出版这部小说比癌症村进入公共话语早数十年(2013 年,记者邓飞使得这个词变得流行,那时他发布了一张标示着几十个村民患癌症概率很高的村子的地图)。

② 在各自的例子中,死亡的意义都是复杂的。例如,当斯皮瓦克的主要论点是那个年轻少女身边的每一个人都误解了她的自杀的意义,甚至她的家人也是如此,因此交流注定失败。同时,斯皮瓦克自己似乎对她正确理解——以及通过她的文章散布——那个妇女自杀的意义的能力很有信心,以此表明以自杀行为传递信息的行为并没有完全失败。相似的,在鲁迅的《药》《祝福》以及其他小说中,作品中的其他任务并不能完全领会主人公死亡的含义,甚至做的叙述者也是如此,其隐含的前提却是作品能将这些死亡的含义直接传递给读者。

家族那边继承了疾病时,就自杀了,但是那个母亲继续和她死去的丈夫谈话,好像他还活着一样。在小说结尾,当母亲发现孩子的病可以通过消化双亲的肉治愈,父亲死后的存在甚至变得更有意义。她通过喂一个女儿一盘用她们父亲 20 多年的骨头做成的东西治好了她,然后她最终自杀以让剩下的三个孩子能通过喝她的血治好自己。以这种方式,这个农民家庭的社会边缘化地位由孩子的病的形象具体化了,也正好是通过父母的自杀,孩子们才能被治愈,隐喻地重获他们的声音。

一方面是阎连科对他的文学计划的理解,另一方面是他试图与国人沟通逐渐面临的实际困难,他乐观看待两者的关系。他认为国人才是他作品大部分的直接读者。阎连科将他的文学计划比作一个盲人用一盏灯帮助身边的人看清他自己无法看到的黑暗,这一构想易于让人想起本雅明对高度字面化的翻译可能允许原文的光通过翻译照耀的隐喻。更详细地说,在他 2014 年的弗兰兹·卡夫卡文学奖获奖演说中,阎连科描述了在他成长的村子里,有一个盲人夜里外出时总是拿着手电,别人才不会撞到他,并能照亮别人的路。阎连科说,这个盲人死时,村里人用装着新电池的手电把他的棺材填满了,以纪念他。然而,阎连科将他的文学计划比作给一个盲人一盏灯,因为"灯在的话,那个注定只能看到黑暗的盲人会相信在他面前有光存在。进一步,由于这光,人们能发现黑暗的存在,因而能更有效地抵挡同样的黑暗和苦难"。

在这个复杂的引人思考的隐喻中,阎连科表明他的文学使命包含帮助别人"看见",与鲁迅描述自己要唤醒在隐喻的铁屋中沉睡的国人相类。就像鲁迅说他的文学计划要将他自己不享有的乐观主义传达给读者一样,阎连科关于盲人的隐喻相似地描述了他的文学试图让他的读者拥有他自己无法拥有的社会现实景观。差别是鲁迅相信他的文学能够帮助读者隐喻性地看到光明,阎连科与之相反,认为他的目的在于让他的读者看到黑暗。

进一步说,尽管鲁迅要用他隐喻性的"呐喊"唤醒那些在铁屋中昏昏欲睡的人,他的故事却注意到完全将那些声音融进他自己的声音里的困难或不可能性。相似地,阎连科提供了用他的文学让别人看到的隐喻,即便他表达了对他是否能真正地将得到的景观融入他的文学作品里的怀疑。相反,阎连科的计划能被描述为试图通过隐喻性的"硬译"或"死译"的过程,用直接的或间接的方式,把一系列的社会问题移置于文学形式中——因而文学作品的作用不结束于它自身,而在于作为重新评价当代社会的状况和埋藏其中的边缘声音的起点。

(傅智伟　译)

考掘知识与托辞增义
——鲁迅《野草·希望》中文本的东方行旅

徐德明　易　华

中国现代文学的时空纵接三千载、横连八万里,翻检《鲁迅全集》便知,人民文学出版社2005年版有注释6 299条,中国典籍与历史文化制度占三分之二强,西方的近三分之一,《尚书》和希腊、罗马而下至20世纪的世界文化/文学都是鲁迅所涉对象。本文就散文诗集《野草》中《希望》篇的一条注释①,一探鲁迅如何主张"拿来"之义,把东欧被压迫民族反抗的文学精神注入寻求真人、猛士的立人主题中,借裴多菲来探究中国新文艺/新人的真理。20世纪上半叶的裴多菲诗文的中国行旅与鲁迅转异,到20世纪80年代得到了确认与阐发,中、日、匈牙利的学者们在后鲁迅语境中有诸多一致,也有隔膜。本文聚焦于此一复杂的文本行旅过程,深入认识鲁迅及相关的研究空间。

一、知识考掘的学案·公案

"绝望之为虚妄,正与希望相同。"鲁迅1925年元旦所作《希望》引了裴多菲文句。在散文诗中这"反复"修辞很醒目,它遥相呼应1907年东京的文艺运动思考,又回响于1932年底的《〈自选集〉自序》。鲁迅从裴多菲文艺中"拿来"被压迫民族的反抗精神历四分之一个世纪,论文《摩罗诗力

---

① 鲁迅:《野草·希望》,载《鲁迅全集》第二卷,北京:人民文学出版社,1981年,第179页注释6。

说》的第九节述完"性恶压制而爱自由"的诗人裴多菲,即引出"中国精神界战士"之呼唤。18年后,《希望》又转译裴多菲为一个精神主题:"绝望之为虚妄,正与希望同。"再隔七年,鲁迅更铭记此语于作品选集序言中,它成了鲁迅文艺/文化的主题,陈述一个沉着战士的精神状态,是现代中国"人"前行途程的自我期许与把握,它是新文艺"立人"主题的延续:摒除虚妄,踏实沉着,直面人生而不摇摆震荡于独立主体之外的希望/绝望。

努力理解鲁迅是现代中国的主题之一,也是东方世界被压迫民族的情感谐振。战后中国与日本的鲁迅研究史是东亚现代人文学术的标志之一,中国现代文学研究的最为显著、重要甚或歧义并出的学案就是鲁迅研究,日本的鲁迅研究可谓江山代有人才出,东欧的鲁迅研究虽非显学,却有东亚的呼应。匈牙利汉学家、裴多菲与鲁迅及中国现代文学关系的阐释者高恩德①,对鲁迅这一主题句的知识考掘贡献卓著。围绕着这一主题句,中国的鲁迅研究与注释者、高恩德和日本鲁迅研究中以材源考方法著称的北冈正子②,三方形成了不无参差的互文。他/她们共同阐释鲁迅,也示范了中国现代文学的知识考掘空间。他们在实证研究方面的共同努力,在材料考据与思想、知识资源之外,昭示着鲁迅观念层面的逻辑一致及"立人"与"新文艺"的重要主题。

中国现代文学学者对鲁迅在东京的文艺运动及其早期文艺论文《摩罗诗力说》的研究与匈牙利、日本学者有参差先后。鲁迅在日本东京"提倡文艺运动"时关于欧洲文学中摩罗诗人系列的德语及其他语言阅读,《人之历

---

① 高恩德(Dr. GALLA, Endre.),艾德毕休·罗兰德大学(布达佩斯)中国·东亚系退休教授。20世纪50年代初留学中国,在北京大学读研究生,结识后来的妻子北大俄语系学生冒寿福,翻译介绍鲁迅、老舍(与冒寿福合作)作品。据北冈正子第184页注释,主要论著有《白莽与裴多菲》(1962)、《裴多菲在中国》(1967)、《关于所谓"被压迫民族的文学"在现代中国文学当中的接受》(1972)、《巡回与世界的匈牙利文学——匈牙利文学在中国》(1968)等。再据北冈正子书中的第85页注释:"高恩德博士论述道,在《摩罗诗力说》所论及的诗人中,密茨凯维支,特别是裴多菲最引鲁迅关注,作为反抗和抵抗的伟大人格体现,即使把裴多菲放在其他诗人当中,鲁迅仍赋予他很高地位(裴多菲 in China)。"

② 北冈正子(1936年生),日本关西大学教授(2006年退休),主要著作有《摩罗诗力说材源考》(1981年出版,中文译本由北京师范大学出版社于1983年出版,何乃英译)、《鲁迅:在日本这一异文化环境当中——从弘文学院入学到"退学"事件》(2001)、《鲁迅救亡之梦的去向:从恶魔派诗人论到〈狂人日记〉》(李冬木译,北京:生活·读书·新知三联书店,2006年)等。

史》《摩罗诗力说》《科学史教篇》《文化偏至论》几篇文学、文化、历史的文言论文的材料来源的考证,以北冈正子的贡献为著;鲁迅和东欧被压迫民族文学关系的研究,则以匈牙利汉学家高恩德先行突出。① 需要提出,北冈正子对鲁迅在东京从事文艺运动的条件与准备研究("鲁迅东京语境")的考述与理解的深入贡献,不代表对战后中国鲁迅研究(后鲁迅语境)的全面了解,《希望》主题句索解中邂逅的"互文"提供了进入与理解不同的鲁迅语境的案例。

1. 曾华鹏②等的《野草》注释

这得从 20 世纪 70 年代中后期的《鲁迅全集》注释说起。承担《野草》注释的是扬州师范学院中文系现代文学教研室,是曾华鹏、李关元等老师集体完成的工作。曾华鹏、李关元老师注释《希望》篇,多方寻找而不得"绝望之为虚妄,正与希望相同"的出处。③ 曾华鹏事后为文记录:"最初,我们是从已经出版的裴多菲的中译本里去寻找的,结果是一点踪影也没有。"查过鲁迅和冯至翻译叙述的裴多菲,也无答案。"一九七六年七八月间,就向外国文学研究所当时担任鲁迅研究室顾问的戈宝权同志求援。……他就以非常顽强的毅力和十分感人的责任心,花了整整一年半的时间,从国内到国外……寻找一句话的出处。"戈宝权 1978 年 3 月 23 日给他们来信,信中有他根据俄译本《裴多菲文集》翻译的一段话,他解释道:"不久前,我们向我驻匈牙利大使馆提出这一问题,他们又托人去请教了匈牙利的有关专家,才知道这句话,是出自裴多菲在一八四七年七月十七日写的《旅行书简》的第十

---

① 《鲁迅全集》1981 版注释中列举有高恩德、北冈正子著述,赵瑞蕻《鲁迅〈摩罗诗力说〉注释·今译·解说》(天津:天津人民出版社,1980 年)可标识中国学者的贡献。
② 曾华鹏(1932—2013),中国现代文学研究学者,论著尤以作家作品论著称。著有专著《郁达夫评传》《冰心评传》《鲁迅小说新论》《现代四作家论》(以上与范伯群合作),《中国现代文学社团流派》(副主编)及《现代作家作品论集》等十余部。
③ 《鲁迅全集》1981 版注释可谓特殊现代学案,它是集体化工作方式,和那一时段"集体创作"文学作品属于同一语境的产物,因而无记名。曾华鹏著《现代作家作品论集·后记》记述了两年多的注释过程:"当时的注释体例要求每一篇作品都要有简要的题解……定稿时,根据新的体例要求……题解只好删去。"后来就出了一本《〈野草〉赏析》(扬州师范学院中文系现代文学教研室编,福州:福建人民出版社,1982 年)。其中的篇章统一为"读《××》",《读〈希望〉》署名李关元。这个有关裴多菲的注释无疑是曾华鹏、李关元共同面对的问题,他们密切合作的成功范例是《论〈野草〉的象征手法》,曾华鹏说:"它是我们研究和注释《野草》工作的又一收获。这篇论文在 1981 年全国纪念鲁迅诞辰一百周年学术讨论会上被列为大会七篇主要报告之一,由我在大会上宣读,在当时产生较大影响。"

四封信。"①它成为1981年版《鲁迅全集》第二卷散文诗集《野草》中《希望》(第179页)的注释6的来源：

> **绝望之为虚妄，正与希望相同**　这句话出自裴多菲一八四七年七月十七日致友人凯雷尼·弗里杰什的信："……这个月的十三号，我从拜雷格萨斯起程，乘着那样恶劣的驽马，那是我整个旅程中从未碰见过的。当我一看到那些倒霉的驽马，我吃惊得头发都竖了起来……我内心充满了绝望，坐上了大车……但是，我的朋友，绝望是那样的骗人，正如同希望一样。这些瘦弱的马驹用这样快的速度带我飞驰到萨特马尔来，甚至连那些靠燕麦和干草饲养的贵族老爷派头的马也要为之赞赏。我对你们说过，不要只凭外表做判断，要是那样，你就不会获得真理。"（译自匈牙利文《裴多菲全集》）

把译文暂时搁下，当注释者有了出处而心安的时候，并没有意识到他们根本不关心究竟中国鲁迅研究界之外有谁付出了心力与辛劳，"匈牙利的有关专家"是"众数"漫语，真正解决问题的只是某特定"个人"。40年前的中国文化语境是"大公无私"，没有谁对成名成家公然表示兴趣，如果国外有著作权的说法，那是"资产阶级法权"，是需要批判的。如果在社会主义国际阵营中有互相帮助的要求，努力满足求援方是道德公理。使馆的交往是公对公，无须再有私人之间的感激，无名英雄是一个道德高尚的代名词，于是对于那个匈牙利专家，便心安理得地毋庸交代了。然而，在社会主义道德以外的日本学者会讶异于这个"后鲁迅语境"，甚至心下有所不平，要著为文章、考量材源、揭穿公案。

当然，曾华鹏和李关元及其同志们并未看到由匈牙利文翻译的这句话，他们看到的文字是戈宝权从俄文翻译出来的，他们的工作已经有了交代，剩下的工作由人民文学出版社鲁迅著作编辑室（简称鲁编室）完成。括号标注的匈牙利原文何从而来？时隔二三十年也成了一个谜。2005年版《鲁迅全集》重新修订注释，仍是注释6（第183—184页），略去了加了括号的"译自匈牙利文《裴多菲全集》"。《鲁迅全集》的注释者

---

① 曾华鹏：《〈野草〉中一条注释的来历》，载《现代作家作品论集》，南京：江苏文艺出版社，2004年，第256页。

既然都不署名①,保留这个括号便有点碍眼。

那是尚未开放的年代,国际间的学者个人学术交流还未正常开展,曾华鹏、李关元与找出裴多菲那语句出处的匈牙利学者高恩德之间没有任何联系,他们欠高恩德一个道谢,后者也不知道《希望》的注释者是谁。因此,1981年版《鲁迅全集》上的这个注释没有致敬付出辛劳的高恩德。不考虑这个学术相对隔绝的语境,按照国际学术规范衡量,这是对某个人的知识权力的轻忽,曾华鹏、李关元对戈宝权和不知名的"专家"心存感激,然而匈牙利专家也无从领情。这种隔膜是其他环境中的学者难以理解的。

2. 高恩德与居间的戈宝权

高恩德对裴多菲/鲁迅的影响/汲取关系最具发言权,其论著《裴多菲在中国》申述裴多菲在中国的接受史。自然,当鲁迅注释遇到这方面的难题,他最有可能给出令人满意的答案。这个20世纪50年代留学北京并娶了南京姑娘冒寿福②的中国现代文学研究专家,心中崇仰1848年革命中的诗人裴多菲,宣誓"不做奴隶"的《国民之歌》是他和匈牙利人民的精神财富。他对远在东亚国度里热心介绍诗人裴多菲的"自由"与"反抗"的鲁迅文章自然心有灵犀,他向匈牙利人民介绍鲁迅与裴多菲一致的被压迫民族文艺主张,和太太冒寿福一起翻译现代文学作品,努力让匈牙利人认识鲁迅、老舍小说传达的国民性。高恩德学习中文原是受命于政府,他用中国文化比拟从西语(拉丁语、德语)转向中文的学习过程——"父母之命"。高恩德50年代初来到北京,在清华大学通过西语中介学中文,两年后转入北京大学攻读现代文学研究生,其转向的后续动力来自鲁迅与裴多菲,也部分来自个人的感情生活。他在读书期间帮助孙用翻译产生巨大影响的《裴多菲诗选》,不署名

---

① 徐斯年《我在鲁编室》(《文化人生丛书》,南京:南京师范大学出版社,2017年)叙述:20世纪70年代中,《鲁迅全集》分给不同城市承担注释,大型企事业单位的工人阶级领导、高校教师参加,文字稿由教师们完成,然后上交人民文学出版社鲁迅著作编辑室(简称鲁编室)。上交的未定稿印成"白皮本",社内认可印行定稿"红皮本",也就是"征求意见本"。鲁编室对注文进行取舍,再由定编组讨论后"过关",此后重新定稿,送林默涵(前几卷由胡乔木)审阅。《野草》注释审定应该是由胡乔木定夺。《鲁迅全集》调动全国的研究力量进行注释,再集中统一,实实在在是一种自上而下布置,然后自下而上集中统一的政府组织行为。《鲁迅全集》1981年版如此,2005版的修订也看不出注释者的努力与水平。这也形成海外研究语境内的不予置评,北冈正子是明显的例子。

② 冒寿福,1929年生,江苏如皋人,1954年毕业于北京大学,1959年迁居匈牙利,布达佩斯大学博士,学位论文为《〈骆驼祥子〉中所运用的语言》。长期在匈牙利最高学府厄特沃什大学任教,是匈牙利著名的语言学家、翻译家、教育家。

而起了重要作用。① 所以,20年后接到由使馆交代注释鲁迅/裴多菲的新"父母之命",虽然感受严命的权威压力,但高恩德理当有舍我其谁的自信,也不遑论及知识权利,根本不用考虑《鲁迅全集》的注释者是谁。所以,他与曾华鹏等只是鲁迅/裴多菲链条上联系着的知识生产的欧亚学人,纸面上相逢,何必曾相识。

戈宝权也是鲁迅/裴多菲注释链条上的不可或缺的环节。作为翻译普希金等的名家和研究专家,他的地位以及与东欧的关系自然同曾华鹏不同,所以能辗转把寻找这句诗/文句的工作变成高恩德的又一次"父母之命"。从他给曾华鹏信里所附译文得知,高恩德告知了出处,并未将自己的译文交给托付之人。所以,曾华鹏回忆文章引用的译文是戈宝权译自俄文本的裴多菲,且这段引用与1981年版《鲁迅全集》最终注释有值得讨论的出入(加粗的字句是戈宝权翻译不同之处):

> **最后我终于来到了这儿,来到这块福地萨特马尔**②!**我到这儿已是第五天**。这个月的十三号,我从拜雷格萨斯起程,乘着那样恶劣的驽马,那是我整个旅程中从未碰见过的。当我一看到那些倒霉的驽马,我吃惊得头发都竖了起来,**但是用不着特别的挑剔——因为当农忙的时候,在全城是找不到其他马匹的**。我内心充满了绝望,坐上了大车……但是,我的朋友,绝望是那样**不足信**,正如同希望一样。这些瘦弱的马驹用这样快的速度带我飞驰到萨特马尔来,甚至连那些靠燕麦和干草饲养的贵族老爷派头的马也要为之赞赏。我对**你**说过,不要只凭外表做判断,要是那样,你就**会看错了的**。

前两处加粗的文字在注释中被省略号代替了,这要由鲁编室和终审确定,曾华鹏等人只能将戈宝权的译文原样奉上。省略的原因不难理解,注释需要紧凑、精炼,目标是让鲁迅这一句话达到高度哲理/真理化,必须从形而

---

① 孙用《裴多菲诗选·后记》载:"卷首的介绍和书中的插画,都由高恩德同志提供,而全书的诗篇也是由他选定的,应该在这里表示我的感谢。"《裴多菲诗选》,孙用译,北京:人民文学出版社,1954年,第316页。
② 据北冈正子《鲁迅救亡之梦的去向——从恶魔派诗人论到〈狂人日记〉》(第198—201页):萨特马尔,与恋人尤丽娅所居一个小时距离的美丽城市,裴多菲前一次到此求婚,得到了应允,随后返回布达佩斯。这次旅行为满足对恋人的思念不已,去看两个月后要做自己新娘的尤丽娅。

下的事实层面有所提升。戈宝权已省略了"绝望"内容——"我计划9月结婚,这匹羸马怎能如期走到恋人身边去"。裴多菲给友人的18封信叙述情爱的语境和20世纪70年代末中国人对思想家鲁迅的期待、与1925年鲁迅的彷徨语境都相去甚远。鲁迅对原文有所"拿来",萃取、改造后已经不是裴多菲书信叙述原样。裴多菲原是告诉友人,他已经克服了路途交通的不便,来到不久将和爱人在此结婚的"福地"。路上因为找不到马曾焦虑,一匹驽马却意外地飞奔着把他带到了目的地,一切有过的担忧、绝望都是多余的,戈宝权译为"不足信"。裴多菲寄信给朋友"你",在注释中被译为复数"你们",假设的结果"会看错了的"则变成了"不会获得真理"。俄文翻译略去结婚计划,加括号的匈牙利文翻译则完全略去个人旅行目的,单数变复数,事实升格为"真理",这句话的引用者和源头都被定位于启蒙者的训诫。

这种注释方法不完全是戈宝权的,当然也不会是高恩德的。裴多菲这段话从匈牙利文到中文的跨语际行旅,在鲁迅措辞的时代已经转异。到了1981年的《鲁迅全集》注释本,尽管曾华鹏等人努力追本溯源,却似乎离源头愈来愈远了。这合掌文章未尽吻合,势必有那第三只手掌出来参证。

3. 北冈正子的材源/人缘考

若想一窥围绕"希望"的鲁迅/裴多菲,我们最需要高恩德的完整译文,北冈正子的《鲁迅与裴多菲——〈希望〉材源考》(1978年)把它呈现了出来。"材源考"是北冈正子的基本方法,她对鲁迅研究的贡献与地位就是通过"材源"的考索确定的。她对鲁迅在东京的文艺运动涉及的微末问题都不放过,上穷碧落下黄泉,让我们对鲁迅的东京语境有了切实而丰富的理解与感受。丰硕的鲁迅东京材源考,里面的匈牙利裴多菲与东欧被压迫民族的只是一部分,而散文诗《希望》的材源考,不可能如《摩罗诗力说》那样丰富,毕竟材料只有一首诗和一封信。鲁迅引用的那首诗《希望》:"希望是什么?是娼妓:/她对谁都蛊惑,将一切都献给;/待你牺牲了极多的宝贝——/你的青春——她就弃掉你。"北冈正子的论文主要致力这首诗的探讨,她参照鲁迅与孙用两个译本作了新译(看不出非得重译的必要),循此而探究裴多菲的思想危机。那封推导出来的"绝望之为虚妄,正与希望相同"的信,她也翻译了:

> 我最后来到了事先说好的地方萨特马尔！今天是第五天。本月 13 日，我被一匹在这次旅行中遇到的最糟糕的马拉着出了贝莱亘察。当我看到这匹骨瘦如柴的马时，吓得我头发倒立，但是别无选择，因为有重要的工作要做，而且在这座小镇里再也找不到另外一匹马了。当我坐上马车时，真是步入了绝望之境。尽管我到九月以前并没有结婚的计划，但我想这么一具活着的骸骨绝不会在那以前把我带到那里。不过，我的伙计，<u>绝望就和希望一样会蒙人</u>，这些可怜的马驹们，就像这一个冬季里干草和燕麦喂肥了的骏马一样，只花了一天就把我送到萨特马尔来了。我要告诉你的是，马不可貌相，你要是只凭眼睛去判断，可就大错特错了。（下画线是北冈正子所加）

它的最大的好处是未省略的"全"本。但是译文经过了数重移译（匈牙利文—英文—日文—中文），较戈宝权的俄文译本难免失色，复数"马驹们"不知是哪一个翻译环节上的失误，下画线提醒的对象也不是专业参与讨论者。

为什么非得作这个考论，或者说这篇材源考的主要价值是什么？我们必须承认一个未决的问题：我们始终未知鲁迅究竟是从哪里读到裴多菲这封信的。写完这篇材源考的 15 年后，北冈正子与高恩德在奈良有唯一一次当面交流（1993），提到这个出处的问题，高恩德说，"我认为鲁迅读到的是日本的东西"，理由是"很难想象这两句话鲁迅是通过原文读到的。……找各种译成外文的裴多菲文本，但在哪个本子里都没有找到那两句……"十五年前北冈正子写作《鲁迅与裴多菲——〈希望〉材源考》的强烈动机之一，是日本精通匈牙利语的德永康元先生的郑重嘱托："前不久，匈牙利中国现代文学研究者高恩德先生查清了这句话的出处，并把关于这一问题的报告送抵德永康元先生。……因此德永康元先生向我建议能否把这句话的出典公开，以让更多的想了解这方面情况的人知道。"① 除了要帮助完全不熟悉的高恩德公布这个出典，论者更深层的动机是要做关于这个句子的"裴多菲语境"和"鲁迅语境"的比较。前者不论，对这个彷徨期的鲁迅及其语境的阐

---

① ［日］北冈正子：《缘于鲁迅的相遇——记高恩德博士》，载《鲁迅救亡之梦的去向——从恶魔派诗人论到〈狂人日记〉》，第 225—226 页。

释,北冈正子并不拥有如在东京提倡文艺运动时期的鲁迅那样丰富的材料,所以她只能把精力集中在散文诗《希望》的文本阐释上。做到这一步,文章已经不全是题目标识的"材源考"了。

北冈正子从德永康元辗转得到"绝望之为虚妄,正与希望相同"出典的"前不久",大致时间应该和曾华鹏经由戈宝权得到译文相同。北冈正子的论文发表于1978年9月的《文学》(岩波书店)上,写作时说的"前不久",到论文发表已经是"稍久"了,大致可推算为半年时间。曾华鹏接到戈宝权1978年3月23日写来的信,将信息跨国传递和由俄文译出文本的时间考虑在内,高恩德发现出处也就是3月初左右。一个重要发现经由不同的途径传播开去,产生不同的后续反应与运用,本不在高恩德的筹划与预见之中。北冈正子关于德永康元见证高恩德的发现的叙述,在《余滴裴多菲之缘》的论文与散记两篇文章中没有精确的一致性(若不是作为证明,也无必要)。中国方面由使馆出面咨询应该是官方的正式请求,高恩德致力解答问题,找出出典也是正面回答中国方面。这个出典,半年后在日本的研究论文中引用了,北冈正子据引的文本是1974年的英文本,三年后,在1981年版的《鲁迅全集》注释中公之于世。不同之处在于,日本的出版物上明确了高恩德的发现,中国的出版物里许多参与工作的人都隐姓埋名。

到现在为止,笔者不知道高恩德是否在匈牙利国内撰文明确发现出典,日本学者德永康元、北冈正子却迅即做出了反应。曾华鹏回忆这个出典的知悉与运用的文章,与北冈正子可谓"同曲异工",合掌文章须分左右。日本学者遵循不变的规范,当年的《鲁迅全集》注释者和今天遵循的知识产权法则有差,与时俱进而已。北冈正子的这一篇"材源考",说它是"人缘考"倒更合适呢!

二、鲁迅托辞增义的"拿来"方法

接触这个鲁迅/裴多菲典故的人,不得不承认鲁迅的翻译与裴多菲原文有距离。高恩德推测鲁迅读的是裴多菲著作的日文翻译,北冈正子表示:"让我感到很意外的是,这貌似诗的两句,竟是不动声色地镶嵌在书信体旅行札记里的句子。鲁迅可真的是个魔术师。"①如果从文类、语体去分析辨识,看到的主要是差异性。如果从鲁迅"立人"与"反抗"的新文艺宗旨看,从他的"拿来主义"的逻辑方法看,我们就可以看到更多的自洽性。我愿意在鲁迅的新文艺之一贯中看他"立人"行旅途中的《希望》,看他的修辞反复后面的心声。

"人文之留遗后世者,最有力莫如心声。"②读鲁迅所有的文字,都应视为倾听其心声。同理,鲁迅视裴多菲之语亦惟其心声。1981年注释鲁迅者,也是处处体谅鲁迅心声而措辞的。《希望》注释6几处略去裴多菲原文,是为过滤其个人化经验,后来读者可以猜详得知必须如此的原因。但是,笔者曾经不得其解的是注解最后那句话,尤其是经过几个文本的比较更其困惑了:这声音属于裴多菲,抑或鲁迅,还是注释者妄增?

>我对你们说过,不要只凭外表做判断,要是那样,你就不会获得真理。(1981年版《鲁迅全集》注释)

>我对**你**说过,不要只凭外表做判断,要是那样,你就**会看错了的**。(戈宝权)

>我要告诉你的是,马不可貌相,你要是只凭眼睛去判断,可就大错特错了。(北冈正子)

那个不署名的注释和后两者区别甚大,是什么原因酿就了这一差异?上文说到,这句话注释的引用者和源头都被定位于启蒙者的训诫。由其语气可一目了然:一人面众,启示获得真理的途径。比较戈宝权的匈牙利文/俄文本/中文译本、北冈正子的匈牙利文/英文/日文/中文译本,从两者基本一致的事实可以推知1981年版注释中的文字不是裴多菲原作的声音。它又何从而来,有无裴多菲的一点意思,或者完全是鲁迅的意思,甚至是定稿者的增义?

本文的答案是,它明显不是裴多菲的命意,也不是定稿者妄增己义,它仍然来自鲁迅,只是托辞于裴多菲,是一个中国文章传统中的"假托"修辞。这个"托物/语言志"的过程,展开的是另一重文本行旅。像从《希望》中的裴

---

① [日]北冈正子:《缘于鲁迅的相遇——记高恩德博士》,载《鲁迅救亡之梦的去向——从恶魔派诗人到〈狂人日记〉》,第225—226页。
② 鲁迅:《摩罗诗力说》,收入《坟》,《鲁迅全集》第一卷,北京:人民文学出版社,1981年,第63页。

多菲可以回到《摩罗诗力说》中一样,我们可以找到《科学史教篇》中的同样心声,不过那不属于裴多菲,而是鲁迅!该文的结论便是关于科学真谛的:"……按其实则<u>仅眩于当前之物,而未得其真谛</u>。……虑举国惟枝叶之求,而无一二士寻其本,则有源者日长,逐末者仍立拨耳。"①上引注释中末句,完全是这句文言的白话翻译(本文引用加下画线)。求真实,正是鲁迅"疾虚妄"的诉求,是鲁迅欲"寻其本"的"一二士",也被鲁迅后来演绎为"真的人""真的猛士"。

《鲁迅全集》第二卷《野草》注释的定稿者②的这一做法饶有意味,他们嫁接鲁迅的文字于裴多菲的话语中,好像视其为理所当然。其居心是要在裴多菲的文章基础上实现意义的增殖,只是把裴多菲作为一个意义寄托的胚胎,让新生命在这个基础上滋养生长。这样做的理由何在?这批注释鲁迅的专家可谓鲁迅知音,不仅把鲁迅前此 20 年的思想视为一个连贯整体,用《科学史教篇》的结论来揭示他引用裴多菲这封信的意义,而且把握了鲁迅引证裴多菲的思维模式,将其作为一种寄托修辞:托辞于裴多菲的某一文本,假这个母体孕育自己的精神产儿,这个产品像其寄生的母体,更多的是实现这个托辞的主体赋予的意义。这个方法,我们命名为"托辞增义"。其实,注释者只是实现了一次对鲁迅的模仿,我们弄清楚了"绝望之为虚妄,正与希望相同"的来源,终于明白鲁迅在《希望》中的用法就是一个"托辞增义"的过程:

  绝望就和希望一样会蒙人。(北冈正子)
  绝望是那样的骗人,正如同希望一样。(1981 版注释)
  绝望是那样不足信,正如同希望一样。(戈宝权)
  绝望之为虚妄,正与希望相同。(鲁迅《希望》文句)

鲁迅的意义增殖在于引入了"虚妄"的中国文化概念③,这一概念源于王充

---

① 鲁迅:《科学史教篇》,收入《坟》,《鲁迅全集》第一卷,第 33 页。
② 《鲁迅全集》注释定稿的过程也是一个群体讨论的结果,当年鲁编室徐斯年负责《古籍序跋集》,因不慎受伤,"后一段的定稿工作,只得委屈林辰、周振甫、陈翔耀三位老先生和降云小姐天天围绕在我的床前开讨论会"。由此可见,参与定稿组的专家得由多人组成,而且多为后来享有盛誉的硕学之辈。见徐斯年:《我在鲁编室》,载《文化人生丛书》,南京:南京师范大学出版社,2017 年,第 26 页。
③ "虚妄"概念源于王充《论衡》,其 84 篇中,每斥"言妄"(《物势篇》)、"虚言"(《谈天篇》)等,他自己总结:"《论衡》篇以十数,亦一言也,曰'疾虚妄'。"(《佚文篇》),见《诸子集成》第九卷,长沙:岳麓书社,1996 年,第 181 页。

《论衡·佚文篇》。裴多菲讲的是具体情境中一时绝望好像受骗,三种翻译都不是鲁迅正文中所使用的"虚妄"。明显地,鲁迅语境和内涵是裴多菲的意义增殖,这一增殖过程有其18年漫长的前过程,乃至于呈现其有效性的鲁迅嗣后的十几年时间。在鲁迅使用裴多菲句式的过程中,与"虚妄"对立的是"真诚",他的一生就是以真诚破虚妄、以科学破迷信,造就精神界战士、真人、猛士的过程正是与虚妄的文化历史和现实搏斗的过程。

这个艰难的"立人"过程有时以鲁迅的"寂寞"为标识。就是在"寂寞"与"呐喊"的流动与转异中,鲁迅的心声不断在文字中流露。从《摩罗诗力说》揭开序幕,到纪念章太炎的最后文字,莫不是鲁迅真诚的心声,即使是《中国小说史略》这样的学术论述,也是其心灵深处的实诚判别之声音。鲁迅毕生以"诚"面世,与"妄"无涉;以"实"绩厕身新文化、新文艺运动,沉着、勇猛的精神界战士不蹈"虚"空。诚勇坚实的行旅过程"路漫漫其修远兮,吾将上下而求索",自然摒除"虚妄",即使在他的"彷徨"时日。把1925年的散文诗《希望》置于这个脉络,对照"绝望""希望""虚妄"三者在中国文化中的结构可能,考察鲁迅走自己路的经验及精神历程,我们的阐释当然不可局限于单一文本,"绝望之为虚妄,正与希望相同"是一个反复奏响的鲁迅心声。

思想家鲁迅呈现思想的方式不离文艺,"新文艺"贯穿其一生,精神界战士的形象寓于文艺,小说、散文诗、杂文,无处不在。从探求"人"之"新生"始,他办刊、著文、翻译《域外小说集》。鲁迅解释其目标与手段之间的关联:"所以我们的第一要著,是在改变他们的精神,而善于改变精神的是,我那时以为当然要推文艺,于是想提倡文艺运动了。"① 为"他们"之新生开始,鲁迅自己终于"寂寞";为了让先驱不寂寞,他再次投入五四的文化/文艺运动,在《新青年》上塑造"狂人";"两间余一卒"时,又归寂寞,但彷徨的身影仍然扛着武器(荷戟独彷徨)。《野草》中一系列形象合成那"疾虚妄"的精神界战士:"独自远行"的"影"、"困顿倔强"的"过客"、"我将烧完"的"死火"、"抉心自食"的"我"……他们不在希望/绝望间徘徊犹疑。② 终于,鲁迅于1934年阐明自己的思想"主义"——要"主"那"拿来"之"义",说:"要运用脑髓,放出

---

① 鲁迅:《呐喊·自序》,《鲁迅全集》第一卷,北京:人民文学出版社,1981年,第417页。
② 《野草》篇什:《影的告别》《过客》《死火》《墓碣文》。

眼光,自己来拿。""总之,我们要拿来。我们要或使用,或存放,或毁灭。那么,主人是新主人,宅子也就会成为新宅子。然而首先要这人沉着,勇猛,有辨别,不自私。没有拿来的,人不能自成为新人,没有拿来的,文艺不能自成为新文艺。"①

  以"拿来"为尺度,我们就不会讶异鲁迅何以把裴多菲的旅行通信翻译成人生态度的警策。北冈正子的材源考早已证明:"《摩罗诗力说》的特异性,可以将拜伦为始祖的恶魔派谱系,引接到波兰和匈牙利的被压迫民族诗人这一点上看出。"②鲁迅的特异性不仅表现在《摩罗诗力说》这一篇论文中,或者这一个生活时段。在这个认识基础上,北冈正子不会真的以为鲁迅"是个魔术师"。"绝望之为虚妄,正与希望相同",鲁迅以诗化形式把人在特定情境下的"希望/绝望"的态度加以科学化的"疾虚妄",抽象而形成逻辑推论。此时的鲁迅不是一个翻译家,甚至也不是援引证据,他是在引申讨论,故而完全脱离了裴多菲个人在爱情的激励下急切要到达恋人身边的情境。所以,这句话无论是句式还是体现的思维特点,都不能指向那高恩德揭示出来的旅行书信的谜底。难怪《鲁迅全集》最终注释定稿用三个省略号把情爱生活元素摒除在外,否则与《希望》很难达到风格内涵的一致。

  鲁迅记住了裴多菲旅行书信对待事情的态度,转而把这态度和他的诗歌《希望》一致起来,"希望是甚么,是娼妓;她对谁都蛊惑……"这个"得意忘言"的转述过程无法满足习惯了现代学术引用规范的学究心理。我们要么原谅鲁迅只援引大意,要么得权宜改变一下,尽量淡化裴多菲书信的来源考量。最易于忽略的是鲁迅在这散文诗中融入了他经验过的个人事业与社会文化。这个经验分清末与五四以后两个层面:"我的心分外地寂寞",那是"我大概老了"的自身寂寞,在这之前也有过青春与希望,"然而现在何以如此寂寞?"追问的答案令人难以接受,"世上的青年也多衰老了么?"在第一个层面上,鲁迅经验过在东京提倡文艺运动,"叫喊于生人中,而生人并无反应,既非赞同,也无反对,如置身于毫无边际的荒原……我于是以我所感到

---

① 鲁迅:《拿来主义》,收入《且介亭杂文》,《鲁迅全集》第六卷,北京:人民文学出版社,1981年,第39—40页。
② [日]北冈正子:《寄托于诗力的救亡之梦——恶魔派诗人论〈摩罗诗力说〉之构成》,《鲁迅救亡之梦的去向——从恶魔派诗人论到〈狂人日记〉》,第84页。

者为寂寞"。时隔十年,钱玄同来为《新青年》约稿,"那时仿佛不特没有人赞同,并且也还没有人来反对,我想,他们许是感到寂寞了","或者也还未能忘怀于当日自己的寂寞的悲哀罢,所以有时候仍不免呐喊几声,聊以慰藉那在寂寞里奔驰的猛士,使他不惮于前驱"①。在第二个层面上,"后来《新青年》的团体散掉了,有的高升,有的退隐,有的前进,我又经验了一回同一战阵中的伙伴还是会这么变化,并且落得一个'作家'的头衔,依然在沙漠中走来走去……有了小感触,就写些短文,夸大点说,就是散文诗,以后印成一本,谓之《野草》"②。这时的寂寞,代之以"沙漠中走来走去"。

就在这重提寂寞的《自序》里,"绝望之为虚妄,正与希望相同"的主题句又反复出现了。句中三个语项"绝望、虚妄、希望"中,"虚妄"态度才是要害,我所见到对《希望》的释读基本不是这样。代表性的意见如:"《希望》便是深刻解剖'希望'和'绝望'的矛盾心情的名篇。"③希望、绝望是人类普遍的态度与情绪,虚妄则是中国文化病态与国民性。它是不敢直面人生与社会,如果鉴照鲁迅语境中的行为方式,则是《拿来主义》画出的两种表现:"如果反对这宅子的旧主人,怕给他的东西污染了,徘徊不敢走进门,是孱头;勃然大怒,放一把火烧光,算是保存自己的清白,则是昏蛋。"非如是则为真的猛士,如写于《希望》一年多后的《记念刘和珍君》,"敢于直面惨淡人生,敢于正视淋漓的鲜血",既不落入绝望,也不轻与希望。鲁迅的立人逻辑:虚妄者不是真人,虚妄态度乃不敢正视人生,真人绝不轻言希望,猛士不惧寂寞,也不畏牺牲,从不绝望。如果演绎三个语项的三段论过程,则是:

大前提　"真的人"("狂人"的信仰④)"疾虚妄"

小前提　轻与希望者时时虚妄如迷信,堕入绝望者自我拯救的手段就是认同虚妄

结论　此两者同为虚妄,距离真的人尚远。

鲁迅的"真的人",从他儿时读的《山海经》便有了雏形,或如陶渊明《读

---

① 鲁迅:《呐喊·自序》,《鲁迅全集》第一卷,北京:人民文学出版社,1981年,第419页。
② 鲁迅:《〈自选集〉自序》,载《南腔北调集》,《鲁迅全集》第四卷,北京:人民文学出版社,1981年,第456页。
③ 李关元:《读〈希望〉》,扬州师范学院中文系现代文学教研室编:《〈野草〉赏析》,福州:福建人民出版社,1982年,第83页。
④ 鲁迅:《狂人日记·十》,《鲁迅全集》第一卷,第451—453页。

山海经》刻画,"精卫衔微木,将以填沧海。刑天舞干戚,猛志固常在"。他在五四新文化运动中偶尔瞥见这"寂寞里奔驰的猛士"是真的人,在这 1925 年元旦审视"世上的青年也多衰老"的时候,鲁迅要击破这"虚妄",无论从希望还是绝望说起,裴多菲可以帮助证明。

《希望》是鲁迅以我为主的思考,是半生经验的凝练,裴多菲是宾衬,是文本行旅的转异与加强。鲁迅援引裴多菲的拿来主义做派与风格,是特别的互文关系。"特别"与"深切"不仅是鲁迅小说的特点[①],也是其散文诗《野草》的特点,《希望》一文不能自外。因为其"特别",几乎是所有熟悉鲁迅的人了解的警策,因为其"深切",它是贯穿鲁迅文艺与立人的主题之一。

---

① 参见鲁迅《〈中国新文学大系〉小说二集序》"'表现的深切和格式的特别',颇激动了一部分青年读者的心"(赵家璧主编,鲁迅编:《中国新文学大系小说二集》第 4 集,上海:上海文艺出版社,1984 年,第 1 页),"深切"语源自司马迁。

旅途中的陌生人：施蛰存笔下的欲望试炼

李思逸

一、铁路旅行的怪诞与幻想

施蛰存因为在创作中有意识地运用弗洛伊德（Sigmund Freud）的心理分析学说，同时广泛涉猎意识流、蒙太奇等艺术手法，故被称作中国第一位现代主义的作家。① 他于 1933 年出版的《梅雨之夕》和《善女人行品》两部小说集，包含了 20 多篇主题不同、技巧各异的实验性短篇小说。其中主要涉及车厢邂逅的有《魔道》与《雾》，如果稍微扩大范围至铁路旅行，那么《夜叉》和《春阳》也可以算进来——恰好与前面两篇在表现主题和情节刻画上遥相呼应。事实上，这四个短篇围绕主角的男女性别、城市乡村的旅行路线体现出一种奇异的对称性：从城市前往乡村度假的男性乘客，在火车中遭遇了不愉快的怪诞体验继而发狂；从乡村前往城市冒险的女性乘客，则在途中经历了欲望的唤起、升腾与破灭，最终从幻想中醒来。②

《魔道》全篇由不间断的心理描写和叙述者眼中似真似幻的场景构成。它的叙述情节延续了略带神经质的男性乘客从紧张的城市生活中逃离，借助铁路旅行前往乡村疗养休息这样的模式。与郁达夫的《迟桂花》不同，主

---

① 施蛰存：《关于"现代派"一席谈》，载《北山散文集（一）》，上海：华东师范大学出版社，2001 年，第 678 页。另见 Leo Ou-fan Lee, *Shanghai Modern: The Flowering of a New Urban Culture in China, 1930–1945* (Cambridge and London: Harvard University Press, 1999), p.154.

② 李欧梵曾以西化城市/传统乡村作为《善女人行品》和《梅雨之夕》里旅途的空间模型。他（她）或者是抵达都市因力比多的提升而变得兴奋，或者是去乡村做一次短暂的旅行，遭遇充满色欲、着魔似的可怕经历。Leo Ou-fan Lee, *Shanghai Modern*, pp.182–183.

人公并没能借这趟旅行在风景之中觅得和谐与解脱,反倒陷入了怪诞与恐怖之中,如题目所示走上了邪门歪道。小说伊始,作为叙述者的"我"在车厢中疑惧着对面座位上的一位老妇人。单是这位身着黑衣的老妇人就让他很不舒服,没有其他乘客来附近就座也令他感到非常奇怪,最重要的是他总觉得老妇人在偷偷地、阴险地凝视自己。他想靠读书来打消疑虑、恢复平静,结果眼光依然忍不住地向老妇人瞄去。他试图借窗外的风景来克服恐惧:绿野中的土阜像是古代的陵墓,陵墓中的木乃伊又让他想到美貌的王妃,在这一连串自由联想之后,最终的落脚点依然是那个黑衣老妇人——"难道这个老妇人真会得变作美丽的王妃的木乃伊吗?"不论他的眼睛和思绪投向别的什么地方,"而结果总是仍旧回到她这张可疑的脸上来"。主人公认为自己的感觉和意识被老妇人异样的眼光支配了。等火车到站,他便落荒而逃,来到朋友陈君在郊外的住宅。可当他和朋友一起欣赏竹林雨景时,或者当他独自来到绿水的古潭边遇见洗濯的村姑时,黑衣老妇人的身影都时不时地闪现出来——让他认定自己碰上了一个妖妇。晚餐时,他从陈君的妻子身上感受到一种色欲,觉得她在引诱自己,幻想和她接吻。可第二天当他看到她抱了一只碧眼的大黑猫时便咬定"这简直也是个妖妇了",逃难似的赶到车站,回到上海的寓所——"好像到了一处有担保的安全避难所了"。这时钟表却颇具象征意味地停掉了。他想去奥迪安戏院看电影,最后一张票却被一个身着黑衣的老妇人买走了。他去熟悉的咖啡馆喝了一杯黑啤酒,在幻觉中咖啡女、陈君妻子和古墓中的美貌王妃、车厢中的老妖妇合为一体。他回到住所,收到一封电报告知他三岁的女儿死了。小说结尾是他在露台上,看见对街碧色的煤气灯下,"一个穿了黑衣裳的老妇人孤独的跫进小巷里去"①。

《夜叉》通过叙述者"我"前往医院看望朋友卞士明,以对话的形式道出他神经错乱的原因——其实全部是卞士明单方面的内心独白。卞士明因为祖母的丧事从上海前往杭州,趁此在乡下休养一段时间。一日,他雇了只小箬篷船到交芦庵去玩,偶然一瞥之间看到对面船舱内的一个白衣女子。从此以后,"一个闪着明亮白光的影子便永远地舞动在他的眼前",他在唐寅、

---

① 施蛰存:《魔道》,载刘凌、刘效礼编:《施蛰存全集第一卷:十年创作集》,上海:华东师范大学出版社,2011年,第159—168页。

倪云林的山水画中看见她的身影,水阁中的芦花也都幻化成她的模样。后来他在寄居的小楼房内发现了一本古书,里面记载了此地有关"夜叉"这一吃人的妖怪会化作美丽妇人的故事。"这是一世纪以前的事情,是的,书上这样说。但文字的力量能够打破时间和空间的隔阂,读了这样的记载,我也有些恐怖了。"卞士明越来越怀疑那个白衣女子就是夜叉的化身,于是梦呓般地漫步在山林原野中,仿佛飞鸟和野兔都是夜叉的化身在引诱他。在对幻影的追逐中,他陷入了奇怪的情欲体验和狂想中。最终他来到了夜叉的老巢,冲进去扼死了白衣的妖妇——结果发现却是一个独居在林中小屋内的聋哑村妇。受此刺激,卞士明赶到火车站,想逃回上海,在火车上突然看到后面一节车的车窗中,探出了那女人的头。"她迎着风,头发往后乱舞着,嘴张开着,眼皮努起着。这宛然是夜间被我扼死的时候所呈现的那种怖厉的神情。难道她的鬼魂跟着我吗?"回到上海后,他本想将心中的秘密向朋友——即叙述者"我"诉说,可偶尔撞见朋友的表妹好似那白衣女子一般,惊吓过度而昏厥,住进了精神病院。①

《雾》讲述了一个住在临海小卫城里的大龄待嫁女青年——28岁的秦素贞小姐在车厢中邂逅的故事。秦素贞小姐虽然略为守旧,但是才貌双全,对自己理想中的丈夫有着严格的标准——"希望着的是一个能做诗,做文章,能说体己的谐话,还能够赏月和饮酒的美男子"。但是在这个小卫城中,现实和理想差距巨大,她的出路不是嫁给一个渔人,就是最终成为老处女。于是素贞小姐决定进行一次冒险,以向结婚的表妹祝贺为名,前去上海旅行。火车出发的当天浓雾弥漫,使她无法观看窗外的风景,只得暂时忘掉羞涩和拘束,开始注视同车的乘客。她发现对面座位的一个青年绅士,在静静地看着一本诗集,俨然是符合自己理想的丈夫的实体。素贞小姐沉醉在浪漫的幻想中,内心欢快的欲望也随着两人借由浓雾天气的搭讪逐渐升温。可惜旅程太短,素贞小姐必须在徐家汇站下车了。青年绅士将印有自己姓名"陆士奎"的名片交予素贞小姐,目送着她离开车站。当晚在舅父家和两个表妹闲谈时,素贞小姐拿出名片想一探究竟,被告知陆士奎是上海无人不知的电影明星。然而在素贞小姐的认识里做影戏的无疑是一个下贱的戏

---

① 施蛰存:《夜叉》,载《施蛰存全集第一卷:十年创作集》,第191—198页。

子,更不明白住在都市里的二妹为什么这样羡慕一个戏子。面对热切的询问,素贞小姐感到幻灭,仿佛自己还在火车中,只是响应道:"今天的雾真大,一点都看不清楚哪!"①

《春阳》同样是一个女性欲望幻灭的故事。来自昆山的寡妇婵阿姨乘坐火车到上海去银行提取息金,春日的阳光却唤醒了她久违的欲望,让她决定在上海来一场冒险,"玩一玩"。她在百货公司闲逛,去一家没有经验过的餐馆吃饭,想象隔壁桌的陌生男人与她约会,但萦绕心头的还是刚才那位替她打开保险箱的年轻男性职员。婵阿姨约束不住自己的遐想和憧憬,便以记忆中保险箱似乎未锁为由,再去一次上海银行。于是婵阿姨迎来了欲望的幻灭,因为年轻男人称呼她为"太太",却称另一个身着艳服的女子为"密司陈"。婵阿姨走出银行,头也不回地赶到车站,搭上早班的火车逃离上海——就像《魔道》《夜叉》中的男性赶往车站逃离乡村一样。虽然这篇小说中的邂逅场景并非车厢,但铁路依然充当了进出欲望和幻想的唯一途径。②

以上四个短篇明显都受到弗洛伊德学说中对欲望解释的影响,城市与乡村之间的空间移动也在其中扮演重要角色。李欧梵从都市文化的角度进入施蛰存的实验性小说,一方面考察施的作品与西方现代主义艺术之间的互文性,另一方面引入弗洛伊德的"诡异"(uncanny)概念探讨都市中的怪诞体验,提出乡村与传统作为现代都市阴魂不散的"他者"在文学中存在。③ 谢弗(William Schaefer)对此进一步发挥,致力于寻找施蛰存的书写方式与20世纪30年代上海以摄影、电影为代表的视觉表征之间的关联。他认为《魔道》等小说通过展示过去和传统错位、流离的意象来消解城市与乡村、现代与传统、西方与中国这些二元对立框架——过去的复归是对都市上海全球化资本主义进程的瓦解。④ 不过施蛰存的小说是否显示出了这种

---

① 施蛰存:《雾》,载《施蛰存全集第一卷:十年创作集》,第230—237页。
② 施蛰存:《春阳》,载《施蛰存全集第一卷:十年创作集》,第256—261页。
③ 参见 Leo Ou-fan Lee, *Shanghai Modern*, pp.168-189。之后的一篇文章中,李欧梵对先前的西方都市理论框架予以反省和质疑,强调施蛰存从中国传统的文化艺术中获取资源,以此为怪诞的现代经验进行着魅,提升文学的创造力。李欧梵:《"怪诞"与"着魅":重探施蛰存的小说世界》,《现代中文学刊》2015年第3期,第4—11页。
④ William Schaefer, "Shadow Photographs, Ruins, and Shanghai's Projected Past", in *PMLA: Publications of the Modern Language Association of America*, 122(1), Jan. 2007: 124-134.

左翼都市理论的"进步"立场,又或《魔道》中提到的黑影是否指涉当时视觉作品中的"阴影",这些问题依旧存疑。也有学者关注施蛰存塑造出的各种女性印象,将《魔道》《夜叉》中"神秘女人"和《雾》《春阳》中的"压抑女人"予以比较,认为这些女性始终代表着过去、乡村、虚幻的一面,在男人的凝视下无法成为自主的主体,更无法步入真正的现代。①

诚然,对于小说的理解既不能寄托于某一种批评理论而抹煞文本的独特经验,也不能将其完全视作反映现代都市生活的资料而忽略它们的文学性。因此,本文借助铁路的视角重新阐释弗洛伊德学说和施蛰存这四个文本之间的亲缘性,不再将精神分析视作可以套用的现成理论,而是恢复理论背后的经验,促使其与文本中的经验进行沟通与对话。为此我们先转向弗洛伊德本人有关铁路旅行及车厢邂逅的经历和论述。

二、弗洛伊德和火车的故事

在弗洛伊德 1897 年写给密友弗里斯(Wilhelm Fliess)的信件中,我们发现他早年的两次铁路旅行对精神分析学说的形成意义重大。第一次涉及弗洛伊德原初性欲的显现:据他回忆是自己两岁半的时候在莱比锡前往维也纳的火车车厢里,无意中看到了母亲的裸体——其实是一位年长的保姆,"我对母亲的力比多在那时被唤醒了"②。有学者称之为是铁路旅行发现了"俄狄浦斯情结"(Oedipus Complex)。③ 另一次是弗洛伊德对自己患有铁路旅行焦虑的分析诊断:他三岁的时候随全家从弗莱贝格迁往莱比锡,在行驶的车厢里看见窗外的煤气灯犹如"地狱中燃烧的鬼魂",仿佛自己也置身于地狱之中。弗洛伊德认为自己对铁路的恐惧源于这一创伤性的童年记

---

① Christopher Rosenmeier,"Women Stereotypes in Shi Zhecun's Short Stories", in *Modern China*, 37(1), 2010: 44-68.

② Sigmund Freud, *The Complete Letters of Sigmund Freud to Wilhelm Fliess 1887-1904*, trans. Jeffery Moussaieff Masson (Cambridge: Harvard University Press, 1985), pp.267-269.

③ 马库斯(Laura Marcus)认为铁路为精神分析提供了基本的概念和隐喻框架,恰如铁路旅行发现了恋母情结,铁路事故则启发了弗洛伊德的"震惊"(shock)理论。参见 Laura Marcus, "Psychoanalytic Training: Freud and the Railways", in eds. Matthew Beaumont and Michael Freeman, *The Railway and Modernity: Time, Space, and the Machine Ensemble* (Bern: Peter Lang, 2007), pp.155-175.

忆,由于借助心理分析弄清了两者之间的关联,他宣称自己的焦虑被克服了。①

在 1899 年出版的《梦的解析》一书中,弗洛伊德在探讨梦的运作和荒谬时,以自己在铁路旅行时曾做过的两个梦为例证——均与车厢中的邂逅有关。第一个梦发生在他于旅行中半睡半醒之际:火车经停一个小站,他正在考虑停车时间是否充足,要不要下车去瞧瞧。恍然间,弗洛伊德发现自己身处另一个车厢中,被不同的陌生人包围着。他看到一对英国兄妹,车厢的书柜上放着一堆书,有亚当·斯密的《国富论》、席勒的部分作品。这些书看起来像是他的,但又似乎是这对兄妹的。就在那位英国绅士问妹妹是否忘带了席勒的一本书时,他感到自己想要插话进去予以确认,就在此时梦醒了,列车也到站了。第二个梦关乎他乘坐头等车厢的一次不愉快经历。弗洛伊德和一对极为粗鲁、不礼貌的夫妇同处一间头等车厢里。当铁路职员验票时弗洛伊德出示了自己花费巨资购买的车票,而对面的夫人则不屑地宣布:"我的丈夫有免费待遇。"然后他试着睡觉。在梦中,他对这两位令人厌恶的旅伴采取了可怕的报复行为,然后车厢再次突然变换了。弗洛伊德感兴趣的是为什么自己在梦中处于一种自动游离的状态,突然就去到另一个车厢中。他的解释是自己先前治疗的一位心理病患具有分不清现实场景的特征,故而将此投射进自己的梦中,无意识地将他误认为自己。② 这一答案的有效性有待商榷,但弗洛伊德最早以主体自身身份的丧失和无能为力来解释梦中车厢的变换,将无意识的主体与车厢邂逅联系在一起。这从侧面反映出车厢经验在精神分析中的肇始地位:先有了车厢中界限的暧昧含混,我们才可能去思考一个无意识的主体。

此后在弗洛伊德的学说中,车厢经验和主体的危机、潜意识更加紧密地联系在一起,并被裹上理论的术语。1905 年出版的《性学三论》中,他更是天马行空地将火车有韵律的机械振动和车厢中身体的性欲联结起来,认为铁路旅行可以激发主体的性欲带来快感,但也可能压抑主体的欲望使性欲

---

① Sigmund Freud, *The Complete Letters of Sigmund Freud to Wilhelm Fliess 1887-1904*, p.285.

② Sigmund Freud, *The Interpretation of Dreams*, trans. James Strachey (New York: Basic Books, 2010), pp.462-466.

机制陷入混乱——遭受创伤性的神经衰弱症。① 而在1913年《论治疗的开始》一文中,弗洛伊德让分析对象想象自己置身于车厢内,向旁边的乘客描述窗外掠过的事物这一场景,来帮助他/她进入潜意识,实现自由联想。② 在这个意义上,车厢成了潜意识的原型空间,在行进中伴随着欲望的出现、升起与幻灭这一时间过程。

最后让我们回到弗洛伊德那篇大名鼎鼎、对文学艺术产生了深远影响的论文——《论诡异》(1919)。诡异(uncanny/unheimlich)不同于奇怪或可怕,尽管它能导致这些后果。诡异是一种陌生与熟悉纠缠在一起的悖谬状态,在像家一样的环境中混入了非家的因素。弗洛伊德认为,诡异根源于主体建立初期,自我认同还不能将自身和外部世界、他者显著地区别开来,导致了一种界限的含混。③ 所以诡异这一主体的危机又有两种呈现方式:一是对自我的怀疑,将自己误认作他者,或在他者身上看到了自己;二是对现实的不确定,分不清实在与想象的界限,一直被当作想象的事物突然在现实中出现,或者旧有的、被抛弃的信念似乎又被新的现实予以确认。④ 潜意识的压抑机制和被压抑之物强制性地重复回归,构成诡异的运作原理。⑤ 它在经验中的触发条件则被归结为婴儿时期被压抑的情结重新苏醒,或是曾被克服的原始信念又一次得到确认。⑥ 诡异的概念在都市文学研究中大行其道,常被泛化为对现代城市空间的焦虑——特别是涉及侦探小说、哥特文

---

① Sigmund Freud, *Three Essays on the Theory of Sexuality*, trans. Ulrike Kistner (London and New York: Verso, 2016), pp.54-55.
② Sigmund Freud, "On Beginning the Treatment", in *The Standard Edition of the Complete Psychological Works of Sigmund Freud, Volume XII (1911-1913): The Case of Schreber, Papers on Technique, and Other Works*, trans. James Strachey and Anna Freud (London: The Hogarth Press, 1958), p.135.狄更斯(Charles Dickens)也曾描述过在移动的车厢中犹如步入梦境、丧失自我的感觉:"我从某个地方来到另一个地方去,除此之外我不想知道更多。为什么有些东西在我脑海里闪进又闪出,它们从哪里来为什么要来,它们要往哪里去为什么要去,我无力思考这些……我对自身一无所知……"参见 Charles Dickens, "Railway Dreaming", in *Household Words*, Volume XIII, Magazine No. 320, May 10, 1856, pp.385-388。
③ Sigmund Freud, "The 'Uncanny'", in *The Standard Edition of the Complete Psychological Works of Sigmund Freud, Volume XVII (1917-1919): An Infantile Neurosis and Other Works*, trans. James Strachey and Anna Freud (London: The Hogarth Press, 1958), pp.218-252, 236.
④ Ibid., pp.234-248.
⑤ Ibid., pp.238-241.
⑥ Ibid., p.249.

化时用来解释相关的惊悚、怪诞体验和猎奇快感。① 我们暂时悬搁这些理论阐发,将注意力放在原文中的一个注释上——因为弗洛伊德在此仍是用自己在车厢中的亲身经历来帮助读者理解诡异究竟是什么。

> 行进中的列车猛烈摇晃着,我正独自坐在自己的卧铺车厢内。隔壁卫生间的门被晃开,一个穿着睡袍、头戴旅行帽的年长绅士闯入我的车厢。我猜想是由于卫生间处于两个车厢之间,他不小心转错了方向而进到我的车厢。我跳起来想要告诉他,可马上让我大吃一惊的是那个闯入者居然是我自己反射在门口镜子里的影像。我到现在还能回想起他的显现让我感到一种彻底的不悦。②

这一事件中的诡异是指镜子中的自我误认——同时认出又无法认出自己,在自身中发现了异己的存在,但它的触发条件却是车厢自身——界限标识的失效与陌生人闯入的可能。正是弗洛伊德潜意识中明白车厢中私人领域与公共空间界限的模糊,才萌生了有关"闯入者"的不安想象。这一不安借助镜像得以释放,暗示了车厢似家一样的安全其实是脆弱不堪的幻象。所以主体才于不分明的含混状态中引发了认不出自己的怪诞后果。③ 同理,基于这种界限的暧昧,弗洛伊德早年铁路旅行犹如置身于地狱里的错觉,梦中车厢的突然变换恰好印证了诡异的另一面——对现实的不确定。车厢中的浮动界限展示了一个熟悉与陌生并存,既像家又非家的原型空间,车厢中的陌生人为主体提供了与他者误认的契机。所以问题不是我们能否用精神分析来解释有关铁路旅行的小说文本,而是诡异本身就是车厢里主体经验的转喻。

怀着以上认识我们再回到施蛰存的小说,会发现这些文本其实和弗洛伊德的理论一同分有了现代主体有关铁路的原初经验。一方面我们不需要

---

① 参见 Richard Lehan, *The City in Literature: An Intellectual and Cultural History* (Berkeley, Los Angeles and London: University of California Press, 1998), p.74。
② Ibid., p.248.
③ 汤姆·冈宁(Tom Gunning)从视觉角度对弗洛伊德这一车厢经历进行了分析,安东尼·维德勒(Anthony Vidler)则把这一插曲视作拉冈(Jacques Lacan)"镜像阶段"(mirror stage)的预演。参见 Tom Gunning, "The Exterior as Intérieur: Benjamin's Optical Detective", in *Boundary 2*, 30 (1), 2003: 105-130, 125-128; Anthony Vidler, *The Architectural Uncanny: Essays in the Modern Unhomely* (Cambridge, MA: MIT Press, 1992), pp.222-223。

刻意否认施蛰存写作中对精神分析的运用，比如《魔道》中的叙述者压抑自己注视、想象邻座老妇人的欲望，同时黑衣、黑影、黑啤酒等黑色意象的重复出现；另一方面也要意识到即使我们不用弗洛伊德的术语，也能从文本中推导出类似诡异的演绎范式。施蛰存曾用三个关键词来界定自己的作品：怪诞（grotesque）、色情（erotic）、幻想（fantastic）。① 色情或色欲的表达是施蛰存小说中对主体最主要的书写方式。如同他在评论自己极为推崇的奥地利小说家显尼支勒（Arthur Schnitzler）时提到的那样：死亡和性爱是人生的两大主力，性爱对于人生的各方面都有密切关系，但是对性爱的描写不是把它局限于事实或行为，而是性心理的分析与刻画。② 弥漫生活的一切表征也许都关联着性的暗示，但性本身揭示的是真理的知识论述和主体的权力斗争③；性的心理永远关乎自我与他者之间的对立承认，哪怕自我不过是一种误认，抑或他者只是欲望的幻象。在性的牵引下，旅行中的冒险者在与陌生人的相遇中陷入了怪诞和幻想的两难：或者因为无法压抑强烈的欲望，放任自我于漂浮的能指中，导致对现实的否定、进入怪诞——《魔道》与《夜叉》，或者在幻想中为欲望指定了崇高客体（sublime objects）④，竭力将他者拉向自己，进而在无可避免的创伤中消除幻觉、丧失自我——《雾》《春阳》。

马斯科特（Claude Massicotte）详尽分析了铁路在弗洛伊德学说中的隐喻作用，认为火车既是纠缠不休记忆的起源，又是检索记忆、驱散过去的工具。这意味着火车为我们带来了两种理解过去的不同方式：过去（像铁轨一样）可以通过恢复联结、追溯踪迹得以复现，也可以（像车厢一样）是移动的实体——只有在无尽的转译、换位、重新配置中得到定义。⑤ 这一论点有

---

① 参见李欧梵：《"怪诞"与"着魅"：重探施蛰存的小说世界》，《现代中文学刊》2015 年第 3 期。
② 参见施蛰存《〈妇心三部曲〉译者序》及《〈薄命的戴莉萨〉译者序》，载《北山散文集（二）》，上海：华东师范大学出版社，2001 年，第 1169—1170、1204 页。
③ Michel Foucault, *The History of Sexuality*, *Volume 1: An Introduction*, trans. Robert Hurley (New York: Vintage Books, 1990), pp.70, 83.
④ 关于客体的崇高化及堕落，参见 Slavoj Zizek, *The Sublime Object of Ideology* (Verso, 2008), p.221.
⑤ Claude Massicotte, "Mapping Memory through the Railway Network: Reconsidering Freud's Metaphors from the *Project for a Scientific Psychology to Beyond the Pleasure Principle*", in eds. Steven D. Spalding and Benjamin Fraser, *Trains, Literature, and Culture: Reading and Writing the Rails* (Washington DC: Lexington Books Press, 2012), pp.159-177.

助于我们理解弗洛伊德和施蛰存如何用不同的路径构造出铁路之于主体的欲望试炼。虽然今天学界对于精神分析的科学性充满了质疑,但在弗洛伊德那里正是因为符合科学规范,所以它才合理有效。通过分析诊断,荒诞的梦能够得到合理的解释——梦见自己突然置身于另一车厢是因为将他人的言行投射进来,心中的焦虑是可以克服的——通过回忆将原因归咎于童年时期车窗外燃烧的煤气灯让他误以为自己是在地狱中。可见弗洛伊德主要是在铁轨联结和追溯的意义上理解过去的记忆,火车对于他而言是一种祛魅(disenchantment)的工具。与之相反,施蛰存则采取了永远处于转换、错位、重写的移动车厢这一模式,铁路经验成了他为文本着魅(enchantment)的法宝。最明显的例子就是《夜叉》的诞生,施蛰存将自己在车厢中的遭遇进行着魅处理——转译、错位并且重新配置。据他本人的说法:

> 一天,在从松江到上海的火车上,偶然探首出车窗外,看见后面一节列车中,有一个女人的头伸出着。她迎着风,张着嘴,俨然像一个正在被扼死的女人。这使我忽然在种种的联想中构成了一个 plot,这就是《夜叉》。①

所以施蛰存不仅没有对车厢中的邂逅进行解释、梳理的打算,反而是把它放进一个更宽广的历史资源和文学经验中,搅乱原有的框架,突破文学表达的界限。这恰恰和文中主角卞士明的宣言相呼应:"我企图经验古代神怪小说中所记载的事实。我要替人类的恋爱扩大领域。我要从一种不自然的事宜中寻找出自然的美艳来。我真的完全抛撇了理智。"

这四篇小说中着魅的契机也非常有趣。《魔道》中的叙述者在火车上读了那些涉及奇异故事、宗教诗歌、性欲犯罪及心理学的书籍后,产生的追问预示了对现实的不确定:"难道中古时代的精灵都还生存在现代吗?……这又有什么不可能?他们既然能够从上古留存到中古,那当然是可以再遗留到现代的。你敢说上海不会有这样的妖魅吗?"《夜叉》中卞士明丧失了把握界限的能力同样是因为阅读书籍:"这是一世纪以前的事情,是的,书上这样说。但文字的力量能够打破时间和空间的隔阂,读了这样的记载,我也有些

---

① 施蛰存:《梅雨之夕·后记》,载《施蛰存全集第一卷:十年创作集》,第 624 页。

恐怖了。"而《雾》和《春阳》都是依托自然景色来呈现主体欲望的萌发、上升和幻灭。浓雾让素贞看不到窗外的风景,提供了她与陆士奎搭讪的话题,更成为她"一点看不清楚"自己欲望幻象的托辞。春天的太阳光,不仅改变了婵阿姨的体质还简直改变了她的思想,在她内心种下了这样的骚动:"人有的时候得看破些,天气这样好!"书籍与风景作为触发欲望的两种介质,也许能解释主体试炼的不同结果:如同前一章的分析,风景呈现的是一个人的视野,是主体直接的自我确认,让素贞小姐和婵阿姨在与他者创伤性的遭遇后退回原有的避风港。书籍呈现出的记忆从来不独属于某一个人,读者在阅读中获得的正是在他/她之内却又不属于他/她的异己经验,所以主体欲望的实现不是满足或破灭,而是欲望的自我繁殖和阴魂不散——不论男主人公们逃往哪里,他们早已成为这一循环运动的一部分。而一个引申的解读或许是:迷恋历史、想回到过去的总是男人,女人更在意当下的安全感。所以从这个角度来看,我们可以说施蛰存的小说丰富了弗洛伊德以"欧洲白人男性"作为普遍单一主体的"诡异"论述[①],不是以心理分析的途径,也不是依据作家个人的意志,而是故事情节发展的必然——文学的反讽力量。

三、与他者相遇:凝视和对话

《魔道》中对黑衣老妇人的刻画最令人难忘之处,是她对叙述者难以名状的凝视。从最开始在车厢相遇时,她就好像擅长透视术一般,偷偷地、阴险地对"我"凝视着。当"我"想要借看书来镇静自己、打发旅途时间时,突然发现她又在鬼鬼祟祟地偷看"我"了,愈发显得像是个妖妇。读书不成,"我"便转向车窗外的风景,希望透过幻想逃避不愉快的现实,最终的结果却是自己的感觉和意识好像完全被老妇人异样的眼光支配了。如果我们天真地相信叙述者的说法,认为是这个奇怪的黑衣老妇人在一直凝视着他,那就真上了施蛰存的当。这里潜藏的问题是:如果不是"你"一直看着老妇人的话,又怎么知道她在看着"你"呢?凝视对方是意识到自己被对方凝视的前提。车厢中凝视的双向性在《雾》中以一种更为写实的方式呈现出来。素贞小姐

---

① 参见 Edward Said, *Freud and the Non-European* (London and New York: Verso, 2014)。

由于车窗外的浓雾遮蔽了视野,转而鼓起勇气敢于注视同车的乘客了。她最先注意到的是对面座位上的青年绅士,一眼就觉得他是一个很可亲的男子,继而偷瞧他看的是什么书。发现他在看的是一本诗集,由此引发了素贞小姐更深切的注意,"她再冒着险看他一眼",最终确定了这位绅士就是完全符合自己理想丈夫标准的实体。在继续的凝视中,素贞小姐发现这位绅士也在频频地看着自己,而且是一种全身心凝聚的、很大胆的看法。这种与陌生他者看与被看的凝视游戏,是车厢邂逅经验延伸至都市生活的重要构成,同时也指向自我与他者之间的一般关系。

>在19世纪的巴士、铁路、街车完全建成以前,人们从未被放置在一个地方彼此凝视几分钟甚至几小时却不发一言。

引述齐美尔的这句见解,本雅明感慨城市居民那充满防备功能的眼睛早已是负担过重。放任于充满戒备的眼神中——人们甚至能在这种沉沦中感到某种愉悦。本雅明将其归因于凝视的距离,导致人们倾向于认为"有用的幻觉"(useful illusion)比"悲剧的简洁"(tragic concision)更为重要。① 凝视的快感和有用的幻觉在《雾》和《春阳》中都有明显体现,这其实是主体在封闭的自我意识中进行着认同游戏,将世界和他者强行拉入自我幻想中的范畴与框架。可是一旦车厢中的乘客意识到无法控制自己的凝视与幻想——如同无法控制急驶的火车一样,那么防护性的眼神就会倒向它的反面——被凝视的过度自觉。凝视总是体现为对一个具体可感对象的把握,被凝视意味着无法捕捉对象、无力把握现实——除了将自身对象化、客体化外别无他法。《魔道》与《夜叉》见证了强烈的凝视导向被凝视的神经敏感,有用的幻觉变成一种伤害——泛滥的幻想与混淆现实的怪诞。

萨特(Jean-Paul Sartre)从"为他者存在"(Being-for-Others)的角度分析了自我和他人之间看与被看的凝视现象。他借由两个空间意味很浓的故事——独自一人的"我"在公园中与陌生他者遭遇、"我"从门后锁眼中窥视他人被发现的窘境,表明自我只有在他者的凝视中才能作为主体而存在。当"我"一个人坐在公园的长椅上时,周围的对象都呈现出为"我"的对象

---

① 参见 Walter Benjamin, "On Some Motifs in Baudelaire", in trans. Harry Zohn, ed. Hannah Arendt, *Illuminations* (New York: Schocken Books, 1969), p.191.

性——原则上没有任何对象可以逃离"我"的凝视,"我"也沉浸在完全掌握主体视域的快感之中。然而一个突然从椅子旁边经过的人,他的出现改变了这一切。他者的凝视不仅是对"我"视域的侵占,更将"我"变成他视野中的对象,"我"与"我"凝视对象的关系也在他者的凝视下被改变了。在他者的注视中,一个完整的空间聚集在他的周围,而它所聚集起的是曾经充斥于"我"的天地中的一切对象。因此,突然出现的对象却从"我"这里偷去了世界,"我"再也无法处于这个世界的中心。尽管如此,"我"的存在却又在他者的注视中得以被认可——只有当"我"成为他者的注视对象时,"我"才得以存在。这就是所谓"被他者看见"("Being-Seen-by-the-Other")才是"看见他者"(Seeing-the-Other)的真相。"我"从门后锁眼中窥视他人被发现,在他者目光下引发的窘迫与不安却让"我"显著地意识到自己的存在。萨特将这种自我由于意识到他人的注视而产生的不安划分为羞耻或是骄傲两种状态,正是这两种状态向"我"揭示了他者的注视以及这目光尽头的"我"自己,这使"我"有了生命,让自我又回到了主体的位置上。[1] 尽管主体把他人的注视视为一种"拖在身后的苦难",可正是这种苦难恢复了主体的绝对性,"在消化这一苦难之后,主体表现出在它自身中获得了肯定,并且通过考验而获得了加强"[2]。相较于男性角色沉溺于被凝视的怪诞中无力自拔,素贞小姐和婵阿姨都在他者的注视中经历由骄傲到羞耻的变化,消化了他者施加的苦难。保全自身的秘密在于放弃主体绝对的欲望、对他者妥协,但这种妥协又是获得他人承认的必要条件。不被承认的主体只得在凝视/被凝视中失去与世界的联系,唯一能惊醒他的是作为界限的死亡——想想《魔道》中突然死去的小女儿以及《夜叉》里被扼死的村妇。

  人要靠眼睛以外的力量才能逃脱出凝视/被凝视的诡异循环。当我们有意识地凝视对象或被凝视时,身体的界限总是清晰且僵硬的,主体与世界、自我和他者的分离有明显增强的感觉。但若我们暂时将全部的专注从视觉里撤出,转而与人交谈时,这种分离感就很弱,甚至会有融合的错觉。

---

[1] Jean-Paul Sartre, *Being and Nothingness: An Essay on Phenomenological Ontology*, trans. Hazzel E. Barnes (London and New York: Routledge, 2003), pp.277-288.
[2] Maurice Merleau-Ponty, *Adventures of the Dialectic*, trans. Joseph Bien (Evanston: Northwestern University Press, 1973), p.155.

只不过对话的结果往往会令我们意识到,自己再也不是先前幻想中独一、完整的个体。《雾》和《春阳》流露出的失落并非欲望的对象不如人意,因为欲望的幻象早在表述中、对话伊始就被打破了。素贞递出陆士奎的名片向两位表妹打听是否认识此人,二妹的回答是:"谁不认识,陆士奎,电影明星。"而这样的表述在素贞脑海中对应着的想象则是"做影戏的,一个戏子,一个下贱的戏子"。婵阿姨本来在银行职员的注视下充满了期待——虽然窘迫但是欢喜,然而一句"太太"的回应和对另一位女子"密司"的称呼让她如梦初醒。反过来我们也可以设想,假如《魔道》《夜叉》中的男主人公们能够和黑衣老妇人、白衣女子展开对话,小说情节又会如何发展呢?即使不至于完全脱离怪诞,诡异的效果一定会减弱很多。毕竟,会说话的鬼魂、妖怪远没有那么可怕。

巴赫金(Mikhail Bakhtin)主张主体的存在本质上是对话性的,只有在自我和他者之间持续的交谈中才能不断加以确定。他认为诗歌语言体现的是一种封闭和权威,小说的文本空间中才有"众声喧哗"(Heteroglossia)之现象。"任何一个具体的论述(说话)都会发现它所指向的对象,已经被各种定义所覆盖,面临着争议,充斥着价值,笼罩在模糊的迷雾之中——或者,恰恰相反,沐浴在那已言说过自身的异乡言语之光线中。言谈的对象早已和共享的思想观点、相异的价值判断及语音腔调纠缠在一起。""对于个体意识而言,语言既是活的、社会意识形态的具体事物,又是异质众声发出的观点,它存在于自我和他者的边界。语言中一半的话语都是他者的。"[①]对话中的复杂与多元是对界限的反复消除与再设定:也许是顽固的话语抵抗着语境的同化——素贞和婵阿姨对于"戏子"和"太太"的理解,也许是话语超出了经验可以把握的框架——两人对于"电影明星"和"密司"的想象,又也许是话语的显现违背了说话者的意图——银行职员称呼婵阿姨为"太太"时并不一定是嫌她年老,而二妹更可能是以憧憬、羡慕的口吻说起"电影明星"。说到底,视觉是一种专制的体验,无论是凝视还是被凝视,要么是绝对的为我,要么是绝对的为他——恰好和巴赫金将诗的语言形容为封闭、权威相关切,

---

① Mikhail Bakhtin,"Discourse in the Novel",in trans. Caryl Emerson and Michael Holquist,*The Dialogic Imagination: Four Essays*(Austin:University of Texas Press,1981),pp. 276,293-294.

也许这才是单纯的视觉问题能和波德莱尔的散文诗、本雅明的诗意批评完美结合的原因。视觉传达不出言语的歧义性和经验的异质特征,这只有通过对话才能暴露出来。而对话不管形式有多么随意、内容如何琐碎,始终是无法制服的异质体验,一种我中有他,他中有我的流动。欲望设定的对象——想要获得、征服、甚至对抗的他者在视觉中达到顶峰,可一旦落入对话中就被摔得粉碎——不是因为通过交谈揭示出对象不符合标准这样的"真理",而是在对话的世界中根本就不会有这样的对象存在,从一开始就没有一个纯粹的他者(自我)被分裂出去。素贞和婵阿姨所遗憾的是欲望本身而非欲望的对象,她们的失落是接触他者之后成熟主体的失落。开启的对话令她们免遭否定现实后的怪诞惩罚,但在这种与他人的激烈相遇中,她们感到了主体自身的虚妄——"生活的本质是对话性的,而人是一种通过他者才能成为自己的存在"[1]。

值得注意的是,施蛰存本人恰恰对小说中人物的对话持抵触态度。在一篇名为《小说中的对话》文章中,他直言不讳地宣称小说中最难写的就是对话,对话具有笨拙、幼稚之感,容易让读者揣知作者的企图并为故事平添上一种使命感。这其实是新文学运动后的民国小说对西洋小说中的对话形式生搬硬套的后果——中国古代的小说创作多是以随笔的形式讲故事。施蛰存继而援引另一位讨厌对话的日本小说家谷崎润一郎的言论寻求支持。后者指出现在日本作家在小说创作时越来越不愿意叙写会话了,小说的写法变成了故事风,甚至转向更为平淡的随笔风,但这其实是对东洋文学之传统精神的领悟。对于这种"从复古中取得新的"之论点,施蛰存深以为然,并且反问道:"倘若是一个美好的故事,用著者的口气叙述得非常生动,即使没有一点描写,没有一句对话,难道读者会觉得缺少了实感吗?"[2]可见施蛰存调用传统资源对现代的旅行经验进行新的着魅,不只是在小说内容中,也体现在叙述形式上,这才使得《魔道》等小说在20世纪30年代的文学创作中显得别具一格。

---

[1] 参见 Tzvetan Todorov, *Mikhail Bakhtin: The Dialogical Principle*, trans. Wlad Godzich (Minneapolis: University of Minnesota Press, 1984), pp.94-98。
[2] 施蛰存:《小说中的对话》,载《北山散文集(一)》,第488—494页。

当代文化与实践

中国文学与文化研究范式新探索

街道的力量：公共空间、数字化与步行街的思考

包亚明

一、街道的力量

在简·雅各布斯看来，街道是我们归属感的一部分。在《美国大城市的死与生》这部都市启示录中，雅各布斯认定城市就是街道。街道不是城市的血管，而是神经网络，是积累的智慧。街道上的互动，是一个城市的公共生活的开端，只有居民才是城市最终的推动力，这一传统可以上溯到古罗马时期的公共街道。同样秉持非主流和民粹观点的伯纳德·鲁道夫斯基在《人的街道》一书中这样描述意大利的街道："街道不会存在于什么都没有的地方，亦即不可能同周围环境分开。换句话说，街道必定伴随着那里的建筑而存在。街道是母体，是城市的房间，是丰沃的土壤，也是培育的温床。其生存能力就像人依靠人性一样，依靠于周围的建筑。完整的街道是协调的空间。"[1]阿兰·B.雅各布斯同样赞同简·雅各布斯的观点，他认为街道以一种最基本的方式为人们提供了户外活动的场所；同时，街道也是社交与商业活动的空间。"置身其间，你可以与人会晤——这也是我们之所以依恋城市环境的基本原因……有些街道存在的目的是为了交换商品与服务，街道是个生意场。这样的街道就是一种公共生活的橱窗，用以展示社会所提供的诱人商品。"[2]阿兰·B.雅各布斯强调街道的功用并不仅仅是让人们能够方便

---

[1] 转引自[日]芦原义信：《街道的美学》，尹培桐译，南京：江苏凤凰文艺出版社，2017年，第52页。
[2] [美]阿兰·B.雅各布斯：《伟大的街道》，王又佳等译，北京：中国建筑工业出版社，2008年，第3页。

地从一个地方到达另一个地方。"街道是组成公共领域的最主要因素,其他任何城市空间都望尘莫及。它们是公共财产的重要组成部分,并受公共机构的直接管理。"①

简·雅各布斯认为美国城市的活力是在非规划的、自组织的、即兴生长的街道中孕育的,人们按照需要而自然选择的生活,构成了街道赖以存在的混沌的复杂性,并创造了连续而短小的"街道眼",从而激发出自发自由的街道芭蕾的"舞步"。伯纳德·鲁道夫斯基同样关注非传统、非西方"主流"建筑的文化,他在《没有建筑师的建筑:简明非正统建筑导论》一书中,突破了狭隘的学科藩篱和社会偏见,展示了可容纳十万观众的美洲史前剧院区域、供数百万人居住的地下城镇和乡村等奇观。鲁道夫斯基希望在那些公共空间的"原始"建筑之美中,找到陷入困境的工业时代人类生活的出路。鲁道夫斯基认为,街道作为城市公共空间的核心组成部分,是建筑智慧与人类生活方式的交汇点。可以说,街道聚焦了人类生存和发展的核心问题:如何更高质量地可持续地生存,以及在生存过程中如何维持和谐共处的邻里关系。

人的活动是阿兰·B.雅各布斯关注的焦点,在街道上人与人的关系中,他更强调街道是一种人的运动:人们四处观望、穿行其间,那些擦肩而过的人们的脸孔和身形,那些变化的姿态与装扮,都在不间断地运动着。同样认同简·雅各布斯的理念的珍妮特·萨迪-汗担任过纽约交通局长,在六年多的城市治理过程中,她始终关注街道与人的力量,她认为不仅仅是纽约市民,而是世界范围内的城市居民都开始意识到街道的重要性,并希望追回属于他们的街道,因为人们开始意识到从未被满足的对于城市宜居公共空间的渴望。在《抢街:大城市的重生之路》一书中,珍妮特·萨迪-汗认为街道是一个城市社会、政治与商业的动脉,街道也划分着政治与文化的边界:"一直以来,城市是孕育文化、科技、商业的摇篮,历史上的先进思潮和文明在此碰撞交汇。然而,当今世界特大城市的街道上却鲜能体现出这种创新性……如果一个城市的街道非常适宜人们步行、骑行或者闲坐,那么这座城市也会激发人们创新,促进投资,并吸引人们长居于此。"②

---

① [美]阿兰·B.雅各布斯:《伟大的街道》,第 308 页。
② [美]珍妮特·萨迪-汗等:《抢街:大城市的重生之路》,宋平等译,北京:电子工业出版社,2018 年,第 xv—xvi 页,引言。

迈克尔·索斯沃斯和伊万·本-约瑟夫在《街道与城镇的形成》一书中，不仅认同街道是聚拢城市居民的黏合剂，而且认为街道是为城市生活而搭建的公共框架，而不只是供车辆穿梭的交通通道。和珍妮特·萨迪-汗一样，他们也认为街道应当发挥鼓励街头生活的优势，应当而且必须能够适应不同的使用者。街道网络应当满足行人、骑行者、出租车、公交车等使用者的共同需求，应当用于维系居住区的宜居性。"街道建设的目标是创造出功能完备、适宜居住的街道，而且要使得这些街道关联所处的自然与历史背景，支持所处社区的社交生活，并且对使用者而言它们既舒适又安全。"①迈克尔·索斯沃斯和伊万·本-约瑟夫认为，街道设计标准必须对自然与历史环境、社会生活与文化具备灵活性和灵敏的反应，这已经接近了阿兰·B.雅各布斯讨论的"伟大的街道"的问题。

阿兰·B.雅各布斯坚信"伟大的街道造就伟大的城市"。当阿兰·B.雅各布斯提出"伟大的街道"这一理念时，他清醒地意识到这是一个没有标准答案的问题，散步的场所、物质舒适性、清晰的边界、悦目的景观、协调性、良好的维护管理措施，这些显然都是伟大街道所应具备的物质特征。但是光有这些是远远不够的，伟大的街道一定是和人联系在一起的，一定是和人的活动联系在一起的。人们在这样的街道公共空间能够彼此交流、不再感到孤独，能够聚集起来，创造有意思的社区生活。这样街道不仅成了社会化的容器，而且成了表达公共见解的场所，人们在街道上感觉到舒适和安全。"最优秀的街道能给人带来强烈、持久、积极的印象；他们抓住你的眼睛和想象。这里是快乐的地带，让人们不知不觉希望故地重游。"②

二、步行的困境

阿兰·B.雅各布斯认为伟大的街道中一定蕴藏着一种魔力，这种魔力含有想象力和灵感等不可思议的属性。步行，也许是发现街道魔力的最有效的手段，或者说，在城市街道中步行本身就具有一种特殊的魔力。

---

① ［美］迈克尔·索斯沃斯、伊万·本-约瑟夫：《街道与城镇的形成》，李凌虹译，南京：江苏凤凰科学技术出版社，2018年，第3—4页。
② ［美］阿兰·B.雅各布斯：《伟大的街道》，第306页。

丽贝卡·索尔尼在《走路的历史》一书中认为，走路不应追求以最快速度走最短路程，相反，走路不只是日常生活中寻常的移动方式。正如卢梭认为的那样，步行是一种简约的运动与沉思方式。丽贝卡·索尔尼描摹了一些近现代著名行者的"肖像"：卢梭只有在徒步旅行的时刻，才想得这么多，活得如此鲜活，体验如此丰富，能尽情地做回自己。卢梭的一部晚年作品，每一章的题目都有"行走"两字，这部描绘思想和步行关系的著作就叫《一个孤独散步者的遐想》。克尔凯戈尔也关注步行与思想的联系，也同样是一位行者。克尔凯戈尔每天最大的娱乐就是在哥本哈根的街道上行走，他从未在家里接待过客人，他的客厅就是哥本哈根的街道。在步行中和许多路人维持泛泛之交，使克尔凯戈尔能够既疏离人际关系又置身于人群之中，并且能够同时沉浸于自己的思想之中。本雅明堪称伟大的街道游荡者，对于本雅明而言，城市是只能借步行游荡来理解的组织，在本雅明称为"十九世纪的首都"的巴黎，与步行游荡相关的拱廊街、休闲、群众、疏离、观察等组合而成的空间秩序，与叙事和纪念等时间秩序形成了鲜明的对比。本雅明本人从未明确定义过游荡者，但他使得游荡者成为20世纪末学者的重要研究主题。①

在本雅明看来，游荡者出现在19世纪初城市面积变大、街道网络变得复杂的时候。丽贝卡·索尔尼认为，步行的黄金时代是18世纪至20世纪70年代，那时的人们不仅重视散步，还热衷于创造步行地点。20世纪70年代大多数美国人已经迁往郊区，郊区化大幅改变了日常生活的规模和质地，步行已经不再指涉休闲时间、自由而迷人的空间和不受阻碍的身体。安德鲁·杜安尼在《郊区国家：蔓延的兴起与美国梦的衰落》一书中同样批评美国的郊区化进程："土地的细分缺少灵魂，所谓的居住'社区'中却根本没有社区生活；带状的购物中心，'大盒子'样的连锁店，那些超大型购物中心明明淹没在枯燥乏味的停车海洋之中却人为地造出一派欢乐气氛；办公园区极度整洁却又单调无奇，一过晚上六点就成了空荡荡的死城；堵了一英里又一英里的集散道路是唯一能将我们散了架的生活绑在

---

① 参见[美]丽贝卡·索尔尼：《走路的历史》，刁筱华译，上海：上海三联书店，2018年，第20—229页。

一起的建筑物——这些就是所谓的生长,我们简直找不出任何理由来支持它继续存在下去。"①安德鲁·杜安尼和丽贝卡·索尔尼都认为,郊区景观的无序蔓延,是华而不实的仿制品取代优质社区生活的过程,工作场所、商店、公共运输、学校、社会生活都远离住所,千篇一律、过目即忘的低品质郊区物质环境,同时影响了个体家庭和社区的生活水准。汽车和大型购物中心,也没法使得人们的生活更加便利。人们可以在郊区行走,但郊区几乎没什么地方可去。人们逐渐遗忘了行人的身份。在郊区生活中,"步行仍适用于汽车与建筑物间的地面和建筑物内的短距离,但步行作为文化活动、欢乐、旅行和闲逛方式在消退,身体、世界和想象间古老的深刻关系也在消褪"②。

更重要的是,与步行城市相对立的美国郊区已经在全球范围内迅速蔓延,成为发展中国家纷纷效仿的现代郊区模式。无论是步行城市,还是美国郊区,都离不开符合其需求的基础设施。步行城市有紧凑的建筑物,小尺度的街道网络、花园、人行道、拱廊、荒野小径等,人们在轻松步行的时候,可能遇到熟人或者陌生人,也可能在街角的转弯处发现惊喜。而美国郊区的建筑则很分散,完全依赖公路、停车场、大型购物中心等基础设施,这使得步行成了一件无聊的事情,沿途的风景平淡无奇缺少变化,路上行人稀少,而当你想穿越马路时,车辆通常不太友好且险象环布,步行也就大幅减少,甚至不被期望。郊区世界是依照汽车的尺度打造的,这是机器能够快速通行的世界,而不是身体能够舒适移动的世界,从理论上说加快移动的速度更高效,也能够制造更多的休闲时间,但事实上即使生活在美国郊区的人们依然发现他们的休闲时间比父辈们明显减少了。增加的运输速度只是将人连接往更分散的场所,而不是将人从旅行时间中解放出来。简·雅各布斯早就指出当汽车以庞大的数量入侵城市时,汽车交通将有力地挤压城市空间之外的剩余的城市生活,这标志着一种侵蚀过程的开始,标志着缺乏人气的无活力城市的蔓延,最终受损的是城市生活所必需的环境和生活质量。当机器加速的时候,生活也在同步加速。步行的困

---

① [美]安德鲁·杜安尼等:《郊区国家:蔓延的兴起与美国梦的衰落》,苏薇等译,南京:江苏凤凰科学技术出版社,2016年,第11页。
② [美]丽贝卡·索尔尼:《走路的历史》,第267页。

境,并不仅仅是缺乏步行的空间,我们同时也缺乏步行的时间。当步行已经不是平常活动时,步行者对于步行这种不寻常的事情也会感到不安,源自步行黄金时代的观察、探索和期待的欲望,已经慢慢趋于消沉。一个对行人不包容的环境和时代,也往往是不安全的、不开放的。我们对自身身体日益负面的判断,同时也造就了与身体的自然属性渐行渐远的城市环境:"身体日益被理解为太慢、太脆弱、不值得托付期望与欲望——就像等着被机械运输的包裹。为容纳机器运输,我们的环境已成为拥有航路、高级道路、降落场、能源的环境。"①

当美国郊区成为一种生活方式,而不仅仅是空间安排时,街道、社区和步行的质量下降同样会发生在城市内部。街道会被移到城堡式的购物中心或者艺术中心的内部,商业广场加艺术中心加停车场式的大厦,改变了城市街道的多样性与密度,破坏了行人、街道、店铺之间的良性互动。"无街可逛"的城市环境,同时也把步行降格为低社会地位的表征。步行的困境昭示了城市不健康的种种迹象:"'走到学校'是进入世界的第一步,对许多代孩子而言,同样变成较不寻常的经验。电视、电话、家庭计算机和因特网完成了郊区发端、汽车加强的日常生活的私人化。它们使走入世界变得较不必要,因此人们对公共空间和社会状况的恶化采取的是忍受而非抗拒的态度。"②

三、技术的压力

街道、步行和城市活力,面临的并不仅仅是汽车、大型购物中心、郊区生活方式等的压力,更大压力其实来自数字化技术。阿兰·B.雅各布斯认为"技术让城市变得不再必要。发达的通讯手段和新的生产方式,让人与人之间近距离的居住模式和面对面的交往方式成为老生常谈。新的生产方式让城市成为剩余之物,它为我们提供的安全保障已经可有可无,城市本身迟早都会消失。"③丽贝卡·索尔尼也认为:"与大自然疏离通常被描述为与自然

---

① [美]丽贝卡·索尔尼:《走路的历史》,第276页。
② 同上书,第270—271页。
③ [美]阿兰·B.雅各布斯:《伟大的街道》,第306—308页。

空间疏离。但感知、呼吸、生活、移动的身体也是对大自然的体验：新科技和空间能带来与身体和空间的疏离。"①

这种疏离感已经导致生活的各个方面严重退出公共空间，当电商和物流便捷地把外卖和食材送到家门口的时候，餐馆、街道和商场要付出怎样的努力，才能让人换下睡衣出门？同时抖音和朋友圈又在深刻地影响着我们的选择和期待。围墙、保安、安防系统，以及隔离式都市设计，也让"宅"的生活更加简单易行。克尔凯戈尔在一百多年前就曾这样呼喊过：令人难过和丧气的是，盗贼和精英分子只在一件事上意见相合——过隐匿的生活。当外卖、直播和电商平台等数字化技术深入穿透我们生活时，生产和供应的链条就已经被重组了；当点评软件在引导人们选择消费行为的时候，传统的街道上的区位因素已经发生了本质的改变；当电商平台和物流快递日益壮大的时候，实体零售行业的生存空间寒冬就已经来临了。前不久 Yeast 工作室和宜家 Space 10 联合发布了一份有趣的报告，以人口超过 1 000 万的中国超大城市饮食变化为样本，分析数字化技术如何影响到人们真实生活的城市，并进而影响其中人们的饮食。当外卖和快递变得习以为常的时候，人们对于消费时间、消费地点、消费方式的认知会极大地改变，城市的街道和交通面貌也会因为供求关系而发生改变，就像从前的行人影响过街道和商铺一样，如今的外卖和物流也改写了城市的空间布局，那些没有就餐空间、只提供外卖的"暗厨房"，往往会选择租金便宜的居民区，外卖平台的骑手们频繁穿梭在这种只生产餐品的餐品配送中心，这种所谓的城市"中间区域"，并不是通常商铺聚集的街道，而是离主要商业街三千米距离，同时又接近住宅区的地方，这同时也改变了商业选址的区位逻辑，数字业务以这种方式改变着实体城市，造成的结果可能是这些街道缺乏文化多样性。外观一致、人流量较少的"暗厨房"、咖啡馆的流行，会让社区街道里有特色的餐馆、杂货店减少。街道上依然营业的零售店和餐馆，也会因为新增的外送服务改变原有的空间设计，街道上还会新生一些纯粹作为在线订单调度中心的商铺。街边摊和社区小店要么被不断士绅化的城市变迁所吞没，要么直接被纳入数字化的电商网络，成为各种电商的前置仓或者延伸点。网红和直播引领

---

① ［美］丽贝卡·索尔尼：《走路的历史》，第 275 页。

着商品潮流,社交网络和点评网站则颠覆了权威机构的评级,决定着人们吃什么、买什么、怎么吃、怎么买。①

当"数字化"和"城市化"深度重叠和交织的时候,数字化已经重塑了街道的内涵,也重新界定了街道的打开方式,步行的困境则愈发变得复杂。海德格尔意识到我们追问技术,目的是弄清技术和我们之间的关系,其实技术是人所依赖的某种人自己并不能真正主宰的东西,海德格尔认为我们至今仍旧深信不疑的关于技术的中性把握,使我们对技术的本质依然茫无所知。当技术的力量深刻影响着城市和人的存在发展方式的时候,当步行逐渐淡出日常生活的时候,当街道因此而失色的时候,我们自身显然也在遭受难以意识和预料到的损失。在电商崛起、消费升级的大环境之下,城市的街道如何在日常生活中焕发风采,满足消费者的各种需求,已经不仅仅是硬件升级改造的问题,同时也面临着重新定位、构建新的内涵和参与方式等诸多挑战。阿兰·B.雅各布斯的立场也许是值得钦佩的:"即便认可城市生活已经一无是处,很多人还是喜欢生活在这里。我们不断建造、并生活在城市环境中,不是因为我们不得不这样做,而是因为它为我们呈现出一派繁荣,让人心满意足。城市街道曾经在这个过程中扮演过极其重要的角色,今后也仍将如此。"②

四、消费趋势争议中的步行街

商务部曾提出我国要在 2020 年成为世界第一商品消费大国,在 2035 年成为世界第一消费大国的目标。2018 年 6 月颁布的《步行街改造提升方案编制要点》,则是达成这一目标的一大举措,是商务部面对消费升级和城市发展的形势,推出的行动计划安排。商务部支持有条件的城市选择基础较好、潜力较大的步行街进行改造提升,力争用两至三年时间,培育一批具有国际国内领先水平的高品位步行街。由于我国城市消费占到居民消费的 70% 以上,高品位步行街无疑被看成了挖掘城市消费潜力的抓手。

---

① http://www.qdaily.com/articles/61102.html.
② [美] 阿兰·B.雅各布斯:《伟大的街道》,第 306—308 页。

高品位步行街,究竟能否成为满足消费升级需要的重要平台,成为培育扩大城市消费的有效载体,成为塑造代表城市形象的靓丽名片?这不仅取决于步行街的自身建设,也取决于经济周期和消费趋势的演变。在消费增速回落、低价电商平台兴起、中美贸易摩擦持续的背景下,"榨菜泡面二锅头,骑上摩拜遛一遛"的声音,成了朋友圈里流行的自嘲段子。消费究竟是在升级还是降级的争议,引发了全社会的关注。社会消费品零售额增速下降,拼多多的异军突起,榨菜、方便面、二锅头的利润大增,都是不争的事实。根据国家统计局的数据,2012年以来,中国社零消费增速从2011年的18.5%逐步降至2018年的10%不到,2018年前7个月增速也有0.9个点的下降。与此同时,康师傅2018年上半年的方便面销售额达111.34亿元,同比增长8.4%;涪陵榨菜上半年的营业收入10.64亿元,同比增长34.11%,净利润3.05亿元,同比增长77.52%;生产低端酒牛栏山二锅头的顺鑫农业上半年营收72.33亿,同比增长10.45%,净利润4.81亿元,同比增长96.78%。

　　低价商品大卖,是否意味着消费降级?天使投资基金青山资本有着不同的解读。青山资本认为,过去15年间榨菜行业整体销量增速基本保持在3%~5%之间,可谓相当稳健,行业龙头涪陵榨菜的大幅提价,才是推动其业绩增长的主因,而消费者对榨菜涨价的不敏感,应该被看成消费品质的提升。根据尼尔森的调研报告,2017年全国方便面市场整体销量仅上涨0.3%,销售额上涨3.6%,方便面市场营收增长,主要得益于容器面与高价袋面销售的拉动,这是行业整体向中高端的转型升级的结果。顺鑫农业白酒业务营业销售收入的增长,则来源于外埠市场拓展。社零消费仅仅包含实物性的商品消费,无法反映社会消费的总体状况,消费趋势必须考量教育文娱、医疗保健、交通通信等服务性消费和虚拟消费的增长情况。根据文化和旅游部的数据,2018年上半年国内旅游人数达到28.26亿人次,同比增长了11.4%,国内旅游收入2.45万亿元,增长12.5%;上半年全国电影票房320.3亿元,观影人次达到9.01亿,分别增长17.8%和15.3%;上半年化妆品类商品增长了14.2%;全国居民人均体育健身活动、旅馆住宿支出分别增长了39.3%和37.8%。①

---

① https://www.huxiu.com/article/261565.html.

从消费结构的变化、人均可支配收入的增长、理性消费习惯的养成等角度,也许可以认定消费降级是一叶障目的看法,但是消费降级其实是一种忧虑心态的表达,而不是理性客观的经济学分析。瑞银证券分析师彭燕燕认为,从2017年9月到2018年5月,中国消费情绪高涨,主要源于房价上涨带来的财富效应,而随着国家加强对房价管控、P2P平台爆仓和贸易战爆发,中国消费者信心可能在未来三至六个月内持续降温。在瑞银的厨房家电调查中,二线城市消费者仍处在消费升级阶段,家电购买预算在不断增加,而一线城市中产阶级的需求却在低端化,一些特别有钱的人,消费还在往上走,但中间阶层的消费已经出现往下走的趋势。①

直观感受和情绪引领的消费降级的议论,并不仅仅意味着假象或者错判,需要认真对待的是,这种缺乏安全感和信心的感受与情绪是否会蔓延?这种忧虑和疑惧会在多大程度和多大范围蔓延?步行街是城市商业的发源地,也是各种商业资源的集聚区,既是本地居民消费的重要场所,也是国内外游客愿意光顾的热点。打造高品位步行街,无疑是推动消费升级、发展城市商业的有力抓手,能够直接拉动社会零销、直观营造繁荣的商业气氛。从某种意义上,也是把电子商务的流量导向实体商业的一个举措。据商务部调查,全国经营面积在2万平方米以上的步行街、商业街超过2100条,总经营面积超过1亿平方米。其中,36个重点城市有步行街约600条,经营面积占全国总经营面积一半以上。2018年7月10日发布的《商务部办公厅关于推动高品位步行街建设的通知》认为,我国目前已有相当数量、不同类型的步行街,在丰富居民生活、活跃城市经济方面发挥了积极作用,但与国外知名步行街相比,不同程度上存在环境不佳、档次不高、功能不完善、特色不突出等问题,与现代城市发展方向和消费升级趋势不相适应。这样的步行街,显然无法成为重要的城市IP。中国工程院院士何镜堂曾对"城市IP"做过专业的解释:地域性是城市发展的根基,文化决定了城市的内涵和品位,而时代则体现了城市的精神和发展,这就是城市的IP,也就是城市的精神灵魂。②

---

① https://baijiahao.baidu.com/s?id=1609651152099923770&wfr=spider&for=pc.
② http://www.chinatimes.net.cn/article/72483.html.

五、牛津街和旺角步行街的生与死

在商务部看来,国内现有步行街还不够好,步行街建设还不到位,离高品位还有相当的距离。那么如何定义高品位呢?商务部流通业发展司司长郑文在接受《经济参考报》记者采访时认为,"高品位应该是消费者的直观感受,是步行街硬环境、软条件的综合体现"。他概括了高品位步行街的五个主要特征:区位优越,商业资源丰富;环境优美,公共设施健全;功能完善,名品名店集聚;特色鲜明,文化底蕴深厚;消费吸引力和辐射带动力明显,在国内国外享有较高知名度和美誉度。郑文认为,"从国外看,高品位步行街已经成为国际化大都市的'标配'。像大家都熟悉的纽约第五大道、伦敦的牛津街、巴黎香榭丽舍大街、东京银座、莫斯科红场的阿尔巴特大街等"①。

郑文提到的高品位的伦敦牛津街,无疑是伦敦重要的城市IP。其实,牛津街要到2020年年底才会变成一条真正的步行街。2017年11月6日,伦敦市长萨迪克·汗(Sadiq Khan)和伦敦交通局宣布,牛津街将要转变为一条步行街,整个项目预计花费6 000万英镑,由政府和私募基金提供,伦敦交通局称此次投资规模在伦敦市中心堪称史无前例。牛津街是伦敦最著名的购物街道,1.25英里长的牛津街入驻了超过300家的大型商场,堪称伦敦最吸金的商业街。牛津街同时也是伦敦市中心重要的交通干线,每小时有50辆公共汽车运行,在空气污染严重的同时,也存在着很大的交通隐患,由于牛津街的人行道与两条机动车道并存,行人、出租车、公交车、自行车的混行,导致了交通事故频发,每年平均要发生60起撞击事故。伦敦市长萨迪克·汗认为,那么赚钱的牛津街,其实步行最好。原本只有在圣诞节的时候,牛津街才会短暂地变身为步行街,萨迪克·汗说,改造后的牛津街将每天都过圣诞节。牛津街改造成步行街的计划将分三个阶段进行,先是牛津广场到Selfridge百货的西段,将于2018年底改造完成,步行街将被绘上色彩鲜艳的色块,成为两边布满绿化带和公共艺术作品的林荫大道。从牛津街至托特罕姆宫路站的向东延伸段,将会在2019年12月前后变成步行街。

① http://www.jjckb.cn/2018-07/10/c_137314372.htm.

一直延伸到海德公园旁的大理石拱门站的最终段,将在 2020 年底变成步行街。①

根据上海大数据交易中心提供的数据,牛津街每日 9 万人次的客流量只有上海南京路步行街(日客流量 35 万人次)的 1/4,牛津街 20 万平方米的商业总面积也只有南京路(70 万平方米)的 1/3 弱,但是牛津街 1 720 美元的每平方英尺/年的租金却是南京路(411 美元)的四倍多,牛津街 10 596 元的人均单次消费额是南京路(1 997 元)的五倍多,牛津街 12%比 88%的当地和国际游客比也是南京路(3%比 97%)的四倍。从数据对比可以看出,中国步行街无论从商业价值还是城市 IP 的角度看,都还需要做出相当大的努力,同时也有相当大的发展空间。

如果说牛津街准备迎接的是步行街的诞生,那么香港旺角行人专用区在 2018 年 8 月 4 日已经迎来了 18 年步行街生命的终结。无论是牛津街还是旺角行人区,都是以商业特色闻名的,但是作为城市 IP,它们都具有超越商业价值的特色,改建后的牛津街除了保持原有的英伦特色,还将设立休憩的长凳和数个小型的公共广场,而旺角行人区虽然商业氛围和价值比不上牛津街或者香港中环,但是作为特色鲜明的公共空间,同样成了重要的香港城市 IP。

2018 年 5 月 24 日,香港油尖旺区议会以 15 比 1(1 票弃权)通过了一项取消旺角行人专用区的动议。旺角行人专用区因为有着香港最多的街头表演,它的去留,引发了本港居民和访港游客的高度关注。令人欣慰的是,这次会议同时全票通过了另一项动议,要求政府另辟其他区域开设行人专用区,供街头表演者推广本地文化。香港政府在 1999 年的施政报告中首次提出系统性地建设行人专用区,第二年旺角行人专用区就应运而生了。运输署在西洋菜南街和附近三个街道分时段(周一至周六 4 pm—12 am,周日及公众假期 12 pm—12 am)"永久"设立行人专用区;在 2003、2004 年旺角行人专用区又两次扩大了范围。政府设立行人区的初衷,当然有减轻空气污染、行车噪声、舒缓交通、方便行人的目的,但更有鼓励消费与商业发展的考量。

---

① http://www.sohu.com/a/203196529_418、https://consultations.tfl.gov.uk/roads/oxford-street/.

一开始步行街还比较安静,但越来越多表演者光顾后,有关噪声和光污染的投诉就急速上升。从2014年年初开始,行人区开放时间缩短为周六周日两天,但是噪声和光污染的问题依然无法解决,2016、2017年噪声投诉达到1 224和1 276宗。同时,众多的小商小贩、街头广告易拉宝和商业宣传活动,也造成行人区的进一步混乱。另外,也有不少香港民间团体在行人区做公开演说、政治宣传和讨论公共议题。[①]

旺角行人专用区18年的生命历程,引发了我们有关步行街的深入思考,当步行街促进社会消费的目标与其他城市诉求(比如城市公共空间)发生交融甚至冲突时,究竟应该如何处置?有人预测旺角行人专用区取消后,商业宣传活动有可能从街面转到行人道,另外阔别已久的人车争路、空气污染和行车噪声问题又会重新出现。步行街的发展,的确需要更宏大的视野和更精细化的城市管理。

六、公共空间与城市 IP

2017年,哥本哈根庆祝建城850年时公布了一份10人名单,认为这10位杰出人士共同形塑了这座城市,他们包括12世纪的大主教阿布萨隆、丹麦文学之父剧作家霍尔堡、嘉士伯啤酒的缔造者卡尔·雅各布森和城市设计师扬·盖尔。2016年,哥本哈根被美国《大都市》(*Metropolis*)杂志评为全球最宜居的城市,人性化的步行街区和自行车道是哥本哈根这座宜居城市的主要标志,扬·盖尔用了50年的时间参与了这座城市的宜居改造。扬·盖尔参与建成了1962年哥本哈根的第一条步行街Strøget,出发点也是为了营造商业氛围,鼓励慢节奏的公共生活。这条当时世界最长的步行街的建成,突破了人们对于寒冷天气是否适合步行的疑虑,当年就使哥本哈根的步行人数增加了35%。直到今天,哥本哈根仍在持续完善服务于慢速交通系统的基础设施。扬·盖尔主要的研究方法是长期经验观察,也就是他说的"公共空间/公共生活调研",他曾经一整年都在哥本哈根街头点数行人、观察他们的活动轨迹,他注意到了影响公共空间与公共生活的各方面因

---

① http://www.qdaily.com/articles/53627.html.

素,包括广场的设置、街道的分布、吸引行人滞留的原因、天气对步行和户外活动的影响,以及人们更愿意、更喜欢停留的地点和时长等。①

上海制定了全力打响"上海购物"品牌、加快国际消费城市建设的三年行动计划,把建设具有国际先进水平的商圈商街和彰显海派文化的特色商业街区列入重点任务,将把南京东路、南京西路、淮海中路等打造为世界级地标性商业步行街。有意思的是,扬·盖尔曾经在南京路的街头拿着铅笔点数过路人,为南京路步行街出谋划策,他发现了两个问题:一是南京路步行街与南京东路人流量差距很大;二是与其他全球卓越城市相比,南京东路工作日与周末人流量差距很大。扬·盖尔分析出了三个成因:一是步行网络存在缺失的链接部分,指的是联系南京路步行街和外滩的南京东路,南京东路虽然人流量很大,总长度 550 米也算不长,但是没有从步行的角度有机地联系两个重要的城市节点,而且街道品质也不够高。正是这缺失的一环,造成了步行主网络的脱节,由西向东延伸的南京路就从商业氛围浓郁的街道,陡然变身为银行、酒店更多的商务区。二是南京东路两端的行人过街(河南中路和中山东一路)条件差,机动车路权太高,相反过街流量不足,再加上行人等候红绿灯时间过长和过街斑马线的狭窄,妨碍了人们便利地前往外滩。三是南京东路沿线人行道宽窄不一,路灯等的设置进一步收窄了人行道的有效宽度,在最狭窄的地方常常会出现人车争道的现象,这样就使得步行的顺畅性和趣味性大打折扣。扬·盖尔给出的解决方案是:改变南京东路作为末端环路的功能,调整一部分公交车的线路设置,禁止通过性的交通,仅保留上下客性质的到发性交通,拓宽人行空间,改善行人过街的便利度,设立醒目的指示标牌,增强步行体验的舒适度,有效地通过步行衔接外滩和南京路步行街。②

扬·盖尔持续 50 多年的城市规划工作,给我们的启示是,步行街作为重要的城市 IP,可以是商业街,也可以不是商业街,更重要的是,慢节奏的出行方式应该成为观察城市、体味城市的有趣方式。和扬·盖尔一样喜欢在街头点数路人的威廉·怀特,也非常关注街道、露天的市场和休憩空间,他

---

① http://www.qdaily.com/articles/56135.html.
② http://www.sohu.com/a/153136627_649686.

同样提倡用人气和商业活力,把街道、广场和停车场改变成熙熙攘攘的"人的场所",他在《小城市空间的社会生活》一书中告诫我们,公共空间,无论是商业的还是非商业的,归根结底是人们聚会的场所。人和人对空间的使用,才是城市 IP 的核心,才是人性城市的首要特征。以人为中心,让人们重新回到公共空间,其实是一种成本更低、更可持续的城市改造和更新方式,这在电子商务独步天下的时代,尤其值得我们关注。扬·盖尔认为,"所有的出行、公共空间和城市都与'人'相关。我们是谁,我们的身体如何进化来的,我们的出行系统如何组织,我们的感官如何组织,我们在空间中的行为,我们读书、亲吻和争吵的方式……这些都是(人类)几百万年的进化过程的一部分……我强烈认为,我们人类这个物种,是有一些基本共性的。我们看到,中国的老城和哥本哈根的老城完全一样,因为它们都是直接为人类修建的。我们真正需要的是'为人'修建的城市。"[1]扬·盖尔在《人性化的城市》一书中确立的人性化维度,同样应该成为今天我们建设高品位步行街的重要目标:充满活力的、安全的、可持续的、健康的——能够通过提供对步行人群的、骑车人和城市生活的总体关注。[2]

---

[1] https://www.douban.com/note/588931665/.
[2] [丹]扬·盖尔:《人性化的城市》,欧阳文等译,北京:中国建筑工业出版社,2010年,第6页。

我国乡村建设的历史文化与制度路径思考

王伟强

缘起

中国几代国家领导人都曾指出中国的问题是农民的问题。因此,通过乡村建设,破解"三农问题"①一直寄托着中华民族的强国之梦。十九大提出的"乡村振兴战略"更是将我国乡村建设工作推向一个新高度,成为当前发展的重要政策和任务。可以说,对历史性"农民问题"的解决既关乎经济与社会发展,亦关乎文化与人的觉醒,乡村建设理论与实践的探索亦将成为这些问题研究的重点和突破口。

概念

乡村建设作为一项建设活动自古有之,但在 1931 年,梁漱溟教授开始将"乡村建设"一词②学术化使用,并出版《乡村建设》旬刊。后经不断发

---

① "三农问题"是指农业、农村、农民这三个问题。中国 20 世纪的领导人孙中山和毛泽东都曾经指出:中国的问题是农民的问题。邓小平也曾经认为中国如果出问题就出在农业上,并做出"两个飞跃"的著名论断。20 世纪 90 年代以来,人们逐渐认识到中国的问题并不是单一的"农业问题",并将其归结为"三农问题"。本文下面出现的"三农问题"均为该解释。
② 梁漱溟在 1931 年正式使用了"乡村建设",并创办《乡村建设》旬刊。从 1933 年开始,梁漱溟逐步从理论上对他的乡村建设方案做系统的论述。梁漱溟对乡村建设的解释为:"总言之,救济乡村便是乡村建设的第一层意义,至于创造新文化,那便是乡村建设的真意义所在。"其内容分为政治建设、经济建设和组织建设三项,其次序为:"先讲乡村组织,次讲政治问题,又次讲经济建设,末后讲我们所可成功的社会。"详见肖唐镖:《乡村建设:概念分析与新近研究》,《求实》2004 年第 1 期。

展①。"乡村建设"已经成为一个涵盖政治、经济、社会、文化等多个层面的综合性概念,是一项针对乡村综合发展的系统工程,是促进乡村政治、经济、社会、文化以及建成环境等全面发展的各类实践总和。

而当前活跃的"乡村建设实验"则是指在促进乡村经济增长、社会和谐、人居环境的改善等领域具有一定创新价值、试验性质和较大影响力的探索。如何评价与界定一项乡村建设活动是否具有创新性、实验性、先锋性需要纳入特定的历史背景下进行分析,结合如何推进乡村现代化进程进行考察。

历史

作为一个农业国家,中华文明统一于自身的哲学、宗教与人文社会的传统。几千年的历史表明,中国的发展始终是源于自身的资源,而传统的乡村正是农业社会维系着社会稳定与发展一切资源的基础。即使改朝换代,传统乡村社会基本上也能很快恢复或保持相对稳定,表现出一种强烈的内生性特点。这正是美国学者约翰·弗里德曼(John Friedmann)在他的《中国的城市转型》(China's Urban Transition)一书中所总结的中国城市与社会内生型发展机制(endogenous development)的根源。"乡村建设"正是这种内生的社会与文化力量的体现。

历史上的乡村建设多依赖传统的"乡绅制度"与"农耕文化",科举制度则使读书人从道义上担负起乡村公共事务的责任。由于没有公共财政积累,乡村的公共服务多是由乡绅、商人或上层精英来承担的,如村庄的规划、建设,农田水利和公共建筑的兴建,修桥、铺路、造凉亭乃至市政设施的建设等。同时,乡绅作为联系国家政权与基层农民的关系纽带,还充当着维护本乡利益,承担公益活动、排解纠纷的社会责任,这种乡村内生性的发展模式反过来也进一步强化了乡绅的社会与政治地位。

可以说,正是在这样一种社会制度与文化背景下,传统乡村建设呈现出

---

① 1949年中华人民共和国成立后,随着对民国时期"乡村建设运动"的批判,"乡村建设"一词较少应用。1980年前后,"乡村建设"一词的含义更多侧重于乡村物质环境领域的建设活动。新时期,"乡村建设"指的是涉及乡村经济发展、社会组织、生活环境、乡村治理等各方面的内容。比如,2005年十六届五中全会执政党提出"社会主义新农村建设"的概念,认为新农村建设要包括"生产发展、生活宽裕、乡风文明、村容整洁、管理民主"等方面。

一种相对有序、稳定的发展状态,具有明显的"自组织"特征,形成一种长期的、典型的"乡绅"式的乡村建设模式。

改良

但是,至19世纪末20世纪初叶,中国乡村社会和经济发展已经严重衰败,促使忧国忧民的知识精英发起了一系列声势浩大的乡村建设运动。根据南京国民政府事业部的调查,高潮时期全国从事乡村建设工作的团体与机构多达600余个,先后建立各种实验区1 000多处。[①] 从1927年开始,一批以留学美、日为主体的知识分子展开了救济乡村的社会改良运动,形成了乡村建设和研究的高潮,其主要代表人物有晏阳初、梁漱溟、黄炎培、陶行知和卢作孚等。

先哲们当年的实践探索已成为我们今天思考破解三农问题时一笔不可多得的财富。例如1929—1937年梁漱溟及山东乡村建设研究院在山东邹平、菏泽和济宁的"乡村建设运动"实验——"邹平模式",1928—1937年晏阳初和中华平民教育促进会在定县、衡山和新都的实验——"定县模式",卢作孚在重庆北碚展开的乡村建设实验——"北碚模式",以及陶行知和中华教育改进会创办的晓庄学校——"晓庄模式"。如果再结合张謇在南通的治理探索,可以看到,"邹平的村治、北碚的镇治、南通的县治"形成了乡、镇、县治理经验,如能推广,将对中国的社会进步具有重大意义。但由于军阀战乱,尤其是日本帝国主义的侵略,这些社会改良运动被迫中断。

但是,这一时期的乡村建设实验起源于救济乡村运动,是在维护国家现存制度和秩序条件下的一场自觉的、对如何实现乡村从传统农业社会向现代社会转型的社会改良实验和探索,是一种以知识分子为主的乡村改造运动。与传统乡村建设机制相比,虽然这一时期的乡村建设实验仍然具有传统"士绅或精英"乡建精神的传承特征,但却注入了许多现代乡村建设的思想和实践,引导乡村社会向现代化的方向转型,推动乡村建设实验的发展。

---

① 晏阳初:《乡村运动成功的基本条件》,载宋恩荣主编:《晏阳初全集(第一卷)1919—1936》,长沙:湖南教育出版社,1989年,第305—307页。

这种探索对我们后来的乡村建设思想产生了根本性的影响,仍然是我们今天认识、解决"三农"问题值得借鉴的宝贵经验。而那一代知识分子们一生矢志平民教育、献身乡村建设的精神,更是我们当下值得珍惜、继承和弘扬的精神遗产。

改革

经历了近30年极"左"思想的动荡,邓小平于1978年推动了中国社会经济改革。而农村实行的以包产到户为特征的"家庭联产承包责任制"的推广,使中国乡村社会迎来了20世纪80年代快速发展的一个黄金时期。农村面貌和农民生活发生巨大变化,基本解决了全国人民的吃饭问题。1978—1985年,全国农村居民家庭人均纯收入从133.6元迅速地增加到397.6元,年均增长达到43.8%。[①] 经济的增长带来乡村社会的基础设施的建设以及人居环境的改善。同时,乡村精神文明和民主法治建设也取得了进步。可以说,以家庭联产承包责任制为核心的乡村建设极大地促进了乡村建设的发展。

在物质建设层面,虽然大多数农民新建了住房,解决了面积短缺的问题,但由于乡村组织上缺少公共积累,使得乡村公共设施、市政基础设施、医疗卫生、技术服务、文化生活以及教育等公共产品不但没有分享到经济发展的改善,反而由于集体积累的匮乏而产生部分衰退,乡村公共生活无法得到组织,而这又进一步加剧了乡村分散状态,进而走向恶性循环。经济制度建设、民主政治建设、基础设施建设、乡村规划建设等经历了短暂的进步之后,大多数又都处于停滞不前的状态,甚至出现倒退。即使发达地区的农村物质建设也由于缺少文化品位而多被诟病。以小岗村为例,在改革许多年后,其乡村建设仍然得到诸如"一年超越温饱线,廿年没过富裕坎"[②]"一条越走越窄的小农经济老路"[③]等评价。

---

① 吴晓华:《改革农地制度增加农民收入》,《改革》2002年第2期。
② 参见新华网:http://news.xinhuanet.com/fortune/2007-07/19/content_6396434.htm。
③ 参见陈窗、曾德方:《小岗村:一条越走越窄的小农经济"老路"》,中国教育和科研计算机网:http://www.net.edu.cn/20030305/3079056_2.shtml。

求索

进入21世纪,日益突出的"三农问题"已经成为全社会关注的焦点。不论政府还是民间组织,抑或是农民自身都尝试着利用各种资源参与推进乡村建设。我国乡村建设实验也进入了一个实践活跃而且形式多元的发展阶段。

在中央政府层面,2002年召开的十六大提出将城乡统筹作为国家发展战略,"三农问题"成为国家建设的重点。2003年国家开始农村税费改革,2005年国家实施建设"社会主义新农村"的发展战略,明确从产业、基础设施建设、体制等八个方面建设新农村。十七届三中全会通过的《关于推进农村改革发展若干重大问题决定》成为我国乡村工作的纲领性文件,人保部宣布将实行农民普惠式养老金计划[①],为破解"三农问题"走出关键一步。而十九大提出的"乡村振兴战略"更是将我国乡村建设工作推向国家战略高度,使其成为当前发展的重要政策和任务。

在地方政府层面,乡村建设实验已经积累了不少经验,例如江西赣州新农村建设、浙江"千村示范、万村整治"的工程、四川巴中市扶贫新村建设、海南省文明生态村建设以及苏南农村现代化实验等。

社会团体、非政府组织与个人的参与更是极大地丰富了乡村建设实验的内容,尤其值得称道的是知识分子和社会组织对乡村建设实验的身体力行。

在孟加拉国,穆罕默德·尤努斯(Ahmed Yunus)创办的农村小额信贷模式已经运转30多年,在全球发展中国家帮助数百万人口摆脱了贫困,并因此获得2006年诺贝尔和平奖。作为学者,中国社会科学院的杜晓山教授和他的同事们早在20世纪80年代就开始关注尤努斯模式,而作为实践者,他们"复制尤努斯模式"在河北易县的本土试验也已经进行了15年,取得了相当的成效。因为他们一致认识到持久的和谐只有在大量人口找到摆脱贫

[①] 参见中华人民共和国人民政府网址:http://www.gov.cn/jrzg/200908/09/content_1386857.htm。

困的方法时才会成为可能。

进入21世纪,"三农"学者温铁军教授带领他的团队在河北定州的翟城村组建"晏阳初乡村建设学院",开展近乎乌托邦式的"新乡村建设"实验。虽然最后的结局有些悲怆,但通过深入乡村沟通与宣传,努力让农民从心底里感受到了"合作起来有好处",探讨了在"不得不小农经济"的条件下如何实现农业的现代化。的确,只有把农民组织起来,帮助农民真正形成有市场谈判地位的组织,进而实现农民的自我赋权(self-empowerment),才能实现农业的规模经营,继而达成农业产业的现代化。

茅于轼等人在山西临县龙水头村设立扶贫基金——茅于轼龙水头模式;山西教育厅和山西陶行知研究会等机构在山西柳县前元庄建立实验学校,通过乡村教育,改善民风村貌;寨子村通过"农民协会"的建设,实现乡村整体的发展;以及小井庄"社区发展基金会"实验、何慧丽的河南兰考实验、高战的苏北农会实验、黄柏峪可持续发展示范村工程等都异常精彩。以"土地流转"为核心的成都三圣乡实验和战棋村都是重要的案例。此外,山东青州南张楼村的巴伐利亚"城乡等值"实验则提供了国外组织参与我国乡村建设的研究案例。而农民自身的创新也得以延续,如浙江滕头村、小岗村和大寨等,还有大量的NGO、志愿者、实业家以及大学生们也以各自方式参与到乡村建设当中。这些实践都是从各地的具体情况出发对"三农"问题的探索,既反映了我国各地区发展的不均衡性、农村矛盾的复杂性,也展现出因各个团体的知识结构与专业差异而呈现的实践丰富性。2008年,华润集团与同济大学进行战略合作,在广西百色进行的"希望小镇"慈善项目,成为我国乡村建设实验的新坐标。

希望

2008年春,华润集团从企业公民的社会责任出发,遵循"与您携手,改变生活""工业反哺农业、城市带动乡村"的理念,提出在广西百色捐资建设希望小镇的构想。这一倡议得到了广西壮族自治区政府的积极响应,并得到同济大学王伟强教授团队的学术支持与技术捐赠。希望小镇共由那水、那平、洞郁及塘雄四个屯组成,共计七个村民小组,348户1 428人。村中农户多种植西瓜、水稻、甘蔗、秋冬菜和养殖鹅、鸡、鸭,形成了以"瓜、果、菜、林"为支柱产业的农业经济结构。由于发展起点较低、经济环境较差的制约,2007年农民人均收入仅2 360元,仍属国家划定的贫困地区。调查之初我们面对的是乡村设施破败,道路硬化率几近于零,农宅质量低下,没有合乎卫生标准的供水系统,没有污水排放和垃圾收集系统的景象,医疗卫生教育更是村民们的心头病。但是尽管乡村设施凋敝,这里却有着令人难忘的淳朴民风:不论是对生活充满着感恩之情的那水老兵周忠义一家,或是被称作能工巧匠的塘雄罗云良一家,或是对知识和城市充满向往的洞郁姚凤英一家,或是善于盘点生活的塘雄黄玉宏一家,每当与乡亲们恳谈时,透过他们的眼睛你分明能看到善良、真诚以及对美好生活充满的希望。

建设希望小镇就是要重建村民们的希望,同时也要在这样一个具有中国乡村普遍性的地方,通过乡建实践总结各项发展经验,提炼形成可复制、可推广的社会空间操作范式,进而为探索解决我国"三农问题"走出一条新的道路。从这个意义来说,对百色永乐乡的选择无疑是适合并具有远见的。

梦想

从经济地理学来看发达国家和地区的经验,一个地区的实力愈强劲,则发展愈均衡,以至于"繁华看城市、实力看乡村"成为重要的评价准则。为把乡村纳入中国城镇化的主要进程中,让农民也享受到改革开放的发展红利,百色希望小镇建设项目提出建设"宜居、人文、活力"的希望小镇,并将建成环境、社会组织、经济产业同步进行,实现"社会、经济与环境"的协同发展(见图1)。①

改造建成环境:就是要将适宜的生态与地方营造技术相结合,建设乡村基础设施,包括清洁饮用水的供应、生态化污水处理系统、利用太阳能与乡村沼气的清洁能源体系,配建乡村公共服务设施,引导村民协力建屋,重塑乡村环境与乡土风貌。

---

① 参见王伟强等:"广西百色华润希望小镇规划"报告。

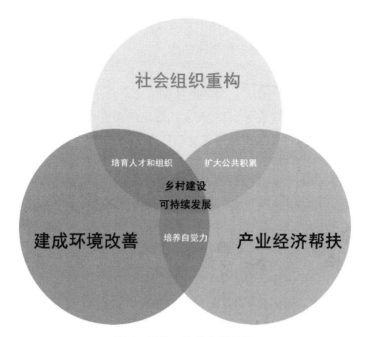

图1　三位一体的乡建思想

重构社会组织：要将农民从一家一户的小农经济的状态中组织起来，按照自愿参加、自愿入股的原则，建立生产合作社组织，形成经济集体组织模式，提高农民在市场上的议价能力，增加公共积累。这既是一种经济生产组织，又与村委会协同构成乡村民主自治的机构，达成乡村民主与法制发展的政治目标。

扶持经济产业：发挥大公司的集团优势与产业优势，通过技术支持，产销联动，构筑多元化经济结构，发展乡村经济规模化，实现农超对接。依托华润集团的万佳、五丰行等，以市场为导向，扶持乡村有机农业、种植业、养殖业，减少流通环节，实现农民个人与集体的效益增收。通过提高集体积累，进一步改善乡村公共服务能力。

创新

农村工作的创新，不同于城市创新，更不同于技术创新。它更多的表现为能否根据当地的情况因地制宜地制订计划，因势利导地促进农民思想的转变,能否根据当地的物产条件做出产业发展的安排,能否根据社会发展进程进行合理的制度设计,能否根据生活水平与习性,选择可负担与可持续的技术。

制度安排：华润集团从全国各地抽调青年骨干长期派驻现场,与同济大学团队密切协调开展农村工作,切实从农民的需要着手,注重工作程序与方法,例如,工作组首先从基础设施建设入手,在短期内完成了饮用水工程改造,带来了立竿见影的改善效果,正是这种"诱致性"行动设计,赢得了农民情感以及对后续工作的密切配合。这种因地制宜地把发展的普遍道理和永乐乡的具体情况相结合,并形成企业与高校密切合作的慈善模式,在制度上保障了各种建设的有效推进。

产业帮扶：这是促进希望小镇可持续发展的一项核心工作,通过组织村民合资组建农民专业合作社,扶持小镇发展富有地方特色、能与市场需求相结合的种养业,运用科学的方法提高农业产出效益,推动当地农业发展模式向有机、生态方向转变,从而改变传统的农村经济,增加农民收入,从根本上提高农民生活质量。

经过精心的组织与筹备,百色希望小镇成立了农民专业合作社,华润慈善基金也将作为合作社社员之一,与华润集团相关利润中心合作进行农业产业投资,培养村民带头人,培养农民的市场意识,延伸农业产业链,方便希望小镇更规范发展订单农业,并制订了四步走的发展路径：1. 统购统销、引导起步；2. 优化品种、订单经营；3. 土地流转、规模经营；4. 农超对接、基地建设。

实践中华润万家和五丰行则分别实施了小西红柿和生猪的收购工作,迈出了产业帮扶的第一步。小西红柿是当地主力种植品种之一。2008年,华润万家共收购小西红柿340 568斤,帮助农民树立产品分级意识,使农民逐步树立了向流通领域、向产业链的其他环节要利润的意识。同时由于万家的稳定收购,市场价格与往年相比更加稳定,降低了农民的市场风险,有效地提升了农民收入。生猪收购是五丰行在养殖业进行产业帮扶的另一种尝试。通过对当地生猪养殖的调研,查明品种、存栏数量,并认真做好疾病检疫工作以后,在希望小镇成功收购首批50头生猪,并帮助农民建立家禽孵化基地,创办养殖专业合作社,扩大了农民经济发展路径。

此外,合作社成立种苗育苗厂,统一育苗、统一指导种植,并通过测土、配方、施肥,指导农民科学施肥,引导农民从传统农业向有机、生态现代农业迅速转变,并对西瓜、芒果等产品进行集中组织收购。这些措施奠定了合作社在起步阶段的经济效益。至 2013 年,希望小镇村民纯收益达到 12 096 元/人(见图 2)。

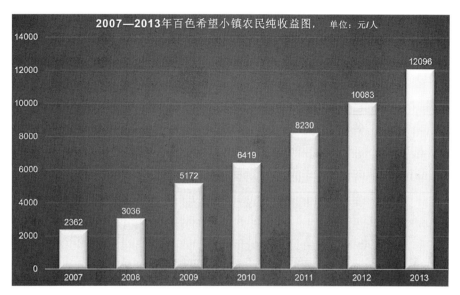

图 2　2007—2013 年农民纯收益变化

重构社会组织:设立农民专业合作社,这不仅是一个生产组织,也是重构乡村社会组织与发展乡村民主的重要内容。农民专业合作社民主选举产生的理事会、监事会与通过村民民主选举产生的村委会密切配合,既可以互相监督,促进行使乡村的政治职能,又可以帮助农民一方面有效地提升市场地位,在销售领域获得一定的话语权,并分享流通领域获取的利润,另一方面可以有效地组织生产,降低采购成本,并使生产活动由原来的散户小农无组织的生产向有组织有计划的统一生产转变,使农业生产更科学,更贴近市场,更为有序地发展。

改善建成环境:根据统一规划、分步实施,发动农民积极性,推动"合作建屋",并对现有民居实施全面的提升,开展"改厨、改水、改房、改厕、改圈、改院"六改工程,与市政基础建设相结合,实现清洁的自来水入户,循环的清洁能源(沼气)入户,无污染自循环污水处理,突出自然和谐的立面改造等目标。小镇还将完善及提升公共配套设施服务并辐射周边,新建卫生院,能够满足卫生防疫、疾病监控的功能,起到小病不出村,大病就地治的作用;改建原有小学,增加师生宿舍、食堂、电教、托幼、村民科技培训等硬件条件,形成区域综合教育培训基地(见图3);新建集村事村办、农民培训教育、警务安全、金融及合作社经营于一体的百色希望小镇综合服务中心(见图4);新建促进农产品交易物流的农贸市场,形成一个具有交易、仓储、加工、运输等简单基本功能的特色农产品集散中心,促进当地农村向城镇化方向转变。

图3 改扩建后的小学

合作建屋：整个规划涉及新建及改建公共配套设施上万平方米,新建民居近百套,改建民宅200余套。总建筑面积近7万平方米。在统一规划、统一设计的原则下,鼓励村民合作建屋、互助建屋、以工折现,有助于培养村民的参与感、成就感与归属感。同时基于该项工程的慈善性质,"提倡雪中送炭,不应锦上添花",鼓励村民选择向合院式住宅的转变,使有限的慈善基金能够惠及更多地方村民(见图5、6)。

图 4　综合服务中心

图 5　洞郁规划图

图 6　住宅效果图

适宜的技术：从贫困地区与发展经验来看，适宜的技术比高技术更重要。针对乡村公共财政薄弱、公共积累较少的状况，建立适宜高效、建造和运行成本低廉的基础设施体系成为关键。

乡村合理分布使用沼气、光伏节能发电系统和路灯、太阳能热水，建设环保型的污水净化人工湿地，采用分散式三格化粪池技术，既能够体现生态环境友好的理念，又能够极大地降低运行成本与维护成本。

生态可持续：土地的集约使用是可持续发展的核心。希望小镇充分发挥旧村落的环境优势的同时，做到整体规划，分步实施。规划整理村庄中闲置土地进行集约使用，转化为新分户宅基地用地。而大规模公共设施建设，如学校、文化站等，也尽可能减少占用耕地，利用较平坦的坡地进行建设。最终仅多占用菜地 4 公顷，却可增加分户 152 户，500 余人的人口容量，维系了乡村环境与乡土风貌（见图 7、8）。

道路规划不强调硬化率，而突出生态路面的重要性，村内支路多建议采用地方材料和可渗水材料，保持雨水渗透对地下水的补充。积极向农民宣传推广沼气技术，规划村民住宅及其牲畜用房成组团布局，牲畜用房在组团边集中建设，满足村民就近管理自家牲畜用房，同时避免人畜混居。牲畜用

图 7　改造后的乡村景观

图 8　维系乡土风貌

房地下建有沼气发生装置,产生的废渣废液,由各户施肥利用,形成循环生态效应。

思索

百色希望小镇的建设虽然取得了一定的成效,但也存在诸多遗憾。短时期内建成环境有所改变,但是对于社会组织重构、乡村产业帮扶任重道远,还需要长期的坚守。与此同时,它的建成也如同一份考卷摆在我们面前,希望小镇:

是否已经达到可持续发展的标准?

如何提炼这种发展模式中的合理内核,形成制度建设范式?

如何进一步培育乡村的文化活力,以此来凝聚村民?

如何使希望小镇在剥离慈善性质后仍然具有生命力与可复制性?

如何能够……

……

这些问题既是我们对希望小镇的反思,也是推动我们把实践经验积极地转化为路径思考的动力。

移动阅读：新媒体时代的城市公共文化实践[①]

孙　玮　褚传弘

引言

　　移动网络时代我们如何阅读？回答这个问题需要回顾阅读的历史。人类曾经创造了多种多样的阅读方式，如朗读和默读、群体阅读和个体阅读、公共阅读和私密阅读等，每一种阅读方式都有自己独特的历史。比如，在城市公共空间聚众阅读，是人类社会悠久的文化传统。公共阅读的方式多种多样，古希腊时代雅典市集上的苏格拉底当众宣讲自己的思想，是公共朗读的典范。本雅明笔下的波德莱尔，在19世纪巴黎的林荫大道上阅读，"报摊就是他的图书馆"[②]。1768年冬季的巴黎，卢梭在一系列集会上朗读被当时法国王室禁止出版的《忏悔录》，听众们感动得泪流满面。[③] 现代城市场景中的阅读与资本主义现代性的发生有着紧密的历史文化关联。如哈贝马斯认为，现代性早期城市生活中的文学阅读，建构了文学公共领域，成为政治公共领域的一个前提条件，沙龙、咖啡馆的公共阅读，更是直接构成了现代性早期的公共领域。[④] 阅读对于城市的意义异常丰富，它是城市市民的日

[①] 本文是国家社科基金重大项目"新媒体环境下的城市传播研究"（15AXW007）阶段性成果。
[②] ［德］瓦尔特·本雅明：《发达资本主义时代的抒情诗人》，张旭东、魏文生译，北京：生活·读书·新知三联书店，1989年，第55页。
[③] ［新西兰］史蒂文·罗杰·费希尔：《阅读的历史》，李瑞林、贺莺、杨晓华译，北京：商务印书馆，2009年，第246、286页。
[④] ［德］尤根·哈贝马斯：《公共领域的结构转型》，曹卫东、王晓钰、刘北城、宋伟杰译，上海：学林出版社，1999年，第34页。

常生活方式,也构成了城市文化不能缺失的一个部分。遍布城市空间的图书馆、书店、书报亭,是一种典型的城市景观,缺乏阅读场所的空间,很难称其为城市。

人类历史上,阅读经历过无数次历史性的转折,最近一次是在20世纪后半叶,源于电子媒体对于印刷文化的冲击,纸质书籍出现阅读下滑趋势。21世纪移动终端的普及,更是引发了关于阅读危机的世界性议题。在属于移动网络、虚拟现实、人工智能的新媒体时代,我们如何阅读?在移动传播非常普及的中国,这个问题似乎更加突出而急迫了,甚至从如何阅读转变为我们是否还在阅读。阅读依赖文本,文本必有介质,不同的媒介塑造了迥异的阅读状态。当印刷文化渐渐地让位于视觉文化乃至网络文化,从阅读纸质书籍报刊到刷手机上网,人类的阅读行为究竟发生了何种变化?纵观人类历史,阅读方式的每一次演变,都和文本的介质直接相关,也就是和技术的变迁有关,而且每一种新技术创造的新介质,都会进一步催生新型的社会交往活动,乃至改变社会权力关系,印刷术与宗教改革就是一个典型的历史个案。因此,阅读既是社会变迁的映射,也是建构社会关系的强大力量。我们不禁要问,当读书慢慢地演变成刷手机,人与城市的关系发生了怎样的变化?

近几年以来,中国大陆出现了一股城市公共阅读的风潮,图书馆、书店、作家协会、大众媒介以及各类民间组织等社会文化机构,采用"读书会"的形式,以大众媒介与新媒体融合的方式搭建公共平台,吸引各个社会阶层的市民参与公共阅读。这种类型的城市读书会大致具有如下特征:专业人士的主讲导读与普通市民的广泛参与相结合;聚合在城市空间相对固定的地点,这些地点有可能是城市地标性场所;有时采用可移动小型建筑(朗读亭、微型书店),在城市不同空间展开活动;大量使用新媒体作为组织、运作方式,与大众媒介形成勾连,线上与线下紧密融合;以阅读为主扩展至其他相关类型的文化活动;基本采取非营利方式,以公益免费为主要形式。基于这个城市文化现象,本文试图从地理媒介、制图理论、具身实践、移动性理论等视角出发,结合阅读史研究,以思南读书会、上海文学地图朗读接龙、央视朗读亭在上海等城市阅读实践的代表性个案,探讨移动网络时代,新传播技术如何创造新型阅读方式,以及以这种新型阅读为基础的公共文化实践,如何在中国城市场景中建构新型社会交往关系,在此基础上,进一步阐释这种阅读文化实践对于城市公共生活的意义与价值。

新媒体时代人们开始远离阅读了吗？或者是阅读的方式改变了？目前要回应这个问题似乎不是那么容易。但可以肯定的是,阅读并非一个亘古不变的概念,当阅读的文本介质发生变化时,阅读方式与状态也必然发生改变。阅读史研究者断言,"无数的变革造就了阅读史。……电子阅读本身,将以其丰富多彩的活动最终定义'读'这一概念"[①]。刷手机这样的新型阅读对传统阅读发起的挑战,人类阅读史上已经遭遇过相当多次。每当转折发生时,阅读并没有消失,只是转换了方式,所以是我们不断在重新定义和理解阅读。本文尝试以"移动阅读"来描述、概括当前新型阅读的基本状态。所谓"移动"是想表达两层意思：一是基于移动终端的电子阅读,是在虚拟文本与实体空间之间来回穿梭。比如,"阅读城市"作为一个常用语,一方面意味着在文字、影像中想象性地认识城市,另一方面,也比喻性地指在城市中行走,通过身体感官接触城市。移动网络时代,阅读不再仅仅意味着在一个固定地点阅读虚拟世界的文本信息,阅读正在成为一种综合性的身体实践。其二,是指阅读在多重文本中不断穿梭,电子阅读是一个整合性的符号拼贴、解读的过程。印刷时代阅读的文本基本上指文字信息,麦肯锡提出革命性的文本社会学,特别关注文本传播中的技术和社会过程,他主张重新定义阅读的文本,"耳朵听到的、眼睛看到的、嘴里说的,甚至数数本身,都是文本"。"新的读者创造新的文本,新的意义是文本的新形式发挥作用的结果。"[②]刷手机这种新型阅读可以理解为在各种文本中不断移动的动态过程。

本文重点考察借由地理媒介等新媒体支撑的"移动阅读",如何实现从私人默读到公共朗读,从文本阅读到身体实践的两个转变。这种城市公共阅读实践,实现了城市实体空间与虚拟空间的融合,交织了建筑、街道、空间、地理、信息、历史、文化、集体记忆等多重城市象征网络系统,创造了新型社会交往关系与公共价值。

---

① ［新西兰］史蒂文·罗杰·费希尔:《阅读的历史》,第299页。
② 戴联斌:《从书籍史到阅读史：阅读史研究理论与方法》,北京:新星出版社,2017年,第76、78页。

从私人默读到公共朗读

2018年5月13日母亲节,央视朗读亭来到上海思南露天博物馆,一整天有60多位读者在此朗读。据央视负责摄像的工作人员介绍,大部分人读一些诗歌或名篇,"点击量"最高的三首诗分别是舒婷的《致橡树》、海子的《面朝大海,春暖花开》和木心的《从前慢》,就好像KTV的金曲排行榜的前三。也有一些读者是从很远的地方专程而来,读家书、家信,或是给母亲写的话,在母亲节那天,还有读者给逝去的母亲朗读,读着读着落下泪来,场面让围观的人也动容。① 朗读亭只是当前中国城市中越来越多的公共阅读实践的一种类型。以上海为例,思南读书会、陆家嘴读书会、学习读书会、上海·故事读书会、上观读书会、海上博雅讲坛等公共阅读正在城市的各种空间中涌现。对于当代中国市民来说,公共阅读似乎是一种非常新鲜的体验。长久以来,除了在学校、单位这种特殊场合的特殊安排,阅读一直是局限于私人领域里的活动,人们缺乏集体阅读的经验,尤其是陌生人聚合的阅读。当前公共阅读的兴起,在中国的城市发展中有着独特的意义。研究者认为,"所有的阅读模式都是在一定的历史时期内出现的,并有可能持续很长时间,都有不同的社会功能和文化功能。在朗读和默读、群体阅读和个体阅读、公共阅读和私密阅读这三组对应中,通常认为,朗读一直和群体阅读、公共阅读联系在一起,而默读则跟个体阅读、私密阅读紧密相关"②。每一种阅读模式都有自身的价值,在特定时期创造着独特的社会文明。比如,有阅读史家认为,"在崇尚自由民主的西方社会,默读是知人论世、各抒己见的前提条件。只阅读一端,就足以挣脱社群的纽带,消解人人恪守的传统价值观"③。私人默读与公共朗读各有其社会功用,相辅相成。

在西方阅读史研究中,从大声朗读到默读行为的发展是一次具有决定性意义的重大转变。④ 据阅读史学家曼古埃尔的研究,在公元5世纪及以

---

① 来自本文作者的现场观察和访谈笔记。
② 戴联斌:《从书籍史到阅读史:阅读史研究理论与方法》,第146页。
③ 同上书,第6页。
④ [法]罗杰·夏蒂埃:《书籍的秩序》,吴泓缈、张璐译,北京:商务印书馆,2013年,第19页。

前,正常的阅读方式是大声朗读,私自地默读会被认为是一种奇异的行为。随着字母逐渐分离成词与句,以及标点符号、大写字母的出现,在公元10世纪以后,默读这种方式才在西方国家中普及开来。① 默读的出现,意味着阅读成为一种更加私人化的活动,阅读知识成为一种"私人知识",正如曼古埃尔所言:"大声朗读意味着与他人分享阅读,而默读则是一项单独的行动……由于靠着封面的保护得以免受外来者随意拿取,(书籍)变成了读者自己的所有物、读者的私人知识,不管是在热闹的缮写房、市场还是家中。"②虽然默读在欧洲中世纪以后成为阅读实践的主要方式,但高声朗读并未完全消失。夏蒂埃认为高声朗读具有两个基本的功能,一是将文本传达给不识字的人,二是建立和巩固人际关系。③ 曼古埃尔也认为高声朗读在欧洲阅读史中始终很重要,比如在中世纪的世俗世界中,朗读就是重要的城市日常生活,而且朗读的方式有很多。④ "在16与17世纪,无论是文学文本还是非文学文本,其预设的阅读方式基本上还是将文本读出声来,读者即文本的聆听者。"⑤据此,当众朗读是当时欧洲城市比较普遍的一种阅读实践,并且成为不同阶层、不同身份的人在城市公共空间中聚集、交往、建构社会关系的重要社会活动。

　　公共阅读在移动网络时代的中国城市复苏,呈现出鲜明的特点。最为明显的是,阅读的文本远远不限于纸质的书籍、报刊或者书写的文字。电子阅读正在成为广大读者的主要阅读方式。2018年5月18日思南公馆的央视朗读亭现场,本文作者的同行者拿着Kindle设备准备朗读时,摄像师递给她一个文件夹,说要"伪装"一下,避免"穿帮"。意思是拍摄时必须假装在阅读纸质版本的读物,不能是Kindle或手机等电子设备⑥,因为主办方的意图是推动纸质书阅读。这是一个意味深长的细节。尽管朗读亭拍摄的影像是要拿到电视上播出的,也就是必须通过电子媒介的传播才能为大量观众所见,但是这个电视节目的宗旨却是倡导阅读纸质作品而不是电

---

① [加]阿尔维托·曼古埃尔:《阅读史》,吴昌杰译,北京:商务印书馆,2002年,第53页。
② 同上书,第61页。
③ [法]罗杰·夏蒂埃:《书籍的秩序》,第92页。
④ [加]阿尔维托·曼古埃尔:《阅读史》,第142页。
⑤ [法]罗杰·夏蒂埃:《书籍的秩序》,第92页。
⑥ 来自本文作者的现场观察和访谈笔记。

子媒介。或许这个悖论正说明了当前电子阅读对纸质阅读形成了多么大的冲击。事实上,电子媒介正在以各种方式渗透在今天的公共朗读中。比如,文本信息具有电子媒介的多样性,很多读书会常常依托多样化的电子文本,如"全息文本、动画文本、超文本、互动文本"等文本形态①,并且采用微信公众号或者APP的方式,作为读书会凝聚的平台。阅读文本形式的变化,特别是电子阅读文本、电子阅读平台的渗透,使得当前的公共朗读与历史上的公共朗读相比,具有显著的独特性。这绝不仅仅是阅读形式的变化,而是公共阅读场域、范围的改变,电子文本与平台可以通过整合多重实体与虚拟的关系网络,极大地拓展公共阅读所涉及的交往范围,以及社会关系网络。

麦夸尔认为,移动网络时代的媒介是地理媒介,具有四个特征,即无处不在、位置敏感、实时反馈和多元融合。② 其中的关键点在于,媒介不再仅仅限于虚拟世界的传播,它与位置、地点产生了关系,由此,勾连到了城市地理与公共空间。地理媒介支撑的公共朗读创造了一种崭新的阅读方式,它的公共性,不仅限于线下实体空间的集体活动,还包括线上的共同阅读与广泛交流。这创造了与私人默读及传统公共朗读不同的社会交往方式,建构了新型的城市公共生活。

其一,公共朗读建构了作者、读者、文本之间的新型关系。"接受美学"理论代表人物德国康斯坦茨学派的伊瑟尔认为,文学阅读的本质是"不对称性",与其他形式的社会交往非常不同。这种"不对称性"主要体现在,在阅读中没有面对面的场景,文本无法调整自身,读者也无法验证自己的感受。读者阅读文本时,不像两个人在面对面交谈时存在意向和情境,缺乏相互理解的参照背景。③ 这种不对称性,在大众媒介之前的时代普遍存在。大众媒介时代这种不对称性发生了变化,作者的形象及思想可以出现在媒介的虚拟世界中,但不对称性仍然存在,而且非常显著,因为大众媒介提供的交流,是以受者缺席的方式进行的,缺乏传者与受者处在同一个场景中的即时

---

① [新西兰]史蒂文·罗杰·费希尔:《阅读的历史》,第299页。
② Scott McQuire, *Geomedia: Networked Cities and the Future of Public Space*, (Cambridge: Polity Press, 2016), p.2.
③ 朱立元、张德兴等著:《西方美学通史》第七卷《二十世纪美学(下)》,上海:上海文艺出版社,1999年,第314—315页。

互动。移动网络时代的公共朗读,创造了作者与读者之间与大众媒介时代不同的崭新关系。许多读书会举办的公共朗读活动,由作家本人朗读作品,并在现场与读者交流。这与卢梭时代公共朗读也有不同,现场的交流是与线上交流杂糅在一起的。线下和线上的交流可以同步进行,比如读书会现场的影像可以及时上传至网络,激发场外读者的阅读与反馈,场外观看者的想法也可通过网络传达到现场,形成作者与读者在线上、线下多重网络中的交流,突破了实体空间的限制。这种杂糅的交流,也不仅止于公共朗读活动发生的时间段。一次线下的公共朗读,可以在事前和事后,经过新媒体传播的多次发酵,形成一个持续性的活动,并且与其他类似的活动形成勾连,大大地延展了时间性。这种公共朗读在时间与空间两个维度上的改变,塑造了新型的作者、读者与文本间的关系。

其二,公共朗读建构了读者之间的新型关系。夏蒂埃认为,朗读具有一个非常重要的社会功能,"巩固大大小小聚会的人际关系——家中成员的亲密,上流社会的亲和以及文人之间的默契"①。这就是社会交往的功能。这种功能在当前的新型读书会中体现得尤为鲜明。以思南读书会为例,围绕着每周六一次的读书会,它的读者群形成了一个开放、稳定的社交网络。这些核心读者建立了一个微信群"思南一家人",他们不仅仅是读书会的听众,更是重要的参与者。他们采取分工合作的方式,有人摄影,有人速录,有人评论,自发地用镜头和文字记录每一期读书会的内容,通过新媒体让公众分享。对于很多读者而言,思南读书会除了开阔视野以提升文学素养,还有一个特别重要的目标,就是建立人与人的交往与社会关系。思南读书会读者群里有一位标志性的人物,84岁高龄的老翻译家马振骋,他常常在周六下午一点出门,搭乘两辆公交车参加读书会,如此一直坚持了四年。专业的文学工作者为什么要参加读书会及其读者群呢?他回答说:"一个人的阅读量是有限的,哪怕他从事文学行当,读的书对知识的海洋来说,还是很少的。所以我觉得读书会的形式很好,在这里都是有相同兴趣的人,人与人的交往亲切而美好。"②对于他而言,读书会不仅仅促进阅读,更形成了新的交往方

---

① [法]罗杰·夏蒂埃:《书籍的秩序》,第92页。
② 《海上思南》2018年春季号,上海:海上思南编辑部,2018年,第17页。

式。读者群的人员不仅仅是文学工作者,也有很多普通市民。2014年度思南读书会荣誉读者许树建,就是一位没有上过大学的普通工人。他在2014年3月的一个周六下午偶然路过思南文学之家,"'撞进'波兰女诗人辛波斯卡诗集朗诵会,他听不太懂,但被吸引了"。那一年,他总共参加了34场思南读书会。① 读书会对于许树建而言,不仅仅培养了读书的业余爱好,更是退休之后社会生活交往圈子的一种全新拓展。"每个周六,许多老读者如老友一样相聚在这里,因为阅读,他们拥有了一种连接世界的别样方式。"② 像很多读书会一样,思南读书会的运作与日常活动都依托微信公众号与微信群等新媒体平台。这些新传播技术,不仅仅是组织手段,更是读书会的一种延伸,是读书会不可分割的组成部分。通过渗透在日常生活中的新媒体传播,读书会不局限于线下几个小时的现场活动,而是将公共朗读的交流拓展到了虚拟空间,以此渗透在市民的日常生活中。

当前的城市公共朗读回应了中国城市发展中的一个关键问题,即城市普遍存在的隔绝状态,公共生活的单调甚至缺乏。空间以及社会的隔绝,是具有普遍性的城市病。有学者认为,恩格斯早在《英国工人阶级状况》中就揭示了这个城市病,"尽管曼彻斯特整个城市缺乏规划,但社会阶级在空间中的排列却是有序的,表现为工人区和资产阶级所占区域被相对规则地隔离开了。这种隔离即是空间的,也是社会的"③。上海这样一个国际大都市,也存在着明显的区域差别,所谓上只角与下只角、浦西与浦东、环内与环外等,都显示了这座城市曾经以及当前的社会区隔状况。正如汤普森针对城市隔绝状况所说,"世界上有一半人不知道另一半人如何生活"④。上海城市不同区域及社会层级的区隔状态,是城市快速发展的后果,也可能成为激化城市矛盾的社会问题。新媒体支撑的公共朗读,用嵌入日常生活的阅读,创造了陌生人的相遇,这种相遇跨越了社会阶层的隔阂与物理空间的距离。据不完全统计,目前上海有大大小小的读书组织三万多

---

① 《海上思南》2018年春季号,第16页。
② 同上书,第17页。
③ 邵莹:《恩格斯视野中的近代英国城市》,载张卫良主编:《"城市的世界":现代城市及其问题》,北京:社会科学文献出版社,2012年,第266页。
④ [英]E. P. 汤普森:《英国工人阶级的形成》,钱乘旦译,南京:译林出版社,2013年,第370页。

个,每个周末在上海举办的"读书会""阅读沙龙",常常有十到二十场,遍布多个区县。① 可以想见,这构成了一个相当庞大、纵横交错的交往网络。编织进阅读网络的市民,或是进入社区、企业、单位等半熟人的新群体中,或是获得同城中与不同阶层、区域的陌生人面对面交流的机会,总之,是由此迈进了电子阅读构筑的地理网络、信息网络、交往网络、意义网络之中,生发出与城市、空间、熟人、陌生人的新型关系。这种可能超越阶层、地域区隔的相遇和连接,创造了一种自由、松散的文化社群的感觉,为当前中国城市的公共生活增添了新鲜活力。在这个意义上,所谓移动阅读,是一个从私人到公共再反馈至私人的循环往复之过程。

从文本阅读到身体实践

"阅读不仅仅是一种抽象的智力活动,它还涉及运用身体的活动,在具体空间中建立,与自身、与他人的关系。"②阅读史研究者夏蒂埃的这个论断和常识差异较大。基于默读经验的一般性理解,阅读就是一种抽象的智力活动,与身体没有什么关系。正像基特勒所说,默读"毫不费力地摄入文字,不再需要口腔器官的参与。信息都是文字,因为只有文字真实存在,可以发表。身体本身已经变成了象征阵营的一份子"③。网络时代的阅读,不但如夏蒂埃所说的,它涉及身体的活动,在具体空间中建立众多的关系,而且,更进一步地,变成了一种身体实践。具身实践的阅读正在当前中国城市生活中持续性地发生。

2017年"上海文学地图朗读接龙",正是这样一个代表性个案。上海国际文学周邀请19位知名作家④在上海城市中10个重要的文学地标进行文学作品的朗读活动,腾讯视频进行了长达10个小时的同步直播。朗读地

---

① 《遍地开花的读书会,成为沪上文化名牌》,见《新闻晨报》:http://www.chinawriter.com.cn/n1/2018/0421/c403992-29941133.html,2018年4月21日。
② [法]罗杰·夏蒂埃:《书籍的秩序》,第92页。
③ [德]弗里德里希·基特勒:《留声机 电影 打字机》,邢春丽译,上海:复旦大学出版社,2017年,第8页。
④ 主办方原计划邀请20位作家参与朗读,但活动当天有一位作家未能到场,故当天实际参加朗读的作家是19位。

点涵盖了在上海文学史上具有重要意义的地标,包括上海市展览中心、上海市作家协会、上海文艺出版社、思南文学之家、巴金故居、鲁迅故居、鲁迅公园、柯灵故居、茅盾故居和左联纪念馆。主办方对此次活动意义的阐述是:"希望通过二十位作家在十个具有文学意义的地点朗诵经典,向经典致敬。"① 这次直播在全国乃至海外都掀起了一波观看的高潮,腾讯网的直播数据显示,总计有9.2万观众在线收看了此次直播。② 众多网友表示,全天守候在屏幕旁"跟随作家一起行走上海的文学地理","享用了一场文学的盛宴"。③ 原计划直播在19点就结束,但应网民要求,主办方临时决定将直播延续到了晚上在北外滩举行的"诗歌之夜"朗读活动,一直持续到夜间近22点。

这是一场名副其实的移动阅读,通过朗读者的身体实践,文学朗读与城市地理产生了关联。人们在用眼睛阅读文本的同时,用身体体验阅读了城市。

文学朗读为何要以"地图"命名?表面的理解是,因为是在上海重要的文学地标阅读,所以涉及地点元素,而"地图"是地理空间的隐喻,使用"地图"这个概念,意味着这些地标串联在一起就是上海文学的空间地景。很明显的,这里的"地图"不是常识中的纸质地图,它不是以印刷媒介的方式绘制的。这个地图是19位作家朗读者通过身体的移动轨迹绘制的。在后表征主义制图理论看来,以象征符号标注的、充斥着线条和图例的纸质地图,不过是众多地图形态中的一种。地图可以由多种方式绘制,比如心理认知的想象、身体移动的轨迹等。地图作为一种实践方式,不仅仅是二维平面的符号、线条与图形,它还是勾连人(身体)、空间、地点的交往行动。④ 在当前移动网络、虚拟现实、人工智能兴起的背景下,电子制图术日新月异,呈现了纷繁复杂的多种应用场景。动态移动轨迹、线上线下穿梭、多重网络交织,成为我们这个时代地图的崭新特征。身体实践成为绘制地图的重要方式。

---

① 《上海文学地图朗读接龙》,"上海国际文学周"微信公众号,https://mp.weixin.qq.com/s/adB75Qo7-QimwrvRX5fVaw,2017年8月18日。
② 《当当携手19位作家10小时朗读接龙,原来文字可以这么动听》,中国新闻网:http://www.chinanews.com/cul/2017/08-18/8308355.shtml,2017年8月18日。
③ 引自直播视频界面下方的评论区网友留言,http://v.qq.com/live/p/topic/35984/review.html,2017年8月18日。
④ Rob Kitchen and Martin Dodge, "Rethinking Maps", *Progress in Human Geography*, 3, 2007: 334.

将人的身体移动与地图绘制相交织,并不是一件新鲜事。在欧洲制图术的历史当中,这种通过记录人的身体行走路线来绘制地图的方法,曾经是盛行一时的制图术。米歇尔·德·塞托在《日常生活实践》中对欧洲古代的地图绘制做了分析。他认为,最早的中世纪地图一直与教徒朝圣的行程相关联,这表现为这些地图都是直线走向的"旅行路线图",地图旁边还常常夹杂着所经路段的各种评注,有时还会用小时和天数来标注距离。而且,地图边上还常常有一些具有叙事和描述功能的图像,比如大海上的帆船意味着某一次发现该地海岸线的航行故事。塞托说:"每一张这样的地图都是一个记录人们行动的备忘录,其中占据主导位置的,是所要进行的行程。"①这种身体的制图术到了15—17世纪,由于受到欧几里得几何学的影响,开始发生转变,"地图抹去了路线……对行程的描述消失了"②。地图也就成了"万古不变"的抽象地理知识的表征。如塞托所说,现代制图理性的目的是"展示地理知识成果",因此是清晰的,具有普遍性与霸权性。与之相反,以行走步法来标记的空间叙述是杂乱无章的。相较于展示现代制图理性的前者,塞托更偏爱后者的杂乱、无序和暧昧。③ 塞托的行走绘制地图理论和本雅明的城市游荡说有着高度的一致。他们都突出以身体实践的感性方式体验城市,直接以身体感知建筑、街道、广场、人群这些城市元素。本雅明在谈及他的巴黎研究时说,"我们这项研究旨在表明,作为文明物化表现的一个结果,19世纪的新行为方式和基于新经济和新技术的创造物是如何参与了一种幻境世界。我们对这些创造物的'阐明'不仅以理论的方式,即通过意识形态的转换进行,而且通过它们可感知的存在来直接展开"④。本雅明、巴特、塞托等倡导以闲逛、行走、观看等"一种以身体为中心并注重个体在接收和阐释文本——包括那些城市文本——时的感官快乐的方法",这种城市研究方法与重视社会结构及其政治经济力量的城市社会学研究形

---

① [法]米歇尔·德·塞托:《日常生活实践1:实践的艺术》,方琳琳、黄春柳译,南京:南京大学出版社,2015年,第208页。
② 同上。
③ 练玉春:《城市实践:俯瞰还是行走》,载孙逊、杨剑龙主编:《都市空间与文化想象》,上海:上海三联书店,2008年,第77页。
④ [德]瓦尔特·本雅明:《巴黎,19世纪的首都》,刘北成译,上海:上海人民出版社,2006年,第33页。

成鲜明参照。① 这种感性、动态、体验的文化研究方法,力图伸张城市居民在城市中的主体性,它关注如何通过大众的日常生活实践,实现他们使用、占有城市空间的权利。

"上海文学地图朗读接龙"中的地图,摒弃了现代地图以精确的地理坐标和图例来表征空间的投影式方式,而是采用了接近欧洲古老的"行程备忘录"的制图术。深红色曲线、圆圈形节点、直播时间等符号标注行走的路线、地点、方向和距离,而散布在地图中的一张张朗读者头像、城市地标的照片,就像是中世纪地图上具有叙事功能的图案一样,讲述着人在特定地点发生的故事。这是一幅用身体行走、声音朗读描绘而成的动态空间地图。在整场活动中,朗读者在某一指定地点朗读,但大部分时候是处于移动状态中,边走边交谈,勾连经过的文人故居、街道店铺、生态景观等地理空间元素,叙述文学、城市与这些空间元素的关联,身体移动的知觉经验透过移动摄像头的捕捉,实时地传送给观众,让观众也能够同步获得身临其境的空间体验。这种新技术支撑的身体实践的阅读方式呈现出三个鲜明特点。其一,阅读视点的流动性。比如朗读地图中的第三个地点是位于绍兴路上的上海文艺出版社,直播开始时,朗读者作家走走从著名的汉源书店开始,如数家珍一般地向另两位同行的作家介绍这条路上的空间景观,如卢湾区图书馆、故事会编辑部、文艺出版社、绍兴公园等。未经剪辑的长镜头将地理空间的丰富性展现在观众面前,道路两旁的法国梧桐及其洒下的斑驳树影,街道上连绵的蝉声,还有沿街弄堂、咖啡馆、法式建筑等,因为视点移动,都在不经意间构成了观者整体的城市感觉。其二,阅读界面的丰富性。文学文本、地理空间、电子媒介构成了阅读的三重界面。直播日下午金宇澄在鲁迅公园朗读鲁迅的作品时,有读者在线上提问:"金老师早上在自己的办公室读鲁迅,下午在鲁迅公园读鲁迅,在这两个不同的空间,感觉有没有不一样?"金宇澄作答:"感觉完全不一样。鲁迅在这附近住了十年,这里的环境和气场不一样。包括刚刚我们读的是原版翻印的繁体字直排版本。这些都让我对鲁迅有一种亲切感、崇敬感和一种'粉丝'的感觉。"朗读者在特定地点阅读文本,将时

---

① [澳]德波拉·史蒂文森:《城市与城市文化》,李东航译,北京:北京大学出版社,2015年,第75、89页。

间、空间与抽象的文本信息通过身体实践融合在一起。新媒体介入其中的公共朗读,朗读者是处在一种"媒介拟态环境",朗读者的言语表达、身体动作、心理状态、"表演"方式都呈现出自觉或不自觉的镜头感。观看直播的读者的阅读,更是穿梭在三重界面的交织与融合中。这三重界面形成了意义非常丰富的复合型阅读文本。其三,大众广泛、多样化的参与性。大众参与此次活动的方式丰富多彩,在实体空间中朗读者的行走以及朗读,都吸引了大量围观者,他们有的是事先获知消息跟随前往,有些则是碰巧撞上,停下来观望、随行。当然,更有大量读者是通过电子媒介的观看参与的。媒介界面的存在,将现场实况、即时观众数量统计、不断刷新的弹幕评论、观众向现场朗读者的提问等融合在一起,使得原本只是在线下实体空间发生的小型阅读活动,转变成一场在虚拟空间中覆盖数万人、遍及全世界的城市公共文化实践。

将阅读与城市空间、身体实践、大众日常生活结合起来,"上海文学地图朗读接龙"绝非是个案,它是近年来中国大陆城市公共阅读一种新趋势的典型呈现。类似的现象还有很多,比如实体书店的转型。在电子阅读以及网络销售的冲击下,实体书店一度面临生存危机。如今新业态实体书店涌现,它不仅仅是纸质版本书籍交易的地点,实体书店正在转变为以阅读为中心进行各种城市公共文化活动的场所。2018 年 5 月,上海市首个新业态书店联盟宣告成立,15 家实体书店试图突破空间地域的局限,"彼此间形成一张紧密的网络,打造一个没有边际的城市公共大书房"①,这个网络,既是遍布城市各个区域的地理之网,也是大众资源共享、讨论交流的信息之网。诸如央视朗读亭、思南书局快闪店等,都是尝试通过移动的实体书店与城市场所产生关联,展开多重城市阅读文化实践,通过广义的阅读活动,将人与地点、空间、建筑、街道、社区相连接,从而勾连人与人、人与城市的历史、文化、记忆的多重关系。

结语

我们将网络时代的阅读称为移动阅读,它究竟移动了什么?这种新

---

① 《海上思南》2018 年春季号,第 42—43 页。

型阅读创造了哪些城市公共价值？延森在讨论媒介融合时说，手机这种移动电话移动的是时间、空间和语境。① 很显然，移动网络、移动终端等传播技术，涉及的不仅仅是位置的移动那么简单，它可能激发社会、文化状况产生的复杂变化。从移动性理论出发，文化地理学者蒂姆·克里斯威尔（Tim Cresswell）认为，"移动性是充满意义的移动，是获取意义和意蕴的方式，并且是经由'移动性的生产'完成的"②。移动性可以改变人的实践方式，"移动性的意义可以塑造社会关系，它们可能改变我们思考它们并施展行动的方式"③。新传播技术造就的移动性，与特定时空的社会文化接合，新的意义和价值就被创造出来。

移动阅读实现了阅读意义的改变，一是从私人向公共的移动，将阅读从私人场域移动到公共空间，创造了当代中国城市生活中新型的社群连接方式；二是从虚拟文本向身体实践的移动，以具身实践的阅读建立了大众与城市相遇的新型方式。这种连接与实践的方式，不同于传统社会基于面对面实体空间交往的状态，移动网络将实体空间与虚拟空间融合在了一起。当我们谈及阅读时，意味着读书与刷手机；当我们说到城市空间时，意味着实体与虚拟的双重空间。移动阅读改变了阅读与城市的含义。

阅读的概念改变了。其一，阅读的文本不再限于印刷物，人们越来越多地在电子终端上阅读，特别是手机这样的移动终端。阅读的文本越来越趋于多样性，文字文本、动画文本、互动文本、超文本等，这些文本彼此间也呈现出高度融合的状态，印刷时代的文字文本以各种样式，嵌入在多种类型的文本中。如此，各种文本以多种链接方式形成了复杂的文本网络，多重文本间的移动，也创造出更加丰富多变的互文性。反观当前认为电子媒介接触与文字阅读水火不相容的看法，可以发现，这种观点不仅是不现实的，甚至是有害的，一味将电子媒介使用与印刷物阅读对立起来，非但不能促进阅读，甚至将阻碍电子阅读的良性发展。人们在使用电子媒介比如刷手机时，阅读文字及图像仍然是其中非常重要的行为。其二，阅读的内容也不再限

---

① ［丹］克劳斯·布鲁恩·延森：《媒介融合：网络传播、大众传播和人际传播的三重维度》，刘君译，上海：复旦大学出版社，2012年，第112—113页。
② ［英］彼得·艾迪：《移动》，王志弘、徐苔玲译，台北：群学出版公司，2013年，第47页。
③ 同上书，第52页。

于文学文本。手机的"短信"和微信的"文件",都是非常典型的例子。手机短信、网络聊天的阅读,"在无声文本和有声对话之间搭建起了一道桥梁……使阅读交流的优势地位日益加强"①。阅读的互动性大大增强了,成为社会交往的一种崭新方式,作者、读者与文本间形成了动态互动的新型状态。其三,阅读也不再仅仅限于单一的感觉器官比如视觉的活动,而是整体性的身体参与。电子阅读要调动视觉、听觉、触觉等多种感觉器官,甚至身体处在移动状态中进行阅读,因此催生了崭新的阅读方式与信息处理方式。其四,电子公共阅读,在一定程度上反转了塞托所言的读者相对于作者的弱者地位,"作者们是专属领地的奠基人,昔日耕者在语言沃土上的继承者,他是掘井人,建房人。而读者绝非写者,他们只是一群游客,往来于他人的专属领地,游猎于他人的字里行间,劫得埃及古宝便偷乐之。写,是一个积累、储存的过程;通过建立自己的领地,与时间对抗;通过复制进行扩张,让自己的产出倍增。读,面对时间的侵蚀,无以自保(忘掉自己亦忘却所读);偶有所得,亦不知存之或胡乱存之,过一处丢一处,反复上演失落的天堂"②。电子阅读,使得读的过程及心得、体验,也可以一种方式被记录分享,读渗透到了写的过程,成为一种创造与生产,读者不但以此夺回了自己的领地,而且使得写与读的边界模糊,激发出新型的读写模式。

城市的理解改变了。何谓城市?答案是多种多样,千变万化的。概而言之,大致可分为两种理解的路径,一是实体的、物理的、具象的城市,它由建筑、街道、公园、广场等空间和地理元素构成,人类可以用肉身的各个器官加以感知。二是想象的、虚拟的、抽象的城市,它由文字、图片、影像甚至是虚拟现实技术建构起来。移动网络的出现,使得这两个侧面的城市出现了融合的状态。以往,当我们谈及城市空间的时候,我们可能指向实体空间或是虚拟空间,现在更多的是这两个侧面融合在一起的复合空间,借助于移动网络、虚拟现实技术,人类越来越频繁地穿梭于这两个空间,以至于这两个空间的边界开始模糊,杂糅在一起。城市空间的含义扩大之后,它对于公共生活的意义也改变了。"公共空间是城市灵魂的一扇窗口,"朱克英说,"公

---

① [英]彼得·艾迪:《移动》,第52页。
② [法]罗杰·夏蒂埃:《书籍的秩序》,第87页。作者原文可参见[法]米歇尔·德·塞托:《日常生活实践1:实践的艺术》,第267—268页。

共空间很重要,因为素不相识的人能在公共空间中自由交往,公共空间能不断重新确定人类社会的分界线与分隔符。作为场所和景观、聚会场所和社会舞台,公共空间使我们能够形成有关城市的概念,能够表现城市——让人感到城市欢迎陌生人,包容差异。"①当朱克英论述中的城市公共空间从实体转向实体与虚拟杂糅的复合空间时,它对于城市的价值也出现了更多的可能性。这种复合空间可以将更多类型的空间、时间、语境加以多样化的组合拼贴,从而创造出更加多元化的场景,激发更多的城市公共文化实践。

移动阅读关涉的所有移动,都是以阅读主体的移动为首要前提的。移动网络时代的阅读主体,不再是本雅明时代的都市漫游者,而是可以随时随地将阅读与刷手机互相嵌入、在实体空间与虚拟世界任意穿梭的智能身体——赛博人。②当前中国大众的城市公共阅读实践,是智能身体在场的城市文化仪式。这种实践,为大众在实体与虚拟的复合空间中进行公共阅读、公共观看、公共倾听、公共交流,提供了新的可能性。这种具身实践的公共阅读,通过建构城市新型共同体,承载城市集体记忆,创造了新型城市交往活动与社会关系,展示了一种城市公共生活的新状态。

当然,任何一种技术,都只是提供了转换意义的可能性,它必得与社会产生接合,才能催化出新型的社会形态。恐怕没有人会怀疑阅读对于人类文明的意义,但是一个时代究竟怎样阅读,却是充满了不确定性,受到多种因素的制约,由此呈现特定时空的鲜明特征,阅读的方式及意义也正是在这个过程中不断变化的。本文所描绘的移动阅读,是基于移动网络出现后,大众城市公共阅读实践的一种文化现象,它的形态与价值尚未充分显露。正如桑内特所言,在公共空间中的交往技能并非是天生就会,而是需要在实践中"习得"的。③这也正是移动阅读对于当前中国城市生活特别重要的意义,它为中国城市市民提供了参与公共交往及公共生活的实践机会,在这种渗透在日常生活的实践中,新型的社会关系以及对于城市公共生活的感觉得以建立。或许,我们可以从中窥见新媒体时代中国式城市公共生活的一种新型状态。

---

① Sharon Zukin:《城市文化》,张廷佺、杨东霞、谈瀛洲译,上海:上海教育出版社,2006年,第253页。
② 孙玮:《赛博人:后人类时代的媒介融合》,《新闻记者》2018年第6期。
③ Scott McQuire, *Geomedia*, p.29.参见[美]理查德·桑内特:《公共人的衰落》,李继宏译,上海:上海译文出版社,2014年。

作者简介（按姓氏拼音排序）

包亚明，博士、研究员，上海社会科学院城市文化创新研究院执行院长、上海文化研究中心副主任。曾任英国学术院访问学者、哈佛大学燕京学社访问学者、香港岭南大学访问教授、美国科罗拉多学院访问教授。研究专长主要为都市文化理论与实践研究，主编有《上海文化消费调查报告》（合作主编）、《上海文化消费调查：方法、数据和应用》（合作主编）、《现代性与都市文化理论》、《后现代与地理学的政治》、《现代性与空间的生产》、《后大都市与文化研究》等著作。主编有"都市与文化"译丛。著有《游荡者的权力：消费社会与都市文化研究》《后现代语境中的美学与文化理论》等。

陈建华，复旦大学、哈佛大学文学博士。曾任教于复旦大学、美国欧柏林学院、上海交通大学，香港科技大学荣休教授，现为复旦大学特聘讲座教授，古籍所教授，博士生导师。著有 Revolution and Form: Mao Dun's Early Novels and Chinese Literary Modernity、From Revolution to the Republic: Chen Jianhua on Vernacular Chinese Modernity、《"革命"的现代性——中国革命话语考论》、《革命与形式——茅盾早期小说的现代性展开 1927—1930》、《从革命到共和——清末至民国时期文学、电影与文化的转型》、《雕笼与火鸟》、《古今与跨界——中国文学文化研究》、《文以载车——民国火车小史》、《陆小曼·1927·上海》、《紫罗兰的魅影——周瘦鹃与上海文学文化1911—1949》等。诗文集有《去年夏天在纽约》《陈建华诗选》《乱世萨克斯风》《灵氛回响》《凌波微语》《午后的繁花》《风义的怀思》等。

褚传弘，复旦大学新闻学院新闻学学士、硕士，传播学博士研究生在读。主要研究方向为城市传播、城市文化研究、地图文化。论文代表作有《艺术地图与上海城市：地图绘制实践与新型城市体验》和《身体漫游、朗读仪式与文化社群——新型城市读书会的地方情感研究》，目前正在撰写博士论文《赛博地图：新媒体时代的城市地图传播实践》。

顾铮，复旦大学新闻学院教授，复旦大学信息与传播研究中心研究员，复旦大学视觉文化研究中心副主任。1998年毕业于日本大阪府立大学人类文化研究科比较文化研究专业，获博士学位。曾任第56届世界新闻摄影比赛终评评委。2017—2018年度哈佛燕京访问学者。2019年德国海德堡大学第九届中国艺术史海因茨·葛策杰出客座教授。曾获2001年中国摄影金像奖（理论评论）及2007年第一届沙飞摄影奖学术奖。著有《生命剧场——扬·索德克的世界》《来自上海——摄影现代性检证》《没有美满结局的童话——战争、宣传与图像》《艺气风发——来自刘海粟和刘抗的相册》《当代摄影家研究》等多部专著，并在国内外策划多个摄影展览。

黄旦，博士，浙江大学传媒与国际文化学院教授，浙江大学数字沟通研究中心主任，复旦大学信息与传播研究中心研究员。目前的研究领域为中外传播思想史、中国媒介史和媒介理论等。近年来在新传播技术革命的背景下，主要关注新媒体变化及其实践所带来的影响，确立以"媒介"为视角的研究新路径，考察"城市传播"的历史和现状；打破中国报刊史书写的已有范式，提出并探索新报刊史书写；联合同道组织学术团队，致力于探索新闻传播学科和研究本土化的新路径。近五年，主持出版"媒介道说"译丛，并在国内外重要学术刊物上共发表论文近20篇。

黄运特，1991年毕业于北京大学英文系，1999年获纽约州立大学布法罗分校英语博士学位。同年被聘哈佛大学英语系助理教授。2006年任加利福尼亚大学英语系正教授至今，兼任香港岭南大学英语系讲座教授。著有英文著作多部，包括《跨太平洋想象》《陈查理传奇》《形影不离》等。发表多篇文章于《纽约时报》《华尔街日报》《新闻周刊》等美国主流报刊。2009年获康奈尔大学人文研究奖，2011年获爱伦坡文学奖，2014年获古根海姆奖。曾任美国国家图书奖评委，美国笔会翻译奖、传记奖、非虚构文学奖评委。

李公明，广州美术学院美术史系教授，中山大学南方学院艺术设计与创意产业系教授。主编有《中国美术史纲》，著有《广东美术史》《历史是什么》《奴役与抗争——科学与艺术的对话》《左岸的狂欢节》《思想守望录》《广州人》《在风中流亡的诗与思想史》《历史的灵魂》《书画与自然》《不对》等。近年主要研究领域为20世纪中国美术史、历史图像学。

李海燕，毕业于北京大学、芝加哥大学及康奈尔大学，现任斯坦福大学东亚及比较文学系教授兼东亚系主任。著有《心灵革命：现代中国的爱情谱系》（获美国亚洲研究协会2009年度列文森奖）和《陌生人与中国道德想象》。新书稿题为《正义·公平·文学·法律》（A Certain Justice: Toward an Ecology of the Chinese Legal Imagination）。

李欧梵，香港中文大学冼为坚中国文化荣休讲座教授、美国哈佛大学荣休教授、"中研院"院士。曾任教于普林斯顿大学、印第安纳大学、芝加哥大学、加州大学洛杉矶分校等。主要中英文著作有《中国现代作家的浪漫一代》《铁屋中的呐喊》《上海摩登》《现代性的追求》《世界之间的香港》《人文六讲》《中西文学的徊想》《狐狸洞话语》等数十种，并出版有长篇小说《范柳原忏情录》《东方猎手》。

李思逸，香港中文大学文化及宗教研究系哲学博士、讲师。毕业于武汉大学人文科学试验班，取得香港中文大学跨文化研究及语言学硕士学位，曾为哈佛燕京学社访问学者（2016年8月—2017年12月）。研究兴趣集中于现代性理论与现代主义文学艺术、中国现代文学与思想史、视觉文化、欧陆哲学等。目前兼职任教于香港中文大学与香港教育大学，教授课程"现代性与都市文化""文化研究理论""文学与电影""五四知识分子"等，发表研究论文数篇。

李振声，无锡人，复旦大学教授。1985年起执教于复旦大学中文系，一度任教于日本信州大学等。著有《季节轮换》《书架上的历史》《诗心不会老去》《重溯新文学精神之源》等，译有《苏门答腊的郁达夫》《梦十夜》《江户艺术论》等。

罗靓，生于重庆。北京师范大学中文系学士、比较文学硕士，哈佛大学东亚系博士,现任肯塔基大学中国研究副教授,天津师范大学跨文化与世界文学研究院特聘教授。曾赴日本东京大学东洋文化研究所、韩国梨花女子大学人文科学院、复旦大学中华文明国际研究中心、澳大利亚国立大学人文研究院等地从事研究。著有英文学术专著 The Avant-Garde and the Popular in Modern China 及 The Global White Snake。

罗鹏(Carlos Rojas),哥伦比亚大学博士,现为美国杜克大学中国文化研究、性别研究与影像艺术教授。著有《裸观:中国现代性的反思》《长城:文化史》《离乡病:现代中国的文化、疾病与国家改造》,并与不同学者合编多部论文集,包括《文学台湾》(与王德威合编)、《重新思考中国大众文化》(与周成荫合编)、《牛津中国电影手册》(与周成荫合编)、《牛津华文文学手册》(与 Andrea Bachner 合编)以及《魅影礼仪》(与 Ralph Litzinger 合编)。同时译有阎连科、余华、贾平凹、黄锦树等当代作家的作品。

彭小妍,哈佛大学比较文学博士,"中研院"中国文哲所研究员荣退。专长为跨文化与现代文学文化研究。中文论著包括《历史很多漏洞:从张我军到李昂》《海上说情欲:从张资平到刘呐鸥》《浪荡子美学与跨文化现代性:一九三〇年代上海、东京及巴黎的浪荡子、漫游者与译者》《唯情与理性的辩证:五四的反启蒙》。英文论著包括 Antithesis Overcome: Shen Congwen's Avant-gardism and Primitism 及 Dandyism and Transcultural Modernity: The Dandy, the Flâneur, and the Translator in 1930s Shanghai, Tokyo, and Paris。主编有《杨逵全集》、From Eileen Chang to Ang Lee: Lust/Caution、The Politics of Memory in Sinophone Cinemas and Image Culture: Altering Archives、The Assassin: Hou Hsiao-hsien's World of Tang China 等。另著有小说《断掌顺娘》《纯真年代》。

石川,上海戏剧学院教授、博士生导师,上海电影家协会副主席,澳门科技大学、南京艺术学院兼职博士生导师,上海电影博物馆执行学术总监。2001年在中国艺术研究院获博士学位,先后任职于上海大学和上海戏剧学院,发表论文 60 余篇,出版有《中国新文学大系(第五辑电影卷)》(上下)、《谢晋电影选集》(第1—6卷)、《流年未肯付东流:吴贻弓》等电影史著作13部。发表影评400余篇。策划剧情片《到阜阳六百里》,2011年获台湾金马奖最佳原创剧本、最佳女配角奖。联合制作纪录片《我的诗篇》,2015年获上海国际电影节最佳纪录片金爵奖。近来从事电影文化遗产保护和修复工作,从海外寻回失传已久的《风雨之夜》,主持修复《舞台姐妹》《芙蓉镇》等多部经典影片。

孙绍谊(1961—2019),上海社会科学院文学研究所硕士,美国南加州大学比较文学博士,上海戏剧学院教授、博士生导师,上海纽约大学、昆山杜克大学、澳门科技大学兼职教授。研究领域包括中美电影关系史、华语电影与跨国文化、电影与数字新媒体理论等。著有《想象的城市:文学、电影和视觉上海(1927—1937)》《电影经纬:影像空间与文化全球主义》《21世纪西方电影思潮》等。译著有《原初的激情:视觉、性欲、民族志与中国当代电影》。主编学术文集《国际传媒政策新视野》《亚洲传媒发展的结构转型》《历史光谱与文化地形:跨国语境中的好莱坞和华语电影》与《新媒体与文化转型》等多部。

孙玮,复旦大学新闻学院新闻传播学学士、硕士、博士,现任复旦大学信息与传播研究中心主任、新闻学院教授。主要研究方向为媒介理论、城市传播、媒介文化研究。代表作有《微信:中国人的在世存有》《交流者的身体:传播与在场——意识主体、身体主体、智能身体主体的演变》《我拍故我在,我们打卡故城市在——短视频:赛博城市的大众影像实践》等。

王斑,美国加州大学洛杉矶分校比较文学博士,斯坦福大学William Haas中国研究讲座教授。主要英文著作有 The Sublime Figure of History、Narrative Perspective and Irony in Chinese and American Fiction、Illuminations from the Past,新著 China in the World: Culture, Politics, and World Vision 将于2022年由杜克大学出版社出版。主编有 Chinese Visions of World Order、Words and Their Stories: Essays on the Language of the Chinese Revolution、Trauma and Cinema(与Ann Kaplan

合编)、*China and New Left Visions*、*Debating Socialist Legacy and Capitalist Globalization*。中文著作有《历史的崇高形象》、《历史与记忆》、《美国大学课堂里的中国：旅美学者自述》(与钟雪萍教授合编)。与张旭东合译本雅明著作《启迪》。曾在哈佛大学、苏黎世大学、首尔国立大学、延世大学等任客座教授。在华东师范大学任长江学者。2007 年在普林斯顿高等研究院任研究员。

王宏超，复旦大学文学博士，上海师范大学人文学院副教授、硕士生导师。近年主要研究领域包括中国近现代美学史、中西艺术交流史、巫术与中国文化、中国审美文化史等。近年主要论文有《中国现代辞书中的"美学"——美学术语的译介与传播》《中国现代美学学科的确立——晚清民初学制中的"美学"》《宗教、政治与文化：索隐派与来华传教士的易学研究》《鬼形神影：灵魂照相术在近代中国的引介和实践》《巫术、技术与污名：晚清教案中"挖眼用于照相"谣言的形成与传播》《"海国新奇妇有髭"：晚清域外游记中有关妇人生须的"观察"与跨文化想象》等。出版有《古人的生活世界》。承担国家社科基金后期资助项目"中国现代美学的学科制度和知识谱系"。

王伟强，博士，同济大学建筑与城市规划学院教授、博士生导师，上海同济城市规划设计研究院总规划师，中国城市规划学会理事，中国城市规划学会城市影像学术委员会主任委员，长期从事城市空间理论、城市设计理论、城市更新及乡村建设理论等领域的教学研究与实践工作。曾主持或参与国家自然科学基金课题、科技部及上海市科委课题。著有《城市设计导论》等专著 5 本，学术论文 50 余篇。先后主持北京市中轴线城市设计研究、深圳罗湖区分区规划、华润百色希望小镇规划、上海山阴路历史文化风貌区保护规划、上海南京路步行街设计等实践工作。

王晓明，1955 年生于上海，上海大学文化研究系和中文系教授。目前主要从事现代早期中国思想研究和中国大陆的当代文化分析。

徐德明，1956 年生于扬州，执教于扬州大学。本科、硕士就读扬州师范学院中文系。1977—1997年完成本科、硕士、博士学业,师从曾华鹏、李关元研读中国现代作家作品,于老舍、王安忆研究略述心得,随范伯群师读民国小说而开"雅俗流变与整合"范畴,察世俗、观小说而划出"乡下人进城"的领域,巧立名目"诗学践行"饰中西文论识短,指导各层次学生,误人尚浅。视扬州评话为现代文学,识王少堂说书之世界价值。

阎小妹,1982年黑龙江大学日语系毕业,1983年任西安外国语学院助教,1989年3月日本东京都立大学人文科学研究科国语国文博士课程结业。1989年就职日本信州大学,任信州大学教授,现任信州大学特任教授。研究方向为日本江户小说、中日比较文学、中国古典小说。主要论文包括《重读〈任氏传〉——长安城内的西域女性》《再论〈剪灯新话〉对偶结构》《唐代传奇〈离魂记〉的虚与实》《读〈爱卿传〉与〈翠翠传〉——〈剪灯新话〉对偶结构》《论才子佳人小说类型化——女性同性恋的倾向》。译有《雨月物语·春雨物语》《奥州小道》《日本人的心理结构》《东洋的理想》《我是猫》等。

张历君,毕业于香港中文大学文化及宗教研究系,获哲学博士。现为香港中文大学中国语言及文学系客座助理教授、文学院兼任副研究员,亦为香港中文大学图书馆香港文学特藏顾问委员、《现代中文学刊》通讯编委、《方圆:文学及文化专刊》学术编辑、《字花》杂志编委以及苏州大学海外汉学(中国文学)研究中心的成员。历任哈佛燕京学社的访问学者(2009—2010)、香港中文大学文化及宗教研究系助理教授、"中研院"中国文哲研究所访问学者(2019—2020)、新竹清华大学中国文学系兼任助理教授。研究论文散见《现代中文学刊》《中外文学》《文化研究》《知识分子论丛》等。专著《瞿秋白与跨文化现代性》于2020年由香港中文大学出版社出版。

郑利华,浙江省宁波市人。1991年毕业于复旦大学古籍整理研究所,获文学博士学位。现任复旦大学教授、中国古代文学专业博士生导师,兼任教育部人文社会科学重点研究基地复旦大学中国古代文学研究中心副主任、中国明代文学学会(筹)副会长。主要从事中国古代文学、中国古典文献学的研究和教学,学术专长为元明清文学研究、明代文献整理与研究。主持和承担教育部基地重大项目"明代诗学思想史"、国家社科基金重大项目"《王世贞全集》整理与研究"。著有《前后七子研究》《明代中期文学演进与城市形态》《王世贞年谱》《王世贞研究》等,在《文学评论》《文学遗产》《学术月刊》《复旦学报》等学术刊物发表论文近 50 篇。

图书在版编目(CIP)数据

中国文学与文化研究范式新探索/陈建华主编. —上海：复旦大学出版社，2021.8
(复旦中华文明研究专刊)
ISBN 978-7-309-15773-4

Ⅰ.①中… Ⅱ.①陈… Ⅲ.①中国文学-文学研究-学术会议-文集 ②中华文化-学术会议-文集
Ⅳ.①I206-53 ②K203-53

中国版本图书馆 CIP 数据核字(2021)第 119601 号

中国文学与文化研究范式新探索
陈建华　主编
责任编辑/赵楚月

复旦大学出版社有限公司出版发行
上海市国权路 579 号　邮编：200433
网址：fupnet@fudanpress.com　http://www.fudanpress.com
门市零售：86-21-65102580　团体订购：86-21-65104505
出版部电话：86-21-65642845
上海四维数字图文有限公司

开本 787×960　1/16　印张 29　字数 445 千
2021 年 8 月第 1 版第 1 次印刷

ISBN 978-7-309-15773-4/I·1282
定价：128.00 元

如有印装质量问题,请向复旦大学出版社有限公司出版部调换。
版权所有　　侵权必究